Hedwig Courths-Mahler

Im Buchengrund

Zwei Frauen

Käthes Ehe

BASTEI LÜBBE

BASTEI-LÜBBE-TASCHENBUCH
Band 11882

1. Auflage März 1992
2. Auflage Sept. 1992

Printed in Great Britain
Einbandgestaltung: Roland Winkler
Titelfoto: Bajart, Berlin
Satz: Fotosatz Schell, Bad Iburg
Druck und Bindung: Cox &Wyman
ISBN 3-404-11882-0

BASTEI
LÜBBE

Im Buchengrund

1

Mein lieber Fredy!

Diesmal kann ich Dir nicht helfen, es ist unmöglich, das Geld zu beschaffen. Ich wage es auch nicht, Mutter Deinen Brief zu zeigen. Sie hat vor einigen Tagen wieder einen furchtbaren Anfall gehabt und muß das Bett hüten. Ach, Fredy, diese Anfälle werden immer schlimmer, ihr armes Herz kommt kaum mehr zur Ruhe. Sie muß fast ohne Unterlaß Eisbeutel darauf legen. Die kleinste Erregung ruft einen solchen Anfall hervor.

Diesmal war eine große Aufregung schuld. Denk Dir, unsere Schwester Lena ist krank; sie muß auf ärztliche Verordnung sofort nach Deutschland reisen. Es ist ganz plötzlich gekommen. Drei Jahre lebt sie nun mit ihrem Manne in Südostafrika. Wenn das Blockhaus, das sie bewohnen, nicht in ziemlicher Höhe am Kilimandscharo stände, wo das Klima noch erträglich ist, dann wäre sie wohl schon längst erholungsbedürftig gewesen. Nur ganz gesunde Menschen können das Klima vertragen. Lena war ja so kräftig, daß wir sie beruhigt ziehen lassen konnten. Aber seit der Geburt ihres jetzt zweijährigen Töchterchens ist sie nicht mehr so widerstandsfähig.

Du kannst Dir Mutters Sorge denken, obwohl ich es ihr so schonend wie möglich beibrachte. Jetzt ist sie wieder ruhiger und freut sich auf Lena, die auch ihr kleines Mädchen mitbringt. Aber es waren aufregende Tage – auch für mich. Georg sandte eine lange Depesche, daß Lena sofort reisen muß, er aber das Reisegeld momentan nicht flüssig machen kann. Nun bat er uns, zu senden, was wir irgend entbehren können. Im August bekommt er Urlaub und wird uns dann das verauslagte Geld zurückerstatten.

Siehst Du, lieber Fredy, da mußten wir alles zusammenraffen – bis auf den letzten Groschen. Auch unser Sparpfennig für besondere Fälle ist dahin. Wir ließen das Nötigste telegraphisch durch die Deutsche Bank an die Handelsbank in Tanga anweisen. Nun wird sich unsere Lena mit ihrem Kind dieser Tage von Usambara auf den Weg machen. Bis Tanga begleitet sie Georg mit einigen schwarzen Dienern, die Lena und das Kind auf den schlechten Wegen durch den Urwald auf Tragsesseln transportieren müssen.

Nach Neapel muß ich für Lena und die Kleine Winterkleider senden, die der Schiffahrtsagent ihr dort auf die ›Rhenania‹ schaffen wird. Von Hamburg aus fährt sie dann mit der Bahn. Ich muß eine ganze Ausrüstung kaufen, denn sie besitzen ja nur leichtes Zeug.

Das alles lastet schwer auf mir; dazu muß ich noch angestrengt arbeiten, damit wir Geld ins Haus bekommen. Mutters Pension ist erst im Januar wieder fällig, bis dahin muß ich Rat schaffen. Zum Glück habe ich Aufträge. Jetzt vor Weihnachten fertigen die Damen viele Handarbeiten an; dazu sind meist Zeichnungen nötig. Die Firma, für die ich arbeite, zahlt sehr gut. Der Geschäftsinhaber läßt mir auch manchen lohnenden Extraauftrag zukommen. Das ist ein Glück, ich wüßte sonst nicht, wovon wir leben sollten. Mutter muß kräftige Kost haben. Sie ist so hinfällig; meine Angst um sie ist grenzenlos. Das alles schreibe ich Dir nur, mein lieber Fredy, um Dir klarzumachen, daß wir Dir nicht helfen können. Ach, Fredy, warum machst Du uns immer solche Sorgen? Wir haben doch ohnedies genug. Wenn Du wüßtest, wie schwer mir das Herz ist! Unser lieber alter Doktor hat mir gestern gesagt, Mutter dürfe keinen so schlimmen Anfall mehr bekommen, sonst stehe er für nichts. Wenn sie wüßte, daß du wieder leichtsinnig warst! Sei doch um Gottes willen endlich vernünftig! Du mußt mit der Zulage auskommen, die Tante Laura Dir gibt. Du mußt Dir anders helfen; ich kann Dir auch jetzt nichts mehr von meinem Verdienst schicken. Solange Lena mit dem Kind bei uns ist, kostet der Haushalt mehr. Und vor August ist von Georg keine Hilfe zu erwarten. Vielleicht versuchst Du einmal, ob Tante Laura Dir diese dreitausend Mark gibt. Es ist mir zwar ein fürchterlicher Gedanke, und ich glaube auch kaum, daß sie Dir hilft, denn sie hat kategorisch erklärt, mehr als die Zulage gäbe es nicht, aber versuchen kannst Du es ja.

Bitte, schreib mir gleich, wie Du Dir aus diesem Dilemma hilfst, denn ich sorge mich sehr.

Mit herzlichem Gruß und Kuß

Deine Schwester Jutta.

Mit müder Bewegung legte Jutta Falkner die Feder aus der Hand und kuvertierte den Brief, ohne ihn nochmals durchzulesen. Eine Weile starrte sie mit brennenden Augen darauf nieder. Dann erhob sie sich hastig und steckte ihn seufzend in ihre Handtasche.

Sie trat an ihren am Fenster stehenden Arbeitstisch, wo sie ihre Zeichnungen anfertigte. Neben dem Tisch stand eine Staffelei mit einem halb vollendeten Bild, eine Landschaft in Öl.

Es war Juttas Arbeitszimmer. Nach dem Tod ihres Vaters hatten die Witwe und Tochter des Geheimrats Falkner die Wohnung bezogen. Diese bestand außer aus Juttas Arbeitszimmer aus dem gemeinsamen Schlafzimmer für Mutter und Tochter, einem kleinen Wohn- und einem noch kleineren Empfangszimmer. Daran schloß sich die schmale Küche mit der Mädchenkammer an. Es war die typische kleinbürgerliche Wohnung, in der jeder Zentimeter Raum ängstlich berechnet war.

Jutta versuchte noch zu arbeiten, aber die Dämmerung brach rasch herein. Nun ging das junge Mädchen leise durch das Wohnzimmer ins Schlafzimmer, um nach der Mutter zu sehen.

Die alte Dame lag, von Kissen gestützt, halb sitzend im Bett. Sie hatte ein schmales, feines Gesicht mit großen müden Augen.

Bei ihrem Eintritt in das Schlafzimmer veränderte sich Juttas Gesicht. Es sah plötzlich sorglos, fast heiter aus. Die wunderschönen grauen Augen leuchteten voll warmer Liebe zur Mutter hinüber. Als sie sah, daß diese wachte, trat sie schnell an das Bett heran.

»Hast du ein Nickerchen gemacht, Mutterle?«

Frau Geheimrat Falkner schüttelte lächelnd den Kopf und hob das schmale Gesicht mit dem stillen Leidenszug zur Tochter empor. »Nein, Jutta, ich konnte nicht schlafen. Ich mußte an Lena denken – und an mein Enkelchen Wally. Ich habe versucht, sie mir vorzustellen. Die Amateurphotographien, die Georg uns gesandt hat, sind für meine Augen nicht deutlich genug. Wenn du nachher Licht angezündet hast, gibst du mir die Bildchen und Lenas Briefe. Ich will sie alle noch einmal durchlesen. Heute darf ich ja das Bett noch nicht verlassen.«

»Nein, Mutterle, aber morgen darfst du wieder ins Wohnzimmer in deinen Lehnstuhl«, erwiderte Jutta, sich in den Stuhl am Bett niederlassend.

»Ob Lena sich schon eingeschifft hat?« fragte die Mutter.

»Nein, sie haben ja noch einige Tage Landweg. Am Sonnabend wird wohl die ›Rhenania‹ in See gehen. Aber daran sollst du jetzt nicht denken. Du darfst dich nicht aufregen, mußt ganz ruhig sein, hörst du?«

»Ja, Kind, ich will ganz ruhig sein. Nur – ach Gott, die lange Reise –, sie ist für Lena so anstrengend mit dem Kinde.«

»Bis zum Schiff hat sie ja genügend Beistand, Mutterle, und auf dem Schiff hat sie doch auch Bedienung. Du sollst sehen, auf der Seereise wird sich Lena viel wohler fühlen. Wenn sie hier ankommt, ist sie wieder frisch und gesund.«

»Dazu mag Gott helfen. Unser lieber Doktor hat das auch schon gesagt. Er meint, bei Lenas kräftiger Konstitution habe das nicht viel auf sich.«

»Siehst du wohl. Nun freu dich ohne alle Unruhe auf das Wiedersehen.«

Die alte Dame seufzte. »Ach, Jutta, daß ich mich nicht einmal so recht von Herzen freuen darf! Mein dummes Herz wird gleich rebellisch.«

Jutta strich sanft über das graue Haar der Mutter.

»Jetzt hole ich dir Lenas Briefe und die Bilder, Mutterle. Dann will ich ein halbes Stündchen ins Freie. In der Dämmerstunde kann ich ohnedies nicht viel arbeiten«, sagte sie heiter.

Die alte Dame nickte. »Ja, Kind, geh ein wenig an die frische Luft, sonst wirst du mir blaß und müde. Du mußt ja so viel arbeiten.«

Jutta streckte wie im übermütigen Kraftgefühl die Arme aus und reckte die schlanke, jugendschöne Gestalt in dem schlichten, dunkelblauen Cheviotkleid, das sich knapp um die edlen, fein gerundeten Formen schmiegte. In ihr liebes, freundliches Gesicht, das zwar nicht nach strengen Schönheitsregeln geschaffen war, aber ungemein anmutig und hold aussah, trat liebliche Röte.

»Damit hat es keine Not, Mutterle! Von Mattigkeit fühle ich keine Spur, und an roten Wangen soll es nicht fehlen, wenn ich wieder heimkomme. Ich glaube, wir bekommen Frost, es liegt so etwas in der Luft. Also, ich hole dir jetzt die Bilder und Lenas Briefe.«

Sie ging ins Wohnzimmer zurück und holte das Gewünschte. Dann zündete sie über dem Bett die Gaslampe an und stellte eine Klingel bereit.

»So, nun weiß ich dich gut versorgt. Hier ist die Klingel für Minna. Brauchst du jetzt noch etwas?«

»Nein, Kind, so ist alles recht, geh nur ganz ruhig.«

Jutta küßte die Mutter herzlich und ging hinaus.

Frau Geheimrat Falkner betrachtete sich nun erst die Photographien, die ihre älteste Tochter aus Ostafrika geschickt hatte. Da waren die Aufnahmen vom Urwald, im Hintergrund der Bergrücken des Kilimandscharo, dann stille Waldwiesen, von tropischer Vegetation umgeben. Am aufmerksamsten betrachtete die alte Dame die Aufnahmen des Heims ihrer Tochter: ein roh gezimmertes Blockhaus aus Baumstämmen, mit einer großen überdachten Veranda davor. Auf dem einen Bild saßen um den Tisch mit der gestickten Decke, die zu Lenas Ausstattung gehörte, einige Herren in Tropenuniform, wie sie dort die Forstbeamten tragen. Der eine war Georg von Haller, ihr Schwiegersohn. Neben ihm saß mit lachendem Gesicht Lena. Auch die Herren lachten alle.

Dann gab es eine Gesamtaufnahme des Hauses mit den abseits stehenden Hütten der schwarzen Diener.

Lena hatte in ihren Briefen berichtet, daß ihr schwarzer Koch alles sehr gut koche, was man ihm nur einmal gezeigt habe, und daß die Schwarzen rührend gut zu den Kindern seien und von nimmermüder Geduld und Anhänglichkeit. Auf dem einen Bild sah man einen Neger mit lachendem Gesicht, der die kleine Wally hoch emporhob. Es war ihr Wärter. Auf einem andern Bild sah man Lena mit ihrem schwarzen Koch auf der Veranda.

Jutta machte sich zum Ausgehen fertig und verließ die Wohnung. Zuerst ging sie mit schnellen Schritten zum Postamt, um den Brief an den Bruder aufzugeben. Als er mit dumpfem Geräusch in den Postkasten fiel, überkam sie ein unbestimmtes banges Gefühl.

Aber dann schüttelte sie energisch dieses Bangen ab.

Ich kann ihm nicht helfen, ich kann nicht. Und Mutter kann es erst recht nicht, es hat keinen Zweck, sie damit zu beunruhigen. Fredy muß sich selbst helfen.

Ach, was für Opfer hatte sie diesem Bruder schon gebracht, welche Sorgen hatte er ihr schon gemacht! Wie oft hatte sie ihm ihre kleinen Ersparnisse geschickt, wenn er wieder und immer wieder um Geld bat und sie es die Mutter nicht wissen lassen wollte.

Und doch konnte Jutta ihm nicht zürnen. Sie liebte diesen schwachen, leichtsinnigen Bruder, der die Freuden des Lebens nicht missen konnte, und sorgte sich wie eine zärtliche Mutter um sein Wohlergehen.

Solange der Vater noch lebte, ging alles gut. Er hielt den Bruder mit Ernst und Strenge im Zaum. Aber als der Vater vor vier Jahren starb, wurde alles anders. Mit seinem Tod erloschen die guten Einkünfte, und nun mußte Mutters Pension ausreichen. Nur widerwillig hatte sich Tante Laura, eine Cousine der Mutter, bereitfinden lassen, Fredy einen Zuschuß zu gewähren, damit er Offizier bleiben konnte. Lena, Juttas vier Jahre ältere Schwester, war bald nach des Vaters Tod mit ihrem Gatten gleich nach der Trauung nach Deutsch-Ostafrika gegangen. Georg von Haller hatte seinen Abschied als Offizier nehmen müssen, weil er ebenso arm war wie Lena und er die Heiratskaution nicht stellen konnte, und war als Forstbeamter nach Deutsch-Ostafrika gegangen mit seiner jungen Frau.

Lena wußte, wie leidend die Mutter war und daß sie vor allen Aufregungen behütet werden mußte. Deshalb berichtete sie nur Gutes nach Hause. Wenn Lena aber einmal etwas Schweres auf dem Herzen hatte, wenn sie Rat und Hilfe brauchte, dann wandte sie sich an Jutta. Ihren Briefen an die Mutter lag dann ein Schreiben an die Schwester bei, das diese immer gleich an sich nahm, ehe die Mutter es zu sehen bekam. So wußte Jutta, daß Lena sich einer Operation unterziehen mußte, die sie in Deutschland vornehmen lassen wollte. Aber davon erfuhr die Mutter nichts.

So sehr sich Jutta auch auf das Wiedersehen mit der Schwester freute, so sehr wurde ihr Herz von schweren Sorgen bedrückt. Heimlich hatte sie schon mit Doktor Görger, dem Arzt der Mutter, der ein treuer Freund ihres Vaters gewesen war, gesprochen. Doktor Görger besaß selbst eine große Familie, vier verheiratete Töchter und Söhne, die er noch immer unterstützen mußte. Trotz seiner guten Praxis war er nicht dazu gekommen, ein Vermögen zu sammeln. Aber seit dem Tod von Juttas Vater hatte er den Falknerschen Damen noch nie eine Rechnung geschickt, obwohl er die alte Dame immer in Behandlung hatte. Er stand den beiden Frauen auch gern mit Rat und Tat bei. Die Schwestern hatte er stets sehr liebgehabt, aber für Fredy hatte er nicht viel übrig. Er grollte ihm wegen seines Leichtsinns, den er gewissenlos nannte.

Als Jutta von der Post aus durch die nahen Anlagen ging, um die frische Luft zu genießen, war ihr das Herz unsäglich schwer. Nicht nur die Sorge um Fredy bedrückte sie, sie dachte auch daran, wie sie sonst alles Nötige schaffen solle. In den nächsten Tagen mußten warme Kleidungsstücke für Lena und das Kind besorgt und abgeschickt werden. Das kostete viel Geld. Und wenn Lena kam, was mußte da alles sein! Ach, daß sie doch reich wäre, so reich, daß sie allen ihren Lieben helfen könnte, auch dem Bruder!

Sie seufzte auf.

Wohl würde es Fredy nicht sein, wenn er ihren Brief bekam. Jutta sah im Geist sein hübsches Gesicht vor sich. Seine Augen schienen ihr zu sagen: ›Ich weiß ja nicht, wo das Geld bleibt, Jutta; ich kann nun mal nicht rechnen – das ganze Leben ist ein Trauerspiel!‹ So hatte er schon oft zu ihr gesprochen.

Ach, wie sie ihn liebte, den leichtsinnigen Bruder! Wie gern sie ihm, der die Sonne so liebte, ein sonniges Dasein verschafft hätte!

Schnell hatte sie die Anlagen durchkreuzt. Auf den trockenen Kieswegen flimmerte es im Schein der Laternen wie winzige Frostspuren. Der warme Hauch ihres Mundes wurde sichtbar in der kalten Novemberluft, die ihre Wangen rötete. Als sie über den freien

Mittelplatz der ziemlich menschenleeren Anlagen schritt, begegnete ihr ein schlanker, junger Mann Anfang der Dreißig. Er war mit unauffälliger Eleganz gekleidet und machte den Eindruck eines vornehmen Mannes.

Als Jutta ihn erblickte, vertiefte sich das Rot ihrer Wangen, und sie sah zur Seite, um seinen Augen nicht zu begegnen. Sie war diesem Herrn in letzter Zeit schon einige Male begegnet. Sein interessantes Gesicht hatte sich ihr eingeprägt, und der eigentümlich feste Blick seiner Augen hatte sie verwirrt, so daß sie diesem Blick jetzt lieber auswich.

Schnell ging sie an ihm vorüber; sie merkte nicht, daß er nach einer Weile stehenblieb und ihr nachsah. Er tat es sehr diskret, nicht wie ein Mensch, der ein flüchtiges Abenteuer sucht, sondern wie einer, den ein ernstes Interesse fesselt. Erst als Jutta zwischen den Bäumen verschwand, ging er weiter.

2

Am nächsten Tag herrschten starker Wind und Schneegestöber. Jutta nutzte heute die Dämmerstunde, um fertige Zeichnungen in dem Geschäft in der Leipziger Straße abzuliefern. Sie war froh, daß ihr der Betrag an der Kasse gleich ausgezahlt wurde und sie auch neue Aufträge erhielt.

Gerade als sie gehen wollte, rief sie der Geschäftsinhaber noch einmal zurück.

»Einen Augenblick, Fräulein Falkner, ich habe noch einen besonders lohnenden Auftrag für Sie. Am besten ist es, Sie sprechen selbst mit der Dame, sie ist zufällig hier. Bitte, kommen Sie.«

Er führte Jutta in die erste Etage. Dort saß an einer der Verkaufstafeln eine sehr schöne und elegante Dame, die mit einer Verkäuferin über die Stickerei eines Wandbehangs sprach.

Frau von Wengern, so hieß die Dame, wollte in die Mitte dieses Wandbehangs, der schon ziemlich fertig war, ein bestimmtes Wappen gemalt haben. Der Chef sagte ihr, daß Fräulein Falkner dieses Wappen in künstlerischer Ausführung malen würde. Frau von Wengern möge der jungen Dame ihre Wünsche äußern.

Die schöne Frau wandte sich liebenswürdig an Jutta und zeigte ihr ein Wappensiegel, das ein springendes Pferd unter einer Burgzinne, wie in einem geöffneten Tor, zeigte.

Sie gab Jutta genau die Farben an.

»Werden Sie das können, Fräulein Falkner? Mir liegt so viel an einer vorzüglichen Ausführung«, sagte Frau von Wengern.

»Ich glaube, Ihnen eine solche versprechen zu können, gnädige Frau«, antwortete Jutta höflich.

»Und ich bürge Ihnen dafür, gnädige Frau. Fräulein Falkner ist eine Künstlerin und hat schon schwierigere Aufgaben zur vollsten Zufriedenheit gelöst«, beeilte sich der Chef zu versichern.

Frau von Wengern sah mit einigem Interesse in Juttas Gesicht. Das feine Wesen der jungen Dame gefiel ihr.

»Nun gut, Fräulein Falkner. Also bitte, recht sorgfältig. Die Arbeit ist ein Vielliebchengeschenk, und ich möchte Ehre damit einlegen. Auf den Preis kommt es nicht an.«

Jutta verneigte sich. Die beiden Damen besprachen noch einiges, dann ging Frau von Wengern.

Jutta packte ihre Arbeit zusammen und verließ ebenfalls das Geschäft. Als sie auf die hellerleuchtete Straße trat, sah sie Frau von Wengern neben ihrem Wagen stehen und mit einem großen, schlanken Herrn in eleganter Straßenkleidung sprechen. Gerade, als Jutta heraustrat, wandte dieser sich nach ihr um und sah ihr voll ins Gesicht. Sie erkannte errötend in ihm denselben Herrn, der ihr schon öfter begegnet war und den sie gestern in den Anlagen gesehen hatte.

Sein Blick leuchtete auf, er erkannte sie. Es lag eine helle Fröhlichkeit in diesem Blick und ein überschüssiges Kraftbewußtsein, zugleich aber ein so zwingender Wille, daß Jutta ihre Augen nicht von ihm losreißen konnte.

Seine Augen folgten ihr noch eine Weile. Er hörte kaum, was die schöne Lolo von Wengern zu ihm sprach. Aber dann half er ihr mit vornehmer Liebenswürdigkeit in den Wagen.

»Also auf Wiedersehen, Herr von Hohenegg!« rief Frau von Wengern ihm zu.

»Auf Wiedersehen, gnädigste Frau. Bitte grüßen Sie Ihren Herrn Gemahl herzlich von mir.«

Sie neigte das Haupt, und ihre schönen, feurigen Augen sahen ihn mit einem koketten Blick an.

Lolo von Wengern hätte brennend gern mit Günter von Hohenegg, dem Freund ihres Gatten, ein wenig geflirtet; aber er kam diesem Wunsch gar nicht entgegen. Mit einer ruhigen Verbeugung schloß er den Wagenschlag und trat zurück.

Jutta war inzwischen weitergegangen. Sie fragte sich, ob der Herr, den sie soeben neben Frau von Wengern gesehen, wohl derjenige sei, für den das Vielliebchengeschenk der schönen, eleganten Frau bestimmt war.

Für einen Freiherrn von Hohenegg sollte es sein, hatte ihr Frau von Wengern gesagt. Mit einem Freiherrn von Hohenegg war Tante Laura in zweiter Ehe vermählt gewesen. Jutta wußte über diese freiherrliche Familie, in die Tante Laura vor etwa zehn Jahren hineingeheiratet hatte, nicht das geringste.

Tante Laura war in erster Ehe mit dem Maschinenfabrikanten Brinkmeyer verheiratet gewesen, der sie, als er starb, als kinderlose und steinreiche Witwe zurückließ. Jutta hatte Tante Laura in ihrem Leben nur ein einziges Mal gesehen, als diese einen Besuch in Berlin bei Juttas Eltern gemacht hatte. Jutta war damals noch ein Kind gewesen, und Tante Laura hieß noch Frau Brinkmeyer. Sie war Jutta nicht gerade in angenehmer Erinnerung geblieben, weil sie etwas Lautes, Aufgeputztes und wenig Freundliches an sich hatte. Zwischen Juttas Eltern und Tante Laura bestanden nur oberflächliche Beziehungen; Jutta erinnerte sich, daß ihr geistvoller, feinsinniger Vater gutmütig spottete, als Laura Brinkmeyer ihre Vermählung mit dem Freiherrn von Hohenegg anzeigte. Auch ihre Mutter hatte gelächelt und gesagt:

»Laura als Freifrau – nein, das kann ich mir nicht denken!«

So hatten fast gar keine Beziehungen mehr zwischen den Cousinen bestanden. Als Geheimrat Falkner starb, fand seine Witwe nicht den Mut, ihre Cousine Laura zu bitten, daß diese Fredy einen Zuschuß gab. Laura war inzwischen zum zweitenmal Witwe geworden und hatte, außer daß sie die Todesanzeige ihres Gatten sandte, nichts von sich hören lassen.

Da hatte Doktor Görger erklärt, er wolle an Frau Laura von Hohenegg schreiben, die er gekannt hatte, als sie noch Fräulein Laura Seidel hieß. Nach einigem Hin- und Herschreiben hatte sich Tante Laura auch bereit erklärt, Fredy den nötigen Zuschuß zu gewähren. Fredy hatte bei ihr angefragt, ob er nach Hohenegg – Tante Laura wohnte auf diesem Gut ihres zweiten Gatten – kommen und persönlich seinen Dank abstatten dürfe. Darauf hatte die alte Dame jedoch kurz und wenig liebenswürdig erklärt, sie lebe ganz zurückgezogen, empfange keine Besuche und wünsche keinen Dank. Sie ließ auch gleich durchblikken, daß Fredy außer dieser Zulage nie etwas zu erwarten habe. Und dem Doktor hatte sie unverblümt mitgeteilt, die Falknerschen Kinder sollten sich nicht etwa einbilden, daß sie eine sogenannte Erbtante sei, sie habe bereits andere testamentarische Bestimmungen getroffen.

Jutta war also gestern und heute an Tante Laura erinnert worden. Gestern, als sie an Fredy schrieb und heute, als sie von Frau von Wengern den Namen Hohenegg hörte.

Als sie nach Hause kam, erzählte sie der Mutter von dem Wandbehang, der für einen Freiherrn von Hohenegg bestimmt sei. Aber daß sie vermutete, diesen Herrn von Ansehen zu kennen, verschwieg sie.

3

Jutta hatte sich sofort an die Arbeit gemacht, und nun war sie fertig. Befriedigt betrachtete sie das Wappen inmitten des Wandbehangs. Es sollte nur noch trocknen, dann wollte sie es abliefern. Frau von Wengern hatte es eilig gemacht, weil sie an dem Behang noch zu sticken habe.

Schnell fertigte Jutta, während das Wappen trocknete, noch einige kleine Zeichnungen an, die sie gleich mit abliefern wollte. Ein Spruchband und eine gotische Borte entstanden unter ihren fleißigen Händen.

Gerade war sie damit fertig geworden, als Minna ihr die Post hereinbrachte.

Jutta faßte schnell nach dem Brief, den sie schon sehnlichst erwartet hatte. Er kam von ihrem Bruder, der in der Nähe Berlins in einer kleinen Garnison lebte.

Beunruhigt öffnete sie das Kuvert und las:

›Liebe Jutta!
Bei Tante Laura hatte ich bereits angefragt; sie hat mich kalt und schroff zurückgewiesen. Von ihr ist nichts zu erwarten. Auch sonst war es mir unmöglich, das Geld aufzutreiben. Nun befinde ich mich, da auch Du mich im Stich läßt, in einer scheußlichen Klemme. Ich will dir nur gestehen, Jutta, es handelt sich um eine Ehrenschuld, ich habe mich zum Spiel verleiten lassen, wobei ich hoffte, meinen Finanzen aufzuhelfen. Bis morgen muß ich das Geld heranschaffen. Unter allen Umständen muß ich Dich heute noch sprechen. Meinen Brief bekommst Du mit der Nachmit-

tagspost. Ich komme mit dem Vieruhrzug nach Berlin, aber nicht nach Hause. Mama kann ich in meiner Verfassung nicht unter die Augen treten; sie würde sofort merken, daß ich in Unruhe bin. Bitte, komm zwischen fünf und sechs Uhr in die Anlagen nahe Eurer Wohnung, an das Denkmal, das dort steht. Dort werde ich auf Dich warten. Ich muß um sieben Uhr wieder zurückfahren, weil ich keinen Urlaub habe. Natürlich bin ich in Zivil. Bitte, laß mich nicht vergeblich warten, ich muß Dich sprechen. Auf Wiedersehen.

Dein Bruder Fred‹

Jutta seufzte tief auf.

Das war eine schlimme Sorge. Angstvoll dachte sie nochmals an jede Möglichkeit, wie sie dem Bruder helfen könne, aber es fiel ihr kein Ausweg ein. Heute früh hatte sie die Pakete für Lena nach Neapel gesandt, und es war ihr nichts geblieben als wenige Mark für die täglichen Ausgaben. Sie hoffte zwar heute für ihre Arbeiten wieder Geld zu bekommen und auch neue Aufträge, aber diese Einnahmen brauchte sie für den Haushalt. Zu Neujahr bekam Mutter erst ihre Pension, und dann war die Miete fällig, und andere Ausgaben drohten. Nein, sie konnte Fredy nicht einen Pfennig geben.

Bekümmert sah sie auf die Uhr. Wenn sie jetzt gleich in das Geschäft ging, konnte sie auf dem Rückweg zu der bestimmten Zeit in den Anlagen sein, um Fredy zu treffen.

Sie machte sich schnell zum Ausgehen fertig. Mit heiterem Gesicht trat sie bei der Mutter ein. Diese saß im Lehnstuhl und strickte Strümpfe, die Fredy als Weihnachtsgeschenk erhalten sollte.

»Na, Mutterle, so fleißig?« sagte Jutta, liebevoll die Wangen der alten Dame streichelnd.

»Ach, Jutta, diesmal können wir Fredy leider nicht die kleinste Weihnachtsfreude machen. So soll er wenigstens die üblichen warmen Strümpfe haben, die ihm im Dienst bei dem kalten Wetter gut tun. Ich kann ja nichts anderes tun als stricken und häkeln.«

Zärtlich besorgt rückte Jutta der Mutter das Kissen im Rücken zurecht, küßte sie und ging lächelnd davon.

Aber draußen verschwand das Lächeln schnell, ihre Züge verdüsterten sich, und die Augen blickten ernst und sorgenvoll.

Eilig schritt sie dahin; um schneller vorwärts zu kommen, benutzte sie eine Strecke den Omnibus. Schnell wurde sie in dem Geschäft abgefertigt. Nur den Wandbehang nahm man ihr nicht ab. Der Inhaber erklärte, Frau von Wengern wünsche Fräulein Falkner selbst zu sprechen, weil sie ihren künstlerischen Rat über eine andere Handarbeit hören wollte. Jutta sollte in Frau von Wengerns Wohnung kommen.

Man fragte telephonisch bei der Dame an, ob sie an diesem Abend zu sprechen sei. Frau von Wengern ließ sagen, sie erwarte Fräulein Falkner um sieben Uhr.

Das paßte Jutta sehr gut, sie konnte also erst Fred treffen und dann zu ihr gehen.

»Lassen Sie sich Ihre Zeitversäumnis nur mitbezahlen, Fräulein Falkner, es kommt da auf ein paar Mark nicht an«, riet ihr die Direktrice, mit der sie meistens zu tun hatte.

Jutta kehrte zunächst nach Hause zurück, um ihrer Mutter zu sagen, daß sie um sieben Uhr zu Frau von Wengern bestellt sei.

»Ich mache inzwischen noch ein paar Einkäufe,

Mutterle, dann komme ich noch mal heim, ehe ich zu Frau von Wengern gehe.«

»Ja, ja, Kind. Aber fahre lieber mit der Elektrischen. So spät sehe ich dich nicht gern unterwegs.«

Jutta nickte lächelnd. »Natürlich, ich kann ja bis fast an die Wohnung der Frau von Wengern fahren. Also sei ganz unbesorgt.«

Es war ein Viertel nach fünf Uhr, als Jutta in die Anlagen kam. Voll Unruhe sah sie nach dem Denkmal hinüber, das sich in der Mitte derselben erhob. Die elektrischen Lampen brannten bereits und warfen ihr helles Licht über den freien Platz, aber die Gebüsche und Bäume warfen über die schmalen Seitenwege dunkle Schatten. Und aus dem Dunkel eines solchen Schattens heraus trat jetzt ein schlanker junger Mann mit einem hübschen, etwas weichlichen Gesicht.

»Fredy, ach lieber Fredy!« rief Jutta leise, ihm die Hand entgegenstreckend.

Er faßte sie und drückte sie krampfhaft, wie in großer Erregung. »Gottlob, daß du kommst, Jutta! Ich war so in Sorge, du könntest nicht abkommen oder hättest meinen Brief nicht erhalten«, sagte er hastig, mit unstet flackernden Augen. Er trug elegantes Zivil, trotzdem sah man ihm sofort den Offizier an.

»Wie ist es, Fredy, hast du das Geld irgendwo aufgetrieben?« fragte Jutta besorgt.

»Nein, alles vergebens. Und du – du bringst mir wirklich nichts?«

»Ach nein, Fredy. Ich habe dir doch geschrieben, daß ich nichts, gar nichts habe.«

Er schwieg eine Weile. Sie gingen langsam auf und ab. Die Anlagen waren fast menschenleer. Nur ab und zu begegneten sie einem Passanten.

Endlich stieß Fredy hastig hervor: »Schilt mich nur

aus, Jutta! Ich bin ein leichtsinniger Mensch! Ich habe es verdient, daß ich nun vor Sorge nicht aus und ein weiß. Herrgott, ich weiß wirklich nicht, wie es kommt, aber die paar Kröten reichen eben nie aus! Könnte man doch dumpf und stumpf leben wie das liebe Vieh, ohne Wünsche, ohne Sehnsucht nach ein bißchen Freude und Genuß! Und nun sitze ich in der Klemme – ganz niederträchtig. Ich schäme mich vor dir, Jutta, wahrhaftig. Du trägst dein freudloses Dasein mit einer Würde und einer Ruhe, und ich weiß doch, wie ihr sparen müßt, du und Mutter. Ich komme mir so schlecht vor, daß ich mich nicht auch zufrieden geben und so ruhig wie du auf alle Annehmlichkeiten des Lebens verzichten kann. Ich bürde dir auch noch meine Sorgen auf; weiß Gott, manchmal bin ich mir selbst verhaßt wegen meiner Schwäche. Und doch komme ich jetzt wieder zu dir wie zu einem letzten Rettungsanker. Du mußt mir noch einmal helfen, Jutta, du mußt! Ich weiß sonst nicht, wo aus und ein.«

Er drückte ihren Arm so fest an sich, daß es ihr weh tat.

»Ich kann ja nicht, Fredy! Jede Möglichkeit habe ich durchdacht, es geht nicht«, sagte Jutta mit bebender Stimme.

Sie liebte ihn so sehr, und sein Kummer schnitt ihr ins Herz, obwohl sie seinen Leichtsinn kannte.

Er riß an seinem Kragen, als sei ihm dieser zu eng.

Dann sagte er heiser: »Du könntest, Jutta, wenn du nur wolltest.«

»Aber wie denn, Fredy? Sag mir doch nur, wie?«

Er schluckte, als fiele ihm das Sprechen schwer. Dann stieß er hastig hervor: »Du weißt, Mutters Brillantbrosche, Jutta, die ihr Vater zur silbernen Hochzeit geschenkt hat, kurz vor seinem Tod. Ich weiß, er hat so lange daran gespart, um ihr diese Freude zu machen. Sie hat sechstausend Mark gekostet. Es ist mir ja ein fürchterlicher Gedanke. Aber diese Brosche ist meine letzte Hoffnung. Man könnte doch dreitausend Mark darauf leihen. Irgendwie schaffe ich nach und nach das Geld, und wir lösen die Brosche wieder ein. Mutter trägt sie doch nie mehr, sie braucht ja nichts davon zu wissen. Du nimmst sie heimlich fort und bringst sie mir her. Wenn ich sie eingelöst habe, legst du sie wieder an ihren Platz. Es ist meine einzige Hoffnung. Deshalb kam ich her. Du mußt mir die Brosche holen!«

Wie erschöpft schwieg er still. Jutta war stehengeblieben und sah ihn mit großen traurigen Augen an. Ihr Antlitz war sehr bleich. Müde schüttelte sie den Kopf.

»Auch diese Hoffnung muß ich dir zerstören, Fredy. Mutter besitzt die Brosche nicht mehr. Als du im letzten Frühjahr die zweitausend Mark brauchtest, habe ich sie verkaufen müssen. Dreitausend Mark bekam ich dafür. Auf mein Zureden ging Mutter dann im Sommer nach Nauheim. Mutter wünschte, du solltest nie erfahren, daß sie sich dir zuliebe von der Brosche getrennt hat. Es ist ihr auch sehr hart angekommen. Sie hat Vaters Bild immer angesehen und hat gesagt: ›Es ist ja für unsern Fredy, Hermann, du verstehst, daß ich mich davon trennen muß.‹ Sie wollte dir in ihrer großen Liebe die Beschämung ersparen, aber nun muß ich es dir doch sagen.«

Fred Falkner war zusammengezuckt, als er hörte, daß die Brosche verkauft sei. Nun starrte er die Schwester wie geistesabwesend an.

»Verkauft! Die Brosche verkauft?« stieß er rauh hervor, und die Zähne schlugen ihm wie in Frost zusammen.

»Ja, Fredy«, erwiderte Jutta tonlos und sah angstvoll in sein verzerrtes Gesicht. »Für dich.«

Er riß sich gewaltsam aus seiner Erstarrung und versuchte, Ruhe zu heucheln, obwohl ihm jetzt die letzte Hoffnung verlorengegangen war, sich aus seiner verzweifelten Lage zu retten.

»Dann also – dann habe ich mich umsonst bemüht, Jutta. Und – nicht wahr, sonst haben wir wohl keinen Wertgegenstand, den wir zu Geld machen könnten?«

»Nein, Fredy. Als wir Lenas Aussteuer beschaffen mußten, da ist alles Überflüssige zu Geld gemacht worden. Außer Mutters Brosche blieb uns nur das Nötigste; das weißt du selbst.«

Ein zitternder Atemzug kam über seine Lippen.

»Ja, ja – das weiß ich selbst, wir sind erbärmlich arme Schlucker. Herrgott, warum hat man nur ein Herz mit allerlei Wünschen in der Brust, wenn man so ein armer Schlucker ist«, sagte er verzweifelt.

Jutta rüttelte ihn angstvoll am Arm. »Fred! Fred! Komm doch zu dir! Ach, daß du uns diese Sorge machst!«

Er lachte höhnisch, verzweifelt. »Nicht wahr, ein herrlicher Bruder bin ich! Nichts als Sorgen packe ich dir auf, dir und Mutter. Ich bin ein schlechter Mensch, Jutta – einer, der untauglich ist für den Lebenskampf. Laß nur – mir geschieht schon recht. So schlecht bin ich, daß ich mit Mutters Brosche rechnete. Und nun höre ich von dir, daß sie mir dieses geliebte Andenken schon klaglos geopfert hat. Ich könnte heulen wie ein Schuljunge. Wenn ich das gewußt hätte. Es war meine letzte Hoffnung, Jutta!«

Er sank schlaff in sich zusammen.

Sie umfaßte ihn in leidenschaftlicher Angst, unbekümmert darum, wo sie sich befanden. Sie bemerkten beide nicht, daß auf dem Nebenweg ein Herr daherkam, der sie durch die blattlosen Sträucher deutlich sehen konnte. Sie standen im hellen Schein der elektrischen Lampe.

»Fredy, mein lieber, lieber Fredy!« schluchzte Jutta in Angst und Sorge.

Diese Worte vernahm der Herr jenseits des Gebüsches. Er sah, wie sich die junge Dame leidenschaftlich in die Arme des jungen Mannes warf. Der wehe zärtliche Ton bannte seine Schritte. Er blieb stehen und schaute forschend hinüber. Er sah, daß die junge Dame beschwörend auf ihren Begleiter einsprach. Die Worte konnte er nicht verstehen, er vernahm nur die von Schluchzen halb erstickte weiche Mädchenstimme, deren zärtlicher Ton ihn so seltsam berührte. Auf den jungen Mann achtete er kaum. Er sah nur, daß dieser das weinende Mädchen küßte und dann einige müde, abwehrende Bewegungen machte. Fred Falkner richtete sich endlich mit einem entschlossenen Ausdruck auf und löste Juttas Arme von seinem Hals.

»Weine nicht, Jutta. Ich bitte dich, sei ruhig«, hörte der Lauscher ihn sagen. Er sagte sich selbst, daß es nicht recht von ihm sei, aber etwas bannte ihn wider Willen an seinen Platz. Es war der unklare Wunsch, das weinende Mädchengesicht da drüben zu sehen. Er hatte es noch nicht erblickt, nur das Gesicht das Mannes war ihm zugewendet – ein blasses, verstörtes Gesicht. Es schien von einer Katastrophe zu sprechen. – Vielleicht glaubte der Fremde, seine Anwesenheit könne möglicherweise eine solche verhüten. Daß er ein Liebespaar vor sich habe, erschien ihm zweifellos.

Die beiden sprachen nun wieder leise miteinander, so daß der Lauscher nichts mehr verstehen konnte.

»Ist denn bei Tante Laura alles vergebens, Fred?« fragte Jutta.

Er wehrte ab. »Du hättest nur ihren kurzen, knappen Brief lesen sollen. Sie wünscht ungestört zu bleiben, sonst zieht sie auch ihren Zuschuß zurück. Sie ist geizig!«

»Ach, sag das nicht, Fred. Es war sehr lieb von ihr, daß sie den Zuschuß gab. Eine Verpflichtung dazu hatte sie doch nicht.«

»Nun ja, aber sie ist so reich! Doch das hilft nun nichts, und ich muß nun gehen, Jutta, da du mir doch nicht helfen kannst.«

»Leider nicht, Fredy! Wenn das mit Lena nicht dazwischengekommen wäre. Aber wir mußten ja sorgen, daß sie sofort abreisen konnte. Es gilt vielleicht ihr Leben. Da muß alles andere zurückstehen.«

Ein seltsamer Ausdruck glitt über Freds Gesicht.

»Ja, da muß alles andere zurückstehen, wenn es das Leben gilt, Lenas Leben. Aber nun leb wohl, Jutta. Hab Dank für all deine Liebe. Nein – gehe nicht weiter mit mir, laß uns hier Abschied nehmen. Ich fahre gleich wieder zum Bahnhof.«

Jutta umarmte und küßte ihn zärtlich. »Gott mit dir, mein Fredy! Und – sag, ach Fredy, lieber Fredy, wenn du das Geld nun nicht schaffen kannst – dann kann es wohl kommen, daß du den Abschied nehmen mußt?«

Er biß die Zähne zusammen. »Ja, dazu – könnte es wohl kommen.«

Sie preßte die Hände aufs Herz. »Ach, das dürfte Mutter nicht erfahren, sie würde sich schrecklich aufregen.«

Er strich sich über die Stirn. »Nein, nein, das darf sie nicht erfahren – überhaupt nichts. Nicht wahr, Jutta, du sorgst dafür, daß sie unvorbereitet keinerlei Nachricht in die Hände bekommt?«

»Sei unbesorgt, Fredy, ich habe strengen Befehl gegeben, daß alle Post mir zuerst ausgeliefert wird.«

»Das ist gut, sehr gut. Und nun leb wohl, Jutta – tapfere Jutta. Bist viel tapferer, als dein Bruder, der doch sechs Jahre älter ist als du – und dazu Soldat. Wie tapfer du Mutter zur Seite stehst! Leb wohl – und gib Mutter heute abend diesen Kuß, sie braucht nicht zu wissen, daß er von mir kommt.«

Mit schmerzhafter Innigkeit preßte er Jutta an sich und küßte sie. Dann riß er sich los. »Leb wohl, Jutta!«

Dann eilte er davon.

Jutta wischte hastig die Tränenspuren aus den Augen. Mutter durfte sie nicht entdecken. Langsam schritt sie dann aus dem schmalen Pfad in die Helligkeit des großen Platzes hinaus. Und da erblickte der Lauscher klar und deutlich ihr Gesicht und ihre Gestalt. Er zuckte zusammen – sein Gesicht verriet eine schmerzliche Enttäuschung.

»Sie ist es«, stieß er leise zwischen den Zähnen hervor.

Es war derselbe Herr, den Frau von Wengern mit ›Herr von Hohenegg‹ angeredet hatte und der schon seit Wochen mit großem, warmem Interesse Jutta Falkner verfolgte.

Auch heute war er in die Anlagen gegangen, weil er Jutta neulich um diese Zeit hier getroffen hatte. Nun hatte sich seine Hoffnung, ihr zu begegnen, erfüllt, aber anders, als er gehofft. Es war für ihn kein Zweifel, daß Jutta hier mit dem Mann zusammengetroffen war, dem ihr Herz gehörte. Alles deutete auf ein Stelldichein zwischen zwei Liebenden hin.

Günter Hohenegg war zumute, als habe er etwas Köstliches verloren, obwohl er noch nie ein Wort mit Jutta gewechselt hatte und nichts weiter von ihr wußte, als daß sie Jutta hieß.

Sie schien hier in der Nähe zu wohnen, denn er hatte sie in dieser Gegend, in der er oft zu tun hatte, öfter gesehen.

Ihre angstvolle, zärtliche Stimme klang ihm noch im Ohr. Ihm war, als könne er sie nie vergessen. Wie glücklich der Mann, dem diese Zärtlichkeit galt! Aber ihre Liebe schien nicht vom Glück begünstigt zu sein, es schien sich viel Leid beizumischen. Dem Anschein nach mußte sie ihre Liebe vor ihren Angehörigen verheimlichen. Wer mochte sie nur sein?

So stand Günter von Hohenegg reglos und grübelte. Aber dann warf er den Kopf zurück.

›Unsinn, was geht mich dieses fremde Mädchen an‹, dachte er ärgerlich. Sie hatte ihn interessiert; ihr Gang, ihre vornehm liebliche Erscheinung hatten ihn gefesselt mitten im Großstadtgetriebe. Nun wußte er aber, daß sie einem anderen gehörte, und nun wollte er nicht mehr an sie denken.

Langsam setzte er seinen Weg in derselben Richtung fort, in der sich Jutta entfernt hatte.

Er bemühte sich zu vergessen, was er in den Anlagen erlauscht hatte. Aber es wollte ihm nicht gelingen. Und als sollte es nicht sein, sah er plötzlich dicht vor sich aus einem Haus Jutta Falkner treten.

Sie war schnell nach Hause gegangen, hatte das Paket mit dem Wandbehang geholt und trat nun, auf dem Weg zu Frau von Wengern, aus der Haustür. Ohne Günter von Hohenegg zu bemerken, ging sie schnell vorwärts, um die Haltestelle der elektrischen Bahn zu erreichen.

Zufälligerweise hatte Günter von Hohenegg das gleiche Ziel; auch er war auf dem Weg zu Wengerns, ohne natürlich zu wissen, daß Jutta dort erwartet wurde.

In Gedanken verloren, ließ er seinen Blick auf der vor ihm her schreitenden Mädchengestalt ruhen. Welch entzückenden elastischen Gang sie hatte! Wie anmutig sie das feine Köpfchen auf den Schultern trug! Es war doch schade, daß sie einem anderen gehörte. Sonst hätte er sich wohl von diesem anmutigen, graziösen Gang, von dieser ganz liebreizenden Erscheinung verleiten lassen – ja, zu was denn?

Er wehrte seine Gedanken ab.

›Unsinn – Hirngespinste! Laß die junge Dame mit ihrem Liebesschmerz, den du erlauschtest, aus deinen Gedanken, lieber Günter. Sie darf dich nicht interessieren. Da kommt die Elektrische. Sei so gut und schwing dich hinauf und reiß deine Augen los von dieser verlockenden Erscheinung da vorn. Du bist doch wahrhaftig kein Schürzenjäger.‹

Ohne noch auf das vor ihm gehende Mädchen zu achten, trat er an die Elektrische heran. Mehrere Personen stiegen ab, und eine größere Anzahl Menschen, die aufsteigen wollte, drängte sich an die Haltestelle.

Er schwang sich als letzter auf die hintere Plattform und blieb da stehen, um seine Zigarette fertigzurauchen.

Als er aber seine Augen über die Insassen des Wagens schweifen ließ, sah er Jutta in der Ecke, dicht neben dem Fenster sitzen. Sie bemerkte ihn nicht. Ihre Augen blickten traurig und ernst, und er sah ganz deutlich, wie es um den feingeschwungenen Mund zuckte wie in heimlicher Erregung.

›Armes Ding – wie sie leidet‹, dachte er mit warmem Mitleid. Und er mußte sie immer wieder ansehen, als könne er hinter ihrer klaren Stirn die schmerzlichen Gedanken lesen.

Die Elektrische sauste durch den Tiergarten nach dem vornehmen Westen Berlins. Als Günter Hohenegg an einer Haltestelle den Wagen verlassen wollte, sah er Jutta vor sich aussteigen. Sie war viel zu sehr in ihr schmerzliches Grübeln versunken, als daß sie ihn bemerkt hätte. Er sah, daß sie in dieselbe Straße einbog, die auch er suchte. Da hielt er die Schritte an, um ihr einen Vorsprung zu lassen. Noch einmal sah er im Schein der Bogenlampen das feine Köpfchen vor sich, dann war die junge Dame um die Straßenecke verschwunden.

Als auch er um die Ecke bog, war nichts mehr von ihr zu sehen. Sie mußte in eins der nächsten Häuser gegangen sein. Langsam trat auch er nun an ein vornehm wirkendes Gebäude heran und zog die Klingel.

Das Gesicht des Portiers erschien an dem kleinen Fenster neben dem Portal, gleich darauf sprang die Türe, wie von unsichtbarer Hand geöffnet, auf.

In der ersten Etage dieses Hauses wohnten Wengerns. Fritz von Wengern war ein Studienfreund Günters. Seit dessen Verheiratung verkehrte Günter als gern gesehener Gast viel im Hause des Freundes. Zuerst kam er mit großem Vergnügen in die elegante Häuslichkeit, wo die schöne Frau Lolo mit Anmut und Liebenswürdigkeit das Zepter schwang. Aber schon seit geraumer Zeit kam er mit einer gewissen, unbehaglichen Vorsicht.

Günter von Hohenegg hatte leider bemerkt, daß Frau Lolo sehr gefallsüchtig war und die Liebe ihres gutmütigen, etwas bequemen Gatten ihr unbequem zu sein schien. Frau Lolos kokette kleine Manöver, ihn zu einem amüsanten Flirt zu verlocken, entgingen ihm nicht.

Günter von Hohenegg war durchaus kein Ofenhokker. Er interessierte sich für schöne Frauen. Und Frau Lolo war schön und nicht ungefährlich. Aber sie war eben Fritz Wengerns Frau, die Frau seines besten, treuesten Freundes – und als solche unantastbar für ihn.

Auch heute war er zu Wengerns eingeladen. Während er die breite, teppichbelegte Treppe emporstieg, dachte er darüber nach, was Frau Lolo heute wohl wieder anstellen würde, ihn zu bezaubern.

Und neben Lolos schönem, sprühendem Gesicht sah er im Geiste wieder das blasse, zuckende Mädchenantlitz mit den traurigen Augen.

Ärgerlich über sich selbst, nahm er die letzten Stufen mit einem energischen Satz und zog die Klingel.

Ein Diener in schlichter, vornehmer Livree öffnete und ließ Günter von Hohenegg, nachdem er abgelegt hatte, in das Zimmer des Hausherrn treten.

Fritz von Wengern erhob sich aus seinem Klubsessel und trat ihm, mit dem Ausdruck herzlicher Freude auf dem hübschen und klugen Gesicht, schnell entgegen.

»Tag Günter! Herzlich willkommen! Meine Frau mußt du noch einige Minuten entschuldigen, sie hat Besuch. Oder vielmehr – sie ist damit beschäftigt, sich mit Wichtigkeit in eine Vielliebchenüberraschung für dich zu vertiefen.«

»Für mich?« fragte Günter, dem Freund die Hand schüttelnd.

»Hm! Du hast natürlich schon vergessen, daß Lolo neulich ein Vielliebchen an dich verloren hat. Aber meine kleine Frau nimmt so etwas höllisch ernst. Na ja, sie muß doch was zu tun haben, wenn ich im Büro bin. Ich sage dir, ein wahres Kunstwerk entsteht unter ihren Händen für dich. Ist mir nur schleierhaft, ob du es überhaupt gebrauchen kannst. Ich wollte ihr erst abraten, aber sie behauptet, du hättest sie schon mit so viel Aufmerksamkeiten überschüttet, daß sie dir auch mal ein Geschenk machen müsse. Also trage es mit Fassung, wie ein Mann – und hier, steck dir noch eine Zigarette an.«

Günter hatte in komischer Zerknirschung den Kopf zwischen die Schultern gezogen. »Guter Gott – ich soll wohl ewig euer Schuldner bleiben, Fritz! Wenn deine Frau mir nicht einmal gestatten will, daß ich mich durch kleine Aufmerksamkeiten für eure wahrhaft ideale Gastfreundschaft revanchiere.«

Fritz lachte gutmütig. »Laß ihr nur den Willen, Günter. Sie muß immer jemanden haben, den sie mit kunstvollen Handarbeiten beglücken kann. Früher war ich das Opfer. Ich wußte schon nicht mehr, wohin mit all dem Segen. Es ist ja fabelhaft, was Lolo mit ihren süßen, kleinen Patschchen alles fabriziert. Hast du schon jemals so schöne Hände gesehen wie die meiner Frau?«

»Wenn ich jetzt nicht ›nein‹ sage, bin ich in fünf Minuten ein toter Mann. Du bringst mich entschieden um. Und außerdem wäre es ungalant«, lachte Günter und nahm sich eine Zigarette aus dem silbernen Behälter.

»Na, nun setz dich zu mir, mein Sohn. Hoffentlich verabschiedet meine Frau die junge Dame, die sie soeben als künstlerischen Beirat konsultiert, recht bald. Diese ist freilich eben erst gekommen; ein Viertelstündchen werden wir wohl noch warten müssen, ehe dieses Fräulein Falkner ihre Weisheit ausgekramt hat.«

Günter von Hohenegg horchte auf. Eine junge Dame, die eben erst gekommen war! Sollte seine interessante Unbekannte dieses Fräulein Falkner sein?

»Wer ist das – Fräulein Falkner?«

»Ach, eine junge Malerin, die für das Tapisseriegeschäft, in dem meine Frau kauft, allerlei Zeichnungen anfertigt. Lolo interessiert sich für die junge Dame, die sie kürzlich in dem Geschäft von Brühl persönlich kennenlernte. Unter uns: das Fräulein hat für dein Vielliebchengeschenk dein Wappen gemalt. Aber davon darfst du natürlich nichts wissen! Du mußt furchtbar überrascht tun!«

Sofort fiel Günter ein, daß er Jutta neulich aus dem Tapisseriegeschäft von Brühl hatte herauskommen sehen. Es war also kaum zweifelhaft, daß sie es war, die sich jetzt bei Lolo befand.

Er fragte nicht weiter und sah gedankenvoll dem Rauch seiner Zigarette nach.

Fritz lachte. »Ich glaube, du hast Hunger, wie ich auch. Komm, wirf die Zigarette fort, wir wollen hinübergehen in den Salon und uns bemerkbar machen, damit Lolo hört, daß du da bist.«

Er zog Günter mit sich fort. Sie mußten über die Diele der Wohnung, die, wie alle Räume des Wengernschen Heims, sehr schön und geschmackvoll eingerichtet war. In demselben Augenblick, als die beiden Herren aus dem Zimmer des Hausherrn traten, wurde gegenüber eine Tür geöffnet, und Lolo erschien an der Seite Jutta Falkners. Die vier Personen standen sich gegenüber.

Lächelnd und sichtlich erfreut begrüßte Lolo Herrn von Hohenegg. Er küßte ihr artig die Hand, aber seine

Augen flogen dabei zu Jutta hinüber. Er bemerkte ganz deutlich, daß sie bei seinem Anblick errötete und sichtlich befangen war.

›Vielleicht hat sie bemerkt, daß ich sie stets mit großem Interesse beachtete, wenn ich ihr begegnete? Das ist ihr wohl unangenehm gewesen?‹ dachte er.

Dennoch konnte er es nicht unterlassen, sich in den süßen Reiz dieses Mädchengesichts zu versenken. Ein Gefühl heißen Neides gegen den unbekannten Fred, der ihre Liebe besaß, stieg in ihm auf. Er glaubte noch Tränenspuren an ihren großen, ausdrucksvollen Augen, die so warm und tief leuchteten, zu sehen.

Flüchtig stellte Frau von Wengern Jutta Falkner und Günter von Hohenegg einander vor und bat letzteren noch um ein wenig Geduld.

»Ich habe noch einige Minuten mit Fräulein Falkner zu unterhandeln, bitte, gedulden Sie sich noch so lange, Herr von Hohenegg«, sagte sie mit einem aufstrahlenden Blick in Günters Augen.

Jutta bemerkte diesen seltsam feurigen Blick, und er gab ihr zu denken. So durfte ihrer Meinung nach eine verheiratete Frau nur ihren eigenen Mann ansehen. Instinktiv wandte sie ihre Augen zu Günter Hohenegg hinüber. Aber dessen Gesicht war ganz unbewegt – seine Augen begegneten den ihren mit dem sonderbar zwingenden Blick, der ihr schon bei den flüchtigen Begegnungen aufgefallen war. Sie fühlte, daß ihr unter diesem Blick wieder das Blut ins Gesicht schoß und wandte sich ab.

Fritz von Wengern, der unbefangen dabei gestanden hatte, machte der Situation durch ein liebenswürdiges Scherzwort ein Ende.

Lolo von Wengern ging mit Jutta in ihr Boudoir. Sie hatte für Weihnachten noch verschiedene Handarbeiten vor, zu denen sie Zeichnungen brauchte. Jutta gefiel ihr, und gutmütig, wie sie war, wollte sie Jutta ein wenig protegieren.

Die Herren gingen wieder in das Zimmer des Hausherrn zurück und plauderten noch eine Weile.

»Eine sehr angenehme Persönlichkeit, dieses Fräulein Falkner. Scheint aus guter Familie zu sein. So etwas empfindet man sofort«, sagte Fritz, sich wieder in seinen Klubsessel werfend.

Günter nickte nur. Er war nicht in der Stimmung, über Jutta Falkner zu sprechen. Aber er lauschte, während er mit Fritz über Tagesfragen plauderte, bis er draußen eine Tür zuschlagen hörte.

›Jetzt ist sie gegangen‹, dachte er. Und er fragte sich, ob sie nun wieder so still und so traurig, mit so ernsten Augen und blassem, zuckenden Gesicht in der Straßenbahn sitzen würde.

Er konnte nicht lange diesen Gedanken nachhängen, denn der Diener öffnete die Tür und rief die Herren zu Tisch.

In dem großen, reich ausgestatteten Speisezimmer trat ihnen Lolo entgegen. Sie war in blendender Laune und sah in der eleganten Gesellschaftsrobe, die ein klein wenig zu kostbar war für dieses intime Souper, entzückend aus. Fritz strahlte vor Verliebtheit und war ebenfalls sehr heiter gestimmt. So fiel Günters Schweigsamkeit nicht auf.

Indessen beeilte sich Jutta, wieder nach Hause zu kommen. Frau von Wengern hatte ihre Arbeit sehr reichlich bezahlt und ihr noch einige lohnende Aufträge gegeben. Auch hatte sie ihr versprochen, als sie hörte, daß Jutta eigentlich Malerin sei und auch schon einige Bildchen verkauft habe, noch vor Weihnachten zu ihr zu kommen und sich ihre fertigen Werke anzusehen, um vielleicht eines von ihnen zu erwerben.

Für Jutta war das sehr wichtig. Sie wäre sehr froh gewesen, wenn sie wieder ein Bild hätte verkaufen können, zumal jetzt, da sie so nötig Geld brauchte. Frau von Wengern war wirklich sehr liebenwürdig gewesen; aber trotzdem – es war etwas in Jutta, das sich gegen diese schöne Frau zur Wehr setzte, ein Gefühl, das keine Sympathie aufkommen ließ.

War vielleicht daran der allzu feurige Blick schuld, den Lolo Wengern auf Günter Hohenegg gerichtet hatte?

Günter von Hohenegg! Sie sagte den Namen leise vor sich hin. Nun wußte sie, wie der Mann hieß, der ihr ein so starkes Interesse abgenötigt hatte, trotz der wenigen, flüchtigen Begegnungen.

Ob er mit den Hoheneggs verwandt war, zu denen Tante Laura gehörte?

Aber dann dachte Jutta wieder an Fred, und sie hielt es fast für ein Unrecht, an Günter Hohenegg zu denken. Das Herz wurde ihr wieder bang und schwer. Wie würde sich Fred aus dieser drückenden Affäre ziehen? Was würde er tun, wenn er das Geld nicht zahlen konnte? Ob er den Abschied nehmen mußte? Und was dann?

4

Am nächsten Morgen saß Jutta mit der Mutter im Wohnzimmer am sauber gedeckten Frühstückstisch. Sie hatte eine unruhige Nacht hinter sich. Zwar war sie zuerst schnell eingeschlafen, weil sie todmüde war, aber dann wachte sie plötzlich mit einem jähen Ruck auf. Ihr war, als sei sie laut beim Namen gerufen worden. Sie setzte sich im Bett aufrecht und lauschte nach der Mutter hinüber, deren Bett neben dem ihren stand. Aber sie vernahm nur deren leise Atemzüge. Die Mutter schlief.

›Ich habe wohl nur geträumt‹, dachte sie und legte sich wieder zurück.

Aber der Klang der Stimme, die ihren Namen gerufen, tönte noch in ihrem Ohr. Und da wußte sie es ganz genau, das war Freds Stimme gewesen!

Als sie noch so lauschte, hörte sie die Uhr drüben im Wohnzimmer zwölf schlagen. Es war also Mitternacht. Eine unerklärliche Bangigkeit war in ihrer Seele. Sie vermochte nicht ruhig im Bett zu bleiben. Leise erhob sie sich und schlich zum Fenster, um durch die herabgelassenen Jalousien auf die stille Straße hinabzusehen, als hielte sie es für möglich, daß Fred da unten stehe und nach ihr gerufen habe.

Aber kein Mensch war zu sehen. Seit einigen Stunden schneite es, und eine fleckenlose, weiße Schneedecke lag auf der Straße.

Fröstelnd legte Jutta sich wieder nieder, aber einschlafen konnte sie nicht mehr. Die Gedanken hielten sie wach. Sie dachte erst an Fred, dann an Lena, die nun schon auf dem Schiffe war. Ob sie gute Fahrt hatte? Ob sie elend war?

Tausend Fragen legte sie sich in der Stille der Nacht vor. Schlaflose Nächte waren ihr fremd, außer wenn sie einmal bei der kranken Mutter hatte wachen müssen. Ihre gesunde Jugend nahm sich sonst ihr Recht. Wie eine Angst war es in ihr, daß sie krank werden könnte. Um Gottes willen, nicht auch das noch! Nein, sie war nur erregt. Sie wollte nicht mehr an Fred und an Lena denken.

Und da trat in der Stille der Nacht ein anderes Bild vor sie hin und sah sie mit zwingenden Augen an: mit den stahlblauen, tiefliegenden Augen, in denen ein so fester Wille lag, und doch ein so frohes, lebenswarmes Leuchten. Günter von Hohenegg! Ganz deutlich sah sie ihn vor sich. Die hohe, geistvolle Stirn, das scharfgeschnittene Gesicht mit den eigenartig charakteristischen Linien um den bartlosen Mund. Wie feiner Spott und Sarkasmus zuckte es zuweilen um diesen scharfgeschnittenen Männermund. Das war ein Gesicht, wie man es nie vergaß, ein Gesicht, in dessen prägnante Züge man sich gerne vertiefen mochte. Ein interessanter Mensch, alles in allem. Ob auch ein guter, edler Mensch, edel, wie die Züge seines Gesichtes?

Da sah sie wieder im Geist den seltsamen, aufflammenden Blick, mit dem Frau von Wengern ihn angesehen hatte, und das Herz tat ihr weh.

Warum?

Sie wehrte sich gegen dieses Gefühl.

Was ging Günter von Hohenegg sie an, was Frau von Wengern? Sie hatte wirklich mit ihren eigenen Angelegenheiten genug zu tun! Sie hatte doch an andere Sachen zu denken, wenn sie des Nachts einmal nicht schlafen konnte!

Sie versuchte, sich freundliche Bilder auszumalen.

Lena würde noch vor dem Weihnachtsfest eintreffen mit der kleinen Wally. Dann sollte ein Tannenbaum geschmückt werden – dann kam Fredy auf Urlaub zum Fest, und sie konnten wieder einmal alle zusammen um Mutterle sein, wie früher. Väterchen fehlte freilich – der kam nie wieder. Das war traurig genug. Aber die kleine Wally würde sie alle erheitern und entzücken. Es mußte ein liebdrolliges Persönchen sein. Wie Mutterle sich über das Kind freuen würde!

Knapp würde es bei dieser Weihnachtsfeier ja zugehen. Aber das war nicht schlimm. Wally bekam ein Püppchen, das war sicher. Gleich morgen abend wollte sie anfangen, Puppenkleider zu nähen. Mutterle mußte dabei ein wenig helfen, weil sie selbst so wenig Zeit hatte.

Und wenn Frau von Wengern gar eins ihrer Bilder kaufte, wie herrlich wäre das! Dann konnte man das Weihnachtsfest noch ein wenig behaglicher machen.

Jutta fing an zu rechnen und konnte nicht wieder einschlafen. Als es fünf Uhr schlug, erhob sie sich leise von ihrem Lager, kleidete sich behutsam an und schlich aus dem Schlafzimmer hinüber in ihr Arbeitszimmer.

Minna war noch nicht wach, das Zimmer noch nicht geheizt, aber Jutta ging dennoch an die Arbeit. Es war schade, die Zeit nutzlos im Bett zu verbringen, wenn man nicht schlafen konnte.

Sie hatte schon einige Stunden fleißig gearbeitet, als die Mutter klingelte. Nun saßen sie im durchwärmten und aufgeräumten Wohnzimmer am Frühstückstisch. Minna reinigte inzwischen Juttas Arbeitszimmer.

Mutter und Tochter plauderten natürlich von Lena und Wally. Jutta zeigte sich frisch und munter, gar nicht, als habe sie eine schlaflose Nacht hinter sich. Ein paarmal hatte es draußen im Flur geklingelt. Jutta schien es gar nicht zu beachten, bis die Mutter sagte:

»Was ist das nur heute? Es klingelt ja in einem fort.«

Jutta zuckte scheinbar sorglos die Schultern, obwohl sie bereits unruhig hinausgelauscht hatte.

»Es waren wohl Hausierer, Mutterle. Du weißt, um die Weihnachtszeit laufen viel Händler und Arbeitslose herum. Wäre es etwas anderes gewesen, hätte Minna es schon gemeldet«, antwortete sie ruhig, obwohl sie genau wußte, daß Minna auch Wichtiges nicht melden würde.

Die Mutter seufzte. »Ich dachte nur, der Briefträger sei dagewesen. Von Fredy haben wir so lange keine Nachricht.«

»Minna hätte gewiß die Post hereingebracht, wenn etwas gekommen wäre. Fredy wird viel Dienst haben – und, du weißt doch, er ist schreibfaul.«

»Ja doch, aber eine Postkarte hätte er doch wieder mal schreiben können.«

Sie beendeten das Frühstück. Frau Falkner setzte sich in ihren Lehnstuhl am Fenster und nahm ihren Strickstrumpf zur Hand.

»Na, Mutterle, nun ist das halbe Dutzend wohl bald fertig?« scherzte Jutta.

»Ja, Kind, es ist der letzte Strumpf. Wer weiß, ob ich je wieder welche für meinen Jungen stricken kann«, antwortete die Mutter wehmütig. Sie wußte, wie krank ihr Herz war, und schon seit Jahren war sie darauf gefaßt, schnell abgerufen zu werden. Derartige Bemerkungen machte sie zuweilen. Aber heute durchschauerte es Jutta dabei, wie eine Ahnung des Unheils.

Daran war wohl die schlaflose Nacht schuld; sie war wirklich ein wenig nervös.

Zärtlich strich sie über den grauen Scheitel der Mutter.

»Nicht so sprechen, mein liebes Mutterle«, bat sie leise.

Dann setzte sie das Frühstücksgeschirr auf ein Tablett und trug es in die Küche.

Minna sah ihr schon erwartungsvoll entgegen.

»Ist Post gekommen, Minna?«

»Jawohl, gnädiges Fräulein, ein Brief und auch eine Depesche. Ich habe alles in Ihr Arbeitszimmer gelegt.«

Jutta nickte und eilte hinaus. Kam das Telegramm von Lena? Und der Brief? Vielleicht schon von Fredy? Ach, daß er ihr Erlösung brächte aus ihrer schweren Sorge!

Zuerst ging sie aber nochmals zur Mutter.

»Hast du alles, was du brauchst? Ich muß nun wieder an meine Arbeit gehen.«

Die Mutter nickte ihr liebevoll zu. »Mein gutes Kind, für dich muß das Schicksal ein großes Glück aufgespart haben, sonst gäbe es keine Gerechtigkeit. Bisher hast du immer nur für andere Opfer gebracht, immer nur Opfer.«

Jutta lächelte. »Ach, Mutterle, ist das ein Opfer, wenn man für seine liebsten Menschen arbeiten kann? Wenn ich nur mehr verdienen würde, daß ich dir das Leben leichter machen könnte. Aber nicht doch, nicht feuchte Augen bekommen! Wenn Onkel Doktor das sieht, nimmt er mich bei den Ohren. Kopf oben, Mutterle – der hat bei uns zu regieren; das Herz hat weder Sitz noch Stimme. So, nun lächelst du wieder und bist ruhig. Und nun stricke fleißig. Heute abend nähen wir Puppenkleider für das Kleinchen.«

Der Mutter Augen leuchteten. »Ach ja, Jutta, darauf freue ich mich. Als ihr, du und Lena, kleine Mädchen waret, da habe ich auch so niedliche Sachen gearbeitet.«

»Ja, Mutterle, davon habe ich noch mancherlei aufgehoben. Das machen wir für Kleinchen zurecht. Aber jetzt geht's erst an die Arbeit. Ich komme ab und zu herüber, und wenn du etwas brauchst, klingelst du. Daß du ja nicht aufstehst und herumläufst, wenn niemand bei dir ist.«

»Nein, nein, ich weiß ja, daß ich es nicht darf.«

Jutta ging nun eilig in ihr Arbeitszimmer.

Mit unruhigen Händen faßte sie zuerst nach dem Brief. Sie sah, daß er von Fred kam. Ihm galt momentan ihre größte Sorge.

Sie ließ sich in einen Stuhl gleiten, öffnete hastig das Schreiben und las. Ihre Augen flogen über die Zeilen, und in diese Augen trat, je weiter sie las, starres Entsetzen. Ihr Antlitz wurde weiß – dann plötzlich sank sie wie in halber Ohnmacht in sich zusammen, und der Brief entglitt ihren Händen.

So saß sie, als sei alles Leben aus ihr geflohen. Nach einer Weile richtete sie sich empor und tastete nach dem Brief. Als sie sich nach ihm bückte, brachte sie, vom Stuhl gleitend, in die Knie. Die Hände vor das Antlitz pressend, schauerte sie zusammen.

»Fredy – Fredy!« wimmerte sie in tiefster Qual.

So lag sie lange, wie zerschmettert, aller Kraft beraubt, und eisige Kälte durchrann ihren Körper.

Endlich richtete sie sich langsam empor und sah mit toten, leeren Augen um sich. Mit unsicheren, zitternden Händen entfaltete sie den Brief, glättete ihn mechanisch und las ihn nochmals durch, als müsse sie sich den Inhalt einprägen.

›Meine liebe Jutta, meine liebe, tapfere Schwester!

Als ich mich heute von Dir trennte, wußte ich schon, daß es für mich keine Hilfe mehr gab und daß ich Abschied von Dir nahm, für immer. Ich bitte Dich, sei stark und tapfer, wie Du es bisher gewesen, und wie ich es leider nie sein konnte.

Ich will und muß aus dem Leben gehen, Jutta, heute noch. Wenn es Mitternacht schlägt, ist meine Lebensuhr abgelaufen. Ich muß Dir gestehen, daß ich viel mehr Schulden habe, als diese Ehrenschuld, die ich bis morgen früh decken soll. Ich bin nicht mehr zu retten, ich mag auch nicht mehr leben, mir fehlen die Kraft und Festigkeit des Willens. Ein Dasein aber, wie es vor mir liegt, ist mir nicht mehr des Lebens wert.

Weine und klage nicht über mich, liebe Jutta, ich habe Euch nur Not und Sorge gemacht mit meinem Leichtsinn, habe Euch schwere Lasten auferlegt und würde Euch immer von neuem noch mehr auflegen.

Sei stark, tapfere kleine Schwester, Du kannst es so bewunderungswürdig sein. Denk nicht, daß ich Euch nicht liebgehabt habe, weil ich Euch das antue. Es ist auch für Euch besser, wenn ich Euch von der Sorge um mich befreie. Mein Leben ist verfehlt.

Du mußt Mutter schonend und langsam darauf vorbereiten. Ich darf nicht daran denken, wie sie diese Nachricht aufnehmen wird. An gar nichts will ich denken, sonst werde ich weich und verliere noch die Fähigkeit, einen Schwächling aus der Liste der Lebenden zu streichen.

Grüße und küsse die Mutter und Lena ein letztes Mal von mir. Ich will mich zur letzten Ruhe niederlegen, als legte ich mich in Mutters Schoß. Sie wird mir nicht zürnen. Sanft und leise wird sie mir über die Stirn streichen, und ich werde sanft einschlafen wie als Kind unter ihren streichelnden Händen. Verdamme auch Du mich nicht, meine liebe, starke Schwester, wir Menschen sind aus verschiedenem Stoff. Vergib mir, daß ich Dir diesen Schmerz antue, küsse die Mutter, leb wohl, Jutta!

Dein Bruder Fred‹

Mit großen starren Augen sah Jutta auf diesen Brief hinab. Es wäre ihr eine Wohltat gewesen, wenn sie hätte laut aufschreien können in ihrer Qual. Aber da drüben saß die Mutter – ihre bedauernswerte, ahnungslose Mutter. Ihr war, als müsse sie ersticken an diesem namenlosen Leid. Ihr Fredy, ihr heißgeliebter Bruder, starr – tot! Und da drüben saß die Mutter und strickte für ihn Strümpfe.

»Den letzten Strumpf«, so hatte sie vorhin gesagt. Ja – es war der letzte, die letzte Liebestat für den geliebten Sohn.

Konnte es denn sein? War sie bei Sinnen? Äffte sie nicht ein grausamer Spuk?

Jutta dachte an den Ruf, der sie um Mitternacht so schreckhaft aus dem Schlummer gestört. Um Mitternacht? Hatte da der Bruder in seiner letzten Not nach ihr gerufen? War das Schreckliche schon geschehen oder konnte man es noch verhüten?

Sie sprang auf, von neuer Hoffnung beseelt, und blickte wirr um sich. Da fielen ihre Augen auf die Depesche, die sie noch nicht geöffnet hatte.

Mit zitternden Händen tastete sie danach und riß sie auf. Nicht von Lena kam sie, sondern von Oberst Heyden. Das war der Vorgesetzte ihres Bruders. Ein Schauer rann über Jutta hin, und mit weitgeöffneten Augen las sie:

›Leutnant Alfred Falkner heute morgen vom Burschen in seiner Wohnung tot aufgefunden worden. Die Anwesenheit eines Angehörigen dringend erwünscht.

Oberst Heyden‹

Jutta sank in den Stuhl zurück. Nun erst glaubte sie das Schreckliche, Unfaßbare, nun war jede Hoffnung verloren.

Was sollte sie nun tun?

Sie war keines Gedankens fähig. Diese Nachricht hatte ihren sonst so klaren Geist getrübt, ihre Entschlossenheit zerstört. Nur eins wußte sie: wenn Mutter das Schreckliche erfuhr, war es ihr Tod.

Ein Stöhnen brach über ihre Lippen. Aber dann raffte sie sich gewaltsam auf. Es mußte etwas geschehen. Und zu Fredy mußte sie gehen, mußte ihm noch einmal in das stille Antlitz sehen, ihm ihre Verzeihung bringen. Bei allem Leid, das er über sie brachte, mußte sie nur daran denken, wie lieb sie ihn gehabt hatte. Das Herz brach ihr fast vor Jammer.

Was nun tun?

Zur Mutter konnte sie nicht hinüber, jetzt nicht. Sie würde aufschreien müssen, wenn sie die Mutter anblickte. Jetzt war sie nicht imstande, ein lächelndes Gesicht zu zeigen.

Und in ihrer Herzensangst fiel ihr der gute alte Freund ihres Vaters ein, Doktor Görger, der Helfer und Berater in den vielen Nöten, die ihr schon die Seele belastet hatten. Ja, zu ihm und seiner Frau mußte sie gehen, diesen beiden lieben, verständnisvollen Menschen mußte sie ihr Leid klagen; sie würden ihr helfen, sich zurechtzufinden nach diesem neuen Schicksalsschlag.

Sie sprang auf, barg Brief und Telegramm in ihrer

Tasche und ging leise hinaus in die Küche. Minna starrte sie erschrocken an.

»Um Gottes willen, gnädiges Fräulein, ist Ihnen nicht gut?« rief sie, die Hände zusammenschlagend.

Jutta würgte den aufsteigenden Jammer hinab.

Ein schmerzliches Zucken lief um ihren Mund.

»Ich habe furchtbare Kopfschmerzen, Minna, und muß unbedingt eine Weile an die frische Luft. Aber Sie wissen, Mama sorgt sich gleich, und das darf sie nicht. Ich will heimlich hinausgehen. Hören Sie gut auf die Klingel. Sollte Mama nach mir verlangen, dann sagen Sie, ich sei schnell gelaufen, um mir Farbe zu kaufen.«

Minna nickte verständnisvoll. »Jawohl, gehen Sie nur, gnädiges Fräulein. Ich werde schon alles machen. Wollen Sie nicht 'n bißchen Essig riechen? Das hilft manchmal.«

Jutta schüttelte nur stumm den Kopf; Minna half ihr in den Mantel und ließ sie leise zur Tür hinaus.

›Sie wird doch wohl nicht krank werden, sieht ja zum Erbarmen aus‹, dachte das Mädchen mitleidig.

Mit Füßen so schwer wie Blei verließ Jutta das Haus. Doktor Görger wohnte nicht weit. Die Damen waren nach dem Tod des Geheimrats hierhergezogen, weil ihnen der Arzt hier nahe war. Wenn die Mutter ihre Herzkrämpfe bekam, war immer schnelle Hilfe nötig.

Doktor Görgers Sprechstunde war gerade zu Ende, als Jutta anlangte. Der Diener ließ sie gleich eintreten. Er kannte sie genau und wußte, daß sein Herr immer für sie zu sprechen war.

Doktor Görger, ein rüstiger, schöner alter Herr, Ende der Fünfzig, mit klugen, hinter Brillengläsern verborgenen Augen und gelichtetem Haar, erhob sich von seinem Schreibtisch, als Jutta eintrat. Er hatte soeben seine Notizen in seinem Journal beendet.

Jutta taumelte, haltlos vor Schmerz auf ihn zu und stieß ein jammervolles »Onkel Doktor!« hervor.

Erschrocken fing er sie in seinen Armen auf und sah forschend in ihr verstörtes Gesicht.

»Was gibt es, Jutta – die Mutter?« fragte er hastig und ließ sie voll väterlicher Teilnahme in einen Sessel gleiten.

Sie schüttelte den Kopf. »Nicht die Mutter! Fred – Fred!«

Sie schrie den Namen des Bruders heraus, als könne sie den Schmerz nicht mehr in sich verschließen.

Doktor Görger machte ein finsteres Gesicht. »Macht euch der Bengel wieder Sorgen? Himmeldonnerwetter noch mal, ich möchte das Bürschlein mal abbeuteln, daß ihm Hören und Sehen vergeht«, sagte er wütend und strich doch zugleich beruhigend mit väterlicher Zärtlichkeit über das blasse, verstörte Mädchengesicht.

»Schilt ihn nicht, Onkel Doktor – Fred ist tot.«

Das brach wieder wie ein Schrei aus ihrer Brust.

Der alte Herr erschrak. »Tot? Fred tot?«

Sie nickte, zog Brief und Depesche hervor und reichte ihm beides.

»Lies selbst«, bat sie und sank kraftlos in sich zusammen, mit brennenden Augen vor sich hinstarrend.

Doktor Görger las, sein Gesicht wurde noch finsterer. Seine Lippen formten das Wort: »Schwächling«. Aber er sprach es nicht aus, um Jutta zu schonen. Wußte er doch, wie zärtlich sie und die Mutter diesen leichtsinnigen Menschen geliebt hatten.

Sanft nahm er Juttas kalte Hände in die seinen.

»Du hast es Mutter noch nicht gesagt, Jutta?«

Sie schrak empor. »Nein, nein, wie kann ich das! Es ist ihr Tod, wenn sie es erfährt. In meiner Angst und Not komme ich zu dir und Tante Maria; ich weiß ja nicht, was ich tun soll.«

Der Arzt trat an seinen Arzneischrank, ließ aus einer Flasche einige Tropfen in ein halbgefülltes Wasserglas fallen und reichte es Jutta.

»Trink das, Jutta. Du armes Ding bist zu sehr erschrocken. Und doch mußt du den Kopf oben behalten, Kind – für deine Mutter. Wir dürfen ihr jetzt nicht sagen, was geschehen ist. Sie ist von dem letzten Anfall noch nicht zur Ruhe gekommen. Die Nachricht vom Tod deines Bruders wäre ihr sicheres Ende.«

Jutta trank gehorsam das Glas leer. Dann schluchzte sie trocken auf: »Ach, Onkel Doktor – wie ist das Leben so schwer. Was tue ich nur?«

Er streichelte ihr Haar.

»Tapfer sein, mein armes Kind! Hast doch bisher wie eine treue Schildwache vor deiner Mutter gestanden. Und nie brauchte sie eine Schildwache nötiger als jetzt. Sie ist ohnedies in Unruhe und Sorge um Lena. Erführe sie vom Tod deines Bruders, dann wäre es aus mit ihr. Herrgott, dieser Schlingel – nein, nein, ich sage nichts mehr gegen ihn, sei ruhig. Nun sei aber auch mein liebes, tapferes Kerlchen, hörst du?«

Sie nahm seine Hand und drückte sie an ihre brennenden Augen. Und dann sah sie zu ihm auf.

»Ist es aber nicht ein Unrecht, wenn ich Mutter verschweige, daß ihr heißgeliebter Sohn nicht mehr am Leben ist? Sie wird es mir nie verzeihen, wenn ich sie in Unwissenheit lasse.«

Der alte Herr machte eine energische Handbewegung.

»Hier kommt es nicht darauf an, was du darfst, sondern auf das, was du mußt. Ich verbiete dir als Arzt, deiner Mutter diese Mitteilung zu machen. Auch nach der schonendsten Vorbereitung wirft die Nachricht sie um, das kannst du mir glauben. Es hilft nichts, wenigstens bis Lena kommt. Ist diese wohlbehalten mit dem Kind angekommen, hält deine Mutter die beiden geliebten Menschen im Arm, dann wollen wir es in Gottes Namen versuchen, sie schonend auf die schreckliche Nachricht vorzubereiten. Ganz langsam muß das dann gehen. Wir müssen wieder mal ein frommes Märchen ersinnen. Die Mutter muß euch erhalten bleiben. Denk doch, Kind, wenn Lena und das Kind jetzt zu euch kommen, wovon wollt ihr alle leben, wenn die Pension der Mutter fortfällt? Deine Schwester kommt krank und mittellos heim. Sie braucht Pflege und Schonung. Und auf dir lastet wahrlich schon genug, du kannst nicht alles schaffen, trotz deines bewundernswerten Opfermutes. Herrgott, Kind, ich verstehe, daß du jetzt mit so mutlosem Gesicht vor mir sitzt. Was hat dir das Schicksal alles aufgepackt! Aber du bist gesund und stark, ein ganzer Mensch. Hut ab vor dir, mein Kerlchen! Wer, wie ich, so viel menschliches Elend und Schwäche sieht, dem labt es das Herz, so eine Kraftnatur zu sehen. Nun raffe dich aus deiner Erstarrung, mein Mädchen!«

Ein herzzerreißendes Lächeln umspielte Juttas blassen Mund. Dann schloß sie plötzlich die Augen.

»So elend und verzagt war ich noch nie in meinem Leben, lieber Onkel Doktor. Ach, Fredy, mein lieber Fredy – nein, du darfst ihm nicht zürnen! Er kann ja nichts dafür, daß er so schwach war, daß er eine solche Sehnsucht nach Freude und Genuß hatte. Nun hat er es gebüßt – so schwer. Mein Herz tut mir so weh, wenn ich denke, was er gelitten haben mag, ehe er uns das antat. Wenn ich doch wenigstens zu ihm könnte! Nur noch einen letzten Blick in sein stilles Gesicht, einen letzten Gruß möchte ich ihm bringen, ich kann ihn so nicht einsargen lassen, ohne daß ein liebender Blick ihn getroffen hat. Rate mir, hilf mir, ich muß zu ihm! Der Oberst verlangt ja auch die Anwesenheit eines Angehörigen. Aber wie komme ich fort, ohne daß Mutter etwas merkt? Ich bin so wirr, so zerfahren und kann mir nichts ausdenken. Hilf du mir, lieber, guter Onkel Doktor!«

Der Arzt drückte ihr beruhigend die Hand.

»Ja, ja, ich helfe dir schon. Aber jetzt komm erst mal mit hinüber zu Tante Maria. Sie wird uns nachdenken helfen, wie wir alles am besten einrichten.«

Er führte Jutta in das behagliche Wohnzimmer. Da saß eine stattliche, alte Dame mit frischem Gesicht und vollem graumeliertem Haar.

Ihr Gatte erzählte ihr kurz, was geschehen war. Sie zog Jutta liebevoll an sich. Sie besaß selbst zwei erwachsene Söhne und zwei Töchter und erfaßte mit ihrem Mutterherzen die Tragik dieser Nachricht.

Sorglich führte sie Jutta zu einem Sessel. Erst wollte sie nichts davon wissen, daß man der Mutter den Tod ihres Sohnes verheimlichte. Als ihr Gatte ihr jedoch alles auseinandersetzte, als sie hörte, daß die kränkliche Mutter auf keinen Fall ihren toten Sohn noch einmal sehen konnte, weil sie in ihrem Zustand das Zimmer nicht verlassen dürfte, da sah sie ein, daß die Ärmste noch immer früh genug das Schreckliche erfahren würde. Entschlossen und umsichtig, wie eine echte Arztfrau, beriet sie nun mit ihrem Gatten, was zu tun sei.

Jutta saß schweigend in tiefster Ermattung dabei und empfand es als Wohltat, daß andere für sie handelten und dachten. Sie wußte, daß diese beiden gütigen Menschen alles aufs beste bedenken würden.

Endlich war alles reiflich erwogen.

Jutta sollte jetzt heimkehren, damit die Mutter nichts von ihrer Abwesenheit merkte. Gleich danach sollte der Doktor einen Besuch bei ihrer Mutter machen. Zu derselben Zeit sollte des Doktors Diener zu Falkners hinübergehen und Minna melden, Fräulein Falkner möge sofort in das Geschäft von Brühl kommen, sich aber einrichten, den ganzen Tag dort zu bleiben, da sie gleich an Ort und Stelle eine Arbeit vornehmen müsse. Jutta mußte natürlich Minna einweihen, diese war ja ein vernünftiges Mädchen. Der Doktor wollte dann sagen, seine Frau solle zu Juttas Mutter kommen und dableiben, bis Jutta am Abend zurückkommen würde.

Jutta sollte sich dann sofort entfernen, damit sie den Elfuhrzug nach der nahen Garnison des Bruders erreichte. Doktor Görger wollte sie begleiten. Schwere Fälle hatte er zum Glück in seiner Praxis nicht. Mit dem Vieruhrzug konnten sie dann zurückkommen, gegen halb sechs Uhr war Jutta dann wieder zu Hause.

Frau Doktor Görger versprach Jutta, die Mutter in ihrer Abwesenheit gut zu hüten.

Jutta dankte den beiden treuen, hilfsbereiten Menschen mit tränenfeuchten Augen. Tante Maria kühlte ihr die verweinten Augen, um die Tränenspuren zu verwischen.

Dann brach Jutta auf. Der alte Herr drückte ihr die Hand.

»Also tapfer, Jutta, tapfer! Wenn dich einmal der Jammer überwältigt in Gegenwart deiner Mutter, dann sage ihr, du hättest Zahnschmerzen. Es hilft nichts, Kind! Wenn du dir und Lena die Mutter erhalten willst, dann mußt du den Schein aufrecht erhalten.«

Jutta biß die Zähne zusammen. Etwas von ihrer alten Energie lag um den blassen Mund.

»Es muß gehen! Gott mag mir verzeihen, daß ich meiner armen Mutter diese Komödie vorspiele. Adieu, ihr lieben guten Freunde, habt vielen Dank. Wenn ich euch nicht hätte!«

Impulsiv küßte sie den beiden alten Herrschaften die Hand und ging schnell hinaus, um ihre Fassung nicht wieder zu verlieren.

»Das arme, arme Kind!« sagte Tante Maria seufzend.

Ihr Gatte nickte.

»Ja, ihr wird reichlich aufgepackt, weil die andern alle keine Kraft in den Knochen haben. Die Mutter ist nur ein Schatten; Lena, die auch ein lieber, tapferer Mensch ist, hat sich da unten wahrscheinlich einen Knacks geholt. Und dieser Fred – dieser Schlingel – schießt sich einfach tot, statt die Suppe auszulöffeln, die er sich eingebrockt hat. So ein Schwachmatikus! Na, er ist tot, und einen Toten soll man nichts nachreden; aber er hat sich schwer an den Frauen versündigt. Und alles muß Jutta tragen. Wenn sie nicht so ein Prachtmädel wäre, was, Alte?«

So sagte Doktor Görger, während er sich zum Ausgehen fertig machte.

5

Jutta erfuhr von Minna, daß die Mutter ihre Abwesenheit gar nicht bemerkt hatte.

Als sie am Wohnzimmer vorüber in ihr Arbeitszimmer gehen wollte, blieb sie einen Moment vor der Tür stehen. Aber sie vermochte nicht hineinzugehen. Sie fürchtete sich geradezu, der Mutter in die Augen zu blicken.

Leise trat sie in ihr Zimmer und winkte Minna, ihr zu folgen. Alle Kraft zusammennehmend, sagte sie dieser, was geschehen war und was man von ihr erwartete.

Minna war vor Schreck und Mitleid erst ganz sprachlos, versicherte dann aber eifrig ihre wirksame Hilfe. Sie kam sich als Juttas Vertraute sehr wichtig vor und umsorgte mit wahrhafter Anteilnahme ihre junge Herrin.

Dann war Jutta allein. Sie las noch einmal Freds Brief und biß die Zähne krampfhaft zusammen, um nicht in Tränen auszubrechen. Wenn sie sich hätte rückhaltlos ausweinen können, wäre ihr wohler gewesen. Aber diese Wohltat mußte sie sich der Mutter wegen versagen.

Dann bereitete sie alles für ihre kurze Reise vor. Bald darauf kam Doktor Görger.

Jutta preßte die Hand aufs Herz und schickte ein Stoßgebet um Kraft und Ruhe zum Himmel, ehe sie mit dem Arzt zur Mutter ging.

Nun entwickelte sich alles programmäßig. Frau Falkner fand nichts Auffallendes daran, daß Jutta gleich bei Brühl eine Arbeit ausführen sollte. Sie freute sich, daß der Doktor zu seiner Frau schickte, die ihr Gesellschaft leisten sollte.

Endlich war Jutta erlöst und konnte mit Doktor Görger das Haus verlassen.

An der nächsten Straßenecke rief Doktor Görger ein Auto herbei, und in Windeseile ging es zum Bahnhof. Sie kamen gerade noch zurecht; kaum hatten sie in einem Abteil Platz genommen, da fuhr der Zug ab.

In weniger als einer Stunde hatten sie die Garnison erreicht.

Was in den nächsten Stunden alles auf Jutta einstürmte, hätte sie wohl erdrückt, wenn sie nicht Onkel Doktor als Schutz und Hort bei sich gehabt hätte.

Als sie vor dem toten Bruder stand, war ihr zumute, als müsse sie nun selbst vor Herzeleid leblos über ihn fallen. Er lag so still und ruhig – fast, als ob er schliefe. Fast knabenhaft sah das bleiche Antlitz aus. Selbst der Tod hatte keine festen Züge in das weiche, energielose Gesicht graben können.

Sein Bursche erstattete schluchzend Bericht. Er war von ehrlicher Trauer erfüllt. Ein gar so guter Herr sei der Herr Leutnant gewesen.

Während Jutta eine Stunde mit dem toten Bruder allein blieb und ihm mit sorgender Hand noch allerlei kleine Liebesdienste leistete, hatte Doktor Görger eine längere Unterredung mit Oberst Heyden. Er legte ihm die Verhältnisse klar und bat ihn um seine Hilfe. Der Oberst erklärte sich gern bereit, die Beerdigung vorzubereiten und mancherlei, was nötig war, zu ordnen.

Als der Oberst dann Jutta gegenübertrat, stellte er ihr ritterlich seine Dienste zur Verfügung.

Sie dankte ihm, mühsam ihre Fassung bewahrend. Die Herren ließen sie wieder mit dem toten Bruder allein und berieten noch mancherlei. Dann war auch schon die Zeit um. Jutta mußte Abschied nehmen.

Noch ein letztes Mal preßte sie ihre Lippen auf seine bleiche Stirn. Noch ein letzter, langer Blick, dann führte Doktor Görger sie hinaus. Wie ein eisiger Schauer rann es durch ihre Glieder, als die Tür sich hinter ihr schloß. Sie wankte und wäre zusammengebrochen, hätte der alte Herr sie nicht festgehalten.

Als Jutta nach Hause kam, sagte ihr Tante Maria, die Mutter sei in ihrem Lehnstuhl eingeschlafen. Darüber war das junge Mädchen froh. Nun brauchte sie der Mutter nicht gleich gegenüberzutreten.

Frau Doktor Görger verabschiedete sich dann, Jutta nochmals zärtlich Trost spendend. Minna brachte ihrer jungen Herrin heißen Tee und etwas zu essen. Sie vermochte auch jetzt nur den Tee zu trinken.

Minna umgab sie mit gutgemeinter Sorge und nahm die Zügel des kleinen Haushalts energisch in ihre Hände, damit Jutta nichts damit zu tun habe.

Als die Mutter erwachte, blieb Jutta nur wenige Minuten bei ihr, sich mit notwendigen Arbeiten entschuldigend.

Aus den Puppenkleidern wurde heute nichts. Jutta blieb in ihrem Arbeitszimmer, bis die Mutter zu Bett gegangen war. Aber obwohl die Arbeit drängte, vermochte Jutta nicht einen Strich zu zeichnen. Sie saß stumm und reglos und starrte vor sich hin.

Zuweilen sprang sie auf wie auf der Flucht vor ihren eigenen schweren Gedanken und ging leise im Zimmer auf und ab. Auch die folgenden Tage waren unsagbar schwer für Jutta. Oft meinte sie, es nicht mehr ertragen zu können, der Mutter ruhig zu begegnen.

Vorsichtig mußte sie auch jetzt die Zeitungen durchsehen, ehe Mutter sie in die Hände bekam. Es hätte doch sein können, daß eine Notiz über Freds Tod darin stand.

Tante Maria stand ihr treu zur Seite. Öfter als sonst kam sie zur Mutter, um Jutta zu entlasten. Auch als Fred beerdigt wurde, blieb Tante Maria bei der Leidenden. Jutta hatte gleich, als sie von Freds Leiche zurückkam, der Mutter gesagt, sie müsse zu Frau von Wengern, um für diese eine kleine Füllung in einen Toilettenschrank zu malen. Damit begründete sie ihre abermalige Abwesenheit für längere Zeit.

Onkel Doktor begleitete Jutta auch diesmal. Zusammen gaben sie Fred das letzte Geleit. Es war ein trüber Tag. Schnee und Regen fielen vermischt vom Himmel. Es war ein trostloses Wetter.

Ganz elend kehrte Jutta von der Beerdigung heim.

Die notwendigen Nachrichten an Freunde und Bekannte, die von Freds Tode wissen sollten, besorgte Doktor Görger. Er hatte es auch übernommen, Tante Laura zu benachrichtigen. Minna mußte noch schärfer als sonst auf die Post achten; sie hatte mit dem Briefträger vereinbart, daß dieser nicht klingeln sollte, wenn er Briefe brachte.

Jutta hatte Lena keine Nachricht gesandt. Diese erfuhr ja das Schlimme bei ihrer Ankunft noch früh genug.

Wider Erwarten erklärte sich Tante Laura jetzt bereit, Freds Schulden zu bezahlen. Jutta mußte das dankbar annehmen, denn die Schulden beliefen sich auf fast zehntausend Mark, und sie selbst hätte diese Summe nicht beschaffen können.

Tante Laura schrieb auch einige Beileidsworte an Frau Geheimrat Falkner und deren Tochter, die natürlich die Mutter nicht zu lesen bekam. In diesem Schreiben erklärte Tante Laura, sie bezahle diese

Schulden nicht etwa, weil sie sich Gewissensbisse mache, Fred die erbetenen dreitausend Mark verweigert zu haben, sondern weil sie ihres Versprechens, ihm eine Zulage zu geben, nun enthoben sei.

Jutta taten diese kalten, kurzen Worte weh, obwohl sie sich sagte, daß Tante Laura ihnen zu fern stand, um mit ihnen zu fühlen. Sie dankte ihr in schlichten Worten und schrieb, daß sie ihr damit eine große Last vom Herzen genommen hätte.

Freds kleinen Nachlaß, seine wenigen Habseligkeiten, ließ Doktor Görger nach einer Rücksprache mit Jutta verkaufen. Nur persönliche Andenken behielt diese zurück. So bekam sie einige hundert Mark in die Hände. Das Geld brannte ihr in den Fingern; aber Doktor Görger redete ihr zu, daß sie dieses Geld nur zu nötig brauchen würde, wenn Lena käme.

Inzwischen war auch von Lena eine Depesche eingetroffen, daß sie sich leidlich wohl an Bord der ›Rhenania‹ befinde.

6

Die Tage schlichen dahin wie mit bleierner Schwere. Jutta fand ihre Arbeitsfreudigkeit nicht wieder, dennoch arbeitete sie fieberhaft, schon um wenig in Gesellschaft der Mutter zu sein und sich abzulenken.

Etwa acht Tage waren seit Freds Begräbnis vergangen. Es war gegen zwölf Uhr mittags. Jutta hatte am Abend vorher von der Post ein Briefchen von Lolo von Wengern erhalten, daß diese am nächsten Tag kommen wolle, um sich Juttas Bilder anzusehen.

Das junge Mädchen hatte in diesen schweren Tagen kaum noch an Frau von Wengern gedacht; ihre Hoffnung, ein Bild zu verkaufen, war sehr gering. Auch jeden Gedanken an Herrn von Hohenegg hatte sie verbannt. Ihr Herz war so angefüllt von ihrem Kummer, daß sie an nichts denken konnte als an ihr Leid. Erst Frau von Wengerns Brief erinnerte sie wieder an deren Versprechen.

Mit müden Bewegungen hatte sie die Bilder in ihrem Arbeitszimmer so aufgestellt, daß man sie bequem betrachten konnte. Der Mutter hatte sie mitgeteilt, daß Frau von Wengern kommen würde; diese betete nun im stillen, daß Jutta ein Bild verkaufen möge.

So ganz heiter und sorglos wie sonst hatte sich Jutta in diesen Tagen doch nicht zeigen können, wenn sie bei der Mutter war. Infolgedessen glaubte diese, Jutta sorgte sich, woher sie das Geld zu allem Nötigen nehmen solle.

Keine Ahnung kam ihr, welch ein Leid Jutta heimlich mit sich herumtrug. Vor einigen Tagen war eine Depesche aus Freds Garnison gekommen, die Doktor Görger dort hatte aufgeben lassen. Diese Depesche war scheinbar von Fred an Mutter und Schwester gerichtet und enthielt die Nachricht, daß Fred für einige Monate nach Metz kommandiert sei und sofort abreisen müsse.

Die Mutter fand zwar nichts Auffallendes dabei, aber sie war sehr betrübt.

»Nicht einmal Zeit zum Abschiednehmen haben sie ihm gelassen. Siehst du, Kind, ich soll mich nicht zu sehr freuen. Ein Tröpfchen Wermut muß immer dabei sein. Es wäre ja auch zu schön gewesen, wenn ich euch Weihnachten wieder einmal alle um mich gehabt hätte«, hatte die alte Dame seufzend gesagt.

Jutta hatte das Herz bang und schwer geklopft. Drüben in ihrem Schreibtisch lagen einige Postkarten, die Fred vor zwei Jahren nach Hause gesandt hatte, als er einige Zeit dienstlich in Metz gewesen war. Diese Karten sollten nun der Mutter in Zwischenpausen als neu angekommen gezeigt werden.

Fred hatte immer nur einen Gruß und die Versicherung seines Wohlbefindens auf die Karten geschrieben, weil er sehr schreibfaul war. Jutta hatte mit Mühe das Datum verwischt, so daß es nicht zu lesen war. So mußte alles bedacht werden, um die kranke Mutter über das Unglück wegzutäuschen.

Wie schwer und drückend erschien Jutta das alles! Doktor Görger mußte ihr immer wieder Trost und Mut einsprechen. Aber das Herz lag ihr wie ein Stein in der Brust.

Nun stand sie in ihrem Arbeitszimmer und suchte noch einige Aquarellskizzen hervor, um Frau von Wengern gern auch diese zu zeigen. Sie war gerade damit fertig, als es draußen klingelte und Minna dann die Tür öffnete und Frau von Wengern eintreten ließ.

Jutta trat ihr entgegen, blieb dann aber plötzlich betroffen stehen – denn hinter Lolo von Wengern trat Günter von Hohenegg ins Zimmer.

Frau von Wengern wandte sich mit einem verführerischen Lächeln und mit aufleuchtendem Blick nach Herrn von Hohenegg um. Jutta sah diesen Blick und dieses Lächeln, und beides erfüllte sie wieder mit einem unerklärlichen Unbehagen.

»Ich bringe einen Sachverständigen mit, Fräulein Falkner. Da ich selbst, wie ich zu meiner Schande gestehen muß, von Malerei wenig verstehe, habe ich Herrn von Hohenegg gebeten, mich zu begleiten. Er ist auf allen Gebieten der Kunst bewandert und soll mir helfen, das Hübscheste bei Ihnen auszusuchen«, sagte Lolo sehr liebenswürdig.

Jutta verneigte sich höflich und bot Stühle an.

Günter von Hohenegg ließ seine Augen auf Juttas schlanker Gestalt ruhen. Trotz der schlichten Malschürze erschien sie ihm noch viel anmutiger und vornehmer als sonst. Zum erstenmal sah er sie ohne Hut und konnte den nußbraunen Flechtenreichtum bewundern, der sich seinen Blicken bot.

Mit einer ehrerbietigen Verneigung hatte er sie begrüßt. Nun sagte er artig: »Sie müssen mein Eindringen gütigst entschuldigen, gnädiges Fräulein.«

Er hätte Frau von Wengerns Wunsch, sie zu begleiten, vielleicht unter irgendeinem Vorwand unerfüllt gelassen, denn er wußte, daß es ihr nur um ein Alleinsein mit ihm zu tun war. Aber er hatte der Versuchung nicht widerstehen können, Jutta Falkner in ihrem Heim zu begegnen. Trotz allem interessierte sie ihn noch immer außerordentlich.

Jutta neigte das Haupt. »Sie sind hier nicht in einem Salon, Herr von Hohenegg, sondern in einem Geschäftsraum, sozusagen. Von einem Eindringen kann keine Rede sein«, erwiderte sie ruhig.

Während sie mit Frau Lolo sprach, verwandte Günter Hohenegg keinen Blick von ihrem ernsten, jungen Gesicht. Der Ausdruck ihrer Augen schien ihm noch trauriger als neulich. Es war, als läge ein tiefes, heimliches Leid auf dem Grund dieser Augen. Und doch war sie ruhig und beherrscht, klar und bestimmt.

›Ob der Mann, den sie liebt, den sie so innig küßte und in dessen Armen sie wohl alles um sich her vergaß, wohl dieser Liebe wert ist?‹ fragte er sich. Und obwohl er wußte, daß er dazu kein Recht hatte, fühlte er einen heimlichen Groll gegen diesen ›Fred‹, dem sie ein so sehnsüchtiges ›Auf Wiedersehen!‹ nachgerufen hatte.

Jutta hätte sich nicht träumen lassen, daß ihr Zusammentreffen mit Fred wie ein Stelldichein zwischen zwei Liebenden ausgelegt werden könnte. Sie ahnte nicht, daß Günter von Hohenegg davon überzeugt war.

Frau von Wengern trat inzwischen vor die aufgestellten Bildchen und winkte Hohenegg an ihre Seite.

»Kommen Sie, Herr Sachverständiger, walten sie Ihres Amtes«, scherzte sie mit einem koketten Blick in seine ernsten Augen. Er sah sich in dem schlichten Zimmer um. Ein wenig behaglicher Raum für eine junge Dame! Frau Lolos Salon war dagegen eine Stätte des Luxus, des weichlichen Behagens. Und doch schien ihm dieser Raum hier weit mehr durch Poesie verschönt.

Ehrlich sprach er seine Meinung aus, und Jutta fühlte in all ihrem Leid eine leise Freude, sich in ihrem Schaffen von ihm verstanden und gewürdigt zu finden. Es wäre ihm unmöglich gewesen, diesen ernsten, traurigen Mädchenaugen gegenüber eine lügenhafte Phrase über die Lippen zu bringen.

Mit großem Interesse ging er auf kleine Einzelheiten ein, und Jutta merkte, daß er wirkliches Verständnis besaß. Offen erklärte er ihr kleine Mängel. Dann blätterte er in ihren Skizzen. Die Aquarellblätter betrachtete er prüfend.

»Die sind nur zum kleinsten Teil nach der Natur gemalt«, sagte er lächelnd.

»Allerdings, es sind meist Kopien. Ich habe wenig Zeit und Gelegenheit, im Freien Studien zu machen«, antwortete sie.

»Einige dieser Kopien sind sehr hübsch«, erklärte er und hielt eins der Blätter längere Zeit in der Hand.

Lolo von Wengern wurde ungeduldig. Sie fand, daß sich Günter viel zu viel mit der jungen Malerin beschäftigte. Die schöne, sieggewohnte Frau hatte Juttas Äußere bisher kaum einer Beachtung gewürdigt. Die junge Dame war ihr ziemlich unscheinbar vorgekommen. Jetzt bemerkte sie plötzlich mit eifersüchtigen Blicken, daß Jutta allerlei weibliche Reize besaß. Es kam ihr sehr überflüssig vor, daß Günter sich in deren Studium vertiefte.

»Also, zu welchen dieser Bilder raten Sie mir, Herr von Hohenegg?«

Dieser legte zögernd die Aquarellskizze aus der Hand, die er lange betrachtet hatte und die ihn besonders fesselte.

Langsam wandte er sich den Bildern wieder zu. Dabei streifte sein Blick Juttas Gesicht, das traurig wie in eine weite Ferne blickte.

Es war ein Gefühl in ihm, etwas wie der Wunsch, ein Recht zu haben, dies blasse Mädchen zu trösten, zu beschützen. Er meinte ihren Kummer zu kennen und erschien sich wie ein Eindringling, nicht nur in dieses Zimmer, sondern auch in das Geheimnis dieser Mädchenseele.

Eine Weile betrachtete er die Bilder, als treffe er eine Wahl, aber seine Gedanken waren bei Jutta. Endlich raffte er sich auf. Er wandte sich Frau von Wengern zu, auf deren Stirn eine kleine, ungeduldige Falte lag.

»Zwischen diesem Stilleben und dieser Herbstlandschaft würde mir die Wahl schwer. Sie sind von gleichem Wert, und Sie können da ruhig Ihrem eigenen Geschmack Rechnung tragen, verehrte gnädige Frau«, sagte er ruhig.

Lolo deutete auf das Stilleben, ohne lange zu wählen.

»So will ich dieses kaufen, Fräulein Falkner. Bitte, nennen Sie mir den Preis«, sagte sie nachlässig und etwas hochmütig zugleich.

Warum sie den Ton plötzlich geändert hatte, wußte Jutta nicht. Sie fühlte nur, daß dieser kalte, geschäftliche Ton ihr lieber war, als die große Freundlichkeit der schönen Frau, die sie nicht erwidern konnte.

Juttas unerklärliche Antipathie gegen Lolo von Wengern hatte sich noch mehr verstärkt. Die heißen, flammenden Blicke, die diese Günter von Hohenegg zuwarf, trieben Jutta die Röte ins Gesicht. Sie schämte sich für diese Frau, die mit dem Freund ihres Gatten kokettierte.

Wie Schwäche kam es über sie, und leise Röte stieg in ihre Wangen.

»Nun, Fräulein Falkner, wollen Sie den Preis nicht nennen?« klang plötzlich Frau Lolos Stimme scharf an ihr Ohr.

Jutta zuckte leicht zusammen unter diesem scharfen Klang, und sich Frau von Wengern zuwendend, sagte sie unsicher: »Ich weiß nicht, gnädige Frau, welchen Preis ich fordern soll. Ich habe bisher wenig Bilder verkauft. Ich möchte Sie nicht überteuern. Vor einigen Monaten erhielt ich für ein ähnliches Bild zweihundert Mark. Damit wäre auch hier meine Arbeit bezahlt. Wenn Ihnen der Preis nicht zu hoch erscheint, so bitte ich darum.«

Es lag eine schlichte Würde in ihren Worten.

Frau von Wengern sah Hohenegg fragend an. Der trat schnell vor. »Sie verkaufen das Bild zu billig, mein gnädiges Fräulein«, sagte er.

Jutta antwortete nicht. Ihre Lippen zuckten, und ihre Augen vermieden es, ihn anzusehen.

»So bestimmen Sie als Kenner den Preis, Herr von

Hohenegg, damit wir zu Ende kommen«, sagte Frau Lolo ungeduldig, und ihre Augen funkelten ihn an.

Mit einem feinen Lächeln antwortete er ruhig:

»Sie wollen sich gewiß von Fräulein Falkner nichts schenken lassen, verehrte gnädige Frau. Das Bild ist aber gut dreihundert Mark wert. Dieser Preis wäre nach meinem Dafürhalten für dieses Stilleben zu zahlen, damit beide Teile zu ihrem Recht kommen.«

Lolo Wengern warf den Kopf zurück, daß ihre Hutfedern emporflatterten.

»Gut, ich kaufe das Bild für dreihundert Mark, Fräulein Falkner. Morgen früh lasse ich es abholen.«

Jutta neigte stumm den Kopf. Es war ihr über alle Maßen peinlich, daß sie durch Herrn von Honeneggs Bemühen hundert Mark mehr bekommen sollte. Am liebsten hätte sie es zurückgewiesen, aber sie dachte an Lena und die Mutter und preßte die Lippen fest aufeinander. Sie kam sich gedemütigt vor, als habe sie ein Geschenk von dem jungen Mann annehmen müssen. Der Gedanke, ihm zu Dank verpflichtet zu sein, machte sie unfrei.

Günter von Hohenegg hatte wieder die kleine Aquarellskizze in die Hand genommen, die er vorhin zögernd fortgelegt hatte.

»Schade, daß ich kein Krösus bin, sonst würde ich die Herbstlandschaft kaufen, mein gnädiges Fräulein. Aber diese kleine Skizze, dies Stückchen Waldfrieden, das sie flüchtig und doch so graziös auf das Papier gezaubert haben – das möchte ich kaufen, wenn es verkäuflich ist und – wenn Sie einen Preis machen, den ich als vermögensloser Schriftsteller erschwingen kann«, setzte er halb ernst, halb scherzend hinzu.

Erstaunt sah Jutta zu ihm hinüber. Sie hatte ihn für

einen reichen Mann gehalten, bei dem Geld keine Rolle spielte. In ihren sprechenden Augen war dieses Erstaunen deutlich zu lesen.

Mit einem Lächeln wandte er sich an Frau Lolo.

»Ich glaube, Sie werden mir bezeugen müssen, gnädige Frau, daß ich ein armer Schlucker bin. Fräulein Falkner scheint daran zu zweifeln.«

Eine dunkle Röte stieg in Juttas Gesicht. Aber ehe sie antworten konnte, fragte er leichthin:

»Also sagen Sie mir, gnädiges Fräulein, für welchen Preis ist Ihnen die Skizze feil?«

Jutta zwang die Erregung nieder. Ruhig blickte sie ihn an.

»Die Skizze ist nur eine Kopie und außerdem, wie Sie selbst bemerkten, sehr flüchtig. Eine solche Arbeit verkaufe ich nicht. Aber wenn Sie Gefallen daran finden, erlauben Sie mir, daß ich sie Ihnen schenke.«

Seine Stirn rötete sich jäh. »Das kann ich unmöglich annehmen, gnädiges Fräulein.«

Ihre Augen blitzten ihn stolz an. »Ich habe ja auch annehmen müssen, daß Sie bei der gnädigen Frau einen höheren Preis für mich forderten, als ich für das Stilleben verlangte. Wenn ich dadurch nicht beleidigt sein darf, so dürfen Sie es auch nicht sein dadurch, daß ich Ihnen diese Skizze anbiete – als Dank und Revanche für Ihre Bemühung.«

Er blickte sie erschrocken an. In seinen Augen blitzte es wie Wetterleuchten. Gut hatte er es gemeint, und seiner ehrlichen Überzeugung hatte er Ausdruck gegeben, als er für Erhöhung des Preises eintrat. Und nun erkannte er, daß er sie damit gekränkt hatte. Sie schien beleidigt zu sein. Das hatte er nicht gewollt. Sie durfte nicht denken, daß das seine Absicht gewesen war.

Lolo von Wengern sah mit spöttischen Blicken von einem zum andern. Sie freute sich, daß Jutta Hohenegg so abfallen ließ und ärgerte sich zugleich, daß sie so empfindlich war.

›Das sollten sich solche Menschen abgewöhnen; sie kann doch froh sein, daß sie hundert Mark mehr bekommt‹, dachte sie.

Und laut sagte sie in spöttischem Tone:

»Sehen Sie, Herr von Hohenegg, das haben Sie nun für Ihren guten Willen. Fräulein Falkner bietet Ihnen eine Provision an.«

Damit wollte sie Günter zum Zorn gegen Jutta aufreizen. Aber er hörte kaum ihre Worte. Sein Blick, der fest auf Juttas blassem, stolzen Gesicht ruhte, wurde weicher.

»Ich muß um Verzeihung bitten, mein gnädiges Fräulein, und zugleich einen Irrtum aufklären. Nicht, um Ihnen einen Vorteil zu verschaffen, habe ich um Erhöhung des Preises gebeten, sondern als Anwalt von Frau von Wengern in dieser Angelegenheit, die es mir sicher nicht verziehen hätte, wenn ich sie über den wahren Wert des Bildes in Unkenntnis gelassen und sie Ihnen zu wenig gezahlt hätte. Also bitte, verzeihen Sie meinen Eingriff in Ihre Angelegenheit.«

Er sprach so warm und dringend, daß Jutta allen Stolz vergaß. Einen Augenblick leuchtete es warm in ihren schönen Augen auf, und ihre Wangen röteten sich.

»Ich muß Ihnen ja danken, denn ich bin auf den Ertrag meiner Arbeit angewiesen. Hundert Mark sind eine große Summe für mich. Aber nun gestatten Sie mir auch, daß ich Ihnen die Skizze schenke, sie hat wirklich gar keinen Wert für mich, ich könnte keinen Preis dafür fordern«, sagte sie entwaffnet.

Er schüttelte lächelnd den Kopf.

»Als Geschenk – nein. Sie haben Arbeit damit gehabt, und ich würde Sie berauben. Aber ich will Ihre milde Stimmung ausnützen und als guter Geschäftsmann für einen billigen Preis plädieren«, scherzte er.

Sie lächelte ein wenig.

»So will ich Ihnen einen Vorschlag machen, der uns beiden gerecht wird. Machen Sie mit dem Betrag, den Sie für diese Skizze anlegen wollen, einem armen Kind eine Weihnachtsfreude.«

Er nickte erfreut. »Famos! Da sind wir gleich aus dem Dilemma. So sind Sie zufriedengestellt, ich bin es auch – und der erste beste Knirps, den ich mit glückverlangenden, hungrigen Augen erwische, der soll erst recht zufrieden sein. Ich werde ihm sagen, daß Fräulein Falkner seine Wohltäterin ist.«

Jutta nahm ein Stück Papier, um die Skizze einzuwickeln.

»Das wäre eine Fälschung der Wahrheit, Herr von Hohenegg. Der Wohltäter werden Sie selbst sein«, sagte sie mit einem Lächeln, das ihm voll hinreißenden Zaubers schien.

»Ich denke, das wird dem Knirps auch sehr gleichgültig sein, wenn er nur etwas geschenkt bekommt«, sagte Lolo ironisch. Sie ärgerte sich, daß Hohenegg so viel Wesens mit Jutta machte und sie selbst kaum beachtete.

Gelangweilt sah sie sich in dem schlichten Raume um.

»Wohnen Sie ganz allein hier?« fragte sie Jutta lässig, die Lorgnette an die Augen führend.

Jutta sah nicht auf, sie packte ruhig und säuberlich die Skizze ein.

»Nein, gnädige Frau, ich lebe mit meiner Mutter zusammen. Sie ist jedoch schwer leidend, herzkrank, und deshalb außerstande, die Herrschaften zu begrüßen.«

Lolo sah nun Jutta an, ohne die Lorgnette von den Augen zu nehmen.

»So so! Ihr Vater lebt wohl nicht mehr?«

»Nein.«

»Was war Ihr Herr Vater, wenn ich fragen darf?«

»Geheimrat«, antwortete Jutta kurz und abweisend. Dieses Examen und das Anstarren Frau Lolos durch das Lorgnon empörte sie.

»Haben Sie noch Geschwister?« fragte die schöne Frau zu Günter Hoheneggs peinlichem Erstaunen ungeniert weiter. Er konnte seinen Blick nicht von Juttas blassem Gesicht lassen. Nun sah er plötzlich heiße Röte darin aufsteigen.

»Ja, ich – ich habe noch eine Schwester«, antwortete Jutta, mühsam die Worte formend. Und plötzlich sah Hohenegg, daß sich eine schwere Träne von ihren Wimpern löste und mit einem leisen Ton auf das Papier niederfiel, in das sie seine Skizze hüllte.

Er erschrak und zuckte zusammen. Wem galt diese Träne? Warum weinte sie? Nur, weil Frau Lolo so undelikat nach ihren Verhältnissen forschte und ihren Stolz verletzte?

Jutta hatte sich aber schon wieder in der Gewalt. Sie reichte Günter das Paketchen, und dieser drängte nun selbst zum Aufbruch, um Frau Lolo von weiteren Fragen abzuhalten. Frau von Wengern verabschiedete sich weniger liebenswürdig, als sie bei ihrer Ankunft gewesen war, von Jutta. Günter machte eine ehrerbietige Verbeugung und sah Jutta an, als wollte er sie bitten, ihn Lolos Taktlosigkeit nicht entgelten zu lassen.

Sein warmer, bittender Blick drang ihr ins Herz, und sie fühlte sich so verwirrt, daß sie froh war, als die Tür hinter den beiden Menschen ins Schloß fiel.

Eine Weile blieb sie mit geschlossenen Augen und krampfhaft verschlungenen Händen stehen. Dann schritt sie hastig zum Fenster und sah verstohlen hinunter auf die Straße. Frau von Wengerns Wagen hielt vor der Tür. Jetzt trat sie aus dem Hause, gefolgt von Günter Hohenegg. Er half ihr artig in den Wagen, stieg aber nicht mit ein. Jutta sah, daß er eine Einladung dazu durch eine Gebärde ablehnte.

Mit einem tiefen Atemzug trat Jutta vom Fenster zurück. Es war eine leise Freude in ihr, daß Herr von Hohenegg nicht mit der schönen Frau zusammen fortgefahren war. Aber dann fielen wieder traurige Schatten auf ihr Antlitz. Sie war wieder mit ihrem Schmerz, mit ihrer Sorge und Trauer allein. Eine Weile starrte sie vor sich hin. »Mutterle wird warten«, flüsterte sie vor sich hin.

Sie strich über ihr Gesicht, als wolle sie alles fortwischen, was sie bewegte. Sie mußte ja selbst mit einem freudigen Lächeln vor die Mutter treten. Ach, was kostete sie dieses Lächeln!

Als sie ins Wohnzimmer trat, sah ihr die Mutter erwartungsvoll entgegen.

»Nun, Jutta? Hat Frau von Wengern eins der Bilder gefallen?«

»Sie hat jedenfalls eins gekauft, das Stilleben mit dem Spitzenschal und den Rosen. Und denke nur, dreihundert Mark bekomme ich dafür.«

Die alte Dame faltete die Hände.

»Dreihundert Mark! Ach, mein Gott, welch ein Glück! Freust du dich denn, Jutta?«

»Ja, Mutterle, das kannst du dir doch denken.«

»Wo nahmst du nur den Mut her, so viel zu fordern?«

Jutta atmete gepreßt.

»Ach, das habe ich auch gar nicht gewagt. Ich forderte zweihundert Mark und kam mir sehr kühn dabei vor.«

Sie setzte sich neben die Mutter und erzählte ihr ausführlich von dem Besuch Frau von Wengerns und Herrn von Hoheneggs.

Die alte Dame griff den Namen des jungen Mannes auf.

»Ich möchte wissen, ob das ein Verwandter des Freiherrn von Hohenegg ist, mit dem Tante Laura verheiratet war«, sagte sie.

»Das kann ich dir freilich nicht sagen, Mutterle.«

»Hättest du ihn nicht einmal fragen können?«

»Es gab keine Gelegenheit dazu. Und übrigens – was geht das uns an?«

»Nun, durch Tante Laura sind wir doch schließlich, wenn auch nur entfernt, mit den Hoheneggs verwandt.«

Jutta lächelte über den Eifer der Mutter.

»Ach, Mutterle, Tante Laura gestattet uns kaum noch, daß wir mit ihr verwandt sind, viel weniger mit ihrem Gatten.«

»Aber ich bitte dich, Laura und ich sind Cousinen, ihre Mutter und mein Vater waren Geschwister, wenn auch nur Halbgeschwister.«

Jutta strich der Mutter liebevoll über die Wange.

»Ja, ja, wenn wir uns rechte Mühe geben, sind wir auch mit den Hoheneggs so über sieben Äcker verwandt. Aber doch kaum mit diesem Günter von Hohenegg, der Schriftsteller und ein armer Schlucker ist. So gehört er wohl kaum zu den Hoheneggs, zu denen Tante Laura gehört.«

»Nun, möglich wäre es doch. Übrigens – da fällt mir ein – sind die geistvollen Feuilletons in unserer Zeitung nicht immer mit G. von Hohenegg unterzeichnet? Sieh doch mal nach, Jutta. Ich habe erst gestern wieder eins gelesen, eine Plauderei über Weihnachtsgeschenke, die niemand Freude machen! Ganz reizend ist das geschrieben, ein bißchen sarkastisch, aber doch ein Griff mitten hinein ins Leben und sehr geistvoll. Ich hatte dir den Artikel aufgehoben, sieh doch mal nach.«

Jutta fand auch bald den bezeichneten Artikel. Er war wirklich von Günter von Hohenegg.

Jutta legte ihn beiseite.

»Das muß ich lesen, Mutterle. Aber jetzt will ich erst sehen, wie weit Minna mit dem Mittagessen ist, es ist höchste Zeit.«

Schnell ging sie aus dem Zimmer. Draußen fielen wieder die trüben Schatten über ihr Antlitz, die lächelnde Lüge verschwand und machte der traurigen Wahrheit Platz.

Aber als sie nach Tisch, während die Mutter ihr Mittagsschläfchen hielt, das von Günter von Hohenegg verfaßte Feuilleton las, huschte doch zuweilen ein Lächeln über ihr Gesicht, obwohl sie allein in ihrem Zimmer saß. Ihr war dabei, als schauten seine zwingenden Augen aus diesen Zeilen zu ihr auf, mit dem warmen tiefen Blick von vorhin.

Seufzend legte sie das Blatt aus der Hand. Was ging sie Günter von Hohenegg an, den Frau Lolo von Wengern mit so flammenden Augen betrachtete? Er durfte sie nichts angehen, sie mußte ihn vergessen.

7

Am nächsten Tag um die Dämmerstunde hatte Jutta ihre Arbeit unterbrochen, um mit der Mutter ein wenig zu plaudern.

Da ertönte die Flurklingel.

Jutta war schreckhaft geworden in diesen Tagen des Leids und lauschte unruhig hinaus. Sie hörte, daß Minna lachend mit jemandem verhandelte. Gleich darauf erschien ihr fröhliches Gesicht in der geöffneten Tür.

»Ach, gnädiges Fräulein, da ist ein Junge, der Sie sprechen will. Vielleicht will er Blumen verkaufen, er hat welche in der Hand. Er sagt nichts weiter als: ›Ich will mit Fräulein Jutta sprechen.‹«

Jutta erhob sich und ging hinaus. An der Korridortür stand ein etwa zehnjähriger Knabe. Die Flurlampe, die bereits brannte, fiel auf ein schmales Kindergesicht, das die kalte Winterluft gerötet hatte. Der kleine Kerl stand fest und unentwegt vor der Tür, als wollte er nicht wanken und weichen. Er sah aus wie ein Kind armer Eltern, obgleich er einen ganz neuen Paletot, eine neue Mütze und anscheinend auch neue Stiefel trug.

Ein großes Paket, fest verschnürt, lehnte neben dem Knaben an der Wand, und in den Händen, die in neuen bunten Wollhandschuhen steckten, hielt er einige schöne, langstielige Rosen.

Als Jutta zu ihm trat, sah er sie forschend an.

»Was willst du, mein Junge?« fragte Jutta freundlich.

»Sind Sie Fräulein Jutta Falkner?« fragte der forsche kleine Bengel zurück.

Etwas an dem Jungen gefiel Jutta. »Tritt erst einmal herein, mein Junge; hier im Treppenhaus zieht es unangenehm«, sagte sie.

Der Knabe zerrte mit der freien Hand das Paket in den Korridor und trat ein.

»Ist toll schwer«, versicherte er treuherzig, aber mit einer frohen Genugtuung über diese Schwere.

Als Minna ihm lachend dabei helfen wollte, wehrte er sie ab.

»Mache ich alles alleine, Fräulein Köchin«, sagte er, das Paket sorglich verstauend.

»Wie heißt du?« fragte Jutta.

Er richtete sich stramm auf und riß die Mütze von seinem blonden Haarschopf, als falle ihm erst jetzt diese Pflicht der Höflichkeit ein.

»Ich heiße Karl Lorenz«, antwortete er.

»Und du willst mich sprechen?«

»Wenn Sie das Fräulein Jutta Falkner sind, jawohl, dann will ich Sie sprechen.«

»Also ich bin Jutta Falkner.«

Er sah sie forschend an.

»Ist das auch richtig? Er hat mir gesagt, ein schönes, vornehmes Fräulein mit dicken Zöpfen und groß und schlank. Na, es wird wohl stimmen.«

Minna lachte laut auf. Auch Jutta mußte über den drolligen Knirps lachen, der sie so kritisch betrachtete.

»Also ich bin es wirklich, Karl. Wer hat dich denn zu mir geschickt?«

»Nun, der feine Herr – ach je, den Namen habe ich vergessen. Aber ich soll nur sagen, ich wäre der, den Sie Weihnachten glücklich gemacht hätten, dann wüßten Sie schon. Und ich soll mich Ihnen in meinen feinen neuen Sachen vorstellen. Die hat mir der Herr geschenkt; da drin im Paket sind auch noch Honigkuchen und Nüsse. Ich soll Ihnen auch die Rosen geben; aber ich soll sagen, die wären von mir, weil Sie die sonst am Ende nicht nehmen wollten. Und das Geld dazu wäre gerade noch übriggeblieben von – von der Spitze – nein, Skizze. Für das andere hätte er mir neue Sachen gekauft, und ich soll mich schön bedanken.«

Hier holte Karl Lorenz wie nach einer schweren Arbeit tief Atem, dann fuhr er mit strahlendem Gesicht fort:

»So, das ist alles, was ich sagen soll. Und nun tue ich mich noch recht schön bedanken bei dem Fräulein, und hier sind die Rosen.«

Er reichte Jutta die Rosen hin. Es lag ein stilles Leuchten in ihren Augen, und in ihrem Herzen war es so warm, als wolle eine große Freude alles Leid verdrängen. Aber sie faßte doch nicht nach den Blumen.

»Bei mir mußt du dich nicht bedanken, Karl, sondern bei dem guten Herrn; er hat dir alles geschenkt.«

Karl schüttelte den Kopf.

»Nee – er sagt, Sie haben es mir geschenkt. Ich habe mich aber bei ihm auch schon tüchtig bedankt. Und wenn ich nur alles behalten darf – Mutter freut sich kaputt. So'n feines Weihnachten hab' ich noch nie gehabt. Alles neu, vom Kopp bis auf den Erdboden, und so feines warmes Futter drin.«

Stolz und strahlend klappte er den Mantel auf und zeigte das Futter.

Jutta lächelte, und Minna kicherte vergnügt über den kleinen forschen Kerl.

»Wirklich, das ist eine Pracht«, lobte Jutta.

Er nickte vergnügt. »Ja, und in dem Paket da drin sind feine Kuchens und meine alten Sachen. Sind noch ganz gut. Das feine Zeug ist bloß für sonntags, Mutter wird's schon schleunigst wegpacken. Für die Woche gibt's das nicht. Von den Honigkuchen kriegt meine kleine Schwester was ab und Mutter natürlich auch. Aber nun nehmen Sie man die Rosen, Fräulein, ich möchte gern bei Muttern.«

Jutta zögerte und schüttelte unwillkürlich den Kopf.

Sie wußte wirklich nicht, ob sie sie annehmen sollte oder nicht. Gern hätte sie es getan, und doch war ihr wieder, als müsse sie die Blumen zurückweisen. Das wäre jedoch eine Kränkung für Günter von Hohenegg, die seine zarte Aufmerksamkeit nicht verdiente. Ein Satz aus seinem Feuilleton, das sie heute gelesen, kam ihr in den Sinn: ›Schenken sollte man nur, wenn das Herz dazu drängt, jemand etwas Liebes zu tun.‹ Leises Rot stieg ihr ins Gesicht. Nein, sie durfte die Rosen, die er ihr mit so zarter Aufmerksamkeit durch eine Kinderhand bot, nicht zurückweisen.

»Wenn ich nun die Rosen nicht annehme, was tust du damit?« fragte sie zögernd.

Karl Lorenz sah erschrocken zu ihr auf.

»Ach nee, Fräuleinchen, Sie müssen die Rosen nehmen, sonst ist er böse. Er hat gesagt: ›Mach deine Sache gut, Karl, denn wenn das gnädige Fräulein die Rosen nicht annimmt, dann freut mich das ganze Weihnachtsfest nicht!‹ Und wenn ich nun mit den Rosen wieder ankomme – ach nee, nee, Sie müssen sie nehmen. Sind doch so fein – drei Märker haben sie gekostet! Wahrhaftig! Ich war mit in dem Laden drin, wie er sie gekauft hat. Nehmen Sie sie nur.«

»Siehst du denn den Herrn wieder?« fragte Jutta.

Karl nickte.

»Jawohl, er wartet an der Ecke. Ich muß ihm sagen,

ob Sie die Rosen behalten haben, und was für ein Gesicht Sie dabei gemacht haben, ob Sie böse gewesen sind oder gelacht haben.«

Nun mußte Jutta wirklich lachen. Der kleine Postillon war zu drollig in seinem Eifer und ganz ahnungslos, wie indiskret er hier allerlei ausplauderte, was Herr von Hohenegg sicher nicht verraten lassen wollte.

Sie nahm nun doch die Rosen.

»Ja, wenn sie drei Mark kosten, dann muß ich sie wohl nehmen. Und sag dem Herrn, ich lasse danken.«

Karl nickte strahlend.

»Wird gemacht, Fräulein!«

Jutta nahm drei Mark aus ihrem Geldtäschchen und gab sie Karl Lorenz.

»So, mein Junge, hier ist noch etwas für Mutter, dafür soll sie einen Feiertagsbraten kaufen.«

Karl griff unverzagt zu und verschluckte sich vor Freude.

»Ach Gott, ach Gott, was wird Mutter bloß sagen!« stöhnte er vor Wonne.

»Aber dem Herrn brauchst du nichts von diesem Geld zu sagen, hörst du?«

Karl machte ein schlaues Gesicht.

»Nee, nee, Fräulein. Sonst denkt er, Sie haben die Rosen bezahlen wollen, und das will er nicht. Ich habe ihn extra gefragt, ob ich Geld dafür nehmen soll. An den Ohren will er mich dann aufhängen, hat er gesagt.«

Wieder mußte Jutta lachen.

»Du bist ein kluger, kleiner Mann«, sagte sie scherzend.

Karl setzte seine Mütze energisch auf seinen blonden Schopf.

»Nun kann ich doch gehen? Ich möchte gern schnell zu Muttern.«

»Ja, Karl, nun gehe nur.«

Er lud sich sein schweres Paket auf.

»Adieu, Fräulein! Ja – 'n schönen Gruß soll ich doch bestellen an den guten Herrn?« fragte er noch auffordernd zwischen Tür und Angel.

Helle röte huschte über Juttas Gesicht.

»Nein, Karl, sag nur: Fräulein Falkner läßt danken.«

Karl schien nicht ganz zufrieden zu sein.

»Also keinen Gruß? Wo die Rosen doch so schön sind! Stellen Sie die nur gleich ins Wasser, daß sie frisch bleiben. Na also, adieu!«

»Adieu, Karl«, erwiderte Jutta und schloß hinter ihm die Tür.

Minna lachte hell auf.

»Das war 'n komischer Kerl!« sagte sie, kopfschüttelnd in die Küche zurückkehrend.

Jutta ging ins Wohnzimmer. Sie zündete erst die Lampe über dem Tisch in der Mitte des Zimmers an.

»Was gab es denn, Jutta?« fragte die Mutter, in das seltsam leuchtende Gesicht der Tochter sehend.

Jutta legte ihr die Blumen in den Schoß.

»Schau, die schönen Rosen!«

Die alte Dame betrachtete sie bewundernd.

»Herrlich, Kind. Also doch ein Blumenverkäufer! Und du warst leichtsinnig, um mir eine Freude zu machen. Die sind gewiß nicht billig.«

Jutta lächelte. »Drei Mark kosten sie, Mutterle.«

Die alte Dame erschrak. »Mein Gott, Kind! Du bist ja nicht klug, so viel Geld!«

»Ich habe doch gestern ein gutes Geschäft mit dem Bild gemacht. Aber nein, sieh mich nicht so vorwurfsvoll an, es hängt ganz anders zusammen.«

Sie setzte sich zur Mutter und erzählte ihr von Karl Lorenz und der drolligen Art, wie er seinen Auftrag ausgeführt hatte.

Die Mutter lächelte. »Ach, dann freilich, dann will ich nicht schelten über die drei Mark. Übrigens war das eine sehr zarte Aufmerksamkeit des Herrn von Hohenegg. Du mußt ihm gut gefallen haben, Kind.«

Jutta stand auf und holte eine Vase herbei, um ihr Erröten zu verbergen.

»Aber, Mutterle, du mußt das nicht falsch auffassen. Er wollte nur nichts geschenkt nehmen von mir und schickte mir Karl Lorenz, damit ich wußte, daß er nun die Skizze bezahlt hat. Das ist alles.«

Frau Falkner seufzte. »Ja, ja – nun, es ist ja wohl auch gut so. Ein armer Schriftsteller, auch wenn er adlig ist – lieber Gott, das wäre kein großes Glück für dich.«

Jutta stand stolz und schlank inmitten des Zimmers. Sie ordnete die Rosen in der Vase, und das Lampenlicht warf glänzende Lichter über ihr Haar.

Sie zog die Stirn wie im Schmerz zusammen.

»Welch ein Gedanke, Mutter! Wie kommst du nur darauf? Wahrscheinlich sehe ich Herrn von Hohenegg niemals wieder. So etwas mußt du nicht einmal denken, viel weniger aussprechen. Aber nun nichts mehr davon. Freue dich an den schönen Rosen. Und nun wollen wir für Lenas Kleinchen Puppenkleider nähen. Ich habe heute nichts mehr zu arbeiten.«

Die Mutter nickte erfreut.

»Ja, ach ja, Jutta. Ich dachte schon, du hättest es vergessen, und ich wollte dich nicht drängen.«

Jutta kramte nun in allen Schränken und Schubfächern. Als sie herausgesucht hatte, was nötig war, holte Jutta ein Püppchen herbei, das sie gekauft hatte.

Ehe sie jedoch anfingen, Puppenkleider zu nähen, sagte Frau Falkner bittend:

»Du könntest erst in Fredys Strümpfe die Buchstaben nähen, Jutta, damit wir sie dann einpacken können.«

In Juttas Herzen zuckte es, als gehe ein scharfer Riß hindurch. Erloschen war plötzlich aller Glanz in ihren Augen. Eine kurze Weile war sie durch Karl Lorenz und seinen Auftrag von ihrem Schmerz, ihrer Not abgelenkt worden. Nun war es wieder wie vorher. Der Jammer packte sie von neuem.

Mit zitternden Händen nahm sie die Strümpfe, die Mutter für Fred gestrickt hatte, und nähte die Buchstaben hinein. Und jeder Stich schien sie ins Herz zu treffen.

Ahnungslos, daß ihr Sohn, der diese Strümpfe tragen sollte, schon seit Tagen in der kalten Erde ruhte, saß die Mutter dabei und probierte für die Puppe bunten Tand.

›Wenn Mutterle wüßte – wenn sie wüßte!‹ – mußte Jutta immerfort denken.

Es war eine Qual ohnegleichen für sie, diese kleine Arbeit zu verrichten. Es schien ihr, als verübe sie einen grausamen, unerhörten Betrug an ihrer Mutter. Das Herz wurde ihr mit jedem Stich schwerer.

»Was meinst du, Jutta«, fragte die Mutter nach einer Weile zaghaft, »ob wir Freddy nicht doch eine kleine Weihnachtsfreude machen könnten – jetzt, da du das Bild so gut verkauft hast? Ich muß immer daran denken, daß er Weihnachten wahrscheinlich mutterseelenallein da unten in Metz sitzen wird. Geht es nicht, Kind? Ich weiß, du hast ohnedies für so viel zu sorgen, aber weil Fredy doch so ganz allein ist – er soll doch wissen, daß wir an ihn denken.«

Da ging es wie ein Erschauern über Juttas vorgeneigte Gestalt. Und plötzlich fielen Tränen aus ihren Augen herab – große, schwere Tränen, die sich nicht zurückhalten ließen, trotz aller Beherrschung.

Die Mutter sah diese Tränen.

»Jutta! Ach, mein Gott – was ist dir?« rief sie erschrocken.

Das junge Mädchen rang heldenhaft mit sich selbst. Sie hob den Kopf und warf die Arbeit hin, um die Tränen zu trocknen.

»Erschrick nicht, Mutterle, es ist nichts. Nur – ich wollte es dir nicht sagen – aber ich habe so schreckliche Zahnschmerzen, schon seit einigen Tagen. Und – nun konnt ich's – plötzlich nicht mehr ertragen.«

Frau Falkner nahm ihre Hände.

»Mein liebes, armes Kind! Aus Sorge, daß du mich damit nicht aufregst, quälst du dich still damit herum. Ach, was bin ich doch für eine unnütze Mutter, daß mein Kind nicht einmal seinen Schmerz bei mir auszuweinen wagt. Tut es denn so arg weh?«

Jutta zwang sich zur Ruhe.

»Ach, Mutterle, es ist nur zuweilen so ein arger Ruck – es ist schon wieder besser.«

»Es muß wohl eine Erkältung sein, Kind; denn bei deinen so gesunden Zähnen verstehe ich das nicht.«

Jutta hatte sich mühsam gefaßt.

»Weißt du, Mutterle, ich laufe schnell mal zu Onkel Doktor hinüber. Er hat mir schon neulich ein schmerzstillendes Mittel dagegen gegeben. Er sagt auch, es sei Erkältung und würde von selbst weggehen. Und – ja, mit dem Geschenk für Fredy – natürlich, Mutterle – dazu langt es schon noch.«

Sie erhob sich schnell.

»Ja, Kind, gehe nur schnell, unser guter alter

Freund hat ja immer ein Mittel zur Hand. Grüße drüben herzlich von mir. Wir sind ihm ja schon so viel Dank schuldig.«

Jutta nickte nur und eilte hinaus. Sprechen konnte sie nicht mehr. Die Tränen saßen ihr im Hals, als müsse sie ersticken.

Hut und Mantel nehmend, lief sie zu Görgers. Nur Tante Maria war zu Hause. Jutta warf sich weinend in ihre Arme.

»Kind! Kind! Was ist denn nun wieder Schlimmes geschehen?« fragte die alte Dame erschrocken.

Jutta schüttelte schluchzend den Kopf.

»Nichts, nichts, Tante Maria – nur weinen muß ich! Laß mich einmal weinen, ich kann nicht mehr!« stieß sie hervor.

Teilnahmsvoll löste Tante Maria den Hut von Juttas Flechten und öffnete ihr den Mantel.

»Armes Kind!« sagte sie leise.

Und Jutta weinte ununterbrochen, mit einer Heftigkeit, daß ihr ganzer Körper geschüttelt wurde. Sie weinte, als müsse sie ihren ganzen Schmerz in Tränen auflösen.

So fand sie Doktor Görger, als er nach Hause kam. Seine Frau berichtete ihm, er ließ Jutta ruhig gewähren, bis ihre Tränen von selbst versiegten. Ermattet lehnte sie dann in einem Sessel und wurde noch immer von einem trockenen Schluchzen erschüttert.

Nun sah sie auf die beiden guten teilnahmsvollen Gesichter. Sie strich sich das Haar aus der Stirn, dann sagte sie leise:

»Es ging nicht mehr, Onkel Doktor, schilt mich nur aus. Aber ich konnte mich nicht mehr beherrschen. Nun wird es wieder gehen, die Tränen haben mir Erleichterung gebracht. Ich werde nun wieder ganz tapfer sein.«

Sie erzählte, was sie vorhin mit der Mutter über Fred gesprochen hatte.

»Jetzt kann nun Mutter denken, ich habe vor Zahnschmerzen geweint, wenn sie Tränenspuren in meinen Augen sieht. Ach, wenn doch nur Lena erst hier wäre! Manchmal scheint es mir ganz unmöglich, es Mutter länger zu verheimlichen, daß Fredy tot ist«, sagte sie zum Schluß.

Die beiden alten Herrschaften sprachen ihr von neuem Mut zu, und ein wenig getröstet, ging Jutta wieder nach Hause.

8

Günter von Hohenegg war an der nächsten Straßenecke stehengeblieben, um auf Karl Lorenz zu warten, den er zu Jutta geschickt hatte.

Seit seinem Besuch mit Frau von Wengern bei Jutta hatte er seine Gedanken nicht von ihr losreißen können.

Die kleine Skizze wurde sofort über seinem Schreibtisch placiert, so daß er sie stets erblicken konnte, wenn er von der Arbeit aufsah.

Als er sie aus der Umhüllung genommen, sah er auf dem glänzenden Papier, das die Skizze umhüllte, einen kleinen, runden, matten Fleck. Er erkannte in ihm die Spur der Träne, die aus ihren Augen herabgefallen war.

Es war sonderbar – nie hatte ihn etwas derartig erregt, als diese stumme Träne. Noch nie hatte ein weibliches Wesen einen so tiefen Eindruck auf ihn gemacht wie Jutta Falkner.

Zum ersten Mal löste eine Frau den Wunsch in ihm aus, sie für immer an sich fesseln zu dürfen. Bisher hatte er nie daran gedacht, einer Frau zuliebe seine Freiheit aufzugeben. Jutta Falkner hätte er diese Freiheit gern geopfert; aber sie war ihm verloren seiner Meinung nach. Er suchte sich selbst zu verspotten, daß er sein Herz an ein Mädchen hängte, das er im Arm eines andern gesehen. Er suchte sich einzureden, daß Jutta Falkner durchaus nicht schön sei, überhaupt nicht sein Geschmack.

Aber es nützte ihm nichts, daß er sich so kritisch mit Jutta befaßte. Er fühlte, daß das, was er für Jutta empfand, nur stärker und tiefer wurde.

Es kam wie Weihnachtsstimmung über ihn, als er in den verschneiten Straßen nach einem armen Kind suchte. So fand er Karl Lorenz, der frierend, mit sehnsüchtigen, hungrigen Augen vor einem Bäckerladen stand und mit tiefen Zügen die warme, nach frischem Brot duftende Luft einsog, die aus dem Laden strömte, wenn die Tür ging.

Eine Weile hatte er ihn beobachtet, dann ein Gespräch mit ihm angeknüpft und sich an dem munteren, aufgeweckten Wesen des Knaben ergötzt. Karl hatte ihm erzählt, daß er keinen Vater mehr habe und daß die Mutter für eine Fabrik Schürzen nähe, um Brot für sich und ihre Kinder zu schaffen. Ein Schwesterchen hatte Karl Lorenz auch noch, aber es war noch ganz klein, ging noch nicht in die Schule. Was er sich zu Weihnachten wünsche, hatte Günter den Knaben gefragt. Der hatte nun, seiner Meinung nach, die unerschwinglichen Wünsche aufgezählt: einen Paletot mit richtigem Futter: »Wie ihn Lehmanns Gustav hat«, richtige Lederstiefel und einen großen Honigkuchen mit buntem Zucker drauf.

»Aber zu uns kommt kein Weihnachtsmann, sagt Mutter. Arme Leute kennt er nicht«, hatte Karl resignierend berichtet.

Und da hatte Günter ihm nun gesagt, daß er ihm das alles kaufen wolle. Karl Lorenz hatte den vornehmen Herrn nach dieser Erklärung erst mißtrauisch angesehen. Aber Günter hatte schnell sein Vertrauen gewonnen, und so waren sie zusammen einkaufen gegangen. Karl erklärte nach jedem erstandenen Stück freudestrahlend:

»Mutter geht kaputt vor Freude.«

Nun stand er erwartungsvoll, wie ein Kind vor Weihnachten, und wartete auf Karl Lorenz. Als er endlich erschien, eilte er ihm entgegen.

»Nun, mein Sohn, hast du meinen Auftrag gut ausgerichtet?« fragte er hastig.

Karl erzählte gewissenhaft und fast wortgetreu seine Unterhaltung mit Jutta. Günter wußte nicht, ob er lachen oder sich ärgern sollte, als Karl treuherzig berichtete:

»Das Fräulein wollte die Blumen erst nicht nehmen, aber da habe ich ihr gleich gesagt, daß sie drei Mark kosten. Das sieht man ja den paar Rosen gar nicht an. Da hat sie sie dann angenommen.«

»Oh, du Perle von einem Berliner Jungen! Wenn ich mal einen diskreten *postillon d'amour* brauchen sollte, dann will ich mich an dich wenden«, stieß Günter halb lachend, halb ärgerlich hervor.

»Hab ich's nicht gut gemacht, gnädiger Herr?« fragte Karl ängstlich.

»Was hat denn das gnädige Fräulein dazu gesagt?« forschte Günter statt einer Antwort.

»Ach, erst war sie sehr ernsthaft, aber als ich ihr sagte, daß die Blumen so teuer sind, da hat sie gelacht und hat gesagt, sie läßt sich schön bedanken.«

Günters Ärger war verflogen. Jutta hatte gelacht. Das war ihm wie ein Geschenk. Es freute ihn so, daß er allen Ärger über Karls Ungeschick darüber vergaß.

Lachend fuhr er mit der Hand über Karls schöne neue Mütze.

»Na, nun troll dich nach Hause zu Muttern, Karl. Sag ihr einen schönen Gruß, und du wärst ein Prachtkerl.«

Karl setzte sich vergnügt in Bewegung. Trotz der schweren Last pfiff er zu seinen energischen Schritten einen lustigen Marsch.

Lächelnd ging Günter seines Wegs. Er führte ihn an Juttas Wohnung vorüber. Und da blieb er einen Augenblick stehen und sah zu dem erleuchteten Fenster des Wohnzimmers empor. Er rechnete aus, daß diese Fenster nicht zu ihrem Arbeitszimmer gehören konnte.

›Sie sitzt wohl bei der kranken Mutter‹, dachte er.

Dann rückte er sich straff empor. Um seinen Mund grub sich scharf der herbe, sarkastische Zug.

›Ich stehe wahrhaftig hier wie ein verliebter Tertianer vor dem Fenster der Angebeteten. Schade, daß Frau Lolo das nicht sehen kann‹, verspottete er sich selbst.

9

Günter von Hohenegg war wirklich nicht mit Glücksgütern gesegnet. Frühzeitig auf eigene Füße gestellt, lebte er von seiner schriftstellerischen Tätigkeit. Er war ein gern gelesener Feuilletonist, und seine eleganten, geistvollen Plaudereien, die immer ein Körnchen ernster Lebensweisheit enthielten und mit Humor und Sarkasmus gewürzt waren, wurden gern von den besten Zeitungen akzeptiert. Sie wurden auch gut bezahlt, aber ein Vermögen konnte er damit nicht verdienen.

Weil er für seinen Unterhalt arbeiten mußte, fehlten ihm Zeit und Ruhe, sich in eine größere Arbeit zu vertiefen, obgleich er brennend wünschte, eine schwere Aufgabe zu lösen. Sein ersehntes Ziel war, sich so viel Geld zu sparen, daß er einmal für längere Zeit der Sorge ums tägliche Brot enthoben war. Dann wollte er sich vom lauten Alltagsleben zurückziehen und einige Jahre in Stille und Einsamkeit arbeiten. Es war auch manches Werk schon in großen Umrissen skizzenhaft von ihm aufgezeichnet worden. Diese Entwürfe harrten in seinem Schreibtisch der Ausarbeitung.

Wenn er an diese ersehnten, ungestörten Arbeitsjahre dachte, dann stand immer das alte, halbverfallene Herrenhaus vor ihm: das Stammhaus seines Geschlechts, das Udo von Hohenegg in der Blütezeit des Barock hatte erbauen lassen: im Jahr 1670.

Dieses ziemlich baufällige Gebäude war das einzige Erbteil, das sein Vater ihm hinterlassen hatte. Der ganze übrige Besitz der Hoheneggs war in andere Hände gekommen. Für den Sohn des verarmten Vaters wäre auch dieses Gebäude kaum übriggeblieben, wenn die Gläubiger bei dem Zusammenbruch es nicht als ziemlich wertlos Günters Vater als Zufluchtsort überlassen hätten.

Jahrhundertelang hatten die Hoheneggs es bewohnt, bis Günters Urgroßvater im Jahr 1820 ein neues, schloßartiges Gebäude hatte aufführen lassen, um der Prachtliebe seiner heißgeliebten Gattin, einer

Gräfin Rittberg, der es im alten Haus nicht mehr gefiel, Rechnung zu tragen.

Seit dieser Zeit war das alte Herrenhaus nicht mehr richtig gepflegt worden. Die Herrschaft zog damals in das neue Schloß, das sich, etwa eine Viertelstunde von dem alten entfernt, mit seinen schlanken Türmen über den bescheideneren Vorgänger stolz erhob. Im alten Haus wurden der Verwalter und andere Beamte einlogiert. Die kostbarsten Möbel, die ins neue Haus kamen, wurden durch einfache ersetzt, wo es nötig war. Wertlos erscheinende alte Sachen wurden auf den Speicher geräumt, und niemand kümmerte sich mehr darum.

Seitdem war es mit den Hoheneggs stark abwärts gegangen. Schon Günters Vater hatte fast nichts als Schulden geerbt. Er war nicht der Mann gewesen, das Gut wieder emporzubringen, sondern ein schwächlicher Charakter, der noch vergeudete, was er erraffen konnte. Günters Mutter hatte vergeblich zu retten versucht, was noch zu retten war. Die kluge, energische Frau, deren Charakter Günter geerbt hatte, brach schließlich in dem erfolglosen Kampf zusammen, als Günter 16 Jahre zählte. Da ging dem Vater der letzte Halt verloren. Hohenegg war unter den Hammer gekommen – nur das alte Herrenhaus wurde von der Versteigerung ausgeschlossen. Die Beamten hatten es geräumt, als Günters Vater starb. Nun stand es leer. Die alten Möbel und Geräte befanden sich noch auf dem Speicher; damit ließen sich schon einige Zimmer notdürftig ausstatten, wenn es sein mußte.

Schon vor des Vaters Tod hatte Günter Hohenegg verlassen, um sich auf eigene Füße zu stellen. Ein kleines Legat, das eine Tante seiner Mutter ihm hinterlassen, hatte es ihm ermöglicht, zu studieren. Er hatte das Doktorexamen gemacht und war Schriftsteller geworden.

Wenn er daran dachte, daß er sich eines Tages zu ernster Arbeit in die Einsamkeit zurückziehen würde, dann sah er sich in dem alten Herrenhaus von Hohenegg sitzen. Dort in dem hübschen Barockgebäude mit der wunderlich verschnörkelten Fassade, die selbst im Verfall noch malerisch wirkte, hoffte er Ruhe und Stimmung zu finden, obgleich ihn sonst nichts nach der Heimat zog, die ihm fremd geworden war.

Aber mit dem Sparen ging es langsam – sehr langsam. Ein wenig war er doch der Sproß seines Geschlechtes geblieben, die Vorliebe für Eleganz und Behagen, für ästhetischen Lebensgenuß lag ihm im Blut. Es erschien ihm so manches unentbehrlich, was er wohl hätte entbehren können, um schneller zum Ziel zu gelangen.

So wartete er noch, bis seine Zeit gekommen sein würde. Er fühlte mit froher Gewißheit, daß er Schätze in sich barg, die er nur zu heben brauchte.

Jetzt studierte er das Leben an der Quelle. Das erschien ihm nötig, ehe er mit einem großen Werk begann.

Seine kleine Junggesellenwohnung war elegant und behaglich eingerichtet. Die Wirtin sorgte für Ordnung und Sauberkeit, kochte auch zuweilen für Günter, wenn er von seiner Arbeit nicht fort konnte. Meist nahm er die Mahlzeiten jedoch in einem Restaurant. Er war auch viel eingeladen.

Heute abend wurde er wieder bei Wengerns erwartet. Aber er wollte nicht früher dort erscheinen, als bis er den Hausherrn daheim wußte. Fritz von Wengern war Rechtsanwalt und hatte schon jetzt einen Teil der Praxis seines Vaters übernommen, der sich in einigen

Jahren zur Ruhe setzen wollte. Fritz sollte sich erst genügend einarbeiten. Das tat er auch mit der Gewissenhaftigkeit seines zuverlässigen Charakters, obwohl sein Vater ein bedeutendes Vermögen verdient und seine Frau eine große Mitgift in die Ehe gebracht hatte. Er kam nicht sehr zeitig aus seinem Büro nach Hause, das wußte Günter nun schon aus Erfahrung.

So setzte er sich erst noch an den Schreibtisch, um eine Weile zu arbeiten. Aber er kam heute nicht in Fluß. Immer wieder sah er zu der kleinen Skizze empor. Das Stückchen Waldfrieden, das Juttas Hand auf das Papier gezaubert hatte, zog ihn an. Es kam ihm so seltsam vertraut vor.

Wo habe ich das nur schon gesehen? dachte er immer wieder.

Schließlich lehnte er sich zurück, in stilles Anschauen des Bildchens versunken. Er sah das Bild wachsen – es wurde größer, so, als schaute er in die wirkliche Landschaft hinein. Wie ein Traum kam es über ihn.

Da standen die prachtvollen alten Buchen mit den dichten Blätterkronen. Nur hier und da fiel ein Sonnenstrahl durch das vom Wind bewegte Laub und huschte hin und her. Vögel sangen in den Zweigen, Insekten schwirrten spielend durch die Luft, wie auf der Jagd nach dem tanzenden Sonnenstrahl.

Das ist der Buchengrund von Hohenegg, dachte er im halbwachen Traum, und die Augen fielen ihm zu. Aber das Bild verschwand nicht. Er sah im Geist den Buchengrund, der dicht bei dem alten Hohenegger Herrenhaus lag, vor sich. Und der sah ganz so aus, wie Jutta Falkners Skizze ihn darstellte. Wie oft hatte er ihn als Knabe durchstreift, wie oft auf einem

Baumstumpf gesessen und dem Spiel der Insekten im Sonnenschein zugesehen. Da saß er nun wieder im Traum und ließ Heimatluft um sich wehen. Sein Herz war so voller Erwartung, als müsse nun etwas Herrliches, Wunderschönes geschehen. Da kam es auch daher, vom alten Franzosenstein jenseits des Buchengrundes – das Herrliche, Unfaßbare, da kam mit leichten anmutigen Schritten sein Glück auf ihn zugeschritten. Es trug Jutta Falkners Züge, hatte Jutta Falkners Gestalt. Stolz und frei trug sie den Kopf mit den herrlichen Flechten, und die Augen waren gesenkt.

Näher und näher kam sie heran.

»Jutta!«

Ganz laut rief er den Namen – da zerrann der Traum. Er schrak empor, sah verwirrt um sich und sprang auf.

»Donnerwetter! Ich glaube, ich war eingeschlafen – und habe geträumt!« rief er, sich über die Stirn streichend.

Ja, von Jutta Falkner hatte er geträumt, die einen andern liebte, die vor seinen Augen jenen andern geküßt hatte.

Mechanisch sah er nach seiner Taschenuhr.

»Donnerwetter, eine ganze Stunde habe ich hier gesessen. Nun heißt es sich beeilen, sonst komme ich zu spät«, fuhr er in seinem Selbstgespräch fort.

Schnell trat er in sein Schlafzimmer, um sich umzukleiden.

10

Lolo von Wengern empfing ihn mit leisem Schmollen. »So unpünktlich, Herr von Hohenegg! Ich müßte Ihnen böse sein.«

Er küßte ihre Hand. »Ich bitte sehr um Verzeihung, gnädige Frau. Offen gestanden – ich war eingeschlafen und habe mich dadurch verspätet. Lachen Sie mich zur Strafe aus!«

Und auf Fritz Wengern zutretend, fuhr Günter fort:

»Muß ich auch dich um Verzeihung bitten, Fritz?«

Der nickte energisch. »Aber heftig, mein Junge! Ich bin der Leidtragende, denn trotz meines Bärenhungers hat Lolo mich nicht an die vollen Schüsseln gelassen. Sei froh, daß du mich nicht als Leiche findest«, scherzte er.

Lolo zog die Stirn kraus. Die etwas derbe Ausdrucksweise ihres Gatten ärgerte sie. Sie liebte ihn nicht genug, um nachsichtig darüber hinwegzusehen. Vielleicht liebte sie ihn überhaupt nicht – wenigstens jetzt nicht mehr, nach dreijähriger Ehe. Lolo gehörte zu den Frauen, die ihre Gefühle in kleinen Passionen verzetteln.

Daß Günter von Hohenegg, dessen interessante Persönlichkeit sie sofort fesselte, als ihr Mann ihn eines Tages bei ihr einführte, so gar nicht auf ihre koketten Manöver reagierte, war ihr unfaßbar. Seine Zurückhaltung schürte das Feuer in ihrer Brust zu besonderer Stärke. Zugleich kränkte es ihre Eitelkeit, daß er nicht wie die andern bezaubert zu ihren Füßen lag. Nun wollte sie ihn erst recht in Fesseln schlagen. Bisher hatte sie sich jedoch vergebens bemüht. Erstens war Günter ein Ehrenmann, der seinen Verkehr im Haus des Freundes sofort unter einem plausiblen Vorwand abgebrochen hätte, wenn er seiner selbst nicht sicher gewesen wäre, und zweitens war sein Herz so völlig von Jutta Falkners Bild erfüllt, daß für keine andere Frau Raum darin war.

Man ging zu Tisch. Ein intimer Reiz lag über der kleinen, sorgsam gedeckten Tafel. Die verschleierte Lampe warf ein rosiges Licht darüber und spiegelte sich in dem silbernen Gerät und den geschliffenen Kristallgläsern.

Fritz Wengern knipste jedoch sofort die elektrische Deckenbeleuchtung an, so daß der schöne, harmonische Raum bis in jede Ecke erleuchtet war.

Lolo schmollte. »Dies grelle Licht, Fritz! Du bist ein Barbar!« rief sie empört.

Fritz lachte. »Bis nach Tisch mußt du es dir gefallen lassen, Lolo. Beim Essen muß ich es hell haben. Man sieht ja nicht, was man verzehrt. Beim Dessert stellen wir deine geliebte ›schummerige‹ Beleuchtung wieder her«, erklärte er vergnügt.

Er war ein gutmütiger, harmloser Mensch und blind verliebt in seine schöne Frau, aber er blieb immer der Herr im Haus. Soviel er konnte, gab er Lolos Schwächen nach, aber er ließ sich nicht tyrannisieren. An Lolos Liebe zu zweifeln, wäre ihm nie eingefallen. Mit dem gesunden Selbstbewußtsein des Mannes, der mit seiner Person seiner Frau alles zu bieten hat, nahm er es für selbstverständlich an, daß Lolos Liebe und Treue ihm gehörten für alle Zeit.

Fritz von Wengern war also mit seiner Ehe sehr zufrieden und riet seinem Freund Günter oft genug, sich auch zu verheiraten. Neidlos und ehrlich erkannte er in Günter die bedeutendere Persönlichkeit, den überlegeneren Geist. Nicht ein Schein von

Beunruhigung war in ihm, daß Günter seiner Frau gefährlich werden könne. Er vertraute beiden schrankenlos. Ruhig sah er zu, wenn Lolo Günters Gesellschaft suchte. Er konnte es verstehen, daß sie gern mit dem geistvollen Freund plauderte, und er freute sich, daß Lolo und Günter so gut harmonierten.

Zuerst waren Günter das Vertrauen des Freundes und Frau Lolos liebenswürdiges Entgegenkommen nicht lästig. Er hatte gern mit ihr geplaudert. Sie besaß Mutterwitz und Schlagfertigkeit, bei flüchtiger Bekanntschaft konnte man sie sogar für geistreich halten. Und ihre Schönheit erfreute ihn, wie man sich an einem schönen Bild erfreut. Zudem wurde er von beiden Gatten so herzlich aufgenommen, daß er, der Einsame, nur zu gern zu ihnen kam.

Aber nun war Günter längst dahinter gekommen, daß Lolo eine Blenderin war und ihn gern in einen regelrechten Flirt verstrickt hätte. Sobald er das merkte, hatte er ihr gegenüber einen anderen Standpunkt eingenommen. Er suchte Lolo durch seine Ruhe und Gelassenheit abzukühlen und ihr begreiflich zu machen, daß ihre Liebe in ihrem Gatten einen durchaus würdigen Gegenstand fand. So wurde Lolo immer ungeduldiger, immer deutlicher. Sie wollte Günter besiegen, gerade, weil er sich wehrte.

Auf die Dauer wurde ihm das unerträglich. Er schränkte seine Besuche ein, soviel er konnte, ohne daß es Fritz auffiel; er hütete sich, mit Lolo allein zusammenzutreffen.

Seit ihrem gemeinsamen Besuch bei Jutta Falkner hatten sie sich noch nicht wiedergesehen.

Als die Suppe aufgetragen war, sagte Lolo mit einem bezaubernden Lächeln:

»Sie haben sich so lange nicht sehen lassen. Hatten Sie gar keine Zeit für uns?«

»Wir haben uns doch erst gestern gesehen, gnädige Frau«, erwiderte Günter gelassen.

»Ja doch, bei meinem Bildereinkauf. Aber besucht haben Sie uns die ganze vorige Woche nicht, und wenn ich Sie gestern nicht ganz formell für heute abend eingeladen hätte, wer weiß, wie lange Sie dann ausgeblieben wären.«

»Gewiß nicht länger, als ich mußte, um Ihnen schließlich nicht lästig zu werden.«

»Ach, rede keinen Stuß, mein Junge«, warf Fritz vergnügt ein. »Du weißt doch, daß du uns immer angenehm bist.«

»Ich habe übrigens heute ein wenig den Weihnachtsmann gespielt«, sagte Günter ablenkend.

»Nanu – wieso denn?« fragte Fritz erstaunt.

»Eigentlich habe ich nur Schulden bezahlt. Sie wissen, verehrte gnädige Frau, was ich mit Fräulein Falkner bezüglich des Kaufpreises für die Skizze vereinbart hatte.«

Lolo horchte auf. »Ach so! Sie wollten irgendeinen Knirps beschenken. Übrigens – fanden Sie es nicht ein wenig aufdringlich von dem jungen Mädchen, Ihnen ein Geschenk anzubieten? Es ist eigentümlich, so damenhaft sich dieses Fräulein Falkner auch sonst aufspielt, in subtilen Dingen hört bei derartigen Geschöpfen doch das Taktgefühl auf.«

Günter stieg das Blut in die Stirn, so empört war er. Wer war denn diese Frau Lolo, daß sie es wagte, sich so abfällig über eine Jutta Falkner zu äußern?

»Da muß ich Fräulein Falkner in Schutz nehmen, verehrte gnädige Frau. Sie ist unbedingt Dame in jeder Beziehung, was ja auch natürlich scheint, da ihr Vater Geheimrat war. Ich hatte sie, ohne es zu wollen, in ihrem feinen Empfinden gekränkt, und sie wies mich mit großem Taktgefühl zurecht. Sie hätte sich nicht vornehmer aus dieser Affäre ziehen können.«

Lolo preßte die Lippen fest zusammen. Das klang fast wie eine Zurechtweisung. Ehe sie jedoch etwas erwidern konnte, fragte ihr Mann gemütlich: »Was hat denn dieses Fräulein Falkner getan? Erzählt doch mal.«

Ganz knapp und sachlich berichtete Günter, aber Lolo war innerlich dadurch schwer gereizt. Es weckte ihren Zorn, daß Günter gewissermaßen Juttas Partei nahm, und sie ärgerte sich, ihn mit ihr zusammengebracht zu haben.

Fritz hörte aufmerksam zu. Als Günter geendet hatte, sagte er ruhig: »Nein, Lolo, dabei kann ich wirklich nichts Taktloses finden.«

Sie trank hastig einen Schluck Wein. »Ach, ihr Männer seid in solchen Fragen nicht kompetent. Takt ist eine speziell weibliche Tugend, über die ihr kein richtiges Urteil habt!« rief sie ärgerlich.

Fritz lachte. »Ei weh! Siehst du wohl, Günter, jetzt hat uns Lolo mit Eleganz und Grazie auf den Sand gesetzt. Aber das soll uns den Appetit nicht verderben. Was geht uns schließlich die kleine Malerin an! Es ist ja reizend von dir, liebste Lolo, daß du das arme Ding unterstützt und ihr ein Bild abgekauft hast. Das macht deinem guten Herzen alle Ehre. Ich will Günter in diesem Fall nicht einmal die Hölle heiß machen, daß er den Preis für das Bild in die Höhe getrieben hat.«

»Es war mit dreihundert Mark sicher nicht zu hoch bezahlt«, erklärte Günter hastig.

Fritz winkte ab. »Glaub ich dir aufs Wort, mein Junge. Außerdem – die kleine Malerin hat sich schließlich gefreut, daß sie hundert Mark mehr einnahm. Der kleine Schlingel, den Günter beschenkt hat, freut sich ebenfalls. Wenn du, liebe Lolo, das Bild Tante Berta wirklich schenkst, dann werde ich ihr unter dem Siegel der Verschwiegenheit verraten, daß es dreihundert Mark kostet. Du weißt, sie taxiert alle Geschenke nur nach dem Geldwert. Sie freut sich über ein Bild, das dreihundert Mark kostet, mehr als über eins, wofür du nur zweihundert bezahlt hättest. Da sie eine Erbtante ist und unsere ganze Familie bei ihr nach Kräften erbschleicht, so ist es vielleicht ganz günstig für uns, wenn wir uns so nobel zeigen. Wer weiß, wieviel höher sie uns danach in ihrem Testament bedenkt. Das ist der Segen der guten Tat, die auch fortzeugend Gutes muß gebären. Prosit, Günter, die guten Taten sollen leben!«

Günter ergriff sein Glas. »Und sie, die all dies Herrliche vollendet – ich meine Sie, verehrte gnädige Frau – dies Glas sei Ihnen geweiht bis zur Nagelprobe«, sagte er artig, mit einem Scherz die Wolken auf Lolos Stirn zerstreuend.

Dann ging er sofort zu einem andern Thema über. Er vertrug es nicht mehr, daß Juttas Name ins Gespräch gezogen wurde. Er zeigte sich Lolo gegenüber besonders zuvorkommend, um sie in guter Laune zu erhalten.

Aber dieser Zwang machte ihn müde. Als er gegen Mitternacht nach Hause ging, war eine große Unlust in ihm. Er wünschte, nie mehr Frau Lolos Gesellschaft aufsuchen zu müssen. So gern er Fritz Wengern hatte, so lieb ihm dessen anspruchslos frohe Gesellschaft war, Frau Lolo machte es ihm mehr und mehr zur Qual, das zu genießen. Die so gemütlichen Abende wurden ihm zur Pein, und er wünschte, diese Besuche ganz vermeiden zu können.

Aber er konnte das nicht, ohne Fritz empfindlich zu kränken, weil er ihm nicht die Wahrheit sagen durfte. So nahm er sich auf diesem Nachhauseweg vor, sich ernsthaft an die Arbeit zu setzen, um möglichst viel zu verdienen. Er malte sich im Geiste aus, daß er vielleicht schon im Frühjahr so weit sein konnte, um sich mit Ruhe in sein halbverfallenes Stammhaus zurückzuziehen. Über seiner Arbeit würde er hoffentlich auch das stille, blasse Mädchen mit den seltsamen grauen Augen vergessen.

11

Zwei Tage vor Weihnachten kam Lena mit ihrem Kind in Berlin an. Jutta war an den Bahnhof gefahren, um sie abzuholen.

Ihre Mutter hatte immer sehnsüchtiger dem Tag entgegengesehen, da ihre langentbehrte Tochter und ihr Enkelkind eintreffen würden. Jutta hatte die Mutter wieder und wieder bitten müssen, recht ruhig zu sein.

Auch heute, ehe sie das Haus verließ, ermahnte sie die Mutter noch einmal eindringlich, sich durch das Wiedersehen mit Lena nicht aufregen zu lassen.

Sie hatte auch Doktor Görger gebeten, anwesend zu sein, wenn Lena und die Mutter sich wiedersahen, damit er seine Autorität in die Waagschale werfen konnte.

Jutta war selbst so aufgeregt und konnte nur mühsam ihre Fassung bewahren. Ihr stand ja noch so viel Schweres bevor.

Vor allen Dingen mußte sie Lena von Freds tragischem Ende Mitteilung machen und ihr sagen, daß Mutter noch nichts davon wußte. Damit ihr eine kurze Zeit für die Aussprache mit Lena blieb, hatte sie der Mutter gesagt, Lenas Zug träfe zwei Stunden später ein, als es in Wirklichkeit der Fall war. Sie wollte mit Lena gleich zu Görgens fahren, um dort ungestört mit ihr sprechen zu können.

Um früher von zu Hause fortzukommen, hatte sie einen notwendigen Geschäftsgang vorgeschoben, den sie unternehmen müsse, ehe sie zum Bahnhof ging.

Das hatte sich auch alles ganz gut einrichten lassen. Minna bekam noch die besondere Mahnung, recht gut auf die Mutter zu achten. Dann machte sich Jutta auf den Weg zum Bahnhof.

Der Zug fuhr in die große Halle ein, wo viele Menschen warteten. Mit großen Augen sah Jutta an der Wagenreihe entlang. Da erblickte sie an einem Fenster zweiter Klasse ein vertrautes Gesicht. Lena winkte ihr mit dem Taschentuch zu. Wenige Sekunden später lagen sich die Schwestern schluchzend in den Armen. Wie ein Zittern flog es über Jutta hin. Diese Lena erinnerte nur mehr wenig an das frische tapfere Mädchen, das vor einigen Jahren so unverzagt mit dem geliebten Mann hinausgezogen war, einem unbestimmten Schicksal entgegen.

Juttas Herz klopfte bang und unruhig. Jetzt mußte Lena, die ihr so schutzbedürftig erschien, Freds Tod erfahren. Neue Sorgen und Ängste stiegen in Jutta auf, sie sah Not und Kämpfe vor sich. Sie wußte aber auch, daß sie jetzt doppelt stark sein mußte – für die Mutter, für Lena und das Kind. Nun konnte sie wenigstens das furchtbare Geheimnis von Freds Tod mit der

Schwester teilen, das erschien ihr schon als eine große Wohltat.

Nachdem sich die Schwestern innig begrüßt hatten, kam auch die kleine Wally an die Reihe, die sich an Mutters Kleid anklammerte und mit ihren großen blauen Augen zur Tante aufschaute. Sie sah in dem dicken, weißen Flauschmantel und der Kapuze, die Jutta nach Neapel gesandt hatte, so lieb und drollig aus, daß Jutta sie emporhob und innig an sich preßte.

Jutta trug die Kleine auf den Armen zu der Autodroschke, die am Ausgang des Bahnhofs hielt. Der kleine, weiche Kinderkörper schmiegte sich zutraulich an sie an, und die kleinen Ärmchen legten sich fest um ihren Hals.

›Wenn wir Mutterle sagen müssen, daß Fredy tot ist, dann soll Wally die Ärmchen um ihren Hals schlingen, dann wird sie es vielleicht ertragen‹, dachte Jutta.

Das Auto sauste durch die Straßen, zehn Minuten später hielt es vor der Görgerschen Wohnung.

Jutta bestellte den Chauffeur gleich für später wieder, wenn sie dann mit der Schwester nach Hause fuhr.

»Warum fahren wir nicht gleich zu Mama, Jutta?« hatte Lena gefragt.

»Weil ich vorher mancherlei mit dir besprechen muß, Lena. Onkel Doktor und Tante Maria haben uns ihre Wohnung zur Verfügung gestellt, und Tante Maria wird Wally beschäftigen, solange ich mit dir zu sprechen habe.«

Nun waren die Schwestern bei Görgers angelangt. Lena und ihr Kind wurden von den beiden alten Herrschaften herzlich begrüßt. Sie machten es aber kurz. Tante Maria bewarb sich um Wallys Gunst, und diese ließ sich willig von der alten Dame in ein anderes Zimmer tragen. Doktor Görger folgte ihnen, und die Schwestern waren allein.

Lena legte die Arme um Juttas Hals und sah sie voll Unruhe an.

»Nun sag mir, Jutta, was das alles zu bedeuten hat. Ich sehe es dir an, du hast mir etwas Schlimmes zu berichten. Es ist doch nichts mit Mutter geschehen?«

Jutta fühlte, wie sie unter der Angst der Schwester ruhig wurde. Sie zog Lena neben sich auf einen Diwan.

»Mutter befindet sich so wohl, wie es bei ihrem Leiden möglich ist, Lena. Ich muß dir noch einmal eindringlich klarmachen, daß sie vor jeder, auch der kleinsten Aufregung gehütet werden muß, wenn wir ihr Leben nicht gefährden wollen. Deshalb will ich dir manches, was sie nicht wissen darf, gleich jetzt sagen. Aber ich sorge mich auch um dich, Lena. Wirst du dich beherrschen können, Mutter ruhig gegenüberzutreten, wenn du selbst im Herzen nicht ruhig bist?«

Lena drückte ihr die Hand. »Zweifle nicht daran, liebe Schwester, du weißt, wir haben es lernen müssen, uns zu beherrschen. Wenn ich auch jetzt schwach und leidend bin – das ist nur der Körper. An Willenskraft habe ich nichts eingebüßt. Aber nun sag mir, was du mir sagen mußt. Du brauchst mich nicht zu schonen.«

Jutta umschlang die Schwester mit schmerzlicher Zärtlichkeit.

»Ach, liebste Lena, Mutterle steht eine furchtbare Aufregung bevor, die wir mit aller Liebe und Fürsorge auf die Dauer nicht von ihr abwenden können. Auch dir muß ich nun gleich mit dieser schlimmen Botschaft entgegenkommen.«

Lenas blasses, schmales Gesicht rötete sich jäh.

»Sprich, ich bitte dich …«

»Erschrecken darfst du aber nicht, Lena.«

»Nein, nein – nur sprich!«

Jutta holte tief Atem und hielt die Hände der Schwester fest in den ihren.

»Lena – unser Bruder – Fredy – er ist nicht mehr am Leben.«

Lena erblaßte jäh und schloß die Augen. Auch sie hatte den leichtsinnigen Bruder sehr geliebt. Sie barg ihr Haupt an Juttas Schulter.

»O mein Gott! Fredy – unser lieber Fredy – er ist tot?« flüsterte sie mit tränenerstickter Stimme.

»Ja, Lena – er starb – durch eigene Hand.«

Leise und traurig kam das über Juttas Lippen.

Lena schluchzte krampfhaft auf.

Jutta zwang ihren eigenen, neu erwachten Schmerz zurück. Leise erzählte sie Lena alles, von ihrem letzten Zusammentreffen mit Fred, von seinem Tod und wie sie ihn der Mutter hatte verheimlichen müssen.

Als Jutta zu Ende war, richtete Lena sich hastig empor. »Nein, das überlebt Mutter nicht«, sagte sie heiser, wie gebrochen.

Jutta zuckte zusammen. »Sprich nicht so, Lena – ich habe ohnedies nicht mehr viel Mut.«

Lena preßte die Hände aufs Herz. Ihre schönen klaren Augen, die in Form und Farbe an die Juttas erinnerten, sahen starr vor sich hin.

»Du weißt nicht, Jutta, was es heißt, Mutter zu sein. Nimm alles Glück der Welt zusammen in eins – so hast du das Mutterglück, presse alles Leid, allen Schmerz in ein einziges Gefühl zusammen – so hast du den Schmerz einer Mutter um ihr Kind. Wenn ich denken müßte, das Schicksal nähme mir meine kleine

Wally – da friert mich vor Entsetzen. Und wie Mutter an Fredy hing! Er war ihr ganzer Stolz, ihr höchstes Glück. Ach, Jutta, daß ich mit diesem Wissen im Herzen vor meine arme Mutter treten muß! Arme Jutta, was hast du alles allein durchkämpfen müssen in dieser furchtbaren Zeit! Dazu haben auch wir dir noch Sorgen aufgepackt. Arme, liebe Schwester – arme Schwester!«

Innig umfaßten sich die Schwestern, als suche eine Trost bei der andern.

»Wenn wir ihr wenigstens vorenthalten könnten, auf welche Weise Fredy ums Leben kam! Daß er selbst Hand an sich gelegt hat, wird ihr furchtbar sein.«

Jutta schüttelte hastig den Kopf. »Nein, nein! Wenn es einmal an die traurige Eröffnung geht, dann keine Lüge mehr. Verwindet Mutter Fredys Tod, dann verwindet sie auch, wie er starb. Ich setzte so große Hoffnung auf deine Gegenwart und auf die der kleinen Wally. Wenn Mutter euch in ihren Armen hält, wenn sie erst das Glück des Wiedersehens ausgekostet hat, dann wollen wir es wagen, sie langsam und schonend vorzubereiten. Unser guter Onkel Doktor will dabei sein. Er will ihr vorher ein beruhigendes Mittel für ihr Herz geben. Eine wohltätige Einspritzung wird sie für die ersten Stunden ihrem Schmerz entführen. Übersteht sie alles das, dann dürfen wir hoffen, Mutter zu behalten.«

Die Schwestern besprachen noch allerlei, was sie in Gegenwart der Mutter nicht erwähnen wollten. Verzagt forschte Lena auch, ob Jutta in der Lage sei, für die Zeit, bis ihr Mann nachkäme, die nötigen Ausgaben für sie und das Kind zu bestreiten.

»Georg wollte sich auf irgendeine Weise das nötige Geld verschaffen«, sagte sie bedrückt, »aber du glaubst nicht, wie schwer das da unten ist. Wir waren dir so dankbar, daß du sofort das fehlende Geld sandtest. Ich mußte ja Hals über Kopf abreisen; wir hatten erst für August mit einer Heimreise gerechnet. Nun durfte ich keinen Tag zögern. Georg war vor Sorge um mich wie von Sinnen. Ich wäre sonst auch zusammengebrochen. Das Klima dort unten ist auf die Dauer nicht für uns geschaffen. Wenn wir doch nicht so furchtbar arm wären! Also, liebe Schwester, kannst du es ermöglichen, uns durchzubringen, bis Georg im August nachkommt?«

Jutta wußte, wie schwer es ihr fallen würde, die nötigen Mittel zu beschaffen, aber sie wollte es der Schwester nicht sagen. Sie streichelte ihre schmalen Wangen.

»Darum sorge dich nicht, Lena, ich schaffe es schon. Momentan besitze ich noch gegen tausend Mark. Ich habe ein Bild verkauft, und Onkel Doktor hat Fredys kleinen Nachlaß zu Geld gemacht. Davon weiß Mutter freilich nichts. Ich hätte auch nichts verkaufen lassen, aber ich dachte an dich und das Kind. Durch Fredys plötzlichen Tod war ich ohnedies einige Tage unfähig zu arbeiten.«

Lena schluchzte wieder auf.

»Ach, du Arme, was hast du alles allein tragen müssen! Ob Fredy denn gar nicht daran gedacht hat, was er uns antat? Es ist ein so schrecklicher Gedanke – ein junges Menschenleben zerstört um dreitausend Mark! Hätten wir dir nicht so viel abgefordert, dann hättest du ihm vielleicht helfen können.«

Jutta schüttelte den Kopf.

»Nein, Lena, vor diesen unfruchtbaren Gedanken hüte dich. Es wäre nicht anders geworden, auch wenn ich Fredy die dreitausend Mark hätte beschaffen können. Dann wäre wahrscheinlich die Katastrophe nur hinausgeschoben worden. Du sollst dir überhaupt um nichts Sorgen machen, sollst nur daran denken, daß du wieder gesund werden mußt. Und nun, liebste Lena, wollen wir zu Doktors hinübergehen. Ich möchte, daß du Onkel Doktor genau über dein Leiden Bericht gibst, noch ehe wir zur Mutter gehen.«

Hand in Hand traten die Schwestern ins Nebenzimmer. Da saß Tante Maria mit der kleinen Wally auf dem Schoß, und sie und ihr Gatte ergötzten sich an Wallys drolligem Kauderwelsch. Zwischen die nach Kinderart verstümmelten deutschen Worte mischten sich solche der Suahelisprache, die Wally ebenfalls nicht einwandfrei hervorbrachte. Wally schien sich in dieser gemütlichen deutschen Wohnstube sehr behaglich zu fühlen. Ihre munteren Augen schweiften umher, sie sah viele Dinge, die ihr fremd waren, und fragte danach.

Als die Mutter eintrat, strebte ihr Wally entgegen und erzählte in drolliger Hast, was sie alles gesehen hatte. Durch ihre Munterkeit verscheuchte sie die trübselige Stimmung; Onkel Doktor und Tante Maria unterstützten die Kleine nach Kräften, um die Schwestern abzulenken von ihrem Schmerz.

»Du kommst doch dann gleich mit zur Mutter hinüber, Onkel Doktor?« fragte Jutta in bittendem Ton.

Der alte Herr streichelte ihre Wange.

»Natürlich komme ich mit, Jutta. Ich muß dafür sorgen, daß deiner Mutter die Freude nur in kleinen Dosen verabfolgt wird. Erst bekommt sie Lena zu sehen, und ich bleibe mit dem drolligen Kleinchen im Nebenzimmer, bis sich deine Mutter ein wenig beruhigt hat. Dann erst soll sie ihr Enkelchen sehen. Eine Herzstärkung werde ich ihr auf alle Fälle für diese freudige Erregung verabfolgen. Hat sie die freudige Erregung gut überstanden, dann wollen wir ihr mit Gottes Hilfe die schlimme Botschaft beibringen. Wir haben dann getan, was wir tun konnten. Alles weitere müssen wir Gott anheimstellen.«

Die Schwestern dankten ihm mit feuchten Augen.

»Guter Onkel Doktor – du bist noch immer unser treuester Freund und Helfer!« sagte Lena dankbar.

Er lachte.

»Na, soll ich vielleicht auf meine alten Tage fahnenflüchtig werden? Ich habe euch Mädels liebgehabt vom ersten Atemzuge an, den ihr auf dieser schönen Welt getan. Da wußte ich gleich, daß ihr Prachtfrauenzimmerchen werden würdet. Nach meiner guten Alten und meinen eigenen Kindern kommt gleich ihr in meinem Herzen. Und wenn ich euch helfen kann, so geschieht es mit Freuden. Ich wünschte nur, ich könnte mehr für euch tun.«

Jutta umfaßte ihn zärtlich. »Gleich will ich dich beim Wort nehmen, Onkel Doktor. Ich möchte so gern die Gewißheit, daß Lena genesen wird und ihre Operation ungefährlich ist, mit mir nehmen. Dann werde ich mich viel stärker fühlen und viel ruhiger sein. Du sollst mir sagen, ob Lenas Arzt in Darressalam über ihr Leiden das richtige Urteil gegeben hat.«

Er strich Jutta beruhigend über das Haar. »Tapferes Kerlchen!« Und zu Lena gewendet, fuhr er fort: »Komm, kleine Frau, wir wollen in mein Zimmer gehen. Der Doktor wird dich mal unter die Lupe nehmen.«

Er nahm Lenas Arm und führte sie fort. Ein einziger kurzer Blick voll Bangigkeit flog aus ihren Augen zu ihrem Kind hinüber. Dann ging sie scheinbar unverzagt mit ihm.

In seinem Amtszimmer klopfte Doktor Görger der jungen Frau auf die Schulter. »Ihr Falknermädels seid prachtvolle Geschöpfe, mutig und unverzagt, daß man seine Freude haben kann. Na, also los. Beichte mal, mein Töchterchen, wo es fehlt.«

Lena berichtete in knappen, klaren Worten von ihrem Leiden, das nach Ausspruch des Arztes nur durch eine Operation behoben werden konnte.

Doktor Görgers Gesicht nahm jetzt einen ganz anderen Ausdruck an. Seine Augen blitzten scharf hinter den Brillengläsern hervor, als wollten sie den ganzen Patienten durchleuchten.

Als Lena mit ihrem Bericht zu Ende war, folgte eine gründliche Untersuchung. Das Resultat schien Doktor Görger befriedigt zu haben. Er klopfte Lena beruhigend auf die Schulter.

»Keine Angst haben, kleine Frau! Es ist nicht schlimm, darüber bringen wir dich hinweg. Du wirst wieder gesund werden – ganz gesund.«

Lena warf sich mit einem tiefen, zitternden Atemzug an seine Brust.

»Wenn ich nur meiner kleinen Wally erhalten bleibe, dann ist alles gut«, sagte sie mit bebender Stimme.

Er drückte sie väterlich an sich. »Na ja doch, kleine Frau, diese Gewißheit kannst du mit dir nehmen. Du sollst dich bald wieder deiner Gesundheit erfreuen. Ich rate dir, die Operation gleich nach Neujahr vornehmen zu lassen. Du wirst nach derselben einige Wochen still liegen müssen, diese Liegekur wird dir auch sonst sehr guttun. Ich werde dich in ein hiesiges Sanatorium bringen, das einem mir befreundeten Kollegen gehört, dessen Tüchtigkeit mir Gewähr bietet. Auch hoffe, ich, daß er bei dir einen Ausnahmepreis macht, damit euch dadurch nicht eine zu große Summe aufgebürdet wird.«

Sie gingen nun wieder zu den andern zurück. Jutta sah schon dem Gesicht der Schwester an, daß sie beruhigt war. Doktor Görger sagte ihr seine Ansicht, und Jutta küßte ihn voll Dankbarkeit.

»Gott sei Dank, daß ich wenigstens darüber beruhigt bin!« sagte sie mit einem Seufzer der Erleichterung.

12

Frau Geheimrat Falkner saß in ihrem bequemen Lehnstuhl. Ihre Hände ruhten untätig im Schoß, und ihre Augen folgten dem Zeiger der Uhr. Zugleich lauschte sie dem Schlag ihres Herzens. Ach, trotz aller Beherrschung schlug es gar nicht regelmäßig! Wie hätte sie jetzt auch ganz ruhig sein können, da sie ihre Tochter Lena und ihr Enkelkind erwartete!

Minna hantierte noch eifrig in der Wohnung. Jutta hatte ihren Lohn erhöht, weil Minna jetzt mehr zu tun haben würde. So war das Mädchen bereitwillig an die Arbeit gegangen.

Für Lena und das Kind war das kleine Besuchszimmer als Schlafraum eingerichtet worden. Für Wally hatte Jutta ein niedliches, weißes Gitterbett gekauft. Das stand nun neben Lenas Bett. Eine abgelegte Fenstergardine war als Himmel darüber drapiert und mit blauen Schleifen zusammengehalten. Die Mutter hatte fürsorglich alle Schäden daran ausgebessert. Nun sah es sehr hübsch und freundlich aus. Jutta war zufrieden.

Minna war jetzt dabei, in der Küche alles für einen Imbiß zurechtzumachen. Sie war riesig gespannt auf den Besuch aus dem fernen Ostafrika und malte sich im Geist aus, wie er wohl aussehen würde. In ihre Gedanken hinein ertönte die Klingel aus dem Zimmer ihrer Herrin.

Minna war angewiesen, auf dieses Klingelzeichen stets sofort alles stehen und liegen zu lassen und ins Wohnzimmer zu eilen. Das tat sie auch jetzt gewissenhaft.

»Frau Geheimrat wünschen?« fragte sie, an deren Lehnstuhl herantretend.

»Ach, Minna, sehen Sie doch bitte einmal die Straße entlang, ob der Wagen mit meinen Kindern noch nicht zu sehen ist. Ich meine, sie müßten doch schon hier sein.«

Minna sah nach der Uhr. »Nicht doch, Frau Geheimrat, es fehlen noch drei Minuten an vier Uhr. Fräulein Jutta hat gesagt, Punkt vier Uhr würden sie da sein. Das stimmt dann sicher auf die Minute. Fräulein Jutta rechnet sich das alles ganz genau aus.«

»Ja doch, Minna – aber es könnte doch sein, daß der Wagen etwas schneller fährt.«

»Na ja, ich kann ja mal nachsehen. Aber Frau Geheimrat müssen auch ganz ruhig sein und daran denken, was Fräulein Jutta und der Herr Doktor gesagt haben«, erwiderte Minna, den Vorhang vom Fenster zurückziehend.

Sie blickte die Straße entlang und sah auch gleich darauf ein Auto heranfahren. Ruhig zog sie den Vorhang wieder zu und trat an den Lehnstuhl heran.

»Nun trinken Sie erst mal einen Schluck Wasser, Frau Geheimrat und riechen Sie auch n' bissel Kölnisches Wasser. So – es ist bloß – der Wagen hält jetzt unten vorm Haus. Gleich werden sie draußen klingeln. Aber ganz ruhig, ganz ruhig müssen Sie sein – sonst mache ich die Türe gar nicht auf, Frau Geheimrat.«

Minnas gutmütige Wichtigkeit entlockte der alten Dame ein Lächeln. Das Herz klopfte ihr freilich rebellisch, aber sie bezwang sich. Sie wollte jetzt das Bewußtsein nicht verlieren, wie das so oft bei Erregungen geschah. Das Glück des Wiedersehens mußte sie mit vollen Sinnen genießen. Es war wie ein Gebet um die Kraft, diese Freude zu ertragen.

»Nun gehen Sie öffnen, Minna – Sie sehen ja, daß ich ganz ruhig bin.«

Minna ging hinaus. In demselben Augenblick klingelte es draußen an der Flurtür.

Gleich darauf trat Jutta mit Doktor Görger ein.

»Na, da haben wir die Afrikaner eingefangen. Wenn das Mutterle hübsch artig ist, lassen wir sie herein, hübsch einen nach dem andern«, sagte der Arzt und befühlte den Puls der Patientin.

Jutta beobachtete ängstlich die Mutter. »Bist du ruhig, Mutterle?«

»Ja, Kind, ja. Ach, laß sie doch herein!« antwortete die Mutter hastig.

»Gleich, gleich, erst nehmen wir noch ein Pülverchen zur Herzstärkung«, erklärte Doktor Görger und rührte ein solches in ein Glas Wasser.

Gehorsam trank die alte Dame das Glas leer.

Doktor Görger winkte Jutta zu, und sie ging, um Lena zu holen.

Lena trat über die Schwelle. Einen Augenblick blieb sie stehen, dann eilte sie auf die Mutter zu, die in stummer Sehnsucht, unfähig, ein Wort zu sprechen, die Arme nach ihr ausstreckte. Lena fiel vor der Mutter in die Knie, und beide umschlangen sich mit zitternden Armen.

Einen Moment war es der Mutter zumute, als müsse sie ohnmächtig werden, aber ihr Wille siegte über ihre Schwäche. Kein Wort wurde laut. Diesen Moment des Wiedersehens durchlebten Mutter und Tochter mit allen Fasern ihres Seins.

Endlich fanden sie auch Worte, zärtliche, innige Worte der Liebe.

»Daß ich das noch erleben durfte, meine Lena! Wie danke ich's dem lieben Gott! Ich habe befürchtet, ich würde dich nicht mehr wiedersehen. Und nun halte ich dich an meinem Herzen. War es schwer da unten im fremden Land, meine Lena?«

»Die Liebe war ja mit mir, Mutter. Georg hat mich auf Händen getragen. Und dann kam Wally. Ach, mein Mutterle, wie habe ich seitdem so recht verstehen lernen, was Mutter und Kind einander sind.«

Die Augen der alten Dame strahlten auf. »Das Kind – ach Lena, bring mir das Kind!«

Die junge Frau schmiegte sich an die Mutter.

»Laß mich erst noch ein Weilchen allein bei dir bleiben, mein Mutterle. Du mußt erst wieder ganz ruhig werden, du darfst dir nicht so viel zumuten. Wally ist ein kleiner Wildfang und wird dir genug Unruhe machen.«

Die Mutter seufzte. »Ach, daß ich immer an meine Gesundheit denken muß! Horch – da plaudert ein Kinderstimmchen – das ist mein Enkelchen – ach Lena, Lena, wie lieb das klingt.«

»Ja, Mutterle, sie wird Jutta und Onkel Doktor mit Fragen quälen, ob sie noch nicht zu ›Droßmama‹ darf. Auf der Reise hat sie allen Leuten erzählt: wir reisen zur lieben Droßmama.«

Eine jähe Röte, der eine tiefe Blässe folgte, trat in der Mutter Gesicht.

Lena erschrak.

»Mutter – liebe Mutter – was ist dir?« rief sie ängstlich.

Die alte Dame bezwang sich noch einmal mit großer Anstrengung. Sie küßte Lena und lächelte, wie nur eine Mutter lächeln kann, wenn sie ihr Kind beruhigen will. Aber dabei wurde ihr seltsam zumute. Die Aufregung zitterte in ihr, vielleicht gerade, weil sie sich zu sehr beherrschen mußte. Auf die Stirn trat der Schweiß in feinen Perlchen, und endlich stieß sie hervor:

»Hol mir das Kind, Lena – ich muß es sehen. Mir ist – als bliebe mir nicht lange Zeit zum Warten. Hol mir das Kind – ich ertrage die Sehnsucht nicht länger.«

Da erhob sich Lena, küßte die Mutter zärtlich besorgt und schritt zur Tür.

»Jutta, laß Wally herein«, sagte sie halblaut.

Es war wie ein Zwang in ihr, die Bitte der Mutter schnell zu erfüllen.

Statt dessen kam jedoch der Arzt herein.

»Na, Mutter Falkner, sind wir auch hübsch brav?« fragte er herzlich.

Da richtete sich die alte Dame im Lehnstuhl halb auf.

»Doktor, lassen Sie das Kind herein!« rief sie mit seltsamer Stimme, und ihre Augen blickten ihn vorwurfsvoll an.

Da wußte der Arzt, daß man der Kranken den Willen tun mußte – um jeden Preis. Er winkte Lena, diese ließ Jutta mit dem Kind eintreten.

Doktor Görger war neben Frau Falkner getreten und sah besorgt auf sie hinab. Sie war wieder in ihren

Sessel zurückgesunken; ihre ganze Seele lag in ihren Augen. Aber die Augen des erfahrenen Arztes sahen Anzeichen, die ihm nicht gefielen. Er wußte nur zu gut, wie krank die alte Dame war, und er fürchtete, daß sie die Nachricht vom Tod ihres Sohnes nicht überleben würde. War es nicht töricht, sie so ängstlich vor einer großen Freude zu bewahren, um sie bald darauf einem großen Schmerz erliegen zu sehen?

Er richtete sich auf und trat zur Seite.

Und da trat auf die Schwelle ein holdes, kleines Menschenkind im weißen Kleidchen.

»Da ist Großmama«, flüsterte Lena ihrem Kind zu, auf die alte Dame deutend.

Diese öffnete die Augen weit mit strahlendem Glanz, als sähen sie ein holdes Wunder. Ihre Hände streckten sich sehnsüchtig dem Kinde entgegen.

»Wally – liebe kleine Wally!«

Die Kleine jauchzte auf und trippelte durch das Zimmer auf die Großmutter zu.

»Liebe Droßmama – Wally will dein dutes Tind sein, liebe Droßmama.«

Das hatte ihr die Mutter eingelernt, und jauchzend rief es Wally der alten Dame entgegen.

Diese zog das Kind mit einem unterdrückten Laut in ihre Arme und küßte es. Und Himmel und Erde zerflossen in nichts für die glückliche Großmutter. Weit öffnete sich das kranke Herz und trank einen vollen Zug der Freude, des Glücks in sich hinein.

Einen Moment herrschte atemlose Stille. Da sprang plötzlich der Arzt hinzu, nahm schnell das Kind aus den schlaff herabfallenden Armen der alten Dame und gab es seiner Mutter.

»Bring das Kind hinaus, Lena«, flüsterte er und wandte sich der alten Dame wieder zu, die mit bläulich gefärbtem Gesicht in ihren Stuhl zurückgesunken war. Das kranke Herz hatte die Fülle des Glücks nicht ertragen können – es war gebrochen.

Auch Jutta hatte die Mutter zurücksinken sehen. Mit einem dumpfen Aufschrei eilte sie an ihre Seite.

»Mutterle!« rief sie angstvoll.

Und »Mutterle!« rief auch Lena, die Wally draußen schnell Minna übergeben hatte.

Aber die Mutter hörte den Ruf ihrer Kinder nicht mehr. Sanft drückte ihr Doktor Görger die Augen zu.

»Es ist eine Ohnmacht, Onkel Doktor, nicht wahr – eine Ohnmacht nur?« stammelte Jutta, erbleichend und angstvoll in des Arztes Gesicht sehend.

Der faßte ihre Hand und die Lenas:

»Kinder – klagt nicht! Eure Mutter ist mit einer großen heiligen Freude aus dem Leben geschieden«, sagte er leise.

Jutta und Lena fielen mit einem Wehlaut der toten Mutter zu Füßen.

»Mutterle – liebes Mutterle!«

Bewegt legte Doktor Görger seine Hände auf die gesenkten Köpfe. »Laßt sie ruhig schlafen, Kinder. Sie hat einen herrlichen Tod gefunden, mitten in der Erfüllung eines großen Glücks. Seid dankbar, daß ihr das große Leid erspart blieb, das auf sie wartete. Sie hätte es doch nicht überlebt, ihr armes krankes Herz konnte keine große Arbeit mehr tun. Das muß euch ein Trost sein.«

Jutta und Lena fielen sich aufschluchzend in die Arme, und so blieben sie, innig umschlungen, lange zu Füßen der Mutter liegen.

13

Das war ein trauriges Weihnachtsfest für die Schwestern. Am ersten Weihnachtstag wurde die Mutter beerdigt.

Lena fühlte sich sehr elend. Die Aufregung hatte sie niedergeworfen, sie mußte gleich nach der Beerdigung zu Bett gebracht werden.

Nun lag alles auf Juttas Schultern. Sie hatte kaum Zeit, sich ihrem Schmerz hinzugeben. Aber trotzdem fühlte sie etwas wie eine Erleichterung, daß sie nun wenigstens ihren Kummer zeigen durfte, daß sie nicht mehr mit lächelndem Gesicht der Mutter gegenübertreten mußte. Ihr war, als sei ihr Mutterle nun geborgen vor allem Leid.

Auch hatte sie einen großen Trost an der kleinen Wally. Das süße, drollige Persönchen war ein rechter Sorgenbrecher. Sie zwitscherte wie ein Singvögelchen und erfüllte die Trauerwohnung mit Sonnenschein. Jutta zog das Kind mit der Inbrunst eines verarmten Herzens an sich, und Wally fühlte mit dem feinen Instinkt der Kinderseele, daß sie von ihrer jungen Tante geliebt wurde. ›Tante Sutta‹ wurde schnell ihre beste Freundin, zumal Lena zu elend war, sich viel um das Kind kümmern zu können. So trug Wally alle Freuden und Leiden ihres Kinderherzens zu Jutta und fand bei ihr volles Verständnis. Sie übte auch bald auf ›Tante Sutta‹ eine Art zärtliche Tyrannei aus, indem sie dafür sorgte, daß diese kaum zur Ruhe kam und sich ihrem Schmerz nicht viel hingeben konnte.

Nach zwei Tagen durfte Lena das Bett verlassen, worüber Jutta sehr froh war. Nun lebten die Schwestern in inniger Gemeinschaft, bis Lena sich nach

Neujahr entschloß, in das Sanatorium von Doktor Sternberg zu gehen, wo Doktor Görger sie bereits angemeldet hatte.

Beruhigt ließ sie ihr Kind in Juttas treuer Obhut zurück. Doktor Görger, der sich auch in diesen Tagen als treuer Freund und Helfer bewährt hatte, wollte Lena zu seinem Kollegen und Freund bringen.

Ehe Lena die Wohnung verließ, hatten die Schwestern noch eine lange, ernste Unterredung.

Lena sorgte sich um die Zukunft der Schwester.

»Du kannst doch nicht so allein hier weiterleben, Jutta. Willst du nicht mit uns nach Afrika gehen? Wir würden uns sehr freuen, dich bei uns zu haben, und du würdest dich auch an die dortigen Verhältnisse gewöhnen. Nun hält dich doch nichts mehr in Deutschland fest«, sagte sie eindringlich.

Jutta sah sinnend vor sich hin. Und da erschien vor ihrer Seele ein schmales, vornehmes Männergesicht mit charakteristischen Zügen und einem festen, fast herben Willenszug um den Mund. Und die Augen sahen sie aus diesem Gesicht an, fest und zwingend, als wollten sie gebieten: du bleibst – du darfst dich mir nicht entziehen.

Sie wehrte dies Bild gewaltsam ab und schalt sich töricht. Mit ruhiger Bestimmtheit antwortete sie dann:

»Nein, Lena, ich will auf eigenen Füßen stehen und euch nicht zur Last fallen. Ihr habt genug mit euch selbst zu tun.«

»Zur Last fallen! Wie kannst du so etwas sagen, Jutta! Ich wäre sehr glücklich, wenn du bei mir wärest. Mein Mann ist oft tagelang nicht daheim, auch er würde sich freuen, wenn du bei mir bleiben wolltest.«

Jutta streichelte Lenas Hand.

»Du meinst es gut, liebe Lena, aber ich will und kann das nicht annehmen. Mir würde dort so viel fehlen, was mir das Leben erst lebenswert macht. Ich brauche Arbeit und Betätigung.«

Lena lächelte. »Auch daran wird es nicht fehlen.«

»Nein, nein«, wehrte Jutta ab, »die Arbeit, die ich bei euch fände, könnte mich nicht befriedigen.«

»Aber wovon willst du denn leben, Jutta? Bisher bist du durch Mutters Pension doch einigermaßen sichergestellt gewesen. Wenn wir dir nur etwas geben könnten! Aber wir müssen mit dem Pfennig rechnen. Später kommen ja bessere Zeiten, wenn Georg befördert wird. Aber jetzt verbrauchen wir alles, was er verdient.«

Jutta küßte Lena herzlich.

»Sorge dich nur nicht um mich, Lena. Ich komme schon allein durch die Welt. Jetzt, da ich unser leidendes Mutterle nicht mehr zu pflegen habe, bleibt mir mehr Zeit für meine Arbeit. Dann verdiene ich schon, was ich brauche. Damit du aber ganz beruhigt bist, will ich dir sagen, daß ich über die Zukunft schon nachgedacht habe. Die Wohnung hier gebe ich natürlich auf, da sie für mich allein zu groß und zu teuer ist. Von den lieben alten Möbeln suche ich mir aus, was ich für ein Schlafzimmer und ein Arbeitszimmer brauche. Was du eventuell mitnehmen willst, suchen wir aus. Alles andere verkaufen wir, und den Erlös teilen wir uns schwesterlich.«

»Nein, nein, Jutta, ich nehme nichts – nicht einen Pfennig! Ich habe doch damals meine Aussteuer bekommen. Alles, was Mutter hinterlassen hat, gehört dir.«

Jutta lächelte. »Nun, darüber werden wir uns nicht zanken. Jetzt bist du hoffentlich über meine Zukunft beruhigt. Ich habe ja auch noch Onkel Doktor und Tante Maria. Bei ihnen finde ich immer ein warmes Plätzchen zum Ausruhen von des Tages Last und Mühe. Nun wollen wir nicht mehr an so schwere Dinge denken. Gleich wird Onkel Doktor hier sein und dich abholen. Es ist mir eine große Beruhigung, daß er dich selbst in das Sanatorium bringt.«

Gleich nach dieser Unterhaltung erschien Doktor Görger. Lena nahm kurzen, innigen Abschied von ihrem Kind. Dann ging sie tapfer und still mit dem alten Herrn die Treppe hinab.

Ehe sie unten in den bereitstehenden Wagen stieg, sah sie noch einmal zu den Fenstern empor. Da erblickte sie Wallys blondes Lockenköpfchen neben Jutta. Noch ein Winken der Hände – dann rollte der Wagen davon.

Jutta preßte Wally fest an sich.

»Jetzt wollen wir beten, Wally, für das liebe Mütterlein, daß der liebe Gott es beschützt«, sagte sie leise.

Wally nickte eifrig und faltete in drolligem Ungeschick die kleinen Hände.

»Lieber Dott tann alles«, sagte sie überzeugt, einen Ausspruch der Mutter in drolliger Wichtigkeit kopierend.

Das fiel wie eine Verheißung in Juttas sorgenvolles Herz.

Doktor Görger saß im Wagen Lena gegenüber und blickte in ihr blasses, stilles Gesicht. Dann nahm er ihre Hände in die seinen.

»Na, kleines Frauchen, nun bloß keine Angst haben, sondern hübsch vergnügt sein. Ist ja nicht schlimm, was dir bevorsteht. Das geht alles ganz glatt. Die Liegekur nach der Operation wird deinen

Nerven gut tun. Kommst du im Frühjahr wieder heraus, dann schicken wir dich aufs Land in eine waldreiche Gegend. Wenn dann dein Mann im Sommer nachkommt, bist du wieder frisch und munter, und ihr könnt euch des Lebens freuen.«

Lena sah ihn mit ihren schönen Augen an.

»Ach, lieber Onkel Doktor, um die Operation sorge ich mich nicht so sehr. Es drückt mich nur so nieder, daß ich Jutta so viel Sorge aufpacke. Sie hat schon für sich selbst genug zu sorgen.«

»Na, na, darüber laß dir keine grauen Haare wachsen, die Jutta läßt sich so leicht nicht unterkriegen.«

»Ich weiß, sie ist stark und unverzagt. Aber bedenke doch, es ist ja unmöglich, daß sie alles schaffen kann, was wir brauchen. Wenn wir auch dank deiner gütigen Vermittlung im Sanatorium erst zu bezahlen brauchen, wenn Georg kommt, so muß doch bis dahin so sehr viel sein. Wenn du mich nun gar noch im Frühjahr aufs Land schicken willst – ach, daran ist ja gar nicht zu denken!«

Doktor Görger strich sich bedächtig über den Bart.

»Hm! Es ist scheußlich, daß ich kein reicher Mann bin. Da sitzen meine vier Kinder in allen Gegenden verstreut mit ihren Männern, Frauen und Kindern. Was Tante Maria und ich nur irgend flüssig machen können, darauf warten die schon immer umschichtig. Sie brauchen alle noch unsere Hilfe.«

»Aber, lieber Onkel Doktor, das wissen wir doch nur zu gut! Ihr tut schon so viel Gutes an uns, daß wir euch nie, nie genug danken können.«

»Na, na, laßt nur das Danken, das geht mir auf die Nerven. Ich wünschte, ich könnte mehr tun, um euch beiden Prachtfrauenzimmerchen gründlich zu helfen. Ein schöner Doktor, der seinen Patienten allerlei verordnet, was sie nicht erschwingen können! Aber aufs Land mußt du doch. Berlin ist nichts für dich. Na, kommt Zeit, kommt Rat! Ich werde mal in meinen Mußestunden ein bißchen nachdenken.«

Lena drückte liebevoll seine Hand. Und Hand in Hand, wie Vater und Tochter, fuhren sie schweigend weiter.

Der alte Herr grübelte darüber nach, wie er den Schwestern eine wirksame Hilfe schaffen könne. Und da fiel ihm Frau Laura von Hohenegg, verwitwete Brinkmeyer, geborene Seidel, ein – dieselbe Tante Laura, die Freds Schulden bezahlt hatte, nachdem er, Doktor Görger, sie im Interesse der beiden Damen darum gebeten hatte.

Ein Lächeln huschte um seinen Mund, als er an Laura von Hohenegg dachte. Er kannte sie aus der Jugendzeit, als sie noch Fräulein Seidel hieß. Als sein Freund Falkner sich damals um seine spätere Gattin beworben hatte, war Doktor Görger oft mit ihm zu Gast in dem Hause von deren Eltern gewesen. Dort hatte er Laura Seidel kennengelernt. Sie war ihm weder sehr hübsch noch sehr klug oder angenehm erschienen. Ihrem Wesen und ihrem Äußeren haftete der Stempel des Gewöhnlichen an.

Deutlich genug hatte sie ihm damals zu verstehen gegeben, daß er ihr nicht gleichgültig sei. Aber abgesehen davon, daß Laura Seidel ihm nicht sonderlich gefiel, hatte er damals schon sein Herz an seine spätere Gattin verloren. Als er dann so weit war, eine Familie gründen zu können, hatte er sich mit Maria verlobt. Wenige Tage darauf hatte Laura Seidel die Bewerbung des Maschinenfabrikanten Brinkmeyer, eines wenig gebildeten Mannes, angenommen. Laura hatte bis dahin von Brinkmeyer nichts wissen wollen, dann verlobte sie sich plötzlich mit ihm.

Als Brinkmeyers Gattin war sie bald mit diesem in eine Provinzstadt übergesiedelt, in der sich ihres Mannes Fabrik befand. Ab und zu hatte er von ihr gehört. Die Fabrikate ihres Mannes hatten reißenden Absatz gefunden; er hatte sie nach Jahren als schwerreiche Witwe zurückgelassen. Bald darauf hatte sie sich mit dem Freiherrn von Hohenegg verheiratet, dessen Gut in der Nähe der Provinzstadt lag, in der sie lebte. Seitdem schien ihr Charakter sich ungünstig verändert zu haben. Mit dem vornehmen Namen schien ihr Herz hart und kalt geworden zu sein, das ging aus ihrem Verhalten hervor.

Er mußte ein wenig lächeln. Die unbedeutende, ziemlich gewöhnlich aussehende Laura Seidel, die immer eine große Vorliebe für unkleidsame, auffallende Sachen hatte, konnte er sich mit dem besten Willen als vornehme Dame nicht denken. Liebenswürdig war sie sicher nicht geworden – eher das Gegenteil.

Na, wenn Jutta und Lena nicht anders zu helfen war, dann wollte er sich in Gottes Namen noch einmal mit einer Bitte an Frau Laura wenden, wenn sie auch in einem Schreiben an Jutta erklärt hatte, man möge sie nun in Ruhe lassen.

Ihm selbst hatte sie gar nicht geantwortet, weder auf den Brief, in dem er sie um eine Zulage für Fred bat, noch auf den letzten, in dem er sie bat, Freds Schulden zu bezahlen. Aber getan hatte sie schließlich doch, um was er sie gebeten hatte. So konnte er vielleicht noch einmal für die Schwestern bitten, wenn es sein mußte.

Der Wagen hielt vor dem Sanatorium, das in einem westlichen Vororte, inmitten eines Gartens lag.

Doktor Görger fuhr aus seinem Sinnen empor. Er

sprang aus dem Wagen und half Lena beim Aussteigen.

Nun sah sie doch mit bangen Augen und blassem Gesicht an dem freundlichen Haus hoch. Im Parterre erblickte sie einige Fensterscheiben von undurchsichtigem Glas.

Das ist gewiß das Operationszimmer – dort wirst du in wenigen Tagen liegen – vielleicht schon morgen – unter dem Messer des Arztes.

So dachte sie erschauernd und klammerte sich unwillkürlich an Doktor Görgers Arm.

»Na, na, Frauchen! Bange machen gilt nicht! In diesem Haus wirst du deine Gesundheit wiederfinden. Denk daran, daß du nach einigen Wochen wieder froh und gesund durch diese Tür ins Leben hinaustrittst.«

Sie nickte und lächelte.

»Es ist schon vorbei, Onkel Doktor; es war nur so ein verzagter Moment. Jetzt habe ich schon wieder Mut.«

Er drückte ihren Arm.

»Du, Lena, ich habe meinem Freund, Doktor Sternberg, Wunderdinge erzählt, was ihr beiden Schwestern für forsche Kerlchen seid. Nun blamier mich nicht! Verstanden?«

Sie nickte lächelnd.

Dann fiel die Tür, durch die sie eingetreten waren, hinter ihnen zu.

14

Jutta war durchaus nicht so zuversichtlich zumute, wie sie sich Lena gegenüber gezeigt hatte. In den letzten Wochen war ihr das Geld nur so durch die Finger geglitten, trotz größter Sparsamkeit.

Zur Arbeit blieb ihr auch jetzt, nun Lena im Sanatorium war, wenig Zeit und Sammlung. Die kleine Wally nahm sie sehr in Anspruch, wenn auch Minna die Kleine jeden Tag ein paar Stunden beschäftigte.

Jutta war es eine Wohltat, Wally um sich zu haben. Ihr fröhliches Plaudern verscheuchte die heranschleichenden Sorgen. Nur ungern kürzte sie die Stunden des Zusammenseins mit dem Kind. Um nur halbwegs ihr Arbeitspensum zu erledigen, nahm Jutta die Nachtstunden mit zu Hilfe.

Als Lena mit Doktor Görger fortgefahren war, zählte Jutta mit sorgenvoller Miene ihre kleine Barschaft und berechnete mit brennenden Augen, wie weit sie damit reichen konnte. Sie machte sich klar, daß sie alle Kräfte aufbieten müsse, um Geld zu verdienen.

Doktor Görger hatte ihr gelegentlich gesagt, Lena müsse später unbedingt aufs Land.

Das war eine neue Sorge. Woher sollte sie das Geld zu einem Landaufenthalt für Lena schaffen?

Jutta wurde blaß und müde in dem aufreibenden Kampf. Wenn sie nicht das Kind gehabt hätte, das wie ein Sonnenstrahl ihr einsames, sorgenvolles Leben erhellte und erwärmte, dann hätte sie wohl manchmal den Mut verloren.

Doktor Görger fiel Juttas abgespanntes Aussehen auf. Er schalt sie in seiner barschen, gutmütigen Art und ging mit sorgenvoller Miene nach Hause.

»Das tapfere Kerlchen rackert sich noch zuschanden, sie braucht so gut wie Lena eine Erholung«, sagte er zur seiner Frau, und sie berieten hin und her, wie Jutta zu helfen sei.

Lena hatte die Operation glücklich überstanden und bedurfte nur noch aufmerksamster Pflege.

So vergingen die Wochen schnell.

Jutta durfte die Patientin jede Woche zweimal auf ein Stündchen besuchen und Wally mitbringen. Sie mußten sich aber sehr ruhig verhalten, denn Lena war matt und elend, weil ihr Körper durch den Aufenthalt in der heißen Zone geschwächt war.

Vor Ende Februar wurde sie aus dem Sanatorium nicht entlassen und dann – ja, dann mußte sie noch weiter sorgsam gepflegt werden, vor allen Dingen gute, kräftige Kost erhalten, viel frische Eier und gute Milch.

Nach Lenas glücklich überstandener Operation hatte Jutta auf Lenas dringenden Wunsch eine kurze Depesche an Georg gesandt.

›Operation glücklich verlaufen.‹

Nur diese drei Worte. Aber mit der Adresse zusammen waren es doch zehn Worte, und das Telegramm kostete gegen siebzig Mark. Das riß wieder ein Loch in Juttas Kasse.

Ihre einzige Erholung bestand jetzt in einem täglichen Spaziergang mit Wally durch die Anlagen und in dem zweimaligen Besuch der Schwester jede Woche.

Allerdings mußte Jutta jedesmal erst eine weite Strecke mit der Elektrischen fahren, dann hatte sie aber noch einen sehr hübschen Weg durch gutgepflegte Straßen bis zum Sanatorium.

Es war ein sonniger Tag Mitte Februar. Es lag schon wie ein leises, vorzeitiges Frühlingsahnen in der Luft.

Jutta kam mit Wally von einem Besuch bei der Schwester zurück.

Lena war wohler gewesen als in letzter Zeit; ihre Pflegerin hatte gesagt, sie dürfe nun bald ein wenig aufstehen. Diese Nachricht wirkte wie eine leise Freude in Jutta nach. Klein-Wally trippelte in ihrem weißen Flauschmantel neben Jutta her und plauderte in ihrem drolligen Kauderwelsch mit ›Tante Sutta‹ über die liebe Mama, die nun bald wieder ›desund‹ sein würde.

Wie sie so dahinschritt, sah sie plötzlich einen schlanken, elegant gekleideten Herrn um eine Straßenecke biegen. Sie erkannte Günter von Hohenegg, und ihr war, als setze ihr Herzschlag einen Moment aus. Sie hatte ihn noch nicht wiedergesehen, seit er damals mit Frau von Wengern bei ihr gewesen war.

Günter von Hohenegg hatte sich so dagegen gewehrt, dem Sehnen seines Herzens nachzugeben und zu versuchen, Jutta irgendwie zu begegnen. Er wollte sich zwingen, sie zu vergessen. Und nun führte der Zufall sie ihm hier ganz unerwartet in den Weg.

Jutta hatte in all ihren Sorgen oft genug an Günter von Hohenegg gedacht. Sie hatte auch die Blumen, die er ihr damals durch Karl Lorenz geschickt, sorglich in einem Fach ihres Schreibtisches verwahrt und es nicht über sich gebracht, die welken Rosen fortzuwerfen. Auch sie hatte sich gewehrt, dem seltsam sehnsüchtigen Gefühl nachzugeben, das sie beschlich, wenn sie an ihn dachte. Sie war zu vernünftig, irgendwelche Hoffnungen und Wünsche in sich aufkommen zu lassen. Ihr Weg führte weit ab von dem seinen – nein, sie wollte nicht an ihn denken.

Und nun standen sie einander gegenüber, und flammendes Rot stieg in ihre Gesichter von der starken Erregung, die dieses Wiedersehen in ihnen hervorrief. Er zog den Hut. Sie dankte und wollte weitergehen. Aber er vertrat ihr den Weg.

»Mein gnädiges Fräulein, ich gestatte mir, mich nach Ihrem Befinden zu erkundigen«, sagte Günter mit seltsam belegter Stimme.

Die Röte war schon wieder aus ihrem Gesicht gewichen. Nur die Augen glänzten noch erregt. Aber ihre Stimme klang ganz ruhig, als sie erwiderte:

»Ich danke Ihnen, Herr von Hohenegg, ich bin gesund.«

»Sie zürnen mir hoffentlich nicht, daß ich Ihnen den kleinen Karl Lorenz schickte? Sie lassen mich sein Ungeschick nicht entgelten?«

Ein Lächeln huschte über Juttas Gesicht – ein Lächeln, das er von ihrem Antlitz hätte küssen mögen.

»Oh, Karl Lorenz hat sich prachtvoll benommen!« sagte sie scherzend.

Er lachte froh. Das Glück, sie anschauen zu dürfen, strahlte ihm aus den Augen. Jetzt erst bemerkte er ihre schwarzen Kleider. »Sie sind doch hoffentlich nicht in Trauer?« fragte er unsicher.

Wie ein Schatten flog es über ihr Gesicht, und ihr Gesicht und Blick wurden glanzlos. »Meine Mutter ist zwei Tage vor Weihnachten gestorben«, sagte sie leise.

Er hörte den tiefen Schmerz durch ihre Worte klingen. Kein banales Trostwort kam über seine Lippen. »Sie haben viel verloren. Ich weiß, was es heißt, die Mutter zu verlieren«, sagte er schlicht.

Ihre Lippen zuckten. Wie so oft zuvor, kam ein brennendes Verlangen über ihn, sie in seine Arme zu nehmen. Ach, daß er doch ein Recht hätte, ihr zu sagen: Vergiß dein Leid an meinem Herzen, ich will es dir tragen helfen!

Aber da sah er sie im Geist wieder in den Armen des Mannes, den sie seiner Ansicht nach liebte, und er sagte sich: Er wird sie schon trösten, du bist nicht dazu berufen.

Der kleinen Wally wurde dieses Intermezzo langweilig. »Wally will weitergehen, Tante Sutta!« rief sie, Jutta fortziehend.

»Das kleine Fräulein wird ungeduldig – darf ich Sie ein Stück Wegs begleiten?« fragte er hastig.

»Ich gehe nur bis zur Haltestelle der Elektrischen«, erwiderte Jutta.

»Dann gestatten Sie mir, Sie bis dahin zu begleiten und Ihnen beim Einsteigen behilflich zu sein. Die kleine Dame wird noch nicht selbst einsteigen können, ich will sie Ihnen hinaufheben.«

»Das ist sehr freundlich von Ihnen, ich möchte Sie aber nicht bemühen. Meine kleine Nichte ist so leicht, daß ich sie gut selbst emporheben kann.«

»Das müssen Sie mir überlassen – oder ist Ihnen meine Begleitung lästig?«

»Gewiß nicht, ich möchte Sie nur nicht aufhalten.«

»Das tun Sie keineswegs.«

Plaudernd gingen Sie nebeneinander her. Er hatte unwillkürlich nach Wallys Händchen gefaßt, und die Kleine pendelte nun vergnügt zwischen ihnen her.

»Ein reizendes Kind, Ihr Nichtchen.«

Sie nickte. »Ja, sie ist mein Sonnenschein in schwerer Zeit. Meine Schwester befindet sich im Sanatorium des Doktor Sternberg, wo sie sich einer Operation hat unterziehen müssen. Ich komme soeben von ihr. Die Kleine ist inzwischen meinem Schutz anvertraut. Sie ist erst im Dezember mit ihrer Mutter von Ostafrika gekommen.«

»Lebt Ihre Frau Schwester sonst dort?« fragte er interessiert.

Jutta erzählte ihm in kurzen Worten, wie Lena nach Ostafrika gekommen war. Mit unsicherer Stimme berichtete sie auch von Lenas Heimkehr und von dem plötzlichen Tod der Mutter beim Anblick der kleinen Enkelin.

Voll warmer Teilnahme blickte er in ihr trauriges Gesicht.

»Was für schwere Stunden haben Sie durchlebt, mein gnädiges Fräulein!« sagte er herzlich.

Ihre Augen feuchteten sich, und sie dachte, was er wohl sagen würde, wenn sie ihm die ganze Größe ihres Leides, ihrer Sorgen offenbart hätte. Von Fred hatte sie kein Wort erwähnt. Darüber konnte sie mit einem Fremden nicht sprechen. Denn das war er ihr trotz des warmen Gefühls, das sie zu ihm hinzog.

Als habe sie schon zu viel gesprochen von dem, was sie bewegte, sagte sie schnell ablenkend: »Wie geht es Frau von Wengern? Ich habe sie seither nicht gesehen.«

»Frau von Wengern? Oh, die befindet sich sehr wohl. So mitten in der festlichen Hochsaison zwischen Routs, Bällen und anderen Vergnügungen ist sie immer heiter. Ich hatte in den letzten Wochen viel zu tun und habe die Herrschaften seltener als sonst gesehen.«

»Bitte empfehlen Sie mich gelegentlich der gnädigen Frau.«

Das werde ich ganz sicher nicht tun, dachte er. Aber er sprach es nicht aus und verneigte sich nur.

Sie waren nahe an die Haltestelle der Straßenbahn gekommen. Da sagte er hastig, als wolle er einen Damm gegen sein eigenes Empfinden und den Wunsch, sie wiederzusehen, aufbauen:

»Ich habe vermutlich für lange Zeit heute zum letzten Male das Vergnügen, Sie zu sehen. In nächster Zeit habe ich angestrengt zu tun, und im Frühsommer verlasse ich Berlin – wahrscheinlich auf einige Jahre.«

War es eine Täuschung? Ihm war, als sei Juttas Gesicht einen Schein blasser geworden, als blickten ihre Augen trüber. Er nannte sich einen Phantasten und glaubte seinen eigenen Augen nicht.

Und doch hatte er recht gesehen. Bei den Worten war es wie ein scharfer Riß durch Juttas Seele gegangen. Ein tiefer Schmerz, wie sie ihn noch nie empfunden hatte, durchzuckte sie, und dunkle Schatten fielen auf ihre gehobene Stimmung.

Da sauste auch schon die Elektrische herbei.

»Adieu, Herr von Hohenegg«, sagte Jutta mit seltsam tonloser Stimme.

Er sah sie an, als wollten sich viele Fragen über seine Lippen drängen, als müsse er ihr sagen, was in ihm gärte. Aber er fragte nur leise: »Geben Sie mir nicht die Hand zum Abschied, gnädiges Fräulein?«

Sie reichte ihm stumm die Hand, er führte sie an seine Lippen. Er vermeinte, ein leises Beben dieser schlanken Hand zu verspüren. Aber ehe er sich darüber klar wurde, zog sie diese zurück und stieg in die Elektrische ein. Er hob Wally hoch empor, so daß diese vor Vergnügen jauchzte, und reichte sie Jutta hin. Dabei trafen die beiden Augenpaare ineinander wie im tiefsten Leid. Wieder hielten seine Augen die ihren mit zwingendem Willen fest.

»Alles Glück der Welt mit Ihnen, Jutta Falkner«, sagte er hastig.

Da schlug flammende Röte in ihr Gesicht, und in den wunderbaren grauen Augen schimmerte es feucht.

»Leben Sie wohl.«

Wie ein Hauch drang es an sein Ohr. Dann sauste die Elektrische davon – er zog den Hut und trat zurück.

›Sie hat gemerkt, wie es um mich steht – sie muß es gemerkt haben. Und sie fühlt wohl Mitleid mit mir‹, dachte er, sich Juttas Bewegung erklärend.

Langsam ging er davon.

Der Kampf in seinem Herzen begann von neuem, und die Sehnsucht nach Juttas Anblick ging mit ihm. Dagegen halfen alle ironischen Selbstverspottungen nichts. Er fühlte einen herben Schmerz, daß er dieses Mädchen nicht erringen konnte.

Zu Hause angelangt, suchte er die kleine Skizze Juttas wieder hervor und hängte sie über seinen Schreibtisch.

»Es nützt ja doch nichts, wenn ich sie verstecke, ich denke ja doch an dieses Mädchen. Sie ist mein Schicksal geworden. Nie kann ich eine andere Frau lieben wie sie. Gerade sie wäre die Ergänzung meines Seins geworden, das fühle ich.«

Mit fieberhafter Hast begann er zu arbeiten.

»Ich muß fort von Berlin, sobald es irgend angeht, Arbeit und Luftveränderung sind die beste Medizin gegen solch unfruchtbare Gefühle«, sagte er sich.

Jutta kam in seltsam erregter Stimmung nach Hause. Wie Günter von Hohenegg sie heute angesehen, so hatte noch kein Mann sie angeblickt. Eine schmerzlich süße Unruhe hatte dieser Blick in ihr geweckt. Zugleich hätte sie weinen mögen – warum? Weil er ihr gesagt hatte, daß sie sich nicht wiedersehen würden? Tat ihr das so weh?

»Alles Glück mit Ihnen, Jutta Falkner!«

Wie seltsam er das gesagt – welch ein Ausdruck in diesen Worten gelegen hatte!

»Alles Glück der Welt!«

Ach, es wollte Jutta scheinen, als sei mit ihm der letzte Schein von Glück aus ihrem Leben geschwunden.

Wie weh ihr das Herz tat!

Sie wehrte sich gegen diesen Schmerz.

Was soll das? Was hast du vom Schicksal erwartet? Deine Wege führen weit ab von den seinen. Das war ein flüchtiges Begegnen mit einem Menschen, der dir hätte teuer werden können. Du mußt ihn vergessen. All deine Kräfte sind jetzt einem Ziel geweiht: Lena und das Kind glücklich durch schwere Zeiten zu bringen. An dich darfst du jetzt nicht denken, darfst dich nicht niederdrücken lassen durch einen hoffnungslosen Schmerz um diesen fremden Mann, der dir nichts ist und nichts sein darf. Kopf hoch – und Ruhe im Herzen, du mußt ihn vergessen.

Aber das Herz ist eigenwillig und läßt sich nicht gebieten.

Ende Februar kam Lena aus dem Sanatorium heim. Um die Rekonvaleszentin drehte sich nun der ganze Haushalt. Sie mußte noch viel ruhen, durfte nur jeden Tag einige Stunden aufbleiben.

Jutta arbeitete heimlich bis tief in die Nacht hinein, um für Lena all die nötigen Kräftigungsmittel schaffen zu können. Sie war froh, daß sie noch immer genügend Aufträge erhielt.

Aber als die Abende kürzer wurden, als das Osterfest vor der Tür stand, da merkte Jutta mit Schrecken, daß sie immer weniger Aufträge bekam.

Die langen Winterabende, an denen die Damen sich die Zeit mit Handarbeiten verkürzten, waren vorüber, und in dem Geschäft, für welches Jutta arbeitete, begann die stille Zeit.

Da schmolz Juttas kleiner Geldvorrat bedenklich zusammen.

Lena merkte nichts davon. Jutta verstand es meisterhaft, alle Sorgen von ihr fernzuhalten.

Aber in alle Sorgen und Nöte waren Onkel Doktor und Tante Maria eingeweiht. Und Doktor Görger hielt es nun an der Zeit, das letzte Mittel zu versuchen, Juttas Last zu erleichtern. Er wollte an Tante Laura schreiben. Bisher hatte er es immer hinausgeschoben, nun wollte er es tun.

Jutta sagte er kein Wort von seinem Vorhaben. Erstens wollte er keine Hoffnungen in ihr wecken, die sich vielleicht nicht erfüllten; zweitens wußte er, daß es ihr furchtbar peinlich sein würde, wenn man Tante Laura schon wieder mit einer Bitte lästig fiel.

So handelte er nach eigenem Ermessen, ohne den Schwestern etwas zu sagen.

15

Laura von Hohenegg ritt soeben in den großen, peinlich sauber gehaltenen Gutshof ein, der rings von Wirtschaftsgebäuden und Ställen umgeben war. Diese sauberen, nüchternen Gebäude kontrastierten seltsam mit der fast koketten Pracht des danebenliegenden Herrenhauses, das seine schlanken Türme in die Luft streckte.

Frau Laura rief mit lautem Pfiff ihren Reitknecht herbei. Der half ihr aus dem Sattel des kräftigen Reitpferdes. Nun stand sie neben dem Gaul und gab ihm ein Stück Zucker.

»Gut mit warmen Decken abreiben«, gebot sie dem Reitknecht, »und eine Viertelstunde bewegen. Daß mir nicht wieder so eine Schlamperei vorkommt, wie gestern, sonst fliegst du Hals über Kopf aus Hohenegg hinaus, Christian.«

Das klang sehr energisch.

Christian schielte seitwärts nach seiner Herrin hinüber. Es fiel ihm aber nicht ein, über ihren komischen Anblick zu lachen. Erstens war er diesen Anblick gewöhnt, und zweitens hätte dazu mehr Mut gehört, als er ihn aufbringen konnte.

Rasch führte er das Pferd davon und suchte mit verdoppeltem Eifer das Versäumnis vom vorigen Tag gutzumachen. Denn die ›Alte‹ hatte verdammt scharfe Augen und fackelte nicht lange, wenn jemand seine Pflicht nicht erfüllte. Und man war in Hohenegg gut aufgehoben. Tat man seine Pflicht, dann wurde einem auch sein Recht in vollstem Maß.

Frau von Hohenegg sah dem Reitknecht nach, bis er im Stall verschwunden war. Dann warf sie einen scharf prüfenden Blick ringsum. Da sie alles in Ordnung fand, ging sie langsam, steif von dem langen Ritt über die Felder, aus dem Hof hinaus und hinüber zum ›Schloß‹, wie das Herrenhaus in der ganzen Umgegend hieß.

Eine breite Freitreppe führte zum Portal hinauf. Sie stampfte langsam, Stufe um Stufe hinauf.

Ihre mittelgroße, untersetzte Gestalt steckte in einem Reitkleid von großer Originalität. Eine joppenartige Jacke bedeckte den Oberkörper. Der Unterkörper steckte in einer Art Rockhose, deren Hosenbeine an den Knien in festen Ledergamaschen zusammengefaßt waren. Diese Ledergamaschen endeten in festen Stiefeln.

Auf dem Kopf war das spärliche graue Haar zu einem festen Knoten zusammengedreht, darauf saß ein von Wind und Wetter arg mitgenommener Filzhut, der mit einem Band unter dem Kinn festgehalten wurde. Unter diesem Filzhut sah das runde, volle Gesicht sehr energisch und wenig freundlich hervor.

Die Herrin von Hohenegg sah in diesem grotesken Anzug weder nett noch damenhaft aus. Aber originell wirkte sie darin. Jedenfalls war der Anzug sehr praktisch und zweckmäßig für einen Ritt über die Felder bei Wind und Wetter, zumal Frau von Hohenegg nur im Herrensitz ritt und sich nur so auf ihrem behäbigen Gaul sicher fühlte.

Sie betrat jetzt die große Halle im Mittelbau, die mit Steinfliesen ausgelegt war, über welchen breite Teppichläufer lagen. Die Wände waren mit hohen Holzpaneelen versehen, und die Decke wurde kreuzweise von dunkel-gebeizten Eichenbalken gestützt. Außer einer Gruppe hoher Ledersessel, die um den Kamin standen, befanden sich keine Möbel in diesem Raum. Aber die breite Eichentreppe im Hintergrund mit dem schweren, geschnitzten Geländer wirkte in ihrer architektonischen Schönheit sehr dekorativ.

Von dieser Treppe her kam ein alter, weißhaariger Diener in schlichter, dunkler Livree auf die Herrin zu. Sein Gesicht war sehr faltig und glatt rasiert. Johann war seit nahezu fünfzig Jahren in Hohenegg. Er war der Kammerdiener der beiden zuletzt verstorbenen Freiherren von Hohenegg gewesen. Vom Vater war er auf den Sohn übergegangen, und nach dem Tod des Sohnes hatte ihn dessen Gattin, die jetzige Herrin von Hohenegg, zu einer Art Haushofmeister avancieren lassen.

Frau Lauras Gatte hatte noch auf dem Sterbebette

darum gebeten, daß Johann bis an sein Lebensende eine Freistatt in Hohenegg erhalten solle, und Frau Laura schätzte den zuverlässigen treuen Diener, dem sie in jeder Beziehung volles Vertrauen schenkte. Johann war bereits siebzig Jahre alt, verrichtete aber sein Amt in voller körperlicher und geistiger Frische.

Johann diente nun schon seit sechs Jahren – so lange war der Freiherr tot – seiner Herrin mit derselben Treue wie zuvor den beiden Herren von Hohenegg. Und wenn Frau Laura einem ihrer Diener eine Ausnahmestellung einräumte, so war es Johann.

Nun stand er so stramm und aufrecht, wie seine Jahre es erlaubten, vor ihr. Sie nickte ihm zu.

»Morgen, Johann! Ist die Post schon da?«

»Zu dienen, gnädige Frau, ich habe sie auf den Frühstückstisch gelegt.«

»Gut! Also in zehn Minuten das Frühstück, ich will nur rasch mein Reitzeug ablegen. Ganz steif bin ich geworden. Wir werden alt, Johann.«

»Gnädige Frau sind noch jung gegen mich; aber gnädige Frau sollten nicht mehr so früh auf die Felder hinaus. Der Herr Verwalter ist doch draußen«, erwiderte Johann mit bescheidener Vertraulichkeit.

Frau Laura klemmte die Reitpeitsche unter den Arm und riß den Hut vom Kopfe. »Der Verwalter ist ein Windhund, Johann! Er ist noch zu jung und hat Faxen im Kopf! Wenn man dem nicht auf die Finger paßt, läßt er fünf gerade sein. Er braucht eine Kontrolle, weil er ewig Liebesgedanken hat. Er wird ja mit der Zeit noch vernünftig werden, wenn er mal eine resolute Frau kriegt. Aber jetzt schlägt er mir noch zu viel über die Stränge. Da heißt es aufpassen! In Hohenegg soll mir kein Schlendrian wieder einreißen, wie ich ihn vorfand, als ich vor zehn Jahren hier meinen Einzug hielt.«

»Zum Segen für Hohenegg, gnädige Frau. Bei uns geht jetzt alles wie am Schnürchen, und Hohenegg ist ein Mustergut für die ganze Gegend. Aber ein bißchen mehr Ruhe könnten gnädige Frau sich schon gönnen. So um fünf Uhr früh schon hinaus auf die Felder, bei Sturm und Wetter, und nur mit einer Tasse Kaffee und einem Brötchen im Magen – das ist zu schwer. Jetzt ist es fast neun Uhr, ehe gnädige Frau zu einem ordentlichen Frühstück kommen.«

Frau Laura strich sich über das glatt zurückgekämmte Haar.

»Sie sehen ja, daß es mir gut bekommt, Johann. Ich gehe ja auch mit den Hühnern zu Bett. Da habe ich Zeit zum Ausschlafen. Bloß das verflixte Reiten wird mir sauer. Aber mit dem Wagen kommt man eben nicht über die Felder. Also lassen Sie das Frühstück herrichten, Johann.«

»Sehr wohl, gnädige Frau.«

Sie ging die Treppe hinauf – was keinen schönen Anblick bot. Aber Johann schien daran gewöhnt zu sein. Er sah ihr ruhig und ernsthaft nach und ging dann in die Küche, die im Souterrain lag.

Frau Laura ging in die zweite Etage und dort den langen Gang zum Ostflügel hinüber.

Während sie den Gang hinabschritt, pfiff sie laut. Sofort wurde eine Tür geöffnet. Eine etwa vierzigjährige Frau erschien, die über einem grauen Alpakakleid eine weiße Schürze und auf dem Kopf ein weißes Häubchen trug.

»Hilf mir schnell aus den Dreckstiebeln und den Reitklamotten, Auguste!« rief Frau von Hohenegg ihr zu.

Auguste öffnete die Tür zum Ankleidezimmer und ließ ihre Herrin eintreten. Auguste war mit Frau Laura nach Hohenegg gekommen. Sie war in der Zeit, als Herr von Hohenegg um die Witwe Brinkmeyer warb, von dieser als ›Zofe‹ engagiert worden. Denn Frau Laura meinte damals, eine Freifrau von Hohenegg müsse unbedingt eine richtige Kammerzofe haben.

In den ersten Jahren hatte Auguste auch anhaltende Verschönerungsversuche an ihrer Herrin unternommen. Damals war Frau Laura noch etwas hübscher gewesen als jetzt. Statt des grauen, dünnen Knotens besaß sie noch einen hübschen, braunen Zopf und war etwas schlanker. So ging sie immer leidlich passabel unter Augustes Händen hervor. Auch sonst hatte sich Frau Laura damals bemüht, die Allüren einer Freifrau anzunehmen. Das gelang ihr jedoch nicht. Sie merkte, daß man sich in der Gesellschaft, in die ihr zweiter Gatte sie einführte, über sie lustig machte. Da verlor sie die Lust, sich schön zu machen – und gab es auf.

Als der Freiherr starb, hatte Frau Laura vollends das Interesse an ihrem Aussehen verloren. Von dieser Zeit an verbat sie sich jede Verschönerung und war nur noch für das Praktische und Bequeme.

Mit geschickten Händen half Auguste ihrer Herrin beim Umkleiden. Statt des Reitanzuges hüllte sie diese in ein eigenartiges Hausgewand aus feinem weichem Wollstoff in grauer Farbe. Von den Schultern aus fiel es in langen Falten herab, die untersetzte Gestalt lose bis zu den Füßen einhüllend.

Sie sah in diesem schmucklosen Kleid, das der Mode nicht die geringste Konzession machte, so unvorteilhaft wie nur möglich aus. Aber daran dachte sie nicht. Dieses Gewand war ihr bequem, darum trug sie es stets im Haus. Sie hatte immer einige Kleider in verschiedenen, aber nur dunklen Farben, von genau demselben Schnitt in Gebrauch. Auguste pflegte diese Kleider selbst anzufertigen. Da die Toilette ihrer Herrin nie viel Zeit in Anspruch nahm, blieb ihr dazu reichlich Zeit.

Auch heute war Frau Laura in wenigen Minuten fertig. Auguste hatte schnell noch das Haar gebürstet und etwas lockerer geflochten. Ein kleines schwarzes Spitzenhäubchen wurde darauf placiert, und Auguste zupfte daran herum.

Ingrimmig lachte Frau Laura in sich hinein.

»Gib dir keine Mühe, Auguste, schöner werde ich dadurch auch nicht. Ich bin ein hoffnungsloser Fall für deine Verschönerungskünste. Eigentlich ist es ein Jammer, daß dein Talent nicht irgendeiner schönen Frau zugute kommt. Du versimpelst in Hohenegg vollständig. Das hast du dir wohl nicht träumen lassen, als ich dich vor zehn Jahren hierher schleppte?«

»Ach, gnädige Frau, mir gefällt es sehr gut in Hohenegg«, sagte Auguste vergnügt.

Laura von Hohenegg seufzte. »Na, laß nur. Ich weiß schon, ein bißchen grämt es dich doch. Wir beide haben uns das damals wohl anders gedacht – du und ich. Aber tröste dich mit mir, meine Hoffnungen und Wünsche sind auch nicht in Erfüllung gegangen. Sie sind zu Wasser geworden; und nun heißt es schwimmen, damit man nicht ersäuft – im eigenen Elend.«

Die letzten Worte sagte sie leise und unverständlich. Sie erhob sich schnell. Ein finsterer Ausdruck lag auf ihrem derben Gesicht. Und in den Augen – es waren dunkelblaue, etwas kleine Augen – lag es wie ein stilles Leid, das dem Gesicht einen besonderen Ausdruck gab.

Ehe Auguste etwas erwidern konnte, war Laura von Hohenegg hinausgegangen.

Wenige Minuten später saß sie unten im Frühstückszimmer, das mit seiner kostbaren Einrichtung einen seltsamen Rahmen abgab für die schlichte Gestalt der Herrin des Hauses. Auch der mit schwerem Silbergerät und feinem Porzellan gedeckte Frühstückstisch paßte durchaus nicht zu ihrer Erscheinung.

Hastig und unfroh, wie einsame Menschen es meist tun, nahm sie ihr Frühstück ein, warf dabei einen Blick in die Zeitung und las die eine oder die andere Notiz.

Plötzlich schien sie etwas zu fesseln.

Ihre Augen ruhten länger auf einem Feuilleton. Sie las Zeile für Zeile mit großer Aufmerksamkeit, und ihre Augen nahmen einen fast andächtigen Ausdruck an. Manche Sätze wiederholte sie und prägte sie sich besonders ein.

Dieses Feuilleton war unterzeichnet: Günter von Hohenegg.

Lange blieben ihre Augen auf diesem Namen ruhen.

»Das schreibst du für alle, die es lesen wollen – also auch für mich. Wenn du wüßtest, daß ich es lese, du würdest die Stirn in finstere Falten ziehen und verächtlich die Achseln zucken.«

Das sagte sie leise vor sich hin, da sie nach der Art einsamer Menschen zuweilen mit sich selbst sprach.

Langsam und sinnend legte sie das Blatt zusammen und sah eine Weile starr vor sich hin.

Dann hob ein tiefer Seufzer ihre Brust, und sie setzte ihr Selbstgespräch fort: »Wie ich nur glauben konnte, daß dieser kluge, feine Mensch mir ein Sohn werden könnte! Närrin, die ich war! Ein Rassepferd und ein Ackergaul – die passen nicht zusammen.

Nein, er konnte nicht anders handeln, als er es getan hat.«

Nach einer Weile richtete sie sich auf und griff nach der Posttasche, die auf dem Tisch lag. Flüchtig sah sie erst die Briefe durch und legte sie vor sich hin. Dann stutzte sie und sah auf ein großes weißes Kuvert hinab. Diese Handschrift schien sie besonders zu interessieren, jedenfalls öffnete sie zuerst diesen Brief.

»Doktor Heinz Görger! Wieder ein Brief von ihm? Was will er? Wieder bitten für die Falkners? Wie sonderbar – jetzt, da ich alt und stumpf bin, findet er Worte für mich. Sie wecken nur wehmütige Erinnerungen – nicht einmal Schmerz kann ich mehr empfinden bei der Erinnerung an ihn. Und doch hat er mir einst so namenlos weh getan. Heinz Görger! Was will er denn nun wieder von mir? Er soll mich in Ruhe lassen …«

Aber sie nahm doch den Brief auf und las ihn.

Doktor Görger schrieb:

›Hochverehrte Gnädige Frau!

Gewiß sehen Sie nicht gerade erfreut auf diese Zeilen hinab. Ich habe auch lange gezögert, habe meinen ganzen Mut zusammennehmen müssen, ehe ich mich entschließen konnte, Ihnen nochmals zu schreiben. Aber ich wage es, selbst auf die Gefahr hin, Ihnen lästig zu fallen.

Sie haben Gutes an Fred Falkner getan. Jetzt möchte ich Sie bitten, seinen Schwestern eine Wohltat zu erweisen. Nur Sie allein können helfen.‹

In bewegten, warmen Worten schilderte er nun, was für eine schwere Bürde Jutta Falkner auf ihre jungen

Schultern genommen hatte und wie sie darunter zusammenzubrechen drohte. Die Krankheit der Schwester, Juttas Sorge um sie, die Todesstunde von Juttas Mutter schrieb er. Und dann bat er sie mit herzlichen Worten, die Schwester nebst der kleinen Wally zu einem Erholungsaufenthalt einzuladen.

Es zuckte seltsam in dem harten, verschlossenen Gesicht Lauras. Hastig strich sie sich über die Augen.

Sie warf den Brief fort, als brenne er in ihren Händen. Dann machte sie sich an die Erledigung der anderen Korrespondenz.

Aber nach einer Weile griff sie wieder nach Görgers Brief und las ihn noch einmal durch. Was er von Jutta Falkners Opfermut schrieb, das griff ihr seltsam ans Herz.

Wenn das alles auf Wahrheit beruhte, dann war diese Jutta Falkner ein großherziger und vornehmer Charakter.

Dann ist sie wohl wert, daß man ihr hilft, dachte sie, unruhig werdend.

Sie erhob sich und schritt im Zimmer auf und ab. Zaghaft begann sie zu erwägen, ob es nicht doch möglich sei, den Wunsch Doktor Görgers zu erfüllen.

Im Lauf des Tages, zwischen all ihren Geschäften, las sie öfter den Brief durch. Und immer wieder schweiften ihre aufgestörten Gedanken in die Vergangenheit.

Erst hatte sie an Brinkmeyers Seite kaum Wert darauf gelegt, daß sie kinderlos blieb. Mit einem wahren Heißhunger hatte sie sich auf allerlei bildende Lektüre gestürzt. Ihr Herz war damals noch so ganz ausgefüllt von ihrer unglücklichen Liebe zu Heinz Görger. Karl Brinkmeyer hatte seine Frau in allen Dingen gewähren lassen. Sein Ehrgeiz gipfelte darin, Millionär zu werden. Dieses Ziel hatte er auch erreicht. Als ihm dann die Geschäfte über den Kopf wuchsen, machte er aus seinem Unternehmen eine Aktiengesellschaft. Er wollte sich nun etwas mehr Ruhe gönnen. Aber es wurde ihm dann gleich zu viel Ruhe – zwei Jahre später starb er.

In der kleinen Provinzstadt – etwa eine Stunde von Hohenegg entfernt –, in der sich Brinkmeyers Etablissement befand, spielte er mit seiner Gattin eine große Rolle. Sie bewohnten eine schöne Villa vor der Stadt, in der jetzt der Direktor des Aktienunternehmens wohnte. Die Gesellschaft hatte Frau Laura die Villa abgekauft, als sie sich zum zweiten Mal verheiratete.

Brinkmeyers verkehrten mit den Honoratioren der Stadt, und in dieser Gesellschaft fühlte sich Frau Laura an ihrem Platze. Aber wenn sich bei besonderen Gelegenheiten der Adel aus der Umgegend und die Offiziere der Garnison unter diese Gesellschaft mischten, fühlte sie sehr wohl, was ihr fehlte. Und doch zog ihre heimliche Vorliebe für Vornehmheit sie magnetisch gerade zu diesen Menschen, die sich im Innern über sie lustig machten.

Besonders eine Dame der Gesellschaft war es, die Laura im stillen schrankenlos bewunderte: Freifrau von Hohenegg, Günter Hoheneggs Mutter. Diese Frau besaß wahre Vornehmheit des Herzens. Sie war zu Laura in keiner Weise spöttisch, wie die andern Damen. Wenn sie auch Lauras Gesellschaft so wenig suchte wie die andern, so wich sie ihr auch nicht geflissentlich aus und benahm sich so taktvoll und gütig, daß Laura ihr manchmal hätte die Hand küssen mögen. Fortan war diese Frau Lauras Vorbild, dem sie mit glühendem Eifer nachstrebte.

Eines Tages begegnete Laura der so innig verehrten

Frau auf einem Waldspaziergang im Hohenegger Forst. Die Freifrau hatte ihren Sohn, den etwa zehnjährigen Günter, an der Hand geführt. Freundlich hatte sie Laura begrüßt, sich auch eine Weile mit ihr unterhalten. Der kleine Günter hatte der fremden Dame, wie es ihm anerzogen war, artig die Hand geküßt und sie mit seinen klaren, stahlblauen Kinderaugen ebenso freundlich angesehen wie die Mutter. Seit dieser Stunde schwärmte Laura nicht nur für die Freifrau von Hohenegg, sondern auch für den Junker Günter. So oft sie ihn in Zukunft wiedersah, so oft sprangen in ihrem vereinsamten Herzen alle Quellen echt mütterlichen Empfindens auf. Einen Sohn zu besitzen wie Günter Hohenegg, dünkte sie die höchste Daseinsfreude. Über dieser mütterlichen Liebe vergaß sie ihre unglückliche Neigung zu Heinz Görger.

So wuchs Günter Hohenegg gleichsam unter ihren Augen auf. Sie nahm an seiner Erziehung so regen Anteil, als sei er wirklich ihr Sohn.

Wenn Günter später auf seinem Pony neben seinem Vater an ihrer Villa vorüberritt, stand sie mit leuchtenden Augen am Fenster und sah der schlanken Knabengestalt nach. Erblickte er sie, grüßte er mit ritterlichem Anstand.

Bald darauf starb Günters Mutter. Lauras Liebe für den mutterlosen Günter wurde nun immer tiefer. Zu jener Zeit hörte sie zum erstenmal, daß es sehr schlimm mit Hohenegg stehe. Man prophezeite den baldigen völligen Zusammenbruch.

Am letzten Weihnachtsfest, das Brinkmeyer erlebte, schenkte er seiner Frau den berühmten Hohenegger Silberschatz, den er dem Freiherrn abgekauft hatte. Alle dazu gehörigen Stücke waren mit dem Hohenegger Wappen versehen.

Solange Günters Mutter lebte, hatte der Freiherr es nicht gewagt, den Silberschatz zu verkaufen. Nun sie gestorben war, fehlte dem energielosen Manne jeder Halt.

Es war Tagesgespräch in der Stadt, daß Brinkmeyers den Hohenegger Silberschatz gekauft hatten. Karl Brinkmeyer wollte sich seinen Bekannten gegenüber damit brüsten; seine Gattin mußte auf seinen Wunsch ein großes Fest geben, bei dem er auf der Tafel prangte.

Einige Tage nach diesem Fest begegnete Laura Günter von Hohenegg. Er war auf dem Weg zum Gymnasium. Als er Laura sah, flammte es jäh in seinem Gesicht auf, seine Augen blickten fast verächtlich in die ihren, und sein Gruß war voll hochmütigen Stolzes.

Es tat ihr namenlos weh, aber sie verstand ihn. Er litt unter den drückenden Verhältnissen, verbarg aber seine Sorgen unter Stolz und Hochmut.

Dann starb ihr Mann, und Laura erfuhr, daß er eine ziemlich hohe Hypothek auf Hohenegg aufgenommen hatte.

Im darauffolgenden Jahre kam es zum Zusammenbruch. Herr von Hohenegg wurde von allen Seiten bedrängt, und schließlich kam es zur Versteigerung. Nur das alte Herrenhaus und ein Stückchen Garten wurden davon ausgeschlossen, das wollte man Herrn von Hohenegg als Notasyl lassen.

Günters Vater hatte aber inzwischen die Augen nach Rettung umherschweifen lassen, und diese Augen fielen auf die Witwe Brinkmeyers, die Millionenerbin. Er näherte sich ihr in nicht mißzuverstehender Absicht. Zwei Tage nach der Versteigerung von Hohenegg, das dabei in Lauras Hände übergegangen war, verlobte sie sich mit ihm.

Sie tat es nur, um in Günter einen Sohn zu finden, ihm sein Erbe zu erhalten, ihn aus aller Not und Sorge zu befreien, denn sein Vater war ihr gleichgültig wie alle Männer, seit sie einst Heinz Görger geliebt hatte.

Aber sie wurde um ihren Preis betrogen. Günter hatte seinen energielosen Vater mit allen Kräften davon zurückhalten wollen, diese Verbindung einzugehen.

»Du darfst meiner Mutter nicht eine solche Nachfolgerin geben, ich leide es nicht«, hatte er zu ihm gesagt.

Sie erfuhr es später, und es tat ihr bitter weh. Fühlte sie doch instinktiv, daß Günters ganze Art sich gegen sie empörte.

Herr von Hohenegg hörte jedoch nicht auf seinen Sohn. Zwar war Laura auch ihm wenig sympathisch, aber sie brachte ihm Hohenegg zurück. Und da er seinen Sohn trotz der Verschiedenheit der Charaktere liebte, hoffte er, ihm durch die Heirat sein verlorenes Erbe zurückzugewinnen. Es sollte seine Sorge sein, Laura zu veranlassen, daß Günter ihr Erbe würde.

Das sagte er Günter auch offen. Aber der wollte nichts davon hören. Sein Stolz empörte sich dagegen, daß sein Vater sich an sie verkaufte.

Gerade als sie in Hohenegg ihren Einzug halten wollte, war Günter mit seinem Abiturium fertig geworden. Er hatte glänzend abgeschnitten. Und noch ehe die neue Herrin nach Hohenegg kam, war Günter ohne Abschied davongegangen.

Mit düsteren Augen starrte Laura vor sich hin, als sie im Geist die ersten Stunden hier in Hohenegg wieder durchlebte. Voll sehnsüchtiger Liebe hatte sie der ersten Begegnung mit Günter entgegengesehen. Sie hatte sich gute, warme Worte zurechtgelegt, die sie ihm sagen wollte. Von ihrer Verehrung für seine Mutter wollte sie sprechen und ihm sagen, daß sie nur seine Stiefmutter geworden, um ihm Hohenegg zu erhalten. Aber Günter ließ sich nicht sehen. Schließlich erfuhr sie, daß er abgereist sei und einen Brief an seinen Vater hinterlassen habe.

Da waren all ihre stolzen Hoffnungen zusammengebrochen, und eine tiefe Entmutigung überkam sie. Sie warf allen Glanz und Prunk von sich und zog sich von der Gesellschaft zurück.

Günter ließ nichts von sich hören, nur kurze Berichte über sein Ergehen sandte er an seinen Vater.

Dieser begann bald nach seiner zweiten Verheiratung zu kränkeln. Im rastlosen Jagen von Genuß zu Genuß hatte er seinem Körper stets zu viel zugemutet. Nur wenige Jahre lebte er an der Seite Lauras, die ihn gewissenhaft pflegte. Dann starb er.

Zum Begräbnis war Günter gekommen, hatte danach einige Stunden drüben im alten Herrenhaus, seinem einzigen Erbe, verbracht, wo er sich lange mit dem alten Johann unterhielt. Auch seine alte Amme, die im Dorf lebte, hatte er besucht. Dann war er wieder abgereist und bisher nicht zurückgekommen.

Ohne daß Günter es ahnte, hatte Laura allerlei Reparaturen an dem alten Herrenhaus vornehmen lassen. Die leeren Räume ließ sie abschließen, einige Zimmer richtete sie mit den alten Möbeln vom Speicher ein.

Einmal – so dachte sie – könnte Günter von Hohenegg doch kommen und sich nach seinem väterlichen Erbe umsehen. Dann sollte er nicht vor verfallenen, unwohnlichen Räumen stehen.

Ihr Testament hatte sie gemacht und bei Gericht deponiert. In diesem Testament war Günter Hohenegg zu ihrem Haupterben eingesetzt worden. Nur verschiedene Legate und kleinere Summen hatte sie anderweit bestimmt. Diesem Testament lag ein Brief an Günter von Hohenegg bei, in welchem sie alles niedergeschrieben hatte, was in ihrem Herzen für ihn gelebt, wie sie seine Mutter verehrt und warum sie seine Stiefmutter geworden war.

Seltsam und wunderlich war dieses einsame Frauenherz, das ein ganzes Leben lang an Liebe gedarbt und niemals Verständnis gefunden hatte für das stille Streben nach den Höhen des Lebens. Wer diese Frau gewöhnlich schalt, der wußte nichts von ihrem innersten Kern.

Am Abend dieses Tages saß Laura von Hohenegg dennoch an ihrem Schreibtisch und schrieb einen Brief an Jutta Falkner.

16

Heimlich, ohne daß Lena es merkte, hatte Jutta einen Althändler kommen lassen, dem sie schon jetzt alles das verpfändete, was sie an Möbeln nicht mehr brauchen würde, wenn sie erst ganz allein war. Der Händler hatte ihr die Hälfte der Summe, die er für die Möbel geboten, schon jetzt ausbezahlt. Die andere Hälfte sollte Jutta bekommen, wenn die Möbel in seinen Besitz übergingen.

Nun besaß sie wenigstens wieder einige hundert Mark und atmete heimlich auf.

Zu ihrem großen Kummer war es Jutta unmöglich, der Schwester einen Landaufenthalt zu ermöglichen. Lena war wieder soweit gesund, sie bedurfte nur noch der Kräftigung. Dazu hätte sie vor allem eine waldreiche Gegend aufsuchen müssen. Lena sprach nie davon. Sie wollte der Schwester nicht noch mehr Sorgen aufpacken.

Es war an einem hellen, sonnigen Frühlingstag nach dem Osterfest. Jutta kam aus ihrem Arbeitszimmer in das Wohnzimmer hinüber. Da saß Lena in Mutters Lehnstuhl, und zu ihren Füßen spielte Wally mit ihrem Püppchen.

Lena hatte gelesen, jetzt ließ sie das Buch sinken.

»Feierabend für heute, Schwesterchen?« fragte sie lächelnd.

Jutta nickte. »Jawohl, mein Atelier ist geschlossen. Die Sonne scheint zu verlockend, gleich nach dem Kaffee gehen wir mit Wally ein wenig spazieren. Du fühlst dich doch nicht zu müde?«

»Nur ein wenig, Jutta, aber Onkel Doktor hat ja befohlen, daß ich trotzdem eine Stunde ins Freie gehen muß.«

»Und das werden wir auch befolgen.«

Jetzt brachte Minna den Kaffee für Jutta und für Lena und Wallys Milch.

Die Schwestern nahmen am Tisch Platz, Jutta nahm Wally auf den Schoß und koste zärtlich mit ihr. In Wallys Jubel hinein ertönte die Flurklingel; gleich darauf brachte Minna einen Brief herein und reichte ihn Jutta.

Diese stutzte, als sie die Adresse sah.

»Ein Brief von Tante Laura?« rief sie überrascht. Sie setzte Wally schnell neben Lena auf das Sofa und öffnete das Schreiben.

»Tante Laura schreibt doch nur alle hundert Jahre einmal und nur bei ganz besonderen Anlässen. Was mag sie wollen?« sagte sie verwundert.

Schnell überflog sie den Brief – dann strahlte aus ihren Augen eine große, innige Freude.

»Lena, liebste Lena, eine herrliche Überraschung! Jetzt kommst du zu deinem Landaufenthalt, als fiele er vom Himmel herab! Ach, Gott sei Dank, mir fällt ein Stein vom Herzen! Wie habe ich mich gegrämt, daß ich dich nicht aufs Land schicken konnte! Und nun soll es dennoch sein – und ich darf sogar mit dir gehen. Ach, Lena, das ist doch wieder einmal ein heller Sonnenstrahl!«

Aufschluchzend umarmte sie die Schwester, die sie verständnislos anblickte.

»Was ist dir nur, Jutta? Du sagst, es sei ein Brief von Tante Laura? Und darin steht was von einem Landaufenthalt? Du willst doch nicht sagen, daß Tante Laura ...«

Sie hielt zögernd inne.

Jutta nickte strahlend. »Doch, Lena, doch! Tante Laura ladet uns nach Hohenegg ein – dich, Wally und mich.«

»Unglaublich!« rief Lena fassungslos.

Jutta atmete tief auf. »Höre zu, was sie schreibt.«

Sie las vor:

›Liebe Jutta!

Du wirst Dich wundern, einen Brief von mir zu bekommen. Ich bin eine schlechte Briefschreiberin und will auch heute nicht viele Worte machen. Ich sah heute zu meiner Überraschung, daß der Hohenegger Wald sich schon grün färbt. Mir scheint, wir bekommen einen sehr schönen Frühling. Da dachte ich mir, Euch könnte nach all dem Traurigen, was Ihr erlebt habt, eine Erholung gut tun. Die Hohenegger Luft ist vorzüglich.

Wenn Ihr, Deine Schwester Lena und Du, damit einverstanden seid, daß wir uns gegenseitig in keiner Weise genieren wollen – ich bin nämlich stark beschäftigt und könnte mich Euch in keiner Weise widmen –, so schreibt mir gleich, wann ich Euch erwarten kann. Lenas Kind bringt Ihr natürlich mit, es ist genug Bedienung in Hohenegg. Meldet mir den Zug, mit dem Ihr kommt, ein Wagen wird dann am Bahnhof sein. Zimmer sind bereit für Euch, an frischer Milch und guter Kost soll es nicht fehlen. Nur auf meine Person rechnet in keiner Weise; macht Euch darauf gefaßt, daß ich eine sehr wenig unterhaltsame Wirtin bin. Sonst soll es Euch jedoch an nichts fehlen. Ich erwarte Eure Antwort und begrüße Euch

Eure Tante Laura‹

Halb lachend, halb weinend küßte Jutta die Schwester und sprang auf.

»Ach, Lena, die Sonne ist doch nicht so völlig für uns untergegangen, wie ich manchmal glaubte. Ich war ganz unglücklich, daß ich dir nicht zu einem Landaufenthalt verhelfen konnte. Und nun reißt mich dieser Brief aus allen Sorgen! Sogar ich komme nun noch zu einem Landaufenthalt, und unserem Kleinchen soll er auch gut tun. Hohenegg muß ja wundervoll im Grünen liegen. Früher hatten wir ein paarmal von Tante Laura Ansichtspostkarten bekommen, die ich aufgehoben habe. Ach, Lena – liebe Lena, wie ich mich freue! Ich glaubte, ich könnte mich nie mehr über etwas freuen! Freust du dich auch, liebste Schwester?«

Diese umfaßte Jutta und barg ihr Gesicht an ihrer Schulter. »Liebe, gute Jutta, aus deiner Freude sehe ich erst, wie groß deine Sorgen waren. Ich ahnte es längst, daß du kaum das Nötigste für uns schaffen kannst.«

»Jetzt muß ich gleich zu Onkel Doktor hinüberlaufen und ihm diese herrliche Botschaft künden. Er und Tante Maria werden sich mit uns freuen, wie sie sich mit uns gesorgt haben. Ach, Lena, mir ist, als scheine die Sonne mit einemmal viel heller und verlockender. Nachher müssen wir spazierengehen. Freust du dich auch so wie ich? Du scheinst mir so still.«

»Nicht stiller als sonst, Schwesterchen; du weißt, ich bin noch so matt.«

»Ja, ich weiß – also, ich gehe zu Doktors und hole dich dann zum Spazierengehen ab. Wenn wir wieder heimkommen, schreibe ich an Tante Laura.«

»Ja, Jutta. Danke ihr auch in meinem Namen von ganzem Herzen. Es liegt mir so viel daran, wieder ganz stark und gesund zu werden. Denn mit einer leidenden Frau kann mein Georg da unten in Ostafrika nichts anfangen.«

Leichtfüßig und froheren Herzens als all die letzte Zeit eilte Jutta zu Görgers.

17

Frau von Hohenegg hatte den Wagen, der die Schwestern abholen sollte, zum Bahnhof geschickt. Dann hatte sie Johann rufen lassen. Nun stand er in ehrerbietiger Haltung vor seiner Gebieterin.

Frau Laura steckte in ihrem unschönen, praktischen Reitanzug. Sie saß in einem der hohen Lederstühle in der Halle. Hut und Reitpeitsche lagen neben ihr. Sie stützte die Arme auf die Seitenlehnen des Sessels und hatte die Hände verschlungen. Diese Hände paßten so gar nicht zu dem sonstigen Äußeren der alten Dame. Sie waren noch merkwürdig glatt und von schöner, schlanker Form. Zwar waren sie nicht mit der wichtigen Sorgfalt ›manikürt‹, wie eine Modedame es für nötig hält, aber sie waren doch gut gepflegt und kontrastierten in ihrer Feinheit zu der derben, untersetzten Gestalt dieser seltsamen Frau. Diese Hände waren die einzige Schönheit Frau Lauras, aber sie war sich dessen nicht bewußt und hatte niemals Wert darauf gelegt. Sicher hätte die Form dieser Frauenhand auf einen edlen Charakter schließen lassen, wenn sich jemand die Mühe gegeben hätte, ein Urteil darüber abzugeben.

Frau Laura sah Johann scharf an.

»Also, Johann, wie ich Ihnen schon sagte, erwarte ich Besuch. Der Wagen ist bereits zum Bahnhof. Die beiden Damen, meine Nichten, heißen Fräulein Jutta Falkner und Frau von Haller. Die letztere bringt ihr Kind mit. Für die Dauer des Aufenthalts der Damen soll Stina als Kindermädchen und zur persönlichen Bedienung sich den Damen zur Verfügung stellen. Ich muß jetzt aufs Feld hinaus. Sie empfangen die Damen und führen sie in die für sie bestimmten Zimmer im Westflügel.«

»Sehr wohl, gnädige Frau.«

»Ich wünsche, daß die Damen aufmerksam bedient werden und daß auf all ihre Wünsche eingegangen wird, soweit sie in den Rahmen des Hauses passen. Verstehen Sie, Johann?«

»Sehr wohl, gnädige Frau.«

»Gut. Die Mahlzeiten werden in dem Zimmer, das neben den Räumen liegt, die ich den Damen zum

Wohnen und Schlafen bestimmt habe, serviert. Sie brauchen dann nicht mit dem Kind durch das Haus zu laufen, sie haben alles bequem beieinander. Und ich werde nicht gestört – ich mag kein Kindergeschrei hören, Johann.«

»Es soll alles genau befolgt werden, gnädige Frau.«

»Schön. Ich verlasse mich auf Sie. Und noch eins – schließen Sie die Tür im Westturm auf. Diese Tür liegt den Damen bequem, wenn sie in den Park und den Garten gehen wollen. Sagen Sie den Damen, daß diese Tür von abends zehn Uhr bis früh um sieben verschlossen bleibt und die ganze übrige Zeit für sie offen ist. Ich will meinem Besuch nicht zu jeder Tageszeit begegnen, deshalb soll er nicht den Haupteingang durch die Halle benutzen. Sie merken doch genau auch alles, was ich Ihnen sage, Johann?«

»Gewiß, gnädige Frau.«

»Die Damen sollen viel frische Milch und Sahne, Eier und stärkende Weine bekommen, da sie erholungsbedürftig sind. Auch soll auf dem Küchenzettel in diesem Sinn Aufmerksamkeit verwendet werden. Mit der Köchin habe ich bereits Rücksprache genommen. Ich hoffe, daß wir in den stillen Jahren in Hohenegg nicht ganz verlernt haben, was Gastfreundschaft heißt. Sagen Sie den Damen, ich hätte geschäftlich draußen zu tun und käme meist sehr müde nach Hause. Ich würde ihnen sagen lassen, wann ich sie sprechen will.«

»Ich werde alles bestellen, gnädige Frau.«

Die alte Dame zögerte eine Weile, dann fuhr sie fort:

»Sie kennen mich ja nun eine Reihe von Jahren, Johann. Ich glaube, Sie kennen mich viel besser als andere Menschen; Sie werden sich schon manchmal über mich gewundert haben ...«

»Verzeihung, wenn ich es wage, gnädige Frau zu unterbrechen. Nicht gewundert habe ich mich über meine gütige Herrin – ich habe Sie nur bewundert, seit ich die Ehre habe, das Vertrauen meiner Herrin zu genießen. Das wollte ich nur sagen«, erwiderte der alte Mann mit vor Bewegung zitternder Stimme.

Frau Laura sah ihm eine Weile mit einem stillen Blick in die Augen. »Guter, alter Johann, ich weiß, Sie sind mir treu ergeben, und alle meine Schrullen stören Sie nicht. Aber lassen wir das. Sie sollten mich nur noch in dieser Angelegenheit verstehen. Also der Besuch soll mich in keiner Weise in meinen Gewohnheiten stören. Ich bin etwas menschenscheu geworden. Aber die jungen Damen sollen nicht denken, daß sie mir lästig fallen. Sorgen Sie dafür, daß sie sich trotz meiner Unliebenswürdigkeit behaglich fühlen. Sie sind ein Mensch, der sich auch in den schwierigsten Situationen zurechtfindet. Ich verlasse mich auf Sie, Johann.«

»Gnädige Frau können das unbesorgt tun. Ich werde das Vertrauen, das gnädige Frau in mich setzen, rechtfertigen. Jetzt weiß ich mit allem Bescheid.«

Während Laura dann im gemächlichen Tempo durch den Wald ritt, weilten ihre Gedanken bei ihren beiden Nichten. Was Doktor Görger von ihnen geschrieben, hatte sie sehr interessiert. Hauptsächlich was er von Jutta geschrieben hatte, war ihr nahegegangen. Sie hätte gern die Ankunft der Damen abgewartet; ihr Ritt auf die Felder hätte sich auch verschieben lassen, aber es war eine Art Menschenfurcht in ihr. Sie hatte in ihrem Leben so viele bittere Erfahrungen gemacht, daß sie glaubte, ihre Erscheinung müsse auf alle Menschen abschreckend wirken. Sie war fest überzeugt, daß die Schwestern froh sein konnten, wenn sie ihnen ihren Anblick möglichst lange vorenthielt.

Aber sie hätte die Schwestern doch gern gesehen, ohne von ihnen bemerkt zu werden.

Und als sollte dieser Wunsch in Erfüllung gehen, vernahm Laura plötzlich auf der Fahrstraße das Rollen eines leichten Wagens. Ein scharfer Blick durch die Zweige belehrte sie, daß es der Landauer war, den sie zur Bahn geschickt hatte. Sie trieb ihr Pferd langsam von dem Reitweg in das Gebüsch hinein. Dicht neben dem Fahrweg hielt sie ganz ruhig hinter einem hohen Gebüsch. Von hier aus konnte sie den Weg übersehen, ohne selbst gesehen zu werden.

Der Wagen kam heran. Er fuhr hier der starken Steigung wegen im Schritt. So konnte sie von ihrem Versteck aus die Insassen des Wagens genau betrachten, und sie tat es mit scharfen Blicken.

Da sah sie zuerst in ein paar große, strahlende Mädchenaugen hinein: warme, seelenvolle, graue Augen mit langen, dunklen Wimpern und feingezeichneten Brauen. Es waren Jutta Falkners Augen, die im Anblick des herrlichen, frühlingsfrischen Waldes schwelgten. Etwas Warmes, Wohliges regte sich im Herzen der einsamen Frau beim Anblick des lieblichen Mädchengesichtes.

Das mußte Jutta sein. Und die blasse, junge Dame ihr gegenüber war sicher Lena. Zwischen beiden aber turnte und zappelte etwas Weißes, Goldiges, Blauäugiges, das in heller Daseinsfreude plapperte und jauchzte – Klein-Wally.

»O Lena, sieh doch nur diesen herrlichen Wald!« rief die junge Dame mit den wunderbaren, strahlenden Augen. Der Klang dieser warmen, klaren Mädchenstimme schmeichelte sich der einsamen Lauscherin ins Herz – dann war der Wagen auch schon vorbei.

Regungslos sah Frau Laura ihnen nach. Ein tiefer Seufzer hob die Brust.

18

Der Wagen war mit seinen Insassen weitergerollt, bis er vor dem Herrenhaus hielt.

Als die Schwestern das stolze Gebäude zuerst erblickten, faßten sie sich bei den Händen und sahen sich etwas bänglich in die Augen.

So schön und stolz hatten sich Jutta und Lena Tante Lauras Besitzung nicht vorgestellt.

Noch beklommener wurde ihnen zumute, als der weißhaarige Diener in der vornehmen, schlichten Livree sie empfing.

Johann machte für seine abwesende Herrin die Honneurs und führte die Damen durch die Halle hinüber in den Westflügel.

Jutta und Lena führten Wally zwischen sich; die Kleine war von der neuen Umgebung so sehr in Anspruch genommen, daß sie sogar das Plaudern vergaß.

Dann waren sie in ihren Zimmern angelangt. Johann öffnete die Türen und erklärte in seiner diskret höflichen Weise, wie sich Frau von Hohenegg das Arrangement gedacht hatte.

Die Schwestern mußten einen Laut des Entzückens zurückdrängen. Da waren zwei reizende Schlafzimmer, ganz hell und duftig gehalten, mit einem herrlichen Ausblick in den frühlingsfrischen Park. In dem einen, das für Lena bestimmt war, stand ein Kinderbettchen.

Zwischen diesen Schlafgemächern befand sich ein großes, freundliches Zimmer, das als gemeinsames Wohnzimmer dienen sollte. Es sah aus, als sei es mit Blumen bestreut. Teppiche, Tapeten, Vorhänge und Möbel, alles war aus Mille-fleurs-Stoffen hergestellt oder damit bezogen. Von diesem Zimmer aus hatte man ebenfalls die Aussicht auf den Park. Auch den von Frau Laura als Speisezimmer bestimmten Raum zeigte Johann den Damen. Dann klingelte er Stina, das Hausmädchen, herbei und erklärte den Schwestern, daß Stina ihre persönliche Bedienung übernehmen und als Wärterin für die Kleine fungieren solle.

Johann blieb an der Türe stehen, während er den Auftrag seiner Herrin ausrichtete. Er erklärte, daß Frau von Hohenegg durch die Bewirtschaftung des Gutes stark in Anspruch genommen und außerdem etwas nervös sei, ihr infolgedessen alle Störung ferngehalten werden müsse.

So entschuldigte er taktvoll seine Herrin und fragte dann höflich nach etwaigen Befehlen der Damen.

Als diese keinerlei Wünsche äußerten, erklärte er, daß er den Damen, sobald sie den Reisestaub abgeschüttelt haben würden, in dem bezeichneten Speisezimmer eine Mahlzeit servieren würde.

Das Gepäck war inzwischen herbeigeschafft worden.

Ehe Johann sich entfernte, zeigte er den Damen noch die kleine, in den Park führende Pforte im Westturm. Eine ebensolche Tür war auch im östlichen Turm angebracht, meistens wurden beide von der Dienerschaft benutzt, da sie zugleich zu einer Treppe führten, die den Zugang zu den Räumen im Untergeschoß und zu den darunterliegenden Kellergewölben bildete. In die oberen Stockwerke konnte man nur von der Haupthalle aus gelangen.

Johann erklärte, diese Pforte würde den Damen zur Benutzung überlassen, damit sie bequem den Park erreichen könnten, ohne erst das ganze Haus durchkreuzen zu müssen.

Dann zog der alte Diener sich vorläufig zurück.

Jutta und Lena sahen sich eine Weile schweigend an. Dann sagte Jutta aufatmend:

»Du, Lena, zwick mich doch mal ins Ohr! Ich glaube, wir sind verzaubert. Hast du schon jemals so ein goldiges Biedermeierzimmer gesehen? Warst du schon jemals in deinem Leben in solch einem herrlichen, verwunschenen Schloß?«

Lena lachte.

»Komm nur zu dir, Jutta. Hier finden deine Maleraugen wohl genügend Nahrung?«

»Das will ich meinen! Köstlich ist das alles! Man möchte es gleich auf die Leinwand bannen! Nun, das eine weiß ich: von diesem Besuch in Schloß Hohenegg werde ich zehren bis in mein hohes Alter. Das ist ja ein ganz richtiges Märchen, das wir hier erleben werden.«

Lena ließ sich in einen Sessel gleiten. »Mir scheint, daß Tante Laura uns nicht gerade mit Freude erwartet hat. Jedenfalls hat sie uns durch diesen feudalen Diener klarmachen lassen, daß wir uns nur auf ihren besonderen Befehl in ihre Nähe wagen dürfen. Ich komme mir wie ein störender Eindringling vor«, sagte sie leise.

Jutta schüttelte energisch den Kopf. »Nein, nein,

das wollen wir uns lieber nicht einreden, Lena, sonst ergreifen wir am Ende noch das Hasenpanier. Du hörtest ja, Tante Laura ist stark beschäftigt und außerdem nervös. Nun ist es an uns, ihr keinerlei Störung zu bereiten. Dem Anschein nach will sie uns doch sehr anständig bewirten lassen. Zwei arme Hascherln wie wir dürfen nicht so empfindlich sein. Dankbaren Herzens wollen wir genießen, was uns beschieden ist. Tante Laura hat uns aus schwerer Sorge befreit, und wir wollen ihr unsere Dankbarkeit wenigstens dadurch beweisen, daß wir uns in alles fügen, was sie für die Dauer unserer Anwesenheit beschlossen hat.«

Lena drückte ihr die Hand. »Du bist die Klügere von uns beiden, Jutta, und auch die Bessere. Du hast recht in allem, was du sagst. Aber nun will ich mich mal nach Wally umsehen. Sie scheint bereits eine neue Freundin in unserer dienstbaren Fee gefunden zu haben.«

Das Abendessen wurde ihnen wieder durch Johann serviert, nachdem die Schwestern Wally mit Stinas Hilfe zu Bett gebracht hatten. Stumm saßen sie sich bei Tisch gegenüber. Wallys drolliges Geplauder fehlte.

Diese Stille – im ganzen Haus regte sich nichts – wirkte geradezu bedrückend auf Lena und Jutta. Nachdem sie gespeist hatten, erhoben sie sich. In diesem Augenblick meldete Johann, Frau von Hohenegg lasse die Damen bitten, zu ihr zu kommen.

Sofort waren die Schwestern bereit. Lena sah nur schnell noch einmal nach Wally. Sie schlief bereits in süßer Ruhe, und Stina waltete als treue Wärterin ihres Amtes.

Nun gingen die Schwestern mit Johann durch den Westflügel und die große Halle hinüber nach dem Ostflügel. Der Weg schien den Schwestern endlos lang, und ihre Herzen klopften unruhig.

Endlich blieb Johann stehen und öffnete eine Tür, die Damen zum Eintritt auffordernd. Sie betraten einen behaglichen Raum, der in dunklen, warmen Farben gehalten war.

Das Zimmer war leer. Die Schwestern sahen sich unsicher an. Da wurde jedoch eine andere Tür geöffnet, und in ihrem eigenartig geschnittenen dunklen Hauskleid trat Laura über die Schwelle.

Sie war kaum weniger unsicher als die Schwestern, die ihr nun, allen Mut zusammennehmend, entgegentraten.

Sie reichte ihnen die Hand, zuckte aber wie erschrocken zusammen, als Jutta diese an ihre Lippen zog.

»Das mußt du nicht tun, ich mag das nicht«, stieß sie hastig hervor.

»Verzeih, Tante Laura«, bat Jutta leise.

Frau Laura lächelte ein wenig. Es war ein hilfloses, unsicheres Lächeln. »Ach, was ist da zu verzeihen! Ebensogut könnte ich dich um Verzeihung bitten. Also du bist Jutta, nicht wahr?«

»Ja, Tante Laura.«

»Bitte, nehmt Platz. Ihr müßt entschuldigen, daß ich euch nicht früher begrüßte. Ich bin sehr beschäftigt. Hoffentlich habt ihr euch schon ein wenig eingerichtet. Gefällt es euch in Hohenegg?«

»Ja, Tante Laura. Es ist wunderschön hier, und wir sind dir so dankbar, daß du uns eingeladen hast«, sagte Lena. Sie hatten Platz genommen und saßen sich steif und unbehaglich gegenüber.

Frau Laura winkte hastig ab. »Nichts von Dankbarkeit. Ich hätte euch schon früher mal einladen sollen, aber ich habe gar nicht daran gedacht, daß ich euch damit etwas Gutes tun könnte. Vielleicht hatte ich mich auch vor den möglichen Störungen gefürchtet. Ich bin eine egoistische alte Frau und mag mir weder meine Ruhestunden noch meine Arbeitszeit verkürzen lassen. Ihr müßt entschuldigen, daß ich euch das so offen sage.«

»Wir wollen dich so wenig wie möglich stören, Tante Laura. Aber ich bitte dich herzlich, laß dir unsere Dankbarkeit gefallen. Du weißt ja nicht, wie groß die Wohltat ist, die du uns erweist. Sie hat uns aus schwerer Sorge erlöst.«

So sagte Jutta, sich ein Herz fassend, mit großer Wärme und sah Tante Laura mit ihren großen schönen Augen dankbar an.

Diese warme junge Stimme und die ausdrucksvollen Augen bewegten die alte Dame sehr. Aber sie ließ sich das in keiner Weise anmerken.

»Nun, dann freut es mich, daß ihr hier seid. Lena sieht noch etwas leidend aus. Das wird sich hoffentlich bald verlieren. Pflege dich nur gut, dir steht hier alles zur Verfügung. Ihr braucht euch nur an Johann zu wenden, wenn ihr Wünsche habt. Damit wir uns gegenseitig nicht stören, lasse ich euch eure Mahlzeiten allein servieren. Ihr braucht auch sonst keinerlei Rücksicht auf mich zu nehmen, ich tue es auch nicht.«

Eine Pause entstand. Frau Laura sah wie gebannt zu Jutta hinüber.

›Wie vornehm und fein sie aussieht!‹ dachte sie. ›Sie paßt viel besser nach Hohenegg als ich. Auch ihre Schwester, obwohl die mit ihrem blassen, schmalen Gesicht nicht so hübsch ist. Jutta gefällt mir besser. Ich hab' ja immer viel für solch feine, vornehme Menschen übrig gehabt, wahrscheinlich, weil mir alle Vornehmheit fehlt. Ich möchte sie vor mir hergehen sehen durch die Räume dieses Hauses. Ich kannte nur eine einzige Frau, die ich mit Jutta vergleichen könnte – das war Günters Mutter. Aber das war eine Edelfrau, und dies ist ein armes Bürgermädel. Meine Leute werden sich wundern, wie ich zu so hübschen, vornehm aussehenden Nichten komme.‹

So dachte Frau Laura, in tiefes Schweigen versinkend. Ihr kam dieses Schweigen kaum zum Bewußtsein, aber die Schwestern bedrückte es furchtbar.

Endlich schrak die alte Dame empor. »Verzeiht! Ich bin eine sehr schlechte Gesellschafterin. Seit Jahren lebe ich hier allein, zurückgezogen von allem Verkehr. Da wird man wunderlich. Ich will euch nicht länger zurückhalten, ich – ich habe auch noch zu tun. Und sonst – ihr könnt in Hohenegg tun und lassen, was ihr wollt, und leben, wie es euch gefällt. Nun schlaft wohl!«

Damit waren die Schwestern entlassen.

Draußen wartete Johann, der die Schwestern schweigend zurückbegleitete. Wenige Minuten später waren sie wieder in ihrem Wohnzimmer.

Jutta schloß die Fenster, weil es kühl geworden war. Lena hatte sich in einen Sessel gleiten lassen.

Jutta trat vor sie hin und sah mit ernsten Augen auf sie hinab. »Nun, Lena, was sagst du zu diesem Empfang?«

Lena seufzte. »Sehr freundlich war er nicht. Ich glaube, wir sind Tante Laura doch ungelegen gekommen. Sehr liebenswürdig ist sie nicht.«

»Aber sehr unglücklich, Lena«, sagte Jutta ernst.

Lena blickte erstaunt zu ihr auf. »Unglücklich? Wie kommst du darauf? Davon habe ich nichts bemerkt.«

»Aber ich, Lena. Hast du ihr nicht in die Augen

gesehen? So sieht ein glücklicher Mensch nicht aus. Und obwohl sie wenig liebenswürdig scheint, ich glaube, sie ist ein sehr guter Mensch.«

Lena lächelte. »Ach, liebste Jutta, du hältst alle Menschen für gut und suchst gleich eine Erklärung für Tante Lauras wenig liebenswürdiges Wesen. Ich wüßte nicht, warum die Besitzerin eines so herrlichen Gutes sich unglücklich fühlen sollte.«

Jutta ließ sich neben Lena nieder. »Vielleicht bilde ich es mir nur ein, aber mir ist, als wäre Tante Laura bei all ihrem Reichtum ärmer als wir.«

Lena lachte. »Ach, Jutta, du bist eine kleine Schwärmerin.«

»Nein, nein, Lena. Wäre es wirklich so unverständlich, wenn sie nicht glücklich wäre? Sie steht doch ganz allein in der Welt, hat keinen Menschen, der zu ihr gehört, der sie liebhat und den sie liebhaben kann. Was nützt da ihr Reichtum, dieser herrliche Besitz? Sie hat ja niemand, der sich mit ihr daran freuen kann. Möchtest du mit ihr tauschen?«

Lena atmete tief auf. Ihre Augen blickten wie sehnsüchtig in die Ferne. »Nein – o nein! Du hast recht, ich sprach recht gedankenlos. Furchtbar muß das sein, so allein zu sein im Leben. Es ist kein Wunder, wenn sie wunderlich ist. Das soll uns aber nicht abhalten, ihr von Herzen dankbar zu sein. Das können wir ihr wohl am besten beweisen, wenn wir uns hier mit Ausdauer und Inbrunst erholen. Gastfreundschaft wird uns jedenfalls in vornehmster Art geboten. Wir sind vortrefflich aufgehoben.«

Eine halbe Stunde später verlöschten die Lichter in den beiden Schlafzimmern der Schwestern. Tiefe Stille herrschte im ganzen Haus.

19

Eine volle Woche weilten die Schwestern nun schon in Hohenegg, ohne daß Tante Laura sie noch einmal zu sprechen verlangt hätte. Zuweilen sahen sie die alte Dame wohl in ihrem seltsamen Reitanzug an sich vorüberreiten oder sie hörten vom Gutshof ihre laute, energische Kommandostimme herüberschallen, aber sonst merkten sie kaum etwas von ihrer Anwesenheit. Sie ließ sich jeden Tag durch Johann erkundigen, wie es den Damen gehe und ob sie irgendwelche Wünsche hätten. Den Schwestern blieb jedoch kaum etwas zu wünschen übrig. Sie wurden mit größter Aufmerksamkeit bewirtet.

Da sie sonst tun und lassen konnten, was ihnen beliebte, fanden sie sich bald in den Ton, den ihre Gastgeberin angeschlagen, und empfanden es nur schmerzlich, daß sie Tante Laura nicht wieder und wieder für alles Gute, das sie hier genossen, danken konnten.

Lena erholte sich überraschend schnell. Die absolute körperliche und seelische Ruhe, die gute Verpflegung, gute Nachrichten von ihrem Gatten und vor allem die würzige Frühlingsluft – alles das bewirkte Wunder an ihr.

Auch auf Jutta übten der Aufenthalt und die sorglose Zeit einen guten Einfluß aus.

Wally war nun vollends von diesem Aufenthalt entzückt. Sie tollte fast den ganzen Tag im Freien herum und hatte nach Kinderart bald mit aller Welt Freundschaft geschlossen. Nicht nur Stina, sondern auch Johann und alle die anderen Dienstboten, denen sie in den Weg lief, waren von dem süßen, kleinen Mädel entzückt. War Frau von Hohenegg draußen auf den Feldern, ging Stina oft mit Wally in den Gutshof hinüber und zeigte ihr alles, was sie sehen wollte.

Am meisten spielte Wally jedoch im Park entweder unter der Aufsicht Stinas oder unter der von Mutter und Tante. Da kam es wohl vor, daß das helle, jauchzende Kinderlachen an Frau Lauras Ohr drang. War sie im Haus und dies Lachen flog zum Fenster herein, dann hob sie lauschend den Kopf, schlich auch verstohlen zum Fenster und spähte hinaus, ob sie das kleine Mädchen wohl erblicken konnte.

Auch den Schwestern sah sie oft heimlich nach, wenn sie im Park promenierten. Ihre Augen bekamen dann einen seltsam schmerzlichen Ausdruck. Wie rank und schlank die beiden gewachsen waren, wie vornehm und hübsch sie aussahen in ihren schlichten Kleidern! Ach, sie ahnten nicht, wie beneidenswert sie waren trotz ihrer Armut.

Hauptsächlich Jutta hatte es der alten Dame angetan. Manchmal war eine große Sehnsucht in ihr, mit ihr zu plaudern. Ihr war, als müsse sie mit ihr über alles sprechen können, was ihr tief im Herzen lebte. Dann war sie drauf und dran, zu den Schwestern hinauszugehen oder sie rufen zu lassen. Aber sie bezwang sich immer wieder und sagte sich bitter:

›Wozu? Dann hänge ich mein Herz wieder an jemand – wenn sie dann wieder abreisen, fühle ich mich doppelt einsam. Wahrscheinlich sind sie froh, daß sie mir nicht zu begegnen brauchen.‹ So hütete sie sich vor einem erneuten Zusammentreffen.

An einem Sonnabend waren die Schwestern angekommen. Nun war über eine Woche vergangen, und ein wundervoller, klarer Frühlingstag stieg herauf.

Nach Tisch mußte Lena ein Schläfchen halten, und

Stina hatte Wally zur Ruhe gelegt. Jutta benutzte diese Zeit, um einen etwas längeren Spaziergang zu unternehmen, weil sie in Lenas Gesellschaft noch nicht zu weit laufen wollte.

Sie durchkreuzte den Park und ging im Wald weiter bis zu einem schmalen, murmelnden Bach.

Johann hatte ihr gesagt, wenn sie sich immer rechts von diesem Bach hielte, gelange sie zu dem Buchengrund, dem schönsten Teil des Waldes, wo sie auch das alte Herrenhaus liegen sehen könne.

Jutta war auf der Suche nach einem besonders schönen, malerischen Motiv. Sie hatte ihrer Meinung nach lange genug gefaulenzt und wollte nun zu arbeiten beginnen. Vielleicht nahm Tante Laura ein Bildchen von ihr an, wenn es recht gut gelang. Dann konnte sie doch ihrer Dankbarkeit ein sichtbares Zeichen geben.

An malerischen Motiven fehlte es freilich hier nirgends, aber Johann, der von Tag zu Tag zutraulicher wurde und seine steife Würde abgelegt hatte, versicherte ihr wiederholt, daß der schönste Blick in der ganzen Umgegend der vom Franzosenstein durch den Buchengrund auf das alte Herrenhaus sei.

Nun war Jutta auf dem Weg nach dem Franzosenstein. Nach einer kaum halbstündigen Wanderung, immer an dem murmelnden Bach entlang, hatte sie ihn erreicht. Es war ein großer, verwitterter Quader, an dessen vorderer Fläche eine große 1813 in schlichten, kunstlosen Zahlen eingemeißelt war. Sie blickte um sich. Ein Ausruf des Entzückens kam über ihre Lippen, als sie sich umwandte. Durch die seltsam verschlungenen Zweige zweier alter Buchen, die einen richtigen Rahmen bildeten, sah sie eine herrliche Landschaft vor sich liegen. Das war der Buchengrund, eine romantische Schlucht, über die riesige

Buchen ihre Blätterkronen ausbreiteten wie ein Schutzdach.

Am Ende der Schlucht, wo diese sich weitete und einen Ausblick auf freie Wiesen bot, stand das alte Herrenhaus.

Jutta blickte gebannt auf dies herrliche Bild. Das war ein Motiv, das einen Maler begeistern konnte.

Lange saß sie im Anschauen versunken da. Dann zog es sie durch den Buchengrund auf das alte Herrenhaus zu.

Vom Franzosenstein mußte sie erst einen ziemlich steilen Abhang, der mit niederem Gestrüpp bewachsen war, hinab. Dann hatte sie den Grund erreicht und schritt auf einem schmalen Pfad vorwärts.

Als habe sie etwas sehr Schönes erlebt, in so gehobener Stimmung kehrte sie nach Hohenegg zurück.

Die Schwester war inzwischen erwacht, und Wally war bereits mit Stina wieder in den Park gegangen, um zu spielen.

Jutta erzählte der Schwester mit leuchtenden Augen von ihrem Ausflug.

»Wenn du kräftiger bist, mußt du einmal mit mir dahin gehen. Ich werde dich von morgen an jeden Tag auf einige Stunden allein lassen müssen. Da uns Johann aus der Schloßbibliothek mit den interessantesten Büchern versieht, wird dir die Zeit nicht zu lang werden«, sagte sie freudig erregt.

»Du bist wohl sehr froh, daß du nun wieder an die Arbeit kommst, Jutta?« fragte Lena lächelnd.

Jutta nickte. »Offen gestanden, ja. Ich bin es nicht gewöhnt, müßig zu gehen. Nun aber hinaus mit dir ins Freie, liebste Schwester.«

Sie gingen in den Park, um Wally aufzusuchen und Stina eine Weile von der kleinen Tyrannin zu befreien.

Das Kind war so vertieft in seinem Spiel, daß es nicht bemerkte, wie auf einem der kiesbestreuten Wege Frau von Hohenegg herbeikam.

Verstohlen hatte diese eine ganze Weile von weitem Wallys Spiel zugesehen. Die jauchzende Kinderstimme hatte sie förmlich angezogen. Wider ihren Willen kam sie näher und näher an Wallys Spielplatz heran.

Die Kleine bemühte sich soeben, mit einem dünnen, bunten Stäbchen einen Reifen aufzufangen, den sie, soweit es ihre Kraft erlaubte, emporwarf. Es gelang ihr nicht. Im drolligen Ungeschick stach sie immer daneben, was jedoch ihren Eifer mehr und mehr anfachte. Einen reizenden Anblick bot die Kleine mit ihren geschmeidigen und doch noch ungeschickten Bewegungen.

Frau Lauras sonst so streng blickendes Gesicht erhellte sich. Lächelnd stand sie neben einem Busch und beobachtete das Kind.

Nun flog der Reifen plötzlich zu ihr herüber und blieb in dem Gebüsch hängen, so daß Wally ihn nicht erreichen konnte.

Sie kam schnell herbeigelaufen und sah nun Frau Laura stehen. Erstaunt, aber durchaus nicht erschrokken sah sie ihr mit den großen, blauen Augen ins Gesicht. Dann legte sie plötzlich jubelnd die Arme um die alte Dame, ihre Knie umfassend.

»Bist du Droßmama, Frau?«

Frau Laura stand einen Augenblick wie zu Stein erstarrt, dann sagte sie leise:

»Nein, Wally, ich bin Tante Laura.«

»Tante Laura, dute Dame, sagt Tante Sutta. Dib meinen Reifen wieder.«

Damit ließ Wally ihre Ärmchen von der alten Dame

und zeigte verlangend nach ihrem verflogenen Spielzeug.

In demselben Augenblick traten die Schwestern auf die Wiese. Sie sahen die regungslos verharrende, graugekleidete Frauengestalt, an deren Gewand Wally aufmunternd zog und die entschieden etwas Hilfloses in ihrer ganzen Haltung hatte.

Jutta flog sogleich herbei und nahm Wally schnell auf den Arm, die Gefangene befreiend.

»Verzeih, Tante Laura, daß Wally dich belästigt hat. Wir wußten nicht, daß du dich im Park aufhältst und werden uns sofort zurückziehen«, sagte sie hastig und blickte ängstlich und bittend in das zuckende Gesicht der alten Dame. Diese wußte im Moment nicht, sollte sie bleiben oder sich fluchtartig zurückziehen. Die Berührung der kleinen Kinderhände und der angstvoll bittende Blick aus den schönen, sprechenden Mädchenaugen hatten sie ganz aus dem Gleichgewicht gebracht. Gewaltsam zwang sie ihre Befangenheit nieder, und um Zeit zur Fassung zu finden, löste sie langsam, aber scheinbar ganz ruhig den Reifen aus dem Gebüsch.

Dann wandte sie sich um und reichte ihn Wally mit einem leisen Lächeln. Dabei sagte sie zu Jutta: »Ich war hierhergekommen, weil ich Wally hörte und euch hier zu finden hoffte. Es bedarf also keiner Entschuldigung, hier stehen euch doch alle Wege frei. Heute ist Sonntag, und – ja – da habe ich etwas mehr Zeit als in der Woche. Wenn es euch recht ist – ich wollte euch bitten, mit mir gemeinsam den Nachmittagskaffee zu trinken.«

Lena war inzwischen auch herbeigekommen.

Jutta beeilte sich, zu versichern, daß sie und die Schwester der Tante mit großer Freude Gesellschaft leisten würden.

Frau Laura nickte kurz. »Also in einer Viertelstunde erwarte ich euch. Johann wird euch zu mir führen.« Damit wandte sie sich ab und verschwand hinter den Bäumen in der Richtung des Hauses.

Als die Schwestern Wally wieder in Stinas Obhut gegeben hatten und allein nach ihren Zimmern zurückgingen, sagte Jutta aufatmend:

»Es ist seltsam, in Tante Lauras ganzem Wesen liegt eine stille Tragik.«

Lena lachte leise. »Ach geh, du kleine Phantastin! Du siehst allerhand Seltsames in die Menschen hinein. Ich finde, daß Tante Laura etwas sehr Hausbackenes, aber nichts Tragisches an sich hat.«

Jutta zuckte die Achseln. »Ich weiß nicht, es liegt mir so im Gefühl. Möglich, daß ich es mir nur einbilde. Ich gestehe, sie interessiert mich ungemein, und ich freue mich, daß wir sie etwas näher kennenlernen werden.«

»Ich dachte schon, sie würde uns nie mehr vor ihr Angesicht lassen. Nun sind wir sogar zum Kaffee eingeladen.«

Johann führte sie zur rechten Zeit hinüber in den Mittelbau. Die Front dieses Mittelbaues lag etwas hinter der der beiden Seitenflügel zurück. Nur das überdachte Portal baute sich weiter vor. Und auf jeder Seite, zwischen Portal und Seitenflügel, befand sich eine breite Veranda. Auf den Teil der Veranda, der sich vom Portal bis zum Ostflügel erstreckte, wurden die Schwestern geführt. Hier stand um einen runden Tisch eine Gruppe moderner Korbmöbel. Der Tisch war einladend für den Nachmittagskaffee gedeckt. Eine Teestunde gab es in Hohenegg nicht. Frau Laura liebte noch das althergebrachte Kaffeestündchen.

Sie war bereits anwesend und begrüßte die Schwestern mit einem freundlichen Neigen des Kopfes. Dann bat sie, am Tisch Platz zu nehmen, und wies jeder der Schwestern einen Platz an.

»Für dich habe ich Milch bringen lassen, Lena. Johann sagte mir, du dürftest keinen Kaffee trinken«, sagte sie ruhig, ihnen gegenüber Platz nehmend.

Lena dankte erfreut.

Johann füllte die Tassen und reichte den Kuchen herum, köstlichen Napfkuchen, der verlockend duftete. Dann zog er sich auf einen Wink seiner Herrin zurück.

Frau Laura war ebenso unsicher und beklommen wie die Schwestern. Eine Weile herrschte tiefstes Schweigen, die Damen beschäftigten sich angelegentlich mit ihren Tassen.

Endlich stellte Frau Laura die ihre mit einer energischen Bewegung zurück. »Ihr müßt euch nicht von meiner Schweigsamkeit anstecken lassen. Ich bin eine einsame, wortkarge, alte Frau und nicht gewöhnt, eine Unterhaltung zu führen. Also bitte, nehmt mich, wie ich bin, und kehrt euch nicht an mein stilles Wesen. Es würde mich freuen, wenn ihr mir ein wenig aus eurem Leben erzählen wolltet. Du, Lena, bist weit in der Welt herumgekommen; es würde mich interessieren, von eurem Leben und Treiben in Ostafrika zu hören. Und Jutta kann mir von daheim erzählen – von eurer Mutter und – auch von Doktor Görger und seiner Familie.«

Darum ließen sich die Schwestern nicht lange bitten.

Aufmerksam lauschte Tante Laura, nur selten ein Wort, eine Frage dazwischenwerfend. Zuweilen glänzte es feucht in ihren Augen.

Während sie von all diesen Erlebnissen hörte,

dachte sie nur immer: ›So etwas Großes hast du nie erlebt, nicht in Freude und nicht in Leid.‹

Dann sprach Jutta auch von ihrer Arbeit, von diesem und jenem Auftrag, um keine Pause aufkommen zu lassen. Dabei kam sie ganz von selbst auf Frau von Wengern zu sprechen, für die sie das Wappen gemalt hatte.

»Übrigens war es das Wappen eines Herrn von Hohenegg, den ich bei Frau von Wengern kennenlernte. Vielleicht ist er mit deinem verstorbenen Gatten verwandt? Er ist Schriftsteller und heißt Günter von Hohenegg.«

Die alte Dame zuckte zusammen, und ihre Hände umfaßten krampfhaft die Lehnen ihres Sessels. In ihren Augen aber erschien ein eigentümlich gespannter Ausdruck.

»Günter Hohenegg! Du kennst Günter Hohenegg?« fragte sie mit heiserer Stimme, durch die eine starke Erregung zitterte.

Jutta wurde ein wenig unheimlich zumute, als sie den Eindruck gewahrte, den dieser Name auf Tante Laura machte. Sollte sie da an etwas gerührt haben, was besser unberührt geblieben wäre?

»Ja, Tante Laura. Er ist ein Freund des Herrn von Wengern, ich traf einige Male mit ihm zusammen«, antwortete sie zaghaft.

Frau Laura strich sich über die Stirn, als sei ihr zu heiß geworden. »Erzähle mir von ihm, was du weißt«, stieß sie hervor, und in ihrem Gesicht zuckte es wie verhaltener Schmerz.

Obwohl Jutta sich Vorwürfe machte, diesen Namen, der Tante Laura in so schmerzliche Erregung versetzte, genannt zu haben, fühlte sie doch ein brennendes Interesse, zu erfahren, in welchem Zusammenhang Günter von Hohenegg zu Tante Laura stand.

Sie erzählte erst zaghaft. Als sie aber das Aufleuchten in Tante Lauras Augen bemerkte und sah, wie sie ihr die Worte vom Mund las, wurde sie ausführlicher.

Als sie von Günter Hoheneggs Besuch mit Frau von Wengern sprach und auch die Episode mit der Skizze und von Karl Lorenz erzählte, nickte Frau Laura mit einem bitteren Lächeln. »Ja, ja, schenken läßt er sich nichts, dazu ist er zu stolz«, sagte sie gepreßt.

»Du kennst ihn?« entfuhr es fast wider Willen Juttas Lippen.

Mit einem seltsamen Blick sah die alte Dame zu ihr hinüber.

»O ja – wie sollte ich ihn nicht kennen? Er ist mein Stiefsohn ...«

»Dein Stiefsohn!« rief Jutta betroffen.

Die alte Dame seufzte und sah wie erwachend um sich.

»Mein Stiefsohn – sagte ich so? Nun, wenn er es hörte, würde er mich vielleicht verleugnen. Er hat sich von Anfang an dagegen verwahrt, mein Stiefsohn zu heißen. Als sein Vater mich heiratete, ist er auf und davongegangen, nur um Laura Brinkmeyer geborene Seidel nicht hier begegnen, um nur ja keinen Pfennig von ihrem Reichtum anrühren zu müssen. O ja, Günter Hohenegg ist stolz – sehr stolz!«

Wie versteinert vor Schmerz und Bitterkeit sah ihr Antlitz aus. Ein tiefes, unerklärliches Mitleid mit der einsamen alten Frau erfüllte Juttas Herz. Instinktiv fühlte sie, daß sie hier den Schlüssel zu dem geahnten, tragischen Kernpunkt im Wesen der Tante Laura gefunden hatte.

»Ich begreife nicht, Tante Laura. Stolz mag Günter

von Hohenegg sein, aber gewiß nicht mehr als jeder rechte Mann. Von dünkelhaftem Hochmut habe ich keine Spur an ihm gefunden.«

Frau Laura lächelte – ein eigenartiges, weiches Lächeln, das alle Bitterkeit aus ihrem Antlitz wischte.

»Ich kenne ihn genau, nichts Unedles ist in seiner Seele. Daß er mich nicht anerkennen wollte – ich habe es so gut verstanden!«

Jutta neigte sich vor. »So zürnst du ihm nicht?« fragte sie hastig.

Tante Laura schüttelte den Kopf. »O nein. Aber sage mir, hat er nie mit dir von Hohenegg gesprochen?«

»Nein, Tante Laura. Einmal wollte ich ihn fragen, ob er mit deinem verstorbenen Gatten verwandt sei, aber ich habe es doch nicht getan.«

»Ist auch besser so; es hätte ihm sicher mißfallen, daß du meine Nichte bist. Schwerlich hätte er dir dann Rosen geschickt.«

Jutta errötete. »Das war doch nur ein Akt der Höflichkeit«, sagte sie verlegen.

Die alte Dame sah sie sinnend an. »Nun, du wirst ihm gut gefallen haben. Aber bitte, erzähle mir mehr von ihm. Weißt du, wie es ihm geht? Hat er sein Auskommen?«

»Er sprach davon, daß er ein armer Schriftsteller sei, der sich sein Brot verdienen müsse. Aber er sah stets elegant und vornehm aus.«

»Beschreibe ihn mir. Ich sah ihn zuletzt nur auf eine Stunde, beim Begräbnis seines Vaters.«

Jutta atmete auf. Groll oder Haß gegen Günter Hohenegg drückte sich in Tante Lauras Wesen nicht aus. Im Gegenteil, sie schien ein großes, wenn auch schmerzliches Interesse an ihm zu nehmen. Wie seltsam war es doch, daß Günter Hohenegg Tante Lauras Stiefsohn war und daß sie selbst nun als Gast in seinem Vaterhaus weilte!

So genau und ausführlich aber Jutta auch alles berichtet hatte – auch von ihrem letzten Zusammentreffen mit Günter, wobei sie aber seine letzten Worte unterschlug –, Tante Laura wurde nicht müde, zuzuhören. Hier fanden sich zwei Frauenherzen zusammen in einer verschwiegenen, uneingestandenen Liebe zu einem Menschen, wenn diese Liebe auch sehr verschieden war.

Hohenegg erschien Jutta nun doppelt interessant, da sie wußte, daß Günter Hohenegg seine Jugend hier verlebt hatte. Tante Laura fühlte instinktiv, daß Jutta sie verstehen würde in allem, was sie innerlich erlebte und empfunden hatte.

Als das Thema endlich erschöpft war und die drei Damen eine Weile schweigend vor sich hingesehen hatten, sagte Jutta zaghaft: »Wenn es nicht sehr unbescheiden ist, Tante Laura, so möchte ich dich bitten, mir zu gestatten, daß ich mir alle die Räume im Schloß ansehen darf, die nicht von dir persönlich benutzt werden.«

Die alte Dame sah mit einem freundlichen, warmen Blick zu ihr hinüber. »Du kannst dir alles ansehen. Wenn es euch recht ist, führe ich euch selbst herum. Es kann gleich geschehen.«

Sie erhob sich, die Schwestern taten das gleiche.

Nun folgte ein Rundgang durch das Schloß. Lena und Jutta sahen mit staunenden Augen all die Pracht, die hier wie in einem Dornröschenschloß verborgen lag.

Hauptsächlich Jutta, die mit einem feinem Kunstverständnis all diese Schätze, die kostbaren Gobelins und Bilder, die Fayencen und Bronzen und die herrlichen Stoffe bewunderte, konnte ihr Entzücken nicht meistern.

Tante Laura seufzte. »Du scheinst dich auf diese alten Sachen sehr gut zu verstehen. Ich muß offen gestehen, daß ich den Wert nicht begreife. Ich weiß nur, daß manche dieser Stücke einen enormen Geldwert haben. Viele dieser Kunstgegenstände waren vor meiner Zeit in fremde Hände gekommen. Mein Mann hatte sie in schlimmen Tagen verkaufen und verpfänden müssen. Ich weiß nicht, ob ihr wißt, daß ich Hohenegg kaufte, als es unter den Hammer kam, noch ehe ich mich mit Herrn von Hohenegg verheiratete. Er besaß damals nichts weiter als das alte baufällige Herrenhaus am Buchengrund. Nach unserer Verheiratung kaufte er von diesen Sachen alles zurück, was er wiedererlangen konnte. Damals hieß es in der Umgegend: ›Die verwitwete Brinkmeyer will keinen Faden von Hohenegg aus der Hand geben; erst kaufte sie das Silber, dann das Gut, dann den Namen. Und nun will sie auch noch die Altertümer wiederhaben.«

Da Tante Laura so mitteilsam war, wagte Jutta voll ehrlichen Empfindens zu sagen: »Die Leute hatten sicher unrecht. Nicht wahr, Tante Laura, du hattest Herrn von Hohenegg lieb – deshalb wurdest du seine Frau?«

Mit einem unbeschreiblichen Blick sah Laura Hohenegg in das junge liebe Mädchengesicht. Lena stand abseits, in den Anblick einer kostbaren Spitzendecke vertieft. Sie hatte nicht auf dies Gespräch geachtet. Und da sagte die alte Dame halblaut, so daß nur Jutta es hören konnte: »Nein, ich hatte ihn nicht lieb – er war mir gleichgültig wie alle Männer, seit ich in meiner Jugend den einen, den ich liebte, nicht bekommen konnte.«

Helles Rot stieg in Juttas Gesicht. In diesem Bekenntnis, das mit fast tonloser Stimme gesprochen wurde, lag ein so bitteres Weh, ein so zu Herzen greifender Jammer, daß sich die Augen des jungen Mädchens in innigem Mitgefühl feuchteten.

Lena war schon in das nächste Zimmer gegangen, sie waren allein. Da faßte Jutta impulsiv die Hand der alten Frau.

»Tante Laura, dein ganzes Wesen scheint mir wie in einen bitteren Schmerz getaucht. Mir ist, als sei dir das ganze schöne Leben wertlos geworden. Vielleicht hast du viel Schweres erduldet. Ich fühle, daß du unter einem tiefen Kummer leidest. Wenn ich dir doch etwas zuliebe tun könnte! Mir ist, als seiest du bei all deinem Reichtum recht arm an Liebe.«

Die alte Dame sah sie eine Weile mit trüben Augen an. Dann faßte sie fest nach der warmen jungen Hand und zog Jutta mit sich in eine tiefe Fensternische, in welcher ein Schreibtisch stand. Sie befanden sich in dem ehemaligen Arbeitszimmer des verstorbenen Freiherrn.

Auf dem Schreibtisch standen zwei große Photographien, das Bild einer schlanken, vornehmen Frau mit ernsten, gütigen Augen und, als Pendant dazu, das Bild eines etwa fünfzehnjährigen Knaben im Reitanzug.

Auf das letztere deutete Laura von Hohenegg.

»Dem da zuliebe bin ich Frau von Hohenegg geworden – er sollte mein Sohn sein, da ich kein eigenes Kind hatte.«

Juttas Augen weiteten sich. »Das ist Günter von Hohenegg als Knabe?«

»Ja – und dies ist seine Mutter, eine Frau, die ich namenlos verehrt und bewundert habe. Nicht wahr, man kann es Günter nicht verdenken, daß er einer solchen Mutter keine Nachfolgerin geben wollte, die so beschaffen ist wie ich?«

»Tante Laura!« rief Jutta mitleidsvoll.

Die alte Dame wischte sich hastig über die Augen. Dann lachte sie voll bitterer Ironie auf. »Ja, ja, der Mensch ist ein wunderliches Geschöpf. Ich habe mich manchmal selber nicht verstehen können. Weil ich selbst kein Kind hatte, wollte ich mir eines kaufen. Und mein Herz war so töricht, sich just auf diesen stolzen, schlanken Junker zu kaprizieren. Vom ersten Moment an, da ich ihn sah – damals war er noch ein Kind und seine Mutter lebte noch –, hatte ich mein Herz an ihn gehängt. Ich sah ihn dann aufwachsen – seine Mutter starb, dann starb auch mein Mann. Ich war nun eine reiche Witwe. Da erfuhr ich, wie schlecht es um Hohenegg stand, erfuhr, daß der Freiherr mit seinem Sohn ins Elend ziehen müsse. Da war mit einem Mal eine heiße Freude in mir. Ich war reich und konnte Günter die Heimat erhalten, wenn ich nur wollte. Ich bildete mir ein, daß ich dafür ein wenig Liebe und Dankbarkeit ernten würde, wenn ich auch nur ein gewöhnliches Geschöpf war. Ich meinte, es müsse im Sinn von Günters Mutter gehandelt sein, wenn ich ihrem Sohn Hohenegg zurückbrachte. Er sollte hier wieder Herr sein. Aber er warf mir verächtlich alles vor die Füße. Und trotzdem – trotzdem hängt mein eigensinniges Herz noch immer in mütterlicher Liebe an ihm. Ich lebe und schaffe hier nur, um für Günter Hohenegg dies Gut zu verwalten. Deshalb habe ich auch nie ein Wort dagegen gesagt, als sein Vater alle diese Kunstgegenstände für schweres Geld zurückkaufte. Günter soll nach meinem Tod hier Herr sein und alles, was ihm lieb und wert war, wiederfinden. Wenn ich nicht mehr am Leben bin, wird er mir doch vielleicht Gerechtigkeit widerfahren lassen. Dann soll er auch erfahren, was für eine törichte Sehnsucht mich bestimmte, seines Vaters Frau zu werden.«

Erschöpft schwieg die alte Dame nach der langen Rede. Jutta nahm ihre Hand und drückte sie herzlich zwischen ihren warmen Fingern. Ihre Augen strahlten in tiefer Ergriffenheit.

»Wie edel und großherzig du bist, Tante Laura. Nun sehe ich ein, daß du nicht arm bist an Liebe. Wer so stark und innig lieben kann, ist trotz allem beneidenswert, auch wenn diese Liebe nicht erwidert wird. Wüßte Günter Hohenegg, wie es in deinem Herzen aussieht, er würde sich ganz anders zu dir stellen, dessen bin ich sicher. Weshalb hast du ihm das, was du mir eben sagtest, nicht brieflich mitgeteilt?«

Frau Lauras Stirn zog sich zusammen. »Ich habe auch meinen Stolz. Da, wo ich mit vollen Händen schenken wollte, kann ich nicht betteln.« Sie sah lange auf Günters Bild. Dann wandte sie sich hastig ab. Ihre Augen brannten. Und nun kam es wie Scham über ihre verschlossene Seele, daß sie ihren Schmerz enthüllt hatte.

»Es ist Torheit, daß ich dir das alles sagte. Vergiß es – ich weiß nicht, warum ich dir das alles enthüllte, was ich bisher fest in meiner Brust verschlossen hatte. Aber daß du mir Kunde brachtest von ihm – das hat mich aus dem Gleichgewicht gebracht. So verschlossen ich auch sonst bin – heute war ich eine schwatzhafte alte Frau. Das mußt du vergessen, Jutta.«

Das junge Mädchen schüttelte den Kopf. »Nein, Tante Laura, vergessen werde ich die Stunde nie. Aber das Andenken daran soll mir wie ein Heiligtum sein. Ich danke dir, daß du mich deines Vertrauens für würdig hieltest.«

Die alte Dame sah eine Weile stumm in das erregte Gesicht Juttas. Es zuckte seltsam in ihren Zügen, und es war, als wolle sie noch etwas sagen. Aber dann drehte sie sich hastig um.

»Wir wollen weitergehen.«

Rasch schritt sie ins Nebenzimmer. Jutta folgte ihr, in tiefes Sinnen versunken.

Im Nebenzimmer fanden sie Lena in hellem Entzükken über einer kostbaren Stickerei, einem alten Meßgewand. Jutta mußte es mit bewundern.

Frau Laura war plötzlich in tiefe Schweigsamkeit verfallen. Nach einer Weile sagte sie hastig:

»Ihr müßt gestatten, daß ich mich jetzt zurückziehe. Johann wird euch weiter führen. Ich bin es nicht mehr gewöhnt, mich lange zu unterhalten. Aber wenn ihr euch nicht an meiner Sonderlichkeit stoßt und es euch nicht unangenehm ist, so bitte ich euch, öfter einmal zu mir herüberzukommen. Ich lasse euch durch Johann sagen, wenn ich wieder Zeit habe.«

Damit ging sie schnell hinaus.

Wenige Minuten später war Johann zur Stelle und setzte die Führung fort. Er wußte mancherlei interessante Geschichten zu erzählen aus der Vergangenheit der Hoheneggs. Lena lauschte diesen Geschichten mit großer Aufmerksamkeit, aber Juttas Gedanken weilten noch immer bei der seltsamen Unterredung mit Tante Laura, und ihr warmes junges Herz war erfüllt von inniger Teilnahme.

Am nächsten Vormittag hatte sich Jutta mit ihrem Malgerät auf den Weg zum Franzosenstein gemacht. Lena wollte einen ausführlichen Brief an ihren Gatten schreiben und dann im Park Siesta halten, bis Jutta wieder heimkehren würde. Am Franzosenstein angelangt, betrachtete Jutta mit erneutem Entzücken das reizende Landschaftsbild und breitete dann ihr Malgerät aus.

Als Jutta das Bild in flüchtigen Umrissen skizziert hatte, erhob sie sich, um sich ein wenig Bewegung zu machen. Sie kletterte den Abhang hinab und ging im Buchengrund auf dem schmalen Pfad auf das im Sonnenschein liegende Herrenhaus zu. Sie wollte es sich ganz in der Nähe ansehen, da sie wußte, daß es nicht bewohnt war.

Ihr Malgerät ließ sie ruhig am Franzosenstein zurück.

Den verträumten Blick unausgesetzt auf das malerische Gebäude geheftet, achtete sie kaum auf die übrige Umgebung. So bemerkte sie auch nicht, daß am Ausgang der Schlucht ein junger Mann auf einem Baumstumpf saß und ihr mit großen, ungläubigen Augen entgegensah.

Es war Günter von Hohenegg, der gestern nachmittag in der alten Heimat angekommen war. Sehr erfreut, das liebe alte Haus so vorzüglich in Ordnung und einige Zimmer behaglich und bewohnbar zu finden, hatte er gleich darin Wohnung genommen. Er hatte geglaubt, erst einige Tage in dem kleinen Dorfgasthof logieren zu müssen, bis ein Unterkommen für ihn hergerichtet war. Gerührt über des alten Johann treue Anhänglichkeit – dem er den vortrefflichen Zustand des Hauses zuschrieb –, war er gleich ins Dorf zu Kathrin Vollmer, seiner alten Amme gegangen. Sie war sofort bereit, mit ihrem geliebten Junker zu gehen und ihm den Haushalt zu führen, solange er sie brauchte.

So hatte denn Günter in dankbarer und froher Stimmung das alte Haus bezogen. Am meisten freute er sich über die behagliche Einrichtung der Zimmer. Jedes Stück der alten Möbel grüßte er als alten Bekannten. Hatte er doch als Knabe oben auf dem Speicher in diesen alten Sachen mit Vorliebe gekramt. Er sprach Kathrin seine Verwunderung aus, daß die alten Möbel noch so gut imstande waren.

»Da hast du sicher auch dein Teil dazu beigetragen, Kathrin. Nur dir und dem treuen Johann danke ich's, daß ich ein so behagliches Heim finde. Ich hab' ja gar nicht gewußt, wie reich ich noch bin, sonst wäre ich längst einmal heimgekommen«, hatte er gesagt.

Und Kathrin hatte ein wenig gelächelt und geantwortet: »Wir haben lange genug auf den Junker gewartet, der Johann und ich. Nun ist es bloß gut, daß Sie endlich da sind.«

Wundervoll hatte Günter in dieser ersten Nacht in der alten Heimat geschlafen. Dann war er seit dem frühen Morgen im Walde herumgestreift und saß jetzt ausruhend auf dem Baumstumpf am Waldesrand.

Kathrin sollte nach Tisch hinübergehen nach Hohenegg und Johann Kunde von seiner Ankunft bringen. Es drängte ihn, dem Getreuen seinen Dank auszusprechen.

Günter war froh gewesen, endlich sein Ziel erreicht zu haben und Berlin verlassen zu können. Frau Lolo hatte ihm das Leben in den letzten Wochen direkt schwergemacht mit ihrer fast aufdringlichen Liebenswürdigkeit. Aber nicht nur vor Frau Lolo war er geflohen, ihn trieb noch etwas anderes von Berlin fort; die Sehnsucht nach Jutta, der er doch nicht nachgeben wollte, weil er wußte, daß seine Liebe zu ihr hoffnungslos war.

Nun er hier saß, umsponnen von dem süßen Frieden der Heimat – kam die, deren Anblick er hatte fliehen wollen, durch den Buchenwald auf ihn zu.

Er konnte es nicht fassen.

Mit gewaltsamer Anstrengung schüttelte er endlich den Bann ab, der ihn umfing, und richtete sich straff empor. Wahrhaftig, er träumte nicht.

Das war wirklich Jutta Falkner. Es war ihr stolzer anmutiger Gang, die unnachahmliche Haltung der jugendschönen Gestalt. Es war auch das liebe, feine Gesicht mit den rätselhaften und doch so klaren Augen. Frischer und wohler sah sie aus, als er sie zuletzt gesehen. Aber sie trug noch Trauerkleider um die verstorbene Mutter.

Wie kam Jutta Falkner hierher nach Hohenegg – hierher in den Buchengrund? War das nicht wie ein Wunder?

Er konnte es nicht verstehen.

Jutta ahnte nicht, daß sie so scharf beobachtet wurde. Sie glaubte sich hier ganz allein und achtete nicht auf den schlanken Mann, der sie wie eine Erscheinung anstarrte.

Ruhig schritt sie ihrem Ziel entgegen, die Augen auf das alte Herrenhaus gerichtet. Dann blieb sie plötzlich wie erschrocken stehen. Sie hatte soeben entdeckt, daß die Vorhänge an den Fenstern da drüben zurückgezogen und die Fenster weit geöffnet waren. Aus dem Schornstein stieg ein dünnes Rauchwölkchen empor.

Was bedeutete das?

Sie wagte nicht weiterzugehen. Eben wollte sie sich zur Umkehr wenden, als Günter von Hohenegg eine rasche Bewegung machte und aufsprang.

Erschrocken wandte sie den Kopf und erblickte ihn

nun dicht neben sich. Vor Schrecken wurde sie erst blaß, dann stieg dunkle Röte in ihr Gesicht.

»Herr von Hohenegg!« rief sie fassungslos.

Er trat auf sie zu und verneigte sich. Auch in seinem Gesicht zuckte es von unterdrückter Erregung.

»Also wirklich Sie selbst, mein gnädiges Fräulein, nicht eine geisterhafte Erscheinung! Sie können nicht überraschter sein bei meinem Anblick als ich bei dem Ihren. Lösen Sie mir dieses Rätsel. Ich glaubte an eine Halluzination, ehe ich Sie sprechen hörte.«

Sie hatte sich schnell gefaßt und zwang sich zu einem Lächeln.

»Ich bin gestern nachmittag aus Berlin hier angekommen«, sagte er. »Das da drüben ist nämlich das Stammhaus meines verarmten Geschlechts – mein letztes Stückchen Heimat. Bis auf dieses baufällige Haus ist die ganze Hohenegger Herrlichkeit zusammengeschrumpft. Ich bin hierhergekommen, um in Ruhe und Zurückgezogenheit arbeiten zu können. Damit ist mein Erscheinen hier erklärt. Aber Sie, mein gnädiges Fräulein, wie kommen Sie nach Hohenegg? Ich möchte an ein Wunder glauben.«

Auch Jutta hätte an ein Wunder glauben mögen. Der, den sie nie wiederzusehen geglaubt, stand plötzlich vor ihr.

Sie zwang ihre Befangenheit nieder. »Dabei ist gar nichts Wunderbares, Herr von Hohenegg. Ich sagte Ihnen doch bei unserm letzten Zusammentreffen, daß meine Schwester eine Operation hinter sich habe. Sie war nach derselben so erholungsbedürftig, daß unser guter alter Doktor kategorisch einen Landaufenthalt für sie verordnete.«

»Ah – und da sind Sie hierher nach Hohenegg

gegangen. Ausgerechnet nach Hohenegg – man möchte demnach an Bestimmung glauben.«

Jutta schüttelte lächelnd den Kopf. »Es erklärt sich alles ganz natürlich«, sagte sie einfach. »Unser guter Doktor wußte sehr wohl, daß wir jetzt nicht in der Lage waren, das notwendige Geld für einen Landaufenthalt zu beschaffen. Unser Doktor gehört aber nicht zu den Ärzten, die ihren Patienten Heilmittel verschreiben, die ihnen unerreichbar sind. Er setzte sich hin und schrieb ohne unser Wissen an eine Tante von uns, die wir kaum persönlich kannten, die aber, obgleich unsere Verwandtschaft ziemlich entfernt ist, schon mancherlei Gutes an uns getan hat. Er schrieb ihr, sie könne ein gutes Werk tun, wenn sie uns auf einige Wochen einladen würde. Das hat sie auch sofort getan. Wir sind schon seit Sonnabend vor acht Tagen hier, und meine Schwester hat sich schon prächtig erholt. Ich aber wollte nun heute endlich zu arbeiten beginnen. Die ganze Gegend hier ist voll der schönsten malerischen Motive. Dort drüben am Franzosenstein liegt mein Malgerät.«

»Da haben Sie mit sicherem Blick das schönste Landschaftsbild herausgefunden«, meinte Günter von Hohenegg, ganz in ihren Anblick versunken.

Sie errötete ein wenig. Ihr Herz klopfte unruhig. Wie würde er die Eröffnung aufnehmen, daß sie in Hohenegg bei seiner Stiefmutter weilte, daß sie mit dieser verwandt war?

»Ich wurde darauf aufmerksam gemacht. Gerade wollte ich mir nun dieses wundervolle Barockschlößchen etwas näher betrachten, als ich merkte, daß es bewohnt ist. Gestern war es noch nicht der Fall.«

»Ja, ich bin erst gestern nachmittag eingetroffen. Dann war ich noch im Dorfe, um mir meine Haushälterin zu holen. Meine alte Amme hat dies Amt übernommen. Also den Buchengrund wollen Sie malen?«

»Ja – und mit Ihrer Erlaubnis auch dieses schöne alte Haus.«

Er verneigte sich mit strahlender Miene. Vergessen war, daß er Jutta Falkner hatte fliehen wollen. Es war wie ein großes Glück für ihn, daß das Schicksal sie nun doch auf seinen Weg geführt hatte.

»Kneifen Sie nur den Daumen, daß ich mit meinen Arbeiten, die ich hier ausführen will, recht viel Mammon verdiene, damit ich dieses Bild von Ihnen kaufen kann«, sagte er fast übermütig.

Sie lachte ein wenig. »Ach, das wäre wohl das erstemal, daß ich einen Käufer für ein Bild hätte, noch ehe es fertig ist.«

Ohne alle Grübeleien gab er sich dem Zauber dieser Stunde hin.

»Wenn es nicht bodenlos leichtsinnig bei meinem jetzigen Vermögensstand wäre, dann würde ich Sie bitten, mir das Bild auf alle Fälle zu resevieren. Aber wenn meine Arbeit nicht den gewünschten Erfolg hat, könnte ich es wahrscheinlich nicht bezahlen.«

»Nun, erst werde ich es einmal malen. Wer weiß, ob es Ihnen gefällt, wenn es fertig ist«, scherzte sie.

Seine Augen blitzten auf. »Vielleicht darf ich zuweilen ein wenig zusehen, wie es unter Ihren fleißigen Händen entsteht?«

Sie blickte unsicher zur Seite. »Ich will nun an meine Arbeit zurückgehen«, sagte sie hastig.

»Gestatten Sie, daß ich Sie bis zum Franzosenstein begleite?«

»Wenn Sie nichts anderes vorhaben.«

Sie wandte sich zum Gehen und er blieb an ihrer Seite. »Nein, heute wird noch gebummelt. Ich muß mich erst noch ein wenig in meiner Heimat umsehen. In diesen langen Jahren ist sie mir fast fremd geworden, zumal sich viel, sehr viel für mich geändert hat.«

»Ich weiß es«, sagte sie leise.

Er blickte sie forschend an. »Das wissen Sie? Sie wußten am Ende schon, daß das alte Haus mir gehört, daß hier meine Heimat ist?«

»Ja – seit gestern weiß ich es.«

»Sie haben wahrscheinlich im Dorf davon gehört? Da kennt man mich und meine Familiengeschichte fast in jedem Haus. Auch ich kenne hier so ziemlich alle Menschen noch aus der Vergangenheit. Vielleicht kenne ich auch Ihre Frau Tante. Ich wüßte zwar nicht, wem ich die Verwandtschaft mit Ihnen zutrauen sollte. Soviel ich mich entsinnen kann, gibt es nur Kleinbauern bei uns. Aber vielleicht ist Ihre Frau Tante erst später ins Dorf gezogen?«

Jutta blieb stehen und sah ihn mit einem ernsten großen Blick an. »Meine Tante wohnt nicht im Dorf, sondern im Herrenhaus von Hohenegg.«

Er sah sie forschend an, und ein Schatten flog über sein Gesicht. »Sie – unter dem Dach meines Vaterhauses? Wie seltsam das Leben doch spielt! Sie in dem Haus, in dem meine Mutter einst schaltete und waltete? Meine Mutter! – Wie weit liegt das zurück!«

Die letzten Worte klangen wie ein Seufzer. Er nahm die Mütze ab und fuhr sich über die Stirn. Dann machte er eine Bewegung, als würfe er etwas hinter sich. Mit einem erzwungenen leichten Tone fuhr er fort: »Ihre Frau Tante ist wohl mit einem der Beamten von Hohenegg verheiratet?«

Jutta schüttelte leise den Kopf. Dann nahm sie allen Mut zusammen und sagte rasch:

»Sie irren. Meine Tante ist die Besitzerin von Hohenegg – Frau Laura von Hohenegg.«

Er zuckte zusammen und starrte sie ungläubig an. »Das ist nicht wahr! Laura Brinkmeyer geborene Seidel – Ihre Tante? Nein, das ist nicht möglich«, stieß er hart und scharf hervor.

»Warum unmöglich?« fragte sie hastig.

»Weil zwei so grundverschiedene Wesen nicht blutsverwandt sein können.«

»Ich glaube, Sie kennen weder mich noch Tante Laura, um darüber ein Urteil fällen zu können. Tante Laura war nur eine Halbcousine meiner Mutter.«

Er lachte plötzlich in bitterer Ironie auf. »Das ist ja wie ein toller Spuk! Das Leben gefällt sich in Narrheiten! Sehen Sie mich nicht so strafend an, aber ich kann nicht anders, als über dieses tolle Narrenspiel des Lebens lachen! Da reise ich von Berlin ab, um – nun, gleichviel, aus welchem Grund. Und hier finde ich Sie – ausgerechnet Sie – als Nichte der verwitweten Brinkmeyer! Das ist in der Tat eine seltsame Überraschung! Sie sehen mich etwas fassungslos.«

Noch immer sah Jutta ihn ernst, fast traurig an. »Ich glaube, Sie beurteilen Tante Laura sehr ungerecht.«

Er gab sich einen Ruck, in seinem Gesicht zuckte die Erregung. »So, glauben Sie das?«

»Ja, ich glaube, sie ist eine Persönlichkeit, die man leicht falsch einschätzen kann. Ich hätte das vielleicht auch getan, wenn ich sie in diesen Tagen nicht besser kennengelernt hätte.«

Abweisend warf er den Kopf zurück. »Ich habe mir allerdings nicht die Mühe genommen, sie zu studieren. Sie hat Ihnen doch wohl gesagt, daß ich vor ihr davongelaufen bin? Ich glaube, unsere Antipathie beruht auf Gegenseitigkeit. Sicher hat sie Ihnen gesagt, daß sie froh war, als der renitente Junker davonlief.«

Juttas Augen blickten fast zürnend. »Ich will Ihnen lieber nicht sagen, was sie über Sie gesprochen hat, als sich zufällig herausstellte, daß ich Sie kennengelernt hatte. Würde ich es Ihnen sagen – Sie würden tief beschämt sein.«

Er atmete tief auf und zuckte die Achseln. »Ich will es auch gar nicht wissen. Ich möchte nur von Ihnen hören, ob Sie es nicht verstehen können, daß es zwischen mir und ihr keine Gemeinschaft geben kann. Denken Sie sich – Frau Laura zwischen mir und meinem Vater – eine reizende Familiengruppe, nicht wahr?« sagte er halb spöttisch, halb verächtlich, und der sarkastische Zug um seinen Mund vertiefte sich.

Jutta hatte einen vorwurfsvollen Ausdruck im Gesicht. »Ich wußte nicht, daß Sie so – hochmütig sind, Herr von Hohenegg«, sagte sie leise.

Er sah sie eine Weile groß an. Dann wurde sein Blick weich. »Ach – so meinen Sie das? Sie glauben, der Freiherr in mir, das blaue Blut, habe sich gegen eine Heirat meines Vaters mit einer Bürgerlichen empört? Sie meinen, Jutta Falkner könnte mir weniger gelten, weil sie kein Adelsdiplom aufzuweisen hat? O ja, dann hätten Sie freilich ein Recht, mich hochmütig zu nennen. Aber hochmütig sind nur dumme Menschen – und dafür möchte ich nicht gelten.«

Der heiße Zorn in ihren Augen verlor sich. Nur eine stille Trauer blieb zurück. »Warum sind Sie so grausam gegen Tante Laura gewesen? Warum gingen Sie lieber heimatlos in die Welt, als die Heimat mit ihr zu teilen?«

»Ich will es Ihnen zu erklären versuchen. Das tiefste und heiligste Gefühl, das meine ganze Jugend durchleuchtete, war die Liebe zu meiner Mutter. Bis zum heutigen Tag ist diese Liebe mein Leitstern gewesen. Ich wollte immer würdig bleiben, der Sohn einer solchen Mutter zu sein. Sie war eine wundervolle Frau, vornehm im edelsten Sinne bis in ihre geheimsten Gedanken, gütig und gerecht und so klar und wahr, wie ich nie wieder eine Frau kennenlernte. Nur ein einziges weibliches Wesen hat mich an die feine stille Art meiner Mutter später erinnert – Sie, mein gnädiges Fräulein. Deshalb brachte ich Ihnen stets ein warmes Interesse entgegen, von der ersten Stunde an, da ich Ihnen flüchtig auf der Straße begegnete.«

Jutta senkte die Augen. Es erwachte ein tiefes stilles Glück in ihr, daß er solche Worte zu ihr sprach. Er glaubte etwas Abweisendes in ihrem Verhalten zu erkennen. Sicher wollte sie keine Hoffnungen in ihm erwecken. So nahm er wenigstens an. Halblaut, mit verhaltener Stimme fuhr er fort: »Meine Mutter hat kein leichtes Leben geführt, ich sah sie oft mit von Tränen geröteten Augen. Unsere Verhältnisse waren derart, daß wir mit offenen Augen dem Ruin entgegengingen. Meine Mutter setzte ihre ganze Kraft ein, um dem Untergang entgegenzuarbeiten. Sie flehte den Vater an zu sparen, zu arbeiten, sich aufzuraffen aus dem haltlosen Leben. Vergebens! Für ihn hatte das Leben nur Wert im schrankenlosen Genuß. Es wurden immer mehr Schulden gemacht, obgleich Hohenegg schon bis zur äußersten Grenze belastet war. Als man meinem Vater endlich kein Geld mehr lieh, verkaufte und verpfändete er alles, was nur Wert hatte. Auch den kostbaren Hohenegger Silberschatz wollte er verkaufen. Meine Mutter wehrte sich mit aller Kraft dagegen, weil sie wußte, daß das Geld dafür sinnlosem Vergnügen geopfert werden würde. Außerdem hatte sich in unserer Familie die Sage überliefert, daß das Glück der Hoheneggs mit diesem Silberschatz verknüpft sei. Meine sonst so kluge, klare Mutter klammerte sich in ihrer Angst und Sorge an die letzte Hoffnung, daß noch nicht alles verloren sei, solange der Silberschatz uns gehörte.

Solange sie lebte, gab sie ihn auch nicht heraus.

Aber der stete Kummer, die Angst um die Zukunft, die Sorge um mich und der Schmerz um die Haltlosigkeit meines Vaters, den sie trotz allem zärtlich liebte, untergruben ihre Gesundheit. Sie starb, als ich im siebzehnten Lebensjahr stand.

Mein Vater zeigte sich sehr erschüttert. Auf seine Art hatte er die Mutter geliebt – aber sein Schmerz hatte sich schnell ausgetobt, er liebte die Freude zu sehr.

Es war, als sei mit dem Tod meiner Mutter vollends aller Segen aus Hohenegg gewichen. Von allen Seiten begannen jetzt die Gläubiger zu drängen. Einige Wochen nach dem Tod meiner Mutter erzählten mir meine Mitschüler – der eine höhnisch, der andere teilnahmsvoll, daß Frau Laura Brinkmeyer in einigen Tagen ein großes Fest in ihrem Haus veranstalten wolle, wobei der Hohenegger Silberschatz die Tafel zieren würde. Frau Brinkmeyer brenne darauf, sich mit diesem Silberschatz zu brüsten, den sie sich von ihrem Mann zum Weihnachtsgeschenk ausgebeten habe.

Mir war das wie ein Schlag ins Gesicht!

Ein Gefühl, das an Haß und Verachtung grenzte, nahm mich gegen diese Menschen ein. Mir war, als stellten sie mit unserm Silberschatz unser ganzes Elend zur Schau. Es fügte sich bald darauf, daß auch Herr Brinkmeyer starb. Ein Jahr später, als in Hohenegg schon der völlige Zusammenbruch erfolgt war, teilte mein Vater mir mit, daß er die Witwe Brinkmeyer heiraten wolle. Ich revoltierte dagegen mit der ganzen Heißblütigkeit meiner Jugend, mit meinem ganzen jugendhaften Trotz und Stolz. Es erschien mir, als würde meine angebetete Mutter noch im Grab beschimpft, wenn mein Vater ihr eine solche Nachfolgerin gab. Es gab einen erbitterten Kampf zwischen meinem Vater und mir. Ich hörte nicht auf sein Zureden; ich fand es schmachvoll, daß er sich und mir Hohenegg auf diese Weise zurückerobern wollte; ich sagte ihm in meinem Ungestüm, er sei der Liebe meiner Mutter unwert gewesen, wenn er nicht lieber in ehrlicher Arbeit sein Brot verdiene, als ihr eine solche Nachfolgerin zu geben. Mein Vater tat jedoch, was er seiner Natur nach tun mußte. Er heiratete die Frau, die ihm Hohenegg zurückbrachte. Und ich tat, was meine Natur gebieterisch verlangte. Wenn ich auf der Stelle hätte sterben müssen, ich hätte diese Frau nicht Mutter nennen können. Ehe sie den Fuß nach Hohenegg setzte, verließ ich die Heimat.

Ich habe gehört, daß sie das ziemlich verwahrloste Gut in rastloser Arbeit wieder emporgebracht haben soll; ich habe auch erfahren, daß sie meinen Vater auf seinem Krankenlager gut gepflegt hat. Vielleicht ist sie keine schlechte Frau. Ich denke ja auch jetzt, da ich das Leben kenne, viel ruhiger darüber. Aber das eine weiß ich: eine Gemeinschaft zwischen Frau Laura und mir ist unmöglich. Sähe ich sie an Stelle meiner Mutter in Hohenegg schalten und walten – ich ertrüge es auch heute noch nicht! Und sie selbst wird froh sein, daß der lästige Stiefsohn ihr nicht nahekommt. Sie hat ja nun alles – das Silber, das Gut mit dem Namen der Hoheneggs. Mit meines Vaters Tod ist jedes Band zwischen ihr und mir zerrissen. Ich denke jetzt ganz ruhig über das alles, bin sogar so weit, daß ich mich hier in meinem alten Haus, auf Jahre vielleicht, festsetzen werde, obwohl Hohenegg kaum eine halbe Stunde von hier entfernt ist. Wenn ich Frau Laura begegne, so gehe ich wie ein Fremder an ihr vorüber, wenn ich ihr auch den schuldigen Gruß nicht versagen werde. So, mein gnädiges Fräulein, nun habe ich Sie einen Blick in mein innerstes Empfinden tun lassen. Nennen Sie mich nun noch immer hochmütig?«

Jutta atmete tief auf und schüttelte den Kopf.

»Nein – o nein, ich kann verstehen, daß Sie nicht zu einer Fremden Mutter sagen wollen, da Sie Ihre Mutter so geliebt haben. Aber ich muß Ihnen nochmals sagen, daß Sie Tante Laura völlig verkennen, wenn Sie sie protzig und gewöhnlich nennen. Ich habe gestern zum erstenmal einen Blick in ihre Seele tun dürfen – und ich wiederhole Ihnen: Sie würden tief beschämt sein, wenn Sie diese Frau kennen würden. Es ist wahr, sie hat nichts Feines und Bestechendes in ihrem Äußeren, aber sie ist großherzig.«

Er zuckte die Achseln. »Mag sein! Vielleicht aber legen Sie gute Eigenschaften in diese Frau hinein, die sie gar nicht besitzt. Möglicherweise habe ich ihr auch in meinem schmerzlichen Ungestüm nicht Gerechtigkeit widerfahren lassen. Aber ganz sachlich beurteilt, wäre mir Frau Laura doch unsympathisch. Und ...« er lachte ein wenig und fuhr in leichtem Tonfall fort: »Jedenfalls ist es mir sehr unangenehm, daß Sie Ihre Nichte sind. Denn da Sie, wie ich mit Freuden hörte, noch längere Zeit hierbleiben werden, hätten wir doch ab und zu ein Stündchen verplaudern können. Aber in Hohenegg kann ich Sie unmöglich aufsuchen.

So bleibt mir nur die Hoffnung, Sie zuweilen zufällig zu sehen. Zum Glück weiß ich nun, daß Sie am Franzosenstein Ihr Atelier aufgeschlagen haben, und ich glaube, ich werde mich unbescheidenerweise zuweilen dort einfinden.«

Sie kletterten nun den Abhang empor. Oben am Franzosenstein angelangt, ließ sie sich auf ihren Feldstuhl nieder, um weiterzuarbeiten.

Er blieb vor ihr stehen.

»Muß ich mich entfernen, oder darf ich Ihnen noch ein Weilchen Gesellschaft leisten? Ich werde Sie gewiß nicht stören.«

Sie sah auf das angefangene Bild hinab.

»Wenn Sie bleiben wollen – mich stören Sie nicht.«

Er warf sich, nicht weit von ihr entfernt, ins moosige Gras und schaute in ihr liebes Gesicht.

Nach einer langen Zeit richtete sich Günter halb empor.

»Das hätte ich mir gestern nicht träumen lassen, daß ich heute hier an dem alten Franzosenstein mit Ihnen plaudern würde. Das ist doch eine Schicksalsfügung, nicht wahr?«

»Jedenfalls ist es ein seltsames Zusammentreffen«, antwortete Jutta, die Augen auf ihre Arbeit gerichtet.

Er betrachtete sie wieder eine Weile, ohne zu sprechen. Sie hatte den Hut abgenommen und ihn neben sich gelegt. Die Sonne spielte auf dem nußbraunen Haar. Auf ihrem Gesicht lag ein Ausdruck, gemischt aus sinnendem Ernst und heiterer Lebensfreude.

Dann plauderten sie zusammen wie sehr gute Freunde. Günter sprach von seinen Arbeitsplänen, und Jutta mußte ihm dies und das aus ihrem Leben erzählen. Nur von ihrem Bruder sprach sie nicht. Sie vermochte nicht davon zu sprechen, daß er sich erschossen hatte. So erwähnte sie auch heute nicht, daß sie einen Bruder besessen hatte. Und doch hätte sie nur den Namen dieses Bruders auszusprechen brauchen, um ihn von einem qualvollen Irrtum zu befreien. Sie ahnte nicht, wieviel Schmerz sie ihm hätte ersparen können, wenn sie in diesem einen Punkt ganz offen zu ihm gewesen wäre.

Schnell verging ihnen die Zeit. Als Jutta einmal nach der Uhr sah, erschrak sie.

»Nun muß ich mich aber beeilen, nach Hause zu kommen!« rief sie und erhob sich hastig.

Er sprang empor und half ihr das Gerät zusammenpacken.

»Auf Wiedersehen, gnädiges Fräulein – bitte, sagen Sie auf Wiedersehen und grüßen Sie mir den alten Johann.«

Sie lächelte ein wenig verwirrt.

»Also ja – auf Wiedersehen!«

Schnell ging sie davon. In gehobener Stimmung, mit einer tiefen, stillen Freude im Herzen, legte sie ihren Weg zurück.

Jutta kam gerade nach Hohenegg zurück, als Johann mit einem Tablett in dem Speisezimmer der Schwestern verschwinden wollte, um dort den Tisch zu decken.

»Einen Augenblick, Johann! Ich habe Ihnen einen Gruß zu bestellen!« rief ihn Jutta an.

Der alte Diener sah sie fragend an. »Mir einen Gruß? Darf ich fragen, von wem, gnädiges Fräulein?«

Sie nickte mit glänzenden Augen. »Von Herrn von Hohenegg.«

Das Tablett in des Dieners Händen klirrte. »Von Junker Günter?«

»Ja, von ihm. Er ist gestern eingetroffen und wohnt im alten Herrenhaus.«

Johanns Augen glänzten. Er dankte mit zitternder Stimme und trat schnell in das Speisezimmer. So schnell es anging, deckte er den Tisch; dann eilte er mit jugendlicher Leichtigkeit in den Ostflügel hinüber. Dort klopfte er an Frau Lauras Arbeitszimmer. Sie rief ihn herein und sah fragend von den Büchern auf, in denen sie eben abrechnete.

Erst wollte sie sich unwillig die Störung verbitten, aber ein Blick in Johanns erregtes Gesicht machte sie stutzen.

»Was gibt es, Johann?«

»Gnädige Frau verzeihen gütigst, wenn ich störe. Aber ich hörte soeben von dem gnädigen Fräulein – sie war am Franzosenenstein, um dort zu malen –, daß Junker Günter seit gestern in Hohenegg ist. Drüben im alten Herrenhause wohnt er. Da glaubte ich, gnädige Frau müßten das sofort wissen.«

Frau Laura war in höchster Aufregung und Überraschung aufgesprungen, sank aber sofort wieder in ihren Sessel zurück.

»Was – was hat Ihnen meine Nichte gesagt?« stieß sie heiser hervor.

»Sie bestellte mir einen Gruß von ihm.«

»Will er denn länger hierbleiben?«

»Das weiß ich nicht.«

»Und Sie möchten nun wohl gern so schnell wie möglich zu ihm hinübergehen, Johann?« fragte sie weiter, sich zur Ruhe zwingend.

»Wenn gnädige Frau es gestatten wollten. Ich möchte wohl gern meinen lieben jungen Herrn wiedersehen! Ich habe ihn doch schon als kleinen Buben auf meinen Armen getragen.«

Sie winkte hastig ab. »Ja ja – ist schon gut. Sie können gleich nach Tisch hinübergehen. Aber das bitte ich mir nochmals aus, Johann, er darf nicht erfahren, daß ich etwas an dem Haus habe reparieren lassen. Auch nicht, daß ich die Möbel aufarbeiten ließ. Sie und die Kathrin haben allein Ordnung gehalten, so gut es ging und soviel Ihre freie Zeit Ihnen das erlaubte. Dabei bleiben Sie, Johann! Verstanden?«

»Jawohl, gnädige Frau können ganz unbesorgt sein. Er erfährt nichts und wird es kaum merken, daß von Handwerkern etwas repariert wurde.«

»Er darf auch nichts merken. Sie wissen, er wäre imstande, das Haus sofort wieder zu verlassen. Also gehen Sie, Johann. Und sehen Sie zu, daß es ihm an nichts fehlt, falls er länger bleiben will. Sicher wird er sich zuerst die Kathrin holen. Die können Sie wohl beiseite nehmen. Sie soll sich an Sie wenden, wenn irgend etwas fehlt. Aber mich ganz aus dem Spiel lassen, verstanden?«

»Sehr wohl, gnädige Frau. Ich werde alles genau befolgen«, versicherte Johann mit strahlendem Gesicht.

»Gut – und – ja, bitten Sie doch gleich das gnädige Fräulein auf einige Minuten zu mir. Sie können den Damen vielleicht eine Viertelstunde später servieren, melden Sie es der Köchin.«

Johann zog sich zurück.

Als Frau Laura allein war, sprang sie wieder auf und lief im Zimmer auf und ab. Ihr Gesicht drückte Unruhe und Erregung aus, und in ihren Augen blitzte es seltsam.

Als Jutta gleich darauf eintrat, blieb sie mitten im Zimmer stehen und sah ihr entgegen.

Jutta bemerkte sofort, daß die alte Dame erregt war.

Frau Laura trat dem jungen Mädchen entgegen und sah ihr mit forschendem, fast hungrigen Ausdruck in die Augen. Ihre Stimme klang sehr unsicher, als sie hastig sagte: »Bitte, nimm Platz, Jutta, und kehre dich nicht daran, wenn ich auf und ab gehe. Ich bin wie im Fieber vor Unruhe und Aufregung. Johann teilte mir soeben mit, daß du mit Günter Hohenegg gesprochen hast, daß er seit gestern im alten Herrenhaus wohnt. Du scheinst mir vom Schicksal ausersehen, mir allerlei Kunde von ihm zu bringen. Ich habe dir gestern, halb wider meinen Willen, von meinen Gedanken und Empfindungen mehr verraten als sonst einem Menschen. Es soll wohl so sein, daß ich dir mein ganzes Vertrauen schenke. Es ist etwas in mir, was mich direkt dazu zwingt. Du weißt, was Günter Hohenegg mir ist. Ich bitte dich inständig, mir ausführlich von der Begegnung mit ihm zu berichten.«

Jutta hatte sich gehorsam gesetzt. Ihre schönen, klaren Augen sahen voll inniger Teilnahme in Frau Lauras Gesicht.

»Das will ich gern tun, Tante Laura.«

»Ist er nur für kurze Zeit hier?«

»Nein, er will vielleicht einige Jahre hierbleiben. Er hat sich seine alte Amme aus dem Dorf geholt. Ich war an das Haus herangegangen und sah plötzlich, daß es bewohnt war. Als ich mich umwandte, stand er vor mir und war nicht weniger erstaunt als ich, daß wir hier zusammentrafen.«

»Gabst du dich als meine Nichte zu erkennen?« forschte die alte Dame unruhig.

»Ja, Tante Laura.«

»Und hat er sich da nicht voll Abscheu von dir gewandt?«

»Nein, wir haben uns noch lange Zeit unterhalten.«

»Habt ihr auch – von mir gesprochen?«

»Ja«, antwortete Jutta leise.

Da trat die alte Dame dicht vor Jutta hin.

»Aber das willst du mir nicht sagen, nicht wahr?«

Jutta zögerte eine Weile. Sie mußte sich sagen, daß die alte Dame viel mehr darunter leiden würde, wenn sie ihr verheimlichte, was Günter von ihr gesagt hatte, als wenn sie es ihr, die mildeste Form wählend, wiedersagte.

»Wenn du es hören willst, werde ich es dir sagen, Tante Laura.«

»Offen und wahr?«

Jutta hob den Kopf und sah sie fest und klar an.

»Wenn ich die Wahrheit nicht sagen wollte, würde ich schweigen. Ich schätze dich zu hoch ein, um dich mit einer Lüge abzufinden, die unter meiner Würde wäre.«

Die alte Dame nahm Juttas Rechte und preßte sie zwischen ihren Händen.

»Sei mir nicht böse, Jutta, daß ich zweifelte. Und laß dir im voraus danken für deine Offenheit, wenn sie auch noch so bitter für mich ist. Nun sprich.«

Jutta überlegte nicht lange.

Als sie endlich schwieg, war Frau Lauras Gesicht sehr bleich.

»Sprich weiter«, forderte sie hastig.

Die junge Dame faßte ihre Hand.

»Ach, Tante Laura, hättest du selber doch hören können, was er mir erzählte! Kein Fünkchen Groll könnte in deiner Seele bleiben. Er sprach von seiner Mutter. Namenlos hat er sie geliebt und verehrt. Er sei außer sich gewesen, daß sein Vater ihr um äußerer Vorteile willen eine Nachfolgerin geben wollte, die er – die er für protzig hielt. Das weißt du gewiß nicht, Tante Laura, daß seine Mitschüler ihn verhöhnten, weil du bei einem Fest das Hohenegger Silber zur

Schau stelltest. Als sollte damit sein ganzes Elend zur Schau gestellt werden, so ist es ihm gewesen. In jenen Tagen ist ein hochmütiger Trotz gegen dich in ihm erwacht. Bis dahin war er dir nicht feindlich gesinnt, weil seine Mutter stets für dich eingetreten ist, wenn jemand über dich spottete.« Frau Laura lief plötzlich wie im Sturm auf und ab und schlug die Hände vor das Antlitz.

»Das unglückselige Fest! Ich wollte ja das Silber gar nicht auf die Tafel bringen. Aber Brinkmeyer ließ nicht davon ab. Ach – der Ärmste, wie weh habe ich ihm damit getan!« rief sie außer sich.

Dann trat sie wieder zu Jutta.

»Und seine Mutter – du sagtest, sie sei für mich eingetreten? O ja, das glaube ich. Sie war gütig und wahrhaft vornehm. Ich sage dir ja, es ist kein Wunder, daß er nicht leiden wollte, daß ich ihre Nachfolgerin wurde. Doch erzähle weiter, ich bitte dich!«

»Er sagte mir, daß er jetzt viel ruhiger über das alles denke. Aber er meint, auch heute könne er es nicht ertragen, dich an Stelle seiner Mutter in Hohenegg schalten und walten zu sehen. Er gab zu, dich in seinem jugendlichen Ungestüm vielleicht ungerecht beurteilt zu haben. Jedenfalls wäre er jetzt imstande, auf längere Zeit hierzubleiben, und dich, wenn ihr euch begegnen würdet, wie eine Fremde zu begrüßen. Er will hier in Ruhe und Zurückgezogenheit ein großes Werk schreiben. Mit Mühe hat er sich so viel Geld erspart, daß er hier in ländlicher Einfachheit einige Jahre leben kann, bis er wieder Einnahmen hat. Das ist alles, was für dich Interesse haben könnte. Sonst haben wir nur von belanglosen Dingen geredet.«

Ein zitternder Atemzug flog über die Lippen der

alten Dame. Dann begann sie plötzlich wieder im Zimmer auf und ab zu laufen, ohne ein Wort zu sagen.

Endlich schien sich der Sturm in ihrer Brust zu legen. Sie blieb wieder vor Jutta stehen, und ihre Augen hatten einen weichen Schimmer.

»Ich danke dir für deine Offenheit, Jutta. Anscheinend hast du mir nichts Gutes berichten können, aber dennoch – dennoch – nun, lassen wir das. Vielleicht siehst du ihn wieder, dann sage ihm bitte nicht, daß du mir alles wiedergesagt hast. Und daß du versucht hast, mich zu rechtfertigen, dafür laß dir danken. Von dir glaubt er es vielleicht, daß ich nicht so schlecht bin, wie er angenommen hat. Es ist überhaupt wie eine Fügung des Himmels, daß du gerade jetzt hier bist und daß ihr euch kennt. Und hochmütig darfst du ihn nicht mehr schelten. Sieh, er kann ja gar nicht anders als mir grollen. Nichts Niedriges ist in diesem Groll, nichts Niedriges ist in seiner Seele. Er ist ein rechter Mann, aufrecht und stolz, aber vornehm in seiner Denkungsweise.«

Jutta streichelte ihr mit einem lieben Lächeln die Hand. »Wie groß du bist in deinem Empfinden, Tante Laura! Und wie schade, daß es keine Brücke zwischen euch gibt. Ihr seid einander wert.«

Die alte Dame wehrte hastig ab. »Wirst du ihn bald wiedersehen?«

»Ich weiß nicht, er sagte nur, da er mich hier nicht sprechen könne, werde er sich erlauben, mich einmal wieder am Franzosenstein aufzusuchen, wenn ich dort male.«

»Er mag dich wohl gern leiden?«

Die junge Dame errötete. »Ich weiß es nicht, Tante. Er sagte mir heute, ich erinnerte ihn in meiner ganzen Art an seine Mutter, deshalb habe er von Anfang an ein warmes Interesse für mich gehabt.«

Frau Laura nickte rasch. »Ja, du bist auch so fein und vornehm wie seine Mutter, das habe ich auch gleich empfunden. Es liegt etwas in deiner Art, wie es in der ihren lag, was sich nicht beschreiben, nur empfinden läßt. Darum habe ich dich auch gleich liebgewonnen. Ich habe nun einmal diese unglückliche Vorliebe für alles Feine und Vornehme, wohl weil ich selbst so eine grobe Dutzendnatur bin.«

»O wie schlecht kennst du dich selbst, Tante Laura!« rief Jutta lebhaft.

Die alte Dame zuckte die Achseln. »Laß nur, Kind. Aus einer Ente wird nie ein Schwan, das habe ich mir schon hundertmal gesagt.«

»Aber in einer rauhen Schale steckt oft der edelste Kern.«

Frau Laura lächelte resigniert.

»Nun ja, rauh genug ist die Schale. Ein schöner Anblick war ich nie. Aber du, Jutta, du bist mir eine Augenweide. Mein Herz hat sich dir gleich zugewandt. Du gefällst mir so sehr, daß ich dich nicht wieder von Hohenegg fortlassen möchte.«

Jutta sah überrascht in ihr Gesicht. »Tante Laura!«

Diese nickte. »Ja, ich hatte eine schlaflose Nacht. Der gestrige Tag hat vieles in mir wachgerüttelt, so daß ich nicht Ruhe fand. Da habe ich mir auch überlegt, daß es doch schön für mich wäre, so ein liebes, junges Blut um mich zu haben. Ich nahm mir vor, dich zu fragen, ob du dich wohl entschließen könntest, für immer in Hohenegg zu bleiben. Oder wäre es dir zu einsam hier?«

Jutta atmete tief auf. Sie war ganz blaß geworden vor Erregung, denn sie fühlte instinktiv, daß Tante Laura dieser Entschluß nicht leicht geworden war.

»Einsam? O nein, Tante Laura! Draußen in der Welt

bin ich noch einsamer, wenn Lena mit ihrem Mann erst wieder abgereist ist. Aber würde ich dir nicht lästig werden? Und was sollte ich hier tun? Wie sollte ich mich nützlich machen? In deinem Haus läuft ja alles wie von selbst.«

Frau Laura machte eine hastige Gebärde.

»Das ist doch Nebensache, Jutta. Lästig würdest du mir nie. Ich würde immer froh sein, dich um mich zu haben. Offen gestanden, erst habe ich mich vor eurem Kommen gefürchtet. Ich habe ja gar nicht gewußt, was für Menschen ihr wart. Und eine Beschäftigung findest du hier auch. Kannst du hier nicht so gut malen wie in Berlin? Ich lasse dir ein Arbeitszimmer einrichten, wie du es brauchst. Ginge das nicht?«

»Gewiß, Tante Laura, das ginge wohl.«

»Aber du magst nicht bei einer so grilligen, unleidlichen alten Frau bleiben? Sag's nur ehrlich, ich nehme es dir nicht übel.«

Juttas Augen feuchteten sich. Ein reizendes Lächeln huschte über ihr Gesicht. »Ach, du bist weder grillig noch unleidlich.«

»Nun, also, da würden wir uns schon aneinander gewöhnen. Du hast recht, wenn Lena wieder fort ist, wärest du auch ganz allein. Es ist nicht gut, wenn man so ganz allein ist, glaube es mir. Die eigene Gesellschaft wird einem auf die Dauer unausstehlich.«

Wieder erschien in Juttas Gesicht das liebe Lächeln. »Ach, Tante Laura, du brauchst mich gar nicht erst zu überreden. Willst du mich also haben, so sage ich von ganzem Herzen ja. Ich gehe dann nur so lange mit nach Berlin zurück, bis Lena mit ihrem Mann abreist. Ich möchte mich nicht eher von ihr trennen. Wer weiß, wie lange wir uns dann nicht wiedersehen.«

»Nun, Lena kann ja mit ihrem Kind auch hierbleiben. Ihr Mann kann sie auch hier abholen. Wenn er will, mag er bleiben, bis sie wieder nach Ostafrika zurückkehren. Hohenegg ist ja groß genug.«

Da sprang Jutta plötzlich auf und umschlang Tante Laura mit beiden Armen. Impulsiv küßte sie die völlig Fassungslose auf den Mund.

Dann sagte sie zwischen Lachen und Weinen: »Tante Laura, du mußt dir schon gefallen lassen, daß ich dich von Herzen liebhabe!«

Die alte Dame machte sich hastig los und trat rasch an das Fenster. Jutta sah, daß sie vor tiefer Bewegung zitterte, und wagte es nicht, ihr zu folgen. Eine Weile blieb es still. Nur die tiefen Atemzüge der alten Dame waren hörbar. Als sie sich nach einer Weile wieder umwandte, hatte sie gerötete Augen.

Mit erzwungener Festigkeit sagte sie leise: »Laß mich jetzt allein, Jutta – wir sprechen später noch darüber.«

20

Einige Wochen waren vergangen. Frau Laura hatte den Schwestern gegenüber mehr und mehr ihre Reserve aufgegeben.

Sie war auch Lena gegenüber nicht mehr so zurückhaltend, und mit Wally hatte sie längst Freundschaft geschlossen. Aber von dem, was in der Tiefe ihres Herzens lebte, konnte Frau Laura doch nur mit Jutta sprechen. Wußte sie, daß diese am Franzosenstein war, um zu malen, wartete sie mit Ungeduld auf ihre Heimkehr. Dann suchte sie Jutta auf, um sich die Fortschritte anzusehen, die das Bildchen gemacht hatte. Jutta aber wußte ganz genau, daß dies Lena gegenüber ein Vorwand war und daß Tante Laura nur hören wollte, ob sie mit Günter gesprochen hatte. Sie erzählte es ganz offen, wenn er dagewesen war.

Und das konnte sie sehr oft berichten.

Günter kam fast täglich in Juttas ›Atelier‹ am Franzosenstein. Er sagte, er müsse diese Tage wahrnehmen, denn wenn das Bild fertig sei, würde es weit schwieriger sein, zu einem Plauderstündchen mit Jutta zu gelangen.

Einmal hatte Lena mit Wally die Schwester zum Franzosenstein begleitet. Lena war ebenso gespannt auf das schöne Landschaftsbild wie darauf, Herrn von Hohenegg kennenzulernen.

Günter fand sich auch an diesem Tag ein. Erst war er unangenehm überrascht, Jutta nicht allein zu finden. Dann schloß er zunächst schnell Freundschaft mit Wally, da er ein sehr großer Kinderfreund war. Er trieb allerlei übermütige Spiele mit der Kleinen, die jauchzend darauf einging. Damit gewann er sich Lenas Herz im Flug. Sie kam jedoch nicht dazu, Beobachtungen anzustellen darüber, wie er sich zu Jutta stellte, denn die beiden sprachen nur wenig zusammen, und Jutta sah kaum von ihrer Arbeit auf.

Günter fand, daß Lena von Haller eine sehr reizende Frau sei und viel Ähnlichkeit mit der Schwester habe. Schon dadurch war sie seiner Sympathie sicher.

Als er aber am nächsten Tag Jutta wieder allein am Franzosenstein fand, war er doch sehr froh.

»Ich bin gestern mit einer Menge unbeantworteter Fragen nach Hause gegangen, mein gnädiges Fräulein. Ihre kleine reizende Nichte hat mir gar keine Zeit gelassen, diese Fragen bei Ihnen anzubringen«, sagte er, als er sich zu Juttas Füßen im Gras niederließ.

»Ich kann sie Ihnen ja heute beantworten, Herr von Hohenegg«, antwortete sie lächelnd.

»Das ist sehr lieb von Ihnen. Also zuerst die Haupt- und Kardinalfrage: Wie lange bleiben Sie mit Ihrer Frau Schwester noch in Hohenegg? Ich fürchte jeden Tag die Mitteilung zu hören, daß Ihr Urlaub zu Ende geht.«

Jutta malte eifrig an einer Gebüschgruppe.

»Mein Urlaub ist unbeschränkt – ich werde überhaupt nicht mehr von Hohenegg fortgehen«, antwortete sie.

Er richtete sich überrascht auf und sah ihr ins Gesicht.

Wie sollte er das verstehen?

Sie hob den Blick und sah ihn an.

»Tante Laura hat mir in ihrer großen Herzensgüte eine Heimat in ihrem Haus geboten. Sie will mich nicht wieder fortlassen. Meine Schwester bleibt auch hier, bis sie mit ihrem Mann nach Ostafrika zurückgeht.«

In Günters Gesicht zuckte es sonderbar. »Daß Frau Laura Sie nicht fortlassen will, kann ich verstehen, aber daß Sie für immer bei ihr bleiben wollen – das verstehe ich nicht. Das werden Sie doch gar nicht aushalten.«

Jutta schüttelte unmutig den Kopf und sagte ernst: »Ich betrachte es als ein großes Glück, daß Tante Laura mir so großherzig eine Heimat bietet. Meine Schwester wollte mich mit nach Ostafrika nehmen, aber dahin möchte ich nicht gehen.«

Atemlos hatte er ihr zugehört – und zweierlei fiel ihm dabei auf. Erstens, daß Jutta in unabsehbarer Zeit nicht auf eine Vereinigung mit dem Mann, den sie liebte, rechnen konnte, weil sie Frau Lauras Anerbieten annahm. Zweitens, daß sie trotzdem auf eine Vereinigung hoffte, weil sie zwischen sich und den Geliebten nicht die halbe Welt legen wollte. Sonst wäre sie doch sicher lieber mit der Schwester gegangen.

»Und Sie bleiben gern in Hohenegg?« fragte er.

»Gewiß, solange Tante Laura mich behält – von Herzen gern. Ich bin ihr sehr dankbar. Ich nehme mit Freuden an, was sie mir bietet, denn ich habe sie herzlich liebgewonnen.«

Er schüttelte den Kopf. »Das ist mir unerklärlich.«

»Weil Sie ein ungerechtes Vorurteil gegen diese Frau haben.«

»Das muß wohl so sein. Denn wenn Sie Frau Laura liebenswert finden, muß sie anders beschaffen sein, als ich sie mir vorstelle. Aber – von allem andern abgesehen freue ich mich herzlich, daß Sie hierbleiben. Ich fürchtete schon, ich würde meine freundliche Mitarbeiterin bald verlieren.«

»Ihre Mitarbeiterin?«

»Nun ja, das sind Sie doch in gewissem Sinne. Sie glauben nicht, auf wieviel gute Gedanken Sie mich schon gebracht haben.«

Jutta lachte. »Seien Sie vorsichtig, Herr von Hohenegg, sonst verlange ich Anteil an Ihrem Honorar.«

Seine Augen blitzten sie an. »Ich wüßte nicht, was ich lieber tun würde, als mein Honorar mit Ihnen zu teilen«, sagte er seufzend.

Sie wurde rot und malte mit großem Eifer weiter. Und er mußte wieder einmal einen Kampf ausfechten mit seinem sehnsüchtigen Verlangen, dieses liebe Mädel einfach beim Kopf zu nehmen, sie zu küssen und aller Welt streitig zu machen – zuerst und besonders aber diesem Fredy, den er mit Inbrunst haßte.

Nach einer Pause sagte er mit verhaltener Stimme:

»Wissen Sie, gnädiges Fräulein, eigentlich ist es doch ein Unfug, daß wir uns so steif und förmlich mit ›gnädiges Fräulein‹ und ›Herr von Hohenegg‹ titulieren.«

Sie sah nicht auf.

»So nennen Sie mich doch einfach Fräulein Falkner.«

»Nein, das gefällt mir noch weniger. Es wäre viel netter, wenn Sie mir gestatteten, Sie ›Fräulein Jutta‹ zu nennen. Jutta ist ein hübscher Name, und im Grunde sind wir doch eigentlich miteinander verwandt. Ich könnte mich ohne weiteres Ihren Vetter nennen.«

Jutta blickte ihn lächelnd an. »Wir – verwandt? Wissen Sie auch, daß sie sehr inkonsequent sind?«

»Warum?«

»Weil Sie sich auf eine Verwandtschaft berufen, die Sie bisher energisch verleugnet haben. Verwandt sind wir doch nur durch Tante Laura.«

Er nickte lachend. »Das stimmt. Aber Ihre Persönlichkeit kann mich selbst mit dieser Verwandtschaft aussöhnen. Um Sie zum Bäschen zu bekommen, bin ich zu allem fähig!« rief er.

Nun mußte auch Jutta lachen. Er freute sich an dem hellen, warmen Klang dieses Lachens.

Dabei mußte er sonderbarerweise daran denken, wie ihn damals in den Anlagen die tränenerstickte Stimme so seltsam gefesselt hatte.

Da war wieder dieser verwünschte Fred in seinen Gedanken.

»Was werden aber Ihre Freunde und Bekannten sagen, wenn Sie nicht wieder nach Berlin kommen?«

Jutta setzte behutsam einige Lichter auf eine Blätterkrone in ihrem Bilde.

»Oh, wir haben nur sehr wenige Freunde, da wir Mutters Leiden wegen sehr zurückgezogen lebten. Diese wenigen Freunde wissen schon, daß ich nicht zurückkehre – oder doch nur zurückkomme, um unseren kleinen Hausstand aufzulösen. Sie freuen sich herzlich, daß mir die Sorge für die nächste Zukunft abgenommen ist.«

»Für die nächste Zukunft? Sie werden also doch eines Tages wieder von Hohenegg fortgehen?«

Sinnend, mit einem seltsamen Ausdruck, sah sie vor sich hin. In ihren Augen lag ein weicher Glanz.

›Jetzt denkt sie an den, dem ihr Herz gehört‹, dachte er in verbissenem Schmerz.

Erst nach einer Weile antwortete Jutta:

»Wer kann wissen, was die Zukunft bringt! Heimatrecht in Hohenegg habe ich nur, solange Tante Laura es mir gewährt. Aber weiter will ich jetzt auch gar nicht denken, sondern mich glücklich schätzen, daß ich hierbleiben darf. Mir ist es ja in meinem ganzen Leben noch nicht so gut gegangen wie hier. Wenn man mit den materiellen Sorgen des Lebens so innig verwachsen ist wie ich – einige sorglose Kinderjahre abgerechnet –, dann fühlt man sich schon glücklich, wenn man des Abends einschlafen kann, ohne sich ängstlich fragen zu müssen, woher man am anderen Tage das Geld für das tägliche Brot nehmen soll.«

Sie hatte ernst gesprochen, und er sah sie voll Teilnahme an. Sein Herz wallte auf in zärtlichem Mitgefühl.

»So schwer haben Sie schon kämpfen müssen?« fragte er leise.

Sie atmete tief auf. »O ja, daran hat es nicht gefehlt.

Aber davon wollen wir nicht reden. Jetzt es es mir so gut geworden, daß ich an Sorgen und Kümmernisse gar nicht mehr denken mag. Ich will mich mit ganzer Inbrunst freuen, daß ich hier in dieser herrlichen Umgebung ohne Sorgen leben kann.«

»Und Sie vermissen hier nichts – gar nichts?« fragte er dringend, seine Augen fest auf ihrem Antlitz ruhen lassend.

Unter diesem Blick stieg wieder die Röte in Juttas Antlitz. Sie wandte die Augen ab und schüttelte den Kopf.

»Nichts – meine geliebten Toten natürlich ausgeschlossen, aber die finde ich auch in Berlin nicht mehr am Leben«, sagte sie ernst.

Er sann eine Weile nach. Konnte es möglich sein, daß jener Mann, den sie liebte, nicht mehr am Leben war? Sie sprach von mehreren Toten. Hatte sie außer der Mutter noch jemand verloren? Ach ja, ihren Vater natürlich. Oder doch auch den andern – jenen Fred? Wenn er nicht mehr am Leben wäre, dann – wenn sie frei wäre – für ihn?

Er sprang auf und reckte seine Gestalt stramm empor.

Nein, nein, nicht daran denken, nicht Hoffnungen nähren, die sich nicht erfüllen konnten. Hoffnungen? War es schon so weit mit ihm, daß er Hoffnungen an den Tod eines Menschen knüpfte?

»Wir sind überhaupt noch nicht im reinen über unsere verwandtschaftlichen Beziehungen. Darf ich also Fräulein Jutta zu Ihnen sagen? Ich finde das sehr bescheiden von mir.«

Sie lachte leise und sah ihn schelmisch an. »Finden Sie?«

»Ja – kolossal bescheiden. Ich bringe Ihnen gegenüber die steife Anrede kaum noch über die Lippen. Sie müssen es mir gestatten.«

»Muß ich wirklich?« neckte sie.

»Ja. Sie würden mir mit dieser Erlaubnis eine große Freude machen.«

»Wenn ich als Gegenleistung von Ihnen verlange, daß auch Sie mir eine Freude machen?«

»Das würde ich sehr gern tun, sofern es nur in meiner Macht steht. Bitte, sprechen Sie.«

Sie sah ihn mit ihren wundervollen Augen bittend an.

»Versuchen Sie, Tante Laura gerecht zu werden, grollen Sie ihr nicht mehr.«

Unter diesen flehenden Blicken hätte er Unmögliches versprochen. Er faßte ihre Hand und küßte sie.

»Der Groll ist schon arg im Abnehmen begriffen. Ihre Tante Laura hat eine gar zu beredte Fürsprecherin. Also ich will zu vergessen suchen; Frau Laura soll für mich nicht mehr die ›böse Stiefmutter‹ aus dem Kindermärchen sein, sondern die gute Fee, die Ihnen Gutes erwiesen hat. Ist es recht so?«

Sie drückte warm seine Hand.

»Ich danke Ihnen – danke Ihnen sehr.«

»Freut Sie das so sehr, Fräulein Jutta?«

Sie atmete auf.

»Ja, es freut mich sehr, weil ich weiß, daß dereinst ein Tag kommen wird, an dem Sie sich schämen werden, je einen schlimmen Gedanken gegen diese Frau gehabt zu haben.«

Nachdenklich sah er sie an. »Sind Sie davon so fest überzeugt?«

»Ja, Herr von Hohenegg.«

Er wehrte ab. »Ach – ich soll wohl der formelle Herr von Hohenegg bleiben?«

Sie lachte. »Wie soll ich Sie sonst nennen?«

Seine Augen strahlten fast übermütig in die ihren.

»Oh, ich hätte verschiedene Namen, mit denen ich mich gern von Ihnen rufen ließ.«

»Zum Beispiel?«

Er konnte ihr natürlich nicht sagen, welche zärtlichen Namen er von ihr hören mochte.

»Nun, zum Beispiel – Vetter«, schlug er vor.

Sie machte ein strenges Gesicht. »Wird abgelehnt, da dieser Verwandtschaftsgrad nicht erwiesen ist.«

»Wie wäre es denn mit Herrn Günter, als Pendant zu Fräulein Jutta?«

Kopfschüttelnd wehrte sie ab. »Nein, das gefällt mir nicht. Ich weiß was Hübscheres.«

»Also bitte?« drängte er lebhaft.

»Ich werde Sie nennen, wie man Sie in der ganzen Gegend nennt: Junker Günter.«

Wieder küßte er ihre Hand. »Der Junker ist allerdings ein fast vergessener Titel für mich. Aber ich akzeptiere ihn feierlichst.«

Sie erhob sich. »Und jetzt muß ich nach Hause.«

Er sah nach der Uhr. »Wahrhaftig – die Zeit hat in Ihrer Gesellschaft Flügel. Wenn Sie gestatten, begleite ich Sie noch ein Stück Wegs.«

»Und Ihre Arbeit?« neckte sie.

Er lachte.

»Wenn ich jetzt nach Hause komme, läßt mich Kathrin nicht an den Schreibtisch, bevor ich das köstliche Mahl, das sie mir bereitet, nicht verzehrt habe. Und vor zwei Uhr ist das nicht fertig.«

Er trug Juttas Gerät, und sie schritten plaudernd am Bach entlang.

Als aber der Parkzaun von Hohenegg von weitem sichtbar wurde, verabschiedete er sich. Sie tauschten einen festen Händedruck und sahen sich in die Augen.

Dabei stieg Jutta wieder eine leichte Röte ins Gesicht. Sie wandte sich schnell ab und ging davon.

Er sah ihr nach.

»Wahrhaftig, manchmal sieht mich das liebe Mädchen so warm und herzlich an, daß ich auf ganz törichte Gedanken kommen könnte, wenn ich nicht wüßte, daß sie einen andern liebt – einen, den sie vor meinen eigenen Augen geküßt hat.«

21

Jutta Falkner war Günters Meinung nach keine von den Frauen, die ihr Herz von einem zum andern wandern ließen. Und manchmal hatte sie doch einen so weichen, sehnsüchtigen Glanz in den Augen, als denke sie an ein fernes, großes Glück. Nein, nein, – es war Torheit, sich in unerfüllbare Wünsche hineinzusteigern.

Worauf hätte er auch eine Werbung begründen sollen? Selbst, wenn ihr Herz ganz frei wäre, was konnte er ihr bieten? Eine unsichere Zukunft – ein halb verfallenes Haus mit notdürftigem Hausrat. Er hatte ja kaum für sich genug zum Leben. Sollte er das liebe Mädchen, das bisher wahrlich genug des Schweren getragen, wieder in einen Daseinskampf reißen, der vielleicht aussichtslos war? Wer garantierte ihm, daß sein Werk Erfolg hatte, daß er nicht bis an das Ende seiner Tage ein armer Schlucker bleiben würde?

Er sprang auf, trank hastig seinen Kaffee aus und

ging ins Nebenzimmer. Dort setzte er sich an seinen Schreibtisch.

»Arbeite – arbeite, daß dir der Kopf raucht, damit dir die Flausen vergehen! Sei froh und zufrieden, daß du selbst genug zu essen hast. Und genieße es als unverdiente Gnade, daß du täglich ein Stündchen mit dem lieben Mädchen plaudern darfst. Darüber hinaus schließe deine heißen Wünsche ein – und arbeite!«

So sprach er zu sich.

Und die Feder flog über das Papier, als habe sie größte Eile, ein Ziel zu erreichen. Dieses Ziel aber lag in nebelhafter Ferne.

So saß er den ganzen Nachmittag am Schreibtisch; er nahm sich auch nur kurze Zeit für sein Abendessen und arbeitete bis nach Mitternacht.

Gerade, als er sich von seiner Arbeit erhob, schallte vom Dorf herüber ein seltsam dumpfer Ton an sein Ohr. Er stutzte und lauschte – da war der Ton wieder.

Aus seinen Kindertagen suchte er sich die Erinnerung an diesen Ton hervor. Das war doch das Wächterhorn, das bei Feuersgefahr vom alten Wendland nach allen Richtungen geblasen wurde!

Er trat an das Fenster und öffnete es. Als er sich hinauslehnte, klang das Horn ganz deutlich zu ihm herüber. Und als er nun prüfend zum Himmel emporblickte, schrak er zusammen. Denn über dem Hohenegger Gutshaus stand ein heller Feuerschein. Jetzt hörte er auch vom Dorf herüber Wagenrollen und den Schall von Männerstimmen.

Das war der Spritzenwagen. Er wußte es sofot. Und er wußte auch, daß dieser hier drüben auf der Fahrstraße vorüberkommen mußte. Schnell setzte er seine Mütze auf und eilte hinaus. Draußen im Flur kam ihm Kathrin notdürftig angekleidet entgegen.

»Barmherziger Gott! Im Schloß scheint Feuer ausgebrochen zu sein, Junker Günter!« rief sie ihm entgegen. Sie hatte schon im Bett gelegen und rasch angezogen, was ihr gerade in die Hände kam.

»Es scheint so, Kathrin. Ich fahre mit dem Spritzenwagen hinüber!« rief er und eilte hinaus.

Mit großen Sätzen rannte er zur Fahrstraße hinüber. In seinem Herzen zitterte die Angst um Jutta. An sie allein dachte er, zu ihr trieb es ihn voll Sorge.

Schon von weitem rief er den Leuten auf dem Spritzenwagen ein lautes: »Langsam fahren, ich springe auf!« entgegen.

Sie verstanden ihn und rückten zur Seite, so daß er sich auf den fahrenden Wagen schwingen konnte.

Ernste Gesichter sahen ihm in der hellen Beleuchtung entgegen.

»Wißt ihr, wo das Feuer ist, Leute?« fragte er unruhig.

»Es muß im Schloß selber sein, Junker, die Wirtschaftsgebäude stehen mehr nach rückwärts«, antwortete der alte Wendland, der sein Horn noch immer krampfhaft umklammert hielt.

Günters Herz klopfte in schweren Schlägen. Er fürchtete, Jutta könne in Gefahr sein. Es erschien ihm ganz selbstverständlich, daß er jetzt nach Hohenegg eilte, um dort zu helfen, wo zu helfen war. Er dachte gar nicht daran, daß er Hohenegg nie mehr hatte betreten wollen.

Die derben Gäule, die ihr möglichstes taten, liefen ihm viel zu langsam. Aber sie kamen näher und näher zum Schlosse. Immer heller färbte sich der Himmel, und zuweilen sah man schon eine helle Flamme emporzüngeln.

»Der Ostflügel brennt!« rief einer der Bauern.

Günter atmete heimlich auf. Jutta hatte ihm erzählt, daß sie mit der Schwester und der kleinen Wally im Westflügel wohnte, dicht neben dem westlichen Turm. Sie konnte also nicht in Gefahr sein.

Er hatte sich erhoben und stand aufrecht auf dem Wagen, als dieser vor dem Schloß anlangte. Mit scharfen Augen überblickte er das kopflose, wilde Durcheinander der fassungslosen Dienerschaft. Der Verwalter war an diesem Tage in ein Nachbardorf zu einer Hochzeitsfeier gefahren und war nicht zur Stelle. So gab es keinen Menschen, der ein vernünftiges Kommando übernommen hätte.

Als er jetzt mit einem Satz von dem Wagen sprang, stand plötzlich eine schlanke Mädchengestalt neben ihm. Es war Jutta Falkner. Ihr Antlitz war leichenblaß, ihre Augen blickten ihn verstört an.

»Junker Günter! Gott sei Dank, daß Sie kommen – die Leute sind kopflos –, Tante Laura ist in dem brennenden Ostflügel«, stieß sie heiser hervor.

»Wo?« fragte er nur, seine hohe Gestalt straff emporreckend.

»In ihrem Schlafzimmer – sie kann die Treppe nicht erreichen!« rief Jutta verzweifelt.

Er blickte hinauf nach dem Feuerherd und sah dann in Juttas angstvolle Augen.

»Ist noch jemand in Gefahr?«

»Nein, nur Tante Laura schläft im Ostflügel. Das Feuer ist ganz plötzlich ausgebrochen, und Tantes Schlafzimmer ist abgesperrt.«

Er drängte sich, von ihr gefolgt, durch die Menge, die ratlos zu den Flammen emporstarrte oder sich um die angekommene Spritze bemühte.

»Welches ist das Schlafzimmer Ihrer Tante?« fragte er hastig.

Sie zeigte nach dem Turm.

»Das Turmzimmer im zweiten Stock«, rief sie zitternd.

Er blickte prüfend empor. Noch waren die Flammen nicht bis in dieses Turmzimmer gedrungen, der Feuerherd lag einige Zimmer weiter. Aber es konnte sich nur um kurze Zeit handeln, dann dehnte sich der Brand auch dahin aus.

»Hat man die alte Dame oben gesehen?«

Jutta nickte und umklammerte angstvoll seinen Arm. Ihre Augen schwammen in Tränen.

»Sie stand vorhin am Eckfenster und schien in ihrer Angst hinausspringen zu wollen. Aber die Kräfte versagten. Sie taumelte wie betäubt und fiel dicht am Fenster nieder. Großer Gott, wir können sie doch nicht elend umkommen lassen!«

»Sind keine Leitern hier?« rief Günter gebieterisch in die Menge. Fast alle sahen nach ihm hin.

»Die Leitern sind zu kurz, wir haben es schon versucht, gnädiger Herr«, sagte ein junger Stallknecht.

Günter sah am Hause empor. Da drängte sich Johann, der seines Junker laute, gebietende Stimme erkannt hatte, durch die Menge zu ihm.

»Junker Günter – unsere gnädige Frau!« rief er, als müsse von dem jungen Mann Hilfe kommen.

Günter fand aber selbst, daß es unmöglich sei, hier Hilfe zu bringen. Der Weg zu der Unglücklichen war durch den Feuerherd versperrt, und durch das helle Feuer konnte auch der Kühnste nicht vordringen.

Aber plötzlich schoß blitzartig ein Gedanke durch Günters Hirn. Seine Gestalt straffte sich.

»Ist der Weinkeller noch im Ostturm, Johann?« fragte er hastig.

Der alte Diener nickte verständnislos.

»Wer hat die Schlüssel?«

»Ich, Junker Günter.«

»Her damit, Johann, aber schnell!«

Johann wußte zwar nicht, was die Weinkellerschlüssel jetzt helfen sollten, aber er lief schnell davon.

Günter wandte sich mit einem aufleuchtenden Blick zu Jutta.

»Gehen Sie zurück, hier kann ein brennendes Stück Holz beim Herabfallen Sie treffen. Und beruhigen Sie sich. Ich glaube, es gibt einen Weg zur Rettung der alten Dame.«

Er führte sie zur Seite. Dann gebot er mit lauter Stimme den Leuten an der Spritze, vor allem das Turmzimmer unter Wasser zu halten, damit das Feuer nicht auf dieses übersprang. Einem der Leute nahm er ein Beil aus der Hand, dann ließ er sich von einer Magd die Schürze geben. Die tauchte er in einen Eimer mit Wasser.

Nun kam Johann zitternd und atemlos mit den Weinkellerschlüsseln zurück.

»Vorwärts, Alter – öffne den Keller!« rief ihm Günter zu. »Können wir unten Licht haben, Johann?«

»Ja, Junker, ich zünde gleich an.«

»Gut – aber schnell!«

Die beiden Männer verschwanden im Keller. Die umherstehenden Leute blickten verständnislos drein und begriffen nicht, was das werden sollte. Sie wußten ja alle, daß diese Tür nur der Zugang zum Keller und zum Parterre des Hauses war.

Hinter Günter und Johann huschte eine schlanke Gestalt in den Keller. Angstvoll blickte sie in die Finsternis. Sie fühlte, daß Günter einer Gefahr entgegenging.

Da flammte plötzlich unten Licht auf. Johann hatte

die Lampe, die an der Decke schaukelte, angezündet. Und im Schein dieser Lampe sah Jutta, wie Günter sich an dem Fensterregal entlangtastete. Dann begann er derb an einem der Regale zu rütteln. Er achtete nicht darauf, daß die Weinflaschen herausstürzten und auf dem Steinboden zerschellten. Immer heftiger rüttelte er, bis das Regal krachend zusammenstürzte. Da erschien hinter dem Regal eine schmale Tür, die aber verschlossen und an der keine Klinke angebracht war.

Günter ergriff das Beil und zertrümmerte mit einigen kraftvollen Schlägen die Tür. Eine schmale eiserne Treppe, etwa doppelt so breit wie eine Leiter, wurde sichtbar.

»Die geheime Treppe«, stammelte Johann, der plötzlich begriff, was der Junker vorhatte. Auch in Jutta dämmerte eine Ahnung, daß dies der Weg zur Rettung sein könnte.

»Bleib hier, Alter, diesen Weg kenne ich genau, ich finde ihn im Dunkeln, bin als Junge oft genug hier herumgeturnt«, sagte Günter, sich schnell die nasse Schürze um den Kopf wickelnd.

Dann kletterte er die Treppe hinauf.

Nur einen Moment stockte sein Fuß – das war, als der Schrei einer Frauenstimme an sein Ohr drang. Dieser Schrei kam von unten, aus dem Keller. Jutta hatte ihn in ihrer Angst um Günter ausgestoßen.

Sie stand unten im Keller neben Johann, und beide sahen zitternd und bebend hinein in den dunklen Schacht, in den die Geheimtreppe, die seit langen Jahren nicht benutzt worden war, emporführte zu den Turmzimmern.

Frau Laura hatte keine Ahnung von der geheimen Treppe. Der Zugang aus ihrem Zimmer zu der Treppe war durch ein großes Bild verhängt, das man nie entfernt hatte.

Günter wußte, daß ein Druck auf eine Feder genügte, um den Eingang zu öffnen.

Inzwischen waren einige von den Leuten in den Keller nachgedrängt, als sie das Klirren und Krachen vernahmen. Unter ihnen befand sich Lena von Haller. Sie stürzte auf Jutta zu.

»Mein Gott, was ist hier geschehen? Ich bin so erschrocken, weil ich dich hier hineingehen sah und dann das furchtbare Krachen hörte. Ich fürchtete, es sei dir etwas zugestoßen.«

Jutta konnte nicht antworten, sie schüttelte nur stumm, mit geisterhaft blassem Gesicht den Kopf und deutete auf die dunkle Treppe.

Johann stammelte eine Erklärung.

»Unser Junker ist hier hinauf – zu unserer gnädigen Frau. Er hat sich an diese Treppe erinnert – keiner kannte sie, nur der Junker. Der Eingang war mit dem Weinflaschenregal verstellt – er hat es umgeworfen und die Tür zerschlagen. Helfe uns Gott! Oh, diese schreckliche Nacht!«

Lena wollte Jutta fortziehen.

»Komm hinaus ins Freie, Jutta, du kannst hier doch nicht helfen.«

Jutta schüttelte den Kopf. »Ich bleibe – geh du zu Wally!« stieß sie hervor, und ihre Zähne schlugen wie im Frost aufeinander. Lena sah die Schwester besorgt an. Sie fühlte, daß diese um Günter Hoheneggs Leben noch mehr bangte als um das Tante Lauras. Sie wußte auch, daß die Schwester hier nicht eher fortzubringen war, bevor Günter zurückkam.

»So will ich gehen und dein Bett für Tante Laura herrichten lassen. Wenn Herr von Hohenegg sie wirklich rettet, so ist sie jedenfalls bewußtlos. Bleiben Sie bei meiner Schwester, Johann.«

Johann verneigte sich nur stumm.

Lena hatte ihre Geistesgegenwart im fremden Land oft genug erproben müssen. Sie befahl den nachdrängenden Leuten, hinauszugehen und den Ausgang freizuhalten. Man gehorchte auch sofort.

Jutta und der alte Johann lehnten atemlos lauschend am Schacht der Treppe. Da drang ihnen plötzlich von oben Rauch entgegen – Günter hatte das Schlafzimmer Frau Lauras erreicht, der darin angesammelte Rauch entwich nun schnell durch den geschafften Abzug.

Gleich darauf hörten die beiden angstbebenden Menschen draußen lautes Schreien und Rufen. Man hatte Günter oben am Fenster auftauchen sehen und konnte beobachten, daß er eine Gestalt emporhob.

Johann und Jutta sahen sich angstvoll in die bleichen Gesichter.

»Was bedeutet das Schreien?« stieß Jutta stöhnend hervor und wollte in ihrer wilden Angst die Treppe hinauf. Aber Johann hielt sie krampfhaft fest.

»Lassen Sie mich – ich muß hinauf«, keuchte sie und rang sich los. Aber in dem Moment, als sie ihren Fuß auf die Treppe setzte, hörte sie von oben das Geräusch tastender Schritte.

»Junker Günter!« rief sie laut, halb jauchzend, halb angstvoll.

Günter hörte den Ruf, aber er konnte nicht antworten, er war halb erstickt vor Rauch, und die leblose Frau auf seinen Armen war schwer.

Langsam kam er herab. Die Tür zu der geheimen Treppe hatte er oben schon wieder zugeschlagen, damit der Rauch abgesperrt wurde. Jutta hörte die schweren Schritte näher und näher kommen.

»Junker Günter!« rief sie noch einmal mit bebender Stimme.

Ein dumpfer Laut antwortete ihr. Er deuchte sie wie himmlische Musik. Nun erwachte auch ihre Tatkraft wieder.

»Schnell, Leute herbeiholen, die helfen können! Laufen Sie, Johann!«

Johann eilte davon, so schnell seine zitternden Knie es zuließen.

Jutta wartete reglos – die Sekunden wurden zur Ewigkeit. Aber endlich – endlich erschien ein rauchgeschwärzter Mann, der Frau Laura wie ein Kind auf den Armen trug. Er hatte die feuchte Schürze noch um den Kopf und taumelte wie trunken in den Kellerraum.

Jutta schluchzte vor Erregung auf und zog ihn, der nicht sehen konnte, zum Ausgang. Da kam Johann mit zwei Leuten zurück. Die nahmen Günter die schwere Last ab. Von Jutta geführt, taumelte er ins Freie. Sie nahm ihm draußen die feuchte Schürze ab, und er tat einen tiefen Atemzug. Sobald er reden konnte, stieß er hervor:

»Arzt holen – für Frau Laura!«

»Der ist schon hier!« sagte eine ruhige Männerstimme, die dem Arzt selber gehörte. Das Feuer hatte ihn hergelockt. Er beugte sich über die leblose Frau, die man auf einen Haufen Decken gelegt hatte. Johann scheuchte die Neugierigen zurück. Der Feuerschein beleuchtete den Platz taghell.

Jutta beugte sich schnell über Günters Hand und drückte ihre Lippen darauf. Er hatte sein Leben in die Schanze geschlagen für eine Frau, gegen die er bisher nur Groll gehegt hatte. Das war großherzig und ritterlich.

Er zuckte zusammen. Ihre Tränen waren auf seine Hand gefallen. Beschämt zog er sie zurück.

»Das dürfen Sie nicht tun, Fräulein Jutta.«

»Ach, ich danke Ihnen so sehr! Die arme Tante wäre elend verbrannt ohne Sie.«

Er zog die frische Luft in vollen Zügen ein.

»Was ich getan habe, ist nicht der Rede wert. Jeder andere, der die Treppe kannte, hätte es auch getan. Aber jetzt sorgen Sie, daß die Bewußtlose ins Haus kommt. Und Sie gehen auch hinein. Dies ist nichts für Sie. Im Westflügel sind Sie vorläufig alle in Sicherheit.«

Dann küßte er ihr hastig die Hand und ging um das Haus herum.

Gleich darauf hörte sie ihn laut kommandieren. Er übernahm jetzt die planmäßige Leitung der Löscharbeiten.

Nun man wußte, daß Frau von Hohenegg in Sicherheit war, legte sich die kopflose Erregung.

Frau Laura wurde in Juttas Zimmer getragen. Die Schwestern halfen dem Arzt bei seinen Belebungsversuchen, die auch endlich von Erfolg gekrönt waren.

Frau Laura schlug die Augen auf und atmete tief und schwer.

»Tante Laura – liebe Tante Laura!« rief Jutta, lachend und weinend vor Freude.

Die alte Dame sah den Arzt an. Eine grauenvolle Angst lag noch in ihrem halb verständnislosen Blick.

»Du bist gerettet – in Sicherheit – liebe Tante! Günter Hohenegg hat dich gerettet!« rief Jutta, glückselig schluchzend.

Da wurde Frau Lauras Blick groß und weit. Wie ein friedliches Lächeln huschte es um ihren Mund. Dann verlor sie abermals das Bewußtsein.

Der Arzt beruhigte die Schwestern. »Die Gefahr ist vorüber. Frau von Hohenegg ist eine starke, gesunde Natur. Sie wird jetzt in einen tiefen Schlaf verfallen und dann leidlich wohl und munter aufwachen. Etwas Kopfweh wird sich in den nächsten Tagen wohl einstellen, vielleicht auch Übelkeit. Aber das geht vorüber.«

Dann legte Lena sich nieder. Jutta hielt ja Wache.

Diese saß mit gefalteten Händen an dem Bett, in dem Tante Laura ruhte. Ihre tiefen Atemzüge verrieten, daß sie schlief. Gottlob, es war dank Günters Eingreifen alles zum Guten gewendet worden. Niemand außer ihm hatte den verborgenen Weg gewußt. Diese geheime Treppe war, wie ihr Johann vorhin draußen gesagt, nur dem jeweiligen Besitzer und seinem Nachfolger bekannt. Günters Vater hatte sie als überflüssig durch die Weinregale verstellen lassen, ohne daß jemand ahnte, was sich hinter der kleinen Türe befand. Günter hatte sie als Knabe bei seinen Spielen benutzt. Die oberen Etagen des Ostflügels waren früher unbewohnt gewesen, nur Gastzimmer und Vorratskammern hatten sich hier befunden. Da hatte er dort seine Spiele getrieben, und die kleine Treppe hatte gut dazu gepaßt.

Erst seit ihres Gatten Tod hatte Frau Laura ihr Schlaf- und Ankleidezimmer dahin verlegt.

Noch einige Stunden wurde eifrig gelöscht, ehe man des Feuers völlig Herr wurde. Man hatte das Feuer auf die zweite Etage und das Dachgeschoß des Ostflügels beschränken können. Zum Glück befanden sich keine unersetzlichen Gegenstände in diesen Räumen. Außer Frau Lauras beiden Zimmern war nur ein Gastzimmer beschädigt, der Schaden wurde durch die Feuerversicherung gedeckt.

Gegen vier Uhr früh waren die Löscharbeiten zu Ende. Günter kehrte mit den Bauern wieder heim. Er war sehr müde. Ein letzter Blick flog nach dem Westflügel hinüber, ehe er sich auf den Spritzenwagen schwang.

Jutta hörte das Rollen des Wagens und trat leise an das Fenster. Tante Laura schlief tief und fest.

Als Jutta merkte, daß Tante Laura bei klarer Besinnung war, wartete sie gar nicht erst, bis sie Fragen stellte. Sie erzählte ihr alles, was sie wissen wollte. Am ausführlichsten schilderte sie Günters Ankunft und sein tatkräftiges Eingreifen.

»Deinen halben Weinkeller hat er zertrümmert, Tante Laura, um die geheime Treppe freizulegen. Da sieht es schlimm aus«, sagte sie schelmisch in dem Bestreben, Frau Lauras Ergriffenheit zu mildern. Als sie aber dann berichtete, daß Günters erste Worte in der freien Luft, nachdem er Frau Laura gerettet hatte, ein Ruf nach dem Arzt für die Bewußtlose gewesen, da fielen die hellen schweren Tränen aus den Augen der Geretteten. Unaufhaltsam, wie noch nie in ihrem Leben, weinte die erregte Frau und konnte sich lange nicht beruhigen.

Jutta weinte mit und umschlang zärtlich die Fassungslose. Zwischen Weinen und Lachen rief sie:

»Glaubst du nun endlich, daß er keinen Groll mehr gegen dich hat, liebe gute Tante Laura?«

Günter Hohenegg hatte sich, als er von der Brandstätte heimkehrte, sofort niedergelegt, nachdem er Kathrin, die ihn voller Unruhe erwartete, geboten hatte, ihn nicht zu wecken. Er wollte schlafen, bis er von selber aufwachte – es sei denn, daß vom Schloß irgendwelche Nachricht käme.

Kathrin hatte den übel zugerichteten Sportanzug,

den er getragen, mit hinausgenommen, um zu sehen, was daran noch zu retten war.

Günter schlief bis zum späten Nachmittag ohne Unterbrechung. Dann erhob er sich frisch und munter und machte einen Spaziergang. Inzwischen war Johann dagewesen und hatte allerlei köstliche Dinge in Kathrins Vorratskammer geschmuggelt. Er war schon wieder auf dem Heimweg, als er Günter begegnete.

»Na, Alter, wie geht's? Habt ihr im Schloß den Schrecken überstanden?« rief ihm Günter entgegen.

Johann sah ihn mit strahlenden Blicken an.

»Na, ein bißchen drunter und drüber geht es noch, Junker Günter, es ist noch alles außer Rand und Band. Aber unsere gnädige Frau wird schon alles wieder in die Reihe bringen. Sie ist heute noch ein bißchen schwach und benommen«, erwiderte er.

»Und die jungen Damen, Johann! Sind die wohlauf?«

»Gottlob, Junker Günter, denen sieht man den Schrecken dieser Nacht nicht an. Frau von Haller hat einige Stunden geschlafen, aber das gnädige Fräulein ist gar nicht ins Bett gekommen. Sie geht unserer gnädigen Frau nicht von der Seite, sie muß ihr hundertmal erzählen, wie unser Junker auf dem Spritzenwagen angekommen ist und sie aus dem Feuer geholt hat.«

Günter lachte.

»Ich habe sie ja nur aus dem Rauch geholt, Johann.«

»Trotzdem, es hätte unsern Junker das Leben kosten können. Ohne den Junker wäre die gnädige Frau elend ums Leben gekommen. Das weiß sie, und sie hat auch ganz schrecklich darüber geweint. Ach, Junker Günter, es war doch ein Segen, daß Sie in Hohenegg waren.«

Günter winkte ab. »Na, wir wollen nicht mehr davon reden, Alter. Übrigens – in eurem Weinkeller sieht es gewiß böse aus! Ich habe wohl fürchterlich in euren Vorräten gehaust?«

Johann lachte. »Zum Glück sind die edlen Sorten nicht zu Schaden gekommen, nur neue Jahrgänge.«

»Wäre auch schade. Aber nun geh heim, alter Johann, du wirst müde sein. Und wenn du die jungen Damen siehst, bestelle ihnen eine Empfehlung.«

»Das will ich tun, Junker Günter.«

Günter ging nach Hause und arbeitete fleißig. Er wußte, daß er Jutta heute nicht mehr sehen würde.

Am nächsten Morgen hatte Kathrin den Frühstückstisch besonders reichlich bestellt. Goldener Honig, frische Eier und zarte, rosige Schinkenschnitten, dazu köstliche Butter und frisches Brot.

Als Günter sich niederließ, sagte er lachend: »Alle Wetter, Kathrin, ich soll mich wohl hier zum Schlemmer ausbilden! Das ist doch kein Frühstück für so einen armen Schlucker, wie ich es bin.«

Kathrin füllte ihm die Tasse mit duftendem Kaffee und tat einen reichlichen Guß Sahne dazu.

»Ach, Junker, das kostet ja alles nur ein paar Pfennige. Heute müssen Sie sich doch extra stärken. Sie haben gestern so wenig gegessen, nach der schweren Arbeit in der Nacht. Ich hab' von Johann gehört, daß Sie geschafft und gearbeitet haben wie der stärkste Knecht. Unsere gnädige Frau kann Gott danken, daß Sie zur rechten Zeit kamen. Sie haben ihr das Leben gerettet.«

Als Günter gefrühstückt hatte, trat er an das Fenster und atmete tief die würzige Heimatluft ein. Seine Augen flogen sehnsüchtig zum Franzosenstein hinüber. Ob Jutta heute kam?

Auf seiner Hand brannte ein Fleck – da hatten ihre Lippen geruht, da war eine Träne aus ihren Augen niedergefallen.

Gestern hatte er daran wie an einen Traum zurückgedacht, aber heute – heute wurde es so lebendig in ihm und füllte seine Brust mit einem ungestümen Drängen und Sehnen. Sein Herz klopfte in heißen, verlangenden Schlägen. Die Sehnsucht nach Jutta trieb ihm das Blut unruhig durch die Adern.

Und immer wieder dachte er an den einen, unbeherrschten Blick aus Juttas Augen.

›So sieht eine Frau doch nur den Mann an, den sie liebt‹, dachte er.

Ihm war, als setze sein Herzschlag aus.

Zu arbeiten vermochte er jetzt nicht. Es konnte doch sein, daß Jutta heute zum Franzosenstein kam. Jedenfalls wollte er dort auf sie warten oder ihr ein Stück entgegengehen.

Draußen nahm er seinen Hut und verließ, Kathrin einen Gruß zurufend, das Haus.

Kaum trat er aus der hellen, sonnigen Wiese in das schattige Dunkel des Buchengrundes, da sah er schon eine weibliche Gestalt den Abhang vom Franzosenstein herunterkommen. Mit schnellen Schritten strebten sie einander entgegen.

Als sie einander nahe gekommen waren, flammte es in beider Augen auf, und sie sahen sich wie in geheimer Frage entgegen.

Mit einigen schnellen Schritten war er an ihrer Seite.

»So früh hatte ich Sie heute nicht erwartet«, sagte er, ihre Hand länger und fester als sonst in der seinen haltend. Dabei fühlte er mit heißer Unruhe, daß ihre Hand leise in der seinen bebte.

»Ist es noch sehr früh?« fragte sie verwirrt.

»Jedenfalls fürchtete ich, Sie würden heute noch nicht arbeiten wollen.«

Ein Lächeln huschte um ihren Mund.

»Ich will auch gar nicht arbeiten. Ich bin gekommen – ich wollte zu Ihnen«, stammelte sie.

Sein Herz klopfte in wilden Schlägen.

»Zu mir?«

Sie nickte aufatmend und zwang sich zur Ruhe.

»Ja, Junker Günter, ich komme mit einer Mission zu Ihnen. Tante Laura schickt mich. Ich soll Sie bitten – so sehr ich bitten kann –, Sie möchten zu ihr kommen, nur ein einziges Mal, damit sie Ihnen danken kann.«

Er ließ seine Augen nicht von ihr. Und sein Blick hielt den ihren fest wie in heißer, zwingender Bitte.

»Deshalb also kamen Sie? Nun, hier stehe ich – und warte, daß Sie mich bitten – so sehr Sie bitten können«, stieß er erregt hervor.

Sie erzitterte und ein hilfloser Blick trat in ihre Augen, die sich doch nicht aus den seinen lösen konnten.

»Ich wollte es tun – und – ja – nun kann ich nicht«, sagte sie leise.

Aber ihre Augen baten und flehten so eindringlich, daß er die Zähne zusammenbeißen mußte, um nicht die Gewalt über sich zu verlieren. Er richtete sich plötzlich straff empor und sagte hastig und dringend:

»Fräulein Jutta, darf ich Ihnen jetzt erst eine Frage vorlegen – eine Frage, die Ihnen vielleicht indiskret erscheinen wird und die mir doch schon so lange auf den Lippen brennt?«

»So fragen Sie«, antwortete sie rasch.

Er schob den Hut aus der Stirn, als sei es ihm zu heiß.

»Fräulein Jutta, ein Zufall führte mich vorigen Winter an einem Spätnachmittag über die Promenadenanlagen in der Nähe Ihrer Wohnung. Ich sah Sie damals in den Armen eines Mannes, der sie küßte. Verzeihen Sie, daß ich Ihnen sage, was ich als unberufener Lauscher im Vorübergehen erblickte. Aber ich muß es tun, weil ich Sie fragen muß, ob jener Mann noch Rechte an Sie hat, ob Ihr Herz noch ihm gehört.«

Jutta sah ihn fassungslos an. »Ich – in den Armen eines Mannes? Herr von Hohenegg, da befinden Sie sich in einem Irrtum ...«

»Ein Irrtum ist ausgeschlossen«, stieß er erregt hervor, »ich habe Sie ganz deutlich erkannt. Es war an demselben Tage, als wir uns bei Wengerns begegneten und ich Ihnen vorgestellt wurde. Ohne daß Sie mich bemerkten, bin ich in derselben Elektrischen, in der Sie saßen, zu Wengerns gefahren. Ich habe sogar einige Worte gehört, die Sie mit jenem Herrn redeten. Es waren Abschiedsworte, die Sie mit weinender Stimme sprachen – und der Name Fredy wurde von Ihnen genannt.«

Jutta zuckte zusammen. Ihr Gesicht wurde erst bleich, dann rot, und ihre Lippen zuckten, wie im verhaltenen Weinen.

Mit brennenden Augen sah er sie an. »Verzeihen Sie mir – ich fühle, ich habe eine Wunde berührt.«

Mit feucht schimmernden Augen sah sie ihn an.

»Ich weiß, was Sie meinen – aber Sie befinden sich dennoch in einem großen Irrtum. Ich habe nie einen fremden Mann geküßt – nie einen anderen liebgehabt. Fredy war – mein Bruder.«

»Jutta!«

Er schrie ihren Namen hinaus, als wären für ihn plötzlich alle Tore der Seligkeit aufgesprungen.

Sie sah zitternd zu ihm auf. Die beiden Augenpaare sehnten sich ineinander, wie gestern nacht, alles vergessend, ohne Beherrschung und Verstellung.

Dann riß er sie plötzlich mit einem unterdrückten Jubellaut in seine Arme, ohne noch etwas zu sagen oder zu fragen – so, wie er es sich unzählige Male gewünscht hatte. Und ohne Widerstreben ruhte ihre schlanke, zitternde Gestalt in seinen Armen. Ihre Lippen fanden sich in einem heißen, innigen Kuß, der nicht enden wollte.

»Mein – meine Jutta, nun sind alle Zweifel gelöst. Ich halte dich, und ich weiß, du liebst mich – wie ich dich liebe.«

Sie schmiegte sich erbebend an ihn. »Ja, Günter – dein bin ich mit Leib und Seele – ich liebe dich, liebe dich unsagbar, solange ich dich kenne.«

Wieder preßte er seine Lippen auf die ihren in stummer Glut, und wieder sahen sie einander an, selig verträumt, weltvergessen und voll namenloser Wonne.

Und die Vögel in den Zweigen jubilierten, als müßten sie der Welt verkünden, daß sich im Buchengrund zwei junge Herzen in seliger Liebe gefunden.

Endlich dachte Jutta wieder an ihre Mission.

»Ach!« rief sie erschrocken, »jetzt habe ich über meinem Glück ganz und gar vergessen, daß Tante Laura mich mit einer Mission betraut hat.«

Er schüttelte übermütig den Kopf.

»Ich habe jetzt keine Zeit, an sie zu denken. Was geht uns Frau Laura an!«

Schnell drückte sie ihre Hand auf seinen Mund und strahlte ihn mit ihren wundervollen Augen zärtlich an.

»Liebster, sie soll dich aber etwas angehen. Sie hat keine Ruhe, bis du zu ihr kommst. Ich habe ihr versprochen, dich um jeden Preis zu bewegen, zu ihr zu kommen. Nun habe ich mich dir selbst geschenkt ...«

»Nur, um mich zu deiner Tante zu schleppen?« neckte er.

Sie blieb stehen, legte ihre Arme um seinen Hals und sah ihn ernst und innig an.

»Höre mich an, Günter. Ich muß dir jetzt alles sagen, was ich von Tante Laura weiß. Ich bin überzeugt, du würdest auch ohnedies zu ihr gehen. Aber du sollst das nicht tun, wie man eine lästige Pflicht erfüllt, sondern dein Herz soll dich dazu treiben. Deshalb will ich dir verraten, was ich schon lange weiß. Du sollst heute erkennen, was für ein edles, großes Herz du gekränkt hast. Weißt du, warum Tante Laura deines Vaters Frau geworden ist?«

»Um nicht nur Herrin von Hohenegg zu sein, sondern auch, um Frau von Hohenegg zu heißen.«

Jutta schüttelte ernst den Kopf.

»Nein, Günter, sie hat es getan, weil sie dich wie einen Sohn liebte, weil sie dir Hohenegg erhalten wollte, weil sie glaubte, damit im Sinn deiner Mutter zu handeln, die sie grenzenlos verehrt hat. Nichts wollte sie für sich als das Recht, dir mit vollen Händen alles bieten zu dürfen, was das Schicksal dir genommen hat. Nichts lag ihr an Hohenegg, nichts an dem Namen. Dein Vater war ihr gleichgültig, nur du warst die Triebfeder ihres Entschlusses.«

Mit fliegenden Worten erzählte sie ihm alles, was Tante Laura ihr nach und nach anvertraut hatte. Sie schilderte ihm ihr verschlossenes Wesen bei ihrer Ankunft und die große Umänderung, die mit ihr vorgegangen war, seit sie gehört, daß Jutta Günter kenne.

Mit heiligem Eifer und dringlicher Wärme hatte sie gesprochen. Er hielt sie fest in seinen Armen, sah ihr unverwandt in die leuchtenden Augen und fühlte sich tief erschüttert. Es zuckte wie Wetterleuchten in seinem Gesicht. Nun sagte er halblaut:

»Was du mir alles sagst, erscheint mir ganz unfaßbar. Wie ist es nur möglich, daß diese Frau mir solch eine Liebe entgegenbringt? Ich habe doch nie etwas getan, sie zu verdienen – im Gegenteil. Wenn das alles so ist, wie du mir sagst, dann habe ich der Ärmsten bitter unrecht getan. Es tut mir leid – sehr leid. Und du brauchtest wahrlich nicht erst noch zu bitten für sie – so süß du auch zu bitten verstehst, meine Jutta.«

Sie lehnte ihre Wange gegen die seine und strich ihm liebkosend über das kurzgeschnittene Haar. Dann sagte sie, sich aufrichtend:

»Jetzt darf ich Tante Laura aber nicht länger warten lassen, Günter. Willst du nicht gleich mit mir kommen?«

»Ich begleite dich jedenfalls, jetzt trenne ich mich nur von dir, wenn es unbedingt sein muß. Aber zu meinem Bußgang nach Canossa muß ich doch wohl mein Feiertagskleid anlegen?«

»Ach, König Heinrich mußte sogar barfuß nach Canossa gehen.«

Er zog sie lächelnd an sein Herz. Dann schritten sie Arm in Arm dem Schloß zu.

22

Zum erstenmal seit langer Zeit nahm Frau von Hohenegg jetzt wieder mehr Interesse an ihrer äußeren Erscheinung. Mit Jutta suchte sie aus einem Katalog ein vernünftiges, aber nicht unschönes Reitkleid aus und bestellte auch einige einfache, aber hübsche Kleider.

Momentan trug Frau Laura ein von ihrer Jungfer angefertigtes schwarzes Kleid, wie sie es immer im Haus trug. Ein neues, hübscheres Spitzenhäubchen hatte ihr Jutta angefertigt.

So sah sie zwar sehr schlicht und einfach, aber höchst würdig aus.

Nachdem sie den bei der Brandstätte mit Aufräumungsarbeiten betrauten Leuten einige Befehle gegeben, ging sie die schmale Treppe hinab, über die Günter sie getragen hatte. Der Zugang war oben und unten freigelegt worden. Mit einem fast feierlichen Gefühl legte sie diesen Weg zurück.

Langsam ging sie in ihr Arbeitszimmer. Dort wollte sie Günter empfangen, wenn er kam.

Aber würde er kommen?

Diese Frage brannte wie ein Fieber in ihrer Seele und ließ ihre Hände zittern. Sie versuchte zu arbeiten, denn sie hatte verschiedene wichtige Briefe zu schreiben. Aber es wollte nicht gehen. Immer wieder lauschte sie voll Ungeduld hinaus.

Und lange, viel zu lange für ihre Ungeduld mußte sie warten, bis sie einen leichten Schritt vor ihrer Tür hörte, den sie schon kannte.

Jutta trat herein.

Frau Laura fuhr mit blassem Gesicht empor und ging ihr entgegen.

»Du kommst allein? Er kommt nicht?« rief sie tonlos.

Jutta umfaßte sie mit beiden Armen und preßte ihre Wange an die ihre.

»Er ist schon da, Tante Laura. Johann hält ihn draußen in seiner Freude, daß sein Junker wieder in Hohenegg ist, noch fest. Ich bin vorausgeeilt, um es dir zu melden. Gleich ist er hier – ich lasse dich mit ihm allein. Komm, setz dich in diesen Lehnstuhl, du zitterst ja. So, nun Ruhe, liebstes Tantchen. Siehst du auch hübsch aus? So – das Häubchen ein wenig zurück, so ist's recht. Ach, Tante, liebe Tante, ich freue mich so sehr! Nun hole ich ihn herein, an meiner Hand soll er dies Zimmer betreten, dann ist meine Mission erfüllt.«

Sie küßte die nach Fassung ringende Frau und huschte hinaus.

Draußen kam ihr Günter mit Johann entgegen.

»Gehen Sie jetzt zurück, Johann. Ich habe Herrn von Hohenegg schon angemeldet«, sagte Jutta freundlich.

Diskret zog sich der alte Diener zurück. Sein Gesicht strahlte vor Freude.

Juttas Hand stahl sich in die Günters. »Liebster, sei gut zu ihr«, flehte sie, mit schimmernden Augen zu ihm aufsehend.

Sein Gesicht war ernst. »Kommst du mit mir?« fragte er leise.

Sie schüttelte den Kopf. »Nein, es ist besser, diese Begegnung findet ohne Zeugen statt. Ich gehe jetzt zu meiner Schwester und berichte ihr, was im Buchengrund geschehen ist. Ich glaube, sie ahnt schon lange, wie es in mir aussieht. Nachher komme ich wieder und warte im Nebenzimmer auf dich. Vergiß nicht,

Tante Laura zu erzählen, daß wir uns verlobt haben – das freut sie.«

Sie küßte ihn noch einmal mit großer Innigkeit. Dann öffnete sie die Tür und schob ihn hinein.

Nun stand er Frau Laura gegenüber.

Sie erhob sich langsam und stützte sich schwer auf die Lehne des Sessels. Ihre ganze Seele lag in ihren Augen. Der Ausdruck dieser Augen erschütterte ihn.

Wortlos sahen sie einander eine ganze Weile an. Und Günter fragt sich beschämt, ob diese schlichte, einfache Frau auch nur den leisesten Hauch von Protzentum an sich hatte.

Gewiß war ihre Erscheinung nicht die einer vornehmen Frau. Das Gesicht zeigte derbe Züge, und sie war nicht hübsch zu nennen. Aber die Augen – in diesen feuchtschimmernden Augen lag die ganze hungernde Sehnsucht eines nach Liebe darbenden Mutterherzens. So viel echte, mütterliche Güte lag in ihrem Blick, daß es ihn zu ihr trieb. Schnell schritt er auf sie zu. Sie streckte die zitternde Hand nach ihm aus.

»Günter – ach, Günter – ich danke Ihnen, daß Sie gekommen sind«, stieß sie abgebrochen hervor.

Er faßte ihre Hand und führte sie an seine Lippen, die hohe Gestalt tief vor ihr neigend. Und er wunderte sich, wie schlank und edelgeformt diese Hand war. Es fiel ihm nicht schwer, sie zu küssen.

»Sie sehen mich beschämt«, stammelte er.

»Ich wollte Ihnen danken, Günter, daß Sie mich mit Gefahr Ihres eigenen Lebens gerettet haben.«

»Bitte, beschämen Sie mich nicht noch mehr. Es war doch ganz selbstverständlich und weniger gefährlich, als Sie denken.«

»So selbstverständlich – ja, für einen Günter Hohenegg – und doch so großherzig! Sie schlugen Ihr

Leben in die Schanze für eine Frau, die Ihnen – verhaßt sein mußte.«

»Ich bitte nochmals, beschämen Sie mich nicht noch mehr. Verhaßt – ich weiß nicht, ob Sie es mir jemals waren. Mein unbändiger Groll hat sich freilich gegen Sie gerichtet. Es war wenig ritterlich von mir. Aber wenn man jung und unbesonnen ist, legt man sich keine Rechenschaft über sein Empfinden ab. Ich war sehr ungerecht gegen Sie. Ihr Fräulein Nichte hat mir verraten, wieviel Liebe Sie mir entgegengebracht haben, obwohl ich Sie in der schlimmsten Weise verletzt habe.«

Sie schüttelte den Kopf. »Ich habe Sie wohl verstanden und habe Ihnen nie gezürnt. Nur traurig bin ich gewesen, daß ich es Ihnen nicht ersparen konnte, Hohenegg verlassen zu müssen. Ich wollte es durch meine Verheiratung mit Ihrem Vater verhindern und trieb Sie doch selber fort.«

»Weil ich nichts wußte von Ihrer Großherzigkeit, weil ich ein törichter Junge war. Ich habe nur eine Entschuldigung: die Liebe zu meiner Mutter. Die hat mich blind gemacht gegen alles andere. Und nun bitte ich Sie herzlich: suchen Sie zu vergessen, was hinter uns liegt. Ich bin so froh, daß ich mein Schuldkonto gegen Sie gestern nacht verringern konnte, noch ehe ich wußte, wie beschämt ich heute vor Ihnen stehen würde.«

»Nein, nein, nicht beschämt sollen Sie sich fühlen, dazu haben Sie keine Ursache. Aber ich bin so glücklich – so glücklich, daß Sie gekommen sind – und so zu mir sprechen.«

Sie erzitterte im Übermaß ihres Empfindens.

»Bitte, setzen Sie sich – Sie sind erregt und wohl auch noch angegriffen von dem überstandenen Unfall«, sagte er bittend.

Als sie in den Sessel zurücksank, unfähig, sich länger aufrecht zu halten, legte er ihr sorglich ein Kissen in den Rücken und schob ihr ein Fußkissen zurecht.

Als er sie so umsorgte, da war es plötzlich vorbei mit ihrer Fassung.

Sie brach in Tränen aus. Und diese Tränen redeten eine so überzeugende Sprache, daß er sich tief ergriffen fühlte.

Was tue ich nur, um diese Tränen zu stillen? dachte er.

Er zog sich einen Stuhl herbei, setzte sich neben sie und faßte ihre Hand.

»Jetzt nicht mehr weinen, ich komme mir so vor wie ein Barbar. Sie dürfen sich jetzt nicht mehr aufregen, sonst zankt Jutta mich aus. Wenn Sie ruhig sind, erzähle ich Ihnen auch noch etwas sehr Schönes und Liebes.«

Sie trocknete ihre Tränen und zwang sich zur Ruhe.

»So – Gott sei Dank!« rief er herzlich. »Nun kann ich wieder froh sein. Es ist heute so ein rechter, echter Glückstag für mich, daß ich alle Menschen froh sehen möchte. Ich will Ihnen nur sagen, daß es mir nicht mehr genügt, daß wir als Stiefsohn und Stiefmutter verwandt sind, ich will mich noch fester mit Ihnen verbinden. Sie sollen auch noch meine Tante werden. Jutta und ich haben uns vorhin verlobt – und ich bitte um Ihren Segen und Ihre Einwilligung zu diesem Bund.«

Da versiegten Frau Lauras Tränen plötzlich ganz. Ein Strahl der Freude brach aus ihren Augen.

»Ach, welch ein glücklicher Tag! Günter, lieber Günter – Sie und Jutta! O ja, das paßt zusammen in herrlicher Harmonie. Ich segne den Tag, an dem ich sie nach Hohenegg rief. Mit ihr ist das Glück hier eingezogen.«

Er atmete auf.

»Ja, solch ein herrliches Geschöpf kann Wunder wirken. Dadurch, daß Sie Jutta nach Hohenegg riefen, haben Sie auch mein Glück begründet. Ich wäre ihr sonst vielleicht nie mehr begegnet. In einem törichten Wahn bin ich vor ihr geflohen, ich hielt sie für gebunden, weil ich sie einmal in inniger Gemeinschaft mit ihrem Bruder sah. Das erzählen wir Ihnen später alles ausführlich. Jetzt wollen wir zwei erst dauernden Frieden schließen. Nehmen Sie mich jetzt noch als Ihren Sohn auf, liebe Mutter? Verdient habe ich's nicht, aber ich will mich nun ehrlich bemühen, es zu verdienen.«

Sie faltete die Hände. »Lieber Gott – lieber Gott, ich danke dir. Ach, Günter – lieber Günter – nicht wahr, nun kehrst du heim! Ganz Hohenegg steht dir offen – hier ist alles dein.«

Er küßte ihre schönen Hände. »Das kann ich nicht annehmen, liebe Mutter, ich schäme mich so sehr.«

Sie strich ihm mit scheuer Liebkosung über die Stirn.

»Nein, nein, stolz sollst du deinen Einzug hier halten. Dein Vater starb in Frieden, er wußte, daß du einst freier Herr auf Hohenegg sein würdest. Ach, Günter, er hat dich sehr geliebt, trotz alledem. Er und ich sind gute Freunde geworden während seiner langen Krankheit. Deine Mutter hat er nie vergessen. Dein und ihr Bild hat er nicht von seinem Schreibtisch gelassen. In seinen letzten Jahren hat er vieles bereut, was er früher getan hat, und es tat ihm wohl, daß er mir alles beichten konnte. In der Liebe für dich fanden wir uns wie treue Freunde. Vieles kann ich dir später davon erzählen. Du kommst bald für immer nach Hohenegg, ja? Du sollst hier in Ruhe deinen schriftstellerischen Arbeiten leben können. Solange ich noch rüstig bin, sorge ich für die Bewirtschaftung des Gutes. Du arbeitest dich in deinen Mußestunden langsam ein, und später, wenn ich nicht mehr so schaffen kann, ist der Verwalter so weit, daß du dich auf ihn verlassen kannst. Er will bald heiraten und wird dann solid und vernünftig werden. Jetzt ist er manchmal ein bißchen faselig, wenn er verliebt ist. Dann wird dir immer Zeit für deine schriftstellerischen Arbeiten bleiben. Du wirst Gutes und Großes schaffen. Ich weiß und fühle es, ich habe mich eingearbeitet in deine Gedanken, habe alles gelesen, was du geschrieben hast, und viel dabei gelernt. Ich werde stolz sein, stolz – wie eine echte Mutter auf ihren Sohn. Und wenn deine herrliche, unvergleichliche Mutter auf mich herabsehen kann, dann wird sie mir ein kleines Winkelchen in deinem Herzen gönnen – um meiner Liebe willen.«

Gerührt küßte er wieder ihre Hände.

»Wie kann ich nur so viel Liebe und Güte annehmen, ohne mich zu schämen«, sagte er leise.

Sie lächelte froh. »Es braucht dich gar nicht zu beschämen. Ich weiß einen Ausweg, daß du von mir nichts anzunehmen brauchst. Ich setze Jutta zur Erbin von Hohenegg ein. Aus ihren Händen wirst du Hohenegg lieber zurücknehmen als aus den meinen.«

Er bewunderte ihren Zartsinn. Wahrhaftig, sie besaß ein edles, großes Herz.

»Tue, wie du willst, ich füge mich in alles. Vor dir habe ich jetzt keinen Stolz mehr. Es soll alles nach deinem Willen geschehen. Und jetzt hole ich dir meine Braut. Du sollst uns deinen Segen geben, da wir keine Mutter mehr haben.«

Er erhob sich und öffnete die Tür zum Nebenzimmer.

»Jutta!«

Da flog sie hinein in seine ausgebreiteten Arme.

Innig umschlungen traten sie vor die alte Dame hin. Frau Lauras Gesicht zuckte in tiefer Erregung. Jutta warf sich in ihre Arme.

»Ist nun alles gut, liebste Tante?« Die alte Dame streichelte sie liebevoll.

»Alles, mein liebes gutes Kind – und dir danke ich's, daß sich alles so herrlich gefügt hat. Gott segne euch, meine lieben Kinder! Möge mit euch ein neues festes Glück in Hohenegg einziehen.«

23

Einige Stunden später saß Frau Laura mit ihren Nichten und ihrem Stiefsohn in dem schönen großen Speisesaal an der festlich gedeckten Tafel. Die Verlobung des jungen Paares und Günters Heimkehr sollten gefeiert werden.

Johann servierte mit feierlicher Grandezza auf dem berühmten Hohenegger Silber. Sein Gesicht strahlte dermaßen, daß er zuweilen die würdige Miene vergaß.

Als nach dem Nachtisch das Brautpaar eine Weile mit sich selbst beschäftigt war, zog Frau Laura Lena an ihre Seite.

»Liebes Kind, ich will heute nur glückliche Gesichter um mich sehen. Höre mich an. In meinem Testament hatte ich, damit ihr beiden Schwestern nicht hinter eurem Bruder zurückstehen solltet, jeder von euch vierzigtausend Mark vermacht. Jutta ist nun, da sie Günters Frau wird, so gestellt, daß sie auf diese Summe zu deinen Gunsten verzichten kann. So sollst du also achtzigtausend Mark bekommen. Jutta hat mir gebeichtet, daß sie dich nur mit großer Sorge wieder nach Ostafrika ziehen läßt. Du hast mir gesagt, dein Mann habe nur ungern seinen Soldatenberuf aufgegeben. Ich denke mir nun, wenn ich euch die achtzigtausend Mark gleich zur Verfügung stelle, dann kann dein Mann wohl wieder als Offizier in sein altes Regiment eintreten. Ihr braucht nicht darauf zu warten, bis ich tot bin. Was sagst du dazu, kleine Frau?«

Ach – was sagte Lena dazu? Nicht viel. Sie fiel Tante Laura schluchzend um den Hals und wußte vor Glück nicht aus noch ein. Günter und Jutta wurden nun erst aufmerksam, und als sie hörten, was Lena so freudig erregte, umarmte Jutta jubelnd die Schwester.

»Nun erst ist mein Glück ganz ohne Schatten!«

Wally wurde eben von Stina hereingebracht. Sie sollte am Dessert teilnehmen. Lena flog auf ihr Töchterchen zu.

»Liebling, komm, gib Tante Laura einen süßen Kuß. Sie ist so gut – so gut!«

Lächelnd breitete das Kind die Arme:

»Gute Tante Laura, Wally will liebes Kind sein.«

Gleich nach Tisch ging Lena mit verklärtem Gesicht auf ihr Zimmer, um ihrem Mann zu schreiben, wie ihr Leben durch Tante Lauras Güte nun so herrlich werden sollte.

24

Am nächsten Weihnachtsfest wurde Jutta Falkner Günter Hoheneggs glückselige Frau.

Während das junge Paar seine Hochzeitsreise nach der Riviera machte, blieb Lena mit ihrem Gatten, der seit August in Deutschland war, und mit Wally zu Tante Lauras Gesellschaft in Hohenegg. Im nächsten Frühjahr, wenn das junge Paar nach Hohenegg zurückkehrte, wollte Georg von Haller wieder in sein altes Regiment eintreten. Der ernste, tüchtige Offizier würde sofort wieder eingereiht werden unter seine Kameraden.

Nach Juttas und Günters Rückkehr reisten Hallers ab, aber sie kamen jedes Jahr einige Wochen nach Hohenegg, meist mit Onkel Doktor und Tante Maria zusammen. Dann herrschte frohes Leben und Treiben in Hohenegg, und als glücklicher Mittelpunkt desselben wurde die Segenspenderin Tante Laura von allen Seiten betrachtet.

Die alte Dame war wunschlos glücklich, und ihr Glück wurde nur noch übertroffen von dem der beiden jungen Paare.

Jutta hatte ihre Mission herrlich erfüllt. Zwischen Günter und seiner Stiefmutter herrschte ein ideales Verhältnis, das durch keinerlei Schatten mehr getrübt wurde.

Und als Günter mit der Zeit ein bekannter und berühmter Schriftsteller wurde, da war es fraglich, wer stolzer auf ihn war – Jutta oder Laura Hohenegg.

Zwei Frauen

1

Es war ein klarer Sommermorgen.
Baroneß Annelies Falkenau blickte hinter dem Wagen her, der ihren Vetter Cyrill zum Bahnhof brachte. Er wandte den Kopf nicht noch einmal nach ihr zurück, sondern sah mit ärgerlichem Ausdruck vor sich hin.

Sie hatten sich beide kühler und zeremonieller voneinander verabschiedet als sonst. Seine verletzte Eitelkeit und der Ärger darüber, daß er sich verrechnet hatte, machten es ihm schwer, eine verbindliche Miene festzuhalten.

Nun stand Annelies aufatmend unter dem Portal auf der breiten Freitreppe des Falkenauer Herrenhauses. Doch erfreuliche Gedanken schienen nicht hinter der weißen Stirn zu kreuzen.

Während sie noch reglos dastand, kam um das Herrenhaus aus dem Wirtschaftshof Inspektor Kollermann auf sie zu. Seine große, starkknochige Gestalt in Stulpenstiefeln und Lodenjoppe bog sich beim Gehen ein wenig nach vorn, und seine klugen Augen, die hell und scharf aus dem verwitterten Gesicht leuchteten, spähten forschend zu Annelies hinüber. Kollermann war seit nahezu fünfzig Jahren in Falkenau. Als Tagelöhnersohn hatte er mit acht Jahren schon sein Brot als Gänsehüter verdient. Klug und anstellig wie er war, strebsam, fleißig und tüchtig, hatte er seinen Weg gemacht und war nun schon lange Zeit als Inspektor angestellt. Er war mit Falkenau verwachsen. Hier wurzelte seine Kraft, und alles, was zu Falkenau gehörte, umfaßte er mit wärmstem Interesse.

Baron Donatus Falkenau, der Vater Annelieses, hatte Kollermann schon in Falkenau vorgefunden, als er nach dem Tode seines kinderlosen Oheims Majoratsherr von Falkenau wurde. Kollermann war damals noch schlichter Oberknecht gewesen. Donatus Falkenau hatte mit scharfem Blick bald seine Brauchbarkeit, Arbeitskraft und Begabung für die Landwirtschaft erkannt. Rasch zufassend, stellte er ihn in die erste Reihe seiner Beamten. Herr und Diener hatten sich dabei wohl befunden. Donatus Falkenau bekam einen Inspektor, der ihm tatkräftig half, das heruntergewirtschaftete Majorat wieder emporzubringen.

Ganz von selbst kam es, daß zwischen beiden ein vertrautes Verhältnis entstand. Kollermann hing mit Liebe und Verehrung an seinem Herrn, er sah zu dessen Gattin auf wie zu einer Heiligen und vergötterte seine beiden Kinder, Joachim und Annelies.

Kollermann selbst blieb unvermählt. Er nahm sich nicht die Zeit, eine Lebensgefährtin zu suchen, und alle warmen Gefühle seines Herzens brauchte er für seine Herrschaft, die ihm dafür auch eine herzliche Sympathie entgegenbrachte.

Baron Donatus hatte sich, kurz nachdem er Majoratsherr geworden war, mit der Freiin Monika Haldensleben auf Neulinden vermählt. Ein Sohn und eine Tochter waren dieser Ehe entsprossen. Annelies war acht Jahre jünger als ihr Bruder Joachim.

Eltern und Kinder lebten in innigster Eintracht.

Baron Donatus setzte seine ganze Kraft ein, um Falkenau wieder emporzubringen, damit er es später seinem Sohne in geordneten Verhältnissen hinterlassen konnte.

Trotz Kollermanns wirksamer Unterstürzung wäre ihm das kaum geglückt, wenn ihm nicht seine Frau neben dem benachbarten Mustergut Neulinden ein großes Vermögen zugebracht hätte.

Es hatte in Falkenau an Kapital gefehlt, um Verbesserungen zu treffen, Maschinen anzuschaffen und die Wirtschaftsgebäude zu erneuern oder zu reparieren. Auch mußte dem durch Raubbau entwerteten Boden Zeit gelassen werden, sich zu erholen, und auch das Waldgelände mußte frisch aufgeforstet werden. So ließ Donatus die Hälfte des Barvermögens seiner Frau als Hypothek auf Falkenau eintragen. Diese Summe sollte das mütterliche Erbteil für Joachim sein, und da es in seinem Interesse verwendet wurde, bemaß Donatus die Zinsen sehr niedrig. Falkenau vertrug in seinem verlotterten Zustand keine große Belastung. Auch brachte es jahrelang nur sehr bescheidene Erträge.

Doch jetzt war Falkenau dem Mustergut Neulinden getrost an die Seite zu stellen, wenn es auch noch lange nicht soviel abwarf wie dieses.

Für Baroneß Annelies war der andere Teil des mütterlichen Vermögens in guten Papieren festgelegt, und es sollten ihr später die halben Einkünfte von Neulinden zustehen.

Das waren jedoch nur Pläne, welche die Eltern im Interesse ihrer Kinder schon zeitig erwogen.

Und wie so viele vorhergeschmiedete Pläne sollten auch diese hinfällig werden.

Als der Himmel am heitersten und glückverheißendsten über Falkenau zu strahlen schien, brach das Unheil herein und störte grausam dieses innige Familienleben.

Joachim war fünfundzwanzig und Annelies siebzehn Jahre, als eines Tages die Schreckensbotschaft in Falkenau eintraf, daß Joachim bei einem Rennen mit dem Pferde gestürzt sei. Er hatte einen Schädelbruch erlitten und war sofort tot.

Seine Mutter erlag bei dieser furchtbaren Nachricht einem Herzschlag und wurde einige Tage später mit ihrem Sohne zusammen in der Familiengruft beigesetzt.

Baron Donatus stand als gebrochener Mann an dem Totenlager dieser beiden heißgeliebten Menschen und neben ihm seine junge Tochter, die in fassungslosem Schmerz nicht begreifen konnte, daß so schnell ein so entsetzliches Verhängnis über sie hereingebrochen war.

Mutter und Sohn schliefen nun schon seit fünf Jahren den letzten Schlaf. Donatus Falkenau hatte sich aus Liebe zu seinem Töchterchen gewaltsam emporgerafft aus seiner Verzweiflung. Annelies hatte ihn mit liebevoller Beharrlichkeit ins Leben zurückgezwungen.

Aus dem wilden, übermütigen Backfisch war ein ernstes, stilles Geschöpf geworden. Zu rauh hatte Annelies die Hand des Schicksals gestreift, und die flinken Füße vermochten nicht mehr leichtbeschwingt auf dem Lebensweg vorwärts zu fliegen.

Wohl zwang sie sich dem Vater zuliebe, ihren Schmerz zu besiegen. Die Zeit tat das ihre und Annelies war zu jung und gesund, um für immer aller Lebensfreude zu entsagen. Auch sagte sie sich, daß sie dem Vater nur über die schlimme Zeit hinweghelfen würde, wenn sie selbst tapfer den Anfang machte.

Im Anfang ging es herzlich schlecht mit dem frohen Ton. Aber sie biß die Zähne zusammen und versuchte es immer wieder.

Donatus Falkenau sah das Mühen seines Kindes. Feuchten Auges nahm er es an sein Herz und wollte sich nun nicht beschämen lassen.

So halfen sich Vater und Tochter gegenseitig, sich wieder im Leben zurechtzufinden. Inniger noch als zuvor schlossen sie sich einander an und gingen ineinander auf.

Leider gab es bald eine neue Sorge. Der Baron hatte in den schrecklichen Tagen, da er Gattin und Sohn verlor, an seiner Gesundheit Schaden gelitten, und seit zwei Jahren wußte er nun, daß ein schleichendes Herzleiden seinem Leben ein schnelles Ziel setzen konnte. Als ihm das der Arzt auf seinen dringenden Wunsch offen gesagt hatte, erfaßte ihn die Sorge um seine Tochter. Wie furchtbar mußte sie ein neuer Verlust treffen!

Sollte er sie unvorbereitet lassen? Er sann lange darüber nach, und das Ergebnis war der Entschluß, Annelies liebevoll vorzubereiten. Sie sollte wissen, daß sein Tod bald und sehr plötzlich eintreten konnte. Er wollte ihr, solange er noch bei ihr war, die Furcht vor dem Alleinsein nehmen und ihren Schmerz beschwichtigen, solange er ihr noch erhalten blieb. Und ausrüsten wollte er sie mit allem, was ihr Kraft und Mut geben konnte.

Ganz ruhig und vernünftig sagte er ihr noch an demselben Tage, was ihm der Arzt eröffnet hatte.

Er fand die rechten Worte, weil er seine ganze Liebe und Sorge hineinlegte. Nur im ersten Schreck bäumte sich Annelies verwzeifelt auf gegen den neuen drohenden Schlag. Dann faßte sie sich mit bewundernswerter Tapferkeit. Und so schwer ihr das Herz auch war, der Vater sah ein ruhiges, gefaßtes Gesicht. Sogar heiter und froh vermochte sie zu scheinen. Nicht mit Tränen und Kummer wollte sie den Lebensrest, der dem Vater blieb, trüben. Soviel Sonne und Licht, wie ihr möglich war, wollte sie noch in seinen Lebensabend hineintragen.

So lebten diese beiden Menschen in einem schönen, geklärten Verhältnis miteinander. Jede Stunde schien ihnen neugeschenkt, jeder Tag eine neue Freude. Annelies umgab den Vater mit zärtlicher Fürsorge, und unter seiner verständigen Leitung wurde sie eine tüchtige, umsichtige Landwirtin. Wenn auch nach Vaters Tode das Majorat Falkenau an ihren Vetter Cyrill Falkenau überging, so blieb ihr doch Neulinden, das sie selbst bewirtschaften wollte.

Für Vater und Tochter war in all diesen schicksalsvollen Jahren Klemens Kollermann eine große Stütze gewesen. Dieser treue, ergebene Mann hatte mit wahrhaft bewundernswerter Zartheit, die man seinem sonst knorrigen Wesen gar nicht zugetraut hätte, Vater und Tochter zur Seite gestanden. Als hätte er ein eigenes Kind verloren, so trauerte er um seinen jungen Herrn, und daß in der Herrin von Falkenau ein wahrer Engel an Güte dahingegangen sei, war seine feste Überzeugung. Seine ganze Liebe und Verehrung konzentrierte sich nun auf Baron Donatus und seine Tochter.

Das zeigte sich aber durchaus nicht in schönen Worten und Unterwürfigkeit, nein, dazu konnte sich Kollermann in seiner geraden, derben Ehrlichkeit nicht verstehen. Seine Meinung flog immer unbeirrt heraus, ob man sie gern hörte oder nicht. Durchs Feuer wäre er gegangen für seine Herrschaft, aber ein Wort gegen seine Überzeugung hätte er ihr nicht gesagt, um keinen Preis.

Mit Annelies zusammen sorgte und bangte er um das Leben seines Herrn, mit ihr zusammen besprach er erst alles, ehe er ihm mit irgendeinem Anliegen kam. Vom frühen Morgen bis zum späten Abend war er auf dem Posten, damit in Falkenau und Neulinden alles am Schnürchen ging.

Kollermann war mit seinen wuchtigen Schritten bis an die Freitreppe herangeschritten und sah nun zu Baroneß Annelies empor. Als Vertrauter von Vater und Tochter ahnte er, welche unerfreulichen Gedanken hinter Cyrill Falkenau herflogen. »Baroneßchen!« rief er leise, um sich bemerkbar zu machen.

Langsam und versonnen drehte sie sich nach ihm um. Ein schwaches Lächeln flog über ihr schönes, blühendes Gesicht, und die junge, kraftvolle und doch anmutige Gestalt reckte sich, als würfe sie eine Last von sich.

Kollermann nahm die Mütze von seinem grauborstigen Kopf.

»Was gibt es denn, Kollermann?« fragte Annelies freundlich.

Er sah sich erst einmal ordentlich satt an der lebensfrischen Erscheinung des jungen Mädchens. Das Herz lachte ihm im Leibe. Mit fast väterlichem Stolze konstatierte er, wie schon oft, daß es so etwas Holdseliges und Liebliches nicht noch einmal auf der Welt gab. Und auch nicht so etwas Vornehmes und Gutes. Soviel Damen er auch schon auf den Nachbargütern und in der naheliegenden Garnisonstadt gesehen hatte – seinem Baroneßchen konnte keine das Wasser reichen. Das war Kollermanns felsenfeste Überzeugung.

Annelies lächelte schelmisch, als er sie so wortlos betrachtete. Man konnte Kollermanns Entzücken nachfühlen. Über der klaren Mädchenstirn wölbte sich in goldenen Ringeln das dichte, metallisch schimmernde Blondhaar wie ein Heiligenschein. Das feine Oval des Köpfchens ruhte auf einem schlanken Hals. Die Gesichtszüge waren gut geschnitten, wenn auch nicht von klassischer Regelmäßigkeit. Aber so lieb sah dies Gesicht aus, daß jedem das Herz warm wurde, der hineinschaute.

Ein schlichtes weißes Stickereikleid umspann die edle Form der Büste und der Hüften glatt und faltenlos und fiel über den zierlichen Füßen in gefällige Falten. Die wundervoll geformten Unterarme und Hände, die unbekleidet und leicht gebräunt waren, hätten einem Bildhauer als Modell dienen können. Sehr wohlgepflegt waren diese Hände, wie die einer großen Dame. Dabei konnten sie aber fest und energisch zufassen – das wußte Kollermann sehr wohl. Wie ein Wunder erschien es ihm freilich immer, daß diese schönen Hände die wildesten Pferde zu bändigen wußten und die Zügel so fest hielten. Auch konnten sie einen Stier bei den Hörnern fassen und widerspenstige Kälber ins Gatter zurückdrängen. Ja – es war ganz wunderbar, daß sie dabei so zart und schlank blieben.

»Na, Kollermann, sind Sie bloß herübergekommen, um mich mal ordentlich zu betrachten?« fragte sie schelmisch.

Er schmunzelte.

»Na ja, Baroneßchen, das nur so nebenbei. Ich wollte man bloß melden, daß der ›Fafner‹ wieder ganz heil und kregel auf seinen vier Beinen steht. Von Lahmen nicht 'ne Spur mehr«, sagte er, und sein verwittertes Gesicht zog sich in tausend vergnügliche Falten.

Annelies lächelte ein wenig verlegen, aber der Schelm saß ihr gleich wieder im Gesicht.

»So – also er ist völlig wiederhergestellt, der Fafner?« fragte sie scheinbar wichtig.

»Jawoll, Baroneßchen. Und wenn Sie nun wieder einen flotten Ritt machen wollen, dann man zu. Die Luft ist ja nun wieder rein.«

Sie sahen sich an – und lachten.

Annelies wurde ein wenig rot dabei.

»Kollermann«, sagte sie, ihre Verlegenheit bezwingend und freimütig zu ihm niederschauend, »Sie sind ein ganz Schlauer und sehen durch zehn eiserne Türen.«

»Wenn sie offen sind, allemal! Das ist ja weiter kein Kunststück. Na und dann – so etwas hab' ich im Gefühl – es liegt mir schon seit Tagen in den Knochen. Und seit ich das Baroneßchen als so ein ganz niedliches Ding wie ein Federchen auf meinem Arm getragen habe durch ganz Falkenau, da weiß ich Bescheid über jeden Atemzug. Na, – und wie Sie dann neulich mit dem gnädigen Herrn Vetter ausreiten sollten und mich aus so heiterem Himmel fragten: Kollermann, Fafner lahmt wohl noch immer? Da hab' ich mir meinen Vers drauf gemacht und ich ließ Fafner mal eben ein bißchen lahmen. Aber seit der Herr Vetter eben zum Tor hinausfuhr, ist der Fafner wieder heil zuwege. Ja, ja – der Kollermann hätte sich auch ohne Fafner an den Fingern abgezählt, daß der Herr Vetter bei uns kein Glück hat.«

Annelies sah sich erschrocken um.

»Aber Kollermann!« rief sie leise.

»Ja doch, Baroneßchen, ich bin schon still. Und zu

erschrecken brauchen Sie sich nicht ein bißchen. Der gnädige Herr Vater wird auch heilfroh sein, daß der Herr Vetter abgeblitzt ist.«

Annelies wurde sehr ernst und kam schnell die Treppe herab.

»Wenn ich das nur genau wüßte, lieber Kollermann. Papa schien doch sehr viel daran zu liegen, daß ich einmal Herrin von Falkenau würde.«

Kollermann ließ den Blick umherschweifen.

»Na ja, ist es denn ein Wunder, daß es dem Herrn Baron nahegeht, daß seine eigenen Kinder nicht die Früchte seines Fleißes genießen sollen? Teufel auch, das geht mir auch verdammt gegen den Strich. Aber um so einen Preis – nee nee –, da lassen wir lieber das Majorat schwimmen, wenn es auch Herzblut kostet. Ich kann darauf schwören, daß der gnädige Herr Vater Gott danken wird, daß Sie den Windhund – ich bitte um Entschuldigung, ich meine den Herrn Baron Cyrill – haben laufen lassen. Der möchte natürlich zu dem schönen, aufblühenden Falkenau, das er bald genug auf den Hund bringen wird, auch noch Neulinden haben und alles, was sonst noch drum und dran hängt. Aber da soll er sich man den Mund abwischen. Gottlob, unser Baroneßchen hat klare Augen im Kopf, die sehen auch durch zehn eiserne Türen.«

»Aber nur, wenn sie offen sind, Kollermännchen. Und nun erbosen Sie sich nicht mehr gegen den Vetter Cyrill.«

»Das wurmt mich noch zuschanden. Eine nette Wirtschaft wird das mal hier werden. Schockschwerenot, wenn man da nur mit den Fäusten dreinschlagen könnte. Na – ich mag es gar nicht erleben. Keinen Tag bleibe ich in Falkenau – wenn der ans Regiment kommt. Und wenn mein Herz in Stücke geht, wenn ich von Falkenau fort muß – es ist immer noch besser als zuzusehen, wie der Herr Cyrill mit Monokel und Lackschuhen durch die Ställe balanciert und sich erst 'ne Flasche Eau de Cologne übers Schnupftuch gießt, und es fest an die Nase drückt, damit er nur ja nicht 'n bißchen gesunden Stallduft riecht. Schockschwerenot – das wird 'n Landwirt, daß Gott erbarm'. Na – dem gnädigen Herrn Baron ist es auch ein Greuel. Ich brauch' ihn nur anzusehen, dann weiß ich, was die Glocke geschlagen hat.«

Annelies holte tief Atem.

»Also Sie glauben nicht, daß es Papa sehr aufregen wird, wenn ich ihm sage, daß – nun – Sie wissen ja, Kollermann.«

Der nickte heftig.

»Jawoll, daß der Herr Vetter Cyrill sich einen glatten Korb geholt hat. Nee, Baroneßchen, das wird den gnädigen Herrn nicht aufregen. Höchstens fällt ihm ein dicker, schwerer Stein vom Herzen. Was sich der Herr Vetter wohl gedacht hat? Gott sei Dank, mit Lackstiefeln und Monokel ist unser Baroneßchen nicht einzufangen!«

Annelies lachte.

»Wer weiß, Kollermann, am Ende bin ich gerade auf Lackschuhe und Monokel erpicht.«

Kollermann schmunzelte. »Aber nicht auf ein leeres Herz und auf einen leeren Kopf. Nu ne – da muß erst ein ganz anderer kommen, ein ganz Rarer.«

»Da wird es aber Zeit. Denken Sie, Kollermann, jetzt bin ich schon zweiundzwanzig Jahre – wenn es noch lange dauert, werde ich mit Glanz eine alte Jungfer.«

»I wo, da hat es keine Not. Sind doch schon 'ne ganze Reihe ansehnlicher Freier in Falkenau gewesen.

Aber ich hätte das Baroneßchen noch keinem gegönnt. Für Sie hat der liebe Gott noch ein ganz besonderes Glück im Vorrat, da baue ich fest drauf.«

Annelies blickte versonnen nach dem Park hinüber. Dann gab sie sich einen kleinen Ruck. »Soll mir recht sein, Kollermann. Aber jetzt muß ich zu Papa. Und wenn Sie Zeit haben, reiten wir mal wieder nach Neulinden hinüber.«

»Ist recht, Baroneßchen, ich wollte ohnedies hinüber.«

»Schön – also bis dann, Kollermann.« Sie nickte ihm mit ihrem lieben Lächeln zu und eilte die Freitreppe empor. Gleich darauf war sie im Hause verschwunden.

2

Annelies durchkreuzte die große Halle mit dem aus Steinquadern gebildeten Fußboden. Die Wände waren mit Eichenholz getäfelt, das einen prachtvollen dunklen Ton angenommen hatte. Allerhand Wappen und Geräte zierten oberhalb dieser Vertäfelung die Wände. In der Mitte der Halle stand auf einem riesigen Teppich ein mächtiger runder Tisch und darum sechs schwere lederbezogene Lehnsessel. Um den breit ausladenden Kamin gruppierten sich gemütliche Sitzmöbel. Zu beiden Seiten des Kamins zogen sich gepolsterte Wandbänke hin. In dem vorspringenden Erker, der durch ein buntes Glasfenster in warmen Farben beleuchtet wurde, stand ein Tischchen mit zwei Sesseln und einer wundervollen alten

Truhe. Neben dem Erker befand sich ein breites, gepolstertes Ruhebett, über dem sich, von Hellebarden gestützt, eine persische Decke zeltartig wölbte. Davor lag ein prachtvolles Bärenfell.

Diese Einrichtung gab dem mächtigen Raum etwas ungemein Behagliches und Wohnliches. In längst vergangenen Zeiten hatte die Halle wohl als eine Art gemeinsamen Wohnraumes gedient. Donatus Falkenau hatte sie genau nach alten Plänen und Zeichnungen neu herrichten lassen, und bei den früheren Festlichkeiten in seinem Hause hatten sich die Gäste gern hier aufgehalten. Im Hintergrund der Halle führte eine massige Eichentreppe in die obere Etage und nach unten in die im Souterrain befindliche Küche und die Wirtschaftsräume.

Große Flügeltüren, ebenfalls von dunkelgebräuntem Eichenholz, führten von der Halle aus ringsum in die angrenzenden Zimmer und Säle.

Das Falkenauer Herrenhaus war sehr geräumig und stammte aus einer Stilepoche, in der die Linien der Renaissance schon nach dem üppigen Barock hinüberneigten. Es war so eine wunderlich bizarre Mischung entstanden, die sich zum Glück nur in Kleinigkeiten kundgab. Der Erbauer des Herrenhauses war der Gründer des Majorats gewesen, aber seltsamerweise war Falkenau seitdem verschiedene Male an eine Seitenlinie gefallen.

Annelies betrat durch eine der Flügeltüren das Zimmer ihres Vaters. Es war ein Raum ernster Arbeit. Schwere Eichenmöbel mit grünen Polstern, ein gleichfarbiger Teppich über dem ganzen Fußboden und dunkelgrüne Vorhänge und Portieren, die überall zurückgezogen waren, um Licht und Luft einzulassen, das war die Ausstattung dieses Zimmers.

Baron Donatus saß an seinem Schreibtisch, über einen großen Folianten gebeugt. Als seine Tochter eintrat, hob er den Kopf und sah ihr erwartungsvoll lächelnd entgegen. Über sein hageres, edel geschnittenes Gesicht, das von graumeliertem Haar und Bart umgeben war, flog ein Leuchten bei ihrem Anblick.

»Da bin ich, Papa! Cyrill läßt sich dir noch einmal empfehlen«, sagte Annelies und setzte sich auf die Lehne seines Sessels.

Forschend blickte er zu ihr empor. Das helle Tageslicht ließ den Leidenszug in seinem Gesicht scharf hervortreten. Wohl war seine Gestalt groß und breitschultrig wie ehedem, aber sie besaß nicht mehr die einstige Elastizität und Frische. Das seelische und körperliche Leiden hatten sie gebeugt. Trotzdem schauten seine Augen noch klar und lebhaft aus dem blassen Gesicht.

»So, so – also Cyrill ist wirklich fort? Er hat sich sehr schnell zur Abreise entschlossen. Das lag doch ursprünglich nicht in seiner Absicht.«

Schmeichelnd legte Annelies ihre Wange an die seine.

»Er hat seine Absicht geändert – und es ist gut so, Papa. Er ist uns fremd und wird uns fremd bleiben, obwohl er jetzt unser nächster Verwandter ist. Mir ist, als wäre ich selbst fremd in Falkenau, wenn er hier ist. Und nun bin ich sehr froh, daß wir wieder allein sind.«

Lächelnd streichelte er ihre Wange. »Kind – das klingt wenig gastfreundlich.«

Sie lachte. »Manchmal kann einem die Gastfreundschaft sauer werden, Väterchen.«

Er sah sie ernst an. »Hat es etwas gegeben zwischen dir und ihm, daß er so plötzlich seinen Besuch abbrach?«

Sie nickte nur und sah ihn besorgt an. Hütete sie doch den Vater vor der kleinsten Erregung, weil sie wußte, daß sie ihm schadete.

Er nahm lächelnd ihre Hand. »Also heraus mit der Sprache, mein Mädel.«

»Wirst du auch ganz gewiß ruhig bleiben, Papa?«

»Sei unbesorgt, ich hüte mich doch selbst. Frisch heraus, Annelies, wir sind doch beide nicht zimperlich.«

Sie holte tief Atem und sah ihn ernsthaft an. »Also – Cyrill hat mich heute morgen gefragt, ob ich seine Frau werden will. Erst mit viel schönen, wohlklingenden Redensarten und dann klipp und klar, als ich das nicht verstehen wollte.«

»Hm! Und du? Was hast du dazu gesagt?«

»Auch klipp und klar, weil er meine deutliche Abwehr nicht verstehen wollte.«

Ein Lächeln flog um den Mund des Barons. »So? Und warum klipp und klar: Nein – Annelies?«

Nun lächelte sie auch. Da er ruhig blieb, war sie froh und zufrieden. »Erstens, Väterchen, weil ich ihn nicht leiden mag, zweitens, weil ich weiß, daß er nur mein Geld will. Er weiß sehr wohl, daß Falkenau ihm nicht so viel einbringen wird, daß er seine Schulden bezahlen und seine noblen Passionen auch in Zukunft befriedigen kann. Nun kommt aber noch ein dritter Grund: Ich will überhaupt nicht heiraten.«

Baron Donatus lachte. »Drei gewichtige Gründe – zumal der dritte.«

»Du erkennst sie doch an, Väterchen?«

»Abwarten, mein Mädel, ich will sie mir erst einmal genauer beleuchten. Also schön der Reihe nach.«

»Ja, aber erst sag mir schnell, ob du auch gar nicht betrübt bist.«

»Daß du Cyrill abgewiesen hast?«

»Hm!« nickte sie.

»Nein, mein Mädel – nicht die Spur.«

»Mir schien es manchmal, als ob du Cyrill das Wort reden wolltest.«

»Nur, weil ich gegen niemand ungerecht sein möchte – und weil ich es hier, wie du, leicht sein könnte. Daß mir Cyrill als Nachfolger unerwünscht ist, kann mich nicht beeinflussen. Es jammert mich, daß ich in ihm nicht freudiger den Erben sehen kann.«

»Das fühle ich dir nach, Papa. Auch mir tut das Herz bei dem Gedanken weh. Nicht wahr, du hast gar keine gute Meinung von Cyrill?«

»Nein, Kind – im Gegenteil, eine sehr schlechte. Es betrübt mich sehr, daß gerade er mein Nachfolger wird, gerade der Untauglichste von allen noch lebenden Falkenaus. Er wird das Majorat schnell genug heruntergebracht haben, und ich habe mich dreißig Jahre umsonst geplagt, es hochzubringen. Was ich freudig für meinen Sohn, für meine Nachkommen geschaffen, geht nun in solche Hände über.«

Annelies sah vor sich hin, und dann fragte sie leise: »Welchen Falkenau sähest du am liebsten, Väterchen?«

Der Baron stützte seinen Kopf in die Hand.

»Natürlich den, der einst meinem Herzen am nächsten stand, Norbert Falkenau.«

Über Annelies' Gesicht huschte ein helles Rot.

»Norbert Falkenau«, sagte sie versonnen und blickte träumerisch ins Weite.

»Ja – wenn er mein Erbe angetreten hätte, dann wäre ich ruhig wegen Falkenau gewesen. In ihm war ein tüchtiger edler Kern. Ein echter Falkenau, wie dein Bruder Joachim!«

Annelies atmete schwer.

»Er wäre der nächste Erbe nach Cyrill, der Ansprüche auf das Majorat hätte, nicht wahr?« fragte sie.

»Ja, Annelies. Wenn Cyrill ohne männliche Erben sterben würde, dann käme Norbert an die Reihe. Aber wer weiß, wohin das Schicksal Norbert verschlagen hat – ob er überhaupt noch lebt?«

Die Augen des jungen Mädchens verdunkelten sich.

»Er ist verschollen, nicht wahr, Papa?«

»Ja, seit nahezu sechs Jahren. Kurze Zeit, bevor das Unheil über uns hereinbrach, war er mit Joachim das letztemal in Falkenau. Erinnerst du dich noch daran?«

Annelies nickte, ihre Augen strahlten in frohem Erinnern.

»Wie könnte ich das vergessen, Väterchen! Waren es doch immer Festtage für mich, wenn die beiden übermütigen Leutnants hier ihr Wesen trieben. Freilich wurde ich meistens nur von ihnen geneckt. Joachim machte sich lustig über den wilden ungebärdigen Backfisch. Und Norbert lachte dann gutmütig und suchte mich zu versöhnen, wenn ich böse wurde. Er gab nicht Ruhe, bis ich wieder lachte«, sagte sie leise.

Donatus Falkenau sah verloren vor sich hin.

»Ja – das war eine herrliche Zeit, eine Zeit voll Licht und Sonne. Wie die beiden lachen konnten! Wenn ich euch auf euren Pferden dahinstürmen sah – da sah ich die Zukunft anders, als sie nun gekommen ist.«

Annelies schmiegte sich zärtlich an ihn. Ihr Herz klopfte bang und schwer.

»Nicht wahr, Papa, du und Mama – und auch Joachim, ihr hieltet große Stücke auf Vetter Norbert?«

Donatus nickte. »Er war ein ganzer Kerl – voll Schneid und Kraft. Und dabei ein weiches Herz und fast zu zartes Empfinden. Er war entschieden Idealist. Aber das eben war sein Verderben, daran lag's, daß er vor die Hunde ging. Es hat mich tief geschmerzt, daß ich ihn nicht halten konnte, aber er wollte sich nicht halten lassen.«

Annelies atmete schwer, als sei ihr die Brust zu eng.

»Papa – nicht wahr – wegen einer Frau kam er ins Unglück?« fragte sie kaum hörbar.

Donatus war so in Sinnen verloren, daß er auf Annelies' verhaltene Erregung nicht achtete. »Natürlich – cherchez la femme – daran scheitern oft die Besten.«

»Sie war schlecht, jene Frau, sie hat ihn ruiniert, nicht wahr, Papa?«

»Ach – schweigen wir darüber, das ist nichts für dich, mein Mädel. Sieh, es gibt zwei Sorten Frauen. Die einen ziehen den Mann empor, die anderen herab in den Staub. Und leider geraten oft die besten Männer an die zweite Sorte. So ist es auch Norbert ergangen, und er hat eine Torheit mit seiner ganzen Zukunft bezahlt – möglicherweise mit seinem Leben. Die Zukunft lag so verheißend vor ihm. Er war glänzend begabt und ich hatte Großes mit ihm vor – gern hätte ich ihn näher an mein Haus gefesselt. Du und er – ihr schient euch so gut zu verstehen. Freilich, du warst noch zu jung – aber ich machte doch schon Pläne, die ich gern verwirklicht gesehen hätte. Es sollte nicht sein. Sein Verschwinden war der erste Wermutstropfen in meinem Glücksbecher. Und dann kam es Schlag auf Schlag. Über dem hereinbrechenden Unheil vergaß ich Norbert Falkenau.«

Annelies war erst dunkelrot und dann sehr blaß geworden. Wenn der Vater geahnt hätte, wie fest ihr junges Herz schon damals an Norbert gehangen!

Wenn er wüßte, daß sein Verschwinden den ersten herben Schmerz über ihr junges Herz gebracht hatte. Norberts Bild lebte noch heute in ihrer Seele. Sie konnte ihn nicht vergessen. Wenn ein Freier nach Falkenau kam, dann mußte sie ihn im stillen mit Norbert vergleichen – und da war sein Urteil schon gesprochen. Niemand ahnte etwas von dieser stillen Liebe, auch der Vater nicht, der sonst im Herzen seines Kindes las wie in einem offenen Buch. Voll Scham hatte sie diese Neigung verborgen, und doch hütete sie sie wie einen goldenen Schatz ihrer Erinnerung. Kein Hoffen und Wünschen knüpfte sich daran, und doch wußte sie, wie sie Norbert geliebt hatte und noch liebte. Sie war nicht sentimental und ließ sich nicht dadurch niederdrücken, daß diese Liebe nie Erfüllung finden konnte. Das Leben bot ihr noch so viel goldene Gaben, daß es dennoch nicht freudlos werden würde.

Vater und Tochter hatten eine Weile ihren Gedanken nachgehangen. Nun richtete sich der Baron auf.

»Ja, ja, mein Kind – so ist das Leben! Aber nun sind wir von Cyrill abgekommen. Daß du ihn nicht magst, genügt schon allein, und daß es ihm um dein Geld zu tun ist, glaube ich ohne weiteres. Aber der dritte Grund ist hoffentlich hinfällig. Ein Mädchen von zweiundzwanzig Jahren soll noch nicht sagen: Ich werde nicht heiraten. Dazu ist nach zwanzig Jahren auch noch Zeit, wenn inzwischen der Rechte nicht gekommen ist.«

Lächelnd sah Annelies den Vater an. »Also warten wir in Ruhe noch zwanzig Jahre. Und nun wollen wir nicht mehr daran denken. Cyrill ist ein wenig erfreuliches Thema. Da er sehr ärgerlich über das mißlungene ›Geschäft‹ davongefahren ist, werden wir ihn so bald nicht wiedersehen und uns nicht eine Stunde durch ihn trüben lassen, gelt Herzväterchen?«

»Nein, mein Mädel. Aber bei dieser Gelegenheit wollen wir doch noch einiges von Wichtigkeit besprechen. Du weißt, daß wir eine Hypothek auf Falkenau stehen haben. Ich habe diese zweimalhunderttausend Mark nur in der Voraussicht auf Falkenau eintragen lassen, daß Joachim nach mir hier Herr sein würde. Da nun aber Cyrill mein Nachfolger wird, ist mir diese Hypothek nicht mehr sicher genug. Wäre ein zuverlässiger Mensch hier ans Ruder gekommen, hätte ich aus Liebe zu Falkenau das Kapital mit denselben niedrigen Zinsen darauf stehen lassen. Aber Cyrill ist mir eben nicht sicher. Und deshalb werde ich ihm schon in nächster Zeit mitteilen, daß ich meine Hypothek ablöse, sobald er Majoratsherr wird. Er mag dafür sorgen, daß ein anderer hier mit Kapital in die Bresche springt. Ich werde meinem Rechtsanwalt und Geschäftsführer Dr. Bruckner die nötigen Direktiven geben. Morgen erwarte ich ihn, da soll diese Angelegenheit geklärt werden.«

Annelies hatte aufmerksam zugehört. Nun nickte sie einverstanden.

»Es wird alles nach deinem Wunsch geschehen, Papa. Zwischen Cyrill und mir kann es weder ein verwandtschaftliches, noch ein nachbarliches Verhältnis geben, wenn er einmal in Falkenau residiert. Ein Charakter wie der seine vergißt eine Kränkung, wie ich sie ihm heute zufügen mußte, nicht. Und ich werde seine Gesellschaft nicht suchen. Auch ich finde es bei Cyrills Verschwendungssucht und gewissenlosem Leichtsinn in Ordnung, wenn wir ihm die Hypothek nicht belassen. Bliebe Kollermann hier, dann könnte es noch gehen; der würde mit aller Kraft in die Speichen greifen, wenn die Räder abwärts rollen wollten. Aber Kollermann bleibt nicht unter Cyrills Regiment.«

Donatus lächelte. »Nein, das weiß ich, Kollermann speit bei dem Gedanken Gift und Galle. Und außerdem wird er mit dir nach Neulinden gehen, unser alter treuer Knurrhahn, er hat es mir versprochen, daß er dir treu zur Seite steht, wenn ich nicht mehr bin.«

Annelies' Augen wurden feucht. Mit einem jähen Aufschluchzen umarmte sie den Vater. »Bleib bei mir, Väterchen – noch recht lange!«

Er zog sie an sich und sah mit ernstem, gütigem Blick in ihre Augen. »Solange es das Schicksal will, Annelies. Aber in Bereitschaft sein ist alles. Daß mir nur noch kurze Zeit vergönnt ist, weißt du, und ich weiß, daß mein Mädel tapfer sein wird. Du hast es mir versprochen, Annelies, und ich baue fest darauf – sonst hätte ich ja keine ruhige Stunde mehr.«

Sie nickte. »Sei ruhig, Vater, ich weiß ja, daß ich dich nie ganz verliere. So viel von dir trage ich als unvergängliches Gut in meinem Herzen. Du wirst immer bei mir sein. Aber mit jeder Stunde, mit jeder Minute will ich geizen, die du noch vor dir hast, die uns beiden noch gehört.«

Er streichelte ihr Haar, und einer stärkte sich am Mut des anderen.

Annelies erhob sich. »Jetzt mußt du aber deine kleine Promenade machen, Papa. Erst nimmst du deine Tropfen, und wenn du nachher ruhst, reite ich mit Kollermann nach Neulinden hinüber.«

Sie gab dem Vater die stärkenden Tropfen, und dann verließ er, auf ihren Arm gestützt, das Zimmer. Ganz langsam und bedächtig schritten sie durch die

Halle und die zu beiden Seiten der Freitreppe emporführenden Auffahrt hinab. Treppen steigen war Donatus untersagt.

Eine Stunde spazierte er langsam durch den Park, immer wieder auf einem der reichlich angebrachten Ruhesitze Platz nehmend. Zuweilen mußte er, mühsam Atem holend, stehenbleiben. Dann klopfte Annelies das Herz in dumpfer Angst. Aber sie zeigte sich sorglos und heiter, plauderte munter über allerlei Tagesfragen und erzählte drollige Vorkommnisse aus dem Dorfe oder aus der Wirtschaft. Alles Ärgerliche behielt sie für sich. Damit durfte der Vater nicht behelligt werden.

Kollermann erschien nun wieder auf der Bildfläche. Er spähte die schattigen Parkwege entlang. Als er seine Herrschaft entdeckte, schritt er eilig auf sie zu.

»Guten Morgen, gnädiger Herr! Ein Prachtwetter heute. Die Sonne tut uns gut nach dem nassen Mai. Solch Wetterchen soll uns passen zur Heuernte. Montag fangen wir an. Eine Pracht ist's, wie die Wiesen stehen. Das gibt delikates Futter für die Feinschmekker im Stall.«

Baron Donatus nickte ihm lächelnd zu. »Dabei machen Sie ein Gesicht, Kollermann, als wollten sie selber an dem frischen Heu delektieren«, sagte er in seinem warmen, humorvollen Ton, den er trotz seiner Leiden beibehalten hatte.

Kollermann setzte die Mütze wieder auf und schob sie in den Nacken.

»Wäre so übel nicht, Herr Baron. Für die Nase ist der Heuduft immer eine Delikatesse. Na – und als Junge, da hab' ich draußen auf der Weide die Kleeblüten in Mengen auf ihren Honiggehalt untersucht. Aber ein bißchen viel hat man nötig, um satt zu werden. Dazu gehört schon ein Viehmagen.«

Der Baron lachte, und Kollermann freute sich darüber wie ein Kind. Sein verwittertes Gesicht strahlte.

»In Neulinden beginnen wir doch auch am Montag mit der Heuernte, Kollermann?« fragte der Baron.

»Jawoll, deshalb wollen wir nachher hinüber, das Baroneßchen und ich.«

»Recht so. Wenn ich mich nächste Woche wohlbehalten finde, fahre ich einige Male hinüber. Will mir auch den frischen Heuduft um die Nase wehen lassen.«

»Ja, gnädiger Herr – das ist der reine Gottesodem.«

Annelies sah nach der Uhr. »Jetzt mußt du wieder ins Haus, Papa, deine Zeit ist um.«

»Ei, du kontrollierst scharf, mein Mädel. Da muß ich wohl parieren, Kollermann?«

»Ja, gnädiger Herr, da hilft kein Sträuben. Wenn das Baroneßchen so'n Gesicht aufsteckt, dann darf nicht gemuckst werden.«

Sie lachten alle drei.

»Na, dann kann ich wohl den Fafner satteln lassen, Baroneßchen?« fragte Kollermann, als er sich von seinem Herrn verabschiedete.

»Ja, Kollermann, sobald ich Papa zur Ruhe gebracht habe, mach' ich mich fertig.«

»Wird denn alles glattgehen mit der Ernte, Kollermann, sind die Leute intakt?« fragte der Baron.

Kollermann nickte bedächtig. »Da sorgen Sie man gar nicht drum, gnädiger Herr. Wir schaffen es schon, die Baroneß und ich. Sie stellt ihren Mann, alle Achtung. Sie selbst könnten nicht forscher auf dem Posten sein, wenn's gilt.«

Annelies lachte. »Ich kann ja auf ein Weilchen verschwinden, Kollermann, wenn Sie mich anschwärzen wollen.«

»I wo, Baroneßchen, Sie wissen doch, daß ich den Leuten dasselbe ins Gesicht sage wie hinter dem Rücken. Und was wahr ist, muß wahr bleiben. Sie sind 'ne ganz patente Landwirtin. Beinahe die ganzen Schliche haben Sie uns abgeguckt. Jawoll – wir müssen höllisch aufpassen, daß Sie uns nicht über den Kopf wachsen.«

»Hallo, Kollermann, setzten Sie ihr keine Flausen ins Gehirn, sie denkt sonst, sie hat schon genug Weisheit geschluckt und braucht nichts mehr zu lernen«, neckte der Baron.

Kollermann machte ein schlaues Gesicht. »Na, da kennen Sie das Baroneßchen schlecht, gnädiger Herr. Zum Hochmut fehlt ihr man jede Begabung. Sie weiß ganz genau, daß 'n richtiger Landwirt nie auslernt. Aber 'n Prachtkerl ist sie, da ist nun mal nichts gegen zu sagen.«

Donatus drückte den Arm seiner Tochter an sich, als Kollermann davonstapfte. »Also ich kann mich mit Ruhe auf die faule Bärenhaut legen, mein Mädel.«

»Sag lieber, du kannst getrost auf deinen Lorbeeren ausruhen, Väterchen.«

»Das klingt bedeutend schöner. Akzeptieren wir diese Leseart.«

Sie gingen langsam ins Haus zurück. Sorglich bettete Annelies ihren Vater auf den Diwan, wobei sie von einem Diener unterstützt wurde.

»So, Hermann, nun noch die Jalousien herablassen«, gebot sie diesem in ihrer ruhig freundlichen Art.

Dann überzeugte sie sich, ob es dem Vater an nichts fehlte. »Liegst du gut, Väterchen?«

»Ganz herrlich, mein Mädel.«

»Und Sie bleiben im Nebenzimmer, bis ich wiederkomme, Hermann, damit Sie gleich zur Hand sind, wenn Sie gebraucht werden.«

»Sehr wohl, gnädige Baroneß.«

»Dann adieu, Herzensvater, schlaf gut. Und auf Wiedersehen.«

»Geh mit Gott, meine Annelies – auf Wiedersehen.«

Sie küßten sich innig. Wußten sie doch nie, wenn sie voneinandergingen, ob sie sich nicht zum letztenmal in die Augen gesehen hatten.

Der Diener hatte sich schon in das Nebenzimmer begeben. Als Annelies zu ihm heraustrat, um ihm noch einmal größte Wachsamkeit zur Pflicht zu machen, überreichte er ihr ein Telegramm.

»Das ist vor einigen Minuten angekommen, gnädiges Fräulein. Der Bote wartet noch in der Küche.«

Die Dienerschaft wußte, daß jedes Telegramm erst der Baroneß ausgeliefert wurde, auch wenn es an den Baron adressiert war, damit er nicht erschrecken sollte. Annelies öffnete es hastig, und als sie es gelesen hatte, lachte sie leise in sich hinein.

›Montag früh treffe ich in Falkenau ein. Krispina.‹

›Natürlich, Tante Krispina, das hätte ich wissen sollen‹, dachte sie, ›mit pünktlicher Genauigkeit kommt sie zur Heuernte.‹

Obwohl es ein feststehendes Ereignis war, daß die Freiin Krispina von Haldensleben, eine Kusine von Annelies' Mutter, jedes Jahr zur Heuernte auf einige Wochen nach Falkenau kam, zeigte sie ihre Ankunft jedesmal feierlich durch eine Depesche an. Dabei war heute erst Donnerstag. Ein Brief wäre noch zeitig genug gekommen, aber Tante Krispina bereitete sich schon das ganze Jahr für diese Reise vor. Das alte Fräulein war nie zu überzeugen, daß ihre Ankunft durch einen Brief genügend feierlich angekündigt wurde. Und so sparsam das Stiftsfräulein auch sonst war, die Ausgabe für diese Depesche glaubte sie sich und ihren Verwandten schuldig zu sein.

»Er ist gut, Hermann. Eine Antwort ist nicht nötig. Ich werde selbst den Boten abfertigen, bleiben Sie nur hier«, sagte Annelies und verließ leise, um den Vater nicht zu stören, das Zimmer.

Schnell begab sie sich in die Küche und schickte den Boten fort. Dann wandte sie sich an Mamsell Hegelein, die mit rotem Gesicht und lachenden Augen am Herd hantierte. »Mamsell, Montag trifft Fräulein von Haldensleben ein. Sie sorgen doch, daß ihre Zimmer in Ordnung sind.«

»Ist schon all besorgt, Baroneß Annelies, ich weiß ja doch Bescheid. Hab' mir's schon gedacht, von wem die Depesche gekommen ist.«

Annelies nickte ihr lächelnd zu. »Sie vergessen auch nicht, ihre kleinen Eigenheiten zu berücksichtigen?«

»Aber nein, aber nein, ich kenn' doch das gnädige Fräulein. Alles wird recht gerichtet!«

»Schön, Mamsell. Nun störe ich Sie nicht länger. Gibt es etwas Gutes heute mittag?«

»Aber ja, Baroneß werden zufrieden sein. Verraten tu' ich aber nix vorher – sonst schmeckt's nur halb so gut.«

Annelies verschwand lächelnd aus der Küche. Mamsell Hegelein war hier schon seit nahezu zwanzig Jahren Alleinherrscherin. Gleich Kollermann hatte sie eine Ausnahmestellung der Herrschaft gegenüber, da sie sich immer treu und tüchtig bewährt hatte.

Nun sprang Annelies die Treppe hinauf nach ihrem Ankleidezimmer. Dort lag ihr Reitkleid schon bereit, und ein freundliches, sauberes Mädchen, Annelies' Zofe, erwartete sie. Sie hatte ein leichtes Amt. Annelies kleidete sich stets allein an. Nur das Haar mußte ihr Anna in Ordnung bringen, weil sie dessen Fülle nicht ohne Hilfe bändigen konnte.

Schnell warf Annelies den Frisiermantel um. »So, Anna – nun schnell. Ganz fest flechten und aufstekken, ich reite aus«, sagte sie, sich zurechtrückend vor dem Spiegel, der wie das ganze reizende Zimmer mit duftigem, geblümten Stoff dekoriert und von weißem Holz gerahmt war.

Eifrig machte sich Anna ans Werk. In wenigen Minuten waren die schweren, goldenen Flechten fest aufgesteckt und bedeckten den ganzen Hinterkopf. Dann schlüpfte Annelies in ihr Reitkleid und wenige Minuten später hob sie Kellermann unten auf Fafners Rücken.

Der wandte den Kopf ungeduldig nach ihr um und schnupperte forschend an ihrem Kleidersaum, als wollte er erkunden, warum er so lange faule Zeit gehabt hatte. Seine Herrin pflegte ihn sonst doch täglich tüchtig zu tummeln.

Mit geröteten Wangen und strahlenden Augen ritt Annelies an Kollermanns Seite dahin. Der Inspektor saß auf einem biederen, leistungsfähigen Pferd von starkem Bau. Dieser Gaul sah neben dem schlanken Fafner nicht eben sehr vornehm aus. Fafners Temperament mußte auch fortwährend gezügelt werden, damit er nicht mit seiner so viel leichteren Last durchging. Annelies wäre so ein Tempo, wie es Fafner wünschte, auch lieber gewesen, als der gemütliche Trab. Zuweilen machte sie mal eine kleine Attacke auf eigene Faust, wenn es ihr gar zu langsam ging, aber sie kehrte immer wieder reumütig zu dem schmunzelnden Alten zurück. Er ließ seine Augen nicht von ihr. Sie saß prächtig zu Pferde. Die geschmeidige Gestalt schien mit Fafner verwachsen zu sein.

Das schlichte dunkelgrüne Reitkleid von festem Stoff, die derben Lederstiefelchen und die praktische Mütze auf dem blonden Kopf bildeten durchaus kein sehr elegantes Reitkostüm. Aber selbst in diesem unscheinbaren Gewand bot sie einen herzerfreuenden Anblick. Wie angegossen saß das Kleid um den schlanken, jugendschönen Körper, und das liebreizende Gesicht sah unter der knabenhaften Mütze nicht minder verlockend aus, als unter dem kleidsamsten, kostbarsten Hut.

Sie gehörte zu den Frauen, die alles tragen können und in jeder Tracht gut aussehen. Ihr blütenfrischer Teint vertrug Wind und Wetter. Über ihrer ganzen Persönlichkeit lag etwas Quellfrisches, Unberührbares. Ihre natürliche Schönheit bedurfte keiner raffinierten Toiletten, sie veredelte jeden Anzug, was sie auch trug.

›Das wäre so ein Fressen gewesen für den Vetter Cyrill‹, dachte Kollermann grimmig, ›das hätte dem Lackstiebelmosjö passen können.‹

Kollermann wußte nur zu gut, daß Cyrill Falkenau, der ein sogenannter schöner Mann war, schon hundert Liebschaften gehabt hatte und Annelies nur zur Frau begehrte, um ihren Reichtum an sich zu bringen. Baron Donatus hatte oft genug mit seinem Getreuen darüber gesprochen, was für schlimme Geschichten über Cyrill im Umlauf waren. Das Baroneßchen hatte ja keine Ahnung, was für ein schlechter, nichtsnutziger Kerl das war. Aber gottlieb, ihr reines Empfinden hatte sie instinktiv gewarnt. Und nun mochte der Lackstiebelmosjö sehen, wo er eine reiche Frau fand, die ihm seine Schulden bezahlte und sich zum Dank von ihm betrügen und schlecht behandeln ließ.

Nun kam Annelies mit Fafner zurück und ritt wieder fein bedächtig neben Kollermann her.

Er labte sich an ihrer warmblütigen, maienfrischen Jugend. Fafner tänzelte übermütig, als sei er jeden Moment wieder bereit, durchzugehen. Sie klopfte seinen Hals.

»Jetzt gibst du Ruhe, Fafner, jetzt müssen wir verständig sein. Da schaut der Neulindner Turm zwischen den Bäumen hervor«, sagte sie würdevoll. Und mit dem feinen Näschen den Wind einfangend fuhr sie, zu Kollermann gewendet, fort: »Hier weht schon Neulindner Luft, Kollermann.«

Er lachte. »Ich merke keinen Unterschied, Baroneßchen.«

Sie blitzte ihn schelmisch an. »Daran ist Ihr alter holländischer Knaster schuld, der hat Ihnen die Witterung verdorben.«

Sie ritten weiter. Neulinden lag im Sonnenschein vor ihnen. Ein friedliches Dorf, so sauber und niedlich, wie aus einer Spielzeugschachtel hingestellt. Und darüber, auf terrassenartig ansteigender Anhöhe, das langgestreckte Herrenhaus mit den wunderlichsten drolligsten Barockschnörkeln, die man sich nur denken konnte.

Annelies sah mit frohem Gesicht auf das hübsche Bild. Dann aber flog ein Schatten darüber hin. Wenn sie dort oben ihren Einzug für immer hielt – dann war sie allein, dann war der Vater von ihr gegangen.

3

Beim Mittagessen verkündete Annelies dem Vater, daß Tante Krispina am Montag ankomme.

Donatus lachte. »Die Heuernte beginnt, da ist Tante Krispina fällig. Und natürlich hat sie ihre Ankunft telegraphisch gemeldet, wie gewöhnlich.«

»Natürlich muß sie das, Papa, du weißt doch, daß ihr sonst die ganze Reise keinen Spaß machen würde. Ebenso natürlich kommt sie, wie gewöhnlich, mit einer Unmenge Handgepäck, so daß der Stationsvorsteher den Zug über Gebühr halten lassen muß, damit sie ihre Siebensachen herausbefördern kann. Und das tut sie nur, um die paar Groschen zu sparen, die man ihr für den Transport eines vernünftigen Koffers anrechnen würde. Aber eine Depesche leistet sie sich.«

Sie lachten beide.

»Ja, ja, Tante Krispina ist ein Unikum geworden, seit sie im Altfräuleinstift lebt. Früher war sie so ein vernünftiges, reizendes Mädchen, als sie mit deiner lieben Mutter jung war. Und manch einer hätte sie gern zu seiner Frau gemacht – wenn sie eben nicht gar so arm gewesen wäre. Die Haldenslebens sind ja alles arme Schlucker, und der Reichtum deiner Mutter kam von ihrer Mutter an deinen Großvater.«

»Ich glaube es wohl, Papa, daß Tante Krispina sehr hübsch war. Noch jetzt merkt man es, trotz ihrer wunderlichen Art, sich zu kleiden. Und ein herzensgutes Geschöpf ist sie auch. Ich freue mich sehr, daß wir sie nun wieder einige Wochen in Falkenau haben.«

»Und daß du das drollige Weiblein wieder hätscheln und pflegen kannst. Das ist deine Passion. An mir kannst du sie nicht zur Genüge auslassen«, neckte der Vater.

Annelies nickte vergnügt. »Stimmt, Väterchen. Und deine Passion ist dann, Tante Pinchen heimlich die beiden üblichen braunen Lappen in ihre Schatulle zu schmuggeln, ehe sie abreist.«

Nun mußten sie beide lachen.

»Sie ist so arm, Kind, und auf ihrer Freistelle im Stift müßte sie auf die kleinste Annehmlichkeit verzichten, wenn ich ihr nicht auf diese Weise zu einem Taschengeld verhelfen würde.«

Annelies lächelte gerührt. »Das arme, alte Pinchen. Wenn sie doch für immer bei uns bleiben würde, wie gut sollte sie es hier haben.«

»Dazu ist sie eben nicht zu bewegen, Annelies. Du weißt doch, jede dahinzielende Bemerkung weist sie mit Bestimmtheit zurück. ›Eine Haldensleben ißt kein Gnadenbrot, und wenn es noch so herzlich angeboten wird.‹ So sagt sie jedesmal.«

Annelies sah nachdenklich vor sich hin. Dann hob sie plötzlich den Kopf. »Papa, wenn man es nun einmal mit Diplomatie versuchte? Man müßte es so schlau anfangen, wie du es mit den braunen Lappen machst.«

Um Donatus Falkenaus Lippen huschte ein amüsiertes Lächeln. »Das ist immer ein komisches Intermezzo und dabei so rührend. Malen könnte ich sie, wenn sie mit ihrem drolligen Gebaren und aufgelöst vor Erregung zu mir hereingeflattert kommt: ›Wahrhaftig, Donatus, mit meiner Zerstreutheit wird es immer schlimmer. Du glaubst nicht, wie leichtsinnig ich mit dem Geld umgehe. Da habe ich wieder zweitausend Mark mehr in meiner Schatulle mitgenommen, als ich beabsichtigte. Denk' doch nur, das ist ja fast ein Vermögen.‹ So sagt sie dann, und dabei laufen ihr die hellen Tränen über das Gesicht, und meine beiden Hände drückt sie so krampfhaft, daß ich froh bin, daß sie nur so ein zartes Nippesfigürchen ist. Und ich kann dir versichern, sie suggeriert sich entschieden selbst die Überzeugung, daß es so ist. Sie ist imstande, sich heftige Selbstvorwürfe über ihren Leichtsinn zu machen.«

»Und dabei weiß ich genau, daß sie über jeden Pfennig, den sie verbraucht, gewissenhaft Buch führt und ängstlich rechnet, daß der geheimnisvolle Schatz in ihrer Schatulle von einer Heuernte zur anderen ausreicht. Nein, Papa – das geht nicht so weiter, wir wollen doch einmal ernstlich versuchen, ob wir sie nicht in Falkenau halten können.«

»Das wird dir nicht gelingen. Der Haldenslebensche Stolz steckt ihr zu tief im Blut. Ihr Vater flickte eigenhändig hinter verschlossenen Türen die zerrissenen Schuhe seiner beiden Kinder, aber aus dem Haus ging er nicht ohne glänzend gebügelten Zylinder und tadellosen Glacéhandschuhen. Schon die Eltern deiner lieben Mutter wollten Krispina in Neulinden aufnehmen, aber sie hat sich lieber schlecht und recht durchgehungert, bis sich ihr mit dreißig Jahren die Pforten des Stiftes öffneten. Diese Stiftsstelle ist ein altes, verbrieftes Recht, das ihr niemand streitig machen kann. Damit ist sie zufrieden.«

»Gut, ich werde es mit einer Kriegslist versuchen, Papa«, sagte Annelies schelmisch.

»Willst du mich nicht einweihen?« fragte der Vater.

Annelies war ganz Eifer. »Ich habe nämlich schon auf dem Heimritt von Neulinden darüber nachgedacht. Weißt du, so ein wenig Lug und Trug ist dabei. Aber in diesem Falle will ich's mal ausnahmsweise mit den Jesuiten halten: der Zweck heiligt die Mittel.«

»Na, dann schieß los, Mädel, mit deinem schwarzen Plan.«

»Hm! Also ich beklage mich fürchterlich bei ihr, daß ich vor Arbeit nicht aus und ein weiß und daß ich mit dem besten Willen nicht mehr zurecht komme, mit dir Schach zu spielen und so weiter. Schach ist ja, wie du weißt, Tante Pinchens Passion. Ich beklage mich außerdem, daß ich keinen Sinn für das Schachspiel habe und dich nie zufriedenstelle.«

»Aha – du willst sie als Schachpartner bei mir festnageln?«

»Hm!«

Er lachte. »So schlau war ich schon selbst, kleiner Diplomat. Darauf beißt sie nicht an. Weißt du, was sie mir auf meine verblümte Werbung geantwortet hat?«

»Nun?«

»Verschreib dir einen Schachmeister, lieber Donatus, der tut dir bessere Dienste als ich.«

Annelies zog das Näschen kraus. »O weh – also so geht es nicht. Na, dann muß es auch ohne das Schachspiel gehen. Zum Beispiel kann ich ihr sagen, daß ich so überbürdet bin, daß ich mir werde eine Hausdame engagieren müssen. Und dann werde ich sie vorwurfsvoll ansehen und es sehr schlimm finden, daß man zu Fremden Zuflucht suchen muß, weil man nur herzlose Verwandte besitzt, die doch eigentlich die Pflicht hätten, einem beizustehen. Ich werde sehr vorwurfsvoll aussehen und das ›herzlos‹ und die ›Pflicht‹ stark unterstreichen. Meinst du nicht, daß Tante Pinchen sich dann für ein ganz schwarzes, herzloses Ungeheuer hält und mir glatt in die Falle geht?«

Donatus Falkenau lachte herzlich. »Du Schlaukopf, du ganz gefährliche Intrigantin – natürlich – nur auf diese Weise ist sie zu fangen. O ihr Frauen, ihr seid doch die gewiegtesten Diplomaten.«

»Und du hilfst mir dabei und bläst mit in mein Horn, Väterchen.«

»Selbstverständlich, mit Vergnügen, mein Mädel. Es ist ja auch ein Unsinn, daß sie sich in dies triste, armselige Stift vergräbt. Du hast mich da auf einen guten Gedanken gebracht. Wir können Tante Krispina wahrhaftig ohne alle Winkelzüge sehr gut gebrauchen. Außerdem – wie froh wäre ich, wenn du sie später mit nach Neulinden nehmen könntest. Ich wüßte dich dann nicht so allein. Sie ist eine so treue, gute Seele. Also – ich helfe dir bei deinem Plan, Annelies, und setzte noch ein paar scharfe Lichter auf, um ihr zu beweisen, wie sehr sie uns notwendig ist und daß sie uns eine Wohltat erweist, wenn sie bleibt, nicht umgekehrt.«

Annelies strahlte. »Eine wundervolle Verschwörung, Väterchen. Wir zwei Bösewichter werden sie mit Glanz in Szene setzen.«

Annelies war zur Bahnstation gefahren, um Tante Krispina feierlich einzuholen. Nun stand sie mit dem Diener, der sich des Gepäckes bemächtigen sollte, auf dem schmalen Bahnsteig vor dem winzigen Stationsgebäude aus Ziegelsteinen, die von einem blühenden Netz vom Crimson Rambler fast verdeckt wurden. Der Stationsvorsteher stand stramm wie ein Soldat auf seinem Posten und ließ nur zuweilen aus seinem rechten Augenwinkel einen wohlgefälligen Blick zu der Falkenauer Baroneß hinüberschweifen. Sie sah aber auch zu reizend aus in dem staubgrauen englischen Kostüm mit dem kleinen Strohhut auf dem blonden Haar.

Für alle Fälle hatte Annelies den großen Landauer einspannen lassen, denn Tante Pinchen trennte sich nie und unter keiner Bedingung von ihrem Gepäck.

Mit der üblichen kleinen Verspätung traf der Zug ein. Schon ehe er hielt, winkte aufgeregt eine alte Dame mit dem Taschentuch aus einem Abteil zweiter Klasse zu Annelies hinüber.

Gleich darauf stand diese vor dem geöffneten Abteil, und ein zappelndes, aufgeregtes, zierliches Persönchen flatterte ihr in die Arme.

Dann gab es ein unglaublich hastiges Durcheinander. Tante Pinchen kletterte, trotz Annelies Abwehr, noch einmal in den Zug, um sich zu überzeugen, daß der Diener auch wirklich all ihr Handgepäck herausgeschafft habe. Sie kam dann auch, triumphierend eine kleine Plaidrolle schwingend, wieder zum Vorschein, die unter den Sitz gerollt und von Friedrich nicht bemerkt worden war.

»Siehst du wohl, Annelies, auf die Dienerschaft ist kein Verlaß in wichtigen Dingen. Wie gut, daß ich noch einmal nachsah. So – nun zählen Sie mal, Friedrich, zwölf Stück müssen es sein. Zwei Handkoffer, zwei Blusenkartons, eine Schlummerrolle, eine Hutschachtel, ein Vogelbauer – ach mein Hänschen, nun sind wir da, mein Zuckerhänschen – also wieviel – sieben Stück, eine Plaidrolle, ein Frühstückskörbchen, eine Schirmrolle, eine Handtasche – mein Gott – das sind ja nur elf Stück, da fehlt noch eins.«

Entsetzt wollte die alte Dame noch einmal die Kupeetür aufreißen, und hinaufklettern, um nach dem zwölften Gepäckstück zu fahnden. In demselben Augenblick setzte sich jedoch der Zug in Bewegung. Annelies hielt Tante Pinchen energisch zurück, sonst hätte sie eine Fahrt auf dem Trittbrett, die Türklinke festhaltend, ins Ungewisse angetreten.

»Laß mich doch, Kind, es fehlt mir ja noch ein Stück!« rief Tante Pinchen außer sich.

»Aber Tantchen, so beruhige dich doch, der Zug fährt ja schon ab. Zähl doch erst noch einmal nach, es wird schon alles da sein«, begütigte das junge Mädchen und unterdrückte nur mit Mühe das aufsteigende Lachen.

Die alte Dame sank auf einen der Koffer nieder und starrte dem Zug nach.

»Ach, du lieber Gott, da fährt er wahrhaftig hin! Es ist doch eine Rücksichtslosigkeit von dem Stationsvorsteher, den Zug abfahren zu lassen, ehe man sein Gepäck herausnehmen kann. Ich werde mich beschweren, jawohl, das werde ich. Was fehlt denn nur, um Gottes willen noch – ich bin ganz wirr – mein armer Kopf.«

Annelies mußte nun doch herzlich lachen. »Den hast du ja gottlob noch, deinen Kopf, liebes Tantchen. Und nun zählen wir noch einmal genau. Aber was hast du denn noch hier am Arm hängen – ein Luftkissen. Hast du das schon mitgezählt?«

Tante Pinchen starrte auf das unter ihrer Mantille hervorbaumelnde Kissen und dann entstieg ein erlösender Seufzer ihrer Brust.

»Ach ja – das Kissen – das hatte ich in der Aufregung vergessen. Gottlob – nun ist doch wohl alles da. Bitte, zähle doch noch mal, Kind. Ich bin ganz erschöpft.«

Annelies zählte gewissenhaft mit einem Schelmenlächeln die zwölf Stücke vor. Nun war Tante Pinchen zufrieden. Neugestärkt erhob sie sich. »Ach, Kind, du glaubst ja nicht, was man jedesmal für Ärger und Schererei mit dem Gepäck hat. Da saß so ein unverschämter Mensch in meinem Kupee, du weißt, ich fahre stets Nichtraucher, denn in Frauenabteilen ist man heutzutage nicht mehr vor Eisenbahnräubern sicher, also ja, was wollte ich sagen, also, da war so ein unverschämter Mensch, den hatte ich mit meiner Schirmrolle aus Versehen gestoßen, und dann ärgerte es ihn, daß Hänschen so fröhlich sang – er wollte nämlich schlafen – ja, der sagte ganz wütend und unhöflich, ich solle mir doch einen Gepäckwagen extra mieten und den ›verdammten Piepmatz‹ ins Hundekupee sperren. Denk dir nur die Roheit! Mein armes Hänschen ein ›verdammter Piepmatz‹ und ins Hundekupee, bloß weil er so fröhlich singt und sich auf die Reise freut, wie ich. Wie findest du das, Annelies?«

Diese konnte nicht antworten, weil sie sonst die Fassung verloren hätte. Sie nahm das entrüstete Tantchen in ihre Arme und küßte sie erst einmal tüchtig ab. Und dann sagte sie beruhigend:

»Jetzt denken wir aber gar nicht mehr an solch verdrießliche Sachen, Tante Pinchen, jetzt sind wir nur noch vergnügt und froh. Bei so klarem, wolkenlosem Himmel zur Heuernte, da kann man nur vergnügt sein. Und nun komm zum Wagen.«

Friedrich hatte inzwischen das Gepäck verstaut. Nun faßte er auch nach dem Vogelbauer. Da fiel ihm aber das alte Fräulein in den Arm.

»Halt, Friedrich, halt – Hänschen trag' ich selbst, ich behalte ihn bei mir im Wagen. Gelt, mein Hänschen, du bleibst bei mir?«

Hänschen lugte mit schief gehaltenem Kopf zu ihr empor und sagte: »Piep.«

Tante Pinchen kletterte, ohne das Bauer loszuwerden, in den Wagen. Vorsichtig stellte sie Hänschen auf den Rücksitz und schützte ihn mit Kissen und Plaids vor dem Luftzug.

Aufatmend sank die zierliche alte Dame dann in

den Fond zurück. Ihre altmodische schwarze Seidenmantille bauschte sich wichtig um das schlanke Figürchen, und das schwarze Kapotthütchen mit dem unerwartet kühnen, grellroten Rosenbukett, aus dem ein kümmerlicher weißer Stutzreiher neckisch und vorwitzig emporstrebte, rückte haltlos auf die Seite.

Mit einem energischen Ruck schob es Tante Pinchen auf seinen Platz, aber nun neigte es sich entschieden nach der anderen Seite. Das gab dem gutmütigen Altfräuleingesicht entschieden etwas Verwegenes.

Annelies streichelte ihr lächelnd die Wange und rückte das Hütchen liebevoll zurecht. Sie zupfte auch noch verschönernd an der schwarzen Samtschleife, die den Hut unter dem Kinn festhielt.

»So, Tantchen, nun bist du würdig vorbereitet für den feierlichen Einzug in Falkenau.«

Tante Krispina faßte nun, ruhig werdend, nach der warmen jungen Mädchenhand. »Treibe nicht deinen Spott mit mir, Annelies!«

»Nein, Tantchen, gewiß nicht. Du siehst nun wirklich sehr schön und lieb aus.«

Das alte Fräulein lächelte. »Mit der Schönheit ist es bei mir längst vorbei. Aber dafür blühst du wie eine Rose, Annelies, und wenn du auch mehr deinem Vater gleichst, das Haldenslebensche Blondhaar und den berühmten Haldenslebenschen Teint hast du doch von deiner Mutter geerbt.«

»Ja, Tantchen, und Papa erzählt mir so oft, daß du und meine Mutter in der Gesellschaft nur ›Die beiden schönen Haldensleben‹ genannt wurdet, und daß sich die Verehrer in Scharen um euch gedrängt haben!«

Ein feines Rot stieg in das faltige Gesichtchen. »Ja

ja, die Jugend! Wo sind die Tage hin, Annelies, da ich mit deiner Mutter jung war. Ja – damals war ich ein ganz hübsches Mädchen, wirklich. Aber deine Mutter war viel schöner und glänzender als ich. Sie stand ja auch mitten in der Sonne, während ich im Schatten vegetierte und nur zuweilen durch ihre Güte ein wenig in die Sonne gezogen wurde. Alles Gute kam mir immer von ihr und ihren Eltern – wie jetzt von euch. Ja – die schöne Jugend ist nun vorüber. Und heute bin ich nur noch eine unnütze alte Jungfer und habe mehr als fünfzig Jahre auf dem Rücken. Aber jetzt nichts mehr von mir, jetzt sag mir erst, wie es deinem Vater geht, Annelies?«

Das junge Mädchen wurde ernst. »Es ist noch alles wie zuvor, Tantchen. Du weiß ja – es wird leider nie mehr gut mit ihm«, sagte sie leise.

Das alte Fräulein streichelte zärtlich ihre Hand. »Nun nun – Gott tut noch alle Tage Wunder, meine liebe Annelies. Und dein Vater ist so ein herrlicher Mann – an ihm könnte der liebe Gott wirklich eines wirken.«

Annelies' Augen umflorten sich, aber sie zwang die aufsteigenden Tränen zurück. »Jede Stunde, die ihn mir der Himmel läßt, ist schon ein Wunder, Tante Krispina. Und ich nehme jede dieser Stunden hin wie ein köstliches Geschenk. Aber ich will und muß auch jede Stunde darauf gefaßt sein, ihn zu verlieren.«

Das alte Fräulein wischte sich die Augen und seufzte. »Wie ruhig du das sagst, Annelies! Du bist ein merkwürdiges Mädchen. Ich weiß doch, wie lieb du deinen Vater hast, und was er dir ist. Ich müßte an deiner Stelle immerfort weinen.«

Annelies lächelte wehmütig und seufzte tief auf. »Liebe Tante Krispina – ich habe eine harte Schule durchgemacht in den letzten fünf Jahren. Da lernt man einsehen, daß sich das Schicksal nicht meistern läßt mit Sorgen und Grämen. Papa hat mir geholfen, mich zu bescheiden und mich drein zu fügen, daß ich alle meine Lieben nacheinander hergeben muß. Papa hätte keine ruhige Minute mehr, wüßte er nicht, daß ich allem, was kommt, mit Fassung entgegensehe. Wir verlieren uns beide nicht in der Furcht vor dem Kommenden. Keine der köstlichen Minuten, die uns noch bleiben, wollen wir vertrauern, sondern uns daran freuen. Und ich bitte dich, Tante Krispina, sei recht fröhlich und heiter; tritt Papa, auch wenn du ihn sehr verändert finden solltest, mit sorgloser Miene entgegen. Er freut sich so sehr auf deine Gesellschaft, und für jede frohe Minute, die du ihm schaffen kannst, bin ich ewig deine Schuldnerin.«

Tante Pinchen weinte herzzerbrechend vor Rührung, und halb von Tränen erstickt stieß sie hervor: »Laß mich nur jetzt ausweinen, Kind, damit ich nachher lachen kann. Ach, du lieber Gott, das Herz kann einem in Stücke gehen, wenn man das hört. Aber du hast ja recht, damit ist euch nicht zu helfen, und so eine Heulsuse könnt ihr nicht zur Gesellschaft gebrauchen. Wart nur, gleich bin ich fertig mit den dummen Tränen. Auf der Reise bin ich immer ein wenig nervös, sonst niemals. So – nun werde ich schon ruhiger. Sieh nur Hänschen an, wie er aufgeregt flattert. Er merkt es sofort, wenn ich traurig bin. Tränen kann er gar nicht vertragen. Du, du, du! Sei nur zufrieden, mein Hänschen, ich lache schon wieder, bin schon wieder vergnügt.« Hänschen stieß ein paar verzagte Töne aus und wetzte den Schnabel.

Annelies mußte lächeln über das alte Fräulein und ihren Vogel. Sie steckte den Finger zwischen die Stäbe des Bauers und Hänschen knapperte an ihrem rosigen, glänzenden Fingernagel.

»Siehst du, Annelies, was er für ein feines Empfinden hat. Nur guten Menschen naht er sich so zutraulich. Wenn Fräulein von Knesebrecht im Stift in mein Zimmer tritt, dann kriecht er in die äußerste Ecke und plustert sich auf. Sie ist solch ein unausstehliches Geschöpf. Du glaubst nicht, was ich von ihr zu erdulden habe. Denke dir, sie schwärzt uns alle bei der Oberin an. Ich sei eine überspannte Närrin. Wie findest du das? Ich tue doch keinem Menschen etwas zuleide und lebe ganz still für mich. Nur mit Klarissa von Sanden plaudere ich zuweilen ein Stündchen von alten Zeiten. Wir sind doch befreundet und kennen uns schon aus der Zeit, da wir noch nicht im Stift waren. Aber die Knesebrecht ist ein herzloses Geschöpf.«

Und Tante Pinchen vertiefte sich in eine eingehende Schilderung dessen, was Fräulein von Knesebrecht ihr und den anderen Damen Übles zufügte.

Annelies hörte geduldig zu. Sie wußte, daß es der alten Dame eine Wohltat war, von diesem Kleinkrieg zu berichten und sich das Herz einmal ordentlich zu erleichtern. Dabei wußte sie auch das ganze Leben im Stift mit so drolliger Naturtreue zu schildern, daß Annelies immer wieder herzlich lachen mußte.

»Tantchen, das mußt du Papa alles erzählen, darüber amüsiert er sich. Du schilderst das so humorvoll. Freilich, wenn du es erleben mußt, ist es wohl weniger lustig«, sagte sie. Und sie wollte noch hinzufügen: Warum bestehst du aber auch nur darauf, in diese triste Umgebung zurückzukehren, bleib doch bei uns.

Aber sie hielt es noch zurück. Wenn ihr Plan glükken sollte, durfte Tante Krispina nicht merken, was sie im stillen wünschte.

Mitten in ihre Erzählung hörte Tante Krispina plötzlich auf und erhob sich mit einem Ruck. »Falkenau – ach – da liegt Falkenau!« rief sie entzückt und breitete die Arme aus, als wollte sie es umfangen. Dann sank sie auf ihren Sitz zurück und sagte leise, ein wenig beschämt und mit Rührung kämpfend: »Ach, Annelies, wie wundervoll ist dieser Anblick. Ihr wißt ja gar nicht, wie herrlich es bei euch ist. Jedes Jahr packt es mich von neuem.«

Annelies küßte sie herzlich auf die Wange. »Goldiges Tantchen!«

Stumm saßen sie dann Hand in Hand, bis der Wagen die Rampe hinauffuhr. Annelies sprang leichtfüßig heraus und half der Tante beim Aussteigen. Die hielt das Vogelbauer krampfhaft fest. Am Fenster seines Zimmers stand Baron Donatus und winkte ihr lächelnd zu. Sie winkte zappelnd und aufgeregt zurück und warf ihm eine Kußhand zu. Dabei rollten ihr schon wieder die Tränen über die Wangen, und deshalb verschwand sie schnell im Hause. Dort wischte sie hastig die Tränen ab und ohne abzulegen oder Hänschen loszulassen, lief sie, zwischen Lachen und Weinen, in des Hausherrn Zimmer und begrüßte ihn in ihrer drollig umständlichen Art.

Annelies war gefolgt und stand lächelnd an der Tür.

»Grüß Gott, Krispina – und von Herzen willkommen«, sagte der Baron warm und herzlich.

Sie drückte seine Hand mit aller Kraft. »Grüß Gott auch, Donatus – und da bin ich nun und will bei der Heuernte helfen. Ihr habt doch für mich zu tun?«

»Das weißt du doch, Krispina. Eine Heuernte in Falkenau ohne deine Assistenz, das geht ja gar nicht. Kollermann wird dich schon anstellen.«

Nun lachten sie beide.

Annelies nahm das Tantchen aber nun um die Schultern. »Jetzt marsch auf dein Zimmer, Tante Pinchen. In einer halben Stunde geht's zu Tisch. Und Mamsell Hegelein wird dir todfeind, wenn wir nicht pünktlich sind.«

Sie schob die alte Dame, dem Vater zärtlich zunikkend, hinaus und führte sie in ihre Zimmer im ersten Stock. Das waren zwei große, luftige Räume, reizend und vornehm ausgestattet. Das Schlafzimmer mit einem riesigen Himmelbett. In diesen Räumen wirkte Tante Pinchen wie ein Nippesfigürchen.

Mit fast kindlicher Freude begrüßte sie jedes Möbel wie einen guten Freund. »Ach – schön – schön ist es hier, Annelies – wunderschön. Gegen mein Stiftsstübchen ist dies das reine Königsschloß«, rief sie immer wieder.

Eine halbe Stunde später saßen Vater und Tochter mit ihrem Gast bei Tisch. Tante Krispina plauderte wie ein Wasserfall. Das drolligste Zeug mischte sie durcheinander. Und dabei fand sie noch immer Zeit genug, den guten Speisen alle Ehre anzutun. Mamsell Hegelein kannte alle Leibgerichte des alten Fräuleins, und Tante Pinchen schwelgte nun in sonst für sie unerreichbaren Genüssen.

Wie ein glückseliges Kind vertiefte sie sich zum Schluß des Diners in den Genuß von Erdbeeren mit Schlagsahne. Es waren herrliche, aromatische Früchte, ganz frisch gepflückt.

Als man vom Tisch aufstand, sagte sie behaglich aufseufzend: »In Falkenau verliere ich jedesmal meine schlanke Taille.«

»Auf die du so stolz bist«, neckte Annelies.

Donatus maß mit lächelndem Blick die zierliche Gestalt in dem eigenartig geschnittenen, altmodischen Kleid. »Zehn Pfund kannst du ruhig noch zunehmen, Krispina, ohne deine elfenhafte Gestalt zu verlieren.« Sie errötete. Auf dieses Kompliment war sie sehr stolz. Sie sah in Donatus Falkenau noch immer den jungen Leutnant, der vor dreißig Jahren ihrer bevorzugten Kusine den Hof gemacht und sich um diese beworben hatte. Damals hatte sie ein bißchen für ihn geschwärmt, aber in ihrer bescheidenen Weise war es ihr ganz selbstverständlich gewesen, daß er die viel schönere, glänzendere und reichere Kusine bevorzugt hatte. Heute vergötterte sie ihn, denn wenn sie auch kein Wort darüber verlor, aus einem anerzogenen, schamhaften Stolz heraus, so wußte sie doch, daß er es war, der ihr die heimlichen Spenden in ihre Schatulle zu schmuggeln pflegte. Und für die zarte Art und Weise war sie ihm grenzenlos dankbar. Er war es, der ihr ein etwas froheres, behaglicheres Leben schaffte, als ihr sonst in dem durchaus nicht üppigen Stift beschieden gewesen wäre; er war es, dem sie diese wundervollen Ferien verdankte, von denen sie ein ganzes Jahr zehrte. Alles Gute und Schöne in ihrem Leben kam ihr von Donatus Falkenau und seiner Tochter. Sollte sie ihn da nicht vergöttern? Sie betete jeden Tag inbrünstig für sein Wohl. Was sollte auch aus ihr werden, wenn Donatus Falkenau die Augen schloß? Annelies war ja auch herzensgut, aber ach – würde sie auch an das arme alte Tantchen noch denken, wenn der Vater nicht mehr lebte! Sie ahnte nicht, daß Annelies sich schon jetzt liebevoll um sie sorgte.

Wie stets, fügte sich Tante Krispina ohne Störung in den Haushalt ein. Da Annelies jetzt viel draußen sein mußte, war der Baron zum großen Teil auf Tante Pinchens Gesellschaft angewiesen. Sie spielte fleißig

Schach mit ihm, las ihm vor, empfing Besuche aus der Nachbarschaft und der Garnison und wußte sie geschickt und mit einer altmodischen Grandezza zu entfernen, wenn sie dem Hausherrn ungelegen kamen. Auch fuhr sie mit ihm aus, wenn er sich besonders wohl fühlte. Das war ihr größtes Vergnügen. So in den Fond zurückgelehnt durch den Wald und das Feld- und Wiesengelände zu fahren – ach, das war märchenhaft schön. Annelies ritt dann oft ein Stück neben dem Wagen her und berichtete dem Vater über den Stand der Ernte. Auch Kollermann machte manchmal einen kleinen Zuckeltrab neben dem Wagen und erzählte Witzchen mit Tante Krispina. Mit dem alten Fräulein verstand er sich ausgezeichnet.

Sie waren gut Freund, die beiden, obwohl es nicht größere Gegensätze hätte geben können als der hünenhafte, knorrige Inspektor mit den derben Manieren und das zierliche alte Fräulein, das wie ein Meißner Porzellanfigürchen neben ihm wirkte und sich fein und zierlich gebärdete. Nur eins war diesen beiden Menschen gemeinsam, und das bildete einen festen Kitt zwischen ihnen und glich alle Unterschiede aus – sie hatten beide das Herz auf dem rechten Fleck und hingen voll Liebe und Dankbarkeit an Baron Donatus und seiner Tochter.

So vergingen mehrere Tage, ohne daß Annelies ihren Plan schon in Angriff genommen hätte. Daß sie ihn jedoch nicht aus dem Auge verloren hatte, bewiesen ihre abgrundtiefen Seufzer und Klagen über die viele Arbeit, die auf ihr laste. Wenn sie vom Feld heimkam, stöhnte sie; wurde sie in wirtschaftlichen Angelegenheiten abgerufen, seufzte sie: »Mein Gott – man hat doch nicht eine Minute Ruhe.«

Tante Krispina zerfloß in Mitleid mit dem armen

geplagten Kind. Aber nicht im Traum wäre es ihr eingefallen zu glauben, daß sie imstande sei, Annelies etwas von der drückenden Last abzunehmen.

Aber eines Nachmittags ging diese energisch auf ihr Ziel los.

Es war ein wundervoller, sonniger Tag. Annelies hatte den Teetisch draußen auf der breiten Veranda decken lassen. Sorglich führte sie den Vater hinaus und plazierte ihn in einen bequemen Lehnstuhl. Tante Pinchen brachte ihm ein Fußkissen, und nun saß er behaglich und froh im Sonnenschein. Tagelang hatte er keine Beschwerden gehabt, und er behauptete galant, daran sei nur Krispinas Anwesenheit schuld.

»Du unterhältst mich so gut, daß ich gar keine Zeit habe, an mein Leiden zu denken«, sagte er, um Annelies' Angriff einzuleiten.

Das junge Mädchen war von Mamsell Hegelein noch mal ins Haus gerufen worden. Nun kam sie, scheinbar müde zum Umfallen, wieder heraus und ließ sich in einen Sessel gleiten.

»Es ist wirklich zuviel für mich, Papa, ich kann unmöglich allen Anforderungen gerecht werden, die man an mich stellt. Ach – ich danke dir, Tante Pinchen – es ist lieb von dir, daß du mich am Teetisch vertrittst. Überhaupt, ohne deine Hilfe wäre ich jetzt ganz fertig. Ich bin schon ohnedies todmüde.«

Tante Pinchen sah sie erschreckt an. »Um Gottes willen, Annelies, du wirst dich doch nicht überanstrengen? Es ist ja enorm, was du leistest.«

Annelies machte ein tragisches Gesicht und hielt die Augen gesenkt, damit man den Schalk darin nicht aufblitzen sah. »Ja, ja, es ist wirklich zuviel, Tantchen. Wie gesagt, jetzt, da du hier bist, mag es noch gehen, da ist es nur wegen der Heuernte etwas viel für mich.

Du nimmst mir eine Menge ab. So gut möchte ich's immer haben. Aber alles, was du jetzt auf dich nimmst, das habe ich sonst noch zu verrichten.«

»Aber Kind – ich tue doch fast gar nichts«, wehrte die alte Dame verlegen ab.

»Na, ich bitte dich, Tantchen. Meinst du, all die tausend Kleinigkeiten machen sich sonst von selbst? Und vor allem weiß ich Papa so gut in deiner Gesellschaft aufgehoben. Du glaubst gar nicht, was es jedesmal für eine Lücke gibt, wenn du fort bist. Ach, ich habe es wirklich manchmal recht schwer«, seufzte Annelies heuchlerisch.

Baron Donatus blieb nicht ohne Mühe ernsthaft. »Ja, Kind, es hilft nichts, wir müssen uns entschließen, eine Hausdame zu engagieren«, warf er ein.

»Wie schrecklich – eine Fremde ins Haus, Papa!«

»Freilich – schön wird es nicht. Aber es muß doch sein. Wenn es nur nicht so schwer wäre, eine passende Dame zu finden. Es müßte doch zum wenigsten eine leidlich sympathische Persönlichkeit sein, der man einiges Vertrauen entgegenbringen könnte und deren Gesellschaft erträglich wäre, denn sie müßte so ziemlich alles, was du jetzt tust, Krispina, auf sich nehmen.«

»Mein Gott«, seufzte die alte Dame, »ich habe ja gar nicht gewußt, daß ihr so notwendig eine Hilfe braucht.«

Annelies nickte kräftig. »Notwendig, wie das liebe Brot. Ach ja – wenn man nicht zu fremden Leuten seine Zuflucht nehmen müßte – wenn man eine verwandte Seele hätte, die dies Amt übernehmen wollte. Aber herzlos sehen sie alle zu, wie ich mich plage, seit Papa leidend ist. Auf zwei Gütern nach dem Rechten sehen, zwischen Neulinden und Falkenau hin und her jagen und dann auch zu Hause keine Ruhe. Die Mamsellen hüben und drüben sind ja tüchtig – aber ich brauche eben noch eine Dame zur Unterstützung. Nun, wir müssen wohl in den sauren Apfel beißen und eine Fremde bei uns aufnehmen, da uns die eigenen Verwandten im Stich lassen.«

Tante Krispina wurde abwechsend rot und blaß und sah ganz verstört vom Vater auf die Tochter und von der Tochter auf den Vater. Eigentlich war sie doch die einzige, die sich unter den ›herzlosen Verwandten‹ getroffen fühlen konnte.

Die beiden Verschwörer saßen mit tragischen Gesichtern da und hatten kein bißchen Mitleid mit ihrer Hilflosigkeit.

»Aber mein Gott, Annelies, wer sollte euch denn helfen können?« fragte sie kläglich.

Annelies zuckte die Achseln. »Gott Tantchen, es ist ja am Ende sehr anspruchsvoll, daß man daran denkt, es sollten sich Verwandte für einen aufopfern, dir können wir das jedenfalls nicht zumuten, obwohl gerade du die geeignetste Persönlichkeit wärst. Wir können natürlich nicht verlangen, daß du dein behagliches, beschauliches Leben im Stift drangeben sollst, um hier eine Menge beschwerlicher Pflichten auf dich zu nehmen. Auf einige Wochen hilfst du uns ja auch schon, und gerade bei der Heuernte. Nein wirklich, mehr können wir billigerweise nicht von dir verlangen. Nur ist man egoistisch und denkt zuerst an sich.«

Tante Krispina schüttelte bekümmert und ratlos den Kopf. »Lieber Gott – bin ich euch denn wirklich eine Hilfe?«

»Aber natürlich, Tantchen, das mußt du doch selbst merken.«

»Wieso denn nur, Annelies, ich tue doch rein gar nichts.«

Annelies sah sehr entrüstet aus. »So? Wer liest Papa vor, wer geht mit ihm in den Park? Und wer versorgt die Vasen mit frischen Blumen? Beaufsichtigst du nicht auch die Mädchen, daß sie ordentlich Staub wischen, die Diener, daß das Silberzeug gut behandelt wird? Und spielst du nicht mit Papa Schach, begleitest ihn nicht auf seinen Ausfahrten? Wer stopft die feinen Damasttücher so meisterhaft, daß kein Mensch den Schaden merkt? Wer bereitet den Tee und bedient uns dabei und wer empfängt lästige Besuche und heitert uns noch obendrein auf?«

Tante Krispina atmete beklommen. »Das tue ich doch aber nur zu meinem Vergnügen, weil es mir so viel Freude macht. Ich denke doch immer, ich bin euch viel mehr eine Last als eine Hilfe!«

»Ach geh, Tantchen, das ist doch nicht dein Ernst. Sag's nur ehrlich heraus, daß es kühn wäre, dir zuzumuten, daß du so schwere Pflichten für immer auf dich nehmen solltest. Es wäre ja direkt ein Opfer, das du uns bringen müßtest. Solche Opfer bringt man doch höchstens für Menschen, die man sehr, sehr liebhat. Und wenn du uns auch recht gut bist, dazu stehen wir deinem Herzen doch nicht nahe genug.«

Es klang sehr deutlich ein schwerer Vorwurf durch Annelies' Worte.

Fräulein von Haldensleben war ganz fassungslos. »Kindchen – aber lieber Donatus, ich weiß ja gar nicht, was ich sagen soll! Ich euch nicht liebhaben, ich? Ja lieber Gott, wen soll ich denn liebhaben, wenn nicht euch? Ich habe ja keinen Menschen, der mir näher steht als ihr. Und ich begreife gar nicht – was ihr da sagt – das ist mir so unfaßbar – so …«

»Laß nur gut sein, Tantchen«, sagte Annelies erbarmungslos, denn sie merkte, daß ihre List zu wirken begann. »Wir wissen wohl, daß du uns gern hast – aber zu solchen Opfern gehört eben mehr. Das sehen wir auch ein, Papa und ich. Deshalb wagen wir gar nicht dich zu bitten, daß du uns aus dieser Bedrängnis hilfst. Nicht wahr, Papa – das wagen wir nicht?«

Donatus amüsierte sich heimlich über das hilflose Staunen Tante Pinchens. Er kannte sie gut genug, um zu wissen, daß sie durch Annelies' Worte ganz aus dem Gleichgewicht kommen und sich beinahe für ein herzloses Ungeheuer halten mußte.

»Ja, natürlich«, pflichtete er ernsthaft bei, »so ein unbilliges Verlangen können wir nicht an dich stellen, Krispina. Wenn wir uns nur nicht so vor einer fremden Hausdame graulten. Wo finden wir eine mit nur annähernd so feinem Herzenstakt, wie er dir eigen ist? Wer könnte uns nur in etwa so sympathisch sein, wie du – abgesehen davon, daß wir dich herzlich lieben? Noch schwieriger ist es, wenn ich an die Zukunft denke. Annelies muß doch einen Schutz, eine ›dame d'honneur‹ haben, wenn ich sie allein lassen muß. Sie kann doch dann nicht allein in Neulinden hausen. Wo finden wir eine so vertrauenswürdige Persönlichkeit? Ja – das macht mir ernste Sorge, und ich könnte viel ruhiger dem Kommenden entgegensehen, wenn diese Frage zufriedenstellend gelöst wäre. Kollermann geht ja natürlich mit nach Neulinden, und auf seine Treue und Anhänglichkeit können wir bauen. Aber er kann doch Annelies nicht gesellschaftlich unterstützen und ihr die nötige Sicherheit geben. Es ist wirklich sehr schlimm für uns, daß wir auf fremde Menschen angewiesen bleiben.«

Tante Krispinas Erregung löste sich in Tränen auf. Sie ging wirklich glatt und ahnungslos in die gestellte Falle. »Ist es denn wirklich möglich, daß ich altes, unnützes Geschöpf noch zu solch einem Amt gut wäre?« schluchzte sie herzbrechend.

Annelies faßte gerührt und ganz weich geworden ihre Hand. »Aber liebes Tantchen, daran darfst du doch nicht zweifeln. Es ist ja unrecht von uns, dir das Herz so schwer zu machen und – und dich so in die Enge zu treiben. Verzeih – aber – wir mußten dir mal unsere Notlage schildern. Vielleicht kannst du uns doch wenigstens behilflich sein, eine Dame zu finden, die wenigstens leidlich für diesen verantwortungsvollen Posten in Betracht käme.«

Tante Krispina trocknete plötzlich energisch ihre Tränen. Mit einem Ruck setzte sie sich steif und gerade empor und sah sehr entschlossen aus. »So, daß ihr's nur wißt, ich brauche euch gar nicht behilflich zu sein, denn selbstverständlich bleibe ich bei euch«, sagte sie fest und laut.

»Nein, nein, Krispina, das können wir nicht annehmen«, wehrte der Hausherr heuchlerisch ab. »Du hast mir doch schon früher meine Bitte, bei uns zu bleiben, rundweg abgeschlagen.«

»Papa hat ganz recht, Tantchen. Du läßt dich jetzt nur durch unsere Notlage hinreißen, ein Opfer zu bringen. Später tut es dir dann wieder leid. Nein, wir dürfen es nicht annehmen.«

Tante Pinchen machte ein beinahe kriegerisches Gesicht.

»Ich bleibe, und damit punktum! Voriges Jahr schlug ich deine Bitte, lieber Donatus, nur ab, weil ich annahm, daß ich hier so eine Art Gnadenbrot als nutzlose Drohne annehmen sollte. Das ließ mein Stolz nicht zu, du weißt, die Haldenslebens haben nichts aus früheren guten Zeiten gerettet als ihren Stolz und die Anwartschaft auf eine Stiftsstelle. Ich wollte euch nur nicht zur Last fallen. Könnt ihr mich aber wirklich brauchen, ach lieber Gott, dann ist das ja ein großes Glück für mich. Denkt doch nur ja nicht, daß es im Stift behaglich ist. Ach nein, mit Grauen denke ich an das kleinliche Leben dort, bei dem man dumm und wunderlich wird, bei dem einem Kopf und Herz zusammenschrumpfen. Was bin ich denn für ein Mensch dort geworden? In dieser Stille und Weltabgeschiedenheit verkümmert man an Leib und Seele. Aber ich hatte doch ein verbrieftes Recht auf dieses Obdach, und mir mein Brot bei fremden Leuten zu verdienen, dazu war ich zu feige, jawohl jawohl, jämmerlich feige. Wir sind ja so mimosenhaft erzogen worden, haben gedarbt und gehungert, nur um unseren Stolz nicht beugen zu müssen. Mein Bruder ist daran zugrunde gegangen in seinen besten Jahren. Und ich, ach mein Gott, ich habe mich eben feige in dies blöde Leben gefügt. Nie ist mir eine Ahnung gekommen, daß ich noch einen anderen Platz im Leben auszufüllen imstande wäre. Lieber Gott, ich kam mir so zum Erbarmen überflüssig vor. Und da sprecht ihr nun von einem Opfer, das ich bringen würde! O mein lieber Gott! Solch eine Wohltat wäre mir das, solch eine große reine Freude. Kann ich euch denn wirklich nützen?«

Wie ein Strom kam das über ihre Lippen, wie eine Befreiung von einer schweren heimlichen Last.

Annelies umarmte sie, mit feuchten Augen und sah ihr ins Gesicht. »Tantchen, herzliebes Tantchen – nun halte ich dich fest – nun bleibst du bei uns. Sollst schon sehen, wie nötig du uns bist, an Arbeit und Mühe soll es dir nicht fehlen. Du bist uns nun auf Gnade und Ungnade verfallen.«

Tante Pinchen kollerten große Tränen über die faltigen Wangen. Sie küßte Annelies und drückte Donatus wieder und wieder die Hand. »So ein Glück für mich, so ein Glück! Immer hier draußen in der herrlichen Natur – und kein überflüssiges Leben. Ach meine Lieben, könntet ihr mir ins Herz sehen.«

Und eine heilige Freude war in ihrem Herzen, daß sie bei den geliebten Menschen bleiben und ihnen nützlich und unentbehrlich sein konnte.

Gleich nach dem Teestündchen ging sie auf ihr Zimmer, um sich im Stift abzumelden und ihrer einzigen Freundin Klarissa Sanden zu erzählen, wie sich ihr Geschick gewendet hatte.

Vater und Tochter sahen ihr gerührt nach. Und dann sagte Donatus, Annelies lächelnd an sich ziehend: »Du kleine Komödiantin!«

Sie umarmte ihn. »Du großer Komödiant! Gut haben wir das gemacht, gelt, Väterchen?«

»Sehr gut, mein liebes Mädel. Wir haben Tante Pinchen wirklich ehrlich beglückt.«

»Und uns dabei selbst den größten Gefallen getan. Sie wird schon so beschäftigt werden können, daß sie sich bald unentbehrlich fühlt. Und ich kann draußen so viel ruhiger sein, wenn ich sie bei dir weiß.«

»Und ich bin froh bei dem Gedanken, daß du nicht ganz allein bist, wenn ich von dir gehen muß.«

Annelies' Blick umflorte sich. Sie barg das Gesicht an seiner Schulter. »Mein lieber, lieber Vater!«

»Mein Mädel, meine Annelies! Schau, wie golden ist dieser helle Sommertag. Und jeder solche Tag hat vierundzwanzig goldene Stunden.«

»Ja, Väterchen, golden ist mir jede Stunde, die ich mit dir verleben darf. Aber jetzt mußt du ruhen. Der Kampf um Tante Pinchen hat dich doch ein wenig erregt.«

Er strich lächelnd über ihr schimmerndes Haar. »Das schadet mir nicht – ich hab' ja einem Menschen ein wenig Glück spenden können!«

4

Tante Krispinas kleine Person reckte sich nun immer sehr würdevoll. Sie war in ihren eigenen Augen gewachsen und kam ihren Pflichten mit einer Freudigkeit nach, die das ganze Persönchen wie von innen heraus durchleuchtete. Ganz besonderes Vergnügen machte es ihr, mit ihrer Freundin Klarissa Sanden zu korrespondieren und ihr in einer begeisterten Wonne ihr jetziges Leben zu schildern.

Fräulein von Sanden hielt sie dafür auf dem laufenden über alles, was im Stift geschah. Die ›Knesebrecht‹ spielte in diesen Briefen eine große, aber sehr wenig schmeichelhafte Rolle. Aber auch alle Neuigkeiten aus der mittelgroßen Stadt, in der das Stift lag, erfuhr Tante Krispina auf diese Weise. Fräulein von Sanden hatte sehr viele Bekannte und Verwandte dort und war oft eingeladen.

In derselben Stadt lebte auch Cyrill Falkenau. Tante Krispina hatte schon mancherlei, nicht eben Günstiges über ihn gehört, als sie noch im Stift wohnte. Natürlich interessierte sie sich stark für den zukünftigen Majoratsherrn von Falkenau, wenn sie auch persönlich nur flüchtig mit ihm zusammengekommen war.

Eines Tages erhielt Tante Krispina abermals einen Brief von Fräulein von Sanden. Nach einer langen Vorrede über ›die Knesebrecht‹ kam dann eine Nachricht, die Tante Pinchen sehr erregte.

Den offenen Brief in der Hand, trat sie gleich darauf ins Frühstückszimmer, wo der Baron und seine Tochter bereits saßen.

»Entschuldigt nur, daß ich zu spät komme. Aber ich

habe da einen langen Brief von Klarissa bekommen. Und er enthält allerlei, was euch auch sehr interessieren wird«, sagte sie aufgeregt.

Annelies zog sie neben sich auf den Stuhl. »Nun setz dich nur erst. Was ist denn wieder los im Stift?« fragte sie lächelnd.

»Nein, nein, diesmal ist es nicht aus dem Stift. Ihr werdet staunen, es betrifft Baron Cyrill Falkenau.«

Vater und Tochter horchten auf.

»Cyrill?« fragte der Baron, unangenehm berührt.

»Ja, ja«, nickte Krispina energisch, daß ihre blonden Seitenlöckchen, die ihr das Aussehen eines Wachtelhündchens gaben, hin und her schaukelten. »Denkt euch nur, er beschäftigt wieder einmal stark die ›chronique scandaleuse‹. Hört nur zu, was Klarissa schreibt.« Sie suchte, mit den Fingern hin und her fahrend, auf dem Brief die bewußte Stelle.

»Ah hier, also hört zu! ›Ich habe dir, liebe Pina, nun noch etwas ganz Aufregendes zu melden. Gestern war ich bei meiner Kusine, der Frau Major von Fuchs, zum Tee geladen. Nun, denke dir – man sprach ganz entsetzliche Sachen von Cyrill – es war schlimmer als je zuvor. Er soll es ganz arg treiben. Und das Neueste war, daß es zwischen ihm und Leutnant von Hardenberg Streit gegeben hat. Es heißt, Cyrill habe der jungen, hüschen Frau von Hardenberg schon seit langer Zeit sehr auffällig den Hof gemacht, und man vermutet so allerlei. Jedenfalls wird es wohl zu einem Duell zwischen dem Baron und Hardenberg kommen. Dabei hat Cyrill sich in neuester Zeit sehr um Dina Sternberg – du weißt, die Tochter des reichsten Mannes in unserer Stadt – beworben. Wie man sagt, ist Dina nicht abgeneigt gewesen. Cyrill hat ja immer Glück bei den Frauen, trotz seines schlechten Rufes, oder gerade deshalb. Also was sagst du nun zu solch einem Skandal? Ich hielt es für meine Pflicht, dir das mitzuteilen‹ – und so weiter. Das übrige ist ohne Interesse für euch.«

Tante Krispina ließ den Brief sinken und sah erwartungsvoll auf. »Was hältst du davon, Donatus?«

Annelies sah besorgt zum Vater hinüber. Er strich sich über die Stirn und sagte herb:

»Von Cyrill kann mich kaum noch etwas überraschen. Sehr unangenehm ist es mir nur, daß sich der Klatsch nun wieder eifrig mit dem Namen Falkenau befassen wird.«

»Du zürnst mir doch nicht, daß ich euch das vorgelesen habe, lieber Donatus? Ich weiß ja, daß Cyrill euch innerlich gar nicht nahesteht, sonst hätte ich es für mich behalten.«

»Unbesorgt, Krispina, Cyrill ist uns ganz fremd. Aber vielleicht interessiert es dich – dies aber nur unter Diskretion, – daß er es gewagt hat, vor kurzer Zeit um Annelies anzuhalten.«

Die alte Dame fuhr erschrocken auf. »Um Gottes willen, Kind, du liebst ihn doch nicht etwa?« rief sie entsetzt. »Dann hätte ich ja eine schreckliche Torheit begangen.«

Annelies schüttelte den Kopf. »Nein, nein, beruhige dich. Cyrill und ich – das stimmt doch im Leben nicht zusammen.«

»Herrgott, hab' ich mich erschrocken. Aber da siehst du nun wieder, was für ein Mensch er ist. Die arme Dina Sternberg – wenn wirklich etwas daran ist. Ob es denn wirklich zu einem Duell kommen wird?«

»Ach, das glaube ich nicht«, sagte Annelies, um den Vater nicht nutzlos aufzuregen. »So etwas wird immer schlimmer gemacht als es ist. Und wenn Cyrill wirklich einen kleinen Denkzettel erhält, dann ist ihm das vielleicht sehr heilsam. Sprechen wir nicht mehr davon, es gibt erfreulichere Dinge. Hast du sonst gute Nachrichten aus dem Stift, Tantchen?«

Tante Krispina berichtete eifrig. Sie erkannte, daß Annelies den Vater von der unangenehmen Geschichte ablenken wollte.

Als sich Donatus nach dem Frühstück zur kurzen Ruhe zurückgezogen hatte, sagte Tante Pinchen ganz ängstlich: »Am Ende habe ich eine Dummheit gemacht, Annelies, daß ich die Sache mit Cyrill erwähnte?«

Annelies beruhigte sie. »Mach dir deswegen keine Kopfschmerzen, Tantchen, Papa ist ja ganz ruhig geblieben. Ich bin nur überängstlich mit ihm, deshalb brach ich das Gespräch ab. Ich möchte ihm alles Unangenehme fernhalten. Weißt du, in Zukunft besprechen wir beide derartige Sachen immer allein. Überhaupt alles Außergewöhnliche. Und Papa erfährt dann nur das Angenehme oder was er unbedingt wissen muß.«

Tante Pinchen war untröstlich und machte sich heftige Vorwürfe, daß sie unbesonnen und voreilig gewesen war. Annelies mußte sie sehr liebreich trösten, um sie zu beruhigen.

Gleich darauf ritt Annelies nach Neulinden hinüber. Auf dem Heimweg traf sie mit Kollermann zusammen, der das Aufladen der letzten Heuwagen beaufsichtigt hatte. Die Heuernte war von Anfang bis zum Ende vom herrlichsten Wetter begünstigt worden.

Sie besprachen beide, daß die Leute, die sich alle sehr tapfer gehalten hatten, zur Belohnung einen

Festtrunk und eine kleine Feier am Abend haben sollten.

Kollermann konnte es nicht unterlassen, auch seinem Baroneßchen auszusprechen, wie tüchtig sie wieder bei der Arbeit gewesen war.

Annelies lachte. »Kollermann, der Himmel fällt ein, Sie machen mir ja Komplimente.«

»I wo, was wahr ist, bleibt wahr. Ich sag' meine Meinung frei heraus. Und in Neulinden haben Sie wieder eine heftige Dummheit gemacht.«

Annelies funkelte ihn übermütig an. »Duck' dich Seele, 's kommt ein Platzregen! Dacht ich's mir doch, daß Sie sich nicht umsonst mit Komplimenten strapaziert haben. Also – was hab' ich angestellt?«

Er tippte an die Stirn. »Aber Baroneßchen – wie konnten Sie nur bestimmen, daß das Jungvieh die schönste Vollmilch wie das liebe Wasser säuft? Wenn ich nicht dazukam, wie die Kerls damit manschten – na ich danke, das wären teure Kälber geworden.«

Annelies zog das Näschen kraus. »Sie haben mir doch selbst gesagt, Milch gehört zur Kälbermast, Kollermann.«

»Jawoll! Aber muß das gerade Vollmilch sein? Es gibt doch beim Buttern Abfall genug, und schließlich tut es doch auch Magermilch.«

»O weh – also unzufrieden, Kollermännchen?«

»Na ja – und mit dem frischen Futter muß auch ein bißchen gebremst werden, sonst überfressen sich die Kühe und dann ist der Deibel los.«

»Hm!« nickte Annelies gelehrig und sah ihn reumütig an. »War's sehr schlimm, Kollermann?«

»Na – es geht man, ich kam gerade noch zur rechten Zeit.«

Sie seufzte. »Ja, ja, Kollermann, wenn ich Sie nicht hätte! Ich schieße doch noch manchen Bock.«

»I wo, das ist ja gar nicht so arg«, tröstete er. »Ist noch kein Meister vom Himmel gefallen, Baroneßchen. Wenn Sie erst die sechzig auf dem Buckel haben, wie ich, dann sind Sie gescheiter als ich, das ist sicher.«

Annelies lachte. »Das dauert gottlob noch ein Weilchen. Aber, liebes Kollermännchen, da wir gerade bei Ihrem Alter sind – haben Sie schon daran gedacht, daß Sie in kurzer Zeit fünfzig Jahre auf Falkenau sind?«

Kollermann schob die Mütze zurück und machte ein nachdenkliches Gesicht. »Hm ja! Das kann stimmen. Neulich hab' ich's mir einmal durch den Kopf gehen lassen, daß es so fünfzig Jahre her sein muß, seit ich das erstemal die Falkenauer Gänse austrieb. Is'n Ende Weg, so fünfzig Jährchen, Baroneßchen – wenn er vor einem liegt – und verdeibelt kurz, wenn man ihn hinter sich hat. Aber woher wissen Sie so genau Bescheid darüber Baroneßchen?«

»Ich habe es neulich mit Papa ausgerechnet. Wissen Sie, was Papa da gesagt hat, Kollermann?«

»Nee, Baroneßchen, was denn?«

»Er hat gesagt: Den Tag möcht' ich noch erleben – da hab' ich noch ein Wörtchen mit dem alten Knurrhahn zu sprechen.«

Kollermann wischte sich hastig über die Augen. »Verdammmtes Mückenvolk! Jetzt ist mir eine ins Auge geflogen«, stieß er ärgerlich hervor, um seine Rührung zu verbergen. Und dann sah er von der Seite in Annelies Schelmengesicht.

»Was denn«, sagte er rauh, »ich hab' meine Pflicht getan, nicht mehr. Aber der Herr Baron, der hat mehr an mir getan als seine Pflicht, jawoll, viel mehr. Ohne ihn wäre ich heute noch einer von denen da drüben, die das Heu aufladen. Und jetzt reite ich bequem auf meinem Gaul spazieren.«

Annelies lachte. »Ja, es ist unglaublich, was Sie für ein bequemes Schlaraffenleben führen, Kollermännchen. Rein zum Vergnügen sind Sie morgens der erste und abends der letzte bei der Arbeit.«

Er stieß ein knurrendes Lachen heraus. »Jawoll, nur zu meinem Vergnügen.«

Sie waren bei den letzten Worten in den Gutshof eingeritten, in dem alles vor Sauberkeit blitzte. Kollermann nahm seine Pfeife zwischen die Lippen.

Ein schriller Pfiff rief einen Knecht herbei, der die Pferde in Empfang nehmen sollte. Der Inspektor war abgestiegen und half Annelies sorgsam aus dem Sattel.

Sie standen noch eine Weile beisammen. Da kam Hermann aus dem Hause und überreichte Annelies ein Telegramm. Es war an den Baron adressiert, aber Annelies' Bestimmung zufolge nicht an ihn abgegeben worden.

Einen Augenblick hielt sie es unentschlossen in der Hand. »Kollermann – ich habe jedesmal ein unheimliches Gefühl, wenn ein Telegramm eintrifft, seit – nun, Sie wissen, seit uns damals Joachims Tod auf diese Weise gemeldet wurde.«

»Nun, nun, Baroneßchen, es gibt doch auch Depeschen mit freudigen Nachrichten«, ermutigte der Alte.

Annelies riß das Telegramm entschlossen auf. Als sie es gelesen hatte, verfärbte sie sich und faßte instinktiv nach Kollermanns Arm.

»Kollermann – mein Gott – wie soll ich das Papa beibringen?« fragte sie erschrocken.

Der Alte blickte sie besorgt an. »Was gibt es denn? Eine schlechte Nachricht?«

Sie reichte ihm die Depesche. »Lesen Sie selbst.«

Er tat wie geheißen und erschrak ebenfalls.

Einen kurzen, knurrenden Laut stieß er aus. Und dann sahen sie sich beide stumm und ratlos in die Augen.

Endlich sagte Kollermann ernst: »Das ist eine sehr schwerwiegende Nachricht, Baroneßchen.«

Annelies las das Telegramm noch einmal durch.

›Baron Cyrill Falkenau heute morgen im Duell erschossen von Leutnant Hardenberg. Der Tod trat sofort ein. Brief folgt. Bitte um etwaige Dispositionen. Rackwitz.‹

»Kollermann – ich bin ganz fassungslos. So wenig gut wir mit Cyrill standen – es ist doch furchtbar, wenn ein junges Leben so jäh endet«, sagte sie leise.

Kollermann schob seine Mütze hin und her und nickte.

»Mir ist auch der Schreck in die Knochen gefahren, Baroneßchen. Gift und Galle bin ich immer auf den Herrn Vetter gewesen, und weiß Gott, Falkenau hab' ich ihm nie gegönnt. Aber so'n Tod! Nee – ich bin doch ganz aus dem Konzept.«

Annelies sah vor sich hin. »Nun wird ein anderer Herr auf Falkenau, Kollermann, an Cyrills statt.«

»Jawoll, Baroneßchen – jetzt ist nun der Baron Norbert der nächste dazu. Wo der wohl stecken mag? Hat ja kein Mensch wieder etwas von ihm gehört, seit er seinen Abschied genommen hat. Na, wenn wir nur unserem gnädigen Herrn erst diese Botschaft beigebracht hätten.«

Annelies nahm die Reitmütze vom Kopf und strich sich über die Stirn. Dann raffte sie ihr Kleid empor. »Es hilft nichts, ich muß es Papa sagen. Gott mag geben, daß ich die rechten Worte finde, ihn vorzubereiten. Sie bleiben doch jedenfalls zu Hause, Kollermann, möglicherweise hat Papa nachher mit Ihnen mancherlei zu besprechen.«

»Ja ja, Baroneßchen. Und man keine Angst. Gottlob ist der Herr Vetter dem Herrn Baron nicht ans Herz gewachsen gewesen. Er wird es nicht gar so schwer nehmen.«

Annelies seufzte. »Aufregen wird es ihn jedenfalls. Ich sorge mich schrecklich um Papa.«

Der Alte schob die Mütze aufgeregt hin und her. Ihm war auch gar nicht wohl zumute. Aber er sah in ihr blasses ängstliches Gesicht, und da lächelte er so recht zuversichtlich.

»I wo, Sie werden es dem Herrn Baron schon sanft und linde beibringen, daß er nicht erschreckt, da bin ich ganz sicher. Nun man zu – und keine Angst, der Herr Baron ist ja gottlob in der letzten Zeit so frisch und kräftig gewesen.«

Annelies nickte ihm zu und ging langsam ins Haus. Er sah ihr nach und holte tief Atem. Dann richtete er sich straff auf.

»Um so 'nen Taugenichts ist's nicht schade. Und unser gnädiger Herr wird vernünftig sein. Wenn jetzt nur gleich der Baron Norbert zur Stelle wäre – da hätte er doch noch so 'ne rechte Freude.«

Ohne sich umzukleiden, trat Annelies bei ihrem Vater ein. Sie fand ihn mit Tante Krispina beim Schachspiel. Still setzte sie sich auf die Armlehne seines Sessels. Das tat sie immer, wenn sie ein Anliegen hatte.

Lächelnd blickte er auf. »Schon zurück, Annelies?«

»Ja, Papa.«

»War alles recht drüben in Neulinden?«

»Alles Väterchen.«

Er blickte sie scharf an. »Du bist noch im Reitkleid,

Kind, willst du dich nicht umkleiden? Es ist gleich Mittag.«

»O, das geht sehr schnell bei mir. Ich wollte eigentlich erst noch ein Viertelstündchen mit dir plaudern. Aber ich störe wohl ein interessantes Spiel?«

»Das können wir fortsetzen, wenn wir allein sind. Nimm das Schachbrett fort, Krispina, das Kind will unterhalten sein«, sagte Donatus lächelnd und legte seinen Arm um die schlanke Gestalt seiner Tochter.

»Hat Papa seine Tropfen bekommen, Tantchen?« fragte Annelies beklommen.

Die alte Dame sah fast beleidigt aus. »Pünktlich auf die Minute, Kind, das weißt du doch.«

»Fühlst du dich ganz wohl, Papa?«

»Gottlob, ganz ausgezeichnet. Mein Spaziergang ist mir sehr gut bekommen. Bringst du Neuigkeiten mit, Annelies? In deinen Augen liegt ein fremder Ausdruck.«

Sie legte ihr Wange an die seine. »Ja, Väterchen, eine Neuigkeit habe ich. Aber, weißt du, ich erzähle dir eigentlich nie gern etwas Neues. Du regst dich so leicht auf.«

Donatus kannte sein Kind gut. Er wußte, daß ihre Ruhe künstlich war. Und instinktiv fühlte er, daß etwas Unangenehmes seiner wartete. Aber er kannte die Gefahr, die ihm jede Aufregung brachte, und er hatte sich geschult in der Zeit seines Leidens.

»Also du hast etwas Unangenehmes zu melden, Annelies. Nur heraus damit! Du weißt, daß ich stets meines Zustandes eingedenk bin. Und du stehst gesund und frisch vor mir, mein Mädel, sonst hat ja mein Herz um nichts mehr zu bangen.«

»Trotzdem, Väterchen, ist es etwas Schlimmes. Bitte, nimm lieber noch einmal deine stärkenden Tropfen.«

»Gut also. Gib die Tropfen. Nach dieser feierlichen Einleitung kann man ja allerhand erwarten. Ist eine Viehseuche in Neulinden ausgebrochen?« scherzte er und nahm gehorsam seine Tropfen.

»Nein, Papa, in der Wirtschaft ist alles recht.«

»Doch nicht etwa einer der Leute beim Heuladen verunglückt? Das wäre schlimmer«, forschte er ernst.

»Auch nicht, Papa. Der letzte Wagen ist glücklich herein.«

»Und Kollermann?«

»Ist wohl mit mir heimgekehrt.«

Donatus nickte lächelnd. »Nun – dann trifft mich nichts mehr hart, verlaß dich darauf. Krispina sitzt uns wohlbehalten gegenüber und brennt gleich mir vor Neugier.«

Annelies holte tief Atem und faßte des Vaters Hände. »Also Papa – es ist eine Nachricht von Cyrill eingetroffen.«

Donatus horchte auf. »Ah – also das? Betrifft sie die Angelegenheit, die Tante Krispina uns aus Fräulein von Sandens Brief mitteilte?«

»Ja, Papa.«

Er blickte forschend und ernst in ihr blasses Gesicht. »Ein Duell also?« fragte er ahnungsvoll.

»Ja, Papa.«

»Um Gottes willen«, rief Tante Krispina erschrokken.

»Also doch, wie ich vermutete«, sagte Donatus. »Und Cyrill – ist er verwundet?«

»Ja.«

»Schwer?«

»Sehr schwer.«

»Wer hat es dir mitgeteilt?«

»Es ist ein Telegramm gekommen, von Oberst Rackwitz.«

»Gib es mir, Annelies, ich will es selbst lesen.«

Sie zögerte. »Gleich Papa. Ich weiß nicht – wo habe ich's nur gelassen?«

Er strich mit einem beruhigenden Lächeln ihre Wange.

»Vielleicht hast du es in die Tasche gesteckt.«

Annelies faßte zögernd danach. Es steckte wirklich in der Tasche. »Ja wahrhaftig – hier ist es. Aber du brauchst es nicht erst zu lesen, Väterchen.«

Donatus faßte ihre Hand. »Nun weiß ich schon alles, mein Mädel. Cyrill – ist tot. Nicht wahr?«

Sie umfaßte ihn angstvoll. »Bleib ganz ruhig, mein lieber Vater.«

»Ich bin ruhig, Kind, sorg dich nicht. Von der Seite kann mich nichts so stark treffen, daß es mich allzusehr aufregte. Also gib das Telegramm.«

Sie reichte es ihm endlich, hielt ihn aber fest umschlungen, als könnte sie ihn schützen.

Ernst blickte Donatus auf das Telegramm.

»Ein Stück Papier – ein Menschenschicksal. So ist das Leben, Annelies – unberechenbar. Nun ist er vor mir noch dahingegangen! Er war mir nichts – und doch – es ist immer ergreifend, wenn ein junger, gesunder Mensch mitten aus dem vollen Leben herausgerissen wird.«

»Ist Baron Cyrill wirklich tot?« fragte Tante Krispina leise.

»Ja, Tantchen – er ist tot.«

»O mein Gott.«

Donatus richtete sich auf. »Wir wollen ohne Groll seiner denken. Was er fehlte, hat er büßen müssen. Und nun, Annelies – nun wird Falkenau einen anderen Herrn bekommen nach meinem Tod.«

In Annelies Augen glomm ein Licht auf, ein seltsames Leuchten. »Der andere Herr ist – Norbert Falkenau, Papa.«

»Ja, Annelies – wenn er noch am Leben ist, was Gott geben möge«, sagte Donatus. Und plötzlich stieg die Vergangenheit vor ihm auf. Er sah Norbert Falkenau mit Joachim und Annelies in überschäumender Jugendlust auf flüchtigen Pferden dahinstürmen. Und ein alter, längst aufgegebener Wunsch wurde wieder lebendig. Sollte ihm das Schicksal noch solch ein Glück vorbehalten haben? Norbert und Annelies? Ihr Herz war noch frei. Und er – hatte er sich gelöst aus Banden, die seiner unwert waren? Hatte er sich frei gemacht? Und wo befand er sich? Jetzt war es Zeit, ihn zu rufen. Jetzt geboten Recht und Pflicht, den Verschollenen zu suchen und ihm zu melden, daß Falkenau in ihm den künftigen Herrn sah.

»Mußt du nicht irgend etwas tun, Papa, um Norbert von dem Geschehenen zu unterrichten?« fragte Annelies mit verhaltener Erregung.

»Ja, mein Mädel, jetzt müssen wir alles daransetzen, ihn zu finden. Und lebt er noch, so will ich ihn rufen. Jetzt möcht' ich noch leben, bis ich ihn wiedergesehen, bis ich weiß, daß er wieder heimkehrt. Das ›Wie‹ braucht mich nicht zu kümmern. Kehrt er heim, so ist er ohne Tadel – und im Herzen noch der alte. Wenn er nicht aufrecht schreiten kann, dann sehen wir ihn nie mehr wieder. So kenne ich ihn.«

Annelies preßte die Hände zusammen und ihr Herz tat laute, starke Schläge. Aber kein Wort verriet, wie es in ihr aussah.

Scheinbar ganz ruhig besprachen Vater und Tochter, was man in bezug auf Cyrill zu tun hatte. Dann setzte Donatus eine Depesche auf, um Oberst Rackwitz mitzuteilen, daß er alles nach eigenem Ermessen regeln möchte, da er selbst leidend sei und nicht reisen könne.

Im übrigen wollten sie erst noch den angekündigten Brief des Oberst abwarten und dann den Rechtsanwalt Dr. Bruckner zu einer Besprechung nach Falkenau rufen. Der Antwortbrief traf dann auch am nächsten Morgen ein. Er lautete:

›Sehr geehrter Herr Baron!

Es war eine traurige Pflicht, der ich mich unterziehen mußte. Mein gestriges Telegramm hat Ihnen bereits gemeldet, daß Baron Cyrill Falkenau im Duell gefallen ist. Die Bedingungen des Zweikampfes waren außerordentlich schwer. Sie lauteten auf fünfzehn Schritt Distanz und Kugelwechsel bis zur Kampfunfähigkeit. Diese schweren Kampfbedingungen waren von Baron Cyrills Gegner, Leutnant von Hardenberg, gewählt worden, da dieser sich in seiner Ehre schwer gekränkt fühlte. Bei dem ersten Kugelwechsel gingen beide Geschosse fehl. Beim zweiten Kugelwechsel wurde Baron Cyrill mitten durchs Herz getroffen.‹

Es folgten nun noch Beileidsbekundungen und einige klärende Worte. Zum Schluß wies der Oberst noch auf ein Schreiben hin, das Cyrill für Donatus von Falkenau zurückgelassen hatte, für den Fall, daß er fallen würde. Dies Schreiben lag dem Brief bei. Es enthielt nur wenige Worte:

›Lieber Oheim! Erhältst Du dies Schreiben, so bin ich ein toter Mann, und es ist ein Strich gezogen worden unter alles, was ich im Guten und Bösen getan. Vielleicht war es mehr Böses, wer kann das so genau unterscheiden? Jeder findet sich mit dem Leben ab, wie es ihn am besten dünkt. Du wirst mich nicht betrauern, auch meine schöne Base Annelies nicht, der ich mich empfehlen lasse. Wer wird mich überhaupt betrauern? Aber für einen Menschen ist mein Tod doch bestimmt eine Freude – für den, dem ich den Weg zum Majorat frei gemacht habe. Hoffentlich ist er Dir ein angenehmerer Nachfolger, als ich es gewesen wäre. Leb wohl und vergiß mich möglichst schnell.

Cyrill Falkenau.‹

Baron Donatus legte den Brief mit ernstem Gesicht aus der Hand.

»Einer, der sich selbst verlor«, sagte er leise.

Und dann richtete er sich auf und gab Befehl, daß ein Bote nach der Stadt reiten und Dr. Buckner einen Brief überbringen solle.

Dr. Bruckner traf pünktlich in Falkenau ein. Er war der langjährige Rechtsbeistand des Barons und verwaltete auch dessen Vermögen. Baron Donatus empfing ihn in seinem Arbeitszimmer. Annelies hatte ihn herzlich gebeten, sich in keiner Weise aufzuregen und außerdem Dr. Bruckner draußen erwartet und ihm größte Vorsicht und Schonung des Vaters zur Bedingung gemacht.

Dr. Bruckner, ein stattlicher, klug und energisch blickender Fünfziger mit graumeliertem Haar und Schnurrbart, kleiner Glatze und scharf vorspringender Nase, blickte sie durch seinen Kneifer lächelnd an.

»Baroneß können ganz unbesorgt sein, ich kenne den Herrn Baron nun doch schon so lange Jahre und weiß, daß er schonungsbedürftig ist.«

Und nun saß er Baron Donatus gegenüber und hörte aufmerksam dessen Wünsche und Erklärungen. Sie waren ganz allein. »Also es handelt sich vor allen Dingen darum, daß der jetzige Aufenthalt des Barons Norbert Falkenau ermittelt und diesem dann Mitteilung gemacht wird von den veränderten Verhältnissen«, sagte Bruckner endlich.

»Ganz recht, Herr Doktor, das ist das nächste – vorausgesetzt natürlich, daß er noch am Leben ist.«

»Das ist doch wohl anzunehmen, da Sie sonst sicher von seinem Tod durch die Behörden Bericht erhalten hätten. Ein Lebender kann sich leichter verbergen als ein Toter. Aus Ihren Erzählungen entnahm ich, daß sich Baron Norbert wahrscheinlich mit Absicht vor Ihnen verborgen hält.«

»Das scheint so. Er stand mir und meinem Hause sehr nahe, ganz abgesehen von dem Verwandtschaftsgrad. Als treuester Freund meines Sohnes verlebte er seinen Urlaub mit diesem meist in Falkenau. Und wir liebten ihn wie einen Sohn. Sein Charakter, seine Lauterkeit waren über jeden Zweifel erhaben. Er fühlte sich wie ein Sohn in unserem Hause und war gern hier.«

»Und dies alles wurde anders, seit er die Bekanntschaft jener Schauspielerin gemacht hatte?«

»So ist es. Durch meinen Sohn erfuhr ich, welch unglaublichen Einfluß diese Person auf Norbert ausübte. Sonst durchaus kein ›Damenmann‹, fiel er dieser Frau rettungslos in die Hände. Er schwor auf ihre Reinheit, obwohl alle seine Kameraden ihn vor ihr warnten. Wie gesagt, er war ideal veranlagt, und sie hat ihn wohl bei dieser Eigenschaft zu packen gewußt.

Als auch mein Sohn ihm ernstliche Vorhaltungen machte und ihm geradeheraus sagte, was er über jene

Schauspielerin dachte, hatten sie zum erstenmal Streit. Norbert bezichtigte meinen Sohn der Engherzigkeit und Ungerechtigkeit und warf sich zum Ritter jener Dame auf. Und um sich nicht noch mehr mit meinem Sohn zu überwerfen, vor allem aber, um dieser Schauspielerin folgen zu können, beantragte er erst seine Versetzung nach deren neuem Domizil, und da ihm diese verweigert wurde, nahm er seinen Abschied. Vielleicht fürchtete er auch von mir Ermahnungen und Bitten. Jedenfalls ließ er sich nicht wieder bei uns sehen. Mit Joachim hatte er sich erzürnt, und so ist er eines Tages spurlos verschwunden unter Mitnahme seines kleinen, etwa dreißigtausend Mark betragenden Vermögens.«

»Und er hat sich in jener Stadt niedergelassen, wo die Schauspielerin ein neues Engagement angenommen hatte?«

»Nein. Dorthin hatte ich ihm noch geschrieben und ihn herzlich gebeten, nichts zu übereilen und vorsichtig zu sein. Der Brief kam als unbestellbar zurück. Der Adressat war nicht zu ermitteln. Wir erfuhren nur noch, daß jene Schauspielerin ihr Engagement dort sofort wieder gelöst hatte und ins Ausland gereist war. Wohin, konnten wir nicht in Erfahrung bringen. In jene Zeit fiel dann das große Unglück, das uns betraf und ich verlor Norberts Geschick ganz aus den Augen. Später hinderte mich mein Leiden, die Nachforschungen wieder aufzunehmen. Außerdem sagte ich mir, da Norbert verschollen bleiben wollte, würde er seine Gründe dafür haben. Aber ich habe immer gehofft, daß ich eines Tages wieder von ihm hören, daß er freiwillig Kunde von sich geben würde. Bis jetzt jedoch vergeblich.«

Bruckner hatte sich allerlei Notizen gemacht. »Das liegt also ziemlich sechs Jahre zurück?«

»Ja, genau fünfundeinhalbes Jahr.«

»Und könnten Sie mir nicht den Namen jener Schauspielerin nennen?«

Baron Donatus dachte nach. »Nein – ich entsinne mich nicht mehr. Oder warten Sie, da fällt mir ein – in den Briefen meines Sohnes muß er erwähnt worden sein.«

Er nahm aus seinem Schreibtisch ein Paket Briefe. Einige nahm er heraus und durchflog sie vergeblich. Aber endlich stieß er einen befriedigenden Ruf aus. »Da haben wir ihn: Lena Kiefer.«

Bruckner notierte sich diesen Namen.

»Ich danke, Herr Baron. Nun bin ich orientiert.«

»Werden Sie mit diesem schwachen Material Norbert Falkenaus Spuren folgen können?«

Bruckner strich über das Kinn und seine Augen funkelten scharf hinter den Kneifergläsern. »Ich sagte Ihnen schon, der Fall interessiert mich ungemein. Und ich habe schon schwierigere Aufgaben gelöst.«

»Darf ich wissen, was Sie zunächst beginnen werden.«

»Gewiß. Zuerst werde ich ermitteln, wohin Fräulein Lena Kiefer sich ins Ausland begeben hat. Es soll mir nicht schwer werden, das Ziel ihrer Reise herauszubringen. Habe ich das, dann werde ich einfach an jenem Ort auf dem polizeilichen Meldeamt nachfragen lassen, ob zu gleicher Zeit ein Baron Norbert Falkenau dort anwesend war und wohin er sich gewandt hat. Und so folge ich seinen Spuren weiter. Zeit und Geld dürften natürlich keine Rolle spielen. Sie geben mir doch Vollmacht und freie Hand, Herr Baron?«

»Selbstverständlich.«

»Schön, diese Sache wäre vorläufig erledigt. Haben Sie sonst noch Wünsche?«

»Nur eine Kleinigkeit. Was wir neulich wegen der Ablösung der Hypothek, die ich auf Falkenau stehen habe, verhandelten, ist nun vorläufig hinfällig geworden. Da Baron Cyrill tot ist, sind andere Verhältnisse eingetreten. Kehrt Norbert Falkenau zurück, wie ich hoffe, als derselbe untadelige Charakter, als den ich ihn immer, auch in jener Zeit der Verwirrung, gekannt habe, dann will ich ihn in jeder Weise stützen, damit er sich hier frei regen kann. Solange der Reinertrag von Falkenau nicht fünfzehntausend Mark im Jahre übersteigt, solange soll er das Kapital zu dem niedrigen Zinsfuß behalten. Mir liegt viel daran, daß Falkenau auf der Höhe bleibt.«

Bruckner verneigte sich.

Und dann verabschiedete er sich.

Vater und Tochter warteten nun mit heimlicher Unruhe auf das Ergebnis von Dr. Bruckners Nachforschungen. Sie besprachen eingehend allerlei, was mit den veränderten Verhältnissen zusammenhing.

Was Donatus Dr. Bruckner über die Hypothek gesagt hatte, teilte er auch seiner Tochter mit, und Annelies war vollkommen damit einverstanden, daß man Norbert in jeder Beziehung helfen und fördern sollte.

Wenn er nur erst wieder etwas von sich hören lassen wollte!

Ach – Annelies betete heimlich aus tiefstem Herzensgrund, daß er heimkehren möge. Was auch hinter ihm lag, was er auch erlebt und getan hatte, sie fühlte, daß sie ihm alles verzeihen konnte. Ebenso felsenfest war ihr Vertrauen auf seine Rechtlichkeit wie das ihres Vaters.

Jahrelang hatte sie an Norbert gedacht wie an einen geliebten Toten. Jetzt plötzlich bekam dieser Tote wieder Leben und das, was sie für ihn gefühlt hatte, erwachte auch zu neuem Leben. In aller Heimlichkeit war es größer und stärker geworden. Ihre Seele war inzwischen gereift, sie war kein Kind mehr, sondern ein junges Weib, das sich seiner Empfindungen bewußt wurde. Und sie wußte nun – kam Norbert nicht wieder, oder sprach sein Herz nicht für sie – dann wollte sie sich niemals verheiraten.

5

Baron Donatus hatte sich doch durch alles, was jetzt an ihn herangetreten war, mehr aus seiner Ruhe bringen lassen, als ihm gut war. Auch zehrte die heimlich Erwartung an ihm, ob Bruckners Nachforschungen Erfolg haben würden. Immer sehnlicher wünschte er, Norbert als seinen Nachfolger zu sehen und immer lebendiger wurde die alte Hoffnung, daß aus Norbert und Annelies ein Paar werden möge. Dann blieb doch seiner Tochter wenigstens ein Anteil an den Früchten seines Fleißes.

Viel sprach er jetzt mit Annelies über Norbert. All die Erinnerungen, die sich mit ihm verknüpften, wurden hervorgeholt. Auch Tante Krispina erinnerte sich seiner. Sie war einige Male zur Heuernte mit ihm in Falkenau zusammengetroffen. So lebte Norbert Falkenau jetzt schon mitten unter ihnen.

Annelies bemerkte jedoch mit Bangen, daß sich der Vater in einer unruhigen Stimmung befand. Daher begrüßte sie es, daß ihm Kollermanns fünfzigjähriges Jubiläum etwas Ablenkung brachte.

Es war eine würdige Feier dieses Tages geplant worden, und Donatus beteiligte sich lebhaft an den Vorbereitungen. Ganz Falkenau sollte an diesem Fest teilnehmen. Baron Donatus wollte seinem alten, treuen Diener so recht eindringlich zeigen, wie hoch er ihn schätzte, und was er ihm und seiner Familie galt.

Am eifrigsten war Tante Krispina bei der Arbeit. Eigenhändig wand sie Kränze und Girlanden und band riesige Blumensträuße, womit die Inspektorwohnung geschmückt werden sollte. Auch Annelies half dabei und überlegte eifrig, womit sie ihrem alten Kollermann eine rechte Freude machen könnte an seinem Ehrentag.

Ganz heimlich wurden alle Vorbereitungen betrieben, damit Kollermann nichts merken sollte. Denn er wäre imstande gewesen, vor der geplanten Feier davonzulaufen. Er konnte es nie leiden, wenn man viel Aufhebens von ihm machte. Zu seinen Geburtstagen konnte man seiner nie habhaft werden, um ihm zu gratulieren.

Auch am Morgen des Jubiläums war er, wie gewöhnlich, vor Tau und Tage schon auf die Felder geritten, ehe ihn jemand daran hindern konnte. Vielleicht wußte er nicht einmal mehr diesen Tag genau. Als er dann zum Frühstück zurückkam, sah er verdutzt eine riesige Girlande über der Eingangspforte seiner Wohnung hängen. In der Mitte prangte eine große ›Fünfzig‹. Kollermann stand breitbeinig da, beguckte sich das Ding, knurrte etwas in sich hinein, schob die Mütze im Geschwindtempo hin und her, so daß sich die grauen Borsten sträubten und stapfte endlich in seine Wohnung. Da sah er nun Blumen überall, auf dem weißgescheuerten Fußboden lag Tannenreisig, und es duftete ganz herrlich. Als er aber endlich sein Wohnzimmer betrat, da prallte er ganz erschrocken zurück. Es war mit einer Festversammlung angefüllt.

Vorn an stand sein Herr, nur leicht auf einen Stock gestützt. Neben ihm, im weißen Kleide, einen Heiderosenkranz auf dem blondlockigen Haar, befand sich Annelies. Auf der anderen Seite prangte Tante Krispina in ihrem besten ›Grauseidenen‹. Dahinter lugte Mamsell Hegeleins frisches Gesicht, die an der Spitze einer Deputation des Personals stand.

Kollermann blieb fassungslos, wie angenagelt, an der Tür stehen. Da aber trat Annelies auf ihn zu und zog ihn herein. Ohne alle Umstände umarmte sie ihn und drückte ihren Mund auf seinen stachlichen Schnurrbart. Dann befestigte sie ein Sträußchen an seiner Joppe, drückte ihn in seinen bekränzten Sorgenstuhl und gratulierte ihm mit herzlichen, bewegten Worten.

Kollermann war so fassungslos und ergriffen, daß ihm, so sehr er sich auch wehrte, die hellen Tränen über die Wange liefen. Tante Krispina weinte herzbrechend mit – das ging bei ihr nicht anders, wenn sie Tränen sah, und auch Annelies Augen funkelten feucht.

Nun trat der Baron an ihn heran, faßte mit festem Druck seine Hand und legte ihm die andere Hand auf die Schulter.

»Ich kann nicht viel Worte machen, mein lieber Alter. Hab Dank, du treues Herz – und bleib meiner Annelies eine treue Stütze, wenn ich's nicht mehr sein kann.«

Damit schüttelte er Kollermann noch einmal die Hand und wandte sich ab, um seiner Rührung Herr zu werden. Kollermanns fassungsloses Gebaren ergriff ihn mächtig. Nie hatte er den Alten so gesehen. Der hatte immer wie ein Stein in der Brandung gestanden, fest und unentwegt.

Annelies stimmte nun, um den Vater und Kollermann die Fassung wiederzugeben, einen heiteren Ton an. Sie führte den Alten mit frohem Geplauder an den großen weißgedeckten Tisch, wo man ihm reiche Gaben aufgebaut hatte. Sie verschwanden fast unter einer Fülle von Blumen. Alle hatten Geschenke gebracht.

In einem schlichten weißen Kuvert war das reichste Geschenk enthalten. Darin war Kollermann von seinem Herrn eine ansehnliche Rente bis zu seinem Tode ausgesetzt und eine verbriefte und versiegelte Freistatt auf Neulinden – ebenfalls bis zu seinem Tode – die ihm niemand streitig machen konnte.

Annelies hatte ihm eine kostbare goldene Uhr mit Kette geschenkt, und Tante Krispina eigenhändig eine seidene Weste gestickt und für den Winter einen ganz herrlichen, dicken warmen Schal von ansehnlicher Länge und Breite gestrickt. Die Mamsell überreichte ihm im Namen der übrigen Angestellten einen Pokal aus Silber, der innen vergoldet war.

Die Neulindener Angestellten hatten gesammelt und ihm eine sehr schöne, wertvolle Krawattennadel geschickt. Und so waren noch eine Menge Gaben eingelaufen, auch von Lieferanten und Geschäftsfreunden.

Kollermann war sprachlos, völlig verstört. Er konnte nicht begreifen, warum man so viel Wesens mit ihm machte und fühlte doch mit einer großen, inneren Freude, daß man sein Schaffen und Wirken anerkannte, daß man ihn liebte und ehrte. Jeder Mann, der in seinem Beruf aufgeht, freut sich solcher Anerkennung.

Es wurde nun heute in Falkenau gefeiert. Die Arbeit ruhte wie an einem hohen Festtag, und am Nachmittag gab es für die Leute in Falkenau und Neulinden Tanz und Schmaus.

Zu Tisch war Kollermann feierlich ins Herrenhaus geladen. Zwischen Annelies und Tante Krispina saß er in seinem schwarzen Bratenrock, angetan mit Tante Pinchens Weste, über der die neue goldene Uhrkette schaukelte.

Nicht halb so gut sah er in diesem Staat aus wie in seiner kurzen Lodenjoppe, auch wußte er bei Tisch nicht so recht, wie er sich benehmen sollte. Seine bescheidene Abstammung machte sich in der ungewohnten Situation bemerkbar. Draußen auf Hof und Feld, da stellte er seinen Mann, und in den Wirtschaftsbüchern, da wußte er genau Bescheid, hier aber war er auf fremdem Boden.

Aber die Menschen, die ihn umgaben, sahen über seine Unsicherheit hinweg. Das war so unwichtig und störte sie nicht. Wußten sie doch, daß der grauhaarige Alte ein Herz von Gold hatte und daß er jederzeit sein Leben lassen würde für seine Herrschaft ...

Dieser Festtag sollte für lange Zeit der letzte für Falkenau sein. Baron Donatus fühlte sich kurz nach dieser Feier gar nicht wohl. Er war sehr matt, konnte nicht mehr ins Freie und mußte mehr als sonst Ruhe halten.

Annelies wich nicht von seiner Seite und suchte den Vater im Verein mit Tante Krispina soviel wie möglich abzulenken und aufzuheitern, denn sie merkte wohl, daß er sich in Unruhe verzehrte über Norbert Falkenau.

Der Kranke mahnte sich selbst zur Ruhe. Wußte er doch, daß diese fieberhafte Erwartung ihm schädlich war. Aber er hatte nicht mehr die Energie, sich davon freizumachen. Er hatte wieder etwas, das ihn mit heimlichen Wünschen an das Leben fesselte, er wollte um jeden Preis sein Leben verlängert sehen, bis er Norbert Falkenau wiedergesehen hatte. Und gerade, weil er das so heiß ersehnte, schwächte er seine Lebenskraft mehr, als er durfte.

Er hatte weise gespart mit dieser Kraft seit zwei Jahren. Nun gab er mit einem Male zu viel davon aus.

Ganz Tage mußte er im Bett zubringen und er fühlte, daß es mit ihm zu Ende ging. Da fügte er sich in das Unvermeidliche. Die Unruhe wich von ihm, sein Wesen wurde wieder klar und friedlich. Man soll nichts vom Schicksal ertrotzen. Es sollte ihm wohl nicht beschieden sein, daß ihm sein Wunsch in Erfüllung ging.

Aber im Bett mochte er nicht sterben. Er erhob sich wieder und saß nun in seinem Lehnstuhl am Fenster. Sein Blick schweifte hinaus, als wollte er Abschied nehmen von allem Schönen.

Aber mit der über ihn kommenden Ruhe schien sich sein Zustand wieder zu bessern.

Annelies atmete auf, als sie das merkte. Und Vater und Tochter hatten nun doch noch einige glückliche Tage.

Kollermann und Tante Krispina sorgten dafür, daß Annelies jetzt durch nichts abgerufen wurde, ständig konnte sie bei dem Vater sein.

Eines Morgens kam dann Dr. Bruckner nach Falkenau. Er brachte endlich die ersehnte Nachricht von Norbert.

Donatus bestand darauf, ihn zu empfangen. Annelies blieb jedoch bei ihm. Und Bruckner meldete, daß der Aufenthalt Norbert Falkenaus ermittelt worden sei. Er lebe zur Zeit als Gestütsdirektor auf den Gütern des Fürsten Kertschukoff in Rußland. Bruckner hatte bereits, wie es Baron Donatus gewünscht hatte, die Nachricht an ihn abgehen lassen, in welcher Weise sich die Verhältnisse in Falkenau geändert hatten.

Da flackerten Donatus Lebensgeister noch einmal auf, als Bruckner berichtete, daß er Norberts Spur erst nach Frankreich, dann nach Italien verfolgt habe. Zuletzt hatte er sich an der Riviera aufgehalten, in Nizza und Monte Carlo. Und von Nizza war er direkt nach Rußland abgereist, wo er schon seit vier Jahren dem Gestüt des Fürsten Kertschukoff vorstand.

Als Vater und Tochter wieder allein waren, ergriff Donatus die Hand seines Kindes. »Annelies – gottlob – er ist nicht untergegangen. Er lebt – und er verdient seinen Unterhalt in einer hochachtbaren Stellung – ich habe es ja gewußt und gefühlt, daß er sich treugeblieben ist. Ein Mensch wie er kann sich nicht ganz verlieren.«

Auch in Annelies' Herzen blühte die Freude, und strahlend gab sie ihr Ausdruck. »Wie glücklich bin ich, Väterchen, daß dir diese Freude beschieden ist.«

»Ja Kind – ich hatte schon darauf verzichtet, noch Kunde von ihm zu erhalten. Aber nun erlebe ich vielleicht auch noch seine Rückkehr. Mir ist so wohl, wie lange nicht. Komm, mein Kind, führe mich hinüber in mein Arbeitszimmer. Ich selbst will an ihn schreiben, will ihn zurückrufen in mein Haus, will ihm sagen, daß er sich beeilen soll, damit ich ihn noch sehen kann.«

Er erhob sich, auf Annelies' Arm gestützt, und schritt aufrecht, von der Freude getragen, in sein Arbeitszimmer. In dem Lehnstuhl ließ er sich nieder.

Annelies legte ihm Papier und Feder zurecht und

stützte seinen Rücken durch ein Kissen. So saß er eine Weile und blickte vor sich hin. Dann begann er zu schreiben:

›Mein lieber Norbert!

So lange haben wir uns nicht gesehen, so lange wußte ich nichts von Dir. Unglück macht egoistischer noch als Glück – ich hatte Dich fast vergessen, obwohl Du mir immer lieb gewesen bist wie ein Sohn. Nun rufe ich Dich, mein lieber Norbert; in Deine Hände will ich selbst mein liebes Falkenau legen. Was ich für meinen Joachim geschaffen – Du weißt wohl nun schon, daß er tot ist – mein Sohn – das hinterlasse ich Dir, und Segen soll an Deinen Händen …‹

Dann entsank plötzlich die Feder seiner Hand, und ein dumpfer Laut entfloh seinen Lippen. Ein Herzkrampf hatte ihn befallen, so schlimm wie nie zuvor.

Annelies neigte sich angstvoll erschrocken über ihn. »Vater, mein lieber Vater!« rief sie außer sich.

Er sah zu ihr auf mit einem qualvollen Blick. »Tapfer sein – mein Mädel – tapfer – du versprachst es mir!« flüsterte er mit einer letzten Anstrengung.

Sie umfaßte ihn, als wollte sie ihn zurückhalten, als könne sie ihn nicht lassen. »Vater – mein teurer Vater!« rief sie nur wieder. »Wie du leidest.«

»Nein – es tut nicht weh – Annelies – stark sein«, stieß er mühsam hervor.

Da lächelte sie. Nur sie allein wußte, was sie dies Lächeln kostete. »Ich bin ganz tapfer, mein Herzensvater!« sagte sie fest und klar.

Da flog ein Leuchten über sein Gesicht. Überirdisch strahlten seine Augen noch einmal in die ihren – dann brachen sie im Sterben. Schwer fiel sein Körper zurück.

Annelies war totenbleich. Sanft drückte sie ihm die Augen zu, noch immer mit dem tapferen Lächeln im Gesicht, als könne er es noch sehen. Aber als die Augen geschlossen waren, sank sie mit einem wehen Laut zu seinen Füßen nieder.

Tante Krispina hatte im Nebenzimmer gesessen. Sie hörte diesen schmerzlichen Ausruf und kam erschreckt hereingeflattert.

»Kind – was denn – was – ach, um Gottes willen – Donatus – lieber Donatus!«

Vier Wochen waren vergangen, seit Anneliese ihren Vater durch den Tod verloren hatte. Nachdem der erste herbe Schmerz überwunden war, hatte sie sich mutig aufgerafft, eingedenk dessen, was sie dem Vater versprochen hatte.

Wie sehr ihr der kluge, gütige Vater fehlte, wußte nur sie allein. Von ihm hatte sie ja in den letzten Jahren alles empfangen, was ihrem Leben Wert und Inhalt gab. So leidend und schwach er auch zuletzt gewesen war, sein starker Geist hatte sie geschützt und emporgehoben.

Nun mußte sie ohne ihn fertig werden.

Tante Krispina war nicht fähig, ihr ein Schutz zu sein. Im Gegenteil, eher mußte sie das alte unselbständige Fräulein schützen, wenn sie ihr auch ein großer Trost war. Kollermann war ihr ja in allen äußeren Angelegenheiten ein Stab und eine Stütze. Aber die Verschiedenheit der beiderseitigen Lebensstellung machte sich doch zuweilen fühlbar. Den Vater konnte ihr niemand ersetzen. So vieles, was ihr innerstes Leben ausmachte, mußte sie nun in sich verschließen.

Was für Schätze der Vater in ihr aufgestapelt hatte, das kam ihr erst jetzt zum Bewußtsein. Es war, als ginge er oft noch lebendig neben ihr. Bei allem, was sie tat, hörte sie im Geiste seine Billigung, oder sein Abmahnen, sie sah seine Augen zustimmend oder verneinend auf sich ruhen. Das stärkte sie wunderbar.

Wußte sie einmal nicht aus und ein, ging sie vor das lebensgroße Bild des Vaters, das er für sie allein und auf ihren innigen Wunsch hatte malen lassen, als er ihr vor zwei Jahren gesagt hatte, daß seinem Leben ein kurzes Ziel gesetzt sei. Dieses wunderbar sprechende Bild, von einer genialen Künstlerhand gemalt, schien lebendig zu werden, wenn sie sich zu ihm flüchtete. Es hing in ihrem Arbeitszimmer über ihrem Schreibtisch, und sie konnte mit ihm sprechen, als sei er noch bei ihr.

Wie es der Vater von ihr gewünscht und erwartet hatte, nahm sie ihr Leben fest in beide Hände. Sie war keine sentimentale Träumerin.

Im Neulindener Herrenhaus wurde bald nach des Vaters Beisetzung alles zu ihrer Übersiedlung vorbereitet. Einige Zimmer waren neu hergerichtet worden, und ihr persönliches Eigentum wurde hinübergeschafft. Nun war alles zu ihrer Aufnahme bereit, aber sie wollte ihren Posten in Falkenau nicht eher verlassen, als bis der neue Majoratsherr eintraf und sie alle Geschäfte in seine Hände gelegt hatte.

Annelies brachte es nicht über sich, den Brief, über dem ihr Vater vom Tode ereilt wurde, an Norbert abzuschicken. Sie vermochte sich nicht davon zu trennen.

Dr. Bruckner, der in dieser Zeit viel in Falkenau zu tun hatte, teilte ihr mit, daß Norbert auf seine erste Anfrage geantwortet hatte. Er hatte Anneliese das Schreiben zur Einsicht mitgebracht. Es lautete:

›Sehr geehrter Herr Doktor!

Auf Ihre mich sehr überraschende Mitteilung kann ich Ihnen heute nur das Nötigste antworten, da momentan meine Zeit durch mein Amt sehr stark in Anspruch genommen ist. Daß Baron Falkenau sehr bald nach meiner Abreise bei einem Rennen verunglückte und starb, habe ich aus den Zeitungen erfahren. Sein früher Tod hat mich tief erschüttert, denn ich liebte ihn sehr, obwohl ich mich mit ihm erzürnt hatte. Ich selbst war damals in einer Lage und einer Gemütsverfassung, die mir das Leben wertlos erscheinen ließen. Aber Joachim Falkenau – mein treuester Freund – stand bis zu seinem jähen Tode im hellsten Sonnenlicht des Glücks. Da ist das Sterben hart – härter noch für seine Angehörigen, als für ihn. Oh – ich habe mit ihnen um diesen Toten getrauert – wenn ich mich auch damals außerstande fühlte, von mir hören zu lassen. Ich wollte tot sein für alle, die mir früher nahegestanden hatten – weil ich mit mir selbst zerfallen war.

Nie habe ich daran gedacht, daß Baron Cyrill Falkenau vor mir und ohne Leibeserben sterben könnte, nie habe ich geglaubt, daß ich eines Tages zum Majoratsherrn von Falkenau berufen sein könnte. Sie schreiben mir, daß es dennoch so ist, und ich muß es glauben. Diese Nachricht löst keine Freude in mir aus. Ich bin in ein Leben untergetaucht, indem es nichts gibt als Pferde, eine weite Steppe und wenig Menschen, die eine andere Sprache reden als ich selbst. Der alte Norbert Falkenau ist wirklich tot, er besinnt sich kaum noch auf sich selbst. Was von ihm übrig ist, das ist nur sein Schatten.

Aber ich habe nach langen Kämpfen hier in meiner Einsiedelei Ruhe gefunden, und diese Ruhe gebe ich nicht gern wieder auf, um da wieder ins Leben zu treten, wo ich einst untergetaucht bin – und wo ich einst glücklich war. Aber einer Pflicht habe ich mich nie entzogen, und wenn mich diese Pflicht ruft, nach Falkenau, dann werde ich diesem Ruf folgen.

Erst aus Ihrem Schreiben habe ich mit großer Trauer vernommen, daß Joachim Falkenaus Mutter gleich nach ihm gestorben ist, und daß auch sein Vater seit jener Zeit leidend ist. Ich habe nicht gewußt, daß mich noch etwas so tief schmerzen kann. In so trübem Lichte kann ich mir Falkenau gar nicht vorstellen. Einst strömte mir von da alle Lebensfreude entgegen.

Ich bitte Sie, verehrter Herr Doktor, meinem verehrten Oheim dieses Schreiben vorzulegen und ihm zu sagen, daß ich nur ungern aus meiner selbstgewählten Verbannung wieder auftauche. Er soll aber versichert sein, daß ich zwar viel Unglück gehabt, daß ich aber nie etwas getan habe, was mich des Namens, den ich trage, unwürdig macht. Und wenn mir Onkel Donatus nicht unversöhnlich zürnt und mir in seiner, mich früher so oft beglückenden Güte erlauben will, nach allem wieder das Wort an ihn zu richten, dann werde ich mir erlauben, ihm noch ausführlicher von dem zu erzählen, was hinter mir liegt. Ich danke Ihnen sehr für Ihre Mitteilung, sehr geehrter Herr Doktor, und begrüße Sie

hochachtungsvoll
Norbert Falkenau.‹

Ganz seltsam wehte es Anneliese aus diesem Schreiben entgegen. Zwischen den resignierenden Worten lag eine tiefe Bitterkeit, eine Freudlosigkeit, die sie mit dem einst so frohen, übermütigen Norbert nicht in Einklang bringen konnte.

Ein heißes Mitleid mit ihm erfüllte ihr Herz. Was mochte er erlebt und erlitten haben, das ihn so freudlos machte?

Voll Unruhe wartete sie nun auf Nachricht von ihm. Bruckner hatte ihn von dem Ableben des Barons Donatus unterrichtet. Diese Mitteilung hatte Norbert nicht angetroffen. Der Administrator der Kertschukoffschen Güter hatte eine Depesche an Bruckner geschickt:

›Baron Falkenau auf Reise durch Steppendörfer in Geschäften. Kehrt in drei Wochen zurück. Nachsenden unmöglich, da Adresse täglich wechselnd und unbestimmt.‹

Der kurzen Todesanzeige des Majoratsherrn hatte Bruckner dann auf Annelies' Wunsch noch einen ausführlichen Bericht an Norbert folgen lassen. Er hatte ihm auch mitgeteilt, daß Baroneß Annelies und der Inspektor Kollermann die Geschäfte in Falkenau so lange weiterführen wollten, bis der neue Majoratsherr eintreffen würde.

Bisher war keine Antwort darauf erfolgt.

An einem heißen, sonnigen Morgen in den ersten Tagen des August saß Annelies mit Tante Krispina auf der Terrasse beim Frühstück.

Die beiden Damen trugen Trauerkleider. Annelies sah ernst und versonnen aus und blickte, in Gedanken verloren, über den weiten Rasenplatz nach dem Park hinüber.

Das schwarze Kleid, welches sie trug, schmiegte sich in weichen Falten um ihre schlanke Gestalt. Es war von feinem, durchsichtigen Stoff aus leichter schwarzer Seide gearbeitet und ließ den weißen Hals und die Unterarme frei.

Tante Krispina trug auch das neu angefertigte

Trauerkleid in jenem originellen, altmodischen Schnitt, der sich ihr ganz individuell anpaßte. So hatte man die Kleider in ihrer Jugend getragen, mit all den Fältchen und Rüschchen, und so trug sie ihre Roben noch heute. Es war gar nicht so unklug von der alten Dame, diese faltenreiche Tracht beizubehalten. Ihre Erscheinung konnte diese Fülle von Stoff sehr gut vertragen, und sie behielt das Eigenartige, Stilechte, das ihrem zierlichen Persönchen Geltung verschaffte.

Stets, auch im Hause, trug die alte Dame lange Filethalbhandschuhe, die sie selbst aus schwarzer Seide zu knüpfen pflegte, und die auf dem Handrücken mit einem koketten winzigen Samtschleifchen geziert waren.

Sie las in der eben angekommenen Morgenzeitung, und Annelies hatte die Posttasche vor sich liegen. Ganz gegen ihre sonstige Gewohnheit war die junge Dame ins Träumen gekommen und hatte die Posttasche noch nicht geöffnet.

Tante Krispina sah zuweilen nach ihr hinüber. Sie gehörte zu den Menschen, die sehr wenig Briefe bekommen, aber trotzdem jeden Tag mit erwartungsvoller Ungeduld dem Postboten entgegensehen. Immer wieder blickte sie ungeduldig über die Zeitung weg nach Annelies und der verschlossenen Posttasche. Aber sie wagte nicht, daran zu mahnen, daß sie geöffnet wurde.

»Annelies«, sagte sie endlich, »du hast recht wenig zu dir genommen. Komm, iß noch ein bißchen.«

Das junge Mädchen schrak empor und sah auf ihren Teller. »Ich habe doch schon ausgiebig gefrühstückt, Tante Pinchen.«

»Nein, nein – du scheinst heute gar keinen Appetit zu haben.«

»Weil ich noch nicht ausgeritten bin, Tantchen.«

»Also ich lege dir noch ein wenig vor«, erklärte das alte Fräulein bestimmt, und hantierte eifrig am Frühstückstisch.

»Du sollst mich nicht verwöhnen, Tantchen. Ich kann mich doch selbst bedienen.«

»Ach, laß mich nur, ich hab' jetzt ohnedies so wenig zu tun.«

Annelies streichelte ihre Hände und lächelte. »Du bringst mich noch um mit deinem Arbeitseifer. Man schämt sich ja vor dir, wenn man einmal fünf Minuten die Hände in den Schoß legt.«

»Du ahnst auch nicht, mit welcher Lust ich mich tummle. Mir ist, als habe ich lange Jahre verstaubt und verträumt in einem dunklen Winkel gelegen und wäre nun wieder zu neuem Leben erwacht. Ganz hungrig bin ich auf Arbeit.«

»Sollst du haben, soviel du willst. Heute nachmittag mußt du wieder nach Neulinden hinüber und noch allerhand umräumen, was wir gestern besprachen.«

»Ja, ja, ich freue mich schon darauf.«

Annelies wußte sehr wohl, daß in Neulinden auch ohne das alte Fräulein alles am Schnürchen ging, aber in der Zartheit ihres Empfindens sorgte sie immer dafür, daß sich Tante Krispina so recht unentbehrlich fühlen konnte.

»Kollermann hat auch ein Anliegen an dich, Tantchen, er hat es mir vorhin ans Herz gelegt.«

»Was denn, Annelies«, fragte Tante Pinchen eifrig.

»Weißt du, wir haben doch heute eine Konferenz mit Bruckner, Kollermann und ich, da können wir beide nicht fort. Und da sollst du in Neulinden im Pfarrhaus vorsprechen und dir von der Frau Pastorin einen Satz frischer Bruteier geben lassen von ihren neuen spanischen Hühnern. Kollermann ist erpicht darauf, einen Versuch damit zu machen, und er hat mit der Frau Pastorin schon davon gesprochen. Nun will er die Eier unbedingt heute haben. Du mußt sie aber sehr sorgsam transportieren. Den Leuten wollen wir sie nicht anvertrauen.«

»Gut, gut, Annelies, ich besorge das natürlich. Darf ich dir deine Tasse noch einmal füllen?«

»Nein, nein, nun ist's genug.«

Annelies lehnte sich wieder zurück und stützte den Kopf in die Hand. Tante Pinchen rutschte auf ihrem Stuhl hin und her und sah wieder unruhig auf die Posttasche. Schließlich hielt sie es nicht länger aus.

»Kind, du hast wohl sicher die Posttasche ganz vergessen?«

Annelies lachte. »Ach richtig, Tantchen – die Post.«

Nun öffnete sie schnell und sah die Briefe und Drucksachen durch. Und da ging es plötzlich wie ein Ruck durch ihre Gestalt. Einer der an sie adressierten Briefe trug russische Marken und Norberts Handschrift. Es stieg heiß in ihr Gesicht empor. Aber sie bezwang sich und sah erst alles andere durch. Für Tante Krispina war wirklich ein Brief dabei und auch eine Ansichtskarte vom Stift, auf der die ganzen Stiftsdamen, auch die ›Knesebrecht‹ einen Gruß sandten und einen Dank stammelten. Tante Krispina hatte mit Annelies' Erlaubnis einen großen Korb mit den herrlichsten Früchten in das Stift gesandt. Während sich die alte Dame glühend vor Eifer über ihre Lektüre beugte, öffnete auch Annelies mit bebenden Fingern Norberts Brief.

Schon bei der Anrede stieg ihr die jähe Röte freudiger Überraschung ins Gesicht.

›Sehr verehrte gnädige Base Annelies!‹ Sie atmete tief auf und war froh, daß die Tante nicht auf sie achtete. Behaglich zurückgelehnt vertiefte sie sich nun in den Inhalt des Schreibens.

›Sehr verehrte gnädige Base Annelies!

Heute morgen von einer Geschäftsreise zurückgekehrt – ich mußte junge Pferde in den Steppendörfern einkaufen – fand ich in meiner Behausung das schon vor Wochen eingelaufene Telegramm und einen Brief Dr. Bruckners vor. Das Telegramm meldete mir den Tod Ihres von mir so hoch verehrten und geliebten Vaters. Zu meinem tiefsten Bedauern habe ich ihm nicht die letzte Ehre erweisen können. Ich brauche Ihnen wohl nicht zu versichern, daß ich diesem herrlichen Mann von ganzem Herzen nachtrauere. Niemand kann wohl besser erfassen, welch schwerer Verlust Sie betroffen hat, als ich. Nehmen Sie die Versicherung meines innigsten Beileides entgegen.

Leider kann ich auch jetzt nicht einige Zeit sofort nach Falkenau kommen, obwohl mir Dr. Bruckner schreibt, daß ich sofort erwartet werde, da ich noch einige Zeit hier gebunden bin.

Dr. Bruckners Briefen entnehme ich noch allerlei, das mir zwar nach einer schon vorausgegangenen Nachricht nicht überraschend kommt, das aber imstande ist, meinem ganzen Leben eine andere Richtung zu geben. Sie, meine verehrte gnädige Base, werden sich meiner vielleicht gar nicht mehr oder nur sehr schwach erinnern, sehe auch ich doch nur die Base Annelies wie ein Lichtfünkchen, wie einen Sonnenstrahl im Geiste an mir vorüberhuschen aus der Vergangenheit. Das ist allerdings eine liebe Erinnerung, mit goldblonden dicken Hängezöpfen und großen fragenden Kinderaugen. Und ein goldenes, frohes Lachen gibt die Begleitung dazu. Ach, wie seltsam klingt das an meinen stillen Wänden wider, in denen nie Raum war für frohe Gedanken.

Und Dr. Bruckner schreibt mir nun, daß aus dem Backfisch Annelies eine sehr energische, zielbewußte Persönlichkeit geworden ist, die an der Spitze von Falkenau und Neulinden steht, den kranken Vater vertreten hat und die nun getreulich auf ihrem verantwortungsvollen Posten aushalten will, bis ich in Falkenau eintreffen werde.

Das ist sehr lieb und schön von Ihnen, verehrte Base – ich hoffe, Sie finden diese Anrede nicht zu kühn von einem Menschen, der Ihnen fast ein Fremder geworden ist. Jedenfalls danke ich Ihnen sehr für Ihre Bereitwilligkeit, diese selbstübernommene Pflicht zu erfüllen. Alles, was ich von Ihnen gehört habe, ermutigt mich zu der Bitte, noch einige Zeit auf Ihrem Posten auszuharren, den Sie so großmütig übernommen haben. Ich kann hier leider nicht sofort abkommen. Fürst Kertschukoff befindet sich auf Reisen, und ich muß warten, bis er mich meiner Pflichten entbindet und einen Nachfolger für mich gefunden hat. Ich bin dem Fürsten zu unendlichem Dank verpflichtet, er hat sich einst in großer Not meiner voll Güte angenommen und mir die rettende Hand entgegengestreckt. Es wäre verächtlich von mir, wollte ich auf sofortige Entlassung dringen. Fürst Kertschukoff wird mich jedoch nicht länger halten, als unbedingt notwendig ist, und sobald ich frei bin, komme ich nach Falkenau. Wollen Sie die Güte haben, mich noch so lange zu vertreten? Ich wage diese Bitte nur, weil ich glaube, daß ihre großherzigen gütigen Eltern auch eine ebensolche Tochter haben. Oder darf ich mich auch darauf noch berufen, daß Joachim einst mein bester, treuester Freund war? Und daß mich Base Annelies früher oft in Falkenau willkommen hieß?

Ob ich jetzt noch willkommen bin, als Eindringling auf dem Boden, den Ihr Herr Vater durch Einsetzen seiner ganzen Kraft zu einem gesegneten gemacht hat, das wage ich nicht zu fragen. Ich komme, weil ich es für meine Pflicht halte, und komme mit dem ehrlichen Willen, das Lebenswerk des Barons Donatus in seinem Sinne weiterzuführen. Und ich bitte Sie deshalb, mir nicht mit feindlichen Gesinnungen entgegenzusehen. Für mich wird es immer eine Auszeichnung sein, Ihnen meine Ergebenheit beweisen zu können. Hoffentlich halten Sie mit mir in Zukunft gute Nachbarschaft, sind Sie doch der einzige von all den lieben Menschen, die ich wiederfinden werde.

Ich erwarte Ihre baldige, gütige Antwort. Der alte Kollermann steht Ihnen, wie ich vernahm, treu zur Seite. Ich bitte ergebenst, diesem treuen Alten, der sich meiner wohl noch erinnern wird, einen Gruß zu bestellen. Wenn er bei mir in Falkenau bleiben möchte, werde ich sehr froh sein. Aber ich denke, Sie werden ihn mit nach Neulinden nehmen wollen und will mich bescheiden.

Meine ganze, sonst so öde Stube ist mit lauter Erinnerungen gefüllt. Solange hielt ich sie mir gewaltsam fern, weil ich nicht weichmütig werden wollte und durfte. Nun drängen sie stürmisch auf mich ein. Aus jedem Winkel lockt ein freundliches Gesicht. Wissen Sie, was Heimweh ist, verehrte Base Annelies?

Ich begrüße Sie in tiefster Ergebenheit als Ihr

Vetter Norbert Falkenau.‹

Annelies atmete tief auf und ließ den Brief sinken. Ihre Augen waren feucht und ihr Herz klopfte stürmisch. Ach, wenn Norbert Falkenau ahnte, wie treu sie sein Bild in ihrem Herzen verwahrt hatte! Jedes seiner Worte klang ihr so lieb und vertraut. Und so sehr sie ihn bemitleidete, so sehr freute sie sich zugleich über diesen herzlichen Brief. Er war ein köstliches Geschenk.

Lange sah sie reglos auf den Brief hinab. Sie schrak empor, als ihr Tante Krispina freudestrahlend berichtete, daß die Aprikosen und Pfirsiche in tadellosem Zustand im Stift angekommen waren und große Freude bereitet hatten.

»Denk dir nur, Annelies, sogar die Knesebrecht schreibt mir einige Dankesworte. Sie hat vielleicht kein so hartes Herz, wie ich mir dachte.«

Annelies lächelte. »Aber du hast ganz bestimmt ein butterweiches Herz, Tantchen. Und wir wollen später noch einmal einen großen Korb Gravensteiner Äpfel auf Fräulein von Knesebrechts hartes Herz Sturm laufen. Sobald die Äpfel gepflückt werden, schickst du welche nach dem Stift.«

Tante Pinchen strahlte vor Wonne, daß sie ein wenig Freude bereiten durfte. Wußte sie doch, wie karg diese im Stift bemessen war.

»Hast du auch gute Nachrichten, Annelies?« fragte sie nach einer Weile.

»Ja, Tantchen, ein langer Brief von Norbert Falkenau.«

»Ah, also endlich! Wann kommt er denn nun?«

Annelies berichtete kurz über den Inhalt des Briefes. Indem kam Kollermann um das Haus herum. Annelies rief ihn an, und er schritt mit seinen schweren Stiefeln über den Steinboden der Terrasse auf sie zu.

Sie teilte ihm mit, daß Norbert ihm einen Gruß senden ließ, und daß sie noch eine Weile in Falkenau aushalten müßten.

»Wird gemacht, Baroneßchen, da lassen wir uns doch nicht lumpen«, sagte er.

»Selbstverständlich bleiben wir auf unserem Posten, Kollermann, und Tante Krispina wird uns nach wie vor tatkräftig unterstützen. Sie stützt sich beutehungrig auf jede Arbeit.«

Kollermann sah schmunzelnd auf das zierliche Figürchen der alten Dame, das er bequem in seinen beiden Händen hätte erdrücken können. »Ja, es ist ganz erstaunlich, was das gnädige Fräulein mit ihren kleinen Händen alles zuwege bringt.« Er hielt seine breiten Tatzen vergleichend neben die schwarzen Filethandschuhe.

Tante Krispina kicherte ein bißchen verschämt. »Na, Kollermann, es können doch nicht lauter solche Riesen wie Sie in der Welt herumlaufen.«

»I wo, gnädiges Fräulein, da müßte ja der liebe Gott noch eine Weile anbauen, damit wir alle Platz hätten.«

»Wieviel Eier soll ich denn von der Frau Pastor holen, Kollermann?« fragte die alte Dame wichtig.

Er stutzte, aber als ihm Annelies verstohlen ein Zeichen machte, winkte er eifrig.

»Ach so – na ja, die Eier, das ist sehr wichtig, gnädiges Fräulein. Frau Pastor packt sie Ihnen schon sorglich in ein Körbchen. Daß sie man ja nicht kaputtgehen.«

»Nein nein – ich halte Sie auf dem Schoß, Kollermann.«

»Hm, das tun Sie man, gnädiges Fräulein. Na, ich sag' es ja immer, wenn wir Sie nicht hätten – wir wüßten manchmal nicht aus und ein.«

An Annelies Gesicht merkte Kollermann, daß er es recht gemacht hatte, und Tante Krispina war selig. Man brauchte sie, bedurfte ihrer Dienste. Sie war nicht überflüssig, kein nutzloses, unbrauchbares Menschenkind. Diese Gewißheit machte das Glück dieser bescheidenen Seele aus.

Nach dem Frühstück hatte sich Annelies in ihr Arbeitszimmer zurückgezogen. Aufmerksam las sie Norberts Brief noch mal durch und schrieb dann die Antwort.

›Lieber Vetter Norbert!

Ihren lieben Brief habe ich erhalten und danke Ihnen für Ihre Teilnahme an dem schweren Verlust, der mich betroffen hat. Mit meinem geliebten Vater habe ich den letzten Menschen hergeben müssen, der mir gehörte.

Doch nicht von mir will ich schreiben. Lassen Sie mich Ihnen sagen, daß meines Vaters letzter Wunsch in Erfüllung geht, wenn Sie als Majoratsherr in Falkenau einziehen. Mit Vetter Cyrill haben wir nie sympathisieren können, und Papa hätte ihm nur ungern das Majorat überlassen. Seit Cyrills Tod war Papa voller Erwartung. Tausendmal lieber sah er Sie an dessen Stelle.

Wir haben immer schmerzlich bedauert, daß Sie ganz für uns verschollen waren, aber Joachims und meiner lieben Mutter Tod und dann Papas schweres Leiden hielten uns ab, Nachforschungen nach Ihnen zu halten. Auch war Papa überzeugt, daß Sie Gründe zu Ihrer Handlungsweise haben müßten, und er ehrte jedes Menschen Willen, soweit es ihm möglich war. – Erst seit Cyrills Tode wurde das anders. Jetzt mußten wir nach Ihnen forschen, und Papa beauftragte Dr. Bruckner sofort damit.

Es war, als sei mit einem Male wieder die Sehnsucht nach Ihnen in Papa erwacht. Sie wissen wohl, wie lieb er Sie hatte. Und er wünschte sich nun sehnlichst, daß er Ihre Heimkehr noch erleben möge.

An dem Tage aber, da uns Dr. Bruckner die Nachricht brachte, daß Sie leben und Ihr Aufenthaltsort ermittelt sei, starb mein Vater. Seine letzte Arbeit war ein Brief an Sie, in dem er Sie liebevoll heimruft. Dieser Brief wurde nicht vollendet. Mein Vater wurde über dieser Arbeit vom Tode ereilt, die Feder entsank seiner Hand. Verzeihen Sie, daß ich Ihnen dies mir so teure Schriftstück nicht einsende. Ich möchte es nicht aus meinen Händen lassen, denn meines Vaters sterbende Hand ruhte darauf. Sobald Sie hier eintreffen, werde ich es Ihnen zur Einsicht geben.

Seien Sie versichert, daß ich gern mit Kollermann, der Ihren Gruß herzlich erwidert, hier auf dem Posten bleibe, bis ich die Geschäfte in Ihre Hände legen kann. Ich danke Ihnen sehr für die Versicherung, daß Sie Falkenau im Sinne meines Vaters verwalten wollen, denn sein Herz hing an seinem Lebenswerk.

Sollten Sie besondere Wünsche haben in bezug auf Ihre künftige Heimat, so teilen Sie mir diese mit. Es wird ohnedies eine regelmäßige Korrespondenz zwischen uns nötig sein, bis Sie eintreffen. Ich werde mich immer freuen, von Ihnen zu hören und bin mit herzlichem Gruß

Ihre Base Annelies.‹

Tante Krispina hatte inzwischen einen Rundgang durch den großen Obstgarten gemacht, der hinter den Wirtschaftsgebäuden lag, und in einem Körbchen, das sie bei sich trug, bettete sie sorgsam für die Mittagstafel einige wundervolle Früchte, Aprikosen,

Pfirsiche und Frühbirnen, die sie von den Spalieren pflückte.

Der Obstgarten war Tante Krispinas Steckenpferd. Ganz poetisch konnte ihr zumute werden beim Anblick dieser herrlichen Früchte.

Überhaupt, abgesehen von der ehrlichen Trauer um Donatus Falkenau, fühlte sich die alte Dame so recht von Herzen glücklich, wie nie in ihrem Leben. Ihre Augen leuchteten froh, und ihr Herz war von Dankbarkeit erfüllt. Und weil sie nun niemand mehr hatte als Annelies, der sie ihre Dankbarkeit bezeugen konnte, so schloß sie diese mit der ganzen Inbrunst ihrer Empfindungen in ihr Herz. Auf der ganzen Welt gab es ihrer Meinung nach kein herrlicheres Geschöpf als Annelies. Darin war sie mit Kollermann, wie in vielen Dingen, einer Meinung.

Daß sie nun mit Annelies bald würde Falkenau verlassen müssen, kränkte sie wenig. Neulinden war ja mindestens ebenso schön. Auch in Neulinden war ein großer Obstgarten voll der schönsten Bäume und dazu noch eine herrliche Rosenzüchterei. Auch in Neulinden hatte ihr Annelies bereits zwei reizende, entzückende Zimmer angewiesen, ganz im Stil des Neulindener Schlosses gehalten. Und Tante Krispina schwärmte für Barock. Der Neulindener Park konnte sich auch getrost dem Falkenauer an die Seite stellen und die breiten Neulindener Terrassen, die den ganzen Sommer von allen Arten blühender Blumen bedeckt waren, suchten überhaupt ihresgleichen. Also Tante Krispina sah der Übersiedlung mit großer Ruhe entgegen und machte sich schon jetzt immer sehr gern in Neulinden zu schaffen, um sich dort einzuleben.

6

Norbert Falkenau saß noch in seinem Amtszimmer, dessen Fenster nach dem freien Steppengelände hinaus lagen. Es war ein nüchterner, großer Raum und lag im Parterre des Wohnhauses, in dem außer ihm noch einige Unterbeamte des fürstlich Kertschukoffschen Gestüts wohnten. Seine Wohnung, aus drei leidlich behaglichen Räumen bestehend, lag im ersten Stock. Es war jedenfalls die komfortabelste im ganzen Haus. Zur Bedienung hatte er einen halbwüchsigen Burschen, der sich als anstellig und leidlich sauber erwiesen hatte. Für Speise und Trank sorgte die Frau eines Unterbeamten, die mit im Hause wohnte.

Alle die Menschen, die ihn umgaben, sprachen russisch, und er mußte mit ihnen in ihrer Sprache verkehren, die er, nachdem er sie früher aus Liebhaberei getrieben, vollständig beherrschte.

Rechts und links von diesem Wohnhause lagen die ausgedehnten langgestreckten Stallungen für die Pferde, und dahinter dehnten sich die Koppeln und Weiden weit hinaus in das freie Steppenland.

Für die im großartigen Maßstabe betriebene Pferdezucht war dies Gelände, das den Pferden volle Bewegungsfreiheit bot, sehr günstig. Die Menschen aber, die hier jahraus, jahrein in gänzlicher Weltabgeschiedenheit leben mußten, abseits von allen Errungenschaften der Kultur, waren nicht zu beneiden.

Am schlimmsten war jedoch Norbert Falkenau dran. Die anderen hatten zum Teil Weib und Kind und verkehrten freundschaftlich untereinander. Er aber war ganz allein, ganz einsam. Auf einer anderen Bildungsstufe stehend, hatte er früher das geselligste

Leben in seinem Kreise geführt, hatte in der großen Gesellschaft gelebt. Und nun mußte er mit seiner eigenen Gesellschaft und wenigen guten Büchern auskommen.

Nur des Sonntags ritt er nach dem einige Stunden entfernten Administrationsgebäude. Dort war er ein für allemal des Sonntags zu Tisch geladen in der Familie des Administrators, der zum Glück auch ein Deutscher war. Seine Frau war Russin, aber auch sie und die beiden halbwüchsigen Söhne, sowie deren Hauslehrer sprachen in Norberts Gegenwart deutsch. Da konnte sich Norbert wenigstens einmal in der Woche wohlfühlen. Mit dem Administrator hatte er sich befreundet, und es machte ihn froh, in seinem Hause so freundliche Aufnahme zu finden.

Im Winter mußte er aber zuweilen selbst auf diese Abwechslung verzichten, wenn der Schnee zu hoch lag, um mit den Pferden durchzukommen.

So lebte Norbert schon seit vier Jahren in dieser selbstgewählten Verbannung, und er war dabei ein ernster, stiller Mann geworden, der nur seiner Pflicht lebte und ängstlich vermied, seine Gedanken in die Vergangenheit schweifen zu lassen. Und nun streckte das Leben plötzlich seine Hände wieder verlangend nach ihm aus. Er war, sehr überraschend für ihn, Majoratsherr von Falkenau geworden.

Diesem Umschwung der Verhältnisse war der stumpfe Gleichmut, der ihn die letzten Jahre beherrscht hatte, nicht gewachsen. Er wurde mit Macht aufgerüttelt aus der Lethargie seines Empfindens. Sein erster Gedanke war freilich gewesen, seinem Erbrecht zu entsagen. Momentan kam etwas wie eine moralische Feigheit über ihn. Er wollte nicht wieder hinaus in das Leben, wollte sich nicht aufraffen zu einer Wiedergeburt seines ganzen Seins. Er fürchtete sich geradezu, unter Menschen zurückzukehren, nachdem er vier Jahre wie ein Einsiedler gehaust hatte.

Aber diese momentane Feigheit warf er schnell wieder ab. Seine sehnige, schlanke Gestalt reckte sich, die stählernen Muskeln strafften sich unwillkürlich wie im Kampf mit sich selbst. Seine Augen blitzten entschlossen auf, und mit der ihm eigenen, chrakteristischen Art warf er den schmalen, rassigen Kopf zurück.

Das Schicksal rief ihn zurück, gab ihm neue Rechte, neue Pflichten, vielleicht auch neue Kämpfe. Es hob ihn aus der abhängigen Stellung auf einen stolzen Herrensitz, um den ihn viele beneiden würden. Aus dem Dunkel sollte er plötzlich wieder ins helle Licht hinaustreten. Die ersten Schritte würden unsicher sein wie die eines Blinden, der plötzlich wieder sehen konnte. Und nun reizte es ihn mit einem Male, seine Kräfte neu zu erobern.

In dieser Stimmung hatte ihn Annelies' Brief getroffen. Er hatte ihn noch vor sich liegen auf seinem Schreibtisch und starrte nun darüber hinweg, gedankenverloren, aus dem Fenster des Arbeitszimmers, wo er sonst nur Geschäfte erledigte. Wieder und wieder hatte er den Brief seiner Base gelesen, und seine Gedanken flogen nun zurück in die Vergangenheit. Die letzten verlorenen Jahre versanken, als wären sie nie gewesen. Er war wieder der übermütige Leutnant. Mit Hussa und Hallo jagte er an Joachim Falkenaus Seite auf dem feurigen Renner über die Falkenauer Stoppelfelder voll überschäumender Lebenslust.

Und dann kamen sie heim, hungrig, durstig und voll Heiterkeit. Da stand der Hausherr auf der Terrasse, stolz, aufrecht und in heiterer Güte, und neben ihm die Hausfrau mit ihrem lieben verständigen Lächeln. Wie sie ihnen freudig zuwinkten! Neben ihnen schwang sich plötzlich etwas sehr Schlankes, Unfertiges, Weißes auf die Terrassenbrüstung. Zwei dicke, goldblonde Zöpfe baumelten ungeduldig hin und her, und ein Paar großer blauer Kinderaugen blickten fragend und ungeduldig in die seinen. Das war Annelies, der langaufgeschossene Backfisch.

Lachend kanzelte sie die beiden ab, daß sie zu lange ausblieben. Der Bruder neckte sie. Da wurde sie zornig, und die prachtvollen Augen funkelten von Tränen. Da trat er zu ihr und suchte sie zu begütigen. Wie froh sie da schnell wieder blicken konnten, diese klaren Kinderaugen.

»Annelies – kleine Annelies!« Sie war nun die einzige, die von all den lieben Menschen übriggeblieben war.

Und wie anders mußte sie nach Dr. Bruckners Berichten geworden sein. Er konnte sie sich gar nicht vorstellen als stolze, zielbewußte Gutsherrin. Aber auch aus ihrem Briefe wehte es ihm so klar und verständig entgegen, so ruhig und bestimmt, aber auch so echt weiblich und gütig.

Ja – es verlangte ihn plötzlich sehr danach, diese Annelies kennenzulernen und herauszufinden, was aus dem halbflüggen Geschöpf geworden war.

Er seufzte tief auf. Die lichte Erinnerung verschwand, Schatten lagerten sich auf seine Seele.

Was lag alles zwischen dem Tag, da er das letztemal Abschied von Annelies genommen hatte und heute! Damals hatte sie am Parktor gestanden und ihr Tüchlein geschwenkt. Die blauen Augen hatten voll Tränen gestanden, und ein halbersticktes »Kommt bald wieder, ihr beiden!« war hinter Joachim und ihm hergeklungen. Joachim hatte ein Neckwort zurückgerufen. Wie seltsam deutlich jene Stunde wieder vor ihm stand.

Und Joachim war nur als toter Mann wieder nach Falkenau zurückgekehrt, er aber – er hatte bis heute den Weg nicht dorthin zurückgefunden.

Jahre lagen dazwischen voll schweren Herzeleids, voll bitterer Kämpfe und furchtbarer Demütigung. Bis an den Rand des Abgrunds war er getaumelt in törichter Verblendung. Gottlob – er war nicht hinabgestürzt, eine rettende Hand hatte sich nach ihm ausgestreckt, als er schon abgeschlossen hatte mit dem Leben. Frei und offen konnte er den Menschen da drüben in der Heimat wieder ins Auge sehen. Eine entschuldbare Torheit, zu großes Vertrauen und idealer Überschwang hatten ihn elend gemacht; um einer schlechten Frau willen war er ins Unglück gekommen – aber ehrlich war er geblieben. Mit tausend Bitterkeiten und Demütigungen hatte er gebüßt. Und nichts hatte er aus dem Schiffbruch gerettet als das Bewußtsein, schuldlos gelitten zu haben.

Als ein anderer kehrte er nun heim, als er ausgezogen war. Von der übermütigen Jugendlust war nichts mehr geblieben und nichts von den Idealen, denen er nachgestrebt hatte. Tiefe Bitterkeit hatte sich seiner bemächtigt, und der Glauben an die Frau, die den Mann emporzieht, war ihm verlorengegangen. Ein elendes, habgieriges Frauenzimmer war der Dämon seines Lebens geworden, an dem er fast zugrunde gegangen wäre – weil er es zu hochgestellt hatte, weil er nicht hatte glauben wollen, was die Freunde ihm warnend zuraunten. Im Zorn hatte er sich von Joachim getrennt, um dem trügerischen Glück nachzujagen. Wie bald, wie sehr bald hatte er seinen Irrtum erkannt. Die Scham darüber hatte ihn zum Einsiedler gemacht. Er wollte tot, verschollen sein, um nicht verlacht, bemitleidet zu werden.

Finster wurde sein Blick. Er erhob sich jäh und steckte Annelies' Schreiben in seine Brieftasche. Es wurde ihm zu eng im Zimmer. Schnell nahm er Mütze und Reitpeitsche und verließ das Haus. Auf einen Pfiff brachte ihm ein Reitknecht sein Pferd. Mit einem Satz sprang er in den Sattel. Im schlanken Trabe flog der Reiter davon, hinüber nach den Fohlenkoppeln. Scharf hob sich von dem hellen Himmel, der sich weit und wolkenlos über der Steppe wölbte, die Silhouette des Reiters ab. Wie aus einem Guß erschien er mit dem edlen Tier, das ihn trug.

Und wie so oft brachte Norbert Falkenau draußen in der Steppe sein heißes Blut zur Ruhe und fand Vergessen für das, was ihn quälte.

Als er nach einigen Stunden wieder heimkehrte, fand er einen Brief von Fürst Kertschukoff, vor.

Dieser teilte ihm in einem sehr liebenswürdigen, freundschaftlichen Tone mit, daß er sein Entlassungsgesuch erhalten habe und ihm vor allen Dingen zu der günstigen Wendung seines Geschicks herzlich Glück wünsche. Er rechnete es Norbert sehr hoch an, daß er nicht ohne weiteres fahnenflüchtig werden, sondern abwarten wolle, bis sich Ersatz für ihn gefunden habe. Gerade jetzt dürfe das Gestüt nicht ohne Herrn bleiben.

Natürlich sollte sofort alles getan werden, Ersatz zu schaffen. In den nächsten Wochen würde der Fürst auf einige Zeit nach Hause kommen und hoffe, sich dann persönlich noch von ihm verabschieden zu können. Zum Schluß schrieb der Fürst:

›Sie haben mir einmal gesagt, lieber Baron, daß Sie mir zu großem Danke verpflichtet seien, weil ich Sie ohne alle Empfehlung, nur meinem Empfinden vertrauend, trotz Ihrer Jugend auf Ihren verantwortungsvollen Posten stellte. Nun – ich denke, heute bin ich Ihnen Dank schuldig geworden für Ihre aufopfernde und wahrhaft geniale Tätigkeit. Was war mein Gestüt, ehe Sie die Leitung hatten, und was ist es jetzt? Sie haben gesorgt, daß es einen erstklassigen Ruf bekam. Und ich bin sehr bekümmert, daß ich Sie ziehen lassen muß, denn einen vollwertigen Ersatz für Sie bekomme ich kaum. Aber hoffentlich wirkt Ihr Geist noch fort, die Grundlage ist ja geschaffen. Und nun genug für heute, Sie haben in allem freie Hand. Ich hoffe auf ein Wiedersehen und begrüße Sie als Ihr Freund

Iwan Kertschukoff.‹

Norbert atmete tief auf, und ein Leuchten trat in seine Augen. Nie würde er vergessen, was der Fürst für ihn getan hatte. Als er eines Tages arm, von allen Mitteln entblößt, dem sicheren Untergang ins Auge sah, als er den geladenen Revolver schon bei sich trug, der seinem Leben ein Ziel setzen sollte, weil er sich schämte, von einer Frau genarrt worden zu sein und weil er, in Bitterkeit erstickend, unlustig war zu weiterem Kampf, da hatte ihm das Schicksal ein Paar scheuer Pferde und den Fürsten Kertschukoff in den Weg geführt. An den durchgehenden Pferden war seine Kampfeslust von neuem erwacht. Er brachte sie zum Stehen, wurde zwar ein Stück mit fortgeschleift, aber behielt die Tiere doch mit stählernen Muskeln in der Gewalt. Hatte er doch schon manches wilde Pferd gebändigt.

Als er sich dann heimlich aus dem herbeigeeilten Menschenschwarm zur Seite schlich, um nicht den Dank der Wageninsassen entgegennehmen zu müssen, hatte Fürst Kertschukoff vor ihm gestanden. Sie waren ins Gespräch gekommen. Der Fürst sondierte. Norbert gefiel ihm. Und dieser faßte Vertrauen zu dem eleganten Weltmann, in dessen Gesicht so deutlich zu lesen stand: Alles verstehen heißt alles verzeihen.

Er beichtete dem Fürsten offen, in welcher Lage er sei und wodurch er hineingeraten war. Seine Offenheit gewann ihm vollends die Sympathie des Fürsten, und einige Tage später war Norbert von ihm als Gestütsdirektor engagiert worden.

Die Frau aber, die er in jugendlicher Torheit an sich gefesselt und die sein Dämon geworden war, weigerte sich, mit ihm in die öde Steppe zu ziehen. Dort gab es keine Verehrer, keine Bewunderer, keine Pariser Toiletten und keinen Lebensgenuß. Es fiel ihr nicht ein, wie sie sagte, »ihr junges Leben dort zu vertrauern«. Und sie fürchtete sich, mit ihrem düster und stumm gewordenen Gatten in die Einöde zu ziehen.

Er aber atmete wie befreit auf, als sie ihm das sagte. War doch nichts übriggeblieben von seiner Liebe, von seiner idealen Schwärmerei als ein grenzenloser Ekel, ein Grauen und ein Abscheu vor dieser Frau.

Schon bald war ihm die Binde von den Augen gefallen. Sobald Lena gemerkt hatte, daß Norbert Falkenau nur ein sehr bescheidenes Vermögen besaß, hatte sie es nicht mehr für nötig gefunden, die Maske vor ihrem wahren Antlitz zu behalten. Sie riß sie mit brutaler Lust ab und zeigte ihm höhnisch die Fratze, die sich darunter barg.

Wie gelähmt hatte er zugesehen, wie sie sein kleines Kapital leichtsinnig in alle Winde streute. Was sollte er auch noch mit dem Geld, das ihm eine neue Existenz hätte gründen sollen? Stumpf und gleichgültig sah er es durch ihre weißen Hände gleiten.

Und als es zu Ende war damit, überhäufte sie ihn mit Schmähreden, die ihm die Schamröte in die Stirn trieben. Eines Tages, als er dem Nichts gegenüberstand, sagte sie in ihrer frivolen Weise zu ihm:

»Weißt du, mein Lieber, ich ziehe es vor, mein Leben nun wieder in meine eigenen Hände zu nehmen. Es ist mir zu fad', dein melancholisches Gesicht zu sehen. Ich gehe wieder zur Bühne.«

Er hatte kein Wort erwidert, und sie hatte sich eifrig um ein Engagement beworben. Wenige Tage später teilte er ihr mit, daß er Gestütsdirektor in einem russischen Steppendorf würde. Er hatte befürchtet, sie hätte nun wieder bei ihm bleiben wollen, aber Lena dankte für ein Leben in der Einöde. Mit beiden Händen hatte sie nur zugegriffen, als er ihr den größten Teil seines Gehaltes in Aussicht stellte. Sie fand das nur recht und billig, hatte er sie doch durch sein nobles Auftreten geblendet, so daß sie hatte annehmen müssen, er verfüge über ein großes Vermögen. Du lieber Gott, für lumpige dreißigtausend Mark hätte sie ihre Freiheit nicht hergegeben. Und da der gute Norbert auch noch verlangte, daß sie seinen Namen für die Bühne ablegen sollte, mochte er dafür wenigstens zahlen, soviel er konnte. Ein sehr glänzendes Engagement würde sie ohnedies nicht finden, das wußte sie aus Erfahrung.

Lachend war sie von ihm gegangen, spottend über seine düstere Miene. Er aber konnte aufatmend in die einsame Steppe fahren, weil er innerlich und äußerlich längst fertig mit ihr war.

Er hatte dieser Frau willig alles geopfert, seine ganze Existenz, seine Zukunft, seinen Beruf – alles, was ihm vorher das Leben lieb und wert machte. Sie hatte ihn mit einer wohleinstudierten unschuldsvollen Miene, mit einer raffiniert kopierten reizvollen Hilflosigkeit gefangengenommen. Sein ritterliches Wesen, sein idealer Sinn hatte es ihr nur zu leicht gemacht, ihn in ihre Netze zu ziehen.

Lena Kiefer war stets in der Wahl ihrer Mittel skrupellos gewesen, der flotte Offizier mit dem Baronstitel, wie sie glaubte, einem großen Vermögen, war schon der Anstrengung wert. Und so eine mittelmäßige Schauspielerin sie auf der Bühne war, im Leben verstand sie glänzend zu agieren.

Er folgte ihr blindlings ins Verderben. Als er dann ihren Unwert erkannte, als es sich für sie nicht mehr lohnte, Komödie zu spielen und sie ihm voll Spott ihre ganze Falschheit und Niedertracht enthüllte, in der Wut über ihre getäuschten Hoffnungen, da war es zu spät gewesen. Er war an sie gefesselt, und weil er ihrer Niedrigkeit nicht gewachsen war, litt er unsagbar an ihrer Seite. Schließlich hatte sie alles in ihm getötet, nur das Grauen vor ihr war geblieben und der Ekel vor dem Sumpf, in dem er waten mußte.

Da hatte er das Leben entmutigt von sich werfen wollen. Aber das Schicksal hatte es anders beschlossen. Fürst Kertschukoff hatte ihm gesagt:

»Lassen Sie das Weib laufen. Diese Sorte ist es nicht wert, eines ehrlichen Mannes Schicksal zu werden. Gehen Sie in die Steppe. Dort finden Sie sich erst einmal selbst wieder. Der Steppenwind nimmt manches mit sich fort. Und ich kann solche Männer wie Sie dort gut gebrauchen.« In der weiten Steppe war langsam all das Quälende von Norbert Falkenau abgefallen. Er war ruhig geworden, hatte sich wieder gefunden. Aber Frohsinn und Jugendübermut waren ihm vergangen.

Er wurde ein ernster, düsterer Mensch, der nur seinen Pflichten lebte und der am liebsten die ganze Welt vergessen hätte.

Daß er eine Frau hatte, vergaß er fast im Laufe der Jahre. Er ließ ihr in monatlichen Raten von seinem Gehalt so viel schicken, wie er entbehren konnte, und zuweilen flog dann ein zierliches, stark parfümiertes Briefchen in seine stille Klause, in dem sie ihm von ihren ›Erfolgen‹ berichtete und ihm einige landläufige Phrasen hinwarf, gewissermaßen als Dank für seine pünktlichen Zahlungen. Da er ihr jedoch nie ein Wort erwiderte, hörten zu seiner Erleichterung auch diese Ergüsse auf.

So gab es seit langer Zeit nichts Gemeinsames mehr zwischen ihm und ihr. Er wußte nur, daß sie unter ihrem Mädchennamen wieder zur Bühne gegangen war. Im übrigen suchte er sie völlig aus seinem Gedächtnis zu streichen.

Am nächsten Sonntag ritt Norbert Falkenau wie üblich zum Administrationsgebäude.

Es war ihm in den letzten Tagen ganz sonderbar ergangen. Annelies' Brief hatte allerlei in ihm geweckt, und die Aussicht auf eine baldige Heimkehr aus der selbsterwählten Verbannung erfüllte ihn mit einer heimlichen Unruhe. Längst Gestorbenes wurde wieder in ihm lebendig. Das Heimweh packte ihn mit ungeahnter Heftigkeit. Ganz plötzlich war ein brennender Lebensdurst in ihm erwacht. Jahrelang hatte er friedlich in dieser Weltabgeschiedenheit gelebt, jetzt erschien sie ihm mit einem Mal unerträglich. Er sehnte sich hinaus unter Menschen, mit denen er in seiner Sprache reden konnte. An seine Frau dachte er gar nicht. Was hatte sie noch mit seinem Leben zu tun – nichts.

Wie immer wurde er herzlich empfangen von dem Administrator und seiner Familie, aber es fiel allen auf, wieviel lebhafter und frischer er war. Angeregt plauderte er bei Tisch über seine veränderten Verhältnisse und schilderte sein künftiges Leben in lebhaften Farben.

Nach Tisch saß er mit dem Administrator Wendt, eine Zigarre rauchend, in dessen Zimmer.

Wendt kannte so ziemlich alle Einzelheiten aus Norberts Vergangenheit. Er war es auch, der jeden Monat das Geld an Norberts Frau schickte.

Nachdem nun Norbert eine eingehende Schilderung der Falkenauer Verhältnisse beendet hatte, sagte Wendt – ein stattlicher, blondbärtiger Norddeutscher – bedächtig: »Was aber wird nun unter den veränderten Verhältnissen mit Ihrer Frau, mein lieber Baron?«

Norbert sah unangenehm berührt auf. Er machte eine hastig abwehrende Bewegung.

»Lassen wir die ganz aus dem Spiel, lieber Freund. Sie wissen, daß ich längst und für immer mit ihr fertig bin.«

Wendt stieß den Rauch langsam von sich. »Sie mit ihr – ja –, das kann ich mir denken. Aber ob sie unter diesen neuen Umständen mit Ihnen fertig ist, das ist die Frage. Sie hätten auf mich hören und sich schon längst von ihr scheiden lassen sollen.«

Norbert zuckte unwillig die Achseln. »Ich kann nicht intensiver von ihr geschieden werden, als ich es schon bin. Sie wird nie mehr in meinem Leben eine Rolle spielen. Hätte ich eine Scheidung anstrengen wollen, wie Sie mir rieten, dann hätte ich als Grund nur böswilliges Verlassen angeben können. Und dann mußte ich sie zuerst auffordern, zu mir zurückzukehren. Schon der Gedanke, daß sie das hätte tun können, um nicht als schuldiger Teil zu gelten vor dem Gesetz, machte mich elend. Deshalb ließ ich die Dinge gehen.«

Wendt sah nachdenklich auf seine Zigarre hinab.

»Trotzdem, lieber Freund, rat ich Ihnen nochmals dringend, lassen Sie sich scheiden – so schnell wie möglich, noch ehe Ihre Frau von dem Umschwung Ihrer Verhältnisse erfährt. Sonst erleben Sie vielleicht noch unliebsame Überraschungen.«

»Wie sollte ich, sie weiß so gut wie ich, daß es zwischen uns keine Gemeinschaft mehr gibt.«

Wendt machte ein ärgerliches Gesicht. »Aber, Baron – Sie sind noch immer Idealist, trotz Ihrer trüben Erfahrungen. Meinen Sie nicht, daß Ihre Frau nun auch von Ihren glänzenden Verhältnissen wird profitieren wollen?«

Norbert strich sich hastig über die Stirn. »Ich werde selbstverständlich meinem Einkommen gemäß ihre monatliche Rente erhöhen. Soviel ich aus der Ferne beurteilen kann, wirft Falkenau jetzt noch keine großen Gewinne ab, da es mein Oheim erst mit vielen Opfern wieder ertragsfähig gemacht hat. Aber was ihr als meiner Frau zukommt, wird sie erhalten. Damit erkaufe ich mir meine innere Freiheit. Sie hat ja nie etwas anderes als mein Geld gewollt.«

»Nun gut, selbst vorausgesetzt, es geht alles, wie Sie es sich wünschen. Aber wenn Sie nun eines Tages wieder heiraten wollen?«

Norberts Gesicht verfinsterte sich. »Das wird nie geschehen.«

Wendt lächelte. »Lieber Freund – wie alt sind Sie – vierunddreißig Jahre. Also noch sehr jung. Mancher fängt in dem Alter das Leben erst an. Und es gibt gottlob noch viele liebenswerte Frauen.«

»Nein, nein!« rief Norbert heftig, »für mich ist es damit zu Ende, ich habe an diesem einen Mal genug für ein ganzes Leben.«

»Aber Falkenau ist Majorat. Möchten Sie es nicht einem Sohne hinterlassen?«

Norbert stand auf und ging im Zimmer auf und ab. Dann sagte er ruhig: »Nach mir kommt ein Falkenau an die Reihe, der irgendwo in einem kleinen Neste als Major bei der Infanterie dient. Er hat vier gesunde Söhne. Falkenau ist zuletzt immer auf Seitenlinien übergegangen – mag es auch nach mir so gehen. Ich betrachte Falkenau als anvertrautes Gut und werde es als solches gewissenhaft verwalten.«

Wendt sah unzufrieden zu ihm auf. »Nun, ich will hoffen und wünschen, daß Sie es dennoch einst Ihrem eigenen Fleisch und Blut hinterlasen können. Manchmal entwirrt das Schicksal die unlösbarsten Fäden. Aber schade ist es doch, daß Sie nicht geschieden sind. Jetzt ist es aber wohl schon zu spät. Solange Sie hier in der Steppe hausten, wäre sie kaum auf Ihre Aufforderung zu Ihnen zurückgekehrt. Erführe sie aber, daß Sie Majoratsherr von Falkenau geworden sind, dann wäre sie wohl dazu imstande. Schade – jammerschade!«

Norbert machte ein gequältes Gesicht. »Reden wir nicht mehr davon, lieber Freund. Ich weiß, Sie meinen es gut. Auch der Fürst hat mir denselben Rat gegeben, wie Sie. Und vielleicht war es eine Torheit von mir, diesem Rat nicht zu folgen. Aber in Falkenau weiß niemand von meiner Verheiratung, ich glaube es wenigstens nicht. Ich werde sie auch nie erwähnen, damit man mich nicht mit Fragen quält. Die monatlichen Raten werde ich durch meinen Rechtsbeistand einzahlen lassen, um nicht wieder in Verbindung mit dieser Frau treten zu müssen. Und damit ist hoffentlich die Sache erledigt.«

Wendt ging nun auf ein anderes Thema über, und Norbert fand seine gute Stimmung wieder. Er tollte sogar später mit Wendts Söhnen im Freien herum, zeigte allerlei kühne Reitkünste und ließ einige Male ein warmes Lachen hören, auf dessen Klang er selbst ganz erstaunt horchte, weil es so lange verstummt war.

Annelies lebte still und zurückgezogen noch immer in Falkenau, wie es die Trauer um den geliebten Vater gebot. Sie ging völlig auf in ihrer Arbeit und setzte ihren Stolz darein, daß in Falkenau alles am Schnürchen ging.

Dabei wartete sie heimlich sehnsüchtig auf Norbert Falkenau. In stillen Stunden malte sie sich das Wiedersehen mit ihm aus und dann klopfte ihr Herz stark und unruhig in der Brust.

Sie war im regen Briefwechsel mit ihm geblieben. Allerdings wurde vorwiegend Geschäftliches darin erörtert, aber zuweilen schlich sich doch auch ein herzliches Wort dazwischen.

Vor einigen Tagen hatte Annelies nun die Nachricht von Norbert erhalten, daß Fürst Kertschukoff einen neuen Gestütsdirektor engagiert hatte und daß er selbst nun demnächst in Falkenau eintreffen würde.

Einen genauen Termin seiner Ankunft hatte Norbert absichtlich nicht gemeldet. Er wollte um keinen Preis einem festlichen Empfang ausgesetzt sein.

Annelies war jedoch der Meinung, daß er sich noch anmelden würde.

So wartete sie voll Unruhe auf sein Kommen. Keine Ahnung hatte sie, daß Norbert verheiratet war. Wäre ihr das bekannt gewesen, hätte sie wohl ihren träumerischen, sehnsüchtigen Gedanken Zügel angelegt. Vielleicht wäre sie dann, schon ehe er kam, mit ihren Träumen und ihrer schwärmerischen Erinnerung fertig geworden und hätte ihm klar und nüchtern entgegengesehen. So aber beschäftigte er ihr ganzes Denken. Sein romantisches Schicksal, das tiefe Mitleid, das sie ihm zollte, ohne recht zu wissen, warum, war ein gefährlicher Nährboden gewesen für ihre schlummernde Zuneigung. Er erschien ihr in einem so interessanten Lichte, daß der Keim ihrer Liebe in dem für ihn bereiteten Boden kräftige Wurzeln schlug.

7

Das Laub hatte schon eine herbstliche Färbung angenommen. Es war ein klarer, warmer Septembertag. Tante Krispina war nach Neulinden hinübergefahren, um dort bei der Obsternte zu helfen. Das machte ihr ein unbeschreibliches Vergnügen. Zur Teestunde wollte sie zurück sein.

Annelies war drüben im Inspektorhaus gewesen, um Kollermann, der über den Rechnungsbüchern saß, allelei schriftliche Belege zu bringen. Nun schritt sie langsam über den freien Platz vor dem Haus und stieg die Terrassenstufen empor.

In Gedanken verloren lehnte sie sich oben über die

Brüstung und schaute nach dem Park hinüber. Und da trat plötzlich zwischen den Bäumen ein schlanker, großer Mann hervor und schritt auf dem breiten Weg ruhig und sicher auf das Haus zu. Er trug einen schlichten, aber gutsitzenden Reiseanzug von grauer Farbe. Sein Gesicht zeigte scharf markierte Züge und war völlig bartlos. Die Farbe glich einem hellen Bronzeton. Annelies starrte bewegungslos auf den Kommenden, und ihr Herz schlug heftig. Ein seltsames Gefühl stieg in ihr auf, als wenn das Schicksal selbst auf sie zugeschritten käme.

Sie erkannte ihn nicht gleich. Dieses ernste, unbewegliche Gesicht erinnerte sie so wenig an den übermütig lachenden Norbert Falkenau. Aber an dem elastisch federnden Gang hätte sie ihn unter Tausenden sofort herausgefunden.

Und so wie jetzt war Norbert Falkenau früher schon manch liebes Mal vom Park herüber nach dem Haus geschritten. Wie von einer inneren Macht getrieben, ging sie ihm endlich bis zur Treppe entgegen, die von der Terrasse auf den Rasenplatz führte.

Da stand sie still, von hellem Sonnenlicht umflossen, das auch ihr düsteres schwarzes Gewand in eine Fülle von Licht hüllte.

Als die schlanke Mädchengestalt in dem glatt anliegenden Tuchkleid an der Treppe erschien, stutzte Norbert Falkenau einen Augenblick. Dann kam er schneller herbei und blieb schließlich unten an der Treppe stehen.

Auge in Auge standen sie eine Weile stumm und reglos.

Wenn Menschenschicksale in einem Augenblick entschieden werden können, so entschied sich dieser beider Menschen Geschick in diesem stummen Anschauen.

Norberts Augen weiteten sich staunend, überwältigt und suchten in dem schönen ernsten Mädchengesicht die unfertigen Züge des einstigen Backfischs.

Seltsam warm und wohlig wurde ihm ums Herz. Die Heimat grüßte ihn aus blauen, leuchtenden Mädchenaugen. Ja, diese Augen – das waren die von Annelies Falkenau.

Mit einem Ruck richtete er sich auf und warf den Kopf zurück. Diese Bewegung kannte Annelies an ihm. Und nun kam auch Leben in ihre Gestalt. Impulsiv streckte sie beide Hände aus.

»Vetter Norbert! Ja – Sie sind es«, sagte sie leise und herzlich.

Mit einem Satz war er über die Treppe hinweggesprungen, wie der alte übermütige Norbert, und er ergriff mit warmem Druck ihre beiden Hände.

»Annelies! – Annelies!«

Er fand keine andere als die vertraute Anrede. Weit öffnete er sein Herz den auf ihn einstürmenden Gefühlen, und es fiel ihm gar nicht ein, sich zu fragen, ob er sie auch einlassen dürfe. Ein Druck löste sich von seiner Brust, und in seinen Augen strahlte ein frohes Leuchten. Als hätte er nach langer Irrfahrt heimgefunden, so war ihm zumute.

Er beugte sich über die schlanken Mädchenhände und führte sie an seine Lippen. Sie erzitterte leise, riß sich aber gewaltsam zusammen.

»Willkommen in der Heimat, lieber Vetter«, sagte sie warm, und die Röte in ihrem Gesicht vertiefte sich.

Er richtete sich auf und schüttelte froh lächelnd den Kopf. »Annelies! Ist das wirklch die kleine wilde Annelies, die hier vor mir steht? Kaum kann ich es fassen. Sie haben sich sehr verändert – bis auf die Augen, Annelies, die sind dieselben geblieben.«

Sie lächelte. Gewöhnt, sich zu beherrschen, hatte sie ihre äußere Ruhe wiedergefunden. »Ja, sonst ist nichts von dem wilden Kind übriggeblieben. Aber auch Sie haben sich sehr verändert, lieber Vetter. Ich erkannte Sie nur an Gang und Haltung, als ich Sie kommen sah. Und nun nochmals herzlich willkommen daheim! Es ist nicht recht von Ihnen, uns so sang- und klanglos ins Haus zu fallen. Nun finden Sie mich ganz allein – und ohne alle festlichen Vorbereitungen.«

Er lächelte, seine Augen nicht von ihr lassend. »Das eben ist mir lieb. Ein feierlicher Empfang mit allerlei äußerlichen Zeremonien wäre mir entsetzlich gewesen. Ich bin ein bißchen verbauert, Annelies, so eine Art Hinterwäldler. In meiner Einsiedelei gab es keine feierlichen Anlässe. Gott sei Dank, daß mir solch ein Empfang erspart blieb. Schöner, lieber, als es geschehen, konnte ich nicht begrüßt werden. Sie sind mir gleich wieder vertraut und bekannt, Annelies, bis ins Herz getroffen bin ich durch Ihr herzliches Willkommen. Ich könnte meinen, ich wäre nie fortgewesen. Wie ein Schuljunge könnte ich losheulen vor Rührung, wenn ich mich dieser unmännlichen Schwäche nicht schämte.«

Es zitterte eine tiefe Bewegung durch seine Worte. Sie lauschte dem sonoren, warmen Ton seiner Stimme. Und er konnte den Blick nicht von ihr lassen. Wie schön die kleine Annelies geworden war, und welche Reinheit, welcher Adel auf ihrer klaren Stirn! Die Lauterkeit der Seele strahlte überzeugend aus ihren Augen. Mit schmerzlicher und doch zugleich erlösender Gewißheit empfand er, daß er hier einem weiblichen Wesen gegenüberstand, wie er es früher in seinen Träumen vor sich gesehen. So war er doch kein

Tor gewesen, wenn er an die Reinheit der Frauen glaubte. Er hatte nur die rechte nicht getroffen, hatte sich vergriffen im Irrtum seiner Sinne.

Willenlos gab er sich dem Zauber hin, den Annelies auf ihn ausströmte. So lange hatte er dem Verkehr mit Frauen ferngestanden, mit den Frauen seiner Kreise. Und nun trat ihm die erste, mit der er wieder in Berührung kam entgegen, mit allen Reizen des Leibes und der Seele geschmückt, und sah ihn mit den Augen seiner Jugend an.

War es da ein Wunder, daß sich sein Herz weit öffnete, um seine verdorrte Seele daran zu laben? Wie ein Verschmachtender trank er an dem Quell des Lebens, und seine Augen sprachen nur zu deutlich von dem, was übermächtig in dieser Stunde über ihn kam.

Nicht der Bruchteil eines Gedankens flog in dieser Stunde zu der Frau, die nach dem Gesetz noch ein Recht auf ihn hatte. Sie war einfach vergessen, als sei sie nie gewesen. Wie etwas Wesenloses fiel sie von ihm ab. Er fühlte sich innerlich so frei von ihr, daß es ihm äußerlich wie selbstverständlich erschien. In keiner Weise war er sich bewußt, daß das Gefühl, das überwältigend von ihm Besitz nahm, ein Unrecht sein könnte.

Endlich wandte sich Annelies, wie aus einem Traum erwachend, verwirrt zur Seite. Und mit einem mädchenhaft unsicheren Lächeln, das von ihrem sonstigen bestimmten Wesen sehr verschieden war und ihr etwas Weiches, Hilfloses gab, fragte sie verwirrt:

»Was soll nun geschehen, Vetter? Sie haben mich durch ihr plötzliches Erscheinen ganz aus dem Konzept gebracht.«

Er strich sich aufatmend die Stirn. »Komme ich

ungelegen, Base Annelies«, fragte er, sich gewaltsam aus dem süßen Bann lösend, der ihn gefangenhielt.

»Nein, nein, gewiß nicht!« rief sie hastig. »Wir warten ja seit Wochen auf Ihr Kommen. Aber ich bin wirklich ganz fassungslos. Sie müssen gleich eine recht schlechte Meinung von meiner Geistesgegenwart bekommen. Also zuerst: Sie sind zu Fuß gekommen von der Station, folglich hungrig und durstig. Soviel kann ich mir zur Not noch zusammenreimen.«

Dieser schelmische Ton entzückte ihn noch mehr und reizte ihn, darauf einzugehen. »Bravo – das ist schon viel. Und, offengestanden, ich habe Hunger und Durst wie ein Verschmachtender.«

»So will ich schnell für einen Imbiß sorgen.«

»Ist es vermessen, wenn ich Sie bitte, mir dabei Gesellschaft zu leisten?«

Sie lachte ihr goldiges, klares Lachen, das ihm von früher bekannt und vertraut war und doch neu und reizvoll erschien.

»Diese Vermessenheit will ich verzeihen. Es ist ohnehin gleich unsere Teestunde, und wenn sich Tante Krispina nicht verspätet – sie ist in Neulinden – dann bekommen Sie noch mehr Gesellschaft.«

Er wünschte, daß Tante Krispina noch recht lange ausbleiben möge.

Annelies drückte auf den Knopf der elektrischen Klingel, der neben der Tür zum Speisezimmer auf der Terrasse angebracht war.

»Da Sie ohne Gepäck gekommen sind, werden Sie sich nicht umkleiden können. Aber den Reisestaub sollen Sie doch erst abschütteln. Hermann kann Sie in Ihre Zimmer führen. Wie Sie wünschten, habe ich Ihnen die Zimmer meines Vaters bereithalten lassen.«

Er küßte ihre Hand. »Ich danke Ihnen, Annelies.«

Sie waren beide ernst geworden bei der Erwähnung ihres Vaters. Er sah voll Teilnahme, daß sich ihre Augen umflorten.

»Annelies, der Geist Ihres lieben Vaters soll allezeit lebendig bleiben in Falkenau«, sagte er bewegt, ihre Hand mit festem Druck umschließend.

Sie gab den Druck leise zurück, ohne etwas zu erwidern.

Hermann war auf die Terrasse getreten und sah etwas verwundert auf den fremden Herrn, von dessen Ankunft er nichts bemerkt hatte. Annelies wandte sich zu ihm.

»Der Herr Baron von Falkenau ist unerwartet angekommen, Hermann. Führen Sie ihn in seine Zimmer, und dann lassen Sie die Flagge hissen. Melden Sie der Dienerschaft, daß der neue Majoratsherr von Falkenau eingetroffen ist. In zwei Stunden sollen sich die Leute alle draußen in der Halle versammeln, damit ich sie ihrem neuen Herrn vorstellen kann.«

Annelies hatte das in ihrer ruhigen bestimmten Art gesagt. Nun wandte sie sich lächelnd an Norbert: »Es ist Ihnen doch recht so, Vetter?«

Er verneigte sich. »Wie Sie befehlen, Base Annelies.«

»Jetzt habe ich hier nichts mehr zu befehlen. Also in einer Viertelstunde ist der Imbiß für Sie bereit. Ist es Ihnen recht, wenn ich ihn hier auf der Terrasse servieren lasse? Es ist noch so schön warm und sonnig.«

»Ich bitte darum«, sagte er mit einer abermaligen Verbeugung, und dann folgte er dem Diener ins Haus.

Als er verschwunden war, preßte Annelies die Hände aufs Herz, und ihr Blick flog strahlend und glückselig ringsum. »Er ist da – er ist da!« flüsterte sie schaudernd. Und die Welt schien ihr voll Licht und Sonne.

Dann eilte sie in die Küche und gab Mamsell Hegelein Befehle. Schnell huschte sie darauf in ihr Arbeitszimmer. Dort hing noch über dem Schreibtisch das Bild des Vaters. Es sollte nicht früher als sie nach Neulinden übersiedeln, da sie sich nicht davon trennen mochte.

Die gefalteten Hände zu dem Bilde emporgestreckt, sagte sie leise: »Väterchen, liebes Väterchen – nun breite deine Hände aus über dein Kind – und gib deinen Segen. Ich hab' ihn lieb, Väterchen, unsagbar lieb, jetzt weiß ich, daß mein Herz ihm gehört für alle Zeit. Nicht wahr, Väterchen, meine Wünsche begegnen sich mit den deinen. Hilf mir, daß sich sein Herz mir zuwendet!«

Reglos stand sie eine Weile, wie im Gebet versunken. Dann ging sie langsam in ihr Ankleidezimmer hinüber. Vor dem Spiegel betrachtete sie sich aufmerksam und hatte allerlei an sich zu ordnen. Die Evastochter regte sich. Sie wollte schön sein – für ihn.

Eine Viertelstunde später saßen sich Norbert und Annelies gegenüber auf der Terrasse, die mit modernen Korbmöbeln sehr hübsch und behaglich ausgestattet war.

Hausfraulich bediente Annelies den Vetter. Neben ihr stand der Teewagen mit allem Zubehör und verschiedenen appetitlichen Platten, die Mamsell in der Eile zusammengestellt hatte.

Annelies selbst nahm nur Tee und kleine Kuchen. Norbert schmauste mit sichtlichem Behagen.

»Erschrecken Sie nicht über meinen Appetit, Annelies, aber ich habe mir unterwegs nicht Zeit genommen zu dinieren – und dann – die Delikatessen, mit denen Sie mich bewirten, sind lang entbehrte Genüsse für mich. Meine Mahlzeiten in der Steppe sahen anders aus«, sagte er, und schilderte ihr in groben Umrissen sein bisheriges Leben.

Dazwischen mußte sie ihm manches berichten. Es waren alles Sachen ohne besondere Wichtigkeit, im Grunde eine ganz oberflächliche Konversation. Aber die Augen hingen dabei oft selbstvergessen ineinander und erzählten sich köstliche Heimlichkeiten, ohne daß sich die beiden Menschen dessen bewußt wurden. Jeder glaubte recht ruhig und verständig zu sein und nichts zu verraten von dem, was in seinem Herzen lebte.

Tante Krispina hatte sich sehr verspätet, aber weder Norbert noch Annelies hatten an sie gedacht. Als nun endlich der Wagen vorfuhr und gleich darauf das alte Fräulein auf die Terrasse flatterte, da seufzten beide unwillkürlich auf.

Tante Krispina aber stand erstarrt und blickte in hilflosem Staunen auf den fremden Herrn, der hier in so vertraulichem Tête-à-tête mit Annelies speiste.

»Ach Gott, Annelies, ich habe mich verspätet«, stotterte sie und kam mit zögernden Schritten näher. Vor Aufregung und Hast war ihr der Hut wieder schief gerückt. Es war ein schwarzer Kapotthut, auf dem aber Rosen und Reiher fehlten und von dem nur eine schwarze Kreppschleife kühn emporstrebte, um Tante Pinchens Gestalt künstlich zu vergrößern.

Annelies erhob sich lächelnd und trat zu ihr.

»Das ist Norbert Falkenau, Tante Krispina«, sagte sie vorstellend und liebevoll den verirrten Hut in die richtige Lage bringend.

Norbert hatte sich ebenfalls erhoben und trat mit einer artigen Verbeugung auf die alte Dame zu. »Mein sehr verehrtes gnädiges Fräulein, ich weiß nicht, ob Sie sich meiner noch erinnern.«

Tante Krispina überließ ihm überrascht ihre Hand, die wie immer im schwarzen Filethandschuh steckte, und sah betreten zu dem stattlichen jungen Mann empor.

»Ach, natürlich – oder eigentlich nein – ich erinnere mich Ihrer nicht mehr – oder doch – aber Sie sahen damals anders aus und müssen sich sehr verändert haben. Ja – damals hatten Sie einen Schnurrbart, nicht wahr – und natürlich älter sind Sie geworden. Aber das ist gleich. Ich meine – die Hauptsache ist, – daß Sie nun da sind. Ja – wir haben täglich auf Sie gewartet – oder eigentlich erst auf eine Depesche, die Ihre Ankunft meldete«, – Tante Krispina hielt bekanntlich viel von Depeschen – »denn nun sind Sie doch überraschend gekommen. Ja – und – und ich habe nun leider Ihre Ankunft verpaßt. Aber um Gottes willen, Annelies, wir hatten doch gar nichts vorbereitet!« rief sie zum Schluß ihrer verlegenen Rede ganz erschrocken.

Annelies küßte sie auf die Wange.

»Ja, denke dir nur, ohne Ehrenpforten und Girlanden und feierlichem Empfang ist uns der Vetter ins Haus gefallen. Sozusagen durch die Hintertür hat er sich hereingeschlichen. Zu Fuß kam er von der Station durch den Park, müde, matt und halb verhungert«, beschrieb Annelies und lachte zu Norbert hinüber, der sie nur immer entzückt betrachtete.

»Ach, du lieber Gott«, seufzte Tante Krispina bekümmert. Es tat ihr sehr leid, daß nun der geplante festliche Empfang ins Wasser gefallen war, und eigentlich fand sie es wenig nett von Norbert, daß er sie um diese Feier gebracht hatte. Aber sie war zu gutmütig, um ernstlich zu zürnen.

Annelies streichelte ihre Wangen. »Nun geh und leg schnell ab, Tantchen, damit du noch zu einer Tasse Tee kommst.«

»Ja, ja, in zwei Minuten bin ich wieder hier. Aber laß mich dem Herrn Baron nur erst ein Willkommen bieten, vor lauter Überraschung habe ich das wahrhaftig vergessen. Also herzlich willkommen in Falkenau, Herr Baron. Ihren Eingang segne Gott.«

Die letzten Worte sagte Tante Pinchen sehr feierlich.

Norbert küßte ihr die Hand. »Herzlichen Dank, mein sehr verehrtes gnädiges Fräulein. Und damit ich mich Ihnen gleich als Mann von Kühnheit vorstelle, bitte ich Sie herzlich, auch mich ein wenig von der Verwandtschaft profitieren zu lassen, die Sie mit den Falkenaus verbindet.« Tante Krispinas Gesicht rötete sich. Ihre Augen strahlten wohlgefällig zu ihm empor. Er gefiel ihr ausnehmend, dieser große schlanke Mann mit dem feinen Rassekopf und den energischen Zügen. Seine Liebenswürdigkeit tat ihr wohl.

»Aber gern, sehr gern, Herr Baron, wenn Sie sich's gefallen lassen wollen, will ich Sie gern als Adoptivneffen betrachten. Nennen Sie mich Tante Krispina oder Tante Pinchen, wenn Ihnen das bequemer ist. Annelies sagt immer, Krispina sei viel zu hart und kriegerisch für mich. Das ist aber Geschmackssache.«

»Von dieser Erlaubnis werde ich gern Gebrauch machen, verehrte Tante Krispina. Sie müssen mich aber dann unbedingt beim Vornamen nennen.«

»Also gut, lieber Norbert, wie Sie wollen. Meinst du nicht, Annelies, daß es so geht?«

Damit holte die alte Dame gewissermaßen Annelies Genehmigung ein zu dieser Vertraulichkeit.

Annelies nickte ihr zu. »Gewiß Tantchen, und nun geh und mach es dir bequem. Ich brühe inzwischen frischen Tee für dich auf.«

Tante Krispina eilte ins Haus. Die faltigen Kleider flatterten um sie her.

Norbert sah ihr mit einem gutmütigen Lächeln nach.

»Tante Krispina ist noch genau dieselbe originelle Erscheinung wie vor Jahren. An ihr allein ist die Zeit spurlos vorübergegangen. Ich finde sie ist höchstens jünger geworden.«

»Ei, Vetter, warum haben Sie sich die Gelegenheit entgehen lassen, Tante Krispina dieses Kompliment zu machen«, neckte Annelies.

»Sie sehen, Annelies, ich bin ganz verwildert aus der Steppe zurückgekehrt. Ich muß Sie sehr um Nachsicht bitten. Um aber noch mal auf Tante Krispina zu kommen, sie scheint wirklich einer längst verflossenen Zeitepoche zu entstammen. Solche Frauen wie sie sieht man heutzutage nicht mehr.«

Annelies nickte. Sie hatten wieder Platz genommen. »Ja, Tantchen mutet mich auch immer an wie Lavendelduft, und ich möchte sie nicht anders haben, trotz ihrer vielen kleinen Wunderlichkeiten, die eben zu ihr gehören. Wohl wirkt sie zuweilen ein wenig rückständig mit ihren Ansichten. Aber man kann nur darüber lächeln – nie lachen. Und da wir gerade über sie sprechen, will ich Sie gleich bitten, lieber Vetter, lassen Sie Tantchen nie fühlen, daß ihr Dasein nicht eine unbedingte Notwendigkeit für uns alle ist. Sie hat lange Jahre heimlich darunter gelitten, daß sie keinem Menschen nötig war, bis wir, Papa und ich, sie mit einer List an uns fesselten. Wir alle bestärken sie täglich in der Meinung, daß wir ohne sie gar nicht fertig werden könnten. Im Grunde würde sie uns auch allen sehr fehlen. Ich sage Ihnen das nur, weil sie sehr feinfühlig ist und leicht verletzt werden kann.«

Norbert sah eine Weile schweigend und ernst in ihr lebhaft gerötetes Gesicht. Dann strich er aufatmend über die Stirn. »Wie mir das ist. Annelies! Ich meine, wie Ihre Worte auf mich wirken. So viele Güte liegt darin, soviel echt weibliches Empfinden. Ich möchte Ihnen danken – danken aus vollem Herzen, daß Sie sind, wie Sie sind – ein Mädchen voll Güte und Zartheit, und doch so aufrecht und stolz. Ich hatte fast den Glauben an die Frauen verloren, als ich die Heimat verließ, an der Schwelle der Heimat finde ich ihn wieder – das danke ich Ihnen«, sagte er bewegt.

Ihr Antlitz war wie in Glut getaucht, aber sie sah groß und voll in seine Augen. »Sie haben Schlimmes erfahren, haben gekämpft und gelitten?« fragte sie leise.

Er zog die Stirn zusammen. »Das liegt hinter mir, nicht daran denken jetzt«, sagte er gepreßt. »Jetzt will ich reine Heimatluft atmen, nichts weiter. Später einmal, wenn ich's über mich bringe, will ich Ihnen einiges erzählen aus den Jahren, die hinter mir liegen, wenn Sie es hören wollen, Annelies.«

»Es wird mir immer ein Zeichen Ihres Vertrauens sein, lieber Vetter. Aber Sie sollen nur darüber sprechen, wenn es Ihnen nicht weh tut.«

Er küßte rasch ihre Hand.

Gleich darauf kam Tante Krispina zurück, und die Unterhaltung floß wieder in ruhigen Bahnen. Als sich die alte Dame ein wenig gestärkt hatte, fragte sie plötzlich:

»Weiß denn Kollermann schon, daß der neue Majoratsherr eingetroffen ist?«

Annelies richtete sich betroffen auf und sah Norbert an, als sei er ihr Mitschuldiger. »Wahrhaftig – Kollermann hatte ich ganz vergessen, Tantchen! Wenn du nicht an alles denkst und für alles sorgst!

Kollermann hätte es mir nie verziehen, wenn ich ihn erst nachher mit allen anderen herbeigerufen hätte. Es wäre auch unerhört gewesen. Wo hatte ich nur meine Gedanken? Ich will aber nun gleich selbst zu ihm hinübergehen und ihn herbeiholen.«

Sie erhob sich, und Norbert sprang zugleich mit auf.

»Darf ich mit Ihnen gehen, Annelies? Ich möchte Kollermann in seinem Bau aufsuchen, am liebsten bei der Arbeit. Da ist er am gemütlichsten, das weiß ich noch von früher«, sagte er lächelnd.

»So kommen Sie«, erwiderte Annelies. »Tante Pinchen holt inzwischen ihr Teestündchen nach, und wenn wir zurückkommen, kann die feierliche Einführung des neuen Majoratsherrn vor sich gehen. Die entgeht Ihnen trotz allen Sträubens nicht. Gelt, Tantchen?«

Tante Krispina seufzte.

»Ach, eine rechte Feier wird das im Leben nicht mehr. Lieber Norbert, Sie sind gar nicht programmgemäß eingetroffen, ich hatte mir das alles so schön ausgedacht.«

Er lächelte: »Ich nehme den guten Willen für die Tat, Tante Krispina, und betrachte mich so gefeiert, als Sie nur irgend wünschen.«

Sie drohte ihm mit dem Finger, und er ging lachend an Annelies Seite davon. Alles Herbe war aus seinem Gesicht geschwunden. Er fühlte sich jung und froh, als sei er dem Leben wiedergeschenkt.

Tante Krispina sah wohlgefällig hinter den beiden her und in ihrem der Romantik geneigten Kopf erwachten wunderliche Gedanken.

»Welch ein schönes Paar! Sie passen ganz wundervoll zusammen. Und eigentlich ist es schade, Falkenau und Neulinden zu trennen.«

8

Kollermann stand vor der Scheune, in der eine neue Dreschmaschine im Gange war und ließ gerade ein fürchterliches Donnerwetter auf das schuldige Haupt eines säumigen Knechts niederprasseln, als Norbert und Annelies herbeikamen. Sie blieben lächelnd stehen und warteten, bis er ausgepoltert und der Missetäter sich aus dem Staub gemacht hatte.

»So, Kollermännchen, nun setzen Sie mal ein etwas freundlicheres Gesicht auf und schlucken Sie Ihren Zorn hinunter«, sagte Annelies scherzend.

Kollermann wandte sich um. »Ach, Sie sind hier, Baroneßchen! So ein Rindvieh von einem Kerl – haben Sie schon – ach – nanu – wen haben wir denn da«, unterbrach er sich selbst und blickte Norbert unter seinen buschigen Brauen forschend an. Dann trat er rasch auf ihn zu, und ehe Annelies etwas fragen konnte, rief er erregt:

»Donnerwetter noch mal – das ist, so wahr ich lebe, unser neuer Herr, der Herr Baron Norbert, oder ich will eine Bohne nicht von einer Erbse unterscheiden können.«

Norbert reichte ihm freundlich die Hand. »Sie haben noch scharfe Augen, Herr Inspektor – ich freue mich, Sie wiederzusehen.«

Kollermann drückte die ihm gebotene Hand, daß Norbert die Finger knackten. »Gottlob, Herr Baron, so scharf sind sie noch, meine alten Augen. Und ich freue mich so recht aus tiefstem Herzen, daß ich Sie als neuen Herrn hier begrüßen kann. Mir geht es, wie unserem hochseligen Herrn Baron – Sie sind mir der liebste von der ganzen Sippe. Ich bitte um Entschuldigung, daß ich das so frei heraussage, aber dem Herrn Baron Cyrill – er ruhe in Frieden – dem hätte ich Falkenau nicht gegönnt.«

»Und mir gönnen Sie es nun so ganz ohne weiteres, Alter? Ich habe doch nichts getan, um mir diese Auszeichnung zu verdienen.«

»Ach, da verlasse ich mich ganz auf meinen hochseligen Herrn. Der hat mir oft gesagt: Kollermann, da es der Joachim nicht sein kann, wenn es doch wenigstens der Norbert wäre. Bei dem wäre Falkenau besser aufgehoben als bei Cyrill. Gelt, Baroneßchen, es war unserem hochseligen Herrn Baron eine letzte Freude, daß Baron Norbert nach ihm an die Reihe kam.«

Annelies hatte inzwischen die Dreschmaschine betrachtet. Nun wandte sie sich um und nickte.

»Ja, Kollermann.«

Sie sprachen nun eine Weile von Geschäften und gingen dabei auf dem Hofe auf und ab. Aus allen Ecken lugten neugierige Gesichter zu dem neuen Herrn herüber.

Eine halbe Stunde später waren die Beamten und das Personal in der großen Halle versammelt. In aller Eile hatte sich jeder so festlich wie möglich herausgeputzt, dafür hatte Tante Krispina noch gesorgt. Einer der Mägde hatte sie einen großen Blumenstrauß in die Hand gedrückt und ihr eingeschärft, diesen mit einem artigen Knix dem neuen Herrn zu überreichen, sobald sie ihr das Zeichen dazu gab. Die junge hübsche Magd stand nun eine Todesangst aus, daß sie den rechten Moment verpassen könne und schickte heimlich ein Stoßgebet nach dem anderen zum Himmel.

Während der folgenden Feier traten ihr fast die Augen aus dem Kopfe, so unentwegt richteten sie sich auf Tante Krisipinas feierliches Gesicht.

Seite an Seite traten Norbert und Annelies unter die Leute. Hinter ihnen ging der alte Kollermann und neben ihm Tante Krispina. Die beiden boten ein seltsames Bild. Als ob ein hünenhafter Vater neben seinem zarten Kinde schritt! Es hätte nur gefehlt, daß Kollermann das alte Fräulein sorgsam an der Hand geführt hätte.

Kaum war die Herrschaft in die Halle getreten, da hob Tante Pinchen mit wichtig feierlicher Miene den Finger und ihr zitteriges weiches Stimmchen intonierte den Choral: »Nun danket alle Gott.« Die Leute fielen, wie ihnen Tante Pinchen geboten hatte, ein. Es klappte nicht so recht und klang ein bißchen verwirrt durcheinander. Aber als Kollermann mit seinem dröhnenden Baß die Führung übernahm, richtete es sich ein. Da es Tante Pinchen mit dem ersten Vers bewenden ließ, war es zu ertragen.

Nachdem der Gesang verstummt war, hielt Annelies eine kurze Ansprache an die Leute. Sie stellte sie dem neuen Majoratsherrn vor, dankte ihnen zugleich im Namen ihres verstorbenen Vaters für ihre treuen Dienste und bat sie, auch dem Baron Norbert Falkenau mit derselben Treue zu dienen.

Norbert sah unablässig in ihr junges, ernstes Gesicht. Wie stolz und sicher sie zwischen den Leuten stand. Ein kraftvolles zielbewußtes Geschöpf, voll echt weiblicher Güte, voll Zartsinn und Lebensfrische. Wie glücklich der Mann, dem solch eine Frau zur Seite schritt auf dem Lebensweg! So hatte er sich einst das Ideal der Frau erträumt.

Annelies war zu Ende. Er schrak empor aus seinen Sinnen und ergriff nun selbst das Wort. Schlicht sprach er aus, daß er sich nur als Verwalter des ihm anvertrauten Gutes betrachte und daß er, gleich seinen Leuten, seine ganze Kraft einsetzen wollte, Falkenau auf der blühenden Höhe zu erhalten, auf die es Baron Donatus mit Hilfe seiner Tochter und des Inspektors Kollermann gehoben hatte. Er versprach den Leuten, ihnen ein gerechter Herr zu sein wie sein hochverehrter Vorgänger, den er sich in allen Dingen zum leuchtenden Vorbild nehmen wolle. Dann bat er Kollermann, den Leuten nach seinem Ermessen eine kleine Feier zu geben.

Danach wurde nun auch die in Angst und Nöten schwebende Magd ihres Straußes ledig.

Damit war die kurze Feier zu Ende.

Annelies, Norbert und Kollermann zogen sich in das Arbeitszimmer des verstorbenen Barons zurück, das nun Norbert zum gleichen Zweck benutzen wollte.

Man besprach nur flüchtig das Nötigste. Für den nächsten Tag wurde Dr. Bruckner erwartet zu einer längeren Konferenz, damit Norbert in aller Form des Rechts in sein Erbe eingesetzt werden konnte.

Tante Krispina und Mamsell Hegelein sorgten inzwischen mit vereinten Kräften für ein festliches Souper, an dem auch Kollermann teilnehmen sollte.

Am nächsten Tag hatte Annelies mit Bruckner, Norbert und Kollermann wieder angestrengt bis zum Abend gearbeitet. Nun war das Notwendigste erledigt, und am nächsten Morgen wollte Annelies nach Neulinden übersiedeln.

Als sie diese Absicht bei der Abendmahlzeit kundgab, sah Norbert unruhig zu ihr hinüber.

»Sie wollen Falkenau verlassen, Annelies?«

Das junge Mädchen lachte. »Lieber Vetter, Sie sind wirklich ein Hinterwäldler geworden. Selbst wenn Sie mir großmütig in Falkenau eine Freistatt bieten wollten – es geht doch nicht an, daß wir zusammenhausen.«

Er seufzte tief auf. »Es wird mir sein, als wenn ich die rechtmäßige Herrin hier verdrängte. Ich weiß doch, daß Sie in Falkenau wurzeln wie im Heimatboden.«

Sie blickte ihn lächelnd an. »Darüber sollen Sie sich keine Kopfschmerzen machen, lieber Vetter. Ich habe ja von Kind auf gewußt, daß ich eines Tages Falkenau verlassen muß. Selbst wenn Joachim hier Herr geworden wäre, würde ich nach Neulinden übergesiedelt sein, sobald er sich verheiratet hätte.«

»Trotzdem – ich habe die Einrichtung des Majorats immer als Ungerechtigkeit empfunden gegen Töchter und nachgeborene Söhne.«

»Nun – in meinem Falle ist das nicht so schlimm. Zum Glück ist Neulinden nicht Majorat, dort habe ich auch eine liebe Heimat. Und ich brauche mich nicht von dem liebgewordenen Erdenfleck zu trennen«, – sie lächelte schelmisch – »und werde mich bemühen, gute Nachbarschaft mit Ihnen zu halten, damit mir die Grenzen von Falkenau auch in Zukunft nicht verschlossen werden.«

»Das haben Sie gewiß niemals zu befürchten, Base Annelies. Ich bitte Sie, ganz zu vergessen, daß es Grenzen gibt zwischen Falkenau und Neulinden.«

»Oh, in der ersten Zeit werde ich sie ohnedies nicht respektieren. Ich werde Ihnen sehr oft mit Tante Krispina ins Haus fallen, denn es gibt zwischen uns noch allerlei Geschäftliches zu erledigen.«

»Hoffentlich haben Sie recht häufig Veranlassung, nach Falkenau zu kommen. Ich habe jahrelang einsam in der Steppe gelebt, ohne es schmerzlich zu empfinden. Aber wenn Sie von Falkenau fortgehen, werde ich mir einsamer vorkommen als je, zumal ich mich nicht sobald entschließen werde, mit den anderen Nachbarn in Verkehr zu treten.«

»Nun, der Weg von Falkenau nach Neulinden ist nicht minder schön und bequemer als umgekehrt«, neckte sie.

»Soll das heißen, daß ich Sie in Neulinden besuchen darf?«

»Sooft Sie Zeit und Lust haben und die Einsamkeit fürchten. Tante Krispina und ich werden immer ein offenes Haus für liebe Gäste haben. Gelt, Tantchen?«

»Natürlich, Kind, wir sind ja keine Einsiedler.«

»Dann werde ich oft und gern von dieser Erlaubnis Gebrauch machen. Ich muß ohnedies, zumal in der ersten Zeit, oft genug Ratschläge bei Ihnen einholen. Denn ein guter Landwirt will ich erst noch werden und möchte noch viel lernen. Wenn ich nur nicht wüßte, daß Sie Kollermann in Neulinden brauchten und daß es sehr egoistisch von mir wäre, Ihnen diesen abspenstig zu machen, dann würde ich versuchen, ihn auch ferner an Falkenau zu fesseln.«

Annelies lachte. »Sie würden bei Kollermann trotz seiner Liebe zu Falkenau damit kein Glück haben, wenn ich ihn nicht schon selbst gebeten hätte, Ihnen zur Seite zu stehen.«

»Wie soll ich das verstehen, Annelies?« fragte er rasch.

Sie atmete auf. Dann sagte sie ruhig: »Kollermann hat bisher seine Kraft zwischen Falkenau und Neulinden geteilt. Und er behauptet, noch kräftig genug zu sein, das auch noch einige Jahre weiter zu tun. Ich stelle ja auch meinen Mann und werde die Hände nicht in den Schoß legen. Wenn Sie also einverstanden sind, lieber Vetter, dann bleibt Kollermann vorläufig noch in Falkenau, bis Sie sich eingerichtet haben und er ruhebedürftiger ist. Er unterstützt mich natürlich auch in Neulinden, soweit es nötig ist, und wir profitieren beide von seiner hervorragenden Tüchtigkeit.«

Norbert sah sie erfreut an. »Darf ich das wirklich annehmen? Werde ich Sie nicht berauben, Annelies?«

»Nein, nein, Falkenau liegt mir auch jetzt noch am Herzen, weil mein Vater darum bangte. Es soll nicht unter dem Wechsel leiden. Es ist ja selbstverständlich, daß Sie sich erst einarbeiten müssen. Was Ihnen noch fehlt, kann Ihnen Kollermann am besten beibringen. Er ist ein guter Lehrmeister und weiß in allen Dingen vorzüglich Bescheid. Auch für mich wird er noch Zeit genug behalten bei seiner enormen Leistungsfähigkeit. Und ich habe ja auch Tante Krispina zur Seite und die Neulindener Mamsell ist tüchtig wie Mamsell Hegelein. Es wird alles gut gehen, seien Sie unbesorgt.«

»Dann bleibt mir nur übrig, Ihr großmütiges Anerbieten anzunehmen – mit vielem Dank, Annelies. Sie haben alles für mich aufs beste geordnet. Ich weiß nicht, womit ich soviel Güte verdient habe.«

Annelies sah ihn ernst an. »Sie waren Joachims Freund, meine Eltern liebten Sie und Papa hielt große Stücke auf Sie. Soll ich da nicht auch freundschaftlich für Sie empfinden?«

Er preßte ihre Hand an seine Lippen. »Dank, innigsten Dank, Annelies. Und nun habe ich noch einen Wunsch. Sie wollten mir den letzten Brief Ihres Vaters an mich zeigen, den er leider nicht vollenden konnte.«

Annelies erhob sich. »Ja – kommen Sie mit in mein Arbeitszimmer hinüber. Dort verwahre ich ihn in meinem Schreibtisch, der morgen mit nach Neulinden übersiedeln soll.«

Er folgte ihr. In ihrem Arbeitszimmer schaltete sie das elektrische Licht ein und trat an den Schreibtisch. Aus einem Fach nahm sie den Brief, der sorgsam in einem flachen Kästchen aufbewahrt wurde.

Norbert las bewegt die letzten Worte Donatus Falkenaus. Und auf die Stelle, da diesem die Feder entglitten war, drückte er seine Lippen. Dann hob er den Blick zu dem Porträt Donatus Falkenaus empor.

»Kein Mensch hat mir im Leben mehr Güte erwiesen, als Ihr herrlicher Vater, Annelies. Von ihm fühlte ich mich verstanden, fast mehr als von Joachim, der das Leben noch nicht mit seines Vaters gereiften Augen betrachtete. Ihrem Vater fühlte ich mich stets im tiefsten Innern verwandt. Und vor ihm habe ich mich am meisten geschämt, als ich erkannte, daß ich wie ein törichter Knabe gegen mich selbst gewütet hatte. Deshalb verbarg ich mich. Und nun halte ich diesen Brief – und mir ist, als sei mir nun von ihm alles verziehen, als habe er mir die Hände segnend aufs Haupt gelegt. Ich danke Ihnen, Annelies, daß Sie mich für wert hielten, diesen Brief zu lesen.«

Das junge Mädchen sah ihn mit feuchten Augen an. »Er ist ja eigentlich Ihr Eigentum, Norbert, das ich Ihnen widerrechtlich vorenthalte. Aber ich weiß, Sie bestehen nicht auf Ihrem Recht. Wir haben in den letzten Tagen vor Papas Tode sehr viel von Ihnen gesprochen.«

Er sah sie mit brennenden Augen an. »Und hat er Ihnen auch gesagt, was mich aus der Heimat trieb?«

Annelies zögerte. Dann sagte sie rasch, wie man etwas Quälendes abtut. »Er deutete mir an, daß – nun – daß eine Frau unheilvollen Einfluß auf Sie ausgeübt und Sie aus der Bahn gerissen habe, auf der Sie bis dahin geschritten waren.«

Norbert strich sich über die Stirn. Seine Augen blickten düster, und um seinen Mund grub sich der bittere, herbe Zug, den die letzten Tage fast verwischt hatten.

»Ja«, sagte er schwer, »ich war in einen Sumpf geraten auf der Jagd nach einem Irrlicht. Ich war krank, vergiftet, und bis zur Verzweiflung gedemütigt. Aber das ist nichts für Ihren reinen Sinn, Annelies, nichts mehr davon. In Ihrer Nähe will ich das Leben wieder liebgewinnen, wenn Sie mir gestatten, Ihr treuester, ergebenster Freund zu sein.«

Sie reichte ihm schnell die Hand und sah ihn mit leuchtenden Augen an.

»Es soll Ihnen wieder lieb werden, das Leben, auch durch Ihre neuen Pflichten, Norbert. Und wenn ich Ihnen dabei helfen kann, mit tausend Freuden. Wir wollen treue Kameraden sein«, sagte sie mit bebender Stimme.

Sie hielten sich bei den Händen und sahen sich in die Augen. Ein lichtes Rot stieg dabei in ihre Wangen und ein seltsam vergessener Ausdruck lag in ihrem Blick. Da erschrak er bis ins Innerste, aber dieser Schreck war von einer Süßigkeit, daß es wie neues Leben durch seine Adern rann.

Und wie ein Blitz durchfuhr ihn der Gedanke: ›Du durftest ihr nicht verschweigen, daß dich noch Ketten binden an jene Frau, die du verachtest.‹ Er öffnete schon den Mund, um ihr zu beichten. Aber die Worte wollten nicht über seine Lippen. Er konnte nicht sprechen, nicht jetzt, nicht in dieser Stunde, da ihn eine neue selige Hoffnung wie neues Leben durchdrang. Es wäre brutal gewesen, Annelies jetzt aufzuklären. Es war schon zu spät zu einer Beichte. Jetzt mußte er schweigen – bis er frei war. Und jetzt mußte er frei werden, um jeden Preis und so schnell wie möglich. Ach, wenn er doch auf Wendt und den Fürsten gehört hätte! Dann wäre er jetzt vielleicht aller Fesseln ledig.

Eine glühende Sehnsucht nach dieser völligen Freiheit überkam ihn plötzlich. Bisher war er zu stumpf und zu gleichgültig gewesen. Nun überfluteten ihn heiße, brennende Wünsche, das Leben schoß wie ein warmer, starker Strom durch seine Adern und riß ihn empor aus dem Scheindasein der letzten Jahre.

Und während er stumm an Annelies Seite zur Tante Krispina zurückschritt, während sie beide mit der alten Dame gleichgültige Dinge besprachen und ihre Augen zuweilen in scheuem, süßen Schreck ineinandertrafen, grübelte er darüber nach, wie er sich von seiner Frau lösen konnte. Wenn er ihr Geld bieten würde – viel Geld – dann gab sie ihn vielleicht frei, ohne daß sie auf eine Scheinaufforderung, wie sie das Gesetz verlangte, zu ihm zurückkehrte. Nur sie nicht wiedersehen, nur nie wieder dieselbe Luft mit ihr atmen müssen! Das schien ihm unerträglich. Schon der Gedanke daran schüttelte ihn wie im Grauen. Er mußte einen Weg finden, sich von ihr freizumachen. Und erst, wenn er frei war, dann wollte er Annelies alles beichten und ihr gestehen, daß sein Herz ihr gehörte in einer tiefen, heiligen Liebe. Dann kam dennoch das Glück zu ihm, wie er es sich einst geträumt, ein reines, süßes, stilles Glück.

»Sie sind gewiß müde, Norbert, und Annelies macht auch so schläfrige Augen – es wird Zeit, daß wir zur Ruhe gehen. Morgen liegt noch ein arbeitsreicher Tag vor uns«, sagte Tante Krispina mitten in seine Träume hinein. Er und Annelies waren verstummt, weil ihre Herzen heimliche Zwiesprache hielten.

Nun schraken sie empor und sahen sich an wie

Menschen, die aus dem Dunkel plötzlich ins helle Licht sehen. Annelies faßte sich zuerst. »Tante Krispina hat recht wie immer. Es ist spät geworden. Gute Nacht, Vetter.«

Er küßte ihr die Hand und sah dann noch einmal in ihre Augen.

»Gute Nacht, Annelies. Und tausend Dank für alle Güte.«

Ein liebes Lächeln sandte sie ihm noch zurück, als er Tante Krispina die Hand küßte und sich ihr empfahl. Dieses Lächeln nahm er als eine frohe Verheißung mit in den Schlaf hinüber.

9

Die Schauspielerin Lena Kiefer kam mit ärgerlicher Miene aus der Probe. Unsanft warf sie die ›Künstlerpforte‹ des Stadttheaters hinter sich zu. Sie hatte sich mit der vor kurzem engagierten ersten Liebhaberin gezankt und dann auch noch einen Krach mit dem Direktor gehabt.

Die erste Liebhaberin war nicht nur jünger und mindestens ebenso schön wie Lena, sondern auch entschieden talentvoller, und dabei besaß sie viel Charme und Esprit, sie entzückte alle Welt. Vor allen Dingen aber machte sie Lena Kiefer alle Verehrer abspenstig. Deshalb war es heute mit der ›zuwideren‹ Person zu einer Szene gekommen, und Lena hatte erleben müssen, daß der Direktor gegen sie Partei nahm, gegen sie, die ihm mit ihrer Schönheit und ihren raffinierten Toiletten doch wahrlich genug volle

Häuser gemacht hatte. Wahrhaftig – man hatte gar keine Freude mehr an der ganzen Theaterspielerei, es war schon fad, vor und hinter den Kulissen Komödie spielen zu müssen.

Wenn sie ehrlich sein wollte – Spaß hatte sie schon lange nicht mehr daran. Die Gagen wurden immer kleiner und der Aufwand an Toilette im größer. Wenn sie berechnete, was ihre Kostüme kosteten – bah – wenn sie die von ihrer Gage allein hätte bestreiten müssen – das wäre eben umöglich gewesen. Nur der Zuschuß, den sie von Norbert erhielt, half ihr so leidlich über die Geldkalamitäten hinweg. Brachte sie aber nicht immer wieder die raffiniertesten Toiletten auf die Bühne, die ihre reife Schönheit in das hellste Licht rückten und verschiedene, sich leider bereits einstellende Mängel vertuschten – dann war es schon ganz aus mit ihr.

Ja, es war wirklich fad.

An ihr ›großes Talent‹, von dem sie selbst viel redete, glaubte sie schon lange nicht mehr, dazu war sie zu klug.

Sie seufzte ärgerlich auf und warf einen prüfenden Blick in ein Schaufenster, das sie als Spiegel benutzte. Ein dichter schwarzer Schleier mit eingewebten Tupfen gab ihrem sorgsam angemalten Gesicht ein sehr interessantes Aussehen. Bei Tage trug sie diesen Schleier immer. Das Tageslicht war so indiskret und durchdrang mit kritischer Neugier selbst die dichteste Schminke.

Wieder seufzte sie auf. Das Leben erschien ihr schal und öde, es lag schon mit allen erdenklichen Genüssen hinter ihr, und heute hatte sie entschieden eine Art moralischen Katzenjammers, soweit das bei ihrer Natur möglich war und bei ihrem Wahlspruch: ›Nichts bereuen.‹

Und wenn ihr etwas schiefging und die Laune trübte, dachte sie zuweilen an Norbert Falkenau, ihren Mann. Der hatte ihr auch so eine große Enttäuschung gebracht. Als sie ihn endlich so weit hatte, daß er sie zu seiner Frau machte, entpuppte er sich als armer Schlucker, und statt in Reichtum an seiner Seite zu schwelgen, mußte sie wieder an die Bühne zurück. Nichts war ihr von dieser Episode geblieben als der Titel ›Baronin‹, den sie aber nur unter Ausschluß der Öffentlichkeit ihren Kollegen und Verehrern gegenüber leuchten lassen konnte. Norbert hatte ihr verboten, ihn auf dem Theaterzettel zu führen.

Sonst war er ja ein guter dummer Bub gewesen – so ein bißchen überspannt und romantisch. Und wenn er so viel Geld gehabt hätte, wie sie glaubte, dann hätte sie ihm die rosige Brille nicht abzureißen brauchen. Aber kein Geld und auch noch die Tugendhafte spielen – nein – das war zu fad. In ihrem Ärger hatte sie das Komödiespielen satt gehabt. Es war doch eine Wohltat, wenn man einmal seinen wirklichen Gefühlen Luft machen konnte. Immerhin war es anständig von ihm, daß er ihr den größten Teil seines Gehalts schickte. Lieber Gott – er war gewiß ebenso froh wie sie gewesen, daß sie auseinandergehen konnten. Denn sie hatte ihm nichts geschenkt. Nett war sie in ihrer Wut, sich getäuscht zu haben, sicher nicht gewesen, die gräßlichsten Szenen hatte sie ihm gemacht. Wie ein Toter hatte er ausgesehen, als sie sich das erstemal hatte gehen lassen. Und angesehen hatte er sie – brr –! Das hatte sie erst recht in Wut versetzt. Na – und dann war's mit einem Male aus gewesen mit seiner Verliebtheit. Nicht mehr angesehen hatte er sie, kein Wort mehr mit ihr gesprochen. Nur immer so mit bleichem, abgewandten Gesicht das Geld, das sie von ihm forderte, vor sie hingelegt. Nein wirklich – ganz als Luft hatte er sie behandelt. Das war nicht mehr zu ertragen gewesen, zumal das Geld zu Ende ging.

Es war für beide Teile eine Erlösung, daß er nach Rußland ging.

Herrgott – wie tief er aufgeatmet hatte, als sie sich weigerte, mit ihm in die Steppe zu gehen – das war beleidigend gewesen – wirklich.

Was er wohl für ein Gesicht machen würde, wenn sie ihm eines Tages dort einen Besuch machte? Ob er noch immer so ein gräßlich moralischer Tugendspiegel war? Gott – wenn die Reise nicht so weit und beschwerlich wäre – man hätte sich den Spaß eigentlich einmal leisten sollen. Aber wenn er dann am Ende auf die kühne Idee kam, sie zwischen Pferdeställen und schmutzigen russischen Bauern festzunageln – heilige Kümmernis – nein – so fad es auch momentan hier war, schöner als in der Steppe war das Leben doch noch an der Bühne.

Aber sie malte sich doch aus, wie es sein würde, wenn sie in ihrem schicken Reisedreß, womit sie neulich in der letzten Rolle so viel Erfolg gehabt hatte, plötzlich vor ihm auftauchte. Ob er noch so graulig sein würde, ob er ihr noch dasselbe starre, steinerne Gesicht zeigen würde?

Na – möglich war es schon bei seiner tugendsamen Veranlagung. Zur Abwechslung konnte man einmal die reuige Magdalene spielen. In der Rolle hatte sie sich noch nicht versucht.

Mitten in ihren Ärger hinein mußte sie bei diesem Gedanken auflachen. Auf was für verrückte Einfälle der Mensch kommt, wenn er verdrießlich ist. Aber es ging ihr jetzt auch schon alles quer, nichts wie Ärger hatte sie in den letzten Tagen. Und zur Erhöhung ihrer Mißstimmung war sie momentan ganz ohne Geld.

Ihre letzte Gage hatte sie an ihren Kostümlieferanten schicken müssen. Sie hatte es getan in der sicheren Voraussetzung, daß das Geld von Norbert wie immer pünktlich eintraf. Wider Erwarten war es aber diesmal ausgeblieben, und sie saß nun völlig auf dem Trockenen. Warum nur das Geld von Norbert diesmal nicht pünktlich kam? Er würde doch nicht etwa plötzlich diese Zahlungen einstellen? Oh! Das ließ sie sich nicht gefallen, er war ihr Mann und hatte für sie zu sorgen nach besten Kräften. Und er war damit einverstanden, daß sie getrennt lebten, also hatte er keinen Grund, ihr das Geld zu verweigern. Wollte er es versuchen – nun – dann sollte er etwas erleben. Es war schon unverantwortlich von ihm, sie in so eine Klemme zu bringen. Jawohl – man rechnete doch mit dem Geld.

Lena entrüstete sich sehr leicht über andere Menschen, wenn ihr etwas nicht angenehm war.

Aber plötzlich kam ihr ein Gedanke, der sie heftig erschreckte. Wie, wenn Norbert seine einträgliche Stellung verloren hätte und ohne Einkommen war? Dann fiel für sie auch nichts ab.

Das Blut schoß ihr ins Gesicht. Sie beeilte sich, um nach Hause zu kommen. Vielleicht war doch inzwischen das Geld eingetroffen. Diese Unruhe war ja unerträglich. Ihre Wirtin, bei der sie zwei elegant möblierte Zimmer bewohnte, kam ihr mit freundlichem Lächeln entgegen. In den letzten Tagen hatte sie sehr mürrisch ausgesehen. Das war ein gutes Zeichen. Lena war ihr die Miete noch schuldig geblieben.

»War jemand da?« fragte Lena hastig.

»Der Geldbriefträger fragte nach Ihnen, Frau Baronin«, sagte die Wirtin liebenswürdig.

Lena nickte gnädig und atmete heimlich auf.

»Wann kommt er wieder?«

»Er will in einer Stunde noch mal wiederkommen, auf dem Rückweg von seiner Tour. Der weiß schon, daß ihm ein gutes Trinkgeld sicher ist.«

Lena hatte ihre Zimmer betreten. Sie warf Hut und Handschuhe auf den Tisch und die kurze, elegante Jacke ihres Kostüms auf einen Stuhl.

Schweigend und diensteifrig räumte die Wirtin die Sachen fort, ohne die Aussicht auf den Geldbriefträger wäre ihr das nicht eingefallen.

Lena war vor den Spiegel getreten und ordnete an der kunstvollen Frisur, herrlichen rotbraunen Lockentuffs, die den Kopf in so üppiger Fülle umgaben, daß sie unmöglich echt sein konnten.

»Bringen Sie mir schnell etwas Eßbares, Frau Wedel, ich habe Hunger«, sagte sie über die Schulter zurück.

Frau Wedel war sofort bereit.

»Was soll's denn sein, Frau Baronin?«

»Nun, was Ihre Speisekammer gerade hergibt, viel Auswahl werden Sie ja nicht haben. Ein Schinkenbrot vielleicht.«

»Jawohl, das können Sie haben. Und vielleicht eine Tasse Bouillon mit einem frischen Ei.«

Lena wandte sich mit mokantem Lächeln um. Gestern hatte ihr Frau Wedel nur ein einfaches Butterbrot als Frühstück serviert und behauptet, nichts mehr im Hause zu haben.

»Also schön, Verehrteste, tun Sie Ihren Gefühlen keinen Zwang an. Auf ein so lukullisches Frühstück war ich nicht vorbereitet.«

Frau Wedel hielt es für klüger, den Spott zu ignorieren. Mit einem liebenswürdigen Lächeln servierte sie wenige Minuten später auf einem sauberen Tablett das gewünschte Frühstück. Lena verzehrte es mit

Behagen. Ihr seelisches Gleichgewicht war wieder hergestellt durch die Aussicht auf den Geldbriefträger. Sie war auch gerade erst fertig, als der Postbote von Frau Wedel eingelassen wurde. Zu Lenas freudiger Überraschung brachte er ihr statt der üblichen dreihundert fünfhundert Mark.

Auf dem Postabschnitt stand als Absender jedoch nicht wie sonst der Administrator Wendt, auch kam das Geld nicht von Rußland. Ein Stempel besagte, daß es ein Rechtsanwalt Dr. Bruckner aus D... abgeschickt hatte. Und unter diesem Stempel stand in steiler, unbekannter Handschrift: ›Im Auftrag des Barons Norbert Falkenau.‹

»Hm!« machte Lena erstaunt und prüfte den Abschnitt, als der Postbote sich entfernt hatte, mit interessierter Genauigkeit.

Wie sonderbar – das Geld kam aus Deutschland, und zwar aus D... Lag das nicht in der Nähe von D... das Majorat Falkenau, das dem Oheim Norberts gehörte, von dem er früher, wie sie später von ihm gehört, einen nicht unbedeutenden Zuschuß erhalten hatte? Aber Norbert war wohl ihretwegen mit seinen Verwandten zerstritten.

Sollte Norbert nach Deutschland zurückgekehrt sein und sich wieder ausgesöhnt haben? Denn was sollte er in D..., wenn er nicht die Absicht gehabt hätte, auch nach Falkenau zu gehen? Und wie kam es, daß er ihr statt dreihundert Mark fünfhundert schickte? Hatten sich seine Verhältnisse etwa so bedeutend gebessert? Am Ende hatte er gar geerbt?

Lena grübelte aufgeregt, ohne jedoch zu ergründen, was ihr wissenswert erschien. Sie saß und starrte auf den rätselhaften Postabschnitt, bis endlich ihre Wirtin eintrat und sie fragte, ob sie das Geschirr abräumen könne oder ob Lena noch etwas wünsche. Lena sprang auf und reckte ihre mittelgroße, etwas üppige Gestalt. »Danke, ich werde gleich nachher zu Tisch gehen. Hier, Verehrteste, ziehen Sie ab, was Sie zu bekommen haben und geben Sie das übrige der Wäscherin, wenn sie kommt. Sie soll aber meine Nachthemden nicht wieder so miserabel bügeln, sonst bekommt sie meine Wäsche nicht mehr in die Hände. Wenn noch etwas an der Rechnung fehlt, legen Sie es bitte aus. Ich muß erst wechseln und gebe es Ihnen dann heute abend wieder.«

Damit schob sie der Wirtin einen Hundertmarkschein zu und barg die übrigen recht umständlich in ihrer Geldtasche. Frau Wedel hatte mit scharfen Augen entdeckt, daß es noch vier Stück waren und war eitel Freundlichkeit und Bereitwilligkeit.

Als sie verschwunden war, zog Lena eine Grimasse.

›Wenn du dein Geld nicht bekommen hättest, dann wär's aus mit der Freundlichkeit‹, dachte sie. Dann aber lachte sie leichtsinnig auf.

»Ist halt so auf der Welt! Ich muß heut' Schampus trinken und mir eine Gaudi leisten. Das bin ich mir schuldig für den Ärger, den ich hab' schlucken müssen«, sagte sie vor sich hin.

Wenn sie vergnügt und guter Laune war, verfiel sie in einen wienerisch gefärbten Dialekt.

Sie zog sich schick an und trällerte dabei den letzten Operettenschlager vor sich hin. Als sie fertig war, verließ sie ihre Wohnung und rief unten die nächste Droschke an, die ihr begegnete.

Zunächst fuhr sie zu einer Kollegin, die das Fach der Heldenmütter spielte und gelegentlich bei den jüngeren Schauspielerinnen als Anstandsdame fungierte, wenn das vonnöten war. Lena hatte sich ihrer schon oft bedient. Die alte Dame war sehr bequem und verschwiegen und immer bereit, auf alles einzugehen.

Lena traf sie zwar frisiert und kunstgerecht geschminkt an, aber in einem etwas fragwürdigen Negligé auf dem Sofa liegend. Neben ihr auf einem Tischchen lag ein Rollenheft in inniger Gemeinschaft mit einem angebissenen Apfel.

Frau Helmrich – so hieß die Heldenmutter – lebte in der Hauptsache von Äpfeln und Schwarzbrot. Sie behauptete, das mache klug, schlank und gesund.

Lena drang unangemeldet und ohne Umstände bei ihr ein.

»Helmrich, mach schnell, daß du in deine Sachen kommst, du sollst mit mir dinieren – was Extrafeines wollen wir uns heut' leisten.«

»Ja, was ist dann los, Baronin? Hast du am Ende das große Los gewonnen?« fragte die Helmrich freudig erstaunt. Zum Dinieren und Soupieren war sie immer bereit, trotz ihrer Vorliebe für Äpfel und Schwarzbrot, wenn sie nicht selbst dafür zahlen mußte. »Also frag nicht lange, sondern schlüpf in ein Prachtgewand, es gibt heut Schampus, Helmrich«, erklärte Lena gutgelaunt.

»Na – du hast jedenfalls deinen Ärger von der Probe überwunden, Baronin. Das ist gescheit. Du – der Alte war ja sozusagen saugrob zu dir.«

Mit diesen Worten erhob sich die Helmrich und schlurfte in ihren ausgetretenen Pantoffeln mit königlichem Anstand an ihren großen Kleiderschrank, aus dem sie ein lilafarbenes Seidenkleid herauswühlte.

Lena warf sich in einen Sessel, von dem sie erst mit energischem Griff einen Pappkarton, ein Korsett und ein Paar Strümpfe herunterfegte. »Laß mich mit dem Alten zufrieden. Dem werd' ich's schon noch eintränken und der dummen Gans, der Lassen, auch.«

»Na ja – recht hast du schon, Baronin, die Gertrud Lassen ist noch kaum hinter den Ohren trocken. Aber das ist ja das Kreuz – beim Theater wollen sie lauter so junge Dinger. Eine reife Künstlerin kommt ins Hintertreffen.« Dabei legte die Helmrich, ungeniert ihre noch fast klassischen Formen zeigend, das Korsett an und warf dann das Kleid über. Mit der ›reifen Künstlerin‹ meinte sie natürlich in der Hauptsache sich selbst, aber zugleich wollte sie ›der Baronin‹ versetzen, daß sie sich auch nicht mehr zu den Jüngsten rechnen durfte.

Lena fühlte das sehr wohl.

»Na, weißt du, Helmrich, mit meinen achtundzwanzig Jahren brauche ich mich noch nicht zu den Alten zu rechnen. Die Lassen ist doch sicher auch dreiundzwanzig.«

Die Helmrich lachte gemütlich.

»Aber du keine achtundzwanzig, Baronin, da hast du ein paarmal vergessen zu zählen.«

Lena warf den Kopf zurück.

»Ich kann dir ja meinen Taufschein zeigen, wenn du es nicht glauben willst.«

»Ach geh – ich bin doch schon vor zehn oder zwölf Jahren mit dir im Engagement gewesen!«

»Da war ich eben achtzehn Jahre.«

Die Helmrich lachte wieder.

»Na, laß nur gut sein. Damals hattest du auch schon eine Reihe von Jahren Theater gespielt. Hast wohl als Wickelkind damit angefangen?«

»Natürlich – ich hab' schon als Kind kleine Rollen gespielt.«

Die Helmrich setzte sich vor dem Spiegel einen großen Federhut auf. Und dabei zog sie Lena eine Grimasse. »Ich denke, du bist das erstemal bei einer Schmiere aufgetreten, nachdem du deinen Leuten daheim mit einem Schauspieler davongelaufen bist?«

Lena fuhr sichtlich erschrocken auf.

»Wer hat dir diese Fabel aufgebunden?« rief sie hastig.

»Du selbst, mein Herzchen. Hast mir's mal abends auf dem Heimweg vom Theater erzählt, als wir vor zehn Jahren zusammen engagiert waren. Also entweder hast du mir damals einen aufgebrannt – oder jetzt.«

»Herrgott – man schwatzt so manches dahin. Und nun besteh' ich drauf – morgen bring' ich dir meinen Geburtsschein mit in die Probe. Dann kannst du dich überzeugen.«

»Na schön, ich halte dich beim Wort. Aber jetzt reg dich nicht auf vor dem Essen, das bekommt dir nicht. Weißt du – wenn du wirklich erst achtundzwanzig bist, dann hast du dich nicht sonderlich gut gehalten. Und ein bisserl stark wirst du auch schon. Du solltest viel Äpfel essen, du glaubst nicht, wie schlank das macht. Schau mich an – ich bin schon stark in den Vierzig – und was mach ich noch für eine Figur. Das kommt nur von den Äpfeln.«

Die Helmrich war zwar schon über die Mitte der fünfzig hinaus, aber beim Theater darf man um Himmels willen nicht alt werden. Und ihre junonische Gestalt war wirklich noch tadellos in den Linien.

Lena war durch diese Unterhaltung wieder etwas verstimmt. Aber ihr leichtes Blut kam schnell darüber hinweg. Als sie mit der Helmrich ein sehr nettes Weinlokal betrat und sich ihr die Augen aller anwesenden

Herren zuwandten, funkelten ihre Augen schon wieder sehr vergnügt.

Um ihre gute Stimmung noch zu erhöhen, fanden sich gleich darauf zwei von Lenas eifrigsten Verehrern ein, die bereits etwas fahnenflüchtig nach Gertrud Lassen geschielt hatten. Sie baten, bei den Damen Platz nehmen zu dürfen, was ihnen auch gestattet wurde. Und Lena eroberte sich die Wankelmütigen noch einmal zurück. Sie blieben zusammen, bis die Damen in das Theater fahren mußten und verabredeten ein neues Treffen nach dem Theater.

Das fand dann nach der Vorstellung auch statt, und da Gertrud Lassen an einem der Nebentische saß und Zeugin ihrer Triumphe sein mußte, war Lena für den ganzen Ärger am Vormittag entschädigt.

Das sollte aber vorläufig für sie der letzte gute Tag gewesen sein. Am nächsten Vormittag wurde Lena nach der Probe zum Direktor gerufen. Er teilte ihr kurz und sehr kühl mit, daß ihr Kontrakt nicht erneuert würde, und sie sich nach einem anderen Engagement umsehen müsse.

Wütend verließ sie das Direktionszimmer und schlug krachend die Tür hinter sich zu. Im Ärger achtete sie nicht auf den Weg in dem dunklen Gange, der nach der Bühne führte. Sie versah eine schmale Treppe, trat fehl und stürzte. Dabei schlug sie sich auf der scharfen Treppenkante die ganze Seite des rechten Schenkels auf, so daß sie nach Hause fahren und sich vom Theaterarzt verbinden lassen mußte.

Eine empfindliche Fleischwunde nötigte sie zu einem unfreiwilligen Zimmerarrest. Sie mußte auf dem Diwan liegen und Kompressen auflegen. Da wurde sie nun von der fürchterlichsten Langeweile geplagt. Niemand als die Wirtin sah nach ihr. Nur die

Helmrich kam ab und zu und auf ein Viertelstündchen. Aber weil diese, nachdem sie Lenas Geburtsschein gesehen hatte, sie mit Kopfschütteln betrachtet und ausgerufen hatte: »Nein, wie achtundzwanzig siehst du wirklich nicht aus, ich hätte es nicht geglaubt, wenn ich's nicht schwarz auf weiß sähe!« war Lena auf die Helmrich wütend geworden. Nun herrschte eine gewisse Spannung zwischen ihnen. Die Helmrich sagte sich ohnedies, daß Lenas Glanzzeit vorüber sei, und sie wollte sich ihretwegen nicht bei dem Direktor mißliebig machen, der doch augenscheinlich die Lassen bevorzugte. So kam sie erst seltener und dann gar nicht mehr.

Bei den übrigen Kollegen und Kolleginnen war Lena sehr unbeliebt, weil sie sich immer hochmütig auf die Baronin hinausspielte und sich, auf ihre Schönheit und ihre Toiletten pochend, über die anderen erhob und sich als großes Talent gab. Außerdem war sie falsch und verlogen und hetzte die Kollegen gegeneinander auf.

So lag sie denn nun ganz allein zu Hause. Ob sie bald wieder ein gutes Engagement fand, war fraglich. Die Konkurrenz war groß, und leidlich gut bezahlte Stellungen gab es wenig. Auf ihr Talent pochte sie nur den anderen gegenüber, sie selbst hielt nicht viel davon.

Der Ausspruch der Helmrich, daß sie sich nicht gut gehalten hätte, schien ihr viel Kopfschmerzen zu machen. Sie hatte den Handspiegel immer neben sich liegen und betrachtete sich wieder und wieder. Wenn sie nicht geschminkt und gepudert war, sah sie wirklich sehr alt aus.

Um ihr die Langeweile zu vertreiben, hatte ihr Frau Wedel einen Stoß Zeitungen und Zeitschriften herbeigeschleppt. Lesen mochte sie nicht. So blätterte sie in den Zeitungen, betrachtete die Illustrationen und las hier und da eine kurze Notiz, die ihr gerade auffiel.

So saß sie wieder eines Nachmittags in halbliegender Stellung und blätterte in einer Zeitung. Sie schenkte aber ihrer weißen, mit kostbaren Ringen geschmückten Hand mehr Beachtung als der Zeitung. Jeder dieser Ringe war der Zeuge eines Triumphes. Alle ihre Schmucksachen waren Geschenke von Verehrern ihrer Kunst – oder besser, ihrer Schönheit. Sie ließ sich sehr gern beschenken, in diesem Punkt war sie ebensowenig skrupellos wie in anderen Dingen. Wohlgefällig ließ sie die kostbaren Steine im Sonnenlicht blitzen; und dann glitten ihre Augen wieder gelangweilt über die Zeitung hin. Plötzlich aber fuhr sie mit einem Ruck empor, und in ihrem Gesicht spielte sich eine große Erregung. Mit weitgeöffneten Augen starrte sie auf eine Zeitungsnotiz, aus der sich der Name Falkenau fettgedruckt hervorhob. Mit einer nervösen Bewegung rückte sie das Blatt so, daß das Licht darauf fiel und las nun doch einmal ganz langsam, was sie zuvor hastig überflogen hatte.

›Das Majorat Falkenau ist nach dem Tode des Baron Donatus Falkenau auf Baron Norbert Falkenau übergegangen. Bis vor kurzer Zeit war Baron Cyrill Falkenau der nächste Anwärter auf das Majorat. Dieser ist jedoch kürzlich, wie wir schon berichtet haben, in einem Duell mit Leutnant von Hardenberg gefallen. Baron Norbert Falkenau, der seit Jahren im Ausland lebte, hat sein Erbe bereits angetreten.‹

Ein seltsamer Ton entrang sich Lenas Lippen. In ihre Augen trat ein unheimliches, gieriges Funkeln.

»Oh«, stieß sie hervor, »das ist's! Deshalb die verspätete und erhöhte Rente.«

Sie fuhr aufgeregt mit der Hand unter das über der Stirn aufgebauschte Haar und blieb mit aufgestütztem Kopf reglos sitzen. Nur in ihren Augen, deren Farbe je nach dem Ausdruck zu wechseln schienen zwischen graugrün, blau und braun, Nixenaugen mit lebhaft reagierenden Pupillen, funkelte und irrlichterte es unheimlich.

»Majoratsherr von Falkenau – Majoratsherrin von Falkenau – o – das hat einen guten Klang«, flüsterte sie und sah aus wie ein Raubtier, das auf Beute lauert.

Ihre Phantasie arbeitete geschäftig. Jetzt sah sie plötzlich ihre Ehe mit Norbert Falkenau wieder mit anderen Augen an. In die einsame Steppe, in eine abhängige Stellung, war sie ihm nicht gefolgt. Aber in das vornehme, alte Herrenhaus – als Schloßherrin von Falkenau – ja – das war etwas anderes, da würde sie an ihrem Platze sein – da gehörte sie hin. Als reiche Majoratsherrin würde sie ihre Rolle zu spielen wissen. Das war ja eine unerwartet glänzende Veränderung der Verhältnisse. Ihre Phantasie gaukelte ihr märchenhaften Glanz und Reichtum vor, sie sah sich schon mit den herrlichsten Toiletten geschmückt durch das Falkenauer Schloß rauschen, um Besitz eines jedenfalls äußerst kostbaren Familienschmucks. Sie sah sich als Mittelpunkt einer glänzenden, ihr huldigenden Gesellschaft und malt sich aus, wie ihre Kollegen, die Lassen an der Spitze, vor Neid platzen würden, wenn sie ihnen mit königlicher Miene von ›ihrem Gemahl, dem Majoratsherrn von Falkenau‹ berichten würde. Bisher hatte sie die Existenz ihres Mannes möglichst ignoriert, und das war ihr nicht schwergefallen. Jetzt aber wurde das mit einem Mal anders. Der Gatte begann plötzlich wieder eine Rolle zu spielen in ihrem Leben, eine sehr wichtige Rolle. So recht zur gelegenen Zeit konnte er wieder in Aktion treten. Sie hatte doch ein Anrecht auf den Platz an seiner Seite. Niemand konnte ihr diesen streitig machen. Auch er selbst nicht – denn mit seiner Einwilligung hatten sie getrennt gelebt – weil eben die Verhältnisse ein Zusammenleben nicht gestatteten. Jetzt war das natürlich etwas anderes, jetzt war sie selbstverständlich bereit, wieder an seiner Seite zu leben.

Er schien freilich gar keine Eile zu haben, sie zu sich zu rufen. Aber darauf kam es in diesem Falle nicht an. Sie brauchte schließlich diesen Ruf gar nicht abzuwarten, sondern konnte wie selbstverständlich den Platz an seiner Seite wieder einnehmen. Ob ihm das angenehm war oder nicht. Er war ja auch viel zu gutmütig, um sie zurückzuweisen, zumal er gesetzlich keinen Grund dazu hatte. Oder sollte er doch ein Recht dazu haben? Es war wohl besser, sie erkundigte sich da erst einmal genau bei einem Rechtsanwalt, damit sie ganz sicher wußte, wie weit sie gehen konnte.

Ob sie ihm lieber erst schreiben und ihn auf ihr Kommen vorbereiten oder ihn unvorbereitet aufsuchen sollte? Hm! Da kam der schicke Reisedreß schließlich doch noch zu seinem Recht. Sonderbar, daß sie erst neulich den Gedanken erwogen hatte, ihn einmal aufzusuchen. Am Ende war es doch etwas wie Sehnsucht nach ihm gewesen? Ein bildhübscher, schlanker Mann war er ja. Freilich, sehr moralisch und zu langweilig musterhaft nach ihrem Geschmack. Aber als reicher Majoratsherr konnte er sich das immerhin leisten. Sie wollte doch nach ihrem Geschmack leben. Er würde ihr vernünftigerweise ebensowenig Vorschriften machen, wie sie ihm. Das hatte er ja in all den Jahren bewiesen. Und im übrigen würde sie sich schon der neuen Stellung würdig anpassen, eine Majorats- und Schloßherrin wollte sie ›hinlegen‹ – daß den Leuten die Augen übergingen. In fieberhafter Hast ließ sie sich das alles durch den Kopf gehen.

Zu einem festen Entschluß kam sie heute nicht. Aber ein Hochgefühl ohnegleichen erfüllte sie. Und sie brannte darauf, ihren Kollegen mit großartiger Miene sagen zu können: »Ich habe es gottlob nicht mehr nötig, Theater zu spielen. Mein Gatte, der Baron von Falkenau, von dem ich wegen ungünstiger Verhältnisse lange getrennt leben mußte, hat ein glänzendes Erbe angetreten. Er ist jetzt Majoratsherr von Falkenau. Ich werde nun mit meinem Gatten auf Schloß Falkenau leben.«

Ha! Wie sich das machen würde. Dem Direktor wollte sie seinen ganzen Bettel vor die Füße werfen. Sie spielte überhaupt nicht mehr. Vorläufig war sie krank und später verschaffte sie sich einfach ein ärztliches Attest, daß ihre Nerven infolge des Sturzes, an dem der Direktor gewissermaßen schuld war, schonungsbedürftig seien und sie sich erholen müsse.

Wenn sie nur erst aufstehen und ausgehen konnte, dann würde sich das alles finden.

Lena riß ungestüm an der Klingel, und Frau Wendel kam eilig und erschrocken herbei.

»Was ist denn los, Frau Baronin? Gott, hab' ich mich erschrocken.«

»Kommen Sie wieder zu sich, Verehrteste – und lassen Sie mir sofort eine Flasche Sekt holen – aber auf Eis, und französische Pfirsiche will ich dazu haben – den Sekt selbstverständlich auch französisch – oder lassen Sie gleich zwei Flaschen holen – die beste Marke, die es gibt, verstanden? Und zum Abend will ich Hummer haben, bestellen Sie bei

Krause überhaupt ein erlesenes Souper. Kostenpunkt Nebensache.«

Frau Wedel versprach, alles bestens zu besorgen. Draußen rechnete sie sich aus, was sie dabei verdienen konnte, und dann murmelte sie vor sich hin:

»Sie muß eine neue Geldquelle haben. So üppig ist sie doch sonst nicht.«

Lena aber lag, von rosigen Zukunftsträumen umgaukelt, auf dem Diwan. Und als sie spät abends zur Ruhe ging, hatte sie sich einen netten kleinen Schwips zugelegt.

10

Seit Wochen war Norbert nun in Falkenau. Fast täglich kam er mit Annelies zusammen, und täglich empfand er den Zauber ihrer Persönlichkeit stärker. Er war zu ehrlich gegen sich selbst, um sich nicht einzugestehen, daß das, was er für Annelies empfand, durchaus keine vetterlichen oder freundschaftlichen Gefühle waren, sondern eine tiefe, starke Liebe. Es war eine andere Liebe als die, welche er einst für Lena Kiefer empfand, sie war ruhiger, tiefer und wurzelte in seinem innersten Wesen, wie etwas, das schon immer in ihm gewesen war, und das ihm jetzt erst zum Bewußtsein kam. Aber so sehr ihn auch diese Liebe, die ihn durchdrang, beglückte, so hoch sie ihn auch emporhob über den Staub des Alltags – er mußte sich doch als Ehrenmann sagen, daß er keine Berechtigung hatte, dieser Liebe Ausdruck zu geben, solange er nicht frei war.

Und so heiß ihn die Freude durchdrang, als er merkte und fühlte, daß auch Annelies für ihn nicht weniger zu empfinden schien, als er für sie, so heiß stieg auch die Angst und Sorge um sie in seinem Innern empor. Wie furchtbar mußte es auf sie wirken, wenn sie erfuhr, daß er verheiratet war. Ihr ehrliches, lauteres Wesen kannte keine Verstellung, und im unbedingten Vertrauen gab sie sich ihm gegenüber ohne Falsch. Sie war keine Kokette, die mit Gefühlen spielte, aber sie verbarg auch die reinen Gefühle ihres Herzens nicht in prüder Scheu.

Annelies merkte mit dankbarer Glückseligkeit nur zu gut, daß Norbert ihre Neigung erwiderte. Obwohl er sich in der Gewalt hatte, sah sie, wie seine Augen aufstrahlten, wenn er sie ansah, wie seine Blicke an ihr hingen in selbstvergessener Innigkeit und wie er ihre Nähe suchte und tausend Vorwände fand, mit ihr zusammenzusein. Annelies ahnte ja nicht, daß er gebunden war an eine andere. Sie glaubte, jene Verirrung, die ihn unglücklich gemacht hatte, sei abgetan. Daß er je verheiratet gewesen war, kam ihr nicht in den Sinn. Seinen Trauring trug Norbert schon nicht mehr, seit er sich von Lena getrennt hatte, um nicht an sie erinnert zu werden.

Norbert sehnte sich unsagbar nach Freiheit. Er wollte, sobald er erst nur einmal einen ruhigen Tag hatte, in die Stadt fahren und Doktor Bruckner aufsuchen. Wenn dieser draußen in Falkenau war, konnte er nicht mit ihm über seine Ehe sprechen. Meistens waren Annelies oder Kollermann zugegen, wenn er mit ihm zu verhandeln hatte.

Endlich konnte sich Norbert einen Tag frei machen. Er suchte Dr. Bruckner in seinem Büro auf und bat ihn um eine ungestörte Unterhaltung.

Nachdem er sich Bruckners Diskretion versichert hatte, enthüllte er diesem langjährigen vertrauten Geschäftsführer seines Onkels rückhaltlos seine ganze Ehegeschichte.

Bruckner war durchaus nicht sehr erstaunt. Er hatte, gelegentlich seiner Nachforschungen nach Norbert, in Erfahrung gebracht, daß dieser sich an einigen Orten im ersten Jahre seines Verschwindens immer mit der Schauspielerin Lena Kiefer aufgehalten hatte. Es wäre ihm ein leichtes gewesen, auch zu erfahren, daß Norbert verheiratet war, aber das interessierte ihn damals nicht.

Was er von Norbert erfuhr, deckte sich mit dem, was er von Donatus Falkenau über Norbert gehört hatte.

Norbert sagte ihm nun, daß er sich jetzt um jeden Preis so schnell wie möglich von seiner Frau scheiden lassen wollte und bat ihn, seinen ganzen Scharfsinn anzustrengen, um ihn von der drückenden Fessel zu befreien.

Warum Norbert jetzt nach Jahren plötzlich so sehr nach einer Scheidung verlangte, sagte er Bruckner nicht. Aber dieser war ein Menschenkenner und hatte Gelegenheit gehabt, Norbert und Annelies im Verkehr zu beobachten. Er machte sich seinen Vers darauf, behielt aber als kluger Mann seine Gedanken für sich.

Nachdem ihm Norbert alles enthüllt hatte, sah Bruckner eine Weile nachdenklich vor sich hin. Dann sagte er: »Ja, Herr Baron – Fürst Kertschukoff und sein Administrator haben Ihnen gut geraten, damals hätten Sie gewiß sehr wenig Schwierigkeiten gehabt, wenn sie Ihre Frau vor die Alternative gestellt hätten – entweder – oder. Aber ohne weiteres läßt sich auch heute die Scheidung nicht einleiten. Sie waren damit einverstanden, daß Ihre Frau wieder zur Bühne ging, und daß sie getrennt von Ihnen lebt. Dadurch, daß Sie ihr Geld zum Unterhalt geschickt haben, ist Ihr Einverständnis dokumentiert worden. Auf jeden Fall müssen Sie jetzt Ihre Frau auffordern, zu Ihnen zurückzukehren, Sie müssen auf Wiederherstellung der ehelichen Gemeinschaft dringen. Erst dann, wenn sie sich weigert, und die gesetzliche Frist verstrichen ist, können Sie die Scheidung beantragen.«

Norbert war von dieser Auskunft wenig befriedigt. »Ich will aber um keinen Preis wieder mit dieser Frau zusammenkommen. Das eben wollte ich ja vermeiden. Und jetzt mehr denn je. Kehrte sie auf meine Aufforderung zu mir zurück – und ich halte sie zu allem fähig, auch daß sie aus egoistischen Gründen gerade jetzt ohne weiteres das Leben an meiner Seite wieder aufnähme, als sei nichts geschehen – das wäre mir schlimmer als der Tod. Ich kann nicht – kann nicht mit dieser furchtbaren Möglichkeit rechnen«, sagte er nervös.

Bruckner sah ihn mit warmer Teilnahme an. »Ich kann Sie verstehen, Herr Baron. Es gibt Dinge, über die man nicht hinweg kann.«

Norbert faßte seine Hand. »Lieber Herr Doktor – helfen Sie mir. Gibt es keinen anderen Ausweg?«

Bruckner rückte an seinem Kneifer. »Können Sie ihr nicht eine Untreue nachweisen?« fragte er.

Norbert schüttelte den Kopf. »Ich weiß ja nichts, gar nichts aus ihrem Leben, nichts, als daß sie am Stadttheater in C... engagiert ist.«

»Aber Sie halten sie einer Untreue für fähig?«

Norbert zuckte die Achseln. Welcher Niedrigkeit hielt er Lena nicht für fähig. »Das tut doch wohl kaum etwas zur Sache«, sagte er seufzend.

»Nun – man könnte sich darüber Gewißheit verschaffen«, sagte Bruckner mit Nachdruck.

Norbert fuhr auf. »Ach – Sie meinen, man müßte einen Spion auf sie hetzen? Nein, Herr Doktor, das widerstrebt meinem Empfinden, das ist wenig ritterlich. Sie hat auf meinen Wunsch meinen Namen abgelegt und ist unter ihrem Mädchennamen engagiert. Im übrigen ist sie mir gleichgültig geworden. Aber vielleicht ließe sie sich zur Scheidung bereit finden, wenn ich ihr eine entsprechende Summe biete. Ich dachte mir, daß Sie mit ihr in Verbindung treten könnten und diplomatisch meine Sache führten. Sie müßten ihr nahelegen, daß unsere Ehe, die ja längst keine Ehe mehr ist, unbedingt gelöst werden muß. Sie wird sich dann vielleicht bereit finden lassen, auf meine Aufforderung eben nicht zu mir zurückzukehren. Zur Einleitung bitte ich Sie, ihr die bereits fällige Monatsrate zu übersenden. Bitte, erhöhen sie diese auf fünfhundert Mark.«

Bruckner versprach, die ganze Angelegenheit erst einmal in Ruhe zu überdenken und Norbert dann mitzuteilen, wie er sie am besten ordnen zu können glaubte.

Norbert war damit einverstanden. Er bat Bruckner nur noch einmal sehr dringend, alles so einzurichten, daß vor seiner Scheidung niemand etwas von seiner Verheiratung erführe. »Ich gebe Ihnen zu bedenken, lieber Herr Doktor, daß in Falkenau niemand eine Ahnung hat von meiner Verheiratung – auch meine Base, Baroneß Annelies, nicht. Und es liegt mir alles daran, daß es niemand erfährt – ich habe meine Gründe dafür«, sagte er erregt.

Bruckner blickte ihn ernst und eindringlich an. »Herr Baron – Ihre Gründe in Ehren – aber ich halte es nicht für gut und richtig, daß sie darüber Unklarheit herrschen lassen wollen. Es ist kaum anzunehmen, daß ihre Ehe auf die Dauer unbedingtes Geheimnis bleibt. Bedenken Sie nun bitte die Wirkung, wenn man in Falkenau von anderer Seite durch irgendeinen Zufall erfährt, daß Sie eine Frau haben. Ich rate Ihnen in Ihrem eigenen Interesse sehr dringend – weihen Sie wenigstens Baroneß Falkenau in Ihr Geheimnis ein. Sie allein dürfen ihr die Eröffnung machen, ohne daß Sie ein Vorwurf treffen könnte. Sie haben doch gewiß keine Schuld zu verbergen. Daß Sie zu vertrauensselig waren und in jugendlicher Übereilung diese Ehe geschlossen haben, spricht eher für als gegen Sie. Und Baroneß Falkenau ist als ein frei- und großdenkender Mensch von ihrem Vater erzogen worden. Sie wird keine geringere Meinung von Ihnen bekommen, wenn sie Ihr Unglück erfährt. Glauben Sie mir, einem alten, erfahrenen Mann, der das Leben und die Menschen kennt – Offenheit ist hier das beste und das Notwendigste.«

Auf Norbert blieben diese gutgemeinten, ernsten Worte nicht ohne Wirkung. Entsprachen sie doch im Grunde seiner eigenen Absicht. Aber er wußte auch, wie viel härter Annelies seine Eröffnung treffen mußte, als Bruckner annehmen konnte. Er fürchtete sich unfaßbar, ihr Schmerz zu bereiten, fürchtete außerdem, durch seine Eröffnung vielleicht die ihn beseligende Zuneigung in Annelies' Herz zu zerstören. Tief beklagte er es, ihr nicht schon vor seiner Ankunft alles geschrieben zu haben.

Trotzdem sagte er sich, daß Bruckner recht habe. War es nicht tausendfach schlimmer, wenn ihr ein Zufall alles enthüllte.

Er seufzte tief auf. »Sie haben recht, Herr Doktor.

Und bei passender Gelegenheit werde ich meiner Base und Fräulein von Haldensleben Aufschluß geben über diese Angelegenheit. Heute und morgen muß es wohl nicht gleich sein, ich muß die Damen erst vorbereiten.«

»Das ist das beste, Herr Baron, ich freue mich, daß Sie sich dazu entschlossen haben. Und was die Trennung Ihrer Ehe anbelangt, so will ich alles, was in meiner Macht steht, tun, um Sie zu befriedigen. Sie geben mir doch freie Hand?«

»Vollständig, Herr Doktor, ich habe das unbedingte Vertrauen, daß Sie meine Sache gut führen und lege alles in Ihre Hände. Leben Sie wohl, und sobald Sie einen Ausweg gefunden haben, lassen Sie mich das Weitere wissen.«

»Das werde ich tun, Herr Baron. Bitte empfehlen Sie mich den Damen.«

Die Folge dieser Unterredung war nun zunächst die Geldsendung an Lena.

Norbert kehrte, in tiefe Gedanken versunken, nach Falkenau zurück. Ein wenig freier war ihm zumute, nachdem er Bruckner alles gebeichtet hatte. Wenn er doch Annelies alles hätte ruhig bekennen können. Er versuchte sich vorzustellen, wie sie seine Beichte aufnehmen würde. Aber da sah er nur immer ihr liebes, schönes Antlitz vor sich, wie es erblaßte und vor Schrecken erstarrte. Ihre Augen würden allen Glanz verlieren und ihn vorwurfsvoll fragen: ›Was tat ich dir, daß du mich so leiden läßt?‹

Es wurde ihm heiß und kalt bei diesen Gedanken, und eine große, unsagbare Angst um sie erfüllte seine gequälte Seele.

Ach, daß er frei wäre, und frei um sie werben könnte.

Ob er sich vielleicht lieber zuerst Tante Krispina anvertrauen sollte? Aber bei diesem Gedanken huschte ein schattenhaftes Lächeln über sein Gesicht. Tante Pinchen war so ein unerfahrenes, weltfremdes Persönchen mit so rückständigen unwirklichen Ansichten vom Leben. Sie würde ihn wohl in versteinertem Entsetzen anstarren und vielleicht in Tränen ausbrechen. Er merkte ja nur zu wohl, daß Tante Krispina und auch der alte Kollermann mit frohem, erwartungsvollem Lächeln hinter ihm und Annelies hersahen. Diese beiden Getreuen wünschten gewiß von Herzen, daß er und Annelies die Hände fürs Leben ineinander legten.

Ach – daß diese Wünsche doch in Erfüllung gingen!

Also Tante Krispina konnte er nicht zuerst einweihen, das war ausgeschlossen. Er mußte sich Annelies anvertrauen, mußte ihr eine umfassende Beichte ablegen, so zart und schonungsvoll er nur konnte. Und dann sollte sie auch gleich erfahren, wie unsagbar teuer sie ihm war, wie sie seinem Herzen neues Leben gegeben und ihn mit seligen Hoffnungen für die Zukunft erfüllt hatte. Er wollte sie bitten, ihm nicht zu zürnen, daß er nicht eher den Mut gefunden hatte, ihr zu beichten und sie anzuflehen, auf ihn zu warten, bis er frei war von den drückenden Banden, die ihn von ihr trennten.

Dann würde sie, die Großmächtige, Gütige, sich nicht in Verachtung von ihm wenden.

Und er beschloß ganz fest bei sich, die nächste Gelegenheit zu nützen, um die Last von seiner Seele zu wälzen.

In Gedanken versunken, war er bis nach Neulinden gekommen. Sein Weg führte dicht an dem Barockschlößchen vorbei. Er hob den Kopf und sah den originellen, hübschen Bau auf der Anhöhe liegen.

Und die Sehnsucht nach Annelies' Anblick war so groß, daß er es sich nicht versagen konnte, in Neulinden vorzusprechen.

Er gab dem Kutscher Weisung, den Fahrweg emporzufahren, der seitlich von der mit den letzten Herbstblumen geschmückten Terrasse zum Schloß hinaufführte.

Die Damen waren zu Hause. Annelies kam ihm mit strahlenden Augen entgegen und sah so lieb und schön aus, daß sein Herz ihr jubelnd entgegenflog.

»Grüß Gott, Vetter. Wo kommen Sie her? Ich sah Ihren Wagen vor einigen Stunden stolz an uns vorüberfahren«, sagte sie froh.

»Ich war in der Stadt, Annelies, und hob es mir als Belohnung für den Heimweg auf, Sie und Tante Krispina zu begrüßen. Ich hoffe, Sie schicken mich nicht fort, ohne mich erquickt zu haben.«

Annelies sah lächelnd zu Tante Krispina hinüber. »So viel Vertrauen in unsere Gastfreundschaft dürfen wir nicht zerstören, gelt, Tantchen?«

»Nein, sicher nicht«, antwortete die alte Dame munter. »Nehmen Sie Platz, Norbert – dort im Erkerausbau ist der Teetisch schon gedeckt. Gleich lasse ich den Tee bringen, und dann sollen Sie einen dreifachen Genuß haben: Speise und Trank, unsere Gesellschaft, und den herrlichen Ausblick über die Neulindener Terrassen. So etwas Schönes gibt es nicht einmal in Falkenau.«

»Tante Pinchen schwärmt jetzt für Neulinden noch mehr als sie es früher für Falkenau getan hat«, neckte Annelies.

Sie ging ihrem Gast voran nach dem Erkerausbau

und nahm mit Norbert an dem zierlich gedeckten Tisch Platz. Tante Krispina ging erst noch einmal in die Küche, um für Norbert etwas ›Herzhaftes‹ zu bestellen.

Dann saßen sie behaglich alle drei zusammen und Norbert fühlte sich, wie immer in Annelies Gesellschaft, unbeschreiblich glücklich.

Die letzten Sonnenstrahlen fielen durch das Erkerfenster über die schweren goldenen Flechten der jungen Herrin von Neulinden. Draußen breitete der Herbst seine farbigen Schätze aus, so daß die ganze Welt in warme, goldene Töne getaucht schien. Und hier am Teetisch Behagen und frohes Geplauder – ach, wie weit lag die öde Steppe hinter ihm. Alles Quälende fiel wieder von ihm ab. Frohes Hoffen erfüllte seine Seele.

Schließlich sprach er auch mit Annelies noch von Geschäften. Es gab ja immer noch allerlei zwischen ihnen zu ordnen. »Ich wollte schon immer einmal mit Ihnen über die Hypothek reden, Annelies, die Sie als Ihres Vaters Erbin auf Falkenau stehen haben. Mir ist bei Durchsicht der betreffenden Papiere aufgefallen, daß Ihnen das Kapital sehr schlecht verzinst wird. Das mochte angehen, solange der Reinertrag von Falkenau Ihnen oder Ihrem Vater zugute kam. Aber jetzt geht das unmöglich so weiter. Wenn Sie wirklich die Güte haben wollen, die Hypothek auch ferner bestehen zu lassen, so muß ich darauf dringen, daß die Zinsen auf die übliche Höhe festgelegt werden.«

Annelies sah ihn schelmisch an. »Ach, was sind Sie für ein schlechter Geschäftsmann, Vetter! Seien Sie doch froh, daß Ihnen nicht höhere Zinsen abgefordert werden. Oder fürchten Sie, in den enormen Einkünften von Falkenau zu ersticken, wenn Sie nicht ordentlich davon abgeben?«

Er lachte. »O nein, das ist vorläufig kaum zu befürchten. Aber Falkenau ist jetzt so vorzüglich fundiert, daß sich die Einkünfte von Jahr zu Jahr erhöhen müssen, selbst bei nur mittelmäßigen Ernten. Und für meine bescheidenen Bedürfnisse erscheinen mir sicher meine jetzigen Einnahmen wie das Einkommen eines Krösus.«

»Sie sind demnach wirklich sehr bescheiden. Ich kann es wohl am besten beurteilen, da für Papa und mich, obwohl wir ziemlich zurückgezogen lebten, die Einkünfte von Falkenau bei weitem nicht ausreichten. Und was nun die Hypothek betrifft, so werden Sie sich darein fügen müssen, daß der Zinsfuß bestehen bleibt. Papa hat auch das mit mir besprochen, und es war sein Wunsch, daß Sie nicht höhere Zinsen zahlen sollten, vorläufig wenigstens nicht, bis Falkenau eine stärkere Belastung vertragen kann. Er wünschte so sehnlichst, daß es auf der Höhe bleiben sollte. Und vorläufig muß immer noch viel in den Boden gesteckt werden, was später erst Nutzen bringen wird. Also es hilft Ihnen nichts – es bleibt beim alten, bis – nun sagen wir, bis sich der Reinertrag um zwanzig Prozent erhöht hat.«

»Darüber können aber noch sechs bis acht Jahre vergehen.«

»Also gut, behalten Sie die Hypothek bis dahin zu dem alten Zinsfuß, und nachher schraube ich ihn beutegierig von selbst in die Höhe.«

Norbert sah entzückt in ihr schönes blühendes Gesicht.

»Dann muß ich mich also bedingungslos fügen?« fragte er.

»Ja, es ist ja nur, um Falkenau nicht zu belasten.«

»Oh, ich hoffe noch Ersparnisse von meinen Einkünften zu machen.«

»Warten wir ab, ob Ihnen das gelingt. Sie leben hier nicht mehr in der Steppe, Vetter. Schnell genug werden sich bei Ihnen wieder allerlei Bedürfnisse einstellen und das Leben wird alle Tage teurer. Fragen Sie nur Tante Pinchen, die rechnet Ihnen das ganz genau vor.«

Nun lachten sie alle drei, und das alte Fräulein ereiferte sich und gab einige Beispiele zum besten. Norbert und Annelies neckten sie damit und lachten über ihre drollige Entrüstung.

»Ach«, sagte die alte Dame schließlich halb lachend, halb ärgerlich, »was wißt ihr beide von Not und teurer Zeit. Um das begreifen zu können, muß man Zeiten erlebt haben, wie ich. Als meine Eltern noch lebten, bezog mein Vater eine Pension von fünfzig Talern im Monat. Davon mußten wir meinem Bruder noch etwas abgeben, Vater, Mutter und ich sollten davon leben, Kleidung und Miete mußte bezahlt werden, und für ein kleines Dienstmädchen mußten auch noch Lohn und Kost abfallen. Was meint ihr wohl, wie man da rechnen muß? Davon habt ihr ja gar keine Ahnung.«

Annelies nahm sie liebevoll in die Arme. »Liebes kleines Tantchen – du hast recht. Vetter Norbert hat wohl schon besser sparen gelernt als ich, die ich dies Wort nur als leeren Begriff kenne.«

Auch Norbert hatte gerührt dem alten Fräulein ins Gesicht geblickt.

»Dank der Güte Ihres lieben Vaters, Annelies, habe ich immer genug gehabt zum Leben, auch als ich nur meine Leutnantsgage bezog.«

Nun glänzten auch Tante Pinchens Augen. Sie dachte an die zwei Tausendmarkscheine, die jedes Jahr auf geheimnisvolle Weise in ihre Schatulle Einlaß gefunden hatten.

»Ja – dein Vater war ein herrlicher Mann, Annelies«, sagte sie leise.

Sie schwiegen alle drei und sahen hinaus in den sinkenden Tag. Und Norbert gedachte der furchtbaren Zeit, da er, von allen Mitteln entblößt, dem Nichts gegenübergestanden hatte. Da erwachte auch wieder die quälende Erinnerung an die Fessel, die ihn drückte und er rechnete im stillen aus, wie teuer er seine Freiheit erkaufen sollte, wie hoch er die Rente bemessen konnte, die er Lena würde aussetzen müssen, um sie zu einer Scheidung zu bestimmen.

Annelies hatte die Veränderung in seinem Gesicht wahrgenommen. Sie fühlte, daß Norbert etwas drückte. Oft verstummte er auf diese Weise und sah dann so düster und herb aus, daß sie ein tiefes Mitleid mit ihm fühlte. Gern hätte sie dann jedesmal seine Hand ergriffen und ihn gebeten: ›Sag mir, was dich drückt, ich will dir tragen helfen.‹ Aber das konnte sie doch nicht, ohne sich in sein Vertrauen zu drängen. Von selbst mußte er damit zu ihr kommen. Und geduldig wollte sie darauf warten.

11

Tante Krispina stand, in einer großen Wirtschaftsschürze fast verschwindend, vor den riesigen Wäscheschränken in der Wäschekammer. Hinter ihr hantierten zwei Mägde eifrig mit dem Bügeleisen.

Wohlgefällig, mit einem glücklichen Gesicht, streichelten ihre welken, aber sehr aristokratisch geformten Hände, an denen heute die Filethandschuhe fehlten, über den blütenweißen Damast der Tischdecken, die in hohen Stößen vor ihr lagen. Eifrig notierte sie den Bestand des Wäscheschranks, den sie gerade einräumte. Wie alles, was die alte Dame tat, machte ihr auch diese Beschäftigung großes Vergnügen. Sie hatte jetzt immer alle Hände voll zu tun. Vorige Woche war das letzte Obst für den Winter eingekocht oder nach Sorten und Qualitäten gesondert und im Obstkeller untergebracht worden. Diese Woche nun gab es große Wäsche, woran sich Tante Krispina mit Inbrunst und Ausdauer beteiligte. Und nun legte sie die letzte Hand an das schneeige Leinen und ordnete es stoßweise in die Regale.

Stolzgeschwellt, als gehörten all diese Schätze ihr, weideten sich ihre Augen an der blendenden Pracht. Es war doch ein Hochgenuß, in solch einem Haushalt nach Herzenslust schalten und walten zu können, in dem alles gediegenen Reichtum und großzügige Vornehmheit ausstrahlte. Ihr ganzes vergangenes Leben hatte sich in Dürftigkeit und Enge abgespielt. Wirklich, Tante Krispina war jetzt wunschlos glücklich in bezug auf ihre eigene Person. Der einzige, heimliche, große Wunsch, der ihr Herz erfüllte, betraf nicht sie selbst, sondern Annelies und Norbert. Daß diese beiden Menschen ein glückliches Paar werden möchten, darum betete sie täglich zum Himmel.

Annelies war auf die Felder geritten, um das Bewässern und Düngen der Wiesen zu kontrollieren. Sie wollte draußen mit Kollermann zusammentreffen. Es gab auch jetzt noch allerlei für den Landwirt zu tun, ehe er die Hände behaglich in den Schoß legen konnte. Und Annelies nahm es ernst mit ihrem Amt.

So war Tante Krispina momentan die höchste Instanz in Neulinden, und sie kommandierte die schaffenden Mägde mit der Miene eines Feldherrn.

Befriedigt hatte sie endlich den letzten Wäschestoß verpackt und kletterte nun von der niedrigen Trittleiter herab, die sie für die höheren Regale hatte benützen müssen. Sie schloß den Wäscheschrank ab, gab den Mädchen noch einige Befehle und verließ mit ihrem Schlüsselkörbchen die Wäschekammer, die, gleich den übrigen Wäscheräumen, im Souterrain lag.

Im Vorbeigehen warf sie noch einen lächelnden Blick und einen kurzen Gruß in die Küche, wo die Neulindener Mamsell ihres Amtes waltete. Dann stieg sie die steinerne Treppe empor in die große Halle, die der Falkenauer sehr ähnlich und nur in einem anderen Stil gehalten war. Auch führten hier nicht ringsum große Flügeltüren in die Zimmer, sondern es zweigte sich rechts und links ein langer Gang ab, in den die Türen alle mündeten.

Schloß Neulinden streckte sich viel weiter aus als das Falkenauer Herrenhaus, weil es nur ein Stockwerk besaß, und die Zimmer und Säle alle nebeneinander lagen. Als Tante Krispina gerade die Halle passierte, um ihre im linken Flügel gelegenen Zimmer aufzusuchen, kam ein Bote von Falkenau an, der von Norbert ein Briefchen für Annelies brachte und auf Antwort warten wollte.

Das alte Fräulein nahm das Briefchen selbst in Empfang und schickte den Boten nach der Küche, wo er sich eine Erfrischung geben lassen und auf Annelies' Rückkehr warten sollte. Tante Krispina stand noch da und schaute lächelnd auf das Briefchen herab, als sie draußen den Hufschlag eines Pferdes vernahm. Sie trat unter das Portal und kam gerade noch recht, um Annelies vom Pferd steigen zu sehen.

Fafner wurde von einem Reitknecht in Empfang genommen und fortgeführt. Annelies trat ins Haus.

Tante Krispina betrachtete voll stolzer Zärtlichkeit das schöne Mädchen in dem knappen, schwarzen Reitkleid.

›Was für ein stolzes, herrliches Geschöpf‹, dachte sie wie so oft in heimlicher Bewunderung.

Annelies legte lächelnd ihren Arm um Tante Pinchens Schulter. »Immer noch in der Arbeitsschürze, kleines Tantchen? Plagst du dich noch immer mit dem Wäscheschrank?« fragte sie liebevoll.

»Gerade bin ich fertig, Kind. Ich wollte mich eben umkleiden, als ein Bote von Falkenau kam. Hier ist ein Brief von Norbert.«

Annelies faßte hastig danach und wurde sehr rot. »Ist der Bote schon wieder fort?« fragte sie schnell.

»Nein, er ist in der Küche und wartet auf Antwort.«

»Es ist gut, Tante Pinchen. Ich will das gleich erledigen, ehe ich mich umziehe.«

Sie küßte die alte Dame auf die Wange und verschwand in dem Gang zum rechten Flügel, wo ihre Zimmer lagen. Erst als sie in ihrem Boudoir allein war, öffnete sie den Brief.

›Liebe, verehrte Base Annelies!

Schon wieder komme ich mit einer Bitte. Ich bin in den Büchern auf einen toten Punkt gestoßen, wo ich nicht allein weiterkomme. Kollermann ist auch nicht imstande, mir Aufschluß zu geben. Im Vertrauen auf Ihre große Güte und Liebenswürdigkeit wage ich es, Sie zu bitten, wenn es Ihre Zeit erlaubt, heute nachmittag herüberzukommen und mir über diesen toten Punkt hinwegzuhelfen. Vielleicht erfreuen Sie mich nebst Tante Krispina mit Ihrer Gesellschaft bei meinem einsamen Nachmittagstee. Bitte sagen Sie dem

Boten, ob und wann ich Sie erwarten darf. Mit ergebensten Empfehlungen an Tante Krispina begrüßt Sie herzlich

Ihr getreuer Vetter Norbert.‹

Annelies lächelte glückselig vor sich hin und drückte den Brief an ihr Herz. Sie wußte nur zu gut, daß der ›tote Punkt‹ nur ein Vorwand war. Es gab viele solch ›tote Punkte‹ in ihrem Verkehr, die alle nur den Zweck hatten, ein Zusammensein herbeizuführen. Norbert war sehr erfinderisch darin. Einmal mußte er sehr notwendig nach Neulinden kommen, um sich Rat zu holen, das andere Mal mußte sie nach Falkenau kommen. Beide gaben sich immer den Anschein, an den ›toten Punkt‹ zu glauben und schafften ihn mit wichtigen Gesichtern aus der Welt.

Der fortschreitende Herbst ließ ihnen mehr freie Zeit. Die Ernte war völlig eingebracht, und die Arbeit drängte nicht mehr so stark. Da konnte man sich ohne Gewissensbisse öfter ein längeres Plauderstündchen leisten.

Aufatmend setzte sie sich an ihren Schreibtisch und beantwortete den Brief.

›Lieber Vetter!

Tante Krispina und ich werden gegen vier Uhr in Falkenau eintreffen und ich hoffe, Ihnen über den toten Punkt hinweghelfen zu können. Auch eine Tasse Tee wird akzeptiert. Auf Wiedersehen – mit herzlichem Gruß

Ihre Base Annelies.‹

Sie ging selbst in die Küche, um dem Boten den Brief zu übergeben. Dann erst kleidete sie sich für das Mittagessen um, das in Neulinden wie in Falkenau Punkt halb zwei Uhr eingenommen wurde.

Bei Tisch teilte sie Tante Krispina mit, daß Norbert sie um ihr Kommen gebeten hatte und sie beide zum Tee erwarte.

»Ich habe für dich und mich zugesagt, Tantchen. Es ist dir doch recht?«

»Aber natürlich, Annelies. Du weißt doch, wie gerne ich auf dem schönen Waldweg nach Falkenau fahre. Lieber Gott – überhaupt – ich führe ein herrliches Leben jetzt. Wie in einem Märchen komme ich mir vor. Alles was ich anfasse, wird zu Gold. Wirklich, Annelies, ich möchte dir immer wieder aus tiefstem Herzen danken, wenn du es nur nicht so streng verboten hättest.«

Annelies streichelte ihre Hand. »Tantchen, was bist du für eine rührend bescheidene Seele! Und du mir danken? Ja – wo soll ich denn anfangen und aufhören, dir zu danken, daß du mich mit so viel Liebe umgibst, mir eine so tüchtige Stütze bist und all deine Kräfte bedingungslos in meine Dienste stellst. Du weißt ja gar nicht, was du mir geworden bist, du goldiges kleines Tantchen.«

Tante Krispina stürzten die Tränen aus den Augen. »Kindchen – ach Kindchen – dir muß der liebe Gott ein extra großes Glück vom Himmel senden, du verdienst es.«

Annelies hielt ihr den Mund zu. »Jetzt schweigst du still – sonst werde ich schrecklich böse. Denkst wohl, das kann ich nicht? O – laß es nur nicht darauf ankommen. Also Schluß jetzt. Und hier, jetzt ißt du noch diese zarte Hühnerbrust und Kompott dazu. Ich muß bei Tisch achtgeben auf dich wie auf ein kleines Kind. Nie ißt du ordentlich, wenn ich dir nicht vorlege.«

Tante Krispina lächelte gerührt und verlegen. »Ach du – ich werde schon ganz unförmig, meine Kleider werden mir alle zu eng.«

»Um so besser, dann wirst du dir neue anfertigen lassen müssen. Sei nicht so eitel auf deine schlanke Taille. Ich kann sie noch bequem mit meinen Händen umspannen. So, und nun trinkst du noch ein Gläschen von dem alten Bordeaux, damit du auch rote Wangen bekommst.«

»Oder einen Schwips, Annelies.«

»Tut auch nichts. Nachher machst du ein Nickerchen, da verfliegt das wieder. Und wenn du ausgeschlafen hast, fahren wir nach Falkenau.«

Tante Krispina lächelte in sich hinein. Sie trank gehorsam ihr Glas leer, aß die Hühnerbrust und das Kompott und auch noch eine Portion Süßspeise. Dann zog sie sich zu ihrem Nickerchen zurück in die Sofaecke ihres Zimmers. Und ehe sie einschlief, betete sie wieder inbrünstig für Annelies' Glück.

Ach, wie nötig war solch ein Gebet. Denn über deren Glückshimmel zogen sich dunkle, drohende Wolken zusammen.

Norbert wartete ungeduldig auf Annelies Ankunft. Er saß am Schreibtisch seines Arbeitszimmers, aber sein Blick flog über die Bücher immer wieder sehnsüchtig hinaus. Der Himmel hatte sich umwölkt, und ein recht herbstlicher Wind schüttelte das Laub von den Bäumen und jagte es in tollem Wirbel umher. Das ›große Sterben‹ in der Natur hatte begonnen.

Norbert fühlte sich sehr einsam. So recht heimisch und zufrieden fühlte er sich in Falkenau nur, wenn Annelies hier war. Sonst erschien ihm das große Haus tot und leer, wenn sie es nicht belebte. Endlich vernahm er Wagenrollen. Er sprang auf und öffnete das

Fenster, um sich weit hinauszubeugen. Da bog der Wagen auch schon in den Weg ein, der direkt zum Hause führte. Schnell eilte er hinaus, um den Damen selbst aus dem Wagen zu helfen. Tante Krispina wurde ein wenig eilig befördert, und erst als er Annelies' Hand in der seinen fühlte, wurde er ruhiger. Seine Sehnsucht war gestillt.

»Da sind wir, Vetter. Bitte, machen Sie uns ein Kompliment über unsere Pünktlichkeit!« rief Annelies scherzend.

»Es ist bereits drei Minuten nach vier Uhr«, sagte er, mit strahlenden Augen ihre Gestalt musternd.

»Wirklich? Dann gehen unsere Uhren nicht ganz genau. Tantchen, dein Hut sitzt wieder schief. Komm, leg ihn gleich ab. Ein bißchen fühlen wir uns in Falkenau doch noch zu Haus.«

»Sie sollen sich immer hier zu Haus fühlen, Annelies«, sagte er warm.

Sie errötete und wandte ihre ganze Aufmerksamkeit Tante Krispina zu. Er half ihr schweigend aus dem Mantel und sie streifte die Handschuhe ab.

»Wollen wir nun gleich an die Arbeit gehen, Vetter«, fragte sie eifrig.

»Wie Sie wünschen, Annelies. Ich muß Sie in mein Arbeitszimmer bitten.«

»Gut! Aber was tun wir inzwischen mit Tante Pinchen, daß sie sich nicht langweilt?«

»Aber Kind, ich langweile mich nie«, protestierte das alte Fräulein.

Norbert wandte sich nach ihr um und sah sie bittend an. »Tante Krispina, darf ich Sie bitten, sich inzwischen ein wenig meiner Junggesellenwirtschaft anzunehmen. Sie würden mich zu Dank verpflichten, wenn Sie sich um den Teetisch verdient machen wollten. Mamsell Hegelein versteht das nicht so graziös wie Sie.«

»Machen Sie mir keine Komplimente, Norbert, ich tue es auch ohnedies sehr gern. Wo soll der Tee getrunken werden?«

»Wo die Damen wünschen. Bestimmen Sie, Annelies.«

»Also dann wie früher im kleinen blauen Salon, Tantchen. Da ist es so recht behaglich, wenn der Wind an den Fenstern rüttelt.«

»Gut, gut, ich werde also im blauen Salon alles herrichten. Wenn ihr mit eurer Arbeit fertig seid, wird alles bereit sein«, erklärte Tante Krispina eifrig. Sie schürzte ihr Kleid ein wenig und schwebte mit ihren zierlichen Schritten durch die Halle.

Annelies hatte inzwischen ihren Hut abgelegt und lockerte mit anmutigen Bewegungen das Haar über der Stirn. Norbert ließ sie nicht aus den Augen. Die dicken, goldflimmernden Flechten, die ihren Hinterkopf dicht bedeckten, erschienen ihm das Schönste, was er je an Frauenhaar gesehen hatte. Annelies trug einen ganz glatten schwarzen Tuchrock, der sich faltenlos um die schlanken Hüften schmiegte und in leichten Falten aussprang. Dazu eine schlichte Bluse aus schwarzer Seide und einen ebensolchen Gürtel, den ein schönes schwarzes Jettschloß zusammenhielt. Auch an dem Stehkragen war eine Jettbrosche befestigt. So schlicht und einfach dieser Anzug auch war, wirkte er doch durch den eleganten Sitz sehr schön und vornehm. Anders, als in schwarzen Kleidern hatte Norbert Annelies seit seiner Heimkehr noch nicht gesehen. Aber gerade diese schwarze Farbe hob die Schönheit ihres blonden Haares und des ›berühmten Haldenslebenschen Teints‹, wie Tante Krispina zu sagen pflegte, besonders hervor. Schweigend öffnete Norbert die Tür zu seinem Arbeitszimmer und ließ Annelies eintreten.

Als sich dann die Tür hinter ihnen schloß, und sie allein waren, wollte Annelies ein mädchenhaftes Zagen überkommen. Und Norbert überlegte, wie schon oft in all der Zeit seit seiner Unterredung mit Bruckner, ob nicht jetzt der Augenblick günstig für eine Beichte war. Wochen waren schon wieder vergangen, ohne daß er dazu gekommen war, sie abzulegen. Aber dazu brauchte er eine ganz ungestörte Stunde, so im Fluge konnte er ihr nicht alles sagen, was er auf dem Herzen hatte. Auch jetzt verwarf er den Gedanken wieder.

Er trat an seinen Schreibtisch zu den Büchern und brachte etwas stockend sein fingiertes Anliegen vor. Der Vorwand war sehr durchsichtig, der ›tote Punkt‹ konnte nicht leicht lebendiger sein. Aber Annelies gab sich den Anschein, das nicht zu merken und klärte ihn eifrig auf über das, was er nach seiner Behauptung absolut nicht begreifen konnte.

Er hatte sich, um einiges zu notieren, in den Lehnstuhl vor den Schreibtisch gesetzt und sie stand neben ihm und beugte sich zu ihm herab.

Der feine, diskrete Duft, der ihre Person umgab, legte sich schmeichelnd um seine Sinne. Er atmete ihn ein mit einer unbeschreiblichen Wonne. Und dabei sah er auf ihre schlanken, schönen Hände herab, die neben ihm auf der Schreibtischplatte lagen.

Intensiv, mit einem heiligen Schauer empfand er die Nähe des geliebten Mädchens. Und mit schmerzlicher Bitterkeit gedachte er der Fessel, die ihn von ihr trennte.

Sie sah auf seinen schmalen, rassigen Kopf herab.

Verträumt ruhte ihr Blick auf dessen edler Form. Das braune Haar war im Nacken und am Hinterkopf ganz kurz geschnitten und bäumte sich nur über der Stirn leicht gewellt empor. Er pflegte zuweilen mit der Hand durch diesen sich aufbäumenden Schopf über die Stirn zu fahren. Die dadurch entstandene Unregelmäßigkeit kleidete ihn gut.

»Wie seltsam das ist, Vetter! So, wie jetzt neben Ihnen, so habe ich hier oft neben Papa gestanden. Hier saß er so oft – hier schrieb er den letzten Brief an Sie – und in diesem Sessel hat er sein teures Leben ausgehaucht. Mir ist hier immer so andächtig zumute, als sei ich in einer Kirche«, sagte sie nach einer Pause leise aufseufzend.

Er beugte sich über ihre Hand, die noch immer neben ihm lag und küßte sie zart und innig. So viel Liebes und Tröstliches hätte er ihr sagen mögen – aber kein Wort kam über seine Lippen. Das, was er sich zu sagen brennend sehnte, durfte er nicht laut werden lassen, und alles andere schien ihm inhaltslos und leer. Erst nach einer Weile warf er plötzlich den Bleistift hin, mit dem er Notizen gemacht hatte, und sprang auf. Sein Gesicht war bleich vor innerer Erregung, und seine Augen hefteten sich mit einem heiß flehenden Ausdruck in die ihren.

»Annelies – Annelies ich habe Ihnen so viel zu sagen. Vieles aus meiner Vergangenheit, und vieles, was neu dazugekommen ist. Seit Wochen schon brennt es mir auf den Lippen. Aber ich muß viel Zeit dazu haben und ganz ungestört sein. Der Zufall will mir nicht eine so ungestörte Stunde bringen, und ich will und darf nicht länger zögern, Ihnen mein Herz auszuschütten. Deshalb bitte ich Sie, geben Sie mir Gelegenheit zu einer ungestörten Unterredung. Darf ich morgen nach Neulinden kommen, Annelies – morgen vormittag? Und wollen Sie mich ruhig anhören?«

Sie blickte mit großen, ernsten Augen zu ihm auf.

»Ja, Norbert – kommen Sie – wann Sie wollen. Ich werde morgen den ganzen Vormittag für Sie zu Hause sein.«

Er preßte ihre Hand jäh und heftig an seine Lippen. »Ich danke Ihnen, Annelies.«

Sie sahen sich ein Weile schweigend an. Dann sagte er leise, gepreßt: »Annelies – Sie sagten, dies Zimmer sei Ihnen heilig wie eine Kirche. Ich bitte Sie, geben Sie mir jetzt hier das Versprechen, daß Sie mir nicht zürnen wollen, was ich auch zu beichten habe. Versprechen Sie mir, daß Sie nicht unerbittlich streng mit mir ins Gericht gehen wollen darüber, daß ich Ihnen diese Beichte nicht früher abgelegt habe.«

Sie reichte ihm mit einem lieben Lächeln die Hand.

»Wann Sie mir auch Ihr Vertrauen schenken, Norbert, es bleibt doch ein Geschenk, wofür ich Ihnen danken werde.«

»Auch dann, wenn es ein Unrecht ist, daß ich nicht früher sprach?«

»Auch dann! Sie haben doch das Recht, die Zeit zu bestimmen.«

»Vielleicht doch nicht, Annelies, es war sicher ein Unrecht von mir.«

»Oh, wann ist man ganz sicher, das Rechte zu tun. Gewiß schwiegen Sie nicht in böser Absicht«, sagte sie ruhig und ahnungslos, was er ihr enthüllen würde.

»Nein, gewiß nicht, ich schwieg nur, weil ich den rechten Zeitpunkt verpaßt hatte.«

»Dann brauchen Sie auch nicht zu fürchten, daß ich Ihnen zürne.«

»Sie gewähren mir also bedingungslos Absolution im voraus«, flehte er dringend.

»Bedingungslos – mein Wort darauf«, sagte sie fest, voll Vertrauen, daß er nichts getan haben konnte, was sie nicht zu verzeihen imstande war.

»Ich werde Sie an dies Wort erinnern, Annelies.«

»Das werden Sie nicht nötig haben, ich vergesse es nicht.«

Da preßte er wieder ihre Hand an seine Lippen.

»Dank – innigsten Dank, Annelies.«

Er trat von ihr zurück.

»Und nun wollen wir zu Tante Krispina gehen, Vetter. Sie sind doch nun über den toten Punkt im klaren?« sagte die junge Dame, sich zu einem erleichternden Ton zwingend.

Er verneigte sich und öffnete ihr stumm die Tür. Schweigend schritten sie in den blauen Salon hinüber. Dort machte sich Tante Krispina eifrig am Teetisch zu schaffen.

Annelies drückte sie sanft in einen Sessel. »So, Tantchen, jetzt löse ich dich ab. Ganz behaglich bleibst du in deinem Sessel sitzen und läßt mich die Tassen füllen. So, diese ist für dich – zwei Stück Zucker und etwas Sahne – eine unverzeihliche Mischung, nimm es mir nicht übel, Tantchen. Und nun für Sie, Vetter. Sie verschmähen jede Beimischung. So halte ich's auch. Ah, Tantchen, Mamsell hat dir zu Ehren deine geliebten Teekuchen gebacken, sicher hat ihr der Vetter verraten, daß du zu Gast geladen bist. Da nimm, sie sind noch ganz warm und frisch. Der Vetter sieht nicht hin, wenn du tüchtig zulangst. Gelt, Norbert? Und Sie natürlich etwas Herzhaftes. Hier sind die Toasts. Bitte!«

So plauderte Annelies, während sie Tante Krispina

und Norbert bediente. Sie sah, daß dieser noch mit einer inneren Erregung kämpfte und wollte ihm Zeit geben, sich zu fassen. Norbert sog die Anmut und Frische ihres Wesens ein wie ein köstliches Labsal. So heiß und jung klopfte sein Herz, das so lange wie erstorben in seiner Brust geruht hatte. Halb mit einem Gefühl der Befreiung sah er dem nächsten Morgen entgegen. Die Unruhe der letzten Wochen, seit er den Entschluß gefaßt hatte, ihr alles zu sagen, war kaum noch erträglich gewesen.

Aber auch Annelies war im Innern durchaus nicht so harmlos heiter, wie sie sich den Anschein gab. Sie mußte immerfort daran denken, was ihr Norbert zu sagen haben mußte. Er war so seltsam erregt und unruhig gewesen. Ach – was er ihr auch zu sagen hatte – sie fühlte, daß sie ihm alles verzeihen konnte. Was galt ihr alles das, was hinter ihm lag. Wenn ihr nur seine Liebe jetzt gehörte. Und daran glaubte sie mit vertrauender Seele. Hatte er auch nie ein Wort davon gesprochen – sein ganzes Wesen ihr gegenüber war in Wärme und Liebe getaucht. Das war ihr genug. Eine Ahnung sagte ihr, daß er mit ihr von jener Frau sprechen würde, die ihn einst unglücklich gemacht hatte. Aber daß er sie nicht mehr liebte, daß sie ihm nichts mehr war, daran glaubte sie bestimmt. Und dennoch legte es sich wie ein banger Druck auf ihre Brust. Aber sie wollte ihn nicht ihre Unruhe merken lassen. Ihre scheinbare Heiterkeit löste endlich auch Norbert aus seiner unruhigen Stimmung. Und er klammerte sich an ihr Wort, daß sie ihm nicht zürnen wolle. Er hatte es ihr freilich ein wenig abgelistet, dieses Wort, aber er hielt sich daran. Es würde ihm das Sprechen leichter machen.

Da auch Tante Krispina sehr heiter und aufgeräumt

war, herrschte zwischen den drei Menschen eine ganz angeregte, frohe Stimmung. Daß draußen der Wind sich langsam zum Sturme auswuchs und einige Regentropfen an die Fenster trieb, erhöhte nur das Gefühl der Behaglichkeit.

In eine angeregte Debatte vertieft, hörten sie das Vorfahren eines Wagens ...

Diesem Wagen entstieg eine verschleierte, sehr schöne Dame in einem entzückenden, etwas sehr koketten Reisedreß. Das fescheste Hütchen, das sich denken ließ, saß keck auf einer Fülle rotbrauner Lokken und wurde durch den kleidsamen Schleier festgehalten.

Hermann, der Diener, war herbeigeeilt und starrte nun ein wenig verwundert auf die schöne Dame, die in einem gewöhnlichen Mietwagen aus der Stadt angekommen war. Da sie aber mit stolzer Sicherheit an ihm vorüber in die Halle trat, blieb ihm nichts anderes übrig, als ihr zu folgen.

»Ist Baron Falkenau zu Hause?« fragte sie, sich forschend in der Halle umblickend.

»Ja, der Herr Baron sind zu Hause«, beeilte sich Hermann zu versichern. Der kurze, herrische Ton, den sie gebrauchte, überzeugte ihn, daß er eine vornehme Dame vor sich hatte, wenn ihm auch etwas in ihrer ganzen Art befremdlich vorkam.

»Ist der Herr Baron allein?« examinierte die Dame weiter.

»Nein, Baroneß Falkenau und Fräulein von Haldensleben nehmen den Tee mit dem Herrn Baron im blauen Salon.«

Die schöne Dame zögerte einen Augenblick. Dann warf sie entschlossen den Kopf zurück.

»Führen Sie mich dorthin«, befahl sie kurz.

Hermann fand das denn doch ein wenig kühn. »Darf ich die gnädige Frau nicht erst anmelden – ich weiß doch nicht …«

»Es ist unnötig – ich will die Herrschaften überraschen.«

Hermann zögerte trotz der energischen Haltung der Fremden. »Ich weiß doch nicht – ich …«

»Ah so – ob Sie mich einlassen dürfen? Nun, ich werde die Verantwortung übernehmen. Ich bin die Baronin Falkenau – also bitte!«

Hermann blieb der Mund offen stehen. Aber die Fremde, die sich Baronin Falkenau nannte, imponierte ihm durch ihr energisches Auftreten so sehr, daß er sich nur fügen konnte. In einer wichtigen Arbeit störte er seinen Herrn nicht, das wußte er. Und anscheinend war die Dame doch eine Verwandte, wenn er sie auch noch nie in Falkenau gesehen hatte. Übrigens mochte sie es selbst verantworten, daß sie unangemeldet eintreten wollte.

Mit einer ergebenen Verbeugung schritt er ihr also voran und öffnete die Tür zum blauen Salon. Zu seiner eigenen Beruhigung meldete er aber doch, indem er zurücktrat und die Fremde einließ:

»Frau Baronin Falkenau!«

Lena trat mit einem sorgfältig einstudierten Lächeln über die Schwelle, und Hermann verschwand.

Die drei Personen, die eben noch behaglich plaudernd am Teetisch saßen, wandten sich um und sahen der Eintretenden entgegen.

Der Eindruck, den Lenas Erscheinen machte, war sehr verschieden.

Tante Krispina blickte nur mäßig erstaunt auf die kokett gekleidete Dame, die mit einem schelmisch übermütigen Gesicht auf der Schwelle stand.

Annelies, die den gemeldeten Namen nicht verstanden hatte, blickte ebenfalls erstaunt, aber durch die einstudierte theatralische Haltung und durch ein unbestimmtes Etwas in dem Wesen der Fremden unangenehm berührt, zu ihr hinüber und erschrak erst, als Norbert mit einem halb unterdrückten Ausruf totenbleich emporsprang und mit deutlichem Entsetzen zu der Dame hinüberstarrte.

Unwillkürlich machte er dabei eine Bewegung, als wollte er Annelies den Anblick der Fremden entziehen. So plötzlich und unerwartet sah er die Frau vor sich, die er aus seinem Leben streichen wollte, daß er seine Fassung im Augenblick ganz verlor und wie gelähmt und versteinert dastand.

Lena wartete gar nicht erst ab, bis er sich von seiner Erstarrung erholt hatte. Mit ihrem graziös gleitenden Bühnenschritt trat sie, noch immer das wohl einstudierte Lächeln festhaltend auf ihn zu.

»Gelt, Norbert, das ist eine Überraschung für dich! Ich wollte mich doch nicht erst anmelden. Nun, komm nur wieder zu dir, lieber Mann, und stelle mich den Damen vor. Ich irre mich wohl nicht, wenn ich in ihnen deine Verwandten sehe, die ich bisher leider noch nicht kennenzulernen das Vergnügen hatte.«

Sie sagte das mit gemachter Unbefangenheit, verneigte sich lächelnd vor den Damen und beobachtete dabei doch ganz scharf und genau jedes der drei Gesichter.

Norbert umklammerte mit hartem Griff die Lehne seines Stuhls und wandte Annelies sein vor Schmerz und Qual erstarrtes Gesicht zu. Er wollte sprechen und brachte doch nicht ein Wort hervor.

Annelies hatte sich bestürzt erhoben und blickte unruhig fragend, noch immer nicht die ganze Wahrheit ahnend, in sein Gesicht. Die Qual, die ihr daraus entgegenblickte, krampfte ihr das Herz zusammen.

Lena beherrschte die Situation vollkommen. Sie lachte schelmisch auf. »Wahrhaftig, meine Überraschung ist gut gelungen, du bist noch immer fassungslos, lieber Norbert. Da muß ich mich halt selbst vorstellen.«

Sie wandte sich Annelies zu. Jetzt aber riß sich Norbert aus seiner Erstarrung und richtete sich mit einem Ruck empor. Wie schützend trat er vor Annelies hin und sah sie beschwörend, mit einem Blick an, der ihr all seine Qual verriet. »Annelies – Tante Krispina – Sie gestatten, daß – daß ich Ihnen – meine Frau vorstelle«, stieß er heiser hervor.

Und er sah, wie Annelies bleich zurücktaumelte, als habe sie ein Schlag ins Gesicht getroffen. Einen Moment verlor sie ihre Haltung und nur mit Mühe konnte sie einen Aufschrei zurückdrängen. Es war nur ein einziger Augenblick der Schwäche, aber Lenas Augen ruhten scharf beobachtend auf dem erblaßten Mädchengesicht. Sie sah den einen entsetzten Blick und sah, daß dann die blauen Augen Annelies Falkenaus allen Glanz verloren. Es fiel ihr nicht schwer, sich die ganze Situation zu erklären. Sie erkannte sofort, daß zwischen dieser jungen Aristokratin und ihrem Mann zarte Beziehungen bestanden. Nur einen Augenblick hatte Annelies die Herrschaft über sich verloren. Sie löste ihren erloschenen Blick aus dem Norberts und faßte wie Halt suchend nach der Lehne ihres Sessels. Ein Schauer rann über sie hin, der alles zu ertöten schien, was vorher froh und warm in ihrer Seele lebte. Aber dann hatte sie sich auch schon wieder in der Gewalt. Nur diese kalten, aufdringlich forschenden Frauenaugen da vor sich nicht merken lassen, daß sie zu Tode getroffen war.

Mit übermenschlicher Selbstbeherrschung verneigte sie sich vor Lena. Sie wollte sich auch einige formelle Worte abzwingen, vermochte es aber nicht. Norbert sah ihre stumme Qual, er sah, wie das liebe, süße Gesicht, das er so unsäglich liebte, starr und unbeweglich wurde.

Die Frau, die jetzt abermals störend und zerstörend in sein Leben eingriff, hätte er in diesem Augenblick kalten Blutes zu Boden schlagen können in seinem Schmerz und seiner Sorge um Annelies.

Ohne auf Lena weiter zu achten, wandte er sich mit einem flehenden, brennenden Blick an Annelies, die seinen Augen auswich und mit blassem Gesicht und verschleierten Augen vor ihm stand. Mit gepreßter Stimme sagte er leise: »Annelies, ich bitte Sie, mir zu glauben, daß ich auf diese Überraschung nicht vorbereitet war. Ich muß Ihnen das alles später erklären.«

Sie sah, daß er namenlos litt. Und sich gewaltsam aufraffend zwang sie ein schattenhaftes Lächeln in ihr Gesicht und sagte, so ruhig sie konnte, zu Lena gewandt: »Sie sehen mich allerdings sehr überrascht, Frau Baronin. Ich hatte nämlich keine Ahnung, daß Sie heute eintreffen würden, sonst hätten wir nicht gestört. Wir hatten noch geschäftlich zu verhandeln, Ihr Herr Gemahl und ich.«

Um keinen Preis der Welt hätte Annelies in diesem Moment eingestanden, daß sie bisher keine Ahnung von Norberts Verheiratung gehabt hatte. Instinktiv hatte sie ihre Worte gewählt, daß Lena darüber im unklaren blieb.

Diese fand sich mit vor Vergnügen funkelnden Augen, die jetzt grünlich schillerten, in die heikle

Situation. Nicht einen Moment verlor sie ihre Sicherheit. Sie hatte schon in ganz anderen Situationen Oberwasser behalten. Mit liebenswürdig sein sollender Miene sagte sie lächelnd: »Natürlich konnten Sie nicht wissen, daß ich heute eintraf, da ich meine Ankunft nicht gemeldet hatte und meinen Gatten überraschen wollte. Sie sehen selbst, wie gut mir das gelungen ist, Baroneß. Wir waren leider lange Zeit getrennt durch widrige Verhältnisse, und nun macht ihn die Freude des Wiedersehens sprachlos.«

Norbert ballte im verzweifelten Zorn die Hände und biß die Zähne zusammen, daß sie knirschten. Annelies sah ihm an, daß er alles andere eher als Freude empfand. Aber sie hatte jetzt nur den brennenden Wunsch – sich entfernen zu dürfen. Denn sie fühlte, daß sie ihre Fassung nicht mehr lange bewahren konnte. »Wir wollen natürlich keinen Augenblick länger stören, Vetter«, sagte sie so ruhig sie konnte.

Norbert verneigte sich stumm und wieder traf sein Blick mit so verzweifeltem Ausdruck den ihren, daß ihr die Farbe wieder ins Gesicht stieg und ihr Herz in starken lauten Schlägen pochte.

Sie sah, daß zwischen diesem Ehepaar etwas Düsteres, Quälendes lag, sah die dicke Zornesader auf Norberts Stirn und daß er namenlos litt.

Was aber auch geschehen war, sie mußte versuchen, in scheinbar ruhiger, beherrschter Haltung Falkenau zu verlassen, damit die erbarmungslos aufdringlichen Augen dieser Frau nicht ihr Geheimnis aufspürten.

Daß es Lena bereits durchschaut hatte, ahnte sie nicht. Sie glaubte Unmenschliches an Selbstbeherrschung geleistet zu haben.

Norbert hatte Befehl gegeben, daß der Neulindener

Wagen sofort vorfahren sollte. Mit einigen belanglosen, gequälten Redensarten halfen Lena und Annelies über die wenigen Minuten hinweg, bis der Wagen gemeldet wurde. Norbert hatte stumm am Kamin gestanden und Tante Krispina saß immer noch, von Entsetzen gelähmt, unfähig ein Wort zu reden, in ihrem Sessel.

Annlies wandte sich ihr zu. »Tante Krispina, wir wollen uns verabschieden«, sagte sie mit klangloser Stimme.

Da erst löste sich die alte Dame mühsam aus ihrer hilflosen Erstarrung. Ganz plötzlich waren all ihre herrlichen Luftschlösser für die Zukunft in sich zusammengestürzt, als Norbert die Fremde als seine Frau vorstellte. Nun blickte sie starr von Norbert zu Annelies und von dieser zu der mokant lächelnden Lena hinüber. Wie in einem bangen Traum wischte sie sich über die Augen, als sie sich seufzend erhob.

Norbert begleitete die Damen hinaus. Sein Gesicht war versteinert in Grimm und Schmerz. Schweigend half er Annelies in ihren Mantel, während Hermann der alten Dame behilflich war. Schweigend führte er die Damen zu ihrem Wagen. Aber als er Annelies hineinhob, hörte sie einen tiefen schweren Seufzer aus seiner Brust emporsteigen. Und als er sie nun mit blassem, gequältem Gesicht im Wagen sitzen sah, beugte er sich über ihre Hand und drückte sie in leidenschaftlichem Schmerz an seine Lippen.

»Annelies! Annelies!« stammelte er außer sich, verzweifelnd und flehend. Da schoß ein heißer Quell in ihre Augen. Schnell zog sie ihre Hand zurück.

»Vorwärts!« rief sie, heiser vor Erregung, dem Kutscher zu.

Die Pferde zogen an. Norbert trat wie ein Verurteilter zurück. Da sah sie noch einmal in sein zuckendes

Gesicht. Die beiden Augenpaare hingen einen Moment in stummer Qual ineinander. Dann fuhr der Wagen davon.

Tante Krispina lag zitternd und verstört in ihrer Wagenecke. »Kind – ach Kind – wußtest du denn, daß Norbert verheiratet war?« stieß sie hervor.

Annelies richtete sich starr empor. Ihre Augen blickten ins Leere.

»Frag mich nichts, Tante Krispina – es – es kann uns nur wenig interessieren«, sagte sie hart.

Die alte Dame wischte hastig eine vorwitzige Träne fort. Sie wußte nur zu gut, daß Annelies mit wehem Herzen neben ihr saß.

»Ich glaube gar, sie war geschminkt«, rang es sich noch von Tante Krispinas Lippen. Diese Bemerkung konnte sie nicht unterdrücken. Damit war Lena in ihren Augen vollständig gerichtet.

Aber auch die immer neu hervorstürzenden Tränen konnte das alte Fräulein nicht zurückhalten, nicht, wenn ihre ganze Seligkeit davon abgehangen hätte.

Annelies saß mit starrem Gesicht neben ihr und sprach kein Wort. Hätte sie die fest verschlossenen Lippen geöffnet, so hätte sie all ihrer Qual mit einem jammernden Laut Luft gemacht.

12

Norbert hatte dem Wagen reglos nachgesehen, bis er verschwunden war. Nun ging er ins Haus zurück. Langsam betrat er den blauen Salon.

Lena hatte inzwischen Hut und Paletot abgelegt und sich scheinbar behaglich in einem Sessel niedergelassen. Klugerweise hatte sie sich mit dem Rücken zum Fenster gesetzt, damit nicht das Licht auf ihr Antlitz fiel. Mit einem Lächeln sah sie Norbert entgegen, und mit dem unbefangensten Gesicht sagte sie leichthin:

»Du, die Tante Krispina ist ja ein Unikum. Sie sieht aus, als hätte sie bereits vor hundert Jahren gelebt. Wie kommst du denn zu dieser Verwandtschaft?«

Er ignorierte ihre Worte vollständig und trat dicht vor sie hin, mit finsterem Blick auf sie herabsehend. »Was willst du hier? Weshalb bist du gekommen?« fragte er hart und kalt.

Sie hielt ihr Lächeln noch immer fest. »Ach, geh, sei nicht fad! So eine Frage. Ich hab' halt Sehnsucht nach dir gehabt.«

Sein Gesicht verfinsterte sich noch mehr. »Verschone mich mit dieser Komödie, du weißt, die verfängt nicht mehr bei mir. Du hast ja deine Sehnsucht all die Jahre vortrefflich bezwingen können.«

»Solange du in der gräßlichen Einöde haustest, zwischen Wölfen, Pferden und Hunden, natürlich. Aber jetzt bist du doch in eine zivilisierte Gegend zurückgekehrt und lebst unter Menschen. Da ist es doch selbstverständlich, daß ich den Platz an deiner Seite wieder einnehme.«

Er war jetzt ganz kalt und ruhig geworden. »Verzeih, das ist nicht selbstverständlich. Du weißt so gut wie ich, daß wir fertig miteinander sind für alle Zeit.«

Nun wurde sie erregt. »Erlaube, da bist du im Irrtum. Du bist mein Mann und ich deine Frau, daran ist nichts zu ändern. Daß ich jahrelang von dir getrennt leben mußte, war natürlich sehr unangenehm – aber du warst damit völlig einverstanden. Du hast auch nie verlangt, daß ich zu dir kam.«

Ein bitteres, verächtliches Lächeln verzog seinen

Mund. »Du hast dich gut informiert«, sagte er mit schneidendem Hohne.

Sie warf den Kopf zurück. »Kannst du mir das verdenken? Ich mußte doch wissen, ob ich ein Recht hatte, hierherzukommen.«

»Warum hast du mir diese Absicht nicht erst gemeldet?«

Sie zuckte die Achseln. »Ich wollte dich eben überraschen. Wie konnte ich denken, daß ich dir so ungelegen kam.«

»Das konntest du dir nicht denken? Hast du vergessen, was zwischen uns war, schon ehe wir uns trennten damals in Nizza?«

Sie lächelte leichtsinnig und schnippte mit den Fingern. »Mein Gott – Meinungsverschiedenheiten, kleine ärgerliche Szenen. Wenn man kein Geld hat, wird man leicht grantig. So etwas kommt in jeder Ehe vor. Ich trag' dir nichts nach.«

Er richtete sich straff empor. Sein Gesicht war eisig und unbewegt. »Aber ich trage es dir nach, und du weißt ganz genau, daß ich fertig bin mit dir. Das habe ich dir schon erklärt, ehe wir auseinandergingen.«

Sie stützte scheinbar gleichmütig den Kopf in die Hand. »Also schön – sei du so fertig mit mir wie du willst. Ich bin trotzdem deine Frau und bleibe jedenfalls hier.«

Er fuhr auf. »Das wirst du nicht.«

»Doch, das werde ich.«

Er sah sie entsetzt an. »Du wolltest im Ernst verlangen, daß wir beide wieder zusammen leben sollen?«

»Aber selbstverständlich. Ich werde doch nicht so töricht sein, dich allein von deiner Erbschaft profitieren zu lassen? Das Bühnenleben habe ich satt bis obenhin. Ich habe mich lange genug plagen müssen.

Nun kannst du endlich so für mich sorgen, wie es deiner Stellung zukommt. Mein Gott, entsetze dich nur nicht schon wieder, deine moralische Entrüstung ist gar nicht nötig. Zärtlichkeiten werde ich weder von dir verlangen noch werde ich sie dir aufdrängen. Wir können ganz friedlich und vernünftig nebeneinander leben. Ich mache dir keine Vorschriften, und wir leben jeder nach seinem Belieben. Das ist doch eigentlich in euren Kreisen so üblich. Und meinetwegen kannst du dabei die blonde Baroneß anschwärmen und anbeten, soviel du willst, ich bin nicht kleinlich und auch nicht eifersüchtig.«

Er zuckte zusammen und ballte vor Zorn und Empörung die Hände. Sein Gesicht war von Grimm und Schmerz entstellt. »Schweig! Kein Wort mehr über Baroneß Falkenau, sonst vergeß ich mich«, rang es sich über seine Lippen.

Sie duckte unwillkürlich und ihre Augen schillerten ihn giftig an. »Also schön – lassen wir die Baroneß aus dem Spiele. Was ich weiß, das weiß ich. Ich habe scharfe Augen, und kurz und gut – ich bleibe.«

»Das wirst du nicht«, stieß er bebend vor Erregung hervor.

Sie sah mit lauernden Blicken zu ihm auf. »Willst du mich mit Gewalt hinauswerfen?«

Er wandte sich brüsk ab und ging mit großen Schritten hin und her, um sich zur Ruhe zu zwingen. Endlich blieb er wieder vor ihr stehen. Er sah ein, daß er so nicht zum Ziel kam.

»Laß uns vernünftig verhandeln.«

»Gut – ich bin ganz ruhig«, sagte sie überlegen.

Er atmete tief auf. »Daß unsre Ehe ein Unding ist, siehst du wohl ein. Ich habe meinen Rechtsanwalt bereits beauftragt, die Scheidung einzuleiten.«

Sie horchte auf, lehnte sich dann aber wie behaglich in den Sessel zurück. »Das wird dir nichts helfen. Du hast keinen rechtmäßigen Grund zu einer Scheidung.«

»Es würde sich doch wohl einer finden lassen. Aber ich will zu deiner Ehre annehmen, daß du nicht im Ernst auf einer Fortführung unserer Ehe bestehst, daß du als Frau noch so viel Würde besitzest, um nicht neben einem Mann leben zu wollen, der – der ...«

»Der mich verabscheut, sprich es nur ruhig aus, du hast ja keinen Hehl daraus gemacht«, sagte sie höhnisch.

»Da du es selbst aussprichst – ich kann es nicht leugnen. Und ich appelliere an das letzte Anstandsgefühl in dir und bitte dich, laß uns auseinandergehen, ohne all das Häßliche aus unserer Ehe vor der Öffentlichkeit breitzutreten. Eine Scheidung in aller Ruhe wird zu erreichen sein, wenn du jetzt sofort wieder abreist und dich auf meine Aufforderung weigerst, zu mir zurückzukehren.«

Sie lachte spöttisch auf. »Du bist wirklich sehr naiv, mein Lieber, wenn du denkst, daß ich darauf eingehe. Dann würde ich als der schuldige Teil erklärt und hätte das Nachsehen.«

»Dann beantrage du die Scheidung, gleichviel aus welchem Grund. Ich will alle Schuld auf mich nehmen, und du sollst wie bisher den Löwenanteil an meinem Einkommen haben.«

Sie überlegte einen Augenblick. »Und wie hoch beläuft sich jetzt dein Einkommen?« fragte sie lauernd.

»Auf acht- bis zehntausend Mark jährlich, im günstigsten Falle.«

Sie sah ihn ungläubig an. »Du scherzt wohl. Der

Majoratsherr von Falkenau sollte doch ein fürstliches Einkommen haben.«

Norbert war diese ganze Verhandlung eine Qual ohnegleichen. Aber er bezwang sich und antwortete ruhig:

»Da irrst du dich sehr. Falkenau war ganz entwertet, als es mein Onkel übernahm. Er hat es nur mit vielen Opfern wieder emporgebracht. Es ruhen große Lasten auf dem Majorat, Hypotheken, die verzinst werden müssen. Da bleibt nicht viel übrig. Ich habe dir mein Einkommen eher zu hoch als zu niedrig angegeben. Aber ich würde tun für dich was ich könnte. Ich will dir gern sechstausend Mark jährlich bewilligen, also fünfhundert Mark im Monat.«

Ihr Gesicht verzog sich. »Bah – dann hätte ich in Zukunft eher weniger als mehr Einkommen als bisher. Du schicktest mir dreihundert Mark und ich bekam dreihundert Mark Gage. Das sind sechshundert Mark im Monat, und damit bin ich nur zur Not ausgekommen. An die Bühne gehe ich nicht mehr zurück, ich habe es satt und will mich nun endlich, wie andere Frauen, ganz von meinem Manne ernähren lassen. Also wäre ich auf diese fünfhundert Mark angewiesen. Das wäre dann die ganze Herrlichkeit, die mir das Majorat einbrächte. Nein – ich danke. Da will ich denn doch wenigstens das Vergnügen haben, hier die Schloßherrin zu spielen. Dann habe ich sozusagen freie Station und kann meinen Anteil an deinem Einkommen für Toiletten verbrauchen.«

Wieder ging Norbert auf und ab. Der Ekel schüttelte ihn und er sagte sich doch, daß er um jeden Preis ruhig bleiben mußte, wenn er etwas erreichen wollte.

»Du würdest auf keinen Fall hier ein sehr glänzendes Leben führen, das glaube mir. Ich bin sozusagen nur der Verwalter eines mir anvertrauten Gutes. Nach meinem Tode geht es in andere Hände über, da ich keinen Sohn habe, und ich muß genau Rechenschaft ablegen. Ich muß mit jedem Groschen rechnen. Und wenn du darauf bestehen würdest, hierzubleiben, dann müßtest du auch Pflichten und Arbeit übernehmen.«

Sie lachte schrill auf. »Ach, Unsinn, damit schreckst du kleine Kinder, aber mich nicht. Du malst mir das nur so greulich aus, um mich loszuwerden. Dein Vorgänger hat doch, wie ich weiß, ein glänzendes Haus geführt, er hat seinem Sohn einen hohen Wechsel ausgestellt und auch dir eine sehr annehmbare Zulage gewährt, so daß du wie ein vermögender Mann auftreten konntest. Warum solltest du also nicht ebenso glänzende Einkommen haben?«

Trimphierend sah sie zu ihm auf.

Er zuckte die Achseln. »Sehr einfach – weil ich kein Privatvermögen habe. Mein Onkel war durch seine Heirat in den Besitz eines großen Vermögens und des sehr ertragsfähigen Gutes Neulinden gekommen. Seine übrigen Einkünfte und Renten betrugen das Fünffache, was Falkenau jetzt einbringt. Da hast du die Erklärung. Ich bin arm und nur auf den Reinertrag des Majorats angewiesen.«

Sie stutzte. Diese Eröffnung brachte ihr eine große Enttäuschung. Sie hatte erst angenommen, Norbert wolle sie nur auf billige Weise loswerden. Aber seine ruhige, sachliche Erklärung klang denn doch zu wahrhaftig. Anscheinend war also dies Majorat gar kein so fürstliches Erbe, wie sie sich das gedacht hatte. Sollte sie nun hier in großer Sparsamkeit und Zurückgezogenheit leben? Sollte sie gar hier die arbeitsame Hausfrau spielen müssen? Nein, das war nicht nach ihrem

Gusto. Aber kläglich mit den bescheidenen sechstausend Mark jährlicher Rente hier abziehen und einer anderen den Platz freimachen – nein – das fiel ihr nicht ein.

Sie dachte angestrengt nach. Und plötzlich kam ihr ein Gedanke, der sie elektrisierte. Sie richtete sich hastig auf und sah ihn forschend an. »Wir wollen doch einmal ganz offen reden, mein Lieber. Dich gelüstet jetzt plötzlich nach deiner völligen Freiheit, weil du dich in Baroneß Falkenau verliebt hast und diese dich wiederliebt und nicht abgeneigt ist, deine Frau zu werden. Nein, nein, fahre nicht schon wieder auf, ich tue ihr ja nichts, deiner blonden Baroneß. Nur die Sachlage will ich klarlegen. Also – Baroneß Falkenau ist eine reiche Erbin als einzige Tochter deines Vorgängers, nicht wahr? Du würdest als ihr Gatte ein sehr reicher Mann werden. Gäbe ich dich frei – nun – dann könnte sich das die Baroneß etwas kosten lassen. Sie scheint dich sehr zu lieben.«

Er beherrschte sich nur mühsam. Die Zornesader an seiner Stirn schwoll wieder an. Mit gewaltsam unterdrückter Stimme sagte er rauh: »Hast du gar kein Schamgefühl mehr? Wie kannst du wagen, Baroneß Falkenau mit deinem Maß zu messen?«

Sie lachte spöttisch auf. »Ich bitte dich, rege dich nicht auf und verschone mich mit solch großen Worten. Du kennst die Frauen nicht, wie sie sind, hast dir nur immer so eine Idealgestalt herausgeputzt, die es nicht gibt. Ich sage dir, es hat schon manche einen hohen Preis gezahlt für den Mann, den sie haben wollte. Wenn du nun Schulden hättest, die sie tilgen müßte, wenn sie deine Frau würde? Ich sehe gar keinen Grund für deine moralische Entrüstung, die mußt du dir mir gegenüber schon abgewöhnen. Ich kenne das Leben besser als du und verschanze mich nicht wie du hinter einer rosenroten Brille.«

Er sah mit einem Gefühl, aus Grauen und Ekel gemischt, in ihr geschminktes Gesicht. Es schien ihm häßlich und gemein. Unmöglich war es ihm, jetzt noch zu verstehen, daß er diese Frau einst geliebt hatte, daß er ihretwegen seine ganze Zukunft, seinen Beruf – alles, was ihm lieb gewesen war – hatte aufs Spiel setzen können. War er blind gewesen? Oder hatte sie sich in den Jahren der Trennung so sehr zu ihrem Nachteil verändert? Unter Puder und Schminke waren die fahlen, schlaffen Züge verborgen. Nur bei flüchtiger Betrachtung konnte man dieses Gesicht noch schön nennen. Der verhüllende Schleier, der sonst am Tage stets Lenas Gesicht bedeckte, lag neben ihr. Das nüchterne Licht des versinkenden Herbsttages beleuchtete grausam deutlich ihre Züge, da sie sich unvorsichtigerweise im Laufe des Gesprächs umgewendet hatte, und ihr Gesicht dem Fenster zukehrte.

Es lag ein frostiges Staunen in seinen Augen. Als er sie geheiratet hatte, war sie zweiundzwanzig Jahre alt gewesen. Jetzt konnte sie also kaum achtundzwanzig Jahre alt sein. Aber sie sah aus, als sei sie den Vierzig näher, als den Dreißig. Auch ihr niedriger Charakter hatte seinen Stempel auf dies Gesicht gesetzt.

Er schämte sich – schämte sich bis zum Ekel, daß er dieser Frau seine erste heiße Liebe entgegengebracht hatte. Verzweifelt grübelte er, wie er sich jetzt von ihrer Gegenwart befreien konnte. Alles hätte er willig hingegeben, um nur nicht mehr dieselbe Luft mit ihr atmen zu müssen.

Er trat an die Tür, die aus dem blauen Salon auf die Terrasse führte und riß sie auf. Und aufatmend trat er hinaus ins Freie und ließ sich von dem Herbststurm umwehen.

Sie blickte ihm mit bösen Augen nach und erwog in Eile noch einmal alle Chancen.

Sicher hatte sie recht gesehen, daß zwischen ihrem Mann und der Baroneß zarte Beziehungen bestanden. Wahrscheinlich wartete die stolze Aristokratin schon sehnlichst auf seine Scheidung. Und nur, weil er das Mädchen heiraten wollte, war es ihm plötzlich so brennend um die Scheidung zu tun. Bisher hatte er doch keinen Wert darauf gelegt. Nun gut, wenn sie sich durchaus heiraten wollten, dann sollten sie auch einen annehmbaren Preis für seine Freiheit zahlen. Mit einer Lappalie, wie er sie ihr geboten, wollte sie sich nicht abfinden lassen.

Daß Annelies überhaupt keine Ahnung von Norberts Verheiratung gehabt hatte, wußte sie nicht.

Jedenfalls nahm sie sich vor, nicht von der Stelle zu weichen, bis sie glänzend abgefunden war, so daß sie sich draußen in der Welt ihr Leben nach Wunsch einrichten konnte. Denn hier die Schloßherrin zu spielen, erschien ihr nach allem kaum noch wünschenswert. Aber solange wie es nötig war, um ihr Ziel zu erreichen, konnte sie sich's ja in dem alten Bau gemütlich machen. An Arbeit dachte sie nicht im Traum. Aber man konnte den Aufenthalt hier so als eine Art Erholungskur betrachten, um ein bißchen Jugendfrische zurückzuerobern, denn – sie blickte seufzend und verstohlen in ihren Taschenspiegel –, es war nun wirklich bald vorbei mit Jugend und Schönheit.

Wenn der gute Norbert ahnte, daß sie ihn mit ihrem Alter, wie mit allem anderen, auch betrogen hatte! Wenn er ahnte, auf welche Weise sie sich um zehn Jahre jünger gemacht hatte als sie war? Es war doch ein Geniestreich gewesen. Sonst wäre er wohl noch am Ende vom Altar zurückgetreten, wenn er damals erfahren hätte, daß sie nicht, wie sie ihn glauben gemacht, sechs Jahre jünger, sondern vier Jahre älter als er war. Überhaupt, was hatte es sie für Mühe und Komödie gekostet, ihn einzufangen. Und nun wollte sie endlich die Früchte ernten für diese Mühe, so oder so.

Schnell fuhr sie mit der kleinen Puderquaste, die sie in einem silbernen Büchschen stets bei sich trug, über das Gesicht und zupfte die falschen Locken tiefer in die Stirn. Dann rückte sie energisch an ihrem Gürtel, um die Taille schlanker erscheinen zu lassen.

Kaum war sie mit dieser Verschönerungsprozedur fertig, als Norbert wieder ins Zimmer trat. Er sah bleich, aber entschlossen aus.

»Ich bitte dich nochmals, in unserem beiderseitigen Interesse sofort wieder abzureisen, schon der Dienerschaft wegen, die gar nichts davon weiß, daß ich verheiratet bin«, sagte er ruhig.

Es blitzte in ihren Augen auf. »Ach, man weiß hier nichts von meiner Existenz? So wußte wohl auch Baroneß Falkenau nichts davon?« fragte sie lauernd.

Er fuhr sich über die Stirn. »Nein, niemand wußte davon, ich selbst hatte ja fast deine Existenz vergessen.«

Sie lachte plötzlich laut und schallend auf, so daß er nervös zusammenzuckte. »O weh! Da hab' ich dich ja in eine schlimme Patsche gebracht. Wahrhaftig, da kannst du mir leid tun. Aber zu ändern ist das nun nicht mehr. Und die Baroneß wird dir gern verzeihen, wenn du ihr schilderst, was für ein abscheuliches Geschöpf ich bin. Du brauchst mich nicht zu schonen. Übrigens muß ihre Liebe zu dir wahrhaft groß und rührend sein, da sie selbst in dem Moment der Überraschung die Haltung nicht ganz verlor, um dich nicht bloßzustellen. Sie gab sich ganz den Anschein, als wisse sie um deine Verheiratung. Nun, sie wird demnach nicht gerade in rosiger Stimmung davongefahren sein. Und die urkomische alte Dame mit den vorsintflutlichen Gewändern, die saß auch da wie vom Schlag gerührt. Mein Gott, wie komisch – verzeih –, aber da muß ich lachen, da bin ich ja wie eine Bombe in euer friedliches Familienidyll hereingeplatzt. Das reinste Lustspiel.«

Und sie lachte wieder laut auf.

Er zog die Stirn zusammen. »Ich bitte dich, beende diese Szene, ich bin am Ende dessen, was ich ertragen kann«, stieß er hervor.

Sie zuckte die Achseln. »Also gut, sprechen wir wieder ernsthaft. Was willst du nun eigentlich, das ich tun soll?«

»Vor allen Dingen sofort wieder abreisen, ich ertrage es nicht, mit dir unter einem Dach zu leben – auch nicht vorübergehend. Reise ab, und ich will dir mein ganzes Einkommen überlassen. Du sollst achttausend Mark jährlich erhalten.«

Sie funkelte ihn böse an. »Du wirst dich dennoch an meine Gegenwart gewöhnen müssen. Mit dieser Lappalie lasse ich mich nicht abspeisen. Ich bleibe so lange, bis du mich entsprechend abfindest. Eine Törin wäre ich, wollte ich mich so einfach beiseiteschieben lassen. Ich bin ohne Engagement und der Erholung dringend bedürftig. Und noch mal – ich denke nicht daran, abzureisen.«

Es lag ein unbeugsamer Entschluß in ihren Worten. Norbert fuhr sich mit einer verzweifelten Gebärde durchs Haar. Aber er sah ein, daß er dieser Frau gegenüber machtlos war. Mit Gewalt konnte er sie nicht entfernen. Und er war jetzt keines klaren Gedankens mehr fähig. Seine Nerven waren angespannt bis zum Zerreißen, und sein Herz blutete in Gedanken an Annelies, die er vor diesem Schmerz nicht hatte behüten können. Sie mußte ihn verachten und ihm zürnen. Und das ganze Leben galt ihm nichts, wenn er nicht ihre Verzeihung erringen konnte.

»Also bleib«, sagte er endlich düster und erschöpft. »Wenn du es durchaus willst, muß ich mich fügen. An ein gemeinsames Leben zwischen uns ist natürlich nicht zu denken. Ich werde dir aus dem Wege gehen, wie und wo ich kann. Deine Mahlzeiten mußt du allein einnehmen, ich werde auf meinem Zimmer speisen. Gibt es einen Skandal – so muß ich's ertragen. Mir ist jetzt alles eins. Gottlob habe ich noch nirgends Besuche gemacht und werde es selbstverständlich auch jetzt nicht tun. Habe ich all die Jahre als Einsiedler gelebt, so wird es auch weiter gehen.«

Sie machte ein etwas unsicheres Gesicht. Daß er plötzlich einlenkte, behagte ihr durchaus nicht. Sie hätte lieber die Verhandlung fortgeführt, bis sie ihr Ziel erreichte.

»Nun – mit der Baroneß Falkenau wirst du doch weiter verkehren wollen?« fragte sie unruhig, denn es lag ihr nach allem viel daran, daß es zwischen ihrem Mann und der Baroneß nicht zum Bruch kam. Er sah sie groß an.

»Mein Wille ist da ganz machtlos. Wie ich Baroneß Falkenau kenne, wird sie in Zukunft einen Verkehr zwischen Falkenau und Neulinden nicht wünschenswert finden. Ich selbst werde die Damen bitten, jeden Verkehr mit Falkenau zu meiden, ich kann und darf sie nicht einer neuen Begegnung mit dir aussetzen.«

Sie verzog das Gesicht höhnisch. »Also bitte, tue, was du nicht lassen kannst. Gehe nach Canossa und tue Buße, schildere mich als ein Ungeheuer und lasse dich bemitleiden. Und sag dem Baroneßchen, daß ich bereit bin, dich ihr abzutreten. Vielleicht ist sie vernünftiger als du und zahlt den Preis. Daß ich dich teuer verkaufe, kann dir doch nur schmeichelhaft sein.«

Er ballte die Hände im ohnmächtigen Zorn. »Du gestattest, daß ich mich zurückziehe. Ich werde dir Zimmer anweisen lassen. Deine Wünsche bezüglich der Bewirtung kannst du der Dienerschaft mitteilen. Soweit sie in den Rahmen meiner Häuslichkeit passen, werden sie berücksichtigt werden«, sagte er. Dann verneigte er sich kurz und ging hinaus.

Sie sah ihm eine Weile verblüfft nach. Dann sprang sie auf und ging nachdenklich auf und ab. Am Teetisch blieb sie stehen und knabberte von den kleinen Kuchen, Tante Krispinas Lieblingsgebäck. Sie hatte Hunger und war schlecht gelaunt. Es ging nicht alles nach ihrem Wunsch.

Ein vergnügliches Leben würde sie hier nicht führen, das war klar. Aber vorläufig ließ sich daran nichts ändern, wenn sie nicht klein beigeben wollte. Und daran dachte sie nicht. Wenn Norbert die reiche Erbin heiraten wollte, dann sollte er sie auch entsprechend abfinden. Mochte er sich nur erst einmal mit seinem Baroneßchen aussprechen und zur Vernunft kommen. Wenn man dem Mädchen nur einen Wink geben könnte! Sie würde kaum so schwerfällig sein wie Norbert. Frauen sind viel praktischer. Das war ihre Überzeugung.

Norbert war mit hastigen Schritten in sein Arbeitszimmer gegangen. Als er dort allein war, blieb er eine

Weile wie erstarrt stehen und preßte die Hände vor das Gesicht.

»Annelies – Annelies – daß ich dir das nicht ersparen konnte«, stöhnte er in tiefster Seelenqual.

Mit einem Seufzer ließ er seine Hände schlaff herabfallen und sah vor sich hin. Dann schritt er langsam zur Klingel. Eine tiefe Bitterkeit lag auf seinen Zügen und trostlos sah er in die Zukunft.

Auf sein Klingelzeichen erschien Hermann sehr schnell. Er war neugierig, was der überraschende Besuch der schönen Dame zu bedeuten hatte.

»Rufen Sie mir Mamsell Hegelein«, gebot Norbert.

Hermann verschwand mit einer Verbeugung. Er mußte Mamsell Hegelein einige Andeutungen gemacht haben, daß irgend etwas Ungewöhnliches in der Luft lag, denn Mamsell sah sehr erwartungsvoll aus, als sie bei ihrem Herrn eintrat.

Norbert sah sie unsicher an. »Mamsell – wie lange sind Sie hier im Hause?« fragte er, sich hastig über die Stirn fahrend.

»Seit zwanzig Jahren, gnädiger Herr Baron«, antwortete Mamsell Hegelein verwundert.

Norbert holte tief Atem. »Zwanzig Jahre – ja – ich weiß, Ihr verstorbener Herr rühmte mir einmal früher, als Baron Joachim noch lebte, Ihre Treue und Ergebenheit.«

Mamsell bekam feuchte Augen. »Unser seliger Herr Baron, ach, er war ein guter, edler Herr. Und eine schöne Zeit ist es gewesen, als unser junger Herr noch lebte und der gnädige Herr Baron hier aus und ein gingen, wie ein Sohn vom Haus. Da war meine gnädige Herrschaft so froh. Unsere selige Frau Baronin kam immer zu mir in die Küche und sagte: ›Mamsell, nun müssen Sie wieder alle Leibspeisen für die jungen

Herren kochen, sie kommen morgen.‹ Ach ja, und unser Baroneßchen, die sprang dann singend und lachend durch das ganze Haus. Ja, damals war es schön in Falkenau.«

Norbert nickte. »Ja, Mamsell, wunderschön. Und Sie haben Leid und Freud mit Ihrer Herrschaft getragen in großer Treue.«

»Das war meine Pflicht, gnädiger Herr Baron, aber mein Herz war auch dabei.«

»Mamsell, ich brauche jetzt auch eine treue ergebene Person. Wollen Sie mir das sein?«

»Aber ja, gnädiger Herr Baron, aber ja, das bin ich schon. Der gnädige Herr Baron können mich auf jede Probe stellen.«

»Das will ich gleich tun, Mamsell. Hören Sie mich an, ich muß Ihnen etwas anvertrauen. Es ist vorhin ganz unerwartet eine Dame angekommen – die Baronin Falkenau. Diese Dame – ist meine Frau, Mamsell, aber ich bin in Unfrieden mit ihr, und wir leben seit Jahren getrennt. Wider meinen Willen ist sie plötzlich hierhergekommen und will nicht wieder fortgehen, obwohl ich mich von ihr scheiden lassen will. Das ist nun für mich eine sehr schlimme Situation, und Sie, liebe Mamsell, müssen mir helfen, daß sie für mich erträglich wird. Ich will der Baronin so wenig wie möglich begegnen. Dies alles braucht aber nicht Anlaß zu allerlei Gerede zu geben. Ich rechne auf Ihre taktvolle Vermittlung, Mamsell. Weisen Sie der Baronin einige von den Gastzimmern an, die drüben auf der anderen Seite liegen. Und geben Sie ihr eines der Mädchen zur Bedienung, auf das man sich verlassen kann. Übernehmen Sie, bitte, selbst soviel wie möglich den direkten Verkehr mit der Dame. Ihre Wünsche und Befehle sollen berücksichtigt werden, soweit sie ihre eigene Person betreffen und sich unserem Haushalt anpassen. Alles andere ist mir erst zu melden. Ich weiß, Mamsell, daß ich Ihnen da eine Last aufpacke, Sie haben ohnedies genug zu tun. Aber ich bin auf Sie angewiesen. Und ich hoffe, der Aufenthalt der Frau Baronin wird nicht von langer Dauer sein.«

Mamsell Hegelein war vor Überraschung und Schrecken abwechselnd blaß und rot geworden und schnappte nach Luft, als sei sie am Ersticken. Aber als er zu Ende war, konnte sie doch stammeln:

»Gnädiger Herr Baron können sich ganz auf mich verlassen. Ich – ja – ich weiß nun schon, was ich zu tun habe, ist schon alles in Ordnung.«

Resolut und energisch, wie sie war, fand sie sich auch wirklich schnell in der heiklen Situation zurecht. Sie tat noch einige kurze, sachliche Fragen und versprach, ihr möglichstes zu tun, um ihrem Herrn Unannehmlichkeiten zu ersparen.

Norbert bat sie, sich nun sofort in den blauen Salon zu begeben und sich nach den Wünschen der Baronin zu erkundigen. Wahrscheinlich sei auch deren Gepäck aus der Stadt zu holen. Und er bat sie nochmals, alles Aufsehen zu vermeiden.

Mamsell verschwand mit der Versicherung ihrer unbedingten Ergebenheit. Wenn sie auch nicht sah, daß sich ihr Herr, als er allein war, in dumpfer Verzweiflung auf den Diwan warf, so machte sie sich doch ihren Vers auf die ganze Angelegenheit.

Wie alle Getreuen in Falkenau hatte auch sie gehofft, daß ihr Baroneßchen eines Tages wieder als Herrin in Falkenau einzog. Deshalb war sie nicht wenig erschrocken, als sie von ihrem Herrn vernahm, daß er eine Frau hatte. Aber der Ton, in dem er von ihr sprach, beruhigte sie einigermaßen wieder. Wenn er sich von ihr scheiden ließ, dann war ja noch nicht alle Hoffnung verloren.

Aber schon ehe Mamsell die hereingeschneite Baronin sah, hatte sie eine Antipathie gegen sie. Noch gründlicher mißfiel sie ihr, als sie ihr gegenüberstand und nach ihren Befehlen fragte. Daß Gott erbarm – die hatte ja Puder und Schminke pfundweise im Gesicht. Und parfümiert hatte sie sich, daß einem übel werden konnte. Lieber Himel, wie war denn ihr Herr Baron an so eine Frau geraten? Mit schier steinernem Gesicht nahm sie Lenas Wünsche entgegen. In Eile setzte sie die Zimmer für sie instand. Sie wählte diejenigen, die am entferntesten von denen ihres Herrn lagen, und dann führte sie die Baronin selbst hinauf, brachte ihr auch selbst einen Imbiß. Mit dem Gepäckschein in der Hand verließ sie dann vorläufig die Baronin, um einen Wagen nach dem Bahnhof in der Stadt zu senden, der das Gepäck abholen sollte. Dann nahm sie sich eine der Mägde vor, die sie zur Bedienung der Baronin bestimmte, und gab ihr Instruktionen.

Gegen niemand von der Dienerschaft erwähnte sie etwas davon, daß die Frau Baronin, die zu Gaste in Falkenau weilte, die Gattin des Herrn Baron sei, und wenn eine der Angestellten in Zukunft eine neugierige Frage tat, dann sagte sie barsch:

»Das geht uns alle gar nichts an, da haben wir unsere Nase nicht hineinzustecken. Und wer in Falkenau seinen guten Posten behalten will, der soll sich damit zufrieden geben.« Nur zu Kollermann, mit dem Mamsell manchmal nach Feierabend ein Schwätzchen zu halten pflegte, machte sie ihrem Herzen Luft. Die beiden Getreuen hatten keine Geheimnisse voreinander und wußten, daß jeder von ihnen seiner Herrschaft ergeben war.

»Nee, nee, Herr Inspektor, so 'ne Baronin können wir in Falkenau nicht gebrauchen. Da möchte man drei Kreuze machen. Das haben wir zwei uns all ganz anders gedacht, nicht wahr?« sagte sie bekümmert. Kollermann war auch wie aus den Wolken gefallen. Und noch ehe er die Baronin gesehen hatte, war sein Herz voll Grimm gegen sie. »Davon soll uns man der liebe Gott erlösen, wie von dem Lackstiebelmusjö. Geschminkte Weiber können wir hier wirklich nicht gebrauchen. So etwas verpestet uns bloß unsere gute Falkenauer Luft«, sagte er wütend, als er sie das erstemal zu Gesicht bekommen hatte.

13

Norbert hatte eine furchtbare Nacht hinter sich. Er konnte nicht eine Minute Schlaf finden. Der Gedanke an Annelies und das, was sie um ihn leiden mußte, brachte ihn fast von Sinnen. Er wußte nur zu gut, daß Annelies bis ins Innerste getroffen aus Falkenau geflohen war, und daß er ihr Zeit lassen mußte, sich zu fassen.

Unaufhörlich grübelte er darüber nach, wie er von Lena loskommen konnte. Geld war das einzige, womit er sich lösen konnte, das sah er ein. Aber sie hatte das, was er ihr geboten, eine Lappalie genannt. Und mehr als sein ganzes Einkommen konnte er doch nicht bieten – mehr hatte er ja leider nicht zu vergeben. Es war also keine Aussicht für ihn, sich auf diese Weise von ihr zu befreien.

Verzweifelt machte er sich die bittersten Vorwürfe,

nicht schon längst die Scheidung angestrengt zu haben, solange eine Möglichkeit war, freizukommen. Und ebenso große Vorwürfe machte er sich, Annelies nicht gebeichtet zu haben, solange es noch Zeit war.

Nur halfen ihm jetzt diese Vorwürfe nicht einen Schritt vorwärts. Am frühen Morgen ließ er Kollermann zu sich rufen und gab ihm eine kurze Erklärung über die Ankunft seiner Frau. Kollermann sah ihn ehrlich betrübt an.

»Dann hilft das nichts, Herr Baron, dann müssen Sie sich wohl in Geduld fassen bis Sie das Weibsbild – entschuldigen Sie – aber ich meine man, – die Frau Baronin – wieder loswerden. Sie haben, mit Respekt zu sagen, nun mal 'ne deftige Dummheit gemacht, daß Sie ihr ins Garn gegangen sind. Na – und so was läßt nicht los, ohne daß es Wunden gibt. Ich wünschte, sie säße auf dem Blocksberg. Da gehört so 'ne Sorte hin. Na ja, ich sag's raus, wie es ist. Nichts für ungut – aber es giftet mich, daß – nun ja – daß so ein schlechtes Weib das Glück von zwei Menschen zuschanden macht. Ich bitte um Entschuldigung – das ist ja wohl nicht meine Sache – aber wenn man so zusehen muß – nee, nee – da läuft einem die Galle über. Aber wenn ich Ihnen einen Rat geben darf, Herr Baron – dann fahren Sie man schleunigst in die Stadt zum Herrn Dr. Bruckner und geben Sie dem die ganze Sache in die Hand. Der haut Sie raus, wenn's überhaupt möglich ist. Na, und mit Zartgefühl und so 'ne Finessen, da ist ja wohl hier nichts zu machen. Wenn eine so aufdringlich und schamlos ist – dann ist alles gleich, das sage ich. Sie allein können da nicht gegen an, da sind Sie ein viel zu nobler Charakter dazu. Hier ist was anderes nötig, mit Verlaub. Das ist so meine Ansicht von der Sache.«

So sagte Kollermann, zwischen Ärger und Mitleid und Zorn schwankend. Norberts blasses, zerquältes Gesicht machte ihn wild. Und wenn er erst an sein Baroneßchen dachte, fuhr es ihm ganz kalt über den Rücken. Er wußte nur zu gut, wie es um sie stand. Wenn man so ein junges Menschenkind vom ersten Schritt an, den es ins Leben tut, mit behütet und gehegt hat, dann ist es nicht schwer, ihm ins Herz zu sehen, zumal wenn man durch zwei so klare blanke Fenster gucken kann, wie seines Baroneßchens Augen es waren.

Es war nicht recht vom Herrn Baron gewesen, daß er nichts von seiner Frau erwähnt hatte. Aber freilich, er hatte den rechten Augenblick verpaßt – na – und nachher – du lieber Gott – man mußte ja nur gesehen haben, wie er hinter dem Baroneßchen herschaute. Da wußte man Bescheid. Er hatte es dann nicht mehr über die Lippen gebracht, und hatte wohl gehofft, schweigen zu können, bis er die andere los war. Jedenfalls hatte Lena nun schon zwei erbitterte Feinde in Falkenau, die Mamsell und Kollermann.

Mamsell Hegelein konnte sich freilich so weit beherrschen, daß sie höflich den Wünschen der Baronin nachkam. Aber Kollermann machte einen weiten Bogen, wenn er das geschminkte Gesicht und den rotbraunen Lockenbau von weitem erblickte. Nicht um die Welt hätte er ein Wort mit ihr gesprochen.

Gegen zehn Uhr ritt Norbert nach Neulinden hinüber. Lena sah ihm vom Fenster ihres Schlafzimmers aus nach. Sie hatte sich eben erst erhoben und war auch noch nicht in der Verfassung, sich sehen zu lassen.

Norbert warf auch keinen Blick zurück. Jeder seiner Gedanken flog voraus – zu Annelies. Er sah sehr blaß und elend aus, und sein Gesicht schien in Schmerz und Groll wie versteinert.

In Neulinden angekommen, traf er zuerst auf Tante Krispina, die sich wie eine treue Schildwache in der Halle aufgepflanzt hatte, fest entschlossen, niemand zu Annelies zu lassen.

Diese hatte sich gestern nach ihrer Heimkehr sofort in ihr Zimmer eingeschlossen. Sie war den ganzen Tag nicht mehr zum Vorschein gekommen. Tante Krispina brach das Herz fast vor Jammer um das arme Kind.

Heute morgen war Annelies dann wie jeden Tag zum Frühstück erschienen. Sie war ruhig und gefaßt, aber sie sah blaß und übernächtigt aus, und der Glanz der Augen war erloschen. Sie blickten starr und leblos, und auf ihrem Grunde brannten ungeweinte Tränen.

Gesprochen hatte sie nicht, und nach dem Frühstück hatte sie sich sofort in ihr Arbeitszimmer zurückgezogen, wo jetzt das Bild ihres Vaters über dem Schreibtisch hing.

Tante Krispina hätte gern ihrem Groll gegen Norbert Luft gemacht, der als unverheirateter Mann aufgetreten war und sich in Annelies' Herz geschlichen hatte. Aber beim Anblick von deren blassem, starrem Gesicht war ihr das Wort im Munde steckengeblieben.

Nun saß das alte Fräulein wie ein treuer Schutzgeist in der Halle, fest entschlossen, ihre arme Annelies vor jedem Überfall zu schützen. Denn sie ahnte, daß Norbert kommen würde.

So traf Norbert Tante Krispina in sehr kriegerischer Haltung. Sie kam mit allen Zeichen der Entrüstung auf ihn zugeflattert, als er die Halle betrat, und pflanzte sich vor ihm auf. Den Diener verscheuchte sie durch einen energischen Wink.

Dann reckte sie ihr zierliches Persönchen so hoch sie konnte und sah Norbert zornig an. »Ich begreife nicht, daß Sie den Mut haben, nach Neulinden zu kommen, nach dem, was gestern geschehen ist. Was wünschen Sie eigentlich noch hier?« sagte sie leise und vor Empörung zitternd.

Er blickte düster in ihre zornig funkelnden Augen. »Bitte, halten Sie mich nicht auf, Tante Krispina, ich muß Annelies sprechen.«

Sie schüttelte den Kopf, daß ihre Seitenlöckchen flogen. »Nein, das arme Kind wird jetzt nicht weiter gequält. Und Ihre Tante bin ich gewesen, Herr Baron, daß Sie es nur wissen. Unverantwortlich haben Sie an Annelies gehandelt, jawohl, ganz unverantwortlich. Und so treuherzig haben Sie sich aufgespielt! Es ist schlecht, sehr schlecht von Ihnen. Für einen so gewissenlosen Don Juan hätte ich Sie nicht gehalten. Ich sorge mich unsagbar um das Kind, die Annelies. Sie sieht aus, daß einem das Herz brechen kann. Ah, ihr Männer, was seid ihr falsch und schlecht.«

Sie hielt erschöpft und atemlos inne. Daß sie leise sprechen mußte, erhöhte ihre Erregung.

Norbert hatte mit zusammengezogener Stirn alles über sich ergehen lassen. Kein Wort der Verteidigung kam über seine Lippen. Er suchte nur an ihr vorbeizukommen, aber sie verstellte ihm den Weg.

»Ich muß Annelies sprechen«, stieß er nochmals heraus. Die Worte des alten Fräuleins kränkten ihn nicht, wußte er doch, daß sie nur der Sorge um Annelies entsprangen.

»Ich lasse Sie aber nicht zu ihr. Was meinen Sie wohl, wie es in ihr aussieht? Das war ja gestern ein Schlag ins Gesicht für sie. Jawohl, das war es. Nun lassen Sie sich wohl noch an ihrer Qual weiden? Nein – ich lasse Sie nicht zu ihr.«

Er richtete sich langsam und entschlossen auf. »Sie können mich nicht daran hindern, Annelies zu sprechen, Fräulein von Haldensleben.«

Sie fuhr auf.

»Was? Fräulein von Haldensleben? Jetzt auf einmal Fräulein von Haldensleben?« rief sie heftig, ganz vergessend, daß sie sich eben das ›Tante Krispina‹ verbeten hatte.

Er hatte keinen Sinn für ihr drolliges Gebaren. Ruhig und beherrscht fuhr er fort: »Im übrigen werde ich von Annelies erwartet, ich habe sie um eine Unterredung gebeten, und sie hatte mir gesagt, daß sie heute vormittag für mich zu Hause sein wird. Und Sie können sich um Annelies nicht mehr sorgen, als ich es tue. Bitte sagen Sie mir, wo ich sie finde. Und halten Sie mich nicht länger auf – ich muß zu ihr. Verstehen Sie doch, daß ich ihr viel zu sagen habe. Weder Sie noch sonst ein Mensch soll mich hindern, zu ihr zu dringen. Glauben Sie denn, ich will ihr etwas zuleide tun? Ach nein – mein Herzblut gäbe ich willig hin, ihr ein Leid zu ersparen.«

Es lag ein so heißer, grenzenloser Schmerz in seinen Worten und in dem Ausdruck seines Gesichtes, daß Tante Krispina plötzlich alle kriegerischen Gelüste verlor und ihr die Tränen in die Augen schossen. »Ach, Norbert, warum haben Sie uns nicht gesagt, daß Sie eine Frau haben?«

»Wo ist Annelies?« fragte er nur wieder und sah aus, als ob er den Verstand verlieren wollte.

Da gab das alte Fräulein allen Widerstand auf. Hier schien doch noch etwas anderes als Leichtsinn im Spiel zu sein. Wie ein gewissenloser Schwerenöter sah Norbert wirklich nicht aus. Und vielleicht war es doch gut, wenn er sich mit Annelies aussprach.

Ein Weilchen sah sie noch zagend und angstvoll besorgt zu ihm auf. Dann machte sie eine hilflose Bewegung mit der Hand und trat zurück. »In Gottes Namen denn – sie ist in ihrem Arbeitszimmer.«

Er drückte ihr die Hand, daß sie vor Schmerz zusammenzuckte. »Ich danke Ihnen, Tante Krispina. Und ich bitte sie inständig, sorgen Sie dafür, daß ich ungestört mit Annelies sprechen kann. Ich habe ihr viel – sehr viel zu sagen.«

Die alte Dame seufzte tief auf. »Wenn es denn sein muß – ich werde jede Störung fernhalten«, sagte sie leise.

Da stürmte er davon.

Sie sah ihm bekümmert nach.

›Mein Gott – was ist das nur für ein Mensch? Man müßte ihn verachten und doch tut er einem so leid, daß man machtlos gegen ihn ist. Arme, arme Annelies.‹

So dachte sie und dann fiel sie ganz ermattet in einen Sessel.

Norbert klopfte an die Tür, die zu Annelies Arbeitszimmer führte. Ein leiser Ruf forderte ihn zum Eintritt auf. Schnell trat er ein.

Annelies hatte ihn vom Fenster aus ankommen sehen, sie war schon auf sein Kommen vorbereitet und hatte sich fassen können. Nun stand sie mitten im Zimmer, auf einen kleinen runden Tisch gestützt, auf dem allerlei Saatproben ausgebreitet lagen.

Eine Weile standen sie sich beide stumm gegenüber, beide bleich und erregt, sich mühsam zur Ruhe zwingend.

Annelies fand zuerst Worte. Sie war von dem Gedanken beseelt, ihn nicht merken zu lassen, wie es in ihr aussah. Mit erzwungener Gleichmut sagte sie ruhig und höflich: »Guten Morgen, Vetter. Was verschafft mir die Ehre Ihres Besuchs?«

Er sah sie mit einem Blick an, der sie erzittern ließ. »Annelies!« stieß er heiser hervor. Und dann, sich gewaltsam fassend, fuhr er fort: »Annelies, Sie sagten mir gestern, daß Sie heute vormittag für mich zu Hause sein wollten. Ich sprach Ihnen davon, daß ich Ihnen eine Beichte ablegen wollte. Auch, daß ich das schon längst hätte tun müssen, sagte ich Ihnen. Und sie sprachen so gütige Worte zu mir – versprachen mir Vergebung. Annelies, ich klammere mich an dies Versprechen und mahne Sie daran. Es ist vermessen von mir, ich weiß es. Aber ein Verzweifelter greift nach allem, was ihn retten kann. Annelies, ich ahnte ja nicht, daß ein grausamer Zufall mir den Hauptteil meiner Beichte vorwegnahm – noch ehe ich sie ablegen konnte. Ich flehe Sie an, mir nicht zu zürnen – ich leide unsäglich.«

Annelies krampfte sich das Herz zusammen. Sie sah, wie elend er war, daß er litt wie sie selbst. Aber ihr weiblicher Stolz wehrte sich. Nur nicht zeigen, wie sie empfand, nur nicht schwach werden.

Sie mühte sich sogar, ein Lächeln um ihre Lippen zu zwingen. Es gelang ihr schlecht genug.

»Ich bitte Sie, Vetter, wie käme ich dazu, Ihnen zu zürnen. Sie sind mir doch keine Rechenschaft schuldig über Ihre Verhältnisse. Bitte, kein Wort mehr darüber.«

Da trat er schnell auf sie zu, und mit einem dumpfen Laut ihre Hände fassend, glitt er an ihr nieder und barg sein Gesicht in ihre Hände. »Nicht so, Annelies – nicht so – das ertrage ich nicht! Sei ehrlich – ehrlich und großmütig. Du siehst doch, wie ich leide, siehst einen Verzweifelten vor dir. Ich weiß ja doch, daß du mich liebst – so wie ich dich liebe in tiefster Qual und höchster Seligkeit. Nein – laß mir deine lieben Hände – du brauchst nicht vor mir zurückzuschrecken, brauchst deine Liebe nicht zu verleugnen, dich ihrer nicht zu schämen. Ich sehe in dein reines Herz wie in einen Spiegel und kein Hauch soll die Reinheit deiner Seele trüben. Annelies, du hast deine Liebe einem Unglücklichen geschenkt, aber bei Gott keinem Unwürdigen. Wenn du wüßtest, wie ich leide, weil ich dich leiden sehe? Du würdest Erbarmen haben. Annelies – laß nichts Kleinliches jetzt zwischen uns sein, sei groß und gütig, wie du es immer bist.«

Sie stand wie erstarrt unter dem Ausbruch seiner Qual, und Schauer der Erregung flogen über sie hin. Sie wollte sich erst losmachen und sah hilflos um sich. Da blickte sie zu dem Bilde ihres Vaters auf. Und sie hörte, was dieser so oft zu ihr gesagt hatte: Alles verstehen, heißt alles verzeihen. Da ließ sie ihm ihre Hände. Sie fühlte, der Mann, der zu ihren Füßen lag, dem sie ihr ganzes Herz geschenkt hatte, der konnte nicht schlecht, nicht erbärmlich sein. Ein Unglücklicher war er, für den ihr Herz tausend Entschuldigungen fand.

Heiß und gewaltig flutete die Liebe zu ihm über ihr ganzes Wesen und spülte alles Kleinliche, Ängstliche fort. Sie sah mit umflorten Augen hinab in sein zuckendes Gesicht.

»Annelies, stoß mich nicht zurück, sonst ertrage ich das Leben nicht mehr«, flehte er noch einmal.

Da legte sie zitternd ihre Hand auf seinen Kopf.

»Norbert – warum haben Sie mir verschwiegen, daß Sie verheiratet sind?« sagte sie leise und mit einem herzzerreißenden Ausdruck, sich gebend, wie es ihr Herz verlangte.

Er preßte ihre Hand an seine Augen. Dann sah er zu ihr empor mit einem ehrlichen, offenen Blick. »Annelies – ich hatte es selbst fast vergessen, als ich hierherkam. Seit Jahren lebe ich ja schon getrennt von ihr – von dieser Frau. Sie war mir nichts mehr, als eine beschämende Erinnerung an eine große Torheit meines Lebens. Und ihr Anblick verursachte mir nichts als Abscheu. Ach, Annelies, als ich nach Falkenau kam, als ich Sie vor mir sah in all Ihrer Schönheit, Güte und Reinheit, da war mir zumute, als sei in Ihrer Nähe alles von mir abgefallen, was quälend und niederdrückend hinter mir lag. Wie ein heiliger Friede kam es über mich. Es war, als hätte sich mir ein neuer, reiner Lebensquell aufgetan. Und ich schob die quälende Erinnerung an jene Frau weit von mir. Ich war nicht fähig, in Ihrer Nähe von ihr zu sprechen. Und als ich dann einsah, daß ich sprechen mußte – war es schon zu spät. Und ich verschob die Beichte von Tag zu Tag – aus Angst, Ihnen wehe zu tun – und aus der noch größeren Angst zu verlieren, was mich mit Seligkeit erfüllte. So zögerte ich – bis ich gestern den festen Entschluß faßte, Ihnen heute alles zu sagen. Und da geschah das Furchtbare. Annelies, ich war vor Entsetzen wie gelähmt, als ich diese Frau so plötzlich vor mir sah. Meine Beichte kommt nun zu spät. Aber ich flehe Sie an, mir dennoch Gehör zu schenken. Ich will Ihnen alles sagen, was ich erlebt und erlitten habe. Darf ich sprechen, Annelies?«

Sie atmete tief auf. Eine große Ruhe kam über sie. Sie fühlte, daß sie jetzt für sich und für ihn ruhig und besonnen sein mußte. Und der Gedanke, daß er nicht leichtfertig ein Spiel mit ihrem Herzen getrieben hatte, nahm jeden Stachel aus ihrer Brust.

Daß sie ihm jetzt Halt und Stütze sein mußte, hob

sie über sich selbst hinaus. Sie verschanzte sich nicht hinter kleinlicher Verzagtheit. Ein klarer Blick traf das Bild ihres Vaters.

Du weißt, was in mir ist, Väterchen, und du billigst mein Tun, ich weiß es, dachte sie bei sich.

Ehrlich wollte sie sein gegen ihn und gegen sich selbst, und ehrlich wollte sie ihm helfen, sich wiederzufinden. Gab es auch für sie kein gemeinsames Glück, wie sie sich's geträumt hatte, so brauchten sie sich doch nicht zu verlieren. Das Bewußtsein, von ihm geliebt zu werden, gab ihr den Frieden wieder, den sie seit gestern verloren hatte. Mochte seine Frau auch alle äußeren Rechte auf ihn haben, sein Herz hatte sich längst von ihr gelöst. Im Herzen hatte er sich frei gefühlt, als er vor sie hingetreten war.

Mit einem unendlich weichen, gütigen Lächeln neigte sie sich zu ihm hinab. »Stehen Sie auf, Norbert, setzen Sie sich zu mir und sagen Sie mir alles – alles. Jetzt habe ich ein Recht daran.«

Er erhob sich mit einem tiefen, befreiten Atemzug und preßte ihre Hand an seine Lippen. »Dank, innigsten Dank, Annelies«, stieß er hervor. Sie sahen sich mit einem großen, freien Blick in die Augen. Dann nahmen sie einander gegenüber Platz und Norbert erzählte ihr alles, was er erlebt hatte, seit er Lena Kiefer kennengelernt hatte. Er schonte weder sich, noch seine Frau. Nur die furchtbaren Szenen, die sich zwischen ihr und ihm abgespielt hatten, als sie die Maske fallen ließ und sich ihm in ihrer ganzen Niedrigkeit zeigte, überging er, so schnell er konnte.

Sonst sagte er ihr alles. Auch das verschwieg er nicht, daß er an jenem Tag in stumpfer Betäubung seinem Leben hatte ein Ende machen wollen, als er mit Fürst Kertschukoff zusammengetroffen war.

Annelies hörte ihm voll Entsetzen und Mitleid zu. Sie preßte die Lippen fest aufeinander und preßte die Hände zusammen in stummer Pein. Zum ersten Male sah sie in einen Abgrund menschlicher Bosheit, zum ersten Male sah sie das Weib in verderblicher, vernichtender Gestalt vor sich.

Es war eine lange Beichte, und Annelies war wieder sehr bleich geworden. Aber über alle Qual und Not siegte ihre Liebe und das tiefe Mitleid mit Norbert.

Als er geendet hatte und sie nun ansah, als erwarte er sein Urteil, sagt sie leise: »Das ist alles furchtbar, ist schrecklich. Sie sehen mich tief erschüttert, Norbert. Ich möchte Ihnen so gern einen Trost geben – aber ich bin machtlos, es zu tun.«

Er ergriff ihre Hand. »Annelies – es ist ja schon ein so großer Trost für mich, daß Sie mich nicht voll Verachtung von sich weisen, daß Sie mich ruhig angehört haben. Sagen Sie mir nur noch das eine – daß Sie mir verzeihen.«

Sie sah ihn voll ehrlicher Liebe und Teilnahme an. »Verzeihen? Ach, was habe ich Ihnen denn zu verzeihen. Ich will in dieser Stunde ganz ehrlich zu Ihnen sein, Norbert, vielleicht ist Ihnen das ein Trost. Sie haben erraten und gefühlt, daß ich Sie liebe. Ich leugne es nicht. Liebte ich Sie doch schon, als ich ein Backfisch war und nicht wußte, was Liebe ist. Mein Herz klopfte so unruhig und rebellisch, wenn Sie mit Joachim nach Falkenau kamen. Und wenn Sie fortgingen, weinte ich heimlich stundenlang auf meinem Zimmer. Ich fand die Welt voll Licht und Sonne, wenn Sie in meiner Nähe waren und wartete immer voll Sehnsucht auf Ihre Wiederkehr.

Und als Sie dann ganz von uns gegangen waren – da war alle Sonne fort. Es kam dann aber noch so viel anderes Leid über mich, daß niemand ahnte, wie sehr ich unter Ihrem Verschwinden gelitten habe. Ich wußte nur, daß eine Frau sie von uns fortgelockt hatte. Man sprach nichts Gutes über diese Frau, und ich betete heimlich inbrünstig, daß sie ihre Macht über Sie verlieren sollte. Nie vergaß ich Sie. Und wenn ein Freier nach Falkenau kam, dann verglich ich ihn im Geiste mit Ihnen, und da mußte er wieder gehen.

Als Sie dann wiederkehrten, endlich nach langen Jahren, da hatten Sie es leicht, mein Herz ganz zu gewinnen. Ich hielt Sie für frei, ich glaubte, daß meine Gebete Erhörung gefunden hätten.

Wie einem Sieger öffnete ich Ihnen die Tore meines Herzens und habe mich so wenig zu verstellen gewußt, daß Sie mein Geheimnis errieten. Ich wollte es auch gar nicht verbergen. Sah ich doch, daß auch ich Ihnen lieb war, und wußte ich doch, daß mein Vater den Wunsch, Sie und ich möchten einander finden, mit in die Ewigkeit hinübergenommen hat. Und ich schäme mich meiner Liebe nicht – stolz bekenne ich mich dazu. Sie ist rein und lauter, und wird stark genug sein, entsagen zu können. Es muß uns ein Trost sein, Norbert, daß wir ohne Schuld sind. Die Liebe hat uns Gott selbst ins Herz gelegt. Und wir wollen uns dieser Liebe würdig zeigen. Wenn uns das Schicksal jetzt auch für immer trennt, wir müssen es ohne Murren tragen. Ihre Frau mag sein, wie sie will – sie ist doch ihre Frau, solange sie es vor dem Gesetz ist.«

Er fuhr sich aufseufzend über die Stirn. »Annelies, wenn Sie mir nur ins Herz sehen könnten, wenn Sie wüßten, welch ein köstliches Geschenk sie mir soeben gemacht haben. Es nützt ja nichts, daß ich voll Schmerz erkenne, an welchem herrlichen Schatz ich früher blind vorübergegangen bin. Aber in allem

Leid, aller Qual bin ich glücklich, daß Sie sich so stolz zu Ihrer Liebe bekennen. Annelies, Annelies ...«

Er begrub sein Antlitz einen Moment überwältigt in ihren Händen. Dann sprang er auf und trat von ihr fort. Sich zur Ruhe zwingend fuhr er fort:

»Ich weiß, daß ich Sie jetzt meiden muß, Annelies, wir müssen beide erst wieder ruhig werden, und ein Verkehr zwischen Falkenau und Neulinden darf jetzt nicht stattfinden. Ich ertrüge es nicht, Sie in Gesellschaft jener Frau zu sehen. Was wir zu verhandeln haben, muß durch Kollermann geschehen, er ist uns beiden treu ergeben.«

Annelies neigte das Haupt. »Ja, Norbert, so soll es sein. Und ich will es uns leicht machen, jetzt einander nicht zu begegnen. Gestern abend entwarf ich im Kleinmut meiner Seele Fluchtpläne, weil ich meinte, Ihnen nie mehr begegnen zu können. Nun will ich zu unserer Erleichterung an diesen Plänen festhalten. Ich werde mit Tante Krispina einige Zeit auf Reisen gehen. Es ist jetzt stille Zeit. Neulinden kann eine Weile ohne Herrin sein. Kollermann wird nach dem Rechten sehen.«

»Ja, Annelies – tun Sie das. Mir ist, als wüßte ich Sie jetzt draußen in der Welt sicher und geborgen. Sie werden Ihre Ruhe wiederfinden. Ach – ich sorge mich unsagbar um Sie.«

Sie reichte ihm die Hand. »Ruhig, Norbert! Ich habe mich wiedergefunden in dem Augenblick, als ich Ihre Schuldlosigkeit erkannte und wußte, daß Sie kein Spiel mit mir getrieben haben. Das Unglück das uns beide trifft, wollen wir beide mit Würde tragen.«

Er küßte mit leidenschaftlicher Innigkeit ihre Hand. »Annelies – darf ich eine Hoffnung auf die Zukunft mit mir nehmen? Wird sich Ihr Herz nicht von mir wenden?«

Groß und ernst ruhten ihre Augen in den seinen. »Mein Herz gehört Ihnen, Norbert, für alle Zeit. Nie wird es einem anderen gehören, auch wenn wir immer voneinander getrennt bleiben müssen. Aber hoffen auf die Zukunft – nein – das kann ich nicht. Ich sehe Sie in festen Banden und kenne keinen Weg, der Sie frei macht.«

»Aber wenn ich dennoch eines Tages frei sein werde?« drängte er.

Sie preßte die Hände ans Herz. »Ich will mich wehren, darauf zu hoffen – und ich flehe Sie an, Norbert, verlieren Sie sich nicht selbst, wenn Sie sich nicht befreien können. Denken Sie daran, daß ich in Angst und Sorge Ihrer gedenke – allezeit – und daß ich keine ruhige Stunde mehr hätte, wüßte ich nicht, daß Sie Ihr Schicksal aufrecht tragen wie ein Mann.«

Er drückte ihre Hand an sein Herz. All seine Liebe lag in seinem Blick. »Du weißt nicht, was du mir bist, Annelies. Solange ich lebe, werde ich hoffen, daß ich dich dennoch einst als freier Mann an mein Herz nehmen darf«, sagte er mit verhaltener Stimme. Und dann mit einem tiefen Atemzug den Kopf zurückwerfend, fuhr er fort:

»Jetzt will ich bis aufs Messer kämpfen um meine Freiheit – es gilt nicht nur mein Glück, sondern auch das deine.«

Sie sah ihn feuchten Auges an. »Und nun gehen Sie, Norbert, wir müssen uns Lebewohl sagen.«

Er seufzte tief auf. Ein Kampf spielte sich in seinen Zügen. Und plötzlich riß er sie an sich und drückte seine Lippen auf das goldene Gelock über der Stirn.

»Leb wohl, Annelies –, vergiß mich nicht.«

Sie schauerte in seinen Armen zusammen und machte sich los.

»Norbert – nur wenn wir stark sind, sind wir einander würdig. Leb wohl – mein Herz bleibt bei dir.«

Da gab er sie frei.

Noch einen Moment sahen sie sich tief in die Augen, noch einmal preßte er ihre Hand an die Lippen. Dann wandte er sich rasch, wie auf der Flucht vor sich selbst, und stürmte aus dem Zimmer.

Wie gejagt lief er an Tante Krispina vorbei, die ihm entgeistert nachstarrte. Er ging mit schnellen Schritten in den Stall und half sein Pferd reitfertig machen. Dann schwang er sich in den Sattel. Als er an Annelies Fenster vorüberkam, riß er das Pferd zurück. Er sah sie stehen mit blassem, aber ruhigem Gesicht, und seine Augen tranken noch einmal ihren Anblick. Noch ein heißer, stummer Gruß, und er jagte davon.

Wohl hatte ihn die Beichte erleichtert, wohl konnte er ruhiger heimkehren, als er gekommen war, aber heißer und sehnsüchtiger denn je brannte die Liebe zu Annelies in seinem Herzen, und er wußte, daß er namenlos elend sein würde.

Annelies aber kehrte sich vom Fenster ab und sank, das Gesicht in den Händen bergend, in einen Sessel. Ihr Herz zuckte schmerzlich in Gedanken an Norbert. Wie sehr sie ihn liebte, wußte sie erst jetzt, nachdem sie keine Hoffnung mehr hatte auf eine Vereinigung mit ihm.

Tante Krispina lauschte inzwischen atemlos draußen an der Tür. Was mochte es zwischen den beiden gegeben haben? Norbert rannte ja davon, als sei er von Sinnen. Hatte er ihrer armen Annelies doch vielleicht ein neues Leid angetan?

Sie ertrug es endlich nicht mehr, tatenlos hinter der geschlossenen Türe zu stehen. Leise und zaghaft öffnete sie und trat ein. Und als sie Annelies schmerzgebeugt im Sessel liegen sah, schluchzte sie auf.

»Hätt' ich ihn doch nicht hereingelassen – nun hat er dir wieder weh getan, mein armes Kind«, jammerte sie und streichelte Annelies' blondes Haar.

Diese richtete sich auf. In ihr blasses Gesicht stieg leichte Röte. Sie nahm die Hände der alten Dame.

»Ich danke es dir tausendmal, daß du ihn hereingelassen hast, liebes gutes Tantchen. Und sieh nicht so sorgenvoll aus – ich finde mich schon wieder. Und du darfst nicht mehr auf Norbert schelten und ihm nicht böse sein. Er ist sehr, sehr unglücklich, liebes Tantchen. Ich will dir das alles erzählen und dann wird dein gutes Herz kein böses Wort mehr für ihn finden.«

Die alte Dame war froh, daß Annelies nur wieder sprach und nicht mehr mit der starren leblosen Miene vor sich hin sah. Mit all ihrer Liebe und Zartheit umgab sie das junge Mädchen. Und als Annelies dann Norberts Geschichte erzählte, da zerfloß Tante Pinchen in Jammer und Mitleid.

»Ach du mein lieber Gott, und ich habe ihn so schrecklich ausgezankt! Einen Don Juan hab' ich ihn genannt und ihn furchtbar schlecht behandelt. Der arme Mensch! Ach, Annelies, wie schnell ist man doch immer mit einem Verdammungsurteil bei der Hand, wenn man einmal etwas nicht begreifen kann. Aber nun bitte ich dich – solch eine Frau! Müßte man sich nicht für sein ganzes Geschlecht schämen, daß es so etwas gibt. Und du armes, armes Kind, mußt nun darunter leiden. Ich könnte mir die Augen aus dem Kopf weinen.«

So jammerte das alte Fräulein.

Annelies sah still und ernst vor sich hin.

»Du sollst mich nicht bedauern, Tantchen, hab' ich doch in allem Leid ein großes Glück gefunden. Gestern – ja – da sah es furchtbar in mir aus, mir war, als müßte ich den Glauben an die Menschen verlieren. Glaubte ich doch, Norbert habe ein falsches Spiel mit mir getrieben. Aber jetzt bin ich ganz ruhig und werde darüber hinwegkommen. Weiß ich doch, daß er mich liebt. Sage nicht, daß unsere Liebe eine Sünde ist. Ich nehme dieser Frau nichts, was ihr gehört, und keine Wünsche knüpfen sich daran. Ich will ihn nur wie bisher still in meinem Herzen tragen.«

Tante Krispina schluchzte zum Erbarmen. »Der liebe Gott muß euch helfen, sonst werde ich irre an ihm«, stieß sie hervor.

Nichts, was ihr selbst Trübes und Schweres widerfahren war, hätte ihr solche Worte ausgepreßt. Sie hatte sich stets demütig unter Gottes Willen gebeugt, auch da, als es hieß Verzicht leisten auf eigenes Frauenglück.

Annelies sah verloren in die Ferne, und ihr Herz tat weh, trotz ihrer Versicherung, daß sie ganz ruhig sei.

Um sich abzulenken, entwarf sie Reisepläne. Sie fühlte, daß sie jetzt nicht in Neulinden bleiben durfte. Arbeit genug, um sich abzulenken, hatte sie jetzt nicht daheim. So begann sie sofort Kursbücher und Landkarten zu studieren und mit Tante Krispina zu beraten, wo die Reise hingehen sollte.

Gleich am nächsten Tag wollte sie Kollermann rufen lassen und ihm Neulinden ans Herz legen, und dann sollte sofort mit den Reisevorbereitungen begonnen werden.

14

Denselben Nachmittag fuhr Norbert nach der Stadt zu Dr. Bruckner. Dieser hatte noch nichts von sich hören lassen in bezug auf Norberts Scheidungsangelegenheit.

Als Norbert bei ihm eintraf, sprang er auf.

»Ich wollte gerade zu Ihnen hinausfahren, Herr Baron. Nun kann ich mir den Weg sparen. Leider war ich in der letzten Zeit mit Geschäften überhäuft und konnte Ihre Angelegenheit noch nicht so energisch betreiben. Aber nun soll es geschehen, und ich wollte Ihnen einige Vorschläge machen.«

Norbert warf sich auf einen Stuhl. »Hören Sie mich erst an, Herr Doktor, die Angelegenheit ist leider in ein anderes Stadium getreten, und ich komme ratlos und verzweifelt zu Ihnen«, sagte er bedrückt, und erzählte Bruckner, was geschehen war.

Der stieß die Luft zwischen den Zähnen hervor. »Teufel noch mal – das ist eine schöne Bescherung! Mein lieber Herr Baron, Sie sind da in schlimme Hände gefallen. Das ist nichts als systematische Erpressung, und mich gelüstet jetzt doppelt, einen Strauß mit der Frau Baronin zu wagen.«

»Lieber Herr Doktor – ich will und muß los von ihr!« rief Norbert erregt.

Bruckner nickte. »Kann ich verstehen. Und jetzt packt mich der Ehrgeiz. Sie verwerfen jede ›Spionage‹, wie Sie sich ausdrückten. Aber mit Zartgefühl und Noblesse richtet man gegen solche Charaktere nichts aus. Sie setzt Ihnen in aller Seelenruhe Daumenschrauben auf und schreckt nicht davor zurück, sie ein zweites Mal zu ruinieren, wenn wir ihr das

Handwerk nicht legen. Jetzt bestehe ich darauf, daß Sie mir völlig freie Hand lassen, Herr Baron. Ich will Sie frei machen. Aber ich kann mich da in keiner Weise an Ihre Delikatesse binden. In der Notwehr ist jede Waffe erlaubt, und man will Sie zugrunde richten. Sie selbst sollen ganz unbeteiligt bleiben. Geben Sie mir einfach Vollmacht, Ihre Scheidung mit allen Mitteln, die mir zu Gebote stehen, zu betreiben. Wir müssen ein Mittel finden, diese Ehe auch ohne die Einwilligung Ihrer Frau zu lösen. Wenn das geschehen ist, können Sie gern Ihre Noblesse walten lassen und ihr freiwillig soviel zukommen lassen, wie sie entbehren können, ohne sich unsinnig einzuschränken.«

Norbert sah mit zusammengepreßten Lippen vor sich hin. Dann sprang er auf. Es galt ja nicht nur sein Glück. Durfte er da noch Bedenken haben?

»Es bleibt mir keine andere Wahl, Herr Doktor. Sie sollen freie Hand haben. Ich will heute, sobald ich nach Hause komme, noch einmal mit ihr sprechen und versuchen, sie zur Annahme der achttausend Mark, die ich ihr bereits geboten habe, zu bewegen. Denn ich möchte alles versuchen, um ohne Eklat mit ihr abzurechnen. Geht sie nicht darauf ein, dann teile ich es Ihnen mit und Sie gehen vor, wie es Ihnen gut erscheint.«

»Schön, Herr Baron. Ich finde es zwar unklug von Ihnen, Ihrer Frau ihr ganzes voraussichtliches Einkommen auszuliefern. Aber mag es sein, zu Ihrer Beruhigung. Sie haben dann alles getan, was in Ihrer Macht steht, die Angelegenheit gütlich zu ordnen. Willigt sie nicht ein, unter diesen Bedingungen Falkenau sofort zu verlassen, dann bitte ich um umgehende Nachricht. Und dann bitte ich Sie, mir alle Papiere, die sich auf Ihre Eheschließung beziehen, zu übergeben. Es wäre mir dann auch wichtig, möglichst viel Daten und Anhaltspunkte aus dem Vorleben Ihrer Frau zu erhalten. Eventuell können wir hier den Hebel ansetzen. Ich will mir die Frau Baronin dann einmal genau unter die Lupe nehmen, und es soll mir ein ganz besonderes Vergnügen sein, einen solchen Schädling unschädlich zu machen. Nicht verzagt, Herr Baron – ich habe schon manche schwierige Aufgabe gelöst und je schwieriger sie ist, desto größer ist mein Interesse daran.«

Etwas hoffnungsvoller fuhr Norbert wieder heim. Heute machte er einen großen Bogen um Neulinden.

Gleich nach seiner Heimkehr ließ er sich bei Lena melden.

Sie empfing ihn sofort. Anscheinend hatte sie ihn schon erwartet, denn sie hatte sehr sorgfältig Toilette gemacht.

Ein kokettes, langfließendes Hauskleid von raffinierter Eleganz fiel in weichen, duftigen Falten an ihr nieder. Es ließ Hals und Unterarme frei und schmiegte sich wie ein weicher Schleier um ihre Glieder. Obwohl die Dämmerung kaum begonnen, hatte sie die Vorhänge zugezogen und das elektrische Licht angedreht. Ein rosiger Schleier, den sie eigenhändig über der Lampe befestigt hatte, dämpfte das grelle Licht und verlieh ihm einen verklärenden Schein, der ihrem geschminkten Gesicht zugute kam. In dieser Beleuchtung, graziös in halb liegender, halb sitzender Stellung in einen Sessel geschmiegt, wirkte sie wieder ganz anders als gestern in der nüchternen Beleuchtung. So war sie noch immer eine bezaubernde schöne Frau, so konnte sie, von der Bühne herab, noch heute Männerherzen entzücken und gefangennehmen.

Lässig hielt sie ein Buch in der Hand, das sie bei Norberts Eintritt weglegte, als habe sie eben darinnen gelesen. Bei dem gedämpften Licht, das magische Reflexe auf ihren rotbraunen Lockenbau warf, hätte sie allerdings auch mit den schärfsten Augen kaum lesen können.

»Oh, es ist gut, daß du kommst, ich habe allerlei Wünsche an dich bereit«, sagte sie leichthin, als seien sie im besten Einvernehmen. Nur hatte der Ton einen leichten theatralischen Beigeschmack.

Er verneigte sich kurz. Sein Gesicht war unbeweglich. Der ganze Bühnenapparat erwies sich ihm gegenüber wirkungslos.

»Was wünschst du?« fragte er kalt und höflich.

»Vor allen Dingen muß ich möglichst schnell eine Zofe haben. Da hier in Falkenau weder ein Friseur noch eine Maniküre existiert, muß ich eine Person zu meiner Bedienung haben, die beides ersetzt. Diese Mamsell mag im Kuhstall Bescheid wissen, aber nicht im Boudoir einer Dame, und das Mädchen, das sie zu meiner Bedienung geschickt hat, ist ein Bauerntrampel.«

Er stützte sich mit dem Ellenbogen auf den Kamin. Seine schlanke, elegante Gestalt hob sich scharf von dem weißen Hintergrund ab, und sie betrachtete ihn mit einem gewissen spielerischen Wohlgefallen.

»Du mußt trotzdem versuchen, ohne Zofe auszukommen, da ich nicht in der Lage bin, dir eine solche halten zu können«, sagte er in demselben Ton wie zuvor.

»Lächerlich – eine Zofe verschlingt doch kein Vermögen!« rief sie ärgerlich, denn sie hatte viel Mühe gehabt mit ihrer Kleidung.

»Aber mehr, als ich mit meinem Einkommen in Einklang bringen kann. Ich rate dir nochmals, Falkenau zu verlassen, wenn du nicht die Absicht hast, dich in die bestehenden bescheidenen Verhältnisse zu fügen.«

Sie lachte spöttisch auf. »Ah, du denkst, mich auf diese Weise hinauszugraulen. Nein, mein Lieber, ich denke nicht daran, Falkenau zu verlassen.«

»Aber fühlst du denn nicht, wie schmachvoll es ist, daß du darauf bestehst, hier zu bleiben?«

Sie richtete sich halb auf und stützte den Kopf graziös in die Hand. »Bah! Laß mich doch mit solch großen Worten zufrieden. Ich habe das gesetzliche Recht, bei dir zu bleiben und dein Leben zu teilen. Daß du mich gern los sein möchtest, verstehe ich ohne weiteres, ebenso solltest du verstehen, daß ich hier bleiben und meinen Vorteil wahrnehmen will. Jeder ist sich selbst der Nächste.«

»Du würdest aber an jedem anderen Platz bequemer und jedenfalls amüsanter leben können, wenn du die achttausend Mark jährliche Rente, die ich dir bot, annehmen würdest.«

Sie zuckte die Achseln. »Damit kann man keine großen Sprünge machen. Wenn ich ein Leben führen will, wie es mir gefällt – was sind da achttausend Mark? Laß dir vorrechnen: Eine halbwegs standesgemäße Wohnung in irgendeiner Großstadt kostet mindestens zweitausend Mark. Drei- bis viertausend Mark der Lebensunterhalt, tausend Mark für Bedienung, tausend Mark Steuern, Beleuchtung und all die diversen Kleinigkeiten. Da sind sie schon untergebracht, deine achttausend Mark. Wovon soll ich meine Kleider bezahlen, wovon die Reisen, Theater, Konzerte und sonstige Annehmlichkeiten? Du siehst, es wäre sehr töricht von mir, hier fortzugehen, wo ich

Wohnung, Unterhalt und Bedienung frei habe. Für meine Toilette wirst du mir ja ein anständiges Nadelgeld aussetzen.«

Norbert fuhr sich über die Stirn. »Wenn du ein Leben in so großem Stile führen willst – dann reichen achttausend Mark freilich nicht aus.«

»Siehst du wohl, es freut mich, daß du vernünftig bist.«

»Aber du könntest doch versuchen, dich einzuschränken.«

»Fällt mir nicht ein. Dies Wort ist mir verhaßt. Ich habe mich lange genug davon tyrannisieren lassen müssen. Jetzt will ich mich nicht mehr einschränken.«

Norbert biß die Zähne zusammen und trat an das Fenster. Abgewandt blieb er eine Weile stehen. Dann trat er wieder vor sie hin. »Du gehst also unter keinen Umständen auf mein Angebot ein?« fragte er düster.

»Nein.«

»Und du würdest unter keiner Bedingung in die Scheidung einwilligen?«

Sie ließ ihren Fuß unter dem fließenden Saum ihrer Schleppe tanzen und sah mit einem lauernden Blick zu ihm auf. »Ach – das will ich nicht sagen. Gegen die Scheidung selbst habe ich nichts – aber ich muß meine Bedingungen stellen dürfen.«

»Und was sind das für Bedingungen?« fragte er mit verhaltener Stimme.

Sie zögerte überlegend. Dann richtete sie sich entschlossen empor. »Für das Doppelte will ich dich freigeben. Verpflichte dich schriftlich, mir jedes Jahr sechzehntausend Mark Rente zu zahlen – in monatlichen oder vierteljährlichen Raten. Dann bist du frei.«

Er prallte zurück. »Du bist von Sinnen. Wo soll ich solch eine Summe hernehmen?«

»Das ist deine Sache. Als zukünftiger Gatte der Baroneß Falkenau sollte es dir nicht schwer werden, sie zu beschaffen.«

»Das kann ich nicht – und will ich nicht. Alles, was ich habe, soll dir gehören, darüber hinaus nichts.«

»Dann bedauere ich, deinen Wunsch nicht erfüllen zu können. Ich bleibe.«

»Ist das dein letztes Wort?«

»Mein letztes.«

Da verneigte er sich kurz und ging schnell hinaus.

Jetzt war er fest entschlossen, Bruckner freie Hand zu lassen.

Lena sprang auf, als er gegangen war. Ihre Augen funkelten böse wie die eines gereizten Tieres, und mit ihrem gleitenden Bühnenschritt, der etwas von den wildgraziösen Bewegungen einer Tigerin hatte, ging sie ruhelos auf und ab.

Amüsant war das Leben in Falkenau nicht, und Norbert würde sie in keiner Weise verwöhnen. Aber sie rechnete darauf, daß sie ihren Willen doch noch durchsetzte. Mit sechzehntausend Mark konnte sie überall nach ihrem Geschmack leben. Vielleicht konnte man auch bis fünfzehntausend Mark herabgehen. Und war Norbert nicht dazu zu bewegen – nun – so konnte man ein vernünftiges Wort mit der Baroneß Falkenau reden. Norbert war wirklich eines Opfers wert. Er war jetzt bedeutend interessanter als damals, als sie ihn kennenlernte. Und so etwas lieben die Frauen. Sie kannte ihr eigenes Geschlecht, hatte schon zu oft erlebt, wie töricht die Frauen waren, wenn die Leidenschaft sie gepackt hatte. Und die Baroneß schien zu den opferwilligen Frauen zu gehören, das bewies gestern ihr Benehmen. Die hatte Norbert nicht bloßstellen wollen, selbst in dem Moment nicht, da sie sich verraten geglaubt haben konnte.

Nun – er war wohl heute bei ihr gewesen und hatte ihr gebeichtet. Und sie hatte ihm sicher alles verziehen und bemitleidete ihn.

Eine Weile wollte sie noch abwarten, ob Norbert selbst Schritte tat, sie abzufinden. Geschah das nicht, dann ging sie einfach eines Tages zur Baroneß nach Neulinden und stellte dieser ihre Bedingungen.

So überlegte sie und war mit ihrem Plan zufrieden.

Vorläufig sollte es ihr jedoch an Gelegenheit fehlen, diesen Plan zu verwirklichen.

Annelies war mit Tante Krispina auf Reisen gegangen, und zwar auf unbestimmte Zeit.

Sie hatte Norbert nicht wiedergesehen. Nur durch Kollermann ließ sie ihm noch einen Gruß bestellen, als sie diesem die nötigen Anweisungen für die Zeit ihrer Abwesenheit gab.

Kollermann war sehr knurrig und brummig gewesen. Er war mit der ganzen Welt unzufrieden, seit die Baronin in Falkenau weilte, und Annelies' blasses Gesicht machte ihn vollends wild. Bisher hatte Kollermann noch nie einen Menschen gehaßt, nicht einmal den ›Lackstiebelmusjö‹. Der war ihm nur zuwider gewesen. Aber die Baronin haßte er direkt. Natürlich versprach er Annelies, alles recht zu machen, solange sie abwesend war. Sie konnte ohne Sorge sein.

Es kamen dann von Zeit zu Zeit kurze Nachrichten von Annelies an Kollermann, meist geschäftlicher Natur und Kollermann beantwortete diese in seiner großen derben Schrift, die mit sonderbaren Schnörkeln verziert war.

Durch Kollermann erfuhr Norbert, wo Annelies sich aufhielt, und daß sie gesund war, und stets schrieb sie unter ihre Briefe an Kollermann: ›Bitte, grüßen Sie meinen Vetter herzlich von Tante Krispina und mir.‹

Ebenso regelmäßig stand unter Kollermanns Briefen an Annelies: ›Der Herr Baron läßt herzlich für die Grüße danken und erwidert sie ebenso herzlich. Und es geht ihm soweit gut, er ist gesund und arbeitet so viel, daß ich Zeit genug für Neulinden habe.‹

Außerdem schrieb er einmal, als ihn die Wut gepackt hatte:

›Die Baronin ist immer noch in Falkenau und der Herr Baron sieht so blaß und mieserig aus, daß man alles in Grund und Boden schlagen könnte.‹

Diese und ähnliche kleine Randbemerkungen, in denen sich Kollermanns Zorn zuweilen Luft machen mußte, machten Annelies immer sehr traurig. Sie litt mit Norbert unter den unerträglichen Verhältnissen und konnte nicht begreifen, daß dieser Frau nicht der Boden von Falkenau unter den Füßen brannte.

Und doch konnte Annelies nicht so ganz ermessen, wie furchtbar Norbert zumute war, wie es ihm immer wieder ein Schlag ins Gesicht war, wenn er seiner Frau zufällig begegnete.

Er lebte wieder ganz wie ein Einsiedler, kam mit keinem Menschen zusammen außer mit Kollermann, und dieser war durchaus kein erheiternder Gesellschafter, denn er erboste sich täglich von neuem, wenn er die Baronin auch nur von weitem sah. Die größten Umwege machte er, um ihr nicht zu begegnen und nicht um die Welt hätte er sie gegrüßt.

Sah er das blasse, düstere Gesicht Norberts, dann wurde er noch grantiger und schimpfte über jede Kleinigkeit, nur um sich Luft zu schaffen.

Norbert verstand den Alten nur zu gut und nahm ihm sein poltriges Wesen nicht übel. Wußte er doch, daß Kollermann dahinter nur seine Anteilnahme versteckte.

Auf den Nachbargütern fing man an, sich zu wundern, daß der neue Majoratsherr so zurückgezogen lebte. Gebot auch die Trauer um Baron Donatus eine gewisse gesellschaftliche Zurückhaltung, so hätte doch immerhin ein nachbarlicher Verkehr stattfinden können. Auch die maßgebenden Kreise in der Stadt, vornehmlich die Offiziere der Garnison, wunderten sich über die Zurückgezogenheit des Barons.

Zudem sprach es sich herum, daß etwas zwischen dem Baron und seiner Gemahlin nicht stimmte, daß sie wie fremde Menschen aneinander vorübergingen und sogar die Mahlzeiten getrennt einnahmen. Das wurde durch die Dienerschaft herumgetragen. Da gab es nun allerlei vage Vermutungen und ›die Falkenauer‹ bildeten einen interessanten Gesprächsstoff.

Da Annelies und Fräulein von Haldensleben verreist waren, konnte man auch in Neulinden nichts erfahren. Auf Dienstbotentratsch allein war doch kein Verlaß. Aber Norbert hatte wenigstens die Genugtuung, daß man ihn unbehelligt ließ und seine Einsamkeit nicht störte.

Lena langweilte sich sträflich in Falkenau. Sie hätte sich nicht träumen lassen, daß es so öde war, die Majoratsherrin zu spielen. Daß Annelies abgereist war, hatte ihr einen Strich durch die Rechnung gemacht. Sie mußte nun notgedrungen aushalten, bis diese zurückkam. Wenn sie wenigstens geselligen Verkehr gehabt hätte. Selbst die Bewunderung der Krautjunker aus der Umgebung wären ihr eine erwünschte Abwechslung gewesen. Aber so verkümmerten ihre schönsten Kleider nutzlos und sie konnte nicht einmal die ›Landpomeranzen‹ damit ärgern.

Allein, ohne Norbert, Besuche zu machen, wagte sie denn doch nicht. Dazu fühlte sie sich in diesen Kreisen nicht sicher genug.

So blieb ihre einzige Zerstreuung gelegentlich eine Fahrt nach der Stadt. Dort besuchte sie eine Konditorei, in der die Offiziere verkehrten, mit denen sie ungeniert kokettierte.

Sie fuhr dann auch in ihren schönsten Toiletten durch die Straßen der Stadt oder durch die Anlagen, machte einige Einkäufe in den nicht sehr eleganten Geschäften und ließ sich von allen Seiten anstaunen. Da sie immer die kleidsamsten Schleier trug, bewunderte man ihre Schönheit, und die unverheirateten Offiziere hätten nur zu gern Besuch in Falkenau gemacht, wenn Norbert nicht so eine abweisende Haltung bewahrt hätte. Inzwischen war es Winter geworden, und Lena langweilte sich immer mehr.

Eines Morgens stand sie am Fenster ihres Salons und schaute verdrießlich den wirbelnden Schneeflokken zu. Vom Park herüber stampfte ›der abscheuliche Inspektor‹ mit seinen Riesenstiefeln durch den Schnee. Neben ihm ging Norbert. Seine schlanke, sehnige Gestalt hob sich sehr vorteilhaft ab gegen Kollermanns wuchtige, plumpe Erscheinung. Obwohl er nur eine schlichte Joppe trug und die kurzen Beinkleider in hohen Reitstiefeln steckten, sah er sehr elegant und vornehm aus.

Lena betrachtete ihn mit flimmernden Augen. Wahrhaftig – um die Langeweile zu vertreiben, wäre sie imstande gewesen, mit ihrem eigenen Mann einen Flirt zu inszenieren. Es hätte ihr Spaß gemacht zu erproben, ob er seinem Baroneßchen wirklich treu blieb. Aber er wich ihr leider mit einer Entschiedenheit aus, daß sie gar keine Gelegenheit zu dieser Probe hatte. Und begegnete sie ihm einmal zufällig, so daß er nicht ausweichen konnte, dann grüßte er höflich und kühl und sah an ihr vorbei, als ob sie Luft wäre.

Sie zog die Stirn kraus und drückte sie an die kalte Fensterscheibe.

»Schauderhaft langweilig – wenn das so weitergeht, bin ich imstande, einen dummen Streich zu machen. Aber nein – ich muß noch ausharren, bis die Baroneß mit ihrer ulkigen Tante zurückkommt. Schade, daß sie mir entwichen ist. Sie wird sich doch um Himmels willen da draußen in der Welt nicht mit einem anderen trösten? Das würde mir sehr unangenehm sein. Wer sollte mir dann zu der fehlenden Summe verhelfen? Ob sie denn mit Norbert korrespondierte? Und wie mag sie sich überhaupt zu der ganzen Angelegenheit gestellt haben? Wenn man nur wüßte, wann sie wieder heimkehrt! Hm! Ich muß doch meinen Zerberus, die famose Mamsell Hegelein ein wenig aushorchen.« Sie schritt durch das Zimmer und klingelte.

Gleich darauf erschien ihre Dienerin Berta, ein hübsches, dralles Mädchen. »Frau Baronin wünschen?«

Lena sah mokant zu der freilich nicht sehr zierlichen Erscheinung mit den etwas befangenen Bewegungen hinüber.

»Schicken Sie Mamsell Hegelein zu mir herauf.«

Berta knixte und verschwand.

Lena machte ihr übertrieben ungeschickt den Knix nach und lachte ärgerlich auf.

»So ein Elefant – und das soll Zofendienste verrichten. Bah – damit will man mich fortgraulen.«

Mamsell Hegelein erschien, ruhig, gelassen, mit steifer Kopfhaltung und unbewegtem Gesicht. Die sonst so freundliche, bewegliche und dienstwillige Mamsell war kaum wiederzuerkennen.

Lena brachte allerlei Wünsche vor und beschwerte sich dann wie gewöhnlich über Bertas Ungeschick.

Mamsell blieb ganz ruhig. »Das Mädchen gibt sich alle Mühe, Frau Baronin, und sie ist von allen weiblichen Angstellten die geschickteste.«

»Das ist kaum glaublich, Mamsell. Wer hat denn früher die Baronin Falkenau bedient?«

»Baroneß Falkenau hat ihre Zofe mit nach Neulinden genommen. Jetzt ist diese mit auf Reisen.«

»So, so! Wann wird denn die Baroneß Falkenau von ihrer Reise zurückkehren?«

»Das kann ich nicht genau sagen. Ich weiß nur vom Inspektor, daß man in Neulinden die Herrschaft zum Weihnachtsfest zurückerwartet.«

Lenas Augen blitzten auf. Bis Weihnachten fehlten nur noch einige Tage. Das war eine gute Botschaft. Da konnte sie doch endlich ihren Plan zur Ausführung bringen.

Sie entließ die Mamsell und warf sich grübelnd in einen Sessel. Noch einmal beleuchtete sie ihren Plan von allen Seiten, und sie schien sich viel davon zu versprechen, denn ihre Miene heiterte sich auf.

Sie erhob sich und ließ sich an dem kleinen zierlichen Schreibtisch nieder, um allerlei Korrespondenzen zu erledigen.

Vor allen Dingen schrieb sie an ihre einstige Kollegin, Frau Helmrich, einen langen Brief, in dem sie dieser in schier märchenhaften Farben ihr Leben als Majoratsherrin schilderte. Alles, was sie sich von diesem Leben erträumt hatte, schilderte sie als Wahrheit. Solche Briefe hatte sie schon oft an die Helmrich geschrieben. Sie wußte, daß diese ihre Briefe allen Kollegen und Kolleginnen zeigte, und es war jetzt Lenas einziger Genuß, deren Neid zu erregen. Die

Helmrich schrieb ihr auch regelmäßig und berichtete ihr allen Theaterklatsch. Sie tat sich nicht wenig darauf zugute, mit einer wirklichen Majoratsherrin zu korrespondieren und ahnte nicht, wie wenig beneidenswert momentan Lenas Leben war.

Lena fing an, sich nach dem Theaterleben zurückzusehnen. Da gab es doch wenigstens jeden Tag etwas Neues, man wurde gesehen, begehrt und verehrt, und lustig war es zuweilen – lustig – ach – da war ja dies Falkenau ein Kloster gegen. Wenn sie nur erst ihr Ziel erreicht hatte – ah – dann ging es wieder hinaus in die Welt, dann sollte ein Tag immer lustiger werden als der andere.

15

Norbert fuhr nach der Stadt, um, wie jetzt öfter, Dr. Bruckner aufzusuchen. Er war voll brennender Ungeduld über die Entwicklung seiner Angelegenheit. Von Kollermann wußte er, daß man Annelies schon morgen in Neulinden zurückerwartete, weil sie ihren Leuten selbst das Weihnachtsfest richten wollte. Eine heiße Sehnsucht nach ihrem Anblick erfüllte ihn. Er erwog wieder und wieder, ob er ihr denn auch jetzt noch völlig fernbleiben mußte.

Wenn er sich doch wenigstens zuweilen an ihrem Anblick erfreuen, zuweilen ein Wort mit ihr wechseln dürfte! Mehr wollte er ja nicht.

Er nahm sich vor, sie zu fragen, ob sie ihm gestatten wollte, sich zuweilen nach ihrem Befinden zu erkundigen, sonst würde er ja dumpf und stumpf in diesem trostlosen Leben. Seine Hoffnung, von Lena freizukommen, wurde immer geringer. Bruckner zeigte sich zwar hoffnungsvoll, aber er verriet ihm nichts von dem, was er ermittelt hatte.

»Es ist besser, Sie bleiben ganz unbefangen, Herr Baron, bis ich Ihnen Positives melden kann«, hatte er ihm beim letzten Besuch gesagt. Heute kam er ihm lächelnd entgegen. Norbert sah ihn erwartungsvoll an.

»Herr Doktor, Sie sehen aus, als ob Sie eine gute Nachricht für mich hätten!«

Bruckner strich sich bedächtig über die Stirn.

»Wenigstens kann ich Ihnen heute die Versicherung geben, daß ich eine Handhabe gefunden habe, wo ich Ihren Fall kräftig anfassen kann. Sie sind etwas zu früh gekommen, sonst hätte ich Ihnen Positives melden können. Aber ein Weilchen muß ich nun schon noch stillschweigen. Ich warte eine Nachricht ab und muß dann wahrscheinlich eine kleine Reise unternehmen. Es ist da eine knifflige Sache zu erledigen, die ich selbst in die Hand nehmen muß. Aber soviel kann ich Ihnen heute schon sagen, Herr Baron – jetzt werden wir bald soweit sein, um der Frau Baronin Bedingungen zu stellen. Und da Sie einmal hier sind, möchte ich einige Fragen an Sie richten, die mich brennend interessieren. Ich habe zuweilen die Frau Baronin an mir vorüberfahren sehen und sie mir recht genau betrachtet. Sogar in die Konditorei bin ich, ganz gegen meine Gewohnheit, gegangen und habe mich in die nächste Nähe der Frau Baronin gesetzt, schon vor ziemlich langer Zeit – so kurz nach ihrer Ankunft in Falkenau.«

»Darüber haben Sir mir ja gar nichts gesagt!«

»Nun – man muß nicht viel reden über eine Sache,

die am besten schweigsam erledigt wird. Aber heute kann ich mir ein Schwätzchen darüber erlauben. Also die Frau Baronin ist noch immer eine schöne Frau, was recht ist, muß recht bleiben. Aber, sagen Sie nur, Herr Baron, finden Sie nicht, daß sie für ihre achtundzwanzig Jahre doch schon merkwürdig schlaffe, scharfe Züge bekommt?«

Norbert sah ihn erstaunt an. Daß Bruckner nicht bloß ein ›Schwätzchen‹ machte, wußte er genau. Seine Frage mußte einen besonderen Grund haben.

»Lieber Herr Doktor, ich sehe die Frau Baronin fast gar nicht, und ihr Aussehen interessiert mich nicht im mindesten. Aber da sie so dringend fragen, fällt mir ein, daß ich dieselbe Bemerkung machte, als ich die erste Unterredung mit ihr in Falkenau hatte. Sie erschien mir in Anbetracht dessen, daß sie alle möglichen Verschönerungsmittel gebraucht, recht wenig frisch und jugendlich.«

Bruckner winkte und schob die Unterlippe in komischer Weise vor.

»Hm, hm! Ja – wie gesagt, das ist mir aufgefallen. Aber nun noch eine Frage: Hat die Frau Baronin nicht einen eigenartig geformten Leberfleck, in Gestalt eines verschobenen Dreiecks, ein sogenanntes Muttermal an der linken Schläfe? Wie ich mich überzeugen konnte, trägt sie das Haar an der linken Seite recht tief frisiert. Vielleicht tut sie das, um das Muttermal zu verbergen?«

Norbert stutzte, dann rötete sich seine Stirn sehr intensiv. Die Erinnerung, wie töricht verliebt er einst in dieses braune Mal gewesen war, trieb ihm das Blut in den Kopf.

»Wozu diese Frage? Ich bitte Sie, lassen Sie mich damit zufrieden. Das Ansehen der Baronin erweckt nur beschämende Erinnerungen in mir.«

Bruckner sah ihn mit brennendem Interesse an.

»Trotzdem bitte ich Sie, mir diese Frage zu beantworten, sie ist mir von Wichtigkeit.«

Norbert fuhr hastig, gequält über die Stirn.

»Nun denn, ja, sie hatte solch ein Mal – aber es war falsch, wie das ganze Weib – geschminkt.«

Bruckner stieß einen leisen Pfiff aus.

»Ach – wissen Sie das ganz genau?«

»Gewiß, denn es gab deshalb eine der ersten Szenen zwischen uns. Ich – nun ja – ich war verliebt in dies Mal, das ich für echt hielt. Und als ich es, kurz nach unsere Hochzeit, berührte, da merkte ich, daß es abfärbte. Sie war sehr zornig und verlegen, als ich das entdeckt hatte, und ich war ärgerlich, enttäuscht. Es war so ziemlich die erste Enttäuschung. Ich verlangte dann, daß sie es nicht wieder anmalte, wie ich ihr überhaupt das Schminken untersagte, da sie doch nicht mehr an der Bühne war. Aber sie kehrte sich nicht an dieses Verbot, und das gab mir Anlaß zur Verstimmung. Aber nun sagen Sie mir, Herr Doktor, weshalb interessiert Sie diese Kleinigkeit – und wie gelangten Sie überhaupt zu der Kenntnis, daß dieses geschminkte Mal existierte?«

Bruckner schmunzelte vergnügt.

»Mein lieber Herr Baron, dieses braune Fleckchen ist vielleicht der wichtigste Faktor zur Erreichung Ihrer Freiheit. Ich hoffe bestimmt, daß die Frau Baronin so sehr über dieses kleine Mal stolpert, daß sie das Gleichgewicht verliert.«

»Aber so erklären Sie mir doch!«

»Nichts – gar nichts. Nur noch ein wenig Geduld. Und damit Sie das Weihnachtsfest nicht in so trüber Stimmung verleben, will ich Ihnen schon jetzt versichern, daß die Baronin spätestens gleich nach Neujahr Falkenau verlassen wird.«

Norbert faßte mit freudigem Schrecken seine Hand. »Herr Doktor!«

Bruckner nickte und drückte Norberts Hand sehr fest. »Ja, ja – mein Wort darauf. Aber nun nicht einen Buchstaben mehr, es ist mein Prinzip, nie über halbfertige Arbeit zu reden. Einige Fragen habe ich aber noch an Sie zu richten. Wissen Sie, ob Ihre Frau noch Angehörige besitzt?«

»Nein. Soviel ich weiß, nicht. Ihre Eltern sind früh gestorben, und Geschwister besitzt sie nicht.«

»Vielleicht hat sie diese auch nur verleugnet, weil sie in bescheidenen Verhältnissen leben?«

»Auch möglich. Sie hat mich so viel angelogen, daß ich nicht weiß, was ich glauben soll. Sie sagte mir, ihr Vater sei Beamter gewesen.«

Bruckner lachte. »Ja, Laternenanzünder.«

Norbert sah ihn forschend an. »Sie haben sich, wie es scheint, genau informiert.«

»Ja, in meinem Beruf kann man nur mit der größten Genauigkeit etwas ausrichten. Aber nun Schluß, Herr Baron. Jetzt muß ich Sie fortschicken, da ich noch anderweitig zu tun habe. Gleich nach dem Fest unternehme ich die kleine Reise in Ihrem Interesse. Und sobald ich zurückkomme, hoffe ich Ihnen frohe Kunde zu bringen.«

Sie schüttelten sich die Hände.

»Kopf hoch, Herr Baron, ich bin ganz zuversichtlich, seien Sie es auch«, sagte Bruckner noch einmal.

Norbert fuhr mit einem Hoffnungsschimmer nach Hause. Tief atmete er die frische Winterluft ein. Es hatte aufgehört zu schneien, und der Schlitten, den er jetzt immer zu seinen Fahrten benutzte, flog leicht über die frische Schneedecke.

Als er eine Weile auf der Chaussee dahingefahren

war, hörte er plötzlich hinter sich das Schellengeläute eines anderen Schlittens. Er wandte sich um und erkannte mit seinen scharfen Augen sofort die Neulindener Livree und das Neulindener Gespann.

Ein freudiger Schreck durchzuckte ihn. Sollte da Annelies heute schon zurückkommen?

Impulsiv gab er den Befehl zum Halten und erwartete den folgenden Schlitten. Er hatte sich erhoben, und nun erblickte er auch Annelies und Tante Krispina im Fond des Gefährtes.

Mit einem Satz war er aus dem Schlitten und gab dem Neulindener Kutscher ein Zeichen zum Halten. In demselben Augenblick bemerkte ihn auch Annelies. Ihr Gesicht war sofort wie in Purpur getaucht.

Er trat an den Schlitten heran, zog den Hut und ergriff, stumm vor Erregung, ihre Hand, die sie ihm impulsiv entgegenstreckte. Ihre Augen hingen eine kurze Weile ineinander, als sei ihnen damit ein Gnadengeschenk des Himmels geworden.

Tante Krispina erschrak bis ins Herz hinein, als sie diesen Blick der beiden bemerkte. Er enthüllte ihr, wie unendlich groß und tief die Liebe dieser beiden Menschen war.

Norbert faßte sich zuerst. »Grüß Gott daheim, Annelies«, stieß er freudig hervor.

Ihr Herz zuckte vor Schmerz, aber auch vor Freude. Wie blaß und verbittert er nun wieder aussah! Und seine Augen hingen so bettelnd an ihr, als fürchte er, sie könne ihn fortschicken ohne ein gutes Wort.

Sie brachte es nicht über sich.

»Vetter – lieber Vetter – wie geht es Ihnen?« fragte sie liebevoll.

Er biß die Zähne zusammen, um die Selbstbeherrschung nicht zu verlieren. Seine Augen strahlten auf.

»Jetzt geht es mir wieder gut, Annelies, jetzt ist alles erträglich«, sagte er bedeutungsvoll.

Und dann wandte er sich an Tante Krispina und begrüßte sie, ihr mit einem bittenden Blick die Hand küssend. Das alte Fräulein hatte die beiden in angstvoller Sorge betrachtet. Ihr weiches Herz floß über vor Mitleid. So intensiv nahm sie teil an dem Herzensroman der jungen Leute, als wäre sie selbst dabei beteiligt.

»Wußten Sie, daß wir heute ankamen?« fragte sie, um nur eine belanglose Frage zu stellen.

»Nein, Tante Krispina, ich hörte von Kollermann, daß Sie erst morgen eintreffen würden. Aber ich freue mich sehr, Sie getroffen zu haben. Ich kam aus der Stadt – von Dr. Bruckner – und hörte Schlittengeläut hinter mir. Und da habe ich mich Ihnen wie ein Wegelagerer in den Weg gestellt, um Sie begrüßen zu können. Darf ich in den nächsten Tagen einmal in Neulinden vorsprechen und mich nach Ihrem Befinden erkundigen?«

Bei den letzten Worten suchten seine Augen die von Annelies mit heißer Bitte. Tante Krispina rückte unruhig auf ihrem Sitz. Aber Annelies vermochte es nicht, ihm diese Bitte abzuschlagen. Sie glaubte sich jetzt ruhig und stark genug, Norbert begegnen zu können, und so ruhig sie konnte antwortete sie leise: »Sie sind uns willkommen, Vetter.« Da preßte er ihre Hand fest an die Lippen und trat aufatmend zurück. Er vermochte nicht mehr zu sprechen und machte nur dem Kutscher ein stummes Zeichen, weiterzufahren.

Mit entblößtem Haupte blieb er stehen, bis der Schlitten an ihm vorüber gefahren war. Wie ein Verschmachtender sah er ihm nach. Dann fuhr er nach Hause.

16

Wohl hatte Annelies vorgehabt, jeden Verkehr mit Norbert zu meiden. Nun als sie ihn aber wiedergesehen hatte, nun da sie die Spuren von all der Qual, die er gelitten, in seinem Gesicht gesehen hatte, brachte sie es nicht übers Herz, ihn zurückzuweisen.

Er kam schon am nächsten Tag nach Neulinden. Annelies empfing ihn in Tante Krispinas Gegenwart und sie sprachen nur von alltäglichen Dingen. Aber es war ihnen doch ein wehmütiger Trost, sich wenigstens sehen und sprechen zu können.

Sollten sie sich diesen Trost rauben? Wem schadeten oder nützten sie damit? Keinem Menschen. Es wäre eine nutzlose Quälerei für sie, auf jeden Verkehr zu verzichten. Und schließlich hätte es wohl bloß noch Rederei beim Personal gegeben. Es war das beste, man ließ es bei einem gelegentlichen Verkehr.

Annelies berichtete von ihrer Reise, und Tante Krispina sekundierte lebhaft und mit Feuereifer. Es war das erstemal in ihrem Leben, daß Tante Krispina eine so große Reise gemacht hatte. Sie hatte im Anfang zwischen Sorge und Angst um Annelies und jubelndem Entzücken über diese Reise hin und her geschwankt, und sie genoß diese Reise mit einer dankbaren Inbrunst gegen das Schicksal und jammerte doch über die traurige Veranlassung dazu.

Sie waren in Brüssel und Paris gewesen, hatten sich dann einige Zeit an der Riviera aufgehalten, wo Tante Krispina von der Frühpromenade bis zu einem abendlichen Besuch der Spielsäle in Monte Carlo alles durchgekostet hatte mit dem naiven Enthusiasmus eines Backfischs. Die Schweiz und Oberitalien hatten sie bereist und waren zuletzt in St. Moritz gewesen.

Annelies hatte erst nicht die Absicht gehabt, so von einem Ort zum anderen zu gehen. Aber Tante Krispinas Entzücken hatte sie veranlaßt, der alten Dame einmal ein gutes Stück Welt zu zeigen. Natürlich gab sie sich den Anschein, als sei es ihr eigener Wunsch. Am meisten schwärmte Tante Krispina von Nizza und St. Moritz. Mit lebhaften Gebärden schilderte sie ihre Eindrücke und bekam dabei einen heißen Kopf und strahlende Augen.

Norbert sah freilich nur Annelies, die mit stillem Lächeln dabei saß. Seine Augen suchten in dem geliebten Gesicht nach den Spuren des Leides.

Annelies schien um Jahre gereift in der kurzen Zeit. Ein wenig schmaler waren die Wangen geworden, und die schönen klaren Augen blickten ein wenig müde. Aber nie war sie ihm so hold und reizend erschienen, als mit der leisen Schwermut in den feinen Zügen. Er empfand aufs neue in heiliger Rührung, wie sehr er von diesem herrlichen Geschöpf geliebt wurde.

Keine Frage fiel über die Baronin und den Stand seiner Angelegenheit. Überhaupt, nichts wurde berührt, was auf ihr Verhältnis zueinander Bezug hatte. Auch daß ihm Bruckner Hoffnung gemacht hatte auf eine baldige Lösung der Ehe, teilte er nicht mit. Er wollte nicht eher Hoffnung in ihr wecken, als bis er gewiß war, daß sie sich erfüllte. Als er sich nach einer Stunde entfernte und Annelies ihn ruhig aufforderte, einmal wiederzukommen, da war er so froh wie lange nicht.

Der heilige Abend war sehr trübe und einsam für ihn. Er bescherte zeitig seinen Leuten und saß dann einsam in seinem Zimmer.

Annelies hätte ihn gern aufgefordert, diesen Abend in Neulinden zu verbringen, aber das ging der Leute wegen nicht. Gelegentlich zu einem kurzen Besuch konnte sie ihn wohl ohne seine Frau empfangen bei ihrem verwandtschaftlichen Verhältnis, aber zu einer offiziellen Feier hätte sie ihn nur mit seiner Frau einladen können.

Die Dienstboten in Falkenau machten auch ohnedies schon ihre Bemerkungen darüber. Daß der Baron nicht einmal am Weihnachtsabend mit seiner Frau zusammenkam, erschien ihnen sehr seltsam. Aber ohne Ausnahme gehörten die Sympathien der Leute ihrem Herrn. Die Baronin mochte keiner von ihnen leiden, und sie wünschten alle, sie möge dahin gehen, wo der Pfeffer wächst. Am inbrünstigsten wünschte das Kollermann, der seinen Groll am heiligen Abend in einem steifen Grog ertränkte.

Wenn er gewußt hätte, daß Lena an diesem Abend auch nicht gerade in rosiger Stimmung war, sondern zwischen ihren vier Pfählen fast vor Langeweile und schlechter Laune umkam, das hätte ihn einigermaßen getröstet.

Am nächsten Vormittag fuhr aber Norbert wieder nach Neulinden. Er blieb nicht allzulange. Nur ein freundliches Wort, einen lieben Blick hatte er sich holen müssen.

Lena hatte ihn davonfahren sehen. Sie ahnte, daß er nach Neulinden fuhr, denn ein in Seidenpapier gehüllter Blumenstrauß war ihm von Hermann in den Wagen gereicht worden.

In ihren Augen blitzte es. Sie warf den Kopf zurück.

›Jetzt ist es Zeit für mich, einzugreifen‹, dachte sie, als Norbert nach einiger Zeit zurückkam, bestellte sie sich den Wagen zu einer Ausfahrt.

In einer kostbaren und sehr eleganten Besuchstoilette fuhr sie kurze Zeit darauf fort. Die Frage des Kutschers, wohin er fahren sollte, beantwortete sie kurz:

»Nach der Stadt.«

Als man aber dann in die Nähe von Neulinden kam, öffnete sie das kleine Fenster über dem Kutschbock und befahl kurz:

»Halten Sie am Neulindener Herrenhaus.«

Der Kutscher lenkte sein Gespann die Fahrstraße empor und hielt wenige Minuten später vor dem Neulindener Portal.

Gleich darauf wurde Annelies gemeldet, daß die Baronin Falkenau ihren Besuch zu machen wünsche.

Annelies und Tante Krispina sahen sich bestürzt an. Ihrem ersten Impuls folgend, wollte Annelies den Besuch abweisen lassen. Aber zur rechten Zeit fiel ihr ein, daß das unmöglich war. Norbert war vor zwei Stunden von ihr empfangen worden. Konnte sie da jetzt seine Frau abweisen lassen? Was hätte die Dienerschaft davon denken sollen? Es ging dann unmöglich an, daß sie Norbert wieder vorließ.

Blitzschnell erwog sie das bei sich und sagte dann so ruhig und gelassen wie möglich:

»Führen Sie die Frau Baronin in den großen Salon – ich komme sofort.«

Der Diener verschwand. Tante Krispina sah entsetzt zu Annelies empor.

»Du willst diese Person empfangen, Annelies?«

Die junge Dame richtete sich ruhig und entschlossen auf.

»Sie trägt den Namen Falkenau, Tante Krispina – und ich will nicht, daß man darüber spöttelt, daß ich Norbert empfange und seine Frau abweisen lasse.«

»Ach mein Gott! Wie kann sie nur wagen, hierherzukommen«, stieß die alte Dame zornig hervor, und sehr kleinlaut fragte sie dann:

»Soll ich sie empfangen, Kind? Ich will dir diese Begegnung ersparen.«

Annelies schüttelte den Kopf. Sie mußte lächeln. »Nein, nein, Tantchen, spiele dich nur nicht so heldenhaft auf. Ich weiß doch, daß dir dieser Besuch noch viel schrecklicher ist als mir.«

»Aber ich will dich wenigstens hinüberbegleiten.«

»Nein, es ist genug, wenn eine von uns das über sich ergehen lassen muß. Bleib du ruhig hier.«

Sie ging stolz aufgerichtet hinüber in den großen Empfangssalon, dessen kostbare Einrichtung, vor allem die wundervollen Gobelins an den Wänden, zur Genüge von dem Reichtum dieses Hauses zeugten.

Lena hatte Zeit gehabt, sich diesen vornehmen Raum zu betrachten. Als Annelies eintrat, stand sie vor einem der Gobelins.

Mit einem liebenswürdig sein sollenden Lächeln und gutgespielter Unbefangenheit streckte sie Annelies die Hand entgegen. »Ich komme erst heute dazu, Baroneß, Ihren damaligen Besuch in Falkenau zu erwidern. Er galt ja wohl im Grunde nur meinem Gatten, aber ich kam doch gerade zurecht, um noch daran partipizieren zu können. Da Sie so bald abreisten, mußte ich mich gedulden, bis Sie zurückkehrten«, sagte sie scheinbar ganz harmlos.

Annelies übersah die ihr entgegengestreckte Hand, verneigte sich nur kühl und wies ihr förmlich einen Sessel.

Es flimmerte gefährlich in Lenas Augen, aber sie behielt ihre liebenswürdige Miene, ließ die Hand sinken und nahm Platz.

Sie setzte sich so recht behaglich in den kostbaren Sessel und zwar in einer ungezwungenen, graziösen Weise, so daß sie auch hier mit ihrer raffinierten Toilette wie ein schönes Bühnenbild wirkte. Sie war besonders kunstvoll geschminkt und hatte sich wieder so gesetzt, daß sie das Licht im Rücken hatte.

Annelies saß ihr in steifer, aufrechter Haltung gegenüber, und ihr Gesicht war ernst und ruhig, wirkte trotz ihres schlichten, schwarzen Hauskleides entschieden vornehm. Lena empfand das mit einem Gefühl des Neides. Wirkliche Vornehmheit läßt sich mit allem Raffinement nicht kopieren, da sie von innen nach außen strahlt.

»Es ist sehr freundlich von Ihnen, Frau Baronin. Mein Besuch in Falkenau war aber gewissermaßen geschäftlicher Natur. Da ich noch in Trauer bin, mache und empfange ich noch keine Besuche«, sagte Annelies ziemlich kühl.

Lenas Lippen umspielte ein etwas mokantes Lächeln. »Oh, das wußte ich nicht. Mein Gatte ist doch wohl schon wiederholt in Neulinden gewesen«, sagte sie und weidete sich an dem Erröten der jungen Dame.

Diese faßte sich schnell. »Allerdings – mit meinem Vetter habe ich zuweilen noch geschäftlich zu verhandeln.«

»So so – nur geschäftlich?« fragte Lena mit ganz besonderer Betonung, und sie sah Annelies dabei mit einem sonderbaren Blick an.

Wie ein Blitz durchfuhr Annelies in diesem Moment die Erkenntnis, daß Lena um ihre Liebe zu Norbert wußte. Mit peinvoller Schärfe empfand sie das, und obwohl sie sich schuldlos fühlte, gab ihr diese Gewißheit eine Unsicherheit, die Lena triumphierend bemerkte. Die stolze, kalte Haltung der jungen Aristokratin ärgerte sie ohnedies, und sie brannte darauf, ihr jede Demütigung zurückzahlen zu können.

»Allerdings«, stieß Annelies hervor. »Und überdies ist Norbert mein Vetter und wir kennen uns von Jugend an.«

Lena neigte das Haupt, so daß die kostbare Pleureuse auf ihrem Hut sich aufblähte. »Ja, ja, das weiß ich, Baroneß. Es gab eine Zeit, da hatte mein Gatte keine Geheimnisse vor mir. Jetzt allerdings – nun – Sie werden es sicher von ihm selbst wissen, daß unsere Ehe durch allerlei mißliche Verhältnisse getrübt wurde.«

Annelies erhob sich. »Frau Baronin, das ist ihre Angelegenheit, die am besten nicht zwischen uns berührt wird.«

Auch Lena erhob sich jetzt und heftete ihre unheimlich schimmernden Augen fest auf Annelies' Gesicht. »Warum nicht, Baroneß? Außer meinem Gatten und mir hat doch wohl niemand ein größeres Interesse an unsere Ehe als gerade Sie.«

Annelies wurde glühend rot, aber ihre Augen hielten groß und offen den Blick Lenas aus. »Wie meinen Sie das, Frau Baronin?«

»O – ich brauche mich doch wohl kaum noch deutlicher auszudrücken. Ihre Augen und ihr Blut sind ehrlicher als Sie selbst. Es färbt Ihnen die Wangen und verrät Sie. Ich weiß, daß Sie mich verstanden haben. Aber da ich wohl kaum noch einmal Gelegenheit haben werde, ohne Zeugen mit Ihnen zu sprechen, so kann ich Ihnen ja auch rund heraus sagen: Ich weiß, daß Sie meinen Gatten lieben und von ihm wiedergeliebt werden, ich weiß, daß Sie beide nichts sehnlicher wünschen, als daß unsere Ehe getrennt wird. In den ersten fünf Minuten nach meiner Ankunft in Falkenau war mir das schon klar, und es hilft Ihnen kein Leugnen.«

Annelies war bleich geworden bis auf die Lippen. Mit Aufbietung aller Kraft hielt sie sich aufrecht. Aber wenn Lena dachte, sie durch ihre Worte gedemütigt zu haben, so irrte sie sich. Stolz und Reinheit leuchteten von Annelies' Stirn, als sie mit bebender Stimme sagte:

»Was Sie da zu mir sprechen, dürfte eine Frau der anderen nicht sagen – ohne selbst zu erröten, das müßte ihr das weibliche Zartgefühl verbieten. Im übrigen bin ich zu stolz zu leugnen oder in Abrede zu stellen, was Wahrheit ist. Ja – ich liebe Norbert Falkenau, liebte ihn schon, seit ich den Kinderschuhen entwachsen bin. Ich brauche mich dieser Liebe nicht zu schämen, denn sie ist ungerufen in mein Herz gekommen. Und ich bekenne mich stolz dazu, denn ich habe alle Wünsche begraben, seit ich weiß, daß er verheiratet ist. Meine Liebe ist ein Unglück, das ich mit Würde trage, aber kein Vergehen, dessen ich mich schämen müßte. So Frau Baronin, das ist mein Bekenntnis. Und nun kann ich wohl diese Unterredung als beendet betrachten.«

Lena mußte unwillkürlich den Blick senken vor diesen stolzen reinen Mädchenaugen. Sie sah ein, daß sie ihren Zweck verfehlt hatte, wenn es ihr nicht noch zum Schluß gelang, einzulenken.

»Einen Augenblick noch, Baroneß. Sie sollen nicht glauben, daß ich in feindlicher Absicht zu Ihnen kam. Im Gegenteil – ganz im Gegenteil, ich wollte nur vernünftig mit Ihnen sprechen. Zwischen meinem Mann und mir besteht ja schon seit Jahren nur ein rein äußerliches Band. Ich würde ihn ohne weiteres freigeben, wenn er die Bedingungen erfüllte, die ich ihm gestellt habe. Sie werden verstehen, daß ich als seine geschiedene Frau nicht ein beschränktes, sorgenvolles Leben führen möchte, wenn ich mich bereit erkläre, die Schuld auf mich zu nehmen. Ich habe von ihm verlangt, daß er mir eine standesgemäße Rente aussetzt.

Er behauptet jedoch, mir nicht mehr als jährlich achttausend Mark zahlen zu können. Das ist mir in Anbetracht seiner und meiner Verhältnisse zu wenig, damit komme ich nicht aus. Ihrer Liebe und Ihrer Vereinigung würde nichts mehr im Wege stehen, wenn er diese Rente verdoppelt. Ja – ich würde sogar mit fünfzehntausend Mark zufrieden sein. Aber das brauche ich. Männer sind so schwerfällig. Deshalb kam ich zu Ihnen, Baroneß. Sie sind reich – es wird Ihnen ein leichtes sein, dafür zu sorgen, daß ich statt der mir gebotenen achttausend Mark fünfzehntausend erhalte. Ich bin bereit, sobald ich die schriftliche Versicherung dieser Rente habe, abzureisen und in alles zu willigen. Ihrem Glück steht dann nichts mehr im Wege. Ich hoffe, es bedarf nur dieses Hinweises, um alles zwischen uns in Ordnung zu bringen.«

Annelies hatte sprachlos vor Entsetzen in Lenas Gesicht gesehen. Erst jetzt erfaßte sie die ganze Niedrigkeit dieser Frau. Sie schauerte zusammen. Nur zu gut verstand sie, daß Lena ihr zumutete, Norbert für sich freizukaufen. Ein schmählicher erbärmlicher Handel wurde ihr da angeboten. Sie schämte sich für ihr ganzes Geschlecht, daß eine Frau solch ein Ansinnen stellen konnte. Wie besudelt wäre ihr ihre Liebe vorgekommen, hätte sie nur einen Augenblick daran gedacht, dieses Angebot in Erwägung zu ziehen. So gern sie auch Norbert befreit hätte, so gern sie willig größere Opfer gebracht hätte – auf diese Weise durfte es nicht geschehen.

In halb unbewußter Abwehr raffte sie ihr Kleid zusammen und trat von Lena zurück. Totenbleich, aber fest und aufrecht schritt sie zur Klingel.

Lena wußte nicht, wie sie sich das Benehmen der Baronesse deuten sollte, aber sie sollte es schnell genug erfahren.

Als gleich darauf der Diener eintrat, sagte Annelies laut und eisig:

»Begleiten Sie die Frau Baronin zu ihrem Wagen.«

Und ehe Lena es verhindern oder auch nur ein Wort reden konnte, hatte Annelies das Zimmer verlassen.

Diesen Ausgang hatte Lena nicht vorgesehen. Zum ersten Male in ihrem Leben war sie völlig fassungslos, daß sie nichts weiter tun konnte, als mechanisch zu ihrem Wagen zurückzukehren.

Die Wut über ihren mißglückten Plan überfiel sie erst, als sie im Wagen saß und nach Falkenau zurückfuhr. Sie zerriß ihr Taschentuch und schlug mit den Fäusten auf die Wagenpolster. Mit verzerrtem Gesicht starrte sie vor sich hin und dachte nur immer: ›Was tue ich nur, um nicht zu ersticken an meinem Zorn?‹

Und sie fand nichts Besseres, als daß sie, in Falkenau angekommen, in Norberts Arbeitszimmer stürmte, ohne erst abzulegen, und ihm wütend entgegenschrie: »Ich wollte dir nur sagen, daß ich in Neulinden war!«

Er sprang erschrocken empor. »Das hast du gewagt?« rief er außer sich.

Sie lachte schrill und höhnisch auf. »Ja, das habe ich gewagt – und noch mehr. Ich habe der hochmütigen Pute gesagt, daß ich weiß, daß sie dein Liebchen ist und daß sie dich von mir loskaufen kann. Aber das Gänschen drapierte sich mit Tugendstolz, oder sie ist zu geizig und will sich's nichts kosten lassen. Jedenfalls hat sie mir sehr deutlich die Tür gewiesen. Und das werde ich ihr heimzahlen. Jetzt gebe ich dich überhaupt nicht mehr frei, und wenn du die Rente verdreifachst. Das kannst du ihr sagen, wenn du deine ›geschäftlichen‹ Besuche in Neulinden machst – bei deinem Liebchen.«

Norbert stürzte außer sich, mit erhobener Faust auf sie zu. »Du – du«, stieß er keuchend hervor und wollte sie ins Gesicht schlagen.

Aber sie wich schnell aus dem Zimmer und Norbert fiel wie gebrochen in einen Sessel. Er stöhnte auf vor unerträglicher Qual. »Annelies! Annelies, was hat sie dir getan?« stieß er keuchend hervor.

Und dann sprang er wild empor, riß seine Reitmütze vom Haken an der Tür und lief, wie er ging und stand, in den Stall hinüber. Mit nervöser Eile warf er selbst seinem Pferd den Sattel über, und dann ging es in wilder Hast über den frischen Schnee nach Neulinden.

Annelies war, als sie Lena verlassen hatte, in einem bejammernswerten Zustand in ihre Zimmer geeilt und hatte sich eingeschlossen. Tante Krispina ahnte, daß etwas Fürchterliches geschehen sein mußte und irrte ruhelos und angstvoll durch das Haus, immer wieder an der verschlossenen Tür lauschend, ob sich nichts dahinter regte. Aber es blieb unheimlich still. Annelies lag wie ein Steinbild drinnen auf dem Diwan und starrte mit erloschenen Augen vor sich hin.

Als Norbert in einem unbeschreiblichen Zustand in Neulinden eintraf, flatterte ihm die alte Dame schrekkensbleich entgegen.

»Norbert – o mein Gott, Norbert, was ist nur geschehen? Wissen Sie vielleicht, was zwischen Annelies und Ihrer Frau vorgefallen ist?«

Er biß die Zähne zusammen und faßte mit jähem Griff ihre Hand.

»Tante Krispina, schaffen Sie mir einige Minuten Gehör bei Annelies. Sagen Sie ihr, daß ich der Verzweiflung nahe bin und sie sprechen muß«, sagte er hastig und dringend.

Da ging die alte Dame, ohne weiter zu fragen, nochmals zu Annelies' Tür. Sie klopfte leise an. Nichts regte sich. Da legte sie den Mund an den Türspalt und rief leise hinein: »Kind – liebes Kind – ich bitte dich – mach auf. Norbert ist hier – er ist dem Wahnsinn nahe. Du mußt uns aus unserer Angst und Sorge erlösen.«

Da öffnete Annelies endlich die Tür. Sie sah zum Erbarmen aus.

»Ach, meine arme Annelies, was ist nur geschehen? Norbert scheint davon zu wissen, aber er sagt mir nichts. Er sieht aus, daß man sich vor ihm fürchten kann. Und er läßt dich dringend um einige Minuten Gehör bitten.«

Annelies strich sich über die Stirn.

»Ich kann ihn nicht sehen, Tante Krispina – ich kann nicht. Frag mich jetzt nicht – laß mich erst zur Ruhe kommen. Es ist alles wund und weh in mir – wie erniedrigt komme ich mir vor. Sag Norbert, daß ich ihn nicht sehen kann – nie mehr.«

Die alte Dame preßte die Hände an das Herz. »Um Gottes willen, Annelies – dann geschieht ein Unglück – das kann ich ihm nicht sagen jetzt, er erscheint mir ganz unzurechnungsfähig.«

Annelies drückte die Hände an die Schläfen. Dann zog sie hastig ein Notizbuch, das sie meist bei sich trug, hervor und setzte sich an den Tisch.

»Warte einen Augenblick, Tantchen, ich will ihm einige Worte schreiben«, sagte sie hastig und kritzelte mit Bleistift in das Notizbuch:

›Lieber Norbert!

Wir dürfen uns nicht mehr sehen und sprechen. Ihre Frau war bei mir – und ich habe Schreckliches hören müssen. Sie weiß um unsere Liebe und will sie zum Gegenstand eines schmählichen Handels machen. Ich habe meine Liebe nicht verleugnet, sondern mich stolz dazu bekannt. Aber ein Verkehr zwischen Ihnen und mir ist nach diesem ganzen ausgeschlossen. Ich will mir mein Heiligtum nicht besudeln lassen. Leben Sie wohl, Gott mit Ihnen. Gleich nach Neujahr gehe ich wieder auf Reisen. Ich möchte Ihnen ein Trostwort sagen, denn ich weiß, wie sehr Sie leiden werden, aber in mir ist jetzt alles wie zerrissen. Und nun, da ich die Erbärmlichkeit dieser Frau erst voll erkannt habe, leide ich doppelt mit Ihnen. In alle Ewigkeit

Ihre Annelies.‹

Mit diesen Zeilen trat Tante Krispina den Rückzug an. Und Norbert mußte sich damit zufrieden geben. Aber die alte Dame sah seinen Jammer, seine Verzweiflung, und obwohl sie selbst trostbedürftig war, tröstete sie ihn liebevoll, wie einen Sohn.

»Seien Sie nur ruhig, Norbert. Der liebe Gott wird noch alles zum besten führen, er wird nicht zulassen, daß zwei gute, schuldlose Menschen für immer elend werden durch die Schlechtigkeit einer Frau. Ich müßte ja allen Glauben verlieren, wenn er nicht helfen würde«, sagte sie weinend.

Norbert aber ritt trostlos und in furchtbarer Verbitterung heimwärts.

17

Eine dumpfe, drückende Stimmung lag über Neulinden und Falkenau. Auch Lena saß in miserabelster Laune in ihrem Zimmer und wußte nicht, was sie tun sollte. Nachdem sich ihr Grimm ausgetobt hatte – eine kostbare Vase und verschiedene Nippes waren dabei in Scherben gegangen – hatte sich ihrer eine niederdrückende, ärgerliche Stimmung bemächtigt. Sie sagte sich, daß ihre Spekulation eine verfehlte gewesen war und machte sich Vorwürfe, nicht klüger gehandelt zu haben. Zu sicher war sie gewesen, daß die Baroneß mit beiden Händen zugreifen würde, wenn sie ihr das Geschäft anbot. Und nun war ihre Zuversicht schmählich zuschanden geworden. Was nun?

Im Ernste dachte sie nicht daran, ihr ganzes Leben in Falkenau zu vertrauern. Sie hatte durch ihre Anwesenheit nur einen Druck auf Norbert ausüben wollen. Ihre Erwartung in bezug auf ein amüsantes, glänzendes Leben als Majoratsherrin hatte sich in keiner Weise erfüllt. Das Landleben war ihr ein Greuel und die Langeweile auf die Dauer unerträglich. Mit Vergnügen hätte sie Falkenau den Rücken gekehrt, wenn sie die gewünschte Rente herausgeschlagen hätte. Aber Norbert konnte anscheinend wirklich nicht mehr zahlen, als er ihr angeboten hatte, und dieses blonde Gänschen war zu stolz oder zu geizig, oder beides, um etwas zuzuschießen. Wie sollte sie nun die gewünschte Summe, mit der allein sie ein Leben nach ihren Wünschen führen konnte, erzielen?

Sie zergrübelte sich fruchtlos den Kopf. – In einer noch viel deprimierteren Stimmung war naturgemäß

Norbert Falkenau. Wie furchtbar er unter dem Gedanken litt, daß Annelies von Lena beschimpft und beleidigt worden war, das sah man seinem Gesicht an. Ruhelos streifte er stundenlang im Freien umher. Die friedliche Stimmung seit Annelies' Rückkehr war verflogen.

Verzweifelter denn je rüttelte er an den Ketten, die ihn fessselten und zu Boden drückten.

Auch Kollermann war in einer ganz gefährlichen Verfassung. Er hatte in Erfahrung gebracht, daß die Baroneß in Neulinden gewesen war und daß sie dort etwas sehr Schlimmes angerichtet haben mußte. Er sah Tante Krispinas verweinte Augen und seines Herrn verzweifelte Stimmung, und sein Baroneßchen war unsichtbar für ihn – da mußte es etwas gegeben haben. Am liebsten hätte er die geschminkte Baronin eigenhändig aus Falkenau befördert. Da das nicht ging, war er in bärbeißiger Laune, und niemand konnte ihm etwas recht machen.

So pflanzte sich die gedrückte Stimmung auch auf seine Leute fort.

In Neulinden war es nicht besser. Annelies ging mit starrem, blassem Gesicht umher. Stolz und Liebe kämpften einen erbitterten Kampf in ihrer Brust. Lenas Worte hatten sie tief gedemütigt und zugleich das Bewußtsein in ihr erweckt, daß ihre Liebe, so rein und lauter sie war, von anderen Menschen übel gedeutet werden konnte.

Das traf das stolze, aufrechte Mädchen schwer. Hoffnungslos und gedemütigt sah sie in die Zukunft. Tante Krispina zerfloß fast in Tränen. Sie umgab Annelies mit rührender Zartheit und Liebe, und jetzt brauchte es keiner kleinen Komödie mehr, um das alte Fräulein zu überzeugen, daß ihre Anwesenheit notwendig war und daß Annelies jetzt in ihr die einzige Stütze hatte.

Erst nach einigen Tagen hatte es Annelies über sich vermocht, Tante Krispina zu berichten, was zwischen ihr und Lena geschehen war: Die alte Dame schüttelte förmlich die Empörung über die Schlechtigkeit dieser Frau.

»Meine arme Annelies, nimm es dir doch nicht so zu Herzen. So etwas muß doch an dir abgleiten, das darf nicht tief gehen und kann dich nicht beschmutzen. Denk nicht mehr daran, ich bitte dich, vergiß diese Stunde. Laß dir genügen an der Reinheit deines Bewußtseins. Das muß dir sein, als seiest du über Sumpf und Morast weggeschritten, ohne dir den Kleidersaum zu netzen.«

So sagte sie tröstend und beruhigend.

Annelies konnte aber nicht vergessen, konnte sich nicht beruhigen, wie es die Tante von ihr verlangte. Sie wußte auch sehr wohl, daß diese ebensogut die Demütigung empfand wie sie selbst.

Als Annelies der alten Dame eröffnete, daß sie gleich nach Neujahr wieder auf Reisen gehen wollten, mindestens bis zum Frühjahr, wenn ihre Gegenwart auf Neulinden wieder nötig war, sagte diese kein Wort dagegen. Zwar hätte sie, so schön auch das Reisen war, den Rest des Winters lieber behaglich in Neulinden verbracht, aber sie ordnete ihre Wünsche ohne weiteres denen von Annelies unter. Sie hoffte, daß Annelies abgelenkt würde von ihrem Leid und draußen in der Welt ihre Ruhe wiederfände.

So waren die Tage zwischen Weihnachten und Silvester in drückender Schwere für alle Beteiligten vergangen. Norbert war in seiner Verzweiflung nochmals zu

Dr. Bruckner gefahren, aber dieser war, wie ihm der Bürovorsteher sagte, ›in Sachen des Herrn Baron‹ verreist.

Norbert wartete nun mit fieberhafter Unruhe auf seine Rückkehr. Er klammerte sich jetzt wie ein Ertrinkender an einen Strohhalm an Bruckners Versicherung, daß die Baronin nach Neujahr Falkenau verlassen würde, wenn er auch keine Ahnung hatte, wie dieser sie dazu veranlassen konnte.

Er fühlte nur die Gewißheit, daß er Lenas Anwesenheit nicht länger mehr ertragen konnte und daß etwas Schreckliches geschehen mußte, wenn er gezwungen war, noch länger mit ihr unter einem Dach zu leben. Gegen Mittag des Silverstertages fuhr ein Wagen vor, und gleich darauf wurde Norbert Dr. Bruckner gemeldet.

Norbert trat diesem aufgeregt entgegen.

»Herr Doktor – bringen Sie mir Gutes? Ich bin am Ende dessen, was zu ertragen ist«, rief er heiser und gepreßt.

Bruckner schüttelte ihm freudig die Hand. »Ich bringe Ihnen das Beste – die Freiheit, Herr Baron.«

Norbert fiel wie erschöpft in einen Sessel. Er fürchtete, falsch verstanden zu haben.

»Die Freiheit? Doktor – wägen Sie Ihre Worte – eine Enttäuschung könnte ich nicht ertragen«, sagte er dumpf.

Bruckner trat mit bewegtem Gesicht neben ihn und legte ihm die Hand auf die Schulter. »Mein Wort darauf, ich bringe Ihnen die Freiheit. Sie wissen, ich sage nicht mehr, als ich verantworten kann. Schon bei unserer letzten Unterredung war ich sicher, Sie herauszuhauen zu können. Aber ich wollte Ihnen erst alle Beweise bringen. Nochmals, mein Wort darauf, ich bringe Ihnen die Freiheit.«

Norbert barg einen Augenblick das Gesicht in den Händen. Ein Zittern lief über ihn hin. Aber dann faßte er sich und zog Bruckner neben sich in einen Sessel.

»Reden Sie, lieber Herr Doktor, reden Sie, ich lese Ihnen jedes Wort von den Lippen.«

Bruckner lehnte sich lächelnd und aufatmend zurück. »Ich muß weit ausholen. Aber damit Sie geduldig meine hübsche Geschichte anhören, will ich Ihnen voraus sagen, daß die Baronin heute noch Falkenau verlassen wird, wenn Sie es wünschen, und daß wir es jetzt sind, die Bedingungen stellen können. Als eine besondere Vergünstigung erbitte ich mir, daß Sie mir gestatten, Ihre Rechnung mit der Dame auszugleichen und ihr den Weg zu weisen, der sie für immer aus Falkenau hinausführen wird.«

Norbert atmete tief und schwer. Er war leichenblaß vor Erregung und seine Augen leuchteten in fieberischem Glanz.

»Lieber Herr Doktor, Ihre Worte klingen mir wie die herrlichste Musik. Wenn das alles wahr ist, was Sie mir sagen, dann können Sie von mir verlangen, was Sie wollen.«

Bruckner lachte. »Nun, nun, Herr Baron. Sie sind noch immer nicht gewitzt. Man soll nicht so leichtsinnig Versprechungen machen. Aber nun will ich Sie nicht länger auf die Folter spannnen. Also hören Sie mich an:

Das erste, was ich in Ihrer Angelegenheit tat, war, Nachforschungen anzustellen über das Vorleben Ihrer Frau. Mein Prinzip ist, wie Sie wissen, Präzision bis ins kleinste. Und so fing ich an bei der Geburt Ihrer Frau. Nein, nein, bitte nicht unterbrechen, lassen Sie mir das Vergnügen, Ihnen das ganze Bild meines Wirkens genau auszumalen. Mir ist es ein Nachgenuß, und Ihnen wird es gleich interessant genug erscheinen. Sie werden denken, daß es unsinnig war, so weit in die Vergangenheit zurückzugehen. Aber es war doch sehr gut, daß ich es tat. An Hand der Papiere und Daten, die ich von Ihnen erhalten, war es mir leicht, festzustellen, daß Magdalena Kiefer in dem Städtchen W... als Tochter eines ehrsamen Schneiders zur Welt kam, der im Nebenamt Laternenanzünder war. Da er von einem hochwohllöblichen Magistrat mit einem festen, wenn auch minimalen Gehalt dazu angestellt war, konnte seine Tochter mit einem Schein des Rechts behaupten, daß ihr Vater Beamter war.

Dieser Schneider und Laternenanzünder Julius Kiefer hatte bereits ein zehnjähriges Töchterchen, als ihm seine Frau nach dieser langen Zwischenzeit abermals eine Tochter schenkte. Dafür mußte jedoch die arme Frau bei der Geburt dieser zweiten Tochter ihr eigenes Leben lassen, und Julius Kiefer stand nun als Witwer mit einem zehnjährigen Töchterchen und einem hilflosen Baby allein in der Welt. Hilfreiche Nachbarinnen nahmen sich des Säuglings an. Es hatte genau so schönes, kastanienbraunes Haar und genau solche geheimnisvollen Nixenaugen wie seine zehnjährige Schwester. Beides war das Erbteil der verstorbenen Mutter, die eine sehr hübsche Frau gewesen war.

Beide Töchter blühten, trotz der sehr einfachen Verhältnisse, prächtig empor. In der ältesten aber entwickelte sich schon früh der abenteuerliche Hang. Sie war verlogen und tat weder in der Schule noch im Hause besonders gut.

Als sie achtzehn Jahre alt war, wollte sie der Vater in einer achtbaren Familie als Dienstmädchen unterbringen, aber sie zog es vor, mit einer kleinen Schauspielertruppe, die im Städtchen gastierte, durchzugehen, weil sie mit einem der Schauspieler ein Liebesverhältnis angeknüpft hatte hinter dem Rücken ihres Vaters.

Ich konnte in Erfahrung bringen, daß sie bald, infolge ihrer Schönheit, der Star der Wandertruppe wurde und Vater Kiefer gab sich denn auch mit der ›Künstlerlaufbahn‹ seiner Ältesten zufrieden.

Diese älteste Tochter hieß mit ihrem vollen Namen – ich bitte, merken Sie auf, Herr Baron – Helene Klara Sophie Kiefer und wurde schlechtweg ›Lene‹ gerufen.«

»Das war Lena?« fragte Norbert, der atemlos lauschte.

Bruckner lächelte.

»Ich muß bitten, sich in Geduld zu fassen, Herr Baron, sonst nehmen Sie mir meine schönsten Pointen vorweg. Neun Jahre nach Beginn von Helenes Künstlerlaufbahn starb Vater Kiefer. Er schloß seine Augen in Frieden, denn seine Älteste war ›eine große Künstlerin‹ geworden und seine Jüngste war ein braves, fleißiges und ordentliches Geschöpf und war kurz vor ihres Vaters Tod von der Frau Bürgermeister als Hausmädchen engagiert worden. Auch die Jüngste war ein bildhübsches Mädchen, aber mit sehr soliden, bescheidenen Ansichten. Diese Jüngste hieß – Magdalena Anna Gertrud.«

Wieder fuhr Norbert überrascht auf. »Nein, Herr Doktor, das ist ein Irrtum – so heißt ja meine Frau, ich entsinne mich jetzt ganz genau. Sie haben wohl die Namen verwechselt.«

Wieder lächelte Bruckner, und ohne auf den Einwurf zu achten, fuhr er fort:

»Sie wurde übrigens, obwohl ihr Rufname Magdalena war, allenthalben bei ihrem zweiten Namen ›Anna‹ gerufen, weil Magdalena zu lang war, Magda zu gespreizt und Lena zu leicht mit Lene zu verwechseln war. Auch die Frau Bürgermeister nannte sie nur Anna.«

Norbert konnte sich nicht enthalten, abermals einen Einwurf zu machen.

»Sollten Sie nicht im Irrtum sein, Herr Doktor? Es ist ausgeschlossen, daß meine Frau als Hausmädchen angestellt war. Sie war ja schon seit mindestens fünf Jahren am Theater, als sie meine Frau wurde, also schon mit siebzehn Jahren.«

»Nun, Sie wissen doch, daß es Ihre Frau nie mit der Wahrheit genau genommen hat.«

»Aber ich weiß es von anderer glaubwürdiger Seite. Einer meiner Kameraden hatte sie schon fünf Jahre vor unserer Verheiratung in einer Provinzstadt auf der Bühne gesehen. Mir erscheint Ihre ganze Geschichte etwas verworren.«

»Oh, Sie sollen sich bald von der völligen Klarheit überzeugen. Also ich brachte in Erfahrung, daß Magdalena, genannt ›Anna‹, Kiefer ihre Herrschaft sehr zufriedenstellte. Nach zwei Jahren verheiratete sich die Tochter der Frau Bürgermeisterin, und Anna ging in deren jungen Haushalt über. Ich konnte nun noch feststellen, daß sich die beiden Schwestern Kiefer, bis auf das verschiedene Alter, sehr ähnlich gewesen sein mußten. Aus den Aufzeichnungen über Annas Dienstbuch entnahm ich aber noch, daß diese jüngere Schwester ein besonderes Merkmal besaß – unter der Rubrik: ›Besondere Kennzeichen‹ hieß es: An der linken Schläfe ein braunes Muttermal in Gestalt eines verschobenen Dreiecks.«

Norbert zuckte zusammen – und in seinen Augen funkelten tausend Fragen. Bruckner aber winkte hastig ab, als wollte er jede Frage unterdrücken, und fuhr fort:

»Die hübsche Magdalena – Anna bekam auch bald einen Bräutigam. Dieser war in einer Materialwarenhandlung als Kommis angestellt, und nichts als die beiderseitige Armut hinderte die jungen Leute, sich zu heiraten. Er hieß Ernst Weidner. Nun kam eines Tages aus dem ersten Hotel des Städtchens ein Bote, der Anna einen Brief überbrachte. Gleich darauf bat diese um Urlaub, da sie ihre Schwester zu sprechen verlangte.

Von diesem Urlaub kam Anna sehr zerstreut und nachdenklich wieder heim. Am Abend bat sie nochmals um Urlaub, da sie ihren Bräutigam der Schwester vorstellen wollte, die am nächsten Morgen schon wieder abreisen mußte.

Wenige Tage darauf überraschte Anna ihre Herrschaft mit der Nachricht, daß ihr Bräutigam eine Erbschaft gemacht habe, sich in einer größeren Provinzstadt selbst ein kleines Geschäft kaufen und sie deshalb sogleich heiraten würde.

Man ließ die fleißige Anna mit Segenswünschen ziehen.

Sie meldete sich ordnungsgemäß ab nach der Provinzstadt R…, wo ihre Hochzeit stattfinden sollte. Sie zählte damals zweiundzwanzig Jahre.

In R… setzte ich meine Nachforschungen fort und brachte etwas Seltsames in Erfahrung. Die zweiundzwanzigjährige Magdalena Anna Gertrud Kiefer hatte nach wenigen Tagen diese Stadt wieder verlassen, und statt ihrer hatte sich die zehn Jahre ältere Schwester Helena Klara Sophie mit dem Bräutigam Annas, dem Kommis Ernst Weidner verheiratet. Das junge Paar hatte sich ein nettes kleines Lädchen gekauft. Diese Überraschung gab mir zu denken. Und deshalb, Herr Baron, fing mich plötzlich das Muttermal brennend zu interessieren an, und das entschieden ältliche Aussehen Ihrer Frau bekam eine besondere Bedeutung für mich.«

Norbert sprang jetzt mit einem Satz empor. »Herr Doktor – jetzt fange ich an zu verstehen, wo Sie hinauswollen. Wäre es möglich, daß – daß ...«

»Daß«, fuhr Bruckner fort, »Ihre Frau, um sich zehn Jahre jünger zu machen, um nicht zu verraten, daß sie sich Ihnen gegenüber schon fälschlich zehn Jahre jünger gemacht hatte, ihre Papiere mit denen ihrer Schwester vertauschte. Ja, Herr Baron, so ist es. Helena – oder wie sie sich bei Theater nannte, Lena Kiefer kaufte ihrer Schwester für fünftausend Mark, die wohl Ihrer Kasse entstammten, ihre Papiere und ihre Jugend ab. Sie war nach W... gekommen, um Magdalena zu diesem Tausch zu bewegen. Die ähnlichen Rufnamen machten den Kauf ziemlich leicht. Die Jüngere wollte erst nicht darauf eingehen, aber ihr unternehmender Bräutigam wußte ihr klarzumachen, daß sie sich für die gebotenen fünftausend Mark eine gemeinsame Existenz gründen konnten. Die Liebe und der Wunsch nach Vereinigung siegten über alle Bedenken. Die Ältere wußte die ganze Angelegenheit als sehr harmlos darzustellen und machte mit dem Bräutigam den ganzen Plan fertig.

Sie trafen sich alle drei in R... Die falsche Magdalena reiste um zehn Jahre verjüngt sogleich wieder ab, und die wirkliche Magdalena wurde ihrem Ernst Weidner mit den Papieren der älteren Schwester angetraut.

Sie aber, Herr Baron, sind mit der falschen Magdalena getraut worden. Ihre Ehe ist also im Grunde ungültig, jedenfalls anfechtbar, denn sie ist unter falschen Voraussetzungen geschlossen worden.«

Norbert wandte sich, von Erregung übermannt, ab und trat ans Fenster. Es arbeitete furchtbar in seinen Zügen. Eine Weile herrschte Schweigen, nur Norberts erregte Atemzüge waren hörbar. Bruckner merkte nur zu gut, was in ihm vorging und er ließ ihm Zeit, sich zu fassen.

Endlich wandte sich Norbert wieder um. Wortlos reichte er Bruckner beide Hände. Dann holte er tief Atem und sagte rauh vor Erregung:

»Nun beenden Sie Ihren Bericht, Herr Doktor. Wie erhielten Sie die Beweise für diesen Betrug?«

Sie nahmen wieder Platz und Bruckner berichtete weiter.

»Schon als Sie das letztemal bei mir waren, wußte ich so ziemlich alles. Ihre Aussage über das geschminkte Muttermal nahm mir den letzten Zweifel. Damit hatte die Baronin das falsche Signalement vervollständigen wollen, es war das einzige, was sie von der Schwester unterschied. Ich aber brauchte nun noch unanfechtbare Beweise, um die Baronin zu überführen, und die konnte ich nur von ihr selbst – oder ihrer Schwester erlangen. Das letztere schien mir am aussichtsvollsten. Deshalb unternahm ich selbst die kleine Reise nach R..., da sehr viel auf ein diplomatisches Vorgehen ankam. Denn ohne weiteres würden die Schwester und ihr Mann den Betrug, an dem sie doch beteiligt waren, nicht zugestehen. Ich suchte also persönlich das nette, saubere Lädchen auf, in dem das junge Ehepaar emsig und vergnügt seine Kunden bediente. Das Glück lachte der jungen Frau, der man nur noch wenig Ähnlichkeit mit ihrer älteren, geschminkten Schwester ansah, nur so aus den Augen. Ein gewisser Wohlstand machte sich bemerkbar, das Geschäftchen nährt seinen Mann.

Unter dem Vorwand einer wichtigen gerichtlichen Mitteilung schmuggelte ich mich in die neben dem Laden liegende Wohnung ein. Ein Lehrling fertigte inzwischen die Kunden ab, und ich blieb mit dem Ehepaar ungestört. Ohne Gewissensbisse spielte ich meine Komödie ab. Ich zog einige amtliche aussehende Papiere hervor und erklärte ihnen, ein entfernter Verwandter des Schneiders Julius Kiefer, sei gestorben und habe dessen jüngster Tochter, Magdalena Anna Gertrud eine hübsche Summe vererbt. Ich sei gekommen, um bei der älteren Schwester, die ich doch wohl vor mir habe, den Aufenthalt der jüngeren zu erforschen, da ich dieser das Geld unverzüglich überbringen wollte. Die beiden Leutchen gingen in der freudigen Überraschung tadellos auf den Leim. Der junge Ehemann fürchtete, seiner Frau könne das Erbe entgehen, das sie doch so gut brauchen konnten, um ihr Geschäft zu vergrößern – und im Handumdrehen hatte ich ihr Geständnis. Natürlich wollten sie hinterher leugnen, aber ich drohte ihnen, den Betrug aufzudecken, wenn sie mir nicht rückhaltlos die Wahrheit bestätigten. Im Falle unbedingter Offenheit versprach ich ihnen zweitausend Mark – womit ich Ihr Konto, Herr Baron, belasten werde. Doch das werden Sie jetzt an der Rente sparen, die Ihre Frau von Ihnen verlangte. Ich mußte den fassungslosen Leutchen ein Pflaster auflegen für die erträumte Erbschaft. Sie haben sich bei dem ganzen Betrug nichts Schlimmes gedacht. Die ältere Schwester hatte ihnen gesagt, beim Theater müsse man eben immer jung scheinen, sonst hapere es mit dem Engagement.

So, Herr Baron, und nun will ich mit Ihrer Erlaubnis zu der Frau Baronin gehen und mit ihr abrechnen. Ich werde mir ein Vergnügen daraus machen, ihr zu sagen, daß sie sich wohl damals nicht über die Folgen dieses Betruges klargeworden sein kann, da sie sich sonst hätte sagen müssen, daß eine Ehe, die sie unter falschen Namen eingeht, ungültig und anfechtbar ist. Es ist vielleicht nicht der schlimmste Betrug, den sie sich in ihrem Leben hat zuschulden kommen lassen, jedenfalls hat sie ihn wohl ziemlich harmlos gesehen. Im Grunde genommen ist wegen eines falschen Vornamens und einiger weggeleugneter Jahre wohl außer ihr noch manche Weltdame zur Betrügerin geworden und hat das nicht viel auf sich. Für uns aber ist die Sache sehr wichtig, und das kleine geschminkte Muttermal soll sie teurer zu stehen kommen, als sonst alle ihre kosmetischen Verschönerungsmittel.«

Norbert schlug sich vor die Stirn.

»War ich denn blind, daß ich nicht merkte, daß sie älter ist als ich, statt sechs Jahre jünger. Wahrhaftig ich habe Strafe verdient!« rief er aus.

Dann faßte er wieder Bruckners Hände.

»Lieber Herr Doktor, wird mir dieser Betrug auch wirklich zur Freiheit verhelfen? Kann meine Ehe wirklich für ungültig erklärt werden?«

»Angefochten kann sie unbedingt werden. Aber ich schlage vor, wir entledigen uns auf andere Weise der ›falschen Baronin‹. Wie ich Sie, Herr Baron, kenne, kommt es Ihnen nicht auf einige tausend Mark an. Ich möchte, offen gesagt, die beiden fleißigen Leutchen schonen. Strengen wir den Betrugsprozeß gegen ihre Frau an, dann ziehen wir die Schwester mit hinein und außerdem wird eine Menge Staub aufgewirbelt. Der Name Falkenau wird durch alle Zeitungen geschleift, und es wird alles, was hinter Ihnen liegt, wieder aufgerührt. Daran kann uns nichts liegen. Ich werde ihr die Wahl lassen, sofort abzureisen und in die Scheidung einzuwilligen – dann soll sie, sagen wir fünftausend Mark Rente von Ihnen bekommen – oder sie soll sich den Prozeß wegen Betruges und Eingehung einer Ehe unter falschem Namen von uns machen lassen. Da sie im letzten Falle nicht einen Pfennig bekommen wird, bin ich überzeugt, sie wählt das erstere. Dafür werde ich durch meine Darstellung der Sachlage sorgen. In ein paar Stunden wird Falkenau von ihr befreit sein. Sie können dann das neue Jahr unter einem günstigen Zeichen beginnen.«

Norbert drückte ihm so stark die Hand, daß Dr. Bruckner eine Grimasse schnitt.

»Lieber Herr Doktor – lieber Herr Doktor – wie danke ich Ihnen nur? Sie schenken mir das Leben wieder und – ach – Sie wissen ja gar nicht, welche Wohltat Sie mir erweisen.«

Bruckner lachte gerührt.

»Nun, nun – das braucht keinen Dank, ich habe Ihren Auftrag erfüllt und werde Ihnen schon die Kostenrechnung schicken«, scherzte er. Ernst werdend fuhr er fort: »Außerdem – Baron Donatus Falkenau hat mich als ganz jungen Anfänger so tatkräftig unterstützt, daß ich schnell eine gute Praxis bekam, und bis zu seinem Ende war er mir ein treuer Freund. Es war mir Ehrensache, den Platz, den erst seine verehrungswürdige Gattin und dann seine nicht minder verehrungswürdige Tochter einnahm, von einer Abenteuerin zu säubern.«

Die beiden Männer sahen sich an und verstanden sich. Sie drückten sich die Hände, und Norbert sagte halberstickt vor Erregung. »Nie – nie werde ich Ihnen das vergessen.«

Dr. Bruckner ließ sich bei der Baronin melden.

Norbert war in seinem Zimmer geblieben, eine Beute der stürmischen Empfindungen. Er hatte sich auf den Diwan geworfen. Seine Gedanken kreisten unruhig hinter seiner Stirn. So lag er und wartete auf die Entscheidung. Nur volle Gewißheit seiner Befreiung wollte er haben, dann wollte er hinüberfliegen – zu Annelies, und ihr sein übervolles Herz ausschütten. Heute mußte sie ihn empfangen, er mußte ihr selbst sagen, daß er frei sein würde.

So lag er wie gefesselt und wartete, bis Bruckner seine Mission erfüllt hatte.

Lena saß in denkbar schlechter Stimmung in ihrem Salon, als ihr Bruckner gemeldet wurde. Sie sah etwas verwundert auf die Karte hinab. Da fiel ihr ein, daß dieser Name auf dem Postabschnitt gestanden hatte, als sie die letzte Rate von Norbert erhielt. Jedenfalls kam er heute als Abgesandter ihres Gatten. Vielleicht hatte er doch neue Vorschläge in seinem Namen zu machen. Vor allen Dingen aber war es ein Mensch, mit dem sie reden konnte. Dieses ewige Schweigen vertrug sie nicht mehr.

»Ich lasse bitten«, sagte sie hastig.

Bruckner trat ein und verbeugte sich. »Frau Baronin verzeihen, wenn ich störe – ich komme im Auftrag des Herrn Baron Norbert von Falkenau.«

Lena verneigte den Kopf. »Sie stören mich nicht, Herr Doktor. Bitte nehmen Sie Platz und sagen Sie mir, was mir die Ehre Ihres Besuches verschafft.«

Bruckner setzte sich nieder, und Lena drapierte sich graziös ihm gegenüber in einem Sessel. Sobald sie sich einem Mann gegenübersah, kokettierte sie mit ihren Reizen, das war ihr in Fleisch und Blut übergegangen.

»Ohne Umschweife, Frau Baronin, ich bin gekommen, Sie zu veranlassen, ihr Domizil zu wechseln«, sagte Bruckner ohne jede Einleitung.

Sie sah ihn überlegen ironisch an. »Oh – Sie meinen, ich soll Falkenau verlassen?«

»Allerdings.«

Sie lachte spöttisch auf. »Aber warum – es gefällt mir sehr gut hier«, sagte sie und blickte kokett zu ihm hinüber.

»Trotzdem möchte ich Sie dazu veranlassen.«

Sie sah zuerst auf ihre weißen, ringgeschmückten Hände, die sie zur gefälligen Ansicht auf die Armlehnen des Sessels gelegt hatte, dann mit einem schmachtenden Augenaufschlag wieder zu ihm.

»Und Sie meinen, da brauchen Sie nur mit einer amtlichen Würdemiene zu kommen, um mich in die Flucht zu schlagen? Oh, nein, Herr Doktor, so sehr zum Fürchten sehen Sie wirklich nicht aus, und ich bin keine ängstliche, hilflose Natur. Mein Herr Gemahl hätte sich die Kosten und Ihnen den Weg sparen können. Ich denke nicht daran, Falkenau zu verlassen.«

Bruckner blieb ganz gelassen und betrachtete sie interessiert. Sie war immerhin eine Persönlichkeit, die man nicht zu den alltäglichen rechnen konnte. Mit einem leisen Lächeln sagte er pointiert: »Doch, meine gnädigste Frau Baronin – in wenigen Minuten werden Sie selbst von dem Wunsch durchdrungen sein, Falkenau möglichst schnell zu verlassen.«

Sie zuckte die Achseln und warf den Kopf zurück. »Da wäre ich begierig.«

Er richtete sich etwas aus seiner ungezwungenen Stellung auf und sah sie scharf durch seinen Kneifer an.

»Ich muß ein wenig ungalant sein und Ihnen sagen,

daß, wenn Sie nicht selbst diesen Wunsch hegen sollten, ich gezwungen sein würde, Ihnen durch polizeiliche Autorität einen anderen Aufenthalt anweisen zu lassen. Dieser Aufenthalt würde dann schwerlich so angenehm sein wie einer, den Sie sich selbst wählen.«

In Lenas Augen funkelte es stechend und unsicher. Ihre Züge bekamen einen gespannten Ausdruck. Dennoch richtete sie sich mit einer königlichen Gebärde, die wohl auf der Bühne sehr wirksam gewesen wäre, empor und sagte abweisend:

»Herr Doktor, ich verstehe Sie nicht und bin nicht in der Stimmung, Rätsel zu lösen. Im übrigen finde ich, daß Sie mir gegenüber einen Ton anschlagen, den ich nicht gewöhnt bin.«

Er verneigte sich tief. »Pardon! Schöne Frauen sind es meist nicht gewöhnt, daß man ernsthaft mit ihnen spricht. Obwohl Ihnen mein Ton nicht gefällt, muß ich ihn beibehalten und sogar noch etwas deutlicher werden, da sie mich nicht verstehen«, sagte er langsam. Man sah ihm an, daß er diese Situation wie ein Feinschmecker auskostete.

»Also bitte«, sagte sie kurz, nervös mit den Fingern spielend.

»Sofort, Fräulein Helena Klara Kiefer«, sagte er langsam und scharf.

Sie zuckte zusammen und ihre Züge wurden plötzlich schlaff und verfallen.

»Mein Herr, was soll das?«

Er lächelte ironisch. »Oh, nichts, ich sprach nur Ihren Mädchennamen aus.«

Sie hatte sich schnell gefaßt. »Ich bin nicht zum Scherzen aufgelegt, Herr Doktor, im übrigen heiße ich Magdalena Anna Gertrud.«

Er beugte sich vor und sah forschend nach ihrer Stirn.

»Sie hätten heute nicht vergessen sollen, das kleine braune Dreieck an Ihrer linken Schläfe anzubringen.«

Sie umklammerte die Lehne ihres Sessels. »Ich – ich verstehe – Sie nicht«, stammelte sie unsicher.

»Immer noch nicht?« erkundigte er sich liebenswürdig. »Oh, das bedauere ich, da muß ich noch deutlicher werden, meine Gnädigste. Also – Ihr Betrug ist entdeckt. Die Beweise dafür sind in meinen Händen, daß Sie überhaupt kein Recht haben, sich Baronin Falkenau zu nennen, daß Sie mit falschen Papieren, mit den Papieren Ihrer Schwester Magdalena, genannt Anna, sich dem Baron Norbert Falkenau antrauen ließen. Ihre Ehe mit Baron Falkenau besteht also nicht zu Recht. Ich selbst hatte das Vergnügen, mit Ihrer Schwester und deren Gatten, Herrn Ernst Weidner, zu verhandeln und besitze das Geständnis Ihrer beiden Mitschuldigen schwarz auf weiß. Darf ich es Ihnen vorlegen?«

Lena war entgeistert in ihren Sessel zurückgesunken und mühte sich krampfhaft, ihre Fassung zu bewahren.

»Das ist – das ist – was wollen Sie eigentlich von mir?« stieß sie hervor.

Er lächelte wieder sehr liebenswürdig. »Oh, nur eine Kleinigkeit: Ihre sofortige Abreise von Falkenau und bedingungslose Einwilligung in alles, was wir im Interesse einer möglichst schnellen Scheidung für nötig halten. Diese Scheidung wird allerdings nur eine Farce sein, wie Ihre Verheiratung selbst, denn Ihre Ehe ist ungültig.«

Lena fuhr wild empor.

»Ach, das ist ja eine Falle, die man mir stellt, eine Falle! Ich werde aber nicht hineingehen, mein Herr Doktor, Ihre juristischen Spitzfindigkeiten sollen mich nicht in die Flucht schlagen!« rief sie mit verzerrtem Gesicht und rannte wie von Sinnen im Zimmer umher.

Er blieb ganz ruhig, ließ sie erst ein wenig austoben, und als sie dann plötzlich mit einem Ruck vor ihm stehenblieb, sagte er gelassen:

»Also, wie Sie wünschen, meine Gnädigste. Wenn Sie nicht Falkenau heute noch verlassen, werde ich sofort Anzeige erstatten und Sie wegen Betruges verhaften lassen. Nur weil Baron Falkenau Sie schonen und einen Eklat vermeiden wollte, haben wir Ihnen einen Ausweg gelassen.«

Lena lachte schrill auf. »Haha – er hofft mich auf diese Weise billig loszuwerden. Das soll ihm nicht gelingen«, rief sie außer sich.

Aber die Angst, alles zu verlieren, stand deutlich in ihren unheimlich flimmernden Augen.

»Jedenfalls billiger, als Sie die Absicht hatten, ihn freizugeben, meine Gnädigste. Er ist zwar nicht genötigt, Ihnen unter den obwaltenden Verhältnissen auch nur einen Pfennig zu zahlen. Aber Baron Falkenau ist ein vornehmer Charakter und will nicht, daß die Frau, die er einst geliebt hat, in Not und Schande verkommen soll. Er bietet Ihnen eine Rente von fünftausend Mark jährlich, unter der Bedingung, daß Sie heute noch Falkenau verlassen und in alle unsere Bedingungen einwilligen. Weigern Sie sich, so wird sofort mit den schärfsten Maßregeln gegen Sie vorgegangen – und dann erhalten Sie keinen Pfennig.«

Lena sah ein, daß ihr Spiel verloren war. Sie versuchte noch einige Schachzüge, aber Bruckner war ihr als Gegner vollständig gewachsen.

Schließlich verlegte sie sich aufs Jammern und Weinen und suchte auf diese Weise die Rente noch zu erhöhen. Sie behauptete, mit fünftausend Mark unmöglich auskommen zu können, und klagte sich selbst an, daß sie nicht gleich auf Norberts Angebot eingegangen war und die achttausend Mark angenommen hätte.

Um der widerlichen Szene ein Ende zu machen, erhöhte Bruckner aus eigenem Antriebe die Rente auf sechstausend Mark.

»Sie haben dann monatlich fünfhundert Mark zu verzehren, damit können Sie sehr behaglich und sorgenfrei leben. Ich will diese tausend Mark mehr noch bewilligen unter der Voraussetzung, daß Sie nach der Scheidung den Namen Falkenau ablegen und Ihren Mädchennamen wieder führen.«

Lena ergab sich nun endlich in ihr Schicksal, aus Furcht, daß man ihr sonst alles entziehen und auch noch den Prozeß machen würde.

Ganz gebrochen saß sie da. Bruckner klingelte selbst der Mamsell und gab ihr den Befehl, der Frau Baronin sofort genügend Personal zur Verfügung zu stellen, damit diese ihre Sachen packen und in zwei Stunden zur Station fahren könne, damit sie den Zug – Lena wollte zuerst nach Berlin reisen – noch erreichte.

Mamsell Hegelein eilte wie beschwingt davon, und noch während sich Dr. Bruckner von Lena verabschiedete und ihr noch einige Anweisungen gab, drang sie mit einer ganzen Schar von Dienern wieder ein.

Bereitwilliger war noch niemand bedient worden.

Lena stand wie erstarrt in dem sie umgebenden Trubel und barg seufzend die Anweisung auf die Deutsche Bank, die ihr Bruckner ausgestellt hatte, damit sie nicht ohne Geld war, in ihrer Geldtasche.

18

Bruckner eilte zu Norbert und teilte ihm das Resultat seiner Verhandlung mit Lena mit. Norbert war wie trunken vor Freude und schüttelte Bruckner immer wieder die Hand. Die beiden Herren nahmen dann zusammen das Diner ein und besprachen dabei noch allerlei Einzelheiten in bezug auf Norberts Scheidung, die nun unverzüglich eingeleitet werden sollte.

Gleich nach Tisch verabschiedete sich Bruckner, denn er ahnte, daß es Norbert nach Neulinden trieb.

Mit herzlichen Dankesworten brachte ihn Norbert an seinen Wagen. Dann eilte er hinüber zu Kollermann, um ihm die Freundenbotschaft zu bringen, daß die Baronin Falkenau verlassen würde.

Kollermann stand aber schon mit strahlendem Gesicht auf dem Hof und schirrte eigenhändig den Wagen an, der die Baronin zur Station bringen sollte. Mamsell Hegelein hatte ihm bereits das frohe Ereignis gemeldet. Als Norbert zu ihm trat, sagte er vergnügt:

»Ich weiß nun schon alles, Herr Baron. Und dies ist der erste und der letzte Dienst, den ich ›ihr‹ erweise. Gottlob – nun wird die Luft wieder rein. Mamsell freut sich schon auf das Scheuerfest, ganz Falkenau soll unter Wasser gesetzt werden, damit nichts hängen bleibt von Puder und Schminke und dem greulichen Geruch. Na – und den Dr. Bruckner – den lasse ich in Gold fassen. Hab' ich es Ihnen nicht gleich gesagt, Herr Baron – der haut Sie raus, das ist'n Feiner und scharf wie ein Luchs.«

Er drückte seinem Herrn die Hand, daß es krachte. Und lachend fuhr er fort: »Teufel noch mal – jetzt sehen Sie anders aus den Augen, als all die Zeit.«

Norbert nickte froh.

»Ja – und nun lassen Sie mir gleich mein Pferd satteln, Kollermann.«

»Steht schon fix und fertig, Herr Baron. Ich konnte mir denken, daß Sie heute Tee und Silvesterkuchen in Neulinden probieren wollen.«

Norbert schüttelte dem Alten die Hand und sah ihn mit strahlenden Augen an.

Dann ging er schnell auf sein Zimmer zurück, um Lena nicht noch einmal begegnen zu müssen.

Diese hatte sich in aller Eile zur Abreise gerüstet. Mamsell Hegelein hatte dafür gesorgt, daß ihre Sachen gepackt waren in der kurzen Zeit. Sie händigte Lena die Schlüssel zu ihren Koffern aus und ließ diese hinabschaffen, damit sie aufgeladen werden konnten. Lena hatte dasselbe fesche Reisekostüm angelegt, in dem sie in Falkenau angekommen war. Aber sonst hatte sie sich nicht so kokett und verführerisch zurechtgemacht. Sie sah alt und verfallen aus, das vermochte auch Puder und Schminke nicht zu verbergen.

Mamsell Hegelein meldete ihr, daß der Wagen vorgefahren sei. Noch einen langen Blick ließ sie durch die Zimmer schweifen, in denen sie den kurzen Traum als Majoratsherrin von Falkenau geträumt hatte. Es war kein erhebendes Gefühl, mit dem sie über die Schwelle schritt.

Aber sie wahrte eine königliche Haltung.

Kollermann hatte sich neben den Wagen aufgestellt und schärfte dem Kutscher immer wieder ein, ja recht schnell zu fahren, damit der Zug nicht versäumt würde. Der Kutscher machte ein pfiffiges Gesicht und nickte lachend.

Zum ersten Male wich Kollermann einer Begegnung mit der falschen Baronin nicht aus, zum ersten

Male trotzte er ihrem Parfüm, um ihren Abzug zu überwachen.

Und als sie nun, gefolgt von Mamsell Hegelein, durch die Halle kam, beeilte er sich, den Wagenschlag zu öffnen. Hochaufgerichtet, mit dem Gesicht wie aus Stein gemeißelt, stand er neben dem Wagen.

Lena trat heraus. Als sie Kollermann erblickte, zuckte es in ihrem Gesicht. Sie wußte, daß er ihr Feind war.

Mamsell Hegelein trat mit unbewegter Miene neben ihren alten Freund Kollermann, und die beiden treuen alten Seelen blickten mit lustigen, strahlenden Augen einander in die unbewegten Gesichter.

Lena wußte, die beiden freuten sich über ihre Niederlage und über ihre Abreise.

Sie zog den Schleier über das Gesicht. Dann stieg sie in den Wagen und warf sich mit nachlässiger Grazie in die Polster. Es sollte ihr niemand anmerken, wie ihr zumute war. Das Komödienspielen war ihr zur zweiten Natur geworden.

Kollermann schloß den Wagenschlag hinter ihr so recht fest und ausdrücklich.

»Schnell zufahren – los!« kommandierte er.

Lena wandte sich mit einem kurzen Gruß nach Mamsell Hegelein um, und da sah sie zum ersten Male in deren lachendes, strahlendes Gesicht. Neben ihr stand Kollermann, genau so strahlend und vergnügt.

Ein würgendes, bitteres Gefühl stieg in Lena auf. Sie ließ den Blick über Norberts Fenster gleiten, aber diese waren dicht verhängt. ›Er wird strahlen – wie seine Leute auch‹, dachte sie in ohnmächtigem Zorn, und Tränen der Wut rollten über ihre Wangen.

So zog Lena mit getäuschten Erwartungen und

gescheiterten Hoffnungen von Falkenau fort, um nie wiederzukehren.

Kollermann lief zu seinem Herrn. »Die Luft ist rein«, Herr Baron – und das Pferd steht gesattelt vor der Tür«, rief er freudig.

Norbert kam eilends heraus und sprang in den Sattel. Im schnellsten Tempo ritt er nach Neulinden.

Es begann bereits zu dunkeln. Der Himmel war voller Schneewolken, und leise begannen vereinzelte Schneeflocken zu fallen.

Mit tiefen, befreiten Atemzügen sog Norbert die kalte Luft ein. So leicht und froh wie heute war ihm seit Jahren nicht mehr zumute gewesen. Ein glücklicher Ausdruck lag in seinen Augen, und der herbe, bittere Zug um den Mund hatte sich in Weichheit aufgelöst.

Der Weg nach Neulinden wurde ihm länger als je. Und als er das Schloß endlich liegen sah, mußte er absteigen und sein Pferd am Zügel die ansteigende Fahrstraße seitlich von den Terrassen emporführen, weil etwas an den Hufen in Unordnung geraten war. Schon von weitem stieß er den bekannten Pfiff aus, der den Reitknecht herbeirief. Er übergab ihm das Pferd mit dem Bemerken, daß man den Huf in Ordnung bringen sollte. Dann betrat er die Halle.

Es war alles still und leer. Erst als er sich räusperte, kam ein Diener aus dem Souterrain heraufgestürzt.

»Sind die Damen zu Hause?« fragte Norbert hastig.

»Nur die gnädige Baroneß. Fräulein von Haldensleben ist ins Pfarrhaus gegangen, wird aber bald zurückkommen.«

»Wo befindet sich Baroneß Falkenau?«

»Im kleinen Salon neben dem Arbeitszimmer. Ich werde den Herrn Baron sofort melden.«

Norbert nickte, folgte dem Diener auf dem Fuße, weil er fürchtete, abgewiesen zu werden. Er wollte Annelies keine Zeit dazu lassen.

Die Baroneß hatte in einem Sessel am Kamin gesessen und träumerisch in die rosige Glut geschaut. Das Zimmer lag noch im Dunkel. Der Diener öffnete die Tür, und während er Norbert meldete, drehte er das elektrische Licht an.

Ehe sich Annelies von ihrem Schrecken erholt hatte, stand Norbert schon mitten im Zimmer.

Sie richtete sich hastig empor aus ihrer versunkenen Stellung und sah ihn vorwurfsvoll an. Zitternd und abwehrend streckte sie die Hand nach ihm aus.

»Norbert, Sie? Sie sollten doch nicht nach Neulinden kommen!«

Da aber war er schon an ihrer Seite, und zu ihren Füßen niedergekniet barg er sein Antlitz in ihrem Schoße.

Sie sah, daß er namenlos erregt war.

»Um Gottes willen, Norbert, was ist geschehen? Wieder etwas Schlimmes? Stehen Sie doch auf, ich bitte Sie.«

Aber er blieb auf den Knien liegen, hob nur den Kopf und sah mit leuchtenden Augen zu ihr auf.

»Laß mich hier ruhen, meine Annelies, schick mich nicht fort. Ich bin frei – frei, Annelies. Hörst du es – frei! Sie ist fort – fort für immer – und nie wird sie wiederkehren. Verstehst du das – kannst du das fassen? Bruckner hat mich erlöst von ihr. Ich mußte zu dir kommen und dir das sagen – nicht wahr – das durfte ich – mußte ich. Ach – du mein Kleinod – was liegen für furchtbare Tage hinter mir. Ich glaubte, den Verstand zu verlieren. Aber als die Not am größten war, da nahte die Erlösung. Und nun bin ich bei dir und halte dich, mein süßes, liebes Mädchen, meine Annelies. Nein, nein – nicht so ein ängstliches Gesicht – ich rede nicht irre – ich bin wirklich frei. Komm, gib mir deine liebe Hand – nur deine Hand, daß ich dich halten kann. Und laß mich hier zu deinen Füßen ruhen, bis ich dir alles gesagt habe.«

Und wieder legte er den Kopf in ihren Schoß und umfaßte ihre Hand.

Sie sah zitternd auf ihn nieder.

»Was ist geschehen, Norbert? Darf ich denn wirklich glauben, daß du frei bist?« flüsterte sie.

Er drückte voll Inbrunst seine Lippen auf ihre Hand.

»Deine Hand, meine Annelies, deine liebe Hand – mehr darf ich jetzt nicht halten. Wenn auch die Sehnsucht, dich in meine Arme, an mein Herz nehmen zu dürfen, übermächtig stark in mir ist, ich will sie bezwingen, bis ich dich ganz mein eigen nennen kann. Und nun höre mich an, mein Liebling.«

Er erzählte ihr mit fliegenden Worten, was Bruckner erkundet hatte und daß Lena nun bereits Falkenau den Rücken gekehrt und bedingungslos in alles gewilligt hatte.

Annelies hörte zu wie in einem wunderseligen Traum, und auch in ihren Augen strahlte nun ein frohes Hoffen, ein seliges Glück.

Als bald darauf Tante Krispina nach Hause kam, fand sie die beiden jungen Menschen Hand in Hand nebeneinandersitzen, mit strahlenden Augen und geröteten Wangen.

Erst erschrak sie sehr, aber als sie nachher alles wußte, folgte dem ersten Schrecken ein wahrer Freudensturm. Die treue Seele war ganz durcheinander, herzte und küßte Annelies, umarmte Norbert und streichelte ihm die Wangen, als wollte sie noch nachträglich Trost bringen für das ausgestandene Leid.

Lächelnd sahen die beiden Glücklichen das wunderliche Gebaren der alten Dame.

Dann wurde Tante Krispina sehr kühn. Sie wollte nichts davon wissen, daß Norbert jetzt gleich nach Falkenau zurückkehren sollte. Kühn behauptete sie, daß er nicht nur zum Tee, sondern auch zum Abendessen bleiben müsse, und da Silvester sei, verstehe es sich ganz von selbst, daß er es mit ihnen feiern müßte.

Annelies blickte unsicher in Norberts Augen. Er ließ seinen Blick flehend in dem ihren ruhen.

»Annelies, soll ich einsam dem Klang der Silvesterglocken lauschen, wie dem der Weihnachtsglocken?«

Da richtete sie sich auf und reichte ihm die Hand. »Nein, Norbert – bleibe! Es soll nun genug sein der Einsamkeit für dich. Für mich bist du frei. Ich will dich nicht in törichter Weltfurcht zu neuen Qualen verurteilen. Tante Krispina hat recht, du sollst das Fest mit uns feiern, und ich schicke einen Boten nach Falkenau – Kollermann soll für das traurige Weihnachtsfest entschädigt werden und heute mit uns anstoßen auf eine neue, glückliche Zukunft.«

Und so geschah es. Kollermann folgte dem Ruf, und ein stillfriedlicher Abend vereinte die vier Menschen. Erst nach zwölf Uhr kehrte Norbert mit Kollermann nach Falkenau zurück. Der Himmel hatte sich geklärt, und der Mond stand verheißungsvoll leuchtend über dem Falkenauer Herrenhaus.

»Der freut sich auch, daß wir wieder reine Luft in Falkenau haben, Herr Baron«, sagte Kollermann, auf den Mond zeigend.

Norbert nickte stumm. Sein Herz war voll Glück und Frieden.

Mehr als ein Jahr verging, ehe Norbert seine Annelies wieder heimholen konnte nach Falkenau. Als er von Dr. Bruckner die Nachricht bekam, daß seine Scheidung vor Gericht ausgesprochen war, eilte er sofort nach Neulinden. Wie im Sturm drang er in das Zimmer, wo Annelies unter dem Bild ihres Vaters am Schreibtisch saß. Er riß sie empor und in seine Arme an seine Brust.

»Frei, Annelies, frei! Und jetzt bist du mein – endlich mein!« rief er strahlend und preßte seine Lippen durstig auf die ihren. Zum ersten Male fanden sich ihre Lippen in trunkener Glückseligkeit. Die Vergangenheit mit Schmerz und Qual und ungestillter Sehnsucht versank.

Tante Krispina war hinter Norbert ins Zimmer getreten. Jetzt schlich sie leise wieder hinaus, um die Glücklichen nicht zu stören. Draußen blieb sie stehen, die Hände an die Brust gepreßt und weinte – weinte unaufhörlich vor Freude und Glück.

»Ich wußte es ja, daß der liebe Gott alles zum besten führen würde, er konnte ja gar nicht anders«, flüsterte sie und war so selig, als sei sie selbst die junge Braut …

Die Hochzeit fand bald darauf in aller Stille statt. Den beiden Glücklichen lag nichts an einer lauten Feier.

Annelies wurde in Falkenau jubelnd von ihren Getreuen begrüßt, das ganze Haus war innen und außen mit Blumen geschmückt, Blumen lagen auf allen Wegen, sie wandelte buchstäblich auf Rosen.

Kollermann siedelte nun nach Neulinden über, da sein Herr an Annelies eine tüchtige Stütze hatte. Auch Tante Krispina blieb vorläufig als Wächterin des Hauses in Neulinden zurück und fuhr nur oft nach Falkenau hinüber.

Als aber nach Jahresfrist ein neuer Majoratserbe geboren wurde, da hielt es das alte Fräulein nicht mehr in Neulinden. Sie bezog wieder ihre Zimmer in Falkenau und verbrachte den größten Teil des Tages an der Wiege des kleinen Joachim.

Im Laufe der Jahre hielten noch zwei kleine, goldhaarige Baroneßchen ihren Einzug in Falkenau. Da gab es für Tante Krispina alle Hände voll zu tun. Die drei lebhaften mutwilligen Kinder konnten ohne ihr kleines Tante Pinchen einfach nicht auskommen. Sie mußte bei allem dabei sein und wurde herzhaft geliebt und herzhaft tyrannisiert.

Das war aber ihr höchstes Glück, wofür sie dem Himmel jeden Tag von neuem dankte.

Annelies' und Norberts Leben hat nie wieder ein Schatten getrübt.

Von Lena Kiefer drang keine Kunde nach Falkenau. Dr. Bruckner sorgte dafür, daß sie ihre Rente pünktlich abheben konnte und wies sie entschieden zurück, als sie nach einiger Zeit noch einmal versuchte, ihre Rente zu erhöhen. Er wußte ganz genau, daß sie dann mit immer neuen Wünschen kommen würde.

Ihr dauerndes Domizil hatte sie in Berlin aufgeschlagen, und wenn sie auch kein festes Engagement wieder annahm, so gastierte sie doch zuweilen an kleineren Berliner Bühnen. Man gewöhnte sich daran, sie aushilfsweise zu beschäftigen, wenn es einmal nötig war, und damit half sie dann ihren Finanzen von Zeit zu Zeit wieder auf. Schließlich mußte sie in das Fach der Heldenmütter übergehen, ein schwerer Schritt für sie. Aber sie war nicht mehr die schöne Frau von einst, weil sie sehr stark wurde und ihre Züge auch bei Lampenlicht schlaff erschienen.

Seufzend fügte sie sich in ihr Los und trauerte darum, daß Schönheit so leicht vergänglich ist.

Käthes Ehe

1

Käthe ordnete den Kaffeetisch. Sie stellte die Tassen zurecht, legte die knusprigen Weißbrötchen in ein Nickelkörbchen und setzte Zuckerdose und Sahnekännchen genau auf die Mitte des Tisches.

Line, die alte Magd, die schon seit zwanzig Jahren im Haus war, brachte die Kaffeekanne und die Zeitungen.

Stumm nahm ihr Käthe beides ab, legte die Zeitung neben Onkel Karls Tasse und stellte die Kanne auf die Spiritusmaschine. Das bläuliche Flämmchen züngelte gierig empor. Nun noch ein Blick über das Ganze. Es war alles bereit. Käthe sah gewohnheitsmäßig nach der Zeit. Es fehlten noch zwei Minuten an acht Uhr.

Sie strich mechanisch glättend über das Haar und trat ans Fenster.

Dasselbe Bild wie alle Tage. Und jeden Tag stand sie genau um dieselbe Zeit hier und starrte in Träumen hinaus – jeden Tag, seit Jahren.

Und immer dieselben Eindrücke.

Drüben der kleine Kaufladen mit den schmalen Schaufenstern. Darin waren nebeneinander, scharf durch Holzstäbchen getrennt, Kaffee, Reis, Mandeln und Rosinen ausgestellt. Darüber Zitronen, Teebüchsen und Maggifläschchen und zum Abschluß dahinter eine künstliche Mauer aus Makkaroni- und Hafermehlpaketen.

Wenn jemand in den Laden trat, schlug ein häßlich tönendes Glöckchen an, das bis zu Käthe herüberklang.

Alles war zum Weinen eintönig und langweilig.

Käthe gähnte einige Male herzhaft und rieb sich die Augen. Dann seufzte sie tief auf.

Das große, schlanke Mädchen mit dem feingeschnittenen Gesicht und der edel gegliederten Gestalt sah wie ein Fremdling aus in dem altväterlich geschmacklosen Zimmer. Obwohl sie nur ein schlichtes, blaugestreiftes Kattunkleid trug, war sie eine entschieden vornehme Erscheinung. Das lag an der Haltung und am Ausdruck des Gesichts. Die großen blauen Augen, von langen, schwarzen Wimpern umrahmt, blickten melancholisch und gaben dem Gesicht ein etwas düsteres Gepräge. Ihr dunkles, fast schwarzes Haar lag über der Stirn glattgescheitelt und legte sich locker um die Schläfen. Die zarte, frische Gesichtsfarbe wurde noch gehoben durch die leuchtendroten Lippen des feingeschnittenen Mundes.

Jetzt schlug es acht.

In demselben Augenblick öffnete sich die Zimmertür hinter Käthe. Eine alte Dame trat ein. Sie trug ein dunkelgraues Alpakakleid und eine schwarzseidene Schürze. Ihr Gesicht hatte strenge, scharfe Linien, die Augen blickten kalt und unbewegt, und die schmalen Lippen lagen fest und verkniffen aufeinander.

Käthe wandte sich um und ging ihr entgegen.

»Guten Morgen, Tante Amalie.«

»Guten Morgen, Käthe.«

Es klang von beiden Seiten steif, ohne Herzlichkeit.

Frau Amalie stellte ihr Schlüsselkörbchen auf den Tisch und ließ ihre Augen prüfend darüber hingleiten.

»Onkel Karls Zeitung liegt wieder einmal an der linken Seite der Tasse. Du weißt, daß er gewohnt ist, rechts danach zu greifen. Wann wirst du endlich begreifen, was Ordnung ist?«

»Verzeih, Tante, ich vergaß, darauf zu achten.«

Sie legte die Zeitung an die richtige Stelle.

»So etwas darf man nicht vergessen, das ist unachtsam – unordentlich. Was soll nur aus dir werden, wenn du so unzuverlässig bist?«

Käthe schwieg, aber um ihren Mund zuckte es wie Widerspruch.

Nun öffnete sich die Tür ein zweites Mal. Onkel Karl erschien.

Man sagt, Ehepaare würden zuweilen einander ähnlich. Hier war es ganz sicher der Fall. Der Ausdruck der kalten Augen, der verkniffene, Kleinlichkeit verratende Zug um den Mund, das starre, unbewegte Gesicht – es war bei beiden das gleiche.

»Guten Morgen, Onkel Karl.«

»Guten Morgen, Käthe.«

Käthe schenkte die Tassen voll, versorgte Onkel und Tante mit Sahne und Zucker und strich Brötchen für beide. Dann bediente sie sich selbst.

Der Onkel entfaltete seine Zeitung, die Tante nahm den Strickstrumpf, und Käthe starrte verträumt in ihre Tasse.

Auch das war wie alle Tage.

Und genau eine halbe Stunde später erhob sich Karl Rodeck, Inhaber einer Lederhandlung, und legte seine Zeitung zusammen. Käthe brachte Hut und Stock und öffnete ihm die Tür. Herr Karl Rodeck machte seinen Morgenspaziergang durch die Gassen und Gäßchen der Stadt. Er würde, wie alle Tage, Punkt neun Uhr zurück sein und sein Kontor im Hinterhaus betreten.

Das Vorderhaus mit seiner glattgrau getünchten Fassade war nur Wohnhaus. Es hatte zwei Stockwerke und vier Fenster Front. Das Hinterhaus mit der durchgehenden Toreinfahrt war etwas größer. Im Erdgeschoß befanden sich die Kontore, die beiden Stockwerke enthielten Lagerräume für die Lederballen. Der Duft, den das Leder ausströmte, durchdrang auch das Wohnhaus.

Mit derselben Regelmäßigkeit gingen die beiden Damen an ihre häuslichen Geschäfte.

Frau Amalie Rodeck war ein Muster an Pedanterie. In ihrem Haushalt ging alles am Schnürchen. Sie hatte ein förmliches Kalendarium verfaßt. Da waren für jeden Tag, für jede Stunde des Jahres die häuslichen Verrichtungen festgesetzt, nur daß sich das alles jedes Jahr um einen Tag verschob wegen der Sonntage. Da war genau bestimmt, wann großes, kleines oder mittleres Scheuerfest stattfinden sollte, wann gewaschen, gebügelt und ausgebessert werden mußte. Auch der Küchenzettel war genau festgesetzt für ein ganzes Jahr. Frau Amalie war nie, wie andere Frauen, in Verlegenheit, was sie kochen sollte. Ihr Kalender ersparte ihr das Nachdenken.

Überhaupt, das Denken hätte man sich ganz abgewöhnen können in diesem tadellos sich abwickelnden Haushalt; es wurden in dieser Hinsicht gar keine Anforderungen gestellt.

Käthe hätte ihre täglichen Arbeiten im Schlaf verrichten können. Wie ein aufgezogener Automat fühlte sie sich. Aber ganz hatte sie sich das Denken doch nicht abgewöhnt. Manchmal ging es recht bunt zu hinter der weißen Mädchenstirn. Und dann jagte ihr junges, eingedämmtes Blut ungeduldig und hastig durch die Adern. Sie fieberte nach Freiheit, nach dem schönen, sonnigen, lachenden Leben draußen in der großen Welt, nach ernstlicher Arbeit, nach Betätigung. Das geisttötende Einerlei, das blöde Hindämmern, zu dem sie durch ihren philisterhaften Onkel und Vormund verdammt wurde, schien ihr unerträglich. Ihre Seele rieb sich wund in sehnsüchtigen Freiheitsbestrebungen. Aber es half alles Sehnen und Denken nichts.

Und wenn sie dem Drängen und Treiben in ihrer Brust Ausdruck gab und zu Onkel und Tante einmal davon sprach, dann sah man sie an, als sei sie nicht bei Vernunft. »Das kommt von deinem vielen Lesen«, sagte Tante Amalie vorwurfsvoll, »du wirst noch ganz überspannt.«

Und Onkel Karl zuckte die Achseln. »Hirngespinste! Hilf Tante Amalie tüchtig im Haushalt, da hast du Arbeit genug!«

Damit fertigte er sie ab.

Einmal war sie eindringlicher geworden:

»Ich möchte gern etwas Tüchtiges lernen, Onkel Karl. Laß mich nur einmal ein Jahr fort von hier in eine große Stadt!«

Da hatte er sie kalt, fast verächtlich von oben bis unten gemessen. »Du bist von Sinnen! Eine anständige Frau gehört ins Haus. Solange ich dein Vormund bin, stehst du unter meiner Zucht, und ich dulde nicht, daß du draußen herumvagabundierst. Wenn du mündig bist, kannst du tun und lassen, was du willst. Basta!«

Und wenn Onkel Karl ›basta‹ gesagt hatte, dann blieb es dabei.

Nun zählte Käthe die Tage und die Stunden, bis sie mündig sein würde. Und sie malte sich aus, was dann wohl kam. Schauspielerin wollte sie am liebsten werden. Das erschien ihr groß und schön. Sie las heimlich viele Theaterstücke, und war sie allein, trug sie auch ganze Szenen mit ihrem schönen, klangvollen Organ vor. Wie ein Rausch der Begeisterung kam es dann über sie und riß sie fort. Schon in der Schule hatte sie bei festlichen Anlässen immer vortragen müssen, und ihre Lehrer lobten sie sehr. Einer hatte ihr einmal gesagt, vielleicht mehr im Scherz, sie habe entschieden Talent für die Bühne. Das hatte sich in ihrem Kinderkopf festgesetzt. Seit der Zeit probierte sie wieder und wieder heimlich besonders schwungvolle Stellen aus den Klassikern, und sie träumte von Ruhm und Lorbeeren.

Wohl die meisten jungen Mädchen haben einmal eine Zeit, wo sie sich brennend für die Bühne interessieren und sich zu Großem berufen wähnen. Über Käthes Seelenleben wachte jedoch kein liebevolles Mutterauge, kein verständiger Vater machte ihr klar, daß ein dornenvoller Weg nur wenig Auserwählte zur erträumten Höhe führt. Und bei Käthe war es auch mehr die Sehnsucht, aus der lichtlosen, dämmernden Enge herauszukommen, die ihrem Wunsch immer neue Nahrung gab. Jedenfalls wollte sie sich etwas vornehmen, das ihr Leben ausfüllte. Sie wollte hinaus, dahin, wo man lachte und weinte, wo man nach Herzenslust froh und traurig sein durfte. Und vielleicht fand sie dann jemand, den sie lieben konnte mit der ganzen Innigkeit ihres darbenden Herzens, in dem sich ein unendlicher Liebesreichtum aufgespeichert hatte.

Abends, wenn sie um zehn Uhr schon das Licht löschen mußte in ihrem Schlafzimmer, sah sie meist noch lange mit weit geöffneten Augen in die dunkle

Unendlichkeit. Sehnsüchtige, verworrene Gedanken kreuzten ihr Gehirn, und romantische Träume spannen sie ein.

Wenn aber der helle Tag wieder ins Fenster schien, dann zerstoben die Phantasiegebilde. Nur die Sehnsucht blieb zurück – und die Hoffnung.

Käthe Rodeck war als achtjähriges Kind in das Haus ihres Onkels gekommen. Ihre Eltern waren einer Typhusepidemie zum Opfer gefallen und kurz hintereinander gestorben. Käthes Vater war ein Vetter von Karl Rodeck gewesen, und dieser war nun der nächste Verwandte des verwaisten Kindes. Wohl oder übel hatte er es zu sich nehmen müssen, sehr gegen seinen Wunsch. Frau Amalie war noch weniger erbaut von diesem Familienzuwachs als er. War sie doch sehr in Sorge, daß ihr musterhafter Haushalt durch ein kleines Kind aus dem Geleise käme. Sie sah schon im Geiste die Spuren barbarischer Kinderfüße auf ihrem blankgebohnerten Fußboden.

Das arme Kind wurde kalt und frostig empfangen, und als es sich zärtlich und liebeheischend an die Tante schmiegen wollte, wurde es ärgerlich zurückgewiesen, weil es die Schürze der strengen Frau zerknitterte.

Man hatte sie dann eine Weile allein im Zimmer stehen lassen. Bitterlich in sich hineinweinend hatte sie sich in dem häßlichen, steifen Wohnzimmer umgesehen. Da war plötzlich die Tür nochmals geöffnet worden, und ein lag aufgeschossener Jüngling trat ein.

Große, tiefliegende graue Augen hatten erst erstaunt, dann mitleidig auf das weinende Kind geblickt. Er war zu ihr getreten und hatte freundlich ihr Haar gestreichelt.

»Bist du die kleine Käthe?«

Sie hatte aufgehört zu weinen und energisch mit dem Kopf genickt.

»Ja, wer bist denn du?«

»Ich bin Helmut, der Sohn von Tante Amalie und Onkel Karl, also dein Vetter.«

»Aber du bist nicht so böse wie sie.«

Ein Schatten war über das lächelnde Jünglingsgesicht geflogen.

»Sie sind nicht böse, Käthe, nur ernst und streng, wie Eltern sein müssen.«

Sie hatte ungläubig den Kopf geschüttelt.

»Meine Eltern waren lieb, ach, so lieb und gut!«

Und sie weinte von neuem.

Da hatte er sie getröstet, ihr Geschichtchen erzählt und mit ihr gespielt.

Sein helles, frisches Lachen hatte warm und herzlich durch den nüchternen Raum geklungen. Da war Tante Amalie wieder eingetreten und hatte mit strengen Worten Helmut an seine Arbeit geschickt. Käthe mußte hinausgehen zu Line, die schon damals Hausmädchen bei Rodecks war.

Das war ihr aber immer noch lieber, als bei der kalt blickenden Frau da drin bleiben zu müssen.

Frau Amalie hatte ihre Not mit dem warmblütigen, lebhaften Kind. Es kostete wirklich viel Mühe, bis es in das Kalendarium eingeschachtelt war. Und Käthe konnte so gar nicht fassen, wie sich ein artiges, gehorsames Kind zu verhalten habe. Es gab manchen Kampf mit der ungebärdigen, kleinen Seele, bis sie zahm und still war.

Das Kind wäre vielleicht in dieser eisigen Atmosphäre zugrunde gegangen, wenn Helmut und Line, die Magd, nicht gewesen wären. Die beiden waren gut zu dem kleinen Mädchen, aber nur verstohlen, wenn es Rodecks nicht merkten.

Aber schon im Jahr darauf verließ Helmut das Elternhaus, um nicht zurückzukehren. Seit der Zeit hatte Käthe kein frohes, herzliches Lachen mehr in dem stillen Haus gehört. Helmut war ein wilder und ungestümer Junge gewesen, der von seinem Vater wegen seiner ›Unarten‹ oft gezüchtigt worden war. Daß diese Unarten der Ausfluß einer lebensstarken, feurigen Natur waren, verstanden seine Eltern nicht. Sie wollten Helmut zum blindlings gehorchenden Sklaven erziehen und knechteten ihn mit ihrer elterlichen Autorität.

Aber Helmut war keine Knechtsnatur; er bäumte sich unter der duckenden Hand.

Sein Vater wollte ihn zum Nachfolger im Geschäft heranbilden. So wie er die Lederhandlung von seinem Vater übernommen hatte, so sollte sie Helmut einst von ihm vererbt bekommen. Ob er Lust und Neigung dazu hatte, ob es seinen Fähigkeiten entsprach – wer fragte danach?

Und bei Helmut stand fest, daß er nicht Lederhändler werden wollte. Sein feuriger Sinn strebte nach höheren Zielen. Aber niemandem durfte er damit kommen. Er fand kein Verständnis bei seinen Eltern. Als er damals abreiste, um ein Lehrjahr in Berlin abzudienen, dachte niemand daran, daß er nicht wieder heimkehren werde.

Nur er wußte es ganz genau. Nach Ablauf des Jahres schrieb er nach Hause, daß er nicht Kaufmann werden, sondern studieren wolle. Er bat die Eltern herzlich, es ihm zu gestatten.

Darauf kam sein Vater eiligst nach Berlin, um seinen Sohn mit väterlicher Strenge zur Pflicht zurückzuführen. Dabei kam es zu einem erregten Auftritt, und Karl Rodeck wollte sich an seinem Sohn vergreifen.

Leichenblaß, mit blitzenden Augen hatte Helmut des Vaters Hände gefaßt und wie in einem Schraubstock festgehalten. Mit leidenschaftlichem Zorn hatte er dem Vater ins Gesicht gesagt, wie er sich an ihm versündigt, wie er alles Gute und Edle durch seine sklavische Erziehung erstickt habe. Zwei Gegner, so standen sich Vater und Sohn gegenüber, aber überzeugen konnte einer den andern nicht.

Als Karl Rodeck heimkehrte, hatte er sich von seinem Sohn losgesagt – es gab keine Gemeinschaft mehr zwischen ihnen. Helmut erhielt aber auch keinen Pfennig mehr von zu Hause. »Es sei denn, du kehrtest reuevoll zurück und fügtest dich meinem Willen«, hatte Karl Rodeck zu seinem Sohn gesagt. Und dieser hatte ihm trotzig geantwortet: »So werde ich mich allein durchschlagen, zur Not kann ich hungern. Ich komme nicht eher zurück, bis ich etwas Tüchtiges geworden bin und mein Ziel erreicht habe.«

Seit der Zeit durfte Helmuts Name nicht mehr vor seinen Eltern genannt werden. Die kleine Käthe vermißte ihn sehr – aber schließlich vergaß auch sie ihn. Kinder vergessen leicht.

Nur in ihre Träume klang manchmal ein frisches, warmes Lachen; dann fuhr sie empor und sah wirr um sich.

Und oft zuckte es ihr in den Füßen, als müsse sie wie Helmut Rodeck auf und davon gehen.

Je älter sie wurde, desto öfter dachte sie dann wieder an Helmut. Sie ahnte nun, was ihn hinausgetrieben hatte. Und Line sagte manchmal abends, wenn Käthe in der Küche das Abendessen bereitete:

»Ich möchte doch zu gern wissen, wie es unserm

jungen Herrn geht.« Aber das sagte sie ganz leise, damit es ja nicht durch die Tür zu den beiden alten Leuten drang.

Ob die an ihren Sohn dachten?

Frau Amalie hatte im Anfang nach dem Zerwürfnis schreckhafte Träume, und vielleicht sprach doch auch eine leise Stimme für den Sohn. Sie hoffte gleich ihrem Mann, daß Hunger und Not Helmut reumütig zurückführen würden. Aber es verging Jahr um Jahr, ohne daß er gekommen wäre.

Heimlich zog Karl Rodeck zuweilen Erkundigungen über ihn ein. Er war in Berlin geblieben, hatte dort Philologie studiert und war dann als Hauslehrer einer deutschen Familie nach Amerika gegangen.

Wie elend und mühselig sich Helmut durchgeschlagen hatte, um sein Ziel zu erreichen, wußten sie freilich nicht. Wohl hatte er sich während seines Lehrjahres jeden Pfennig abgedarbt und gespart in der Voraussicht, daß sein Vater die Hand von ihm abziehen würde, sobald er des Sohnes Widerstand merkte. Aber die ersparte Summe war sehr klein. Helmut gab Schülern Unterricht, lieferte Abschriften und verfaßte Artikel für Zeitschriften, um sich die Mittel zum Studium zu verschaffen. Ein karges Leben hatte er geführt und war manchen Abend hungrig zu Bett gegangen. Aber nach Hause wandte er sich nie um Hilfe. Allein wollte er durchkommen und den Eltern beweisen, daß nicht Abenteuerlust ihn hinausgetrieben hatte, sondern die Sehnsucht, Tüchtiges zu leisten, seine Kräfte entfalten zu dürfen.

Seit er nach Amerika gegangen war, hatte man nichts mehr von ihm gehört.

Am schlimmsten für die alten Leute war das Gerede, welches im Städtchen entstand, als Helmut Rodeck nicht heimkehrte. Das kränkte sie fast mehr als der Verlust des ungeratenen Sohnes. Karl Rodeck hatte dann den Sohn seines Bruders, der in jener Zeit starb, zu sich genommen. Albert Rodeck sollte nun Helmuts Nachfolger werden, damit die alte Firma erhalten bliebe.

Dieser Neffe war so recht ein Mensch nach Karl Rodecks Herzen. Unterwürfig, still, kalt berechnend und geschäftstüchtig; ein pedantischer, peinlich ordentlicher Mensch, der statt des Herzens eine Rechenmaschine in der Brust hatte.

Albert dachte sehr verächtlich über seinen ›davongelaufenen‹ Vetter und hoffte, daß er nie wieder auftauchen möge. Seinem Oheim machte er sich unentbehrlich.

Vor Jahresfrist hatte er auf dessen Wunsch die Tochter des Bürgermeisters geheiratet. Mit seiner jungen Frau wohnte er seit dieser Zeit im Haus seiner Schwiegereltern und trug die Nase als bürgermeisterlicher Schwiegersohn noch einen Zoll höher.

Sonnabends war Skatabend bei Rodecks, natürlich unter der Devise: Kein Vergnügen ohne Damen. Dazu stellten sich Bürgermeisters ein, Albert mit seiner Frau und ein verwitweter Arzt, Doktor Krüger, Alberts Freund. Die Herren spielten Skat, und die Damen strickten und häkelten bei Tee und Keks.

Das war die ganze Geselligkeit in Rodecks Haus, der einzige Umgang für Käthe, einige Tanzstundenfreundinnen abgerechnet. Aber mit denen wußte sie nichts anzufangen; sie redeten für sie in einer fremden Sprache und gingen unter in Kleinlichkeitskram.

Sie war ein einsamer Mensch. Das einzige, was ihr Vergnügen machte, waren ihre Sprachstunden bei einem alten Franzosen, der sich im Städtchen niedergelassen hatte. Ihm verdankte Käthe ein vorzügliches, geläufiges Französisch. Gegen diese Stunden hatte Karl Rodeck nichts einzuwenden, wenn Frau Amalie auch schalt und nicht begriff, wozu sie nötig wären, zumal doch Käthe ebensoviel gelernt hätte, als der Franzose selbst wüßte. Karl Rodeck erklärte jedoch kühl, daß Käthe in Übung bleiben müsse, sollte nicht das Geld umsonst ausgegeben worden sein. Und dabei blieb es.

2

Es war wieder einmal Skatabend. Um den großen runden Tisch im Wohnzimmer saßen die vier Herren, drüben in der Sofaecke die Damen.

Onkel Karl trug sein grünbesticktes Hauskäppchen. Sein Gesicht sah genauso unbeweglich wie sonst in die Karten. Albert Rodeck, ein kleiner, untersetzter Mensch mit spärlichen blondem Haar, das sorgfältig über den runden Schädel verteilt war, schien Onkel Karls Miene zu kopieren. Sein nichtssagendes Gesicht legte sich in würdevolle Falten. Nur in den unstet blickenden Augen zuckte bisweilen ein funkelnder Seitenblick.

Sein Schwiegervater, der Herr Bürgermeister, das wohlgenährte Oberhaupt der Stadt, hätte zu einem Silen Modell stehen können. Seine weinseligen Äuglein schimmerten feucht aus dem dicken, roten Gesicht mit den wulstigen Lippen heraus. Sein mächtiges Haupt zierte eine rosig glänzende Glatze, die von einem struppigen grauen Haarkranz umgeben war. Er begann jede Rede mit der Frage: »Was ich doch sagen wollte ...« Darauf folgte eine Pause, ein Schnaufer – und dann wußte er, was er sagen wollte.

Blieb noch Doktor Krüger.

Das war ein Mann von etwa sechsunddreißig Jahren. Er war mittelgroß, untersetzt, hatte rötliches Haar, scharfe, stechende Augen mit weißen Wimpern und Brauen und trug eine goldene Brille.

Es ging sehr still zu an dem Tisch. Desto lebhafter schwatzten die Damen in ihrer Ecke. Wenigstens die Frau Bürgermeister, eine echte Kleinstadttype, und ihre Tochter Johanna, Alberts Frau. Die beiden wußten alle Neuigkeiten aus dem Städtchen und waren sogar darüber unterrichtet, was jeder Bürger mittags in seinem Topf hatte.

Käthe war froh, daß sie ab und zu für Erfrischungen zu sorgen hatte. Das Geschwätz der Damen fiel ihr auf die Nerven; und die rosige, blonde Johanna, die schon jetzt ein ansehnliches Doppelkinn besaß und sehr beschränkt aussah, fand sie gräßlich.

Am unangenehmsten jedoch war ihr Doktor Krüger, der sie mit seinen stechenden Augen verfolgte. Er spielte ihr gegenüber den Galanten und ließ sehr deutlich durchblicken, daß sie ihm gefiel.

Tatsächlich trug er sich schon längere Zeit mit dem Gedanken, seiner frühverstorbenen Frau eine Nachfolgerin zu geben. Und dazu war ihm Käthe recht. Das schöne, schlanke Mädchen paßte nach seiner Ansicht prächtig in das Doktorhaus.

Käthe ahnte, was ihr drohte, und war sehr zurückweisend gegen ihn. Das verstand er jedoch nicht. Wie hätte sich ein Mädchen bedenken können, Frau Doktor Krüger zu werden? Eine solche Möglichkeit gab es nicht für ihn. Er hätte auch schon seinen Antrag gemacht, wenn er nicht im Zweifel gewesen wäre, ob er Käthe oder die etwas ältliche und verblühte, aber sehr reiche Tochter eines Seifensieders wählen sollte. Schließlich entschied er sich doch für Käthe. Er hatte heute abend Albert Rodeck zu verstehen gegeben, daß er in den nächsten Tagen um seine Base anhalten werde.

Albert hatte das bei der Begrüßung seinem Onkel zugeflüstert, und der alte Herr hatte nur mit dem Kopf genickt, als wollte er sagen: ›Gut, die Sache hat meinen Beifall. Basta.‹ Aber es war gut, daß er dieses ›Basta‹ nur gedacht und nicht ausgesprochen hatte, sonst hätte er verwundert erkennen müssen, daß es im Haus noch einen anderen Willen gab als den seinen.

Als sich die Gäste entfernt hatten und Käthe sich mit ihrem Gutenachtgruß zurückziehen wollte, sagte der Onkel:

»Bleib noch einen Augenblick, ich habe dir etwas zu sagen! Ich erfuhr vorhin von Albert, daß Doktor Krüger in den nächsten Tagen um dich anhalten will. Ich hoffe, du bist dir bewußt, welche Auszeichnung und welches Glück das für dich ist.«

Käthe war blaß geworden, aber ihre Augen blickten fest und klar.

»Ich muß dich bitten, Doktor Krüger von diesem Schritte abzuhalten, da ich niemals seine Frau werde.«

»Wa-as?«

»Ich kann Doktor Krüger nicht heiraten.«

Der alte Herr streckte seinen Hals, als müsse er nach Luft schnappen.

»Du bist wohl wahnsinnig? Warum denn nicht?«

»Weil ich ihn nicht liebe. Ich werde nur einen Mann heiraten, dem mein Herz gehört.«

»Unsinn, Unsinn! Was weißt du von Liebe! Die kommt nach der Hochzeit!«

»Bei mir müßte sie vorher da sein.«

»Aber Käthe«, rief Frau Amalie dazwischen, »das sind törichte Romanideen, das ist wieder eine Folge deiner vielen Leserei! Sieh mich an und Onkel: Wir sind von unsern Eltern zusammengegeben worden und haben uns liebgewonnen.«

Um Käthes Mund zuckte es. Sie wollte sagen: ›So wie ihr möchte ich aber nicht verheiratet sein.‹ Jedoch sie unterdrückte noch rechtzeitig diese Worte.

»Doktor Krüger ist mir unsympathisch; es wäre mir unmöglich, mit ihm zu leben.«

»Ich glaube, du bist dir nicht klar, welch gute Partie du ausschlagen willst. Doktor Krüger kann überall anklopfen und wird mit offenen Armen aufgenommen werden.«

»So mag er es tun, um so besser für ihn.«

»Was soll das alles nun wieder heißen, Käthe? Wer weiß, ob dir jemals wieder so etwas geboten wird. Du mußt dir das entschieden überlegen«, sagte Frau Amalie überredend.

»Bitte, quält mich nicht weiter! Ich werde nach allem Überlegen zu keinem anderen Entschluß kommen.«

Karl Rodeck trommelte mit den Fingern auf der Tischdecke herum. Das war bei ihm der Ausdruck höchster Erregung.

»Ich hoffe trotzdem, daß du Vernunft annimmst. Ich wünsche nicht, daß diesem hochachtbaren Mann, der in einem freundschaftlichen Verhältnis zu uns steht, in meinem Haus eine Kränkung widerfährt. Da muß ich doch sehr bitten. Sei froh, daß du einen solchen Mann bekommst! Solltest Gott dafür danken. Willst wohl auf einen Prinzen warten, he?«

»Nein, Onkel, das will ich nicht, aber ich will mich nicht verheiraten mit einem Mann, den ich nicht lieben kann. Ich habe Doktor Krüger keine Veranlassung gegeben, sich auf meine Hand Hoffnung zu machen. Es ist seine Schuld, wenn er um ein Mädchen wirbt, daß im deutlich zeigt, daß es ihn nicht mag. So kann er es auch nicht als Kränkung auffassen, wenn du ihm zu verstehen gibst, daß er keinen Antrag machen soll.«

Eine Weile war es still. Dann räusperte sich der alte Herr sehr vernehmlich und blieb vor Käthe stehen. »Du hast uns wenig gedankt, was wir für dich getan haben. Bist immer ein eigenwilliges, widerspenstiges Geschöpf gewesen. Auch das willst du uns nicht zu Gefallen tun. Nun gut, Undank ist der Welt Lohn! Ich hätte es gar nicht anders erwarten sollen.«

»Aber euch kann es doch gleichgültig sein, für euch hängt doch nichts davon ab!« sagte Käthe heftig. Sie mußte bei jeder passenden und unpassenden Gelegenheit diesen Vorwurf der Undankbarkeit über sich ergehen lassen.

»Schon gut, schon gut, geh zu Bett! Das Weitere wird sich finden.«

»Ich werde aber bei meiner Weigerung beharren! Ich mag mit Doktor Krüger nichts zu tun haben, er ist mir widerwärtig!« rief Käthe gereizt, in leidenschaftlicher Abwehr.

Onkel Karl sah sie kalt und streng von oben bis unten an.

»Mäßige dich; es ist häßlich, wenn Frauen so heftig und leidenschaftlich werden. Geh zu Bett!«

Da ging sie mit kurzem Gruß hinaus. Ihr Herz war voll Trotz und Bitterkeit.

Und die alten Leute schüttelten die Köpfe und schalten auf die undankbare Jugend, die sich nicht ihr Glück, bequem zurechtgemacht und zum Gebrauch fertig, in die Hände legen lassen wollte.

Am nächsten Tag versuchte Frau Amalie noch einmal auf Käthe einzuwirken. Das junge Mädchen blieb jedoch fest.

So machte sich die alte Dame auf, um mit Johanna und der Frau Bürgermeisterin den Fall zu besprechen. Sie fand lebhafte Teilnahme. Man bedauerte sie, daß sie ein so undankbares Geschöpf großgezogen habe und entrüstete sich über Käthes ›romantische Grillen‹. Mit einigen Tassen Kaffee wurde der Ärger hinabgespült.

Karl Rodeck mußte die Waffen vor seinem Mündel strecken. Daß er unterlegen war, verletzte ihn in seiner Eigenliebe mehr als die Sache selbst.

Als er am übernächsten Morgen mit verdrießlicher Miene ins Kontor trat, sah ihm Albert schon erwartungsvoll entgegen.

»Johanna sagte mir, daß Käthe meinen Freund Krüger nicht heiraten will. Ist das möglich, lieber Onkel?«

»Ja. Du wirst gut tun, dem Doktor das so schonend wie möglich beizubringen, damit er gar nicht erst mit seinem Antrag herauskommt. Verdammt fatale Situation!«

»Allerdings sehr fatal. Überhaupt, Käthe ist reichlich stolz und hoffärtig.«

»Ach was, eine alberne, überspannte Närrin ist sie! Das liegt ihr von ihrer Mutter her im Blut. Die war eine sehr verdrehte Person; sie hat sogar Gedichte gemacht, die nachher in Zeitungen gedruckt wurden. Und mein Vetter war auch ein überstudierter Narr. Gegen diese Veranlagung hat all unsere strenge Erziehung nichts genutzt.«

»Armer Onkel.«

»Ach was, laß mich zufrieden! Du weißt, so weichmütiges Bedauern ist mir ein Greuel. Laß uns an die Arbeit gehen. Ist die Sendung für Hüniger & Comp. abgegangen?«

»Ja, Onkel, pünktlich.«

»Gut. Zeig mir die Eingänge!«

Er vertiefte sich in seine Postsachen. Albert schrieb emsig weiter.

Aber zwischen den Buchstaben tanzte ihm heute immer ein süßes Mädchenantlitz.

Warum mochte Käthe nicht Krügers Frau werden? Liebte sie etwa einen andern? Hatte sie sich vielleicht gar Hoffnung auf ihn gemacht? Das war schon möglich.

Und diese Möglichkeit bereitete ihm einige Unruhe. Er hatte früher einmal erwogen, ob er Käthe heiraten sollte. Aber des Bürgermeisters Tochter hatte mehr als doppelt soviel Mitgift. Das gab den Ausschlag.

Albert hatte eine sehr geringe Meinung von den Frauen, und seine Gattin brachte ihm keine andere bei. Desto mehr war er von seinen eigenen Vorzügen überzeugt. Es dauerte gar nicht lange, so war er sich im klaren, daß Käthe eine unglückliche Liebe zu ihm im Herzen tragen mußte. Deshalb schlug sie Krüger aus. Seine Eitelkeit gefiel sich in dieser Idee. Sie setzte sich fest. Er nahm sich vor, ein bißchen zu sondieren. Vielleicht würde er sie zu trösten versuchen – Käthe war immerhin ein sehr schönes Mädchen. Mit diesem löblichen Vorsatz beschloß er am Abend sein Tagewerk.

Und Käthe ahnte so gar nichts von seinem edlen Vorhaben.

Sie fühlte sehr wohl, daß sie in Ungnade gefallen war mit ihrer entschiedenen Weigerung. Waren Onkel und Tante bisher kühl und gemessen, so konnte ihr jetziges Verhalten nur mit eisig bezeichnet werden. Nur machte es auf Käthe keinen besonderen Eindruck. Aber das Verlangen nach Freiheit bekam neue Nahrung.

Je kühler und liebloser ihre Verwandten waren, je nüchterner und reizloser sich die Wirklichkeit gestaltete, um so glühender waren die Farben, mit welchen ihre Phantasie sich die Zukunft ausmalte, die Zukunft, in der sie nicht mehr hier in dem greulichen alten Haus mit dem scharfen Ledergeruch und den kalten, engherzigen Menschen zu leben brauchte. Ach, wie sie sich hinaussehnte aus dieser fürchterlichen Umgebung, wie herrlich sie sich dagegen das Leben in der Freiheit, in der Kunst vorstellte!

»Fräulein Käthe, da stehen die Mandeln fertig gerieben. Sie könnten nun den Kuchenteig einrühren«, sagte Line eines Morgens, als Käthe das Kaffeegeschirr in die Küche brachte.

»Kuchenteig?« Käthe sah sie verwundert an.

»Nun ja, morgen ist doch Ihr Geburtstag. Das haben Sie wohl ganz vergessen?«

Käthe schüttelte den Kopf. Wie hätte sie wohl diesen Tag, der sie frei machen würde, vergessen können! War es doch ihr einundzwanzigster Geburtstag.

»Nein, Line, ich vergaß nicht. Ich hatte nur an den üblichen Kuchen nicht gedacht.«

»Na, wie gut, daß wir das alles hier auf der Tabelle

haben. Frau Rodeck hatte es auch vergessen; ich mußte sie daran erinnern, damit sie die Mandeln herausgab. Sagen Sie, Fräulein Käthchen, ist die Frau Tante wohl böse auf Sie?«

»Es kann wohl sein.«

»Hab es mir gedacht. Sonst hätte sie sicher die Mandeln nicht vergessen.«

Käthe streifte stillschweigend die Ärmel von ihrem Waschkleidchen bis zum Ellbogen hinauf und begann ihr Werk. Sie rührte mechanisch ihren Kuchen. Die Gedanken flogen jedoch hinaus in den lachenden, sonnigen Junimorgen. Sie war gar nicht so ruhig, wie sie schien. Stand sie doch dicht vor Erfüllung ihres heißesten Wunsches.

Am anderen Morgen, als Käthe ins Wohnzimmer trat, um den Kaffeetisch zu ordnen, sah sie, wie jedes Jahr, ihren Geburtstagstisch zwischen den beiden Fenstern aufgebaut. Wie gewöhnlich lagen lauter praktische und nüchterne Geschenke darauf: ein Kleiderstoff, Schürzen, Taschentücher und einige Paare der von der Tante gestrickten Strümpfe, die Käthe so ungern trug. In der Mitte thronte der Kuchen und ein kleiner Karton mit Pralinen.

Käthe sah nur sehr flüchtig darüber hin. Sie besorgte ihre Obliegenheiten und stellte sich dann wartend ans Fenster, bis Onkel und Tante eintraten.

Dann nahm sie von beiden den sehr frostigen Glückwunsch entgegen und dankte mit ruhigen Worten dafür.

In ihrem Innern aber stürmte es.

Was würde ihr dieser Tag noch bringen?

Ganz wie sonst verlief die nächste halbe Stunde, und wie sonst holte sie Onkel Karl Stock und Hut herbei.

Aber dann, ehe er hinausging, sagte er kurz:

»Ich habe mit dir zu reden. Komm um zehn Uhr in mein Kontor hinüber!«

»Ich werde kommen, Onkel.«

Sie sagte es ganz ruhig. Aber das Blut drang ihr unruhig zum Herzen. Sie wußte ja, was ihr diese Unterredung bringen würde.

Die Zeit verging ihr sehr langsam.

Endlich war es soweit, daß sie hinübergehen konnte.

Punkt zehn Uhr betrat sie das Kontor, in welchem ihr Onkel mit Albert zusammen arbeitete.

Käthe grüßte die beiden Herrn.

Karl Rodeck sah von seinem Pult auf, wischte die Feder sorgfältig ab, legte sie hin und klappte das Tintenfaß zu.

»Du könntest das Abliefern der Felle beaufsichtigen, Albert. Ich habe mit Käthe zu reden.«

Bereitwillig sprang dieser auf und entfernte sich – jedoch nicht, ohne vorher einen sehr freundlichen Blick auf Käthe zu werfen. Diese konnte sich den sprechenden Blick nicht deuten, da sie nicht ahnte, an welcher fixen Idee Albert litt. Es fiel ihr nur auf, daß er sie anders ansah als sonst. Doch blieb ihr keine Zeit, darüber nachzudenken.

Ihr Onkel schob ihr einen Stuhl hin.

»Nimm Platz!«

Sie tat, wie er geheißen. Nun holte er einen Stoß Papiere und ein schmales Buch aus seinem Pult heraus und legte es vor sich hin.

Umständlich holte er seine Brille aus dem Futteral und setze sie auf. Dann räusperte er sich und sah Käthe an.

»Du bist heute einundzwanzig Jahre alt geworden.

Damit bist du mündig und gesetzlich meiner Vormundschaft entwachsen. Das weißt du wohl?«

»Ja, Onkel.«

»Ich habe dir nun Rechenschaft abzulegen über dein Vermögen, das dir von deinen Eltern hinterlassen wurde. Du findest hier in diesen Papieren alles genau aufgezeichnet. Von dem Erziehungsgeld, das mir aus deinen Vermögenszinsen zustand, habe ich nur direkte Auslagen bestritten. Für deinen Unterhalt an Speise und Trank und für die Wohnung habe ich nichts berechnet. So habe ich jährlich von dem Erziehungsgeld eine kleine Summe gespart und sie deinem Vermögen zugefügt. Ich hoffe, du wirst mir das zu danken wissen.«

»Ich danke dir«, sagte Käthe gepreßt. Um die Welt hätte sie dieser kühlen, pedantischen Auslegung kein warmes Dankeswort entgegnen können.

»Es ist gut, es wird dir nicht an Gelegenheit fehlen, deine Dankbarkeit zu bezeigen. Doch davon später. Nach meinen fertiggestellten Berechnungen bleibt dir ein Vermögen von rund dreihunderttausend Mark. Das ist genug, um dir bei bescheidenen Ansprüchen ein sorgenloses Leben zu sichern.«

Käthe war aufgefahren und sah mit freudigem Erstaunen in sein Gesicht.

»So reich bin ich? So viel Geld gehört mir?«

»Ja, du kannst von heute an frei darüber verfügen.«

Käthe reckte sich unwillkürlich hoch auf. Ein unsagbar frohes Gefühl durchzog ihre Seele. Ihrer Unerfahrenheit in Geldangelegenheiten war es zuzuschreiben, daß sie sich reich dünkte wie ein Krösus. Dreihunderttausend Mark! Das war eine Unmenge Geld. Und daß sie es besaß, das machte sie erst ganz frei. Nun konnte sie sich ihr Leben nach Gefallen einrichten, ohne Rücksicht auf die pekuniäre Frage, die ihr doch bei ihren Befreiungsplänen heimlich eine Sorge gemacht hatte. Glaubte sie doch, daß sie kaum soviel besäße, wie der Onkel für sie verausgabt hatte.

Nun mußte sie wohl etwas sagen, das fühlte sie.

»Ich danke dir für all deine Mühe, Onkel Karl!«

»Darauf wollte ich jetzt kommen. Ich appeliere jetzt an deine Dankbarkeit. Ich weiß, dein unruhiger Sinn steht hinaus ins freie, ungebundene Leben. Du hast dir das wahrscheinlich sehr romantisch ausgemalt. Ich kann dich auch nicht halten, wenn du gehen willst, aber ich erinnere dich daran, daß Tante Amalie älter geworden ist und eine Stütze braucht. Du wirst, wenn du nicht ganz undankbar und herzlos bist, bei uns bleiben, bis dich ein braver Mann heimholt, und uns damit beweisen, daß unsere mühevolle Erziehung nicht ohne Einfluß auf dich geblieben ist.«

Käthe hatte ihm angstvoll zugehört.

Waren ihr die Fesseln nur abgenommen, um sie mit neuen, festeren zu vertauschen? Konnte man das von ihr verlangen, mußte sie dieses Dankesopfer bringen? Sie suchte unruhig nach einem Ausweg. Er wollte sich nicht zeigen. Sollte es wirklich für sie keinen Weg in die Freiheit geben? Alles, was sie von diesem Tag erhofft hatte, sollte zerronnen sein?

Nein, nein, nicht wieder binden lassen, auch nicht auf diese Weise! Sie war es sich selbst schuldig. Hier im Haushalt war sie nicht unersetzlich, das Räderwerk würde auch ohne sie weitergehen.

Sie raffte sich auf und sah ihrem Onkel fest und gerade ins Gesicht.

»Einen endgültigen Bescheid kann ich dir jetzt nicht geben, Onkel. Ich verspreche dir, daß ich vorläufig noch einige Zeit bleiben werde. Wenn die Tante krank oder ich wirklich unersetzlich im Haushalt wäre, würde ich mich nicht bedenken, für immer zu bleiben. So aber weiß ich, daß dies nicht der Fall ist. Und ich habe auch Pflichten gegen mich selbst, Onkel. Ich kann mich hier nicht frei entfalten, wie ich möchte.«

»Das sind Narrheiten, die ich nicht verstehe.«

»Aber warum haltet ihr mich dann zurück, warum laßt ihr mich nicht fort?«

»Die Leute würden sich darüber aufhalten.«

»Ah – also nur der Leute wegen?«

»Nein, auch deinetwegen. Du bist ja zu töricht, um ermessen zu können, daß dich Sünde und Gefahr da draußen auf Schritt und Tritt verfolgen.«

»Aber es gibt doch so viele junge Mädchen, die allein stehen und einen richtigen Beruf haben.«

»Das sind entweder solche, die niemand mehr haben, der sich ihrer annimmt, oder leichtfertige Abenteuerinnen. Du hast hier bei uns ein Heim, dich treibt nichts hinaus. Sei froh, daß du unterkriechen kannst!«

Käthe sah sinnend vor sich hin. ›Unterkriechen.‹ Das war es. Unterkriechen würde sie müssen, solange sie hier im Haus war. Und sie wollte aufrecht gehen und emporstreben.

Wenn sie nur Schauspielerin werden könnte – wie herrlich mußte es sein, die Idealgestalten der Dichter zu verkörpern, durch die Kunst die Menschen mit emporzureißen zu sonnigen, lichten Höhen! Welch wundervolle Aufgabe, Leid und Lust im Menschenherzen zu wecken, das Schöne und Gute zur Entfaltung zu bringen und selbst dabei frei und groß zu werden! Heiß stieg die Sehnsucht in ihr empor. Zugleich aber die Sorge, ob sie auch Talent genug besaß, etwas Großes zu leisten. Wenn sie nur darüber hätte Gewißheit erlangen können. Und wie mußte sie es anfangen, sich diese Gewißheit zu verschaffen? So unerfahren sie auch war, wußte sie doch, daß nicht Wille und Wunsch allein ausreichten, ihrer Sehnsucht Ziel zu erreichen.

Sie atmete tief auf und richtete sich straff empor.

»Ich bitte dich, Onkel Karl, gib mir Zeit, das alles zu bedenken! Ich kann dir jetzt noch nicht sagen, was ich tun werde.«

Der alte Herr sah sie scharf und mißbilligend an.

»Gut – so gehe. Ich habe dir jetzt nichts mehr zu sagen«, erwiderte er kurz.

Käthe ging langsam hinüber ins Wohnzimmer, wo Tante Amalie mit einer Handarbeit am Fenster saß. Käthe nahm ihr gegenüber Platz und nahm eine Näherei zur Hand. Sie sprachen beide nicht. So konnte Käthe ungestört ihren Gedanken nachhängen.

Nach einer Weile sagte Frau Amalie: »Du hättest viel besser getan, wenn du Doktor Krüger geheiratet hättest. Es ist mir sehr betrübend, daß dieser hochachtbare Mann eine wenn auch indirekte Abweisung erhielt. Du wirst es noch bitter bereuen.«

»Nie, Tante Amalie.«

»Aber du hast Krüger gekränkt.«

»Das tut mir leid – aber jeder ist sich selbst der Nächste. Er wird sich auch schnell genug trösten. Am Samstag abend war er sehr vergnügt.«

»Er will sich's nicht merken lassen, daß er sich ärgert.«

»Ganz recht, Tante, er ärgert sich, daß ich nicht mit tausend Freuden zugegriffen habe. Das hat seine Eitelkeit verletzt, sonst nichts.«

»Du bist ein merkwürdiges Mädchen.« Das hatte sie Käthe schon oft versichert.

3

Wieder hatten sich zum Skatabend die Gäste bei Rodecks eingefunden. Die kleine Gesellschaft schien in stillschweigender Übereinkunft auf Käthe böse zu sein. Man vermied es, sie anzureden, sah an ihr vorbei und umgab Doktor Krüger mit einer liebevollen Fürsorge, die wie ein einziger Vorwurf gegen sie gerichtet war. Käthe nahm es ruhig hin. Das kleinliche Verhalten demütigte sie nicht, sondern steigerte nur ihren Kampfesmut.

Was gab diesen Menschen ein Recht, sich so gegen sie zu benehmen? Von ihren Pflegeeltern ganz abgesehen, wie kam die Familie des Bürgermeisters dazu, ihr Verhalten zu kritisieren? Die über sie verhängte Ungnade machte ihr wenig Eindruck.

Doktor Krüger hatte gar eine äußerst beleidigte Miene aufgesetzt, wenn er einmal gezwungen war, das Wort an sie zu richten. Sonst befleißigte er sich jedoch einer übertriebenen Lustigkeit.

Und als er am Kartengeben war, eröffnete er der erstaunten Gesellschaft etwas von oben herab, daß er sich mit Fräulein Meinert, der Tochter des Seifensieders, verlobt hatte.

Seiner Eröffnung folgte zuerst peinliches Stillschweigen. Aller Blicke flogen anklagend, vorwurfsvoll zu Käthe hinüber. Dann beglückwünschte man Krüger etwas benommen, und als er nun gar erklärte, daß er in Zukunft dem ›traulichen Skatabend‹ fernbleiben müsse – »Sie verstehen, galante Pflichten. Meine Braut geizt natürlich mit meinen wenigen freien Stunden« –, da ballten sich finstere Wetterwolken auf den Stirnen der Skatspieler zusammen, und die anklagenden Blicke auf Käthe verschärften sich zu giftigen Pfeilen.

Es ging so still und feierlich zu, als ob man einem Toten die letzte Ehre erweise.

Bei all diesem Gebaren kam Käthe die Lachlust an. Und einen unwiderstehlichen Drang fühlte sie, irgend etwas Spöttisches zu sagen.

»Da bekommen Sie nun wohl Ihren Bedarf an Seife umsonst geliefert, Herr Doktor?« fragte sie laut in die feierliche Stimmung hinein.

Aller Augen wandten sich entrüstet auf das junge Mädchen.

»Aber, Käthe!«

»Was ist, Tante Amalie?«

»Du fragtest sehr taktlos.«

»Ich bitte um Entschuldigung, daß ich vorschnell aussprach, was ich dachte. Herr Doktor, ich erwarte natürlich keine Antwort. Es war nur mäßige Neugier. Darf ich Ihnen das Glas noch einmal füllen?«

»Bitte sehr.«

Dieses ›Bitte sehr‹ hätte Bände reden können. Sicherlich war Fräulein Käthe Rodeck von diesem Augenblick an Luft für Herrn Doktor Krüger. Nur Albert warf ihr zuweilen einen freundlichen Seitenblick zu, den sich Käthe nicht zu deuten wußte. Er spielte heute abend überhaupt sehr zerstreut und unruhig. Das trug ihm verschiedene Vorwürfe von seinem Onkel und Schwiegervater ein.

Käthe war von der Tante hinausgeschickt worden, um neuen Tee zu bereiten für die Damen. Kaum war sie draußen, als Tante Amalie zu ihr herausgeschossen kam.

»Ich bin empört über dein taktloses Benehmen, Käthe. Nicht genug, daß du Doktor Krüger Herzeleid bereitetest, machst du ihn auch noch zum Spott.«

»Sein Herzeleid ist ja geheilt, Tante, und zwar sehr schnell. Im übrigen gebe ich zu, daß ich unartig war – aber ich weiß selbst nicht, wie es kam. Die Bemerkung flog mir heraus.«

»Vorgesagt und nachbedacht hat manchem schon groß Leid gebracht. Du bist wirklich zu leichtfertig mit deinen Worten. Ich dächte doch, du hättest bei uns nur gutes Beispiel gehabt.«

Käthe seufzte.

»Ja, Tante, ihr überlegt alles zehnmal, ehe ihr's aussprecht.«

»Das sagst du nun wieder in einem Ton – mit dir kommt man nie zur Ruhe.«

Damit ging Frau Amalie wieder beleidigt hinein.

Als Käthe ins Zimmer trat, sprach niemand mit ihr. Johanna stand sogar auf und setzte sich von ihr fort. Käthe sah ihr still nach, legte ruhig ihre Handarbeit zusammen und stand auf. Sie ging nach der Tür.

»Gute Nacht«, sagte sie laut und wollte hinausgehen.

Karl Rodeck fuhr hinter seinen Karten empor.

»Wo willst du hin?«

»In mein Zimmer.«

»Warum, wir sind doch alle noch hier?«

»Aber ich bin überflüssig und störend. Johanna hatte nicht Raum neben mir. Ich will niemand im Weg sein. Gute Nacht.«

›Gesamtgastspiel des Stadttheaters Chemnitz vom 1. Juli bis 31. August.

Zur Aufführung kommen klassische und moderne Schauspiele und Lustspiele.‹

Diese Ankündigung, auf große rote Zettel gedruckt, klebte an allen Straßenecken des Städtchens.

Es folgten eine Einladung zum Abonnement und die Preise der Plätze. Auch die Namen der Schauspieler und ihr Rollenfach war verzeichnet. Zuletzt wurde mitgeteilt, wo man Theaterkarten kaufen konnte, und daß die Vorstellungen im großen Saal des Bürgergartens stattfinden sollten.

Käthe kam von ihrem französischen Lehrer, als ihr diese Ankündigung zu Gesicht kam. Ihre Augen strahlten. Sie preßte die Hand gegen das stark klopfende Herz. War das nicht wie ein Wink des Schicksals?

Die Schauspieler von Chemnitz kamen jedes Jahr auf einige Wochen ins Städtchen, weil die Theaterferien ihnen dazu Zeit ließen. Aber Käthe hatte selten, trotz ihrer Begeisterung für das Theater, die Vorstellungen besuchen dürfen. Man hielt nicht viel von diesem ›leichtfertigen Vergnügen‹ bei Rodecks.

Aber jetzt hatte sie ja selbst Geld genug, um den Eintritt zu bezahlen. Sie faßte verstohlen nach ihrem Geldtäschchen, in dem ein Hundertmarkschein lag.

Fiebernd vor Aufregung stand sie vor der Ankündigung und prägte sich die Worte ein. Die Buchstaben tanzten vor ihren Augen, das Blut schoß ihr im tollen Wirbel durch die Adern. Was tun? Wie konnte sie sich dies Ereignis nutzbar machen? Zuerst würde sie sich den Theaterbesuch sichern, das stand fest. Hier – da stand etwas von einem Abonnement –, das war etwas für sie! Ein Abonnement würde sie erstehen, und zwar sofort, ehe man ihr zu Hause dreinreden konnte. Diese Gelegenheit kam nie wieder. Vielleicht war bei den Schauspielern jemand, den sie um Rat fragen, der ihr sagen konnte, ob sie Talent habe oder nicht. Vielleicht – ach, was für Möglichkeiten erschlossen sich ihrer nach Kunst und Freiheit, nach Licht und Wärme dürstenden Seele!

Mit hastigen Schritten ging sie zu der bezeichneten Verkaufsstelle für die Karten und verlangte ein Abonnement. Gedankenverloren legte sie ihren Geldschein auf den Ladentisch hin, strich mit bebenden Händen die zurückerhaltene Summe in ihr Geldtäschchen und umfaßte die Abonnementskarte wie einen kostbaren Schatz. Erschloß sie ihr doch einen Blick in das Paradies ihrer Träume. Jubel und Freude füllten ihr Herz, sie hätte lachen und weinen mögen vor Wonne. Welch eine Fülle des Schönen und Erhabenen würden diese Theaterabende für sie bringen.

Jede vierte Vorstellung durfte sie auf ihr Abonnement besuchen.

Mit beschwingten Schritten lief sie heimwärts. Es war höchste Zeit, daß sie kam. Line trug gerade die Suppe auf. Schnell eilte sie, nachdem sie abgelegt hatte, ins Wohnzimmer. Bei Tisch durfte nicht viel gesprochen werden; deshalb mußte Käthe die erregende und ihr so wichtig erscheinende Neuigkeit bei sich behalten, bis die Mahlzeit zu Ende war.

Als sie Onkel Karl seinen Kaffee einschenkte, den er gleich nach Tisch zu trinken pflegte, sagte sie scheinbar ruhig: »Ich habe mir vorhin ein Theaterabonnement gekauft.«

Die beiden alten Leute sahen sie fassungslos an.

»Ein Abonnement? Ein Theaterabonnement?«

»Ja.«

»Für dich – ein ganzes Abonnement?«

»Ja, Tante.«

»Das ist unerhört!«

»Daß ich mir ein Abonnement gekauft habe?«

»Daß du es ohne unsere Erlaubnis getan hast. Woher hast du das Geld dazu?«

»Von Onkel Karl.«

Frau Amalie sah ihren Mann überrascht an.

»Von dir?«

»Ja, natürlich. Da Käthe vom Tag ihrer Mündigkeit an ihre Ausgaben selbst bestreiten soll, mußte ich ihr wohl Geld geben.«

»Und da gibst du mir nichts, dir nichts eine Unmenge Geld für ein so nichtsnutziges Vergnügen aus?«

»Ich hoffe, sehr viel Nutzen davon zu haben, Tante.«

Die lachte spöttisch auf.

»Ja, noch unsinniger und überspannter wirst du werden als bisher, vollends überschnappen wirst du noch! Theater ist geradezu Gift für dich. Ich hätte nie erlaubt, daß du so viel Geld dafür ausgibst.«

»Nun es aber geschehen ist, erlaubst du doch, daß ich die Vorstellungen besuche?«

»Nein, ich erlaube es nicht! Es ist unerhört von dir, so hinter unserm Rücken …«

Hier fiel ihr Karl Rodeck gemessen ins Wort.

»Ereifere dich nicht, Amalie! Käthe ist alt genug, um sich selbst Rechenschaft über ihre Handlungsweise zu geben. Gewiß ist es unverzeihlich, daß sie uns überging. Das mag sie mit sich selbst abmachen. Wir haben unsere Pflicht an ihr reichlich erfüllt, und guten Gewissens können wir nun die Verantwortung für ihr ferneres Tun ablehnen. Ich wasche meine Hände in Unschuld. Sie mag von nun an selbst über sich bestimmen.«

»Aber es ist undankbar von ihr, uns plötzlich zu ignorieren.«

»Undank ist der Welt Lohn, Amalie. Und wenn ich ehrlich bin, habe ich nicht mehr darauf gerechnet, seit uns unser eigen Fleisch und Blut im großen Undank verließ.«

Das Gesicht der alten Frau überzog sich bei diesen Worten mit fliegender Röte. Die Stricknadeln klirrten verdächtig. Käthe sah, daß ihre Hände zitterten. Es war das erstemal, daß man Helmut erwähnte, seitdem er sich von den Eltern getrennt hatte. Und in Käthes warmem, weichem Herzen wurde plötzlich das Mitleid lebendig. Lebte hinter dem kalten, starren Äußeren der Tante doch vielleicht ein tiefer, heimlicher Schmerz um den verlorenen Sohn? Hatte sie ihr in jugendlichem Unverstand unrecht getan?

Sie trat rasch neben die alte Frau und faßte nach ihrer Hand.

»Liebe Tante, ich wollte euch nicht weh tun. Verzeiht mir!«

Ihre warme junge Stimme bettelte um Einlaß in diese verknöcherten Herzen. Aber Frau Amalie war schon wieder sie selbst.

»Du wirst mir die Maschen herunterwerfen«, sagte sie ärgerlich.

»Ich hebe sie wieder auf.«

»Damit unnötig Zeit vertrödelt wird. Laß gut sein! Undank bleibt Undank.«

Käthes Lippen zuckten. Immer wieder derselbe Vorwurf, dieselbe Herzenskälte und Engherzigkeit. Das warm aufquellende Gefühl war erstickt. Sie hatte sich wohl getäuscht, wenn sie annahm, daß Tante Amalie stillverschwiegen ein Leid trug. Still setzte sie sich auf ihren Platz. Aber die Erinnerung an Helmut war wieder in ihr geweckt worden.

Was mochte aus dem gutherzigen, lebensfrohen Jungen geworden sein? War er überhaupt noch am Leben? Ob er bereute, daß er sich vom Vaterhaus gelöst hatte? Sie hätte brennend gern etwas von ihm gehört. Sie konnte ja so gut verstehen, was ihn hinausgetrieben hatte.

Onkel und Tante saßen sich gegenüber und wagten nicht, sich anzusehen. Zwischen ihnen stand, durch Karl Rodecks Worte heraufbeschworen, ein Schatten aus der Vergangenheit. So verknöchert waren die beiden Herzen doch noch nicht, daß sie ganz gleichmütig über diese Erinnerung zur Tagesordnung übergingen. Und sie fürchteten, einer in des anderen Auge eine heimliche Sehnsucht zu lesen. Besser, man rührte nicht daran.

Die Schauspieler waren angekommen. Es war immerhin ein Ereignis für das Städtchen, daß man dieselben Künstler auf der Bühne sehen sollte wie die Bewohner der Stadt Chemnitz. Es war weniger Kunstenthusiasmus als Neugier, was die Leute antrieb, sich Karten zu lösen. Im großen Saal des Bürgergartens, der eine ganz hübsche Bühne besaß, waren dicht nebeneinander die Stühle in geraden Reihen aufgestellt und mit Nummern versehen worden. Sogar eine Galerie war vorhanden, freilich nur für Stehplätze. Aber der weite Saal faßte doch eine Menge Menschen.

Die Einrichtung der Bühne war mangelhaft genug, aber die Schauspieler hatten genügend technische Gerätschaften mitgebracht. Der Wirt vom Bürgergarten hatte seine Salonmöbel und seine einfache Zimmereinrichtung zur Verfügung gestellt. Von erfinderischen Köpfen ließ sich daraus alles machen. Die Künstler zogen es vor, während ihrer unfreiwilligen Ferien hier auf eigenes Risiko zu spielen; denn sie bekamen von ihrer Direktion in Chemnitz während dieser Ferien keine Gage.

Da jeder wohlgeordnete Staat ein Oberhaupt haben muß, wählten die Schauspieler den Heldendarsteller Georg Wigand zum Direktor. Sie hatten vereinbart, auf Teilung zu spielen, und zwar auf prozentuale Teilung, berechnet nach der Gage, die sie in Chemnitz bezogen.

Das Ensemble war am Vormittag des ersten Juli auf der Bühne versammelt, um zu proben. Vorher wurden jedoch die Garderoben inspiziert. Da mußte mit spanischen Wänden und Versatzstücken nachgeholfen werden, um aus den verfügbaren Nebenräumen die nötigen Abteile zu gewinnen. Einige von den Damen rümpften die Näschen und sprachen von ›schrecklich primitiven Zuständen‹, aber sie wurden schnell abgefertigt mit der Bemerkung: »Geleiert ist besser als gefeiert.«

Dann ging es an die Probe.

Georg Wigand hielt erst eine kleine feierliche Ansprache an seine Getreuen.

»Kinder, wir wollen auch hier in Krähwinkel die Fahne der Kunst hochhalten. Also bitte nicht schlampen, alles ernsthaft nehmen! Wir wollen zeigen, daß wir ...«

»... sind ein einig Volk von Brüdern«, rief Adi Kertner dazwischen mit seiner trockensten Miene.

»Adi, sprichst du oder ich?«

»Bist du es oder dein Geist, der mich dieses fragt?«

»Ich muß dich pönen mit zwanzig deutschen Reichspfennigen.«

»Dann bitte ich zuvor um Vorschuß. Ich bin nicht im Besitz einer so großen Summe.«

»Vorschuß – wer spricht von Vorschuß? Adi, schöner Adi, komm an mein Herz, du hast das erlösende Wort gesprochen!« jauchzte Paul Hartenberg, der schüchterne Liebhaber.

»Ruhe – Rrrruhe –! Wir wollen mit der Probe beginnen.«

»Das Thema vom Vorschuß ist interessanter«, brummte Hieronymus Berthold, der Heldenvater.

»Auch du, mein Sohn Brutus!« rief Wigand schmerzlich.

»Es war nur eine profane Regung meines sterblichen Ichs. Verzeiht, o edler Direktorius.«

»Halt mir den übrigen Chor der Rache vom Halse bis nach der Probe, dann soll dir vergeben werden.«

»Ich schütze dich mit meinem eigenen Leibe.«

»Schön, nun aber ohne weitere Vorrede zur Sache!«

Georg Wigand, der Held und Direktor, war ein bildschöner Mensch. Feurige schwarze Augen, die weich und bestrickend bitten konnten, dichtes schwarzes Haar, kurz geschnitten und nur über der Stirn sich wellig emporbäumend, eine hohe, schlanke Gestalt, schöne weiße Hände, tadellose Zähne und edle Züge – alles das vereinigte sich, um ihn zum angebeteten Helden vieler weiblicher Herzen zwischen fünfzehn und vierzig Jahren zu machen. Er besaß ein schönes Talent, wenn er auch nicht über die Flugkraft des Genies gebot. Seit dem Winter war er auf fünf Jahre nach Chemnitz verpflichtet worden mit einer Gage von sechshundert Mark. Damit war er der weitaus Bestbezahlte unter dieser Künstlerschar.

Gleich nach ihm rangierte Adi Kertner, der Charakterkomiker. Als geborener Berliner hatte dieser den besonderen schnodderig humoristischen Tonfall, der seinen Landsleuten eigen ist. Er war der interessanteste und geistvollste unter seinen Kollegen, ein Mensch, der eigene tiefe Gedanken hatte und sie zuweilen in ulkiger Weise zum besten gab. Trotzdem war er im Grunde ein sehr ernster Mensch, zeigte es nur nicht gern. Er glossierte alles und übte seinen Sarkasmus an allen aus, die ihn dazu reizten.

Immer elegant und peinlich sorgfältig gekleidet, hatte er eine kleine, aber sehr schlanke Figur und ein ausdrucksvolles, kluges Gesicht. Seine dunklen Augen beobachteten scharf. Er war mehr häßlich als schön, aber von interessanter Häßlichkeit, die anziehender wirken kann als ein leeres schönes Gesicht. Wegen seiner Vorliebe für ein elegantes Äußeres wurde er ›der schöne Adi‹ genannt. Das ließ er sich ruhig gefallen. Sein Alter konnte man nicht bestimmen. Er sah, auch ungeschminkt, einmal wie zwanzig Jahre aus, das andere Mal wie vierzig. Die Sage ging, daß er er eine große, hoffnungslose Liebe im Herzen trüge. Tatsächlich war er schon jahrelang heimlich mit einem Mädchen verlobt, deren Eltern die Einwilligung zur Heirat nicht gaben. Und das bemerkenswerteste war, daß er diesem Mädchen die Treue hielt. Für einen von lockenden Versuchungen umgebenen Schauspieler war das keine geringe Leistung. Adi Kertner war ein außerordentlich gebildeter Mensch. Er las viel, studierte die Philosophen und interessierte sich für alle schönen Künste. In Chemnitz war er in den besten Familien eingeführt, und wurde da als geistvoller, amüsanter Gesellschafter sehr geschätzt.

Für Paul Hartenberg, den schüchternen Liebhaber, hegte er eine Art väterliche Freundschaft, obwohl dieser junge Mann selbst schon dreißig Jahre war.

»Paulchen«, wie er von allen Kollegen genannt wurde, war ein gutmütiger, liebenswürdiger Mensch. Er war hübsch, vielleicht etwas zu weichlich für einen Mann. Seine treuherzigen, blauen Augen lachten meist vergnügt in die Welt. Im übrigen gehörte zu seinem Wohlbefinden eine unglückliche Liebe, die jedoch ihren Gegenstand sehr oft wechselte.

Der genialste, aber auch verbummelste der Truppe

war Franz Hubert, der Intrigant. Er hatte Tage, wo sein Spiel dem der größten Künstler gleichgesellt werden konnte; aber dann gab es auch welche, an denen er miserabel spielte. Er trank zuviel und wäre wahrscheinlich längst verkommen, wenn ihn nicht seine äußerst energische Gattin in Zucht gehalten hätte. Sie holte ihn abends einfach aus dem Wirtshaus nach Hause, ohne sich um sein Schimpfen zu kümmern. Einmal hatte sie ihn schon glücklich bis zur Haustür gebracht. Er hatte ihr den Hausschlüssel abverlangt, um aufzuschließen. Dann ließ er seine Frau zuerst eintreten, aber kaum war sie drin, klappte er die Tür von draußen zu, verschloß sie und eilte wieder zu seinen Freunden zurück. Seit der Zeit hielt Frau Huber ihren Mann immer am Arme fest, wenn sie ihn heimholte. In guten Tagen dankte er ihr diese Fürsorge, in bösen behandelte er sie dafür grob und ausfallend. Frau Huber war als Heldenmutter engagiert.

Die Gattin des Heldenvaters Hieronymus Berthold war eine komische Alte, eine urfidele, sehr deutsch redende alte Dame, die aber bei Publikum und Kollegen riesig beliebt war. Außer dem Bonvivant, der Naiven, der Sentimentalen und der Heldin waren nur noch einige Statisten mit von Chemnitz herübergekommen. Andere Herren und Damen der Truppe hatten Einzelgastspiele an kleinen Sommerbühnen angenommen oder hielten Ferien, weil sie sich das leisten konnten.

Am ersten Abend wollte man ›Romeo und Julia‹ spielen und sprach noch einmal den Text des Stückes durch. Anschließend daran machte man sich gemeinsam an den Aufbau der Dekoration, da man die Bühnenarbeiter aus Ersparnisgründen in Chemnitz zurückgelassen hatte.

Der Palast machte das meiste Kopfzerbrechen, und er sah trotz aller Mühe nicht sehr fürstlich aus. Auch der Balkon vor Julias Zimmer machte Schwierigkeiten. Fräulein Hellmann, welche die Julia spielte, wurde schließlich ganz nervös, weil man den Balkon immer wieder umbauen mußte. Aber endlich klappte doch alles. Gegen drei Uhr nachmittags waren die Künstler mit allen Vorbereitungen fertig und gingen gemeinsam in das Restaurationszimmer, um zu Mittag zu essen.

Georg Wigand lief vor dem Essen schnell noch einmal zu den beiden Kaufleuten, die den Kartenverkauf übernommen hatten, und rechnete mit ihnen ab. Er war freudig überrascht von der guten Einnahme. Die erste Vorstellung war jetzt schon ausverkauft, und auch eine hübsche Anzahl Abonnements war bereits ausgegeben. Das war ein guter Anfang. Vergnügt suchte er seine Kollegen wieder auf. Adi Kertner zog ihn am Rockärmel an seine Seite.

»Zeitweiser Pächter meiner Schönheit und meiner Talente – hast du schnöden Mammon eingeheimst, dann teile uns mit von deinem Überfluß!«

»Könnt ihr haben, Kinder. Erst laß mich aber einen Teller Suppe essen, sonst falle ich um vor Hunger. Nachher streue ich den Segen auf euch aus. Ihr werdet staunen.«

»Famos, famos. Wir staunen mit Wonne.«

»Wenn mehr als eine Million auf meinen Teil kommt, verweigere ich die Annahme.«

»Nun, das nicht! Dann lasse ich lieber den wohltätigen Bürgern der Stadt ein Denkmal setzen.«

»Seid doch nicht so unbescheiden! Mit Millionen schmeißt man nicht so um sich.«

»Paulchen, mein Gold, wie bist du klug!«

»Direktorius, hast du deine Suppe bald intus?«

»Bedenke, wir tragen der Sehnsucht langes Weh im Herzen.«

So schwirrte es durcheinander. Dann kam Hieronymus Berthold hereingestürmt.

»Wo ist mein Freund, der Direktor? Schafft ihn mir zur Stelle, daß ich ihn an mein volles Herz drücken kann! Er hat Geld! Ah, da ist er.«

Er wollte auf Wigand losstürzen. Der schöne Adi hielt ihn fest.

»Nicht so heftig, mein edler Vater, du zerdrückst ihm sonst die Banknoten. Geh zart mit ihm um, bis wir ihn zur Ader gelassen haben!«

»Leute, ihr seid wie die Vampire«, stöhnte Wigand. »Nicht mal ruhig essen kann man.«

Kaum war er mit seiner Suppe fertig, als er von allen Seiten umringt wurde.

»Raus mit dem Mammon, edler Menschenfreund!«

»Wenn du nicht schleunibus austeilst, geht dir's schlecht.«

»Wer wagt es, unser Oberhaupt zu bedrohen! Sei still, Direktorius, ich schütze dich.«

Wigand wehrte lachend ab.

»Wenn ihr euch nicht ruhig auf eure Plätze begebt, gehe ich mit der Kasse durch.«

»Hoho – haltet ihn fest! Nelly, umstricke ihn mit deinem Sirenenlächeln.«

Nelly Dannewitz hielt Wigand fest und flüsterte: »Sag es mir heimlich, hast du viel Geld, Direktor?«

»Ja, Dannewitz, mehr als ich dachte.«

Da ließ sie ihn los.

»Kinder«, rief sie lachend, »viel Geld hat er, nun seid stad und setzt euch auf eure Plätz. Aber i muß mal juchzen – geht, laß mi mal juchzen, sonst ersticki.«

Und sie stieß einen gellenden Juchzer aus, so daß der Kellner hereingestürmt kam.

Huber stellte sich mit wildrollenden Augen und echter Bösewichtmiene vor ihn hin.

»Entferne dich, schwarzbefrackter Sklave, und störe uns nicht im wichtigen Tun!«

Wigand breitete nun das eingenommene Geld auf dem Tisch aus. Hieronymus Berthold mußte auf Papier ausrechnen, wieviel jeder nach Abzug der Spesen bekam. Das dauerte ziemlich lange, denn das aufgeregte Völkchen gab keine Ruhe.

Nur Paul Hartenberg war an das Fenster getreten und schaute auf die sonnige Straße hinaus. Adi trat zu ihm.

»Schläfst du, Hagen, mein Sohn?«

Der schüchterne Liebhaber sah von seiner stattlichen Höhe auf Kertner herab und zog ihn am Rockärmel dicht an seine Seite.

»Adi – ich habe heute morgen, als ich zur Probe ging, ein Mädel hier gesehen – ein Mädel, du glaubst nicht: süß – entzückend! Eine Figur – ein Gesicht –, ich konnte mich nicht sattsehen. Leider verschwand es sehr bald in einem Haus. Ich hätte nicht gedacht, daß es so etwas Schönes und Liebliches in diesem Nest gäbe.«

»So etwas gibt es für dich überall, Paulchen, mein Gold. Halt dein Herz fest, du wirst es sonst zum dreihundertfünfundsiebzigsten Mal brechen.«

Hartenberg bemühte sich, ein melancholisches Gesicht zu machen. Das wirkte unglaublich komisch.

»Adi, du bist ein fühlloses Ungeheuer und weidest dich an meiner Qual.«

Adi zog ihn am Ohrläppchen zu sich herab und flüsterte geheimnisvoll: »Geh in ein Kloster, Ophelia.«

Dann ließ er ihn stehen und trat wieder an den Tisch heran.

Berthold war inzwischen mit seiner Berechnung fertig geworden, und Wigand zahlte aus. Das war ein Jubel ohne Ende.

»Ich gebe eine Flasche Sekt«, rief Hartenberg.

»Ich auch!«

»Ich auch!«

»Jetzt nicht, heute abend nach der Vorstellung«, rief Wigand.

»Gut, also heute abend. Jeder gibt eine Flasche Sekt.«

»Ich nicht«, brummte Berthold. »Das wird zuviel, aber ich trinke mit.«

»Haut ihn, haut ihn!«

»Laßt mich erst ausreden. Wir beiden Ehemänner, Huber und ich, sind zu solid zu solchen Schlemmereien.«

»Hört, hört!«

»Ausreden lassen. Also, meine Alte und ich, wir laden euch alle Sonntag mittag zu uns. Anna« – das war seine Frau – »bereitet auch köstliches Kartoffelpüree mit Koteletts, darin ist sie groß.«

»Bravo, bravo! Berthold soll leben und Anna daneben!«

»Holde Anna, dann brate aber nicht zu wenig Koteletts«, sagte Kertner, »du weißt, daß Paulchen letzten Winter allein fünf Stück davon und eine riesige Schüssel Püree verspeist hat.«

»Du bist ein elender Verleumder, Adi – es waren nur vier Stück«, rief Paulchen dazwischen.

»Na, zankt euch man nicht, Kinnings«, sagte Anna Berthold in ihrer gemütlichen Art. »Wir einigen uns auf den Durchschnitt. Ich werde pro Mann drei Stück rechnen, das ist bei den teuren Fleischpreisen eine Leistung.«

»O holde A a a nna!« sang Hartenberg im Ton des Junker Spärlich.

Frau Huber klopfte an ihr Glas.

»Jetzt laßt mich mal reden.«

»Ruhe, Silentium für Frau Therese Huber.«

»Huber und ich, wir laden euch für den folgenden Sonntag zu Kaffee und Windbeuteln mit Schlagsahne ein.«

»Hurra, hurra, hurra, sollst leben, Thereschen!«

»Kinder, nun verwechselt das nicht«, ermahnte Kertner. »Also den nächsten Sonntag gibt es bei Bertholds Windbeutel mit Kartoffelpüree und den Sonntag darauf bei Hubers Koteletts mit Schlagsahne und Kaffee.«

»Wenn dir das man gut bekommt, schöner Adi«, sagte Anna Berthold lachend.

Nachdem man noch gemeinsam Kaffee getrunken hatte, gingen die Schauspieler auseinander, um sich für den Abend vorzubereiten.

4

Der erste Akt von ›Romeo und Julia‹ war zu Ende, der Vorhang war gefallen, und kräftiger Applaus hatte die Schauspieler für ihre Mühe belohnt.

Nun stand Paul Hartenberg, der sich nicht umzukleiden brauchte, am Vorhang und lugte angestrengt durch das Guckloch in den Zuschauerraum. Gleich in einer der ersten Parkettreihen saß das schöne Mädchen, welches er heute vormittag gesehen hatte. Es war Käthe Rodeck, die mit glühenden Wangen und glänzenden Augen den Vorgängen auf der Bühne gefolgt war und nun erwartungsvoll zu dem Vorhang emporsah. Es war Hartenberg gar nicht zu verdenken, daß er seinen Blick nicht von ihr wenden konnte.

Plötzlich legte sich eine Hand schwer auf seine Schulter.

»Holla, Paulchen, laß anderen Leuten auch was Hübsches übrig. Was stehst du hier wie angewurzelt und gaffst hinaus?«

»Adi, Adi, du weißt nicht, nach wem ich ausschaue? Ich hab dir doch gesagt, das holde Kind sitzt im Parkett. Hast du sie gesehen?«

»Ja – das habe ich, und beim Himmel, dieses Kind ist schön. Übrigens kannst du zufrieden sein, auch diese glühende Neigung deiner Seele wird unerwidert bleiben. Du bist demnach wieder im glücklichen Besitz einer unglücklichen Liebe. Nun brich, o Herz, was liegt daran!«

»Adi – woraus schließt du das?«

»Ihre Augen gingen andere Wege als nach deinem lieblich gerundeten Vollmondgesicht. Ich habe sie in deinem Interesse während des ganzen ersten Aktes durch ein Loch in der Kulisse beobachtet. Sie sah und hörte nichts als ihn – unsern Romeo nämlich. Unser verehrter Herr Direktor sieht aber auch wirklich heute wieder blendend schön aus. Fast möchte man glauben, er habe Seele und Geist – aber dies scheint nur so, er ist ein Blender. Und das arme Herzchen im Parkett zappelt nun schon in der Schlinge, darauf wette ich drei Flaschen Sekt gegen eine leere Eierschale.«

»Meinst du wirklich, daß sie mir verloren ist?«

»Ganz bestimmt.«

»So soll ich wieder einsam meine Straße ziehen – es ist mein Schicksal, immer vorbeizulieben.«

»Und das sagst du mit stillbeglückter Miene und freust dich, daß es so ist. Denn wenn alle Schönen dein würden, nach denen dein Herz verlangt hat – heiliger Bimbam –, so was gäb es nicht zum zweiten Male.«

»Ich wäre ja nicht unbescheiden, würde nur verlangen, daß jede mich ein bißchen gern hätte.«

»Ja, ja – du bist wirklich ein Gemütsmensch.«

»Na, so einseitig wie du kann ein normaler Mensch in der Liebe auch nicht sein.«

Kertner machte ein ernstes Gesicht.

»Du – bitte, rühre nicht daran, denn du kannst nicht ermessen –, aber das genügt ja schon, nicht wahr?«

»Herrgott, Adi, verstehst du keinen Spaß?«

»So viel du willst, nur in dieser Sache nicht! Aber schau, da kommt unser Direktor. Wie er strahlt in Schönheit und sonnigem Heldenglanz! Mensch, Wigand, Romeo – man kann es den Frauen wirklich nicht verdenken, wenn sie auf dich reinfallen.«

»Du übst wieder einmal deinen Witz an mir, laß mich zufrieden! Gebt Raum, ich will auch mal hinausschauen.«

»Aha, du hast auch bemerkt, daß große, blaue Mädchenaugen voll Entzücken und Begeisterung an dir gehangen haben.«

»Na, blind bin ich nicht, und so ein bildhübsches, süßes Mädel ist immerhin eine Seltenheit. Glaubt es oder nicht, sie hat mich begeistert mit ihren strahlenden Augen. Ich habe schließlich nur für sie gespielt.«

»Armes Ding!« sagte Kertner ernst.

»Wieso?«

»Ihr wäre besser, sie hätte dich nicht gesehen und wäre nicht von dir gesehen worden.«

»Warum?«

»Weil du jetzt deinen ganzen Charme aufbieten wirst, um sie völlig zu bezaubern.«

»Wer weiß, ob sie noch einmal herkommt.«

»Sicher; sie sitzt auf Nummer fünfzehn; der Platz ist für jeden vierten Abend abonniert.«

»Woher weißt du das nun schon wieder, Adi?«

»Aus der Berechnung unserer Billettverkäufer; ich habe nachgesehen, natürlich in deinem Interesse.«

»Sehr verbunden. Aber nun fort, der zweite Akt muß beginnen.«

Gleich darauf ertönte das Klingelzeichen.

Käthe trank die Dichterworte förmlich in sich hinein, ihre Seele bekam Schwingen – sie fühlte sich in eine andere Welt versetzt, in eine Welt voll Glanz und Schönheit.

Und Wigand gab sein Bestes an diesem Abend. Auch seine Partnerin, Fräulein Hellmann, spielte vorzüglich. Nach Käthes Meinung sah Julia sinnverwirrend schön aus. Es schien ihr kein Wunder, daß Romeo so heiße Liebesworte fand.

Julia hatte übrigens nach dem zweiten Akt eine kleine eifersüchtige Auseinandersetzung mit ihrem Romeo. Natürlich hinter den Kulissen und unter Ausschluß der Öffentlichkeit.

»Wigand, was hast du mit der Dame im Parkett?«

»Mit welcher Dame?«

»Ach, verstell dich doch nicht. Denkst du, ich sehe nicht, wie du sie anschaust und nicht aus den Augen läßt?«

»Und wenn dem so wäre? Laß mich doch zufrieden

mit deinen Eifersüchteleien! Du hast kein Recht dazu, und mir ist es lästig.«

»Liebst du mich nicht mehr?«

»Sei doch nicht so tragisch! Ich habe dich gewiß sehr gern. Aber man wird doch ein hübsches Mädchen anschauen dürfen.«

»Anschauen, anschauen – als ob es dabei bliebe!«

»Und wenn nicht, was tut's? Du weißt – ich kehre doch immer zu dir zurück. Du bist mir viel zu notwendig zur künstlerischen Entfaltung. Dein Spiel reißt mich mit fort. Du warst wieder wunderbar heute abend, halte dich bis zum Schluß so gut und verdirb dir und mir die Stimmung nicht mit Eifersüchteleien! Du weißt, Fesseln kann ich nicht ertragen, und kleinlich darfst du nicht sein.«

Sie sah ihn mit vorwurfsvollen Blicken an.

»Mir wäre wohler, ich liebte dich nicht«, sagte sie bitter.

»Geh, sei keine Närrin, Helene! Das ist ja alles Unsinn. Mit kleinbürgerlichen Sentimentalitäten mußt du mich verschonen.«

Damit ließ er sie stehen.

Fräulein Hellmann sah ihm mit zornigen, tränenfunkelnden Augen nach.

Dann ging sie in die Garderobe, um die Tränenspuren zu verwischen.

Die Vorstellung nahm ihren Fortgang. Romeo spielte nur noch für das schöne Mädchen im Parkett. Und während der Pausen stand er am Vorhang und sah durch die kleine Öffnung hinaus, unbekümmert um Helene Hellmanns zornige Miene.

Käthe interessierte ihn. Sie stach vorteilhaft ab gegen ihre Umgebung. Nicht nur durch ihre Schönheit. Ihr schlichtes Kleid war nicht mit Putz überladen wie das der anderen jungen Damen, und in ihrem Wesen prägte sich ruhige Vornehmheit aus.

Wigang hätte gern gewußt, wer sie war. Sie schien allein im Theater zu sein; denn während der Pausen saß sie still in sich versunken da.

Nach jedem Akt, wenn der Vorhang fiel und die Schauspieler sich verneigten, suchte er mit seinen Augen die ihren. Jedesmal trafen die Blicke ineinander. Der seine flammend, der ihre groß und voll schwärmerischen Glanzes. Obwohl Wigand viele schöne Frauenaugen bewunderungsvoll angeblickt hatten, in den Augen dieses Mädchens lag ein rätselhafts Etwas, das den Verwöhnten fesselte. Vielleicht war es das schrankenlose Aufgehen in den Geist der Dichtung, das Ringen ihrer Seele nach Befreiung, die glühende Sehnsucht nach dem Schönen, Großen, das ihren Augen diesen wunderbaren Ausdruck verlieh. Daß es etwas Ungewöhnliches war, merkte selbst der von Frauenhuld Übersättigte, und es packte ihn und entflammte sein Herz.

Und Käthe wußte nicht, wie ihr geschah. Sie dachte auch gar nicht darüber nach, was es war, das ihr das Blut so schnell durch die Adern jagte. Willenlos gab sie sich dem Zauber hin und fühlte sich reich und glücklich über alle Maßen. Sie stand regungslos an ihrem Platz. Sie rührte die Hände nicht, um Beifall zu spenden, aber ihre Augen glänzten feucht vor Ergriffenheit und Begeisterung.

Als die Vorstellung zu Ende war, ging sie wie im Traum hinaus zwischen dem schiebenden, drängenden Menschenschwarm. Draußen spannte sich ein sternenklarer Himmel über das Städtchen. Es war ein warmer, düfteschwerer Sommerabend.

Am Tor des Bürgergartens stand Line und wartete

auf ihr Fräulein Käthe. Neben ihr, die Hände in die Paletottaschen versenkt, die Zigarette im Mund und den Zylinder auf dem Kopf, stand Adi Kertner, der schon früher fertig, sich bereits umgezogen hatte.

Er sah Käthe herankommen und beobachtete sie scharf. Sie ging auf die alte Magd zu.

»Da bin ich, Line, nun schnell nach Hause«, hörte er sie mit freundlicher Stimme sagen.

Dann verschwanden die beiden Frauen im Dunkel.

Kertner sah ihnen nach, blies den Rauch der Zigarette heftig von sich und warf sie weg.

»Arme, dumme Dinger ihr«, sagte er halblaut zu sich selbst. Dann wandte er sich Hartenberg zu, der eben heraustrat.

»Bist du endlich fertig, Paulchen? Ich stehe schon zehn Minuten hier und warte auf dich, obwohl du früher fertig warst als ich.«

»Weil ich mich so lange abschminken mußte. Hatte ich doch meine ganze Schönheit unter der Schminke zu verstecken.«

»Fatzke.«

»Aber, Adi! Hast du schlechte Laune?«

»Reicht noch gar nicht. Wütend bin ich.«

»Warum?«

»Ja, warum? Ich weiß es selbst nicht.«

»Dann komm schnell zu einem frischen Schoppen. Die andern kommen nach.«

»Nein, geh du allein. Ich bin heute in niederträchtiger, menschenfeindlicher Stimmung, da bin ich mir selbst schon zuviel. Gute Nacht.«

Und er lief schnell davon. Paul Hartenberg sah ihm kopfschüttelnd nach.

›Er hat wieder einmal seinen Nietzschetag, da ist nichts mit ihm anzufangen‹, dachte er und trat dann in das Restaurationszimmer.

Käthe war inzwischen stumm neben Line dahingeschritten. Sie war froh, daß Onkel und Tante nicht mit im Theater waren. Das hätte ihr den Genuß geschmälert. Es wäre ihr fürchterlich gewesen, verständnislose, nörgelige Kritik über die Vorstellung anhören zu müssen.

Line brach endlich das Schweigen.

»War es schön im Theater, Fräulein Käthe?«

Die fuhr auf aus ihrer Versunkenheit.

»Ja, Line, sehr schön.«

»Die Spieler sehe ich auch sehr gern. Ich habe sie voriges Jahr auch einmal in einem Stück gesehen, wo ein schönes, junges Mädchen Gift trinken mußte von ihrem Schatz. In einem Glas Limonade war das Gift, und nachher hat es ihrem Schatz sehr leid getan. Das war sehr traurig. Ich hab mir fast die Augen ausgeweint. Aber schön war es doch. Ich möchte wohl auch mal wieder gehen. Ob mir das die Frau Tante wohl erlauben wird?«

»Sie kann doch nichts dagegen haben.«

»Nun – man weiß doch nicht. Frau Rodeck ist manchmal so eigen.«

»Sie wird es schon erlauben, Line. Ich übernehme Ihre Arbeit, und das Billett schenke ich Ihnen auch.«

»Sie sind so gut, Fräulein Käthe! Haben mir doch erst das Geld zu dem Rock geschenkt.«

Käthe lächelte. »Ach, Line, wozu hab ich denn das unmenschlich viele Geld, wenn ich nicht einmal jemand eine Freude machen kann?«

»Na, alle Leute denken nicht so wie Sie, Fräulein Käthe. Sie sind sehr gut.«

Als die beiden nach Hause kamen, war das Haus schon dunkel. Nur im Flur brannte ein winziges Lämpchen, das Line bereitgestellt hatte. Rodecks waren schon zu Bett gegangen.

Käthe huschte leise die Treppe hinauf in ihr Zimmerchen. Dort saß sie noch lange wach am Fenster und sah mit großen Augen in die warme, stille Sommernacht hinaus. Eine intensive Lebensfreude erfüllte ihr Herz. Wie schön war das Leben, wie herrlich, daß es ihr so Schönes gebracht hatte! Und sie freute sich, daß erst der erste von den fünfzehn Abonnementsabenden vorüber war. Welch eine Fülle von Freuden stand ihr noch bevor! Die dunklen Männeraugen mit dem flammenden, lockenden Blick nahm sie mit in die Traumwelt hinüber.

Am andern Morgen erwachte sie mit einem freudig erwartungsvollen Gefühl. Wie schön es doch war, sich auf etwas freuen zu dürfen! So ein heimlicher Glanz lag auf ihren Tagen seit gestern.

Das Geschäft des Tischdeckens für das Frühstück schien ihr gar nicht mehr so eintönig. Ach – und die Sonne schien viel schöner als sonst. Selbst das Glöckchen vom Krämerladen klang weniger häßlich als an anderen Tagen.

Nur Onkel und Tante sahen noch verkniffener aus als sonst. Sie begegneten ihr äußerst kühl und unfreundlich.

Mit keinem Wort erwähnten sie das Theater.

Käthe suchte das Gespräch darauf zu lenken. Zu voll war ihr das Herz von allem, was gestern abend auf sie eingestürmt war. Sie hätte sich so gern einem verständnisvollen Herzen mitgeteilt. Aber sie wurde kalt zurückgewiesen.

»Bitte, verschone uns damit! Wir interessieren uns gar nicht für solch leichtfertige Vergnügungen«, sagte Karl Rodeck mit erhabener Miene.

So drängte Käthe ihr Empfinden zurück. Wäre jetzt

ein Mensch dagewesen, der liebevoll und verständig auf sie eingewirkt hätte, wahrscheinlich wäre es ihr dann möglich gewesen, den Schein von der Wirklichkeit zu trennen. Aber so mußte sie alles allein in sich verarbeiten, und ihre tiefe Innerlichkeit, ihr ideales Empfinden verliehen ihren Phantasiegebilden greifbare Formen.

Sie hatte völlig unklare Begriffe von Welt und Leben. Für sie war es ausgemacht, daß die Schauspieler in Wirklichkeit so ideale Menschen waren, wie sie sich ihr auf der Bühne zeigten. Und ihre heimatlose, glückshungrige Seele flog ihnen zu. Vor allem dem einen, der ihr mit seinen dunklen Augen heiße Unruhe ins Herz gepflanzt hatte. Aber auch der ›Julia‹ gedachte sie mit Wonne. Wie schön, wie herrlich mußte es sein, gleich ihr die Menschen zu erheben, zu begeistern! War es nicht möglich, daß auch in ihr Talente schlummerten, die nur geweckt zu werden brauchten, um sich voll entfalten zu können?

Je öfter Käthe die Vorstellungen besuchte, desto mehr setzte sich der Gedanke in ihr fest, Schauspielerin werden zu wollen. Sie wußte nicht, daß es die Sehnsucht war, Wigand näherzutreten, die ihren alten Wunsch wieder neu in ihr aufleben ließ und vertiefte. Jedenfalls war sie entschlossen, sich von einer erfahrenen Persönlichkeit prüfen zu lassen.

Sie hatte einiges Zutrauen zu Frau Anna Berthold gefaßt. Diese Schauspielerin hatte etwas so Joviales, Gemütliches. Käthe überlegte hin und her, wie sie es anstellen konnte, diese Frau aufzusuchen und sie zu bitten, ihr Rat zu erteilen, ob und wie sie Schauspielerin werden könnte.

Mit ihren Verwandten davon zu sprechen, hütete sie sich. Daß es Sturm gäbe, wenn sie mit ihren Plänen und Wünschen hervortreten würde, wußte sie. Es stand bei ihr fest, daß sie erst mit der vollendeten Tatsache vor ihre Pflegeeltern treten wollte.

Inzwischen ging ihr äußeres Leben seinen alten, geregelten Gang.

Eines Vormittags kam sie mit Line vom Wochenmarkt. Die alte Magd trug einen großen Korb mit Gemüse und Früchten.

Als sie am Markt um die Ecke bogen, stand plötzlich Georg Wigand vor ihnen. Wigand sah, welche Erregung sein unerwarteter Anblick bei ihr wachrief. Er war ein Frauenkenner, und es fiel ihm nicht schwer, dieses junge Geschöpf zu durchschauen. Einen tiefen Blick in ihr Auge senkend, ließ er sie vorübergehen. Ein wenig warm wurde ihm selbst dabei. Käthes frische, unberührte Schönheit weckte auch in diesem verwöhnten Mann etwas, das er lange nicht mehr gefühlt. Der große, fast andachtsvolle Blick ihrer unschuldvollen Augen drang ihm ins Herz.

Unauffällig hatte er hier und da Erkundigungen über sie eingezogen. Er wußte, daß sie Waise war, im Haus ihres Onkels und ehemaligen Vormundes lebte, und daß sie – sehr reich sei. Die Mär von Käthes großem Reichtum hatte sich dank Lines Berichten im Städtchen herumgesprochen, und dieser letzte Umstand blieb auch nicht ohne Einfluß auf Wigands Entschluß, mit Käthe bekannt zu werden.

Eine Waise, reich, unabhängig, das wäre sein Fall gewesen. Und schön war sie obendrein und rettungslos verliebt in ihn.

Wenn er ernstlich wollte?

Und er begann zu wollen. Den Versuch konnte man immerhin machen. So mit einem Schlag aus den ewigen Geldverlegenheiten zu kommen, aus den quälenden Schulden bei Schuster, Schneider und den Wirtsleuten – nicht übel! Und ein molliges, behagliches Heim, keine nüchterne, häßliche Junggesellenwohnung mehr; dazu ein hübsches, sanftes Weibchen, das den Gatten anbetete und ihm die Wünsche von den Augan absah – es war wirklich verlockend. Wer wußte, ob es ihm noch einmal so gut geboten würde. Jedenfalls wollte er versuchen, sich der Kleinen zu nähern.

Er folgte in respektvoller Entfernung.

Käthe war mit bebenden Knien weitergegangen. Ohne sich umzuwenden, merkte sie, daß er ihr folgte. Das trug natürlich dazu bei, sie noch befangener zu machen. Sie wagte nicht aufzusehen und gab Line ganz verkehrte Antworten, so daß die gute Seele verwundert den Kopf schüttelte. Erst als sie in das Haus traten, wagte Käthe einen scheuen Seitenblick.

Richtig, auf der gegenüberliegenden Seite kam er herangeschritten.

Sie eilte wie gejagt die Treppe empor zu ihrem Zimmer und trat ans Fenster hinter die Gardinen.

Seinen scharf spähenden Augen war das leise Schwanken der Gardine nicht entgangen. Fest richtete er sein Auge hinauf nach ihrem Fenster und ging langsam vorüber.

Käthe trat erschrocken zurück. Hatte er sie bemerkt?

Sie stand nun mitten im Zimmer und drückte die Hände auf das wildklopfende Herz.

›Mein Gott – mein Gott, ich liebe ihn‹, dachte sie erschauernd und stand, von dieser Erkenntnis überwältigt, reglos da, bis man sie von unten rief. Da fuhr sie auf, kühlte sich das heiße Gesicht mit frischem Wasser und ging hinunter. Als sie eine Viertelstunde später am Nähtisch vor dem Wohnzimmerfenster stand, im Begriff, eine Näharbeit vorzunehmen, sah sie plötzlich Georg Wigand draußen wieder vorübergehen. Sie trat hastig und erglühend zurück. Er hatte es wohl bemerkt und schritt lächelnd davon. Käthes Hände zitterten bei ihrer Näharbeit, und in ihrem Innern tobte ein Sturm von Empfindungen. Sie hätte weinen und lachen mögen und empfand es beseligend, daß ihre Seele aus der nüchternen, starren Ruhe des grauen Alltags zu sonnigen Höhen emporflog.

Wieder hatte Käthe Theaterabend.

Diesmal stand Georg Wigands Name nicht auf dem Theaterzettel. Man gab ein Lustspiel, in dem er keine Rolle hatte. Vor dem Eingang traf sie mit Bürgermeisters und Albert Rodeck zusammen. Der Vater der Stadt, der sich zuweilen im Theater sehen lassen mußte, wählte dafür die Lustspielabende.

Man begrüßte Käthe sehr kühl, und das junge Mädchen schritt, nicht gerade erfreut von dem Zusammentreffen, neben den Bekannten her den breiten Gartenpfad entland, der in den Theatersaal führte. Dicht vor dem Eingang zum Zuschauerraum stand Georg Wigand, im Begriff, auf die Bühne zu gehen und nach dem Rechten zu sehen. Als er Käthe neben dem Bürgermeister und seiner Familie daherkommen sah, verhielt er den Schritt.

Er zog den Hut, um den Bürgermeister zu grüßen. Seine Augen grüßten jedoch Käthe. Dann erst ging er davon. Das junge Mädchen, das fürchtete, daß man irgendwelche Bemerkungen über Wigand machen könnte, trat schnell ein und begab sich auf seinen Platz. Zum Glück saßen die andern einige Plätze von ihr entfernt. Sie war nun froh, daß Wigand heute abend nicht spielte; denn morgen war Skatabend, und wenn Käthe dann hätte Kritik hören müssen, wäre es ihr unerträglich gewesen. Sie war heute nicht ganz bei den Vorgängen auf der Bühne, war unaufmerksam und zerstreut.

Sie schob es auf die Anwesenheit ihrer Verwandten, aber das entsprach nicht ganz der Wahrheit. Der Brennpunkt ihres Interesses lag hinter den Kulissen. Dort suchten ihre Gedanken Wigand. Der stand inzwischen hinter der kleinen Öffnung in der Seitenkulisse und beobachtete sie lächelnd. Er sah sehr wohl, daß sie nicht wie sonst mit strahlender Begeisterung zur Bühne schaute. Und er wußte auch, warum es so war. Lange vor Schluß der Vorstellung ging er hinaus, um im Garten auf und ab zu gehen – und noch einen Blick von ihr zu erhaschen, wenn sie das Theater verließ.

Als er hinaus kam, sah er Line, an einem Baum gelehnt, stehen und erkannte in ihr sofort Käthes Begleiterin von neulich.

Wie zufällig lenkte er seine Schritte dicht an ihr vorbei und blieb plötzlich stehen, als habe er sie erst jetzt bemerkt.

»Sie erwarten wohl jemand?«

Line richtete sich aus ihrer bequemen Stellung empor. Auch sie erkannte ihn gleich. Er hatte neulich, als sie im Theater war, den schönen jungen Prinzen gespielt, der sich gar in seine eigene Stiefmutter verliebt hatte. Erst war er in einem weißseidenen, dann in einem schwarzsamtenen Anzug auf die Bühne gekommen mit schrecklich langen Strümpfen und ganz kurzen Hosen. Aber wunderschön hatte er darin ausgesehen. Und traurig war es wieder gewesen. So einen bösen Vater hatte er gehabt, der ihm seinen besten Freund totschießen ließ. So hatte sie Käthe am anderen Tag erzählt.

Und nun stand dieser schöne junge Mann vor ihr und sah ihr freundlich ins Gesicht.

»Ja, Herr, ich warte auf unser Fräulein Käthe.«

»Ah so – auf die Tochter Ihrer Herrschaft?«

»Nu nee – die Tochter ist es gerade nicht. Herr Rodeck ist man bloß der Onkel.«

»So, dann ist Ihr Fräulein wohl eine arme Waise?«

»Eine Waise ist sie schon, aber arm – behüte Gott, die ist sehr reich, unser Fräulein Käthe, und gut. Sie schenkt mir immer so viel, seit sie mündig ist. Seitdem kann sie ausgehen, soviel sie will. Sie hat mir das alles selbst erzählt, unser Fräulein Käthe.«

Wigand lächelte. Die gute Alte war sehr mitteilsam und schien froh zu sein, plaudern zu können.

»Sie haben wohl Ihr Fräulein sehr lieb?«

»Versteht sich, Herr, sie war man so'n armes Ding und keiner war lieb und freundlich mit ihr, zumal seit unser junger Herr fort ist. Da ist sie immer zu mir gekommen und hat gesagt: ›Line, du auch bös mit mir?‹ Aber ich konnt es nicht sein, sie war ja so ein liebes Dingelchen.«

»Und ihr Onkel und ihre Tante waren nicht gut zu ihr?«

»Du lieber Gott, die waren kleine Kinder nicht mehr gewöhnt. Und ein kleines, wildes Ding war sie immer schon gewesen. Meine Herrschaft ist ein bißchen sehr streng. Aber ich will ihnen beileibe nichts Übles nachreden. Bewahre! Es sind sehr rechtliche Leute, alles, was wahr ist.«

»Ihr Fräulein geht wohl sehr oft ins Theater?«

»Ja, sie hat sich gleich eine Menge Karten auf einmal gekauft. Meine Herrschaft war sehr böse darüber.«

»Die lieben wohl das Theater nicht?«

»Nein, sie gehen nie hinein. Aber ich war drin, Herr, als Sie neulich den schönen Prinzen spielten. O Gott, ich hab geweint! Es war zu schön.«

»So, hat es Ihnen gefallen?«

»Ach Gott – ganz elend war mir zumute, so hab ich geweint. Ich kann es Fräulein Käthe gar nicht verdenken, daß sie so oft geht.«

»Das möchten Sie auch?«

»Freilich, Herr. Aber wenn ich auch wohl von meiner Frau Rodeck zuweilen Erlaubnis bekäme – es ist doch ein Sündengeld, fünfzig Pfennig für die Galerie.«

Wigand lachte.

»Ist das zu teuer? Warten Sie, da wollen wir gleich helfen.«

Er riß ein Blatt aus seinem Notizbuch und schrieb einige Worte darauf. Dann gab er es Line.

»Da, heben Sie sich den Zettel auf! Wenn Sie Zeit und Lust haben, ins Theater zu gehen, dann brauchen Sie am Eingang nur den Zettel vorzuzeigen; dann haben Sie unentgeltlichen Zutritt zur Galerie.«

»Aber, Herr, das kann ich doch gar nicht annehmen.«

»Tun Sie es nur – weil Sie so gut zu Ihrem Fräulein Käthe sind, möcht ich Ihnen eine Freude machen.«

Line lachte über das ganze Gesicht.

»Da kann ich wohl jeden Sonntag hineingehen, oder ist das zuviel?«

»So oft Sie wollen.«

»Dann dank ich tausendmal, Herr!«

»Schon gut.«

Er nickte ihr freundlich lächelnd zu und ging langsam durch den Garten.

›Ein feiner und freundlicher junger Herr‹, dachte Line und hielt ihren Zettel krampfhaft fest. Was darauf stand, konnte sie nicht entziffern. Das mußte Fräulein Käthe ihr nachher vorlesen.

Als die Vorstellung zu Ende war und die Menschen, darunter Bürgermeisters, sich ein wenig verlaufen hatten, trat auch Käthe heraus. Sie hatte absichtlich gezögert, um ihren Verwandten auszuweichen.

Line erzählte ihr ganz aufgeregt ihre Begegnung mit Wigand und zeigte ihr den Zettel.

›Freier Zutritt für die Galerie. Georg Wigand‹, stand darauf.

Käthe las es der Alten vor. Dabei beschlich sie ein Gefühl der Überzeugung, daß Wigand nur ihretwegen mit der Magd gesprochen hatte, und dieses Gefühl beglückte sie.

Als sie aus dem Gartentore heraustraten, stand Wigand wartend unter der Laterne.

Line sah ihn gleich und nickte ihm freundlich zu wie einem alten Bekannten.

Er zog den Hut zu tiefem, respektvollen Gruß vor Käthe. Sie dankte ihm mit einem leisen, scheuen Neigen des Kopfes. Dabei war ihr zumute, als ob sie auf rosigen Wolken einherginge.

Line mußte noch ganz ausführlich erzählen, jedes Wort, das er gesprochen, wollte sie wissen. Und Line war so froh, plaudern und schwatzen zu können. Sie unterschlug keine Silbe.

Wigand hatte in Gedanken verloren dem schlanken Mädchen nachgesehen. So stand er noch, als Kertner zu ihm heraustrat.

»Pächter meiner Schönheit und meiner Talente, wem starrst du so träumend nach?«

»Sei nicht neugierig, Adi.«

»Nein, wahrhaftig, das bin ich nicht. Meine Frage war eine leere Phrase, denn ich weiß, wem deine Blicke folgen: Dem hübschen Fräulein Rodeck! Willst du denn wirklich den Feuerbrand der Leidenschaft in diesem unschuldsvollen Geschöpf entfachen?«

»Laß deine dummen Witze! Ich tue ja nichts dazu. Übrigens ist es noch gar nicht erwiesen, daß ihr etwas an mir liegt.«

Kertner zuckte die Achseln.

»Die Frauen sind ein törichtes Volk. Alle vergaffen sie sich in deine schöne Larve und meinen, es müßte Geist und Gemüt dahinter stecken. Daß sie beides vergeblich suchen, wissen sie nicht.«

»Ich danke; du bist ja wieder einmal sehr liebenswürdig.«

»Bitte sehr, gern geschehen. Aber du wirst nicht die Illustration zu meiner Behauptung liefern wollen.«

»Was soll das heißen?«

»Das soll heißen, wenn du wirklich ein Hohlkopf bist, dann nimmst du mir meine freien Worte übel. Bist du es nicht, dann setzt du dich mit der Erhabenheit großer Geister über meine Meinung hinweg – und gehst mit mir einen Schoppen trinken. Die andern kommen nach. Oder willst du Fräulein Rodeck nachgehen?«

»Unsinn, daran ist doch in dem Nest nicht zu denken. Hier hält es überhaupt schwer, eine Bekanntschaft zu machen.«

»Das ist für dich sehr fatal, für Fräulein Käthe Rodeck jedoch ein Glück.«

»Wieso?«

»Weil du schleunigst Sturm laufen würdest, um sie vollends zu erobern. Dann würdest du, nach Ablauf unseres hiesigen Gastspiels, ungerührt von dannen ziehen. Sie aber bliebe mit gebrochenem Herzen zurück.«

»Wenn es nun aber ganz anders käme, wenn ich sie heiratete?«

Kertner sah ihn mit einem Blick an, der förmlich mit Sarkasmus getränkt war.

»Was würde wohl Lenchen Hellmann dazu sagen? Sie würde es dir glücklicherweise nicht erlauben.«

Wigand brauste auf.

»Mir hat niemand etwas zu erlauben oder zu verbieten. Ich bin vollständig frei! Wenn sich die Hellmann wie eine Klette an mich hängt – ich gab ihr kein Recht dazu.«

»Schön; das mag sein, wie es will. Aber ein anderer und wichtigerer Punkt, mein Sohn. Die ehrenwerten Bürger besuchen recht fleißig unsere Vorstellungen, sie applaudieren uns, sie lachen und weinen über uns und hüllen sich uns gegenüber in Wohlwollen – solange wir ihnen nicht zu nahe kommen. Aber ihre Töchter geben sie uns ganz sicher nicht zu Frauen – und das kann man ihnen nicht einmal übelnehmen.«

»Aber wir sind doch auch Menschen.«

Kertner lächelte höhnisch.

»Ja, sozusagen sind wir auch welche. Aber nur so eine Art Allerweltskaspar, unter den Isolierglassturz zu stellen, und nur für müßige Stunden. Beileibe nicht für den täglichen Hausgebrauch.«

»Du bist sehr pessimistisch.«

»Vielleicht mit einigem Recht. Ich wollte nämlich einmal die Probe auf dieses Exempel machen, und es ist mir betrübend gut gelungen. Damals wehrte ich mich noch gegen dieses meiner Ansicht nach ungerechte Vorurteil; ich rieb mir mein bißchen Seele wund, bis ich's erfaßt und verstanden hatte. Später habe ich manches erlebt, was mir die Überzeugung brachte: Die ehrenwerten Bürger haben nicht unrecht, wenigstens von ihrem Standpunkt aus gesehen. Na – ich hab mich damit abgefunden, daß ich vom Publikum nur so lange Daseinsberechtigung zuerkannt erhalte, als ich auf seine Zwerchfelle einwirke. Darüber hinaus geht es nicht.«

»Es gibt auch Ausnahmen.«

»Sicher – und um dieser Ausnahmen willen bin ich auch heute noch liebend gern und mit Leib und Seele Schauspieler. Aber rar sind die, Freundchen, sehr, sehr rar. Und hier in Krähwinkel findest du wohl schwerlich so seltenes Gewächs. Aber vielleicht hast du doch Glück.«

»Mag es sein, wie es will! Jedenfalls laß mich mit deinen schwerblütigen Gedanken ungeschoren.«

»Hast recht, dazu bist du noch nicht reif genug. Also komm, vertragen wir uns wieder und seien wir vergnügt. Wir können es uns schon leisten. Das Geschäft blüht. Wenn es hier so weitergeht, dann wird sich ein unerhörtes Wunder ereignen.«

»Welches?«

»Ich werde meinem Schneider mitten in den Ferien unaufgefordert eine Rate abzahlen. Hoffentlich bekommt dann der Brave nicht vor Schreck einen Schlaganfall.«

Wigand lachte.

»Darauf würde ich's nicht ankommen lassen. Ich würde lieber nichts bezahlen.«

»Doch, ich werde es sicher tun, denn ich bin ein Mann von Grundsätzen, obwohl ich Schauspieler bin.

Ich zahle mit Vergnügen meine Schulden, wenn ich Geld dazu habe.«

Sie waren inzwischen in das für sie reservierte Gastzimmer getreten. Dort fanden sich bald auch die andern ein, Herren und Damen. Es begann ein fröhliches Schmausen, und die Stimmung schäumte über in froher Laune.

5

Am nächsten Abend wurde bei Rodecks Skat gespielt. Doktor Krüger kam nicht mehr, er verbrachte seine Abende bei Seifensieders.

Man ließ Käthe noch immer sehr fühlen, wie unverantwortlich sie gehandelt, als sie es abgelehnt hatte, die Frau des Arztes zu werden.

Käthe aber merkte kaum, was um sie her vorging, und keiner der Anwesenden ahnte, welche Gedanken und Pläne hinter der weißen Mädchenstirne kreisten.

Johanna beobachtete seit neuester Zeit Käthe mit eifersüchtigen Augen. Die junge Frau hatte einige Male Blicke ihres Gatten aufgefangen, die für Käthe bestimmt waren.

Obwohl diese Albert kaum beachtete, stand es bei Frau Johanna fest, daß sie mit ihrem Mann kokettierte. Und überhaupt – ihr wäre lieber gewesen, Käthe hätte geheiratet, damit sie aus dem Haus kam. Ihr Albert saß den ganzen Tag im Kontor und konnte Käthe sehen und sprechen, so oft er Lust hatte. Wer wußte, was da alles hinter ihrem Rücken vorging! Sie traute Käthe nicht.

So schlau war Johanna aber trotz ihrer Beschränktheit, daß sie ihren Mann nichts von ihrem Argwohn merken ließ. Aber sie nahm sich vor, auf der Hut zu sein.

Käthe war von Tante Amalie hinausgeschickt worden, um, wie üblich, eine zweite Kanne Tee zu bereiten. Das junge Mädchen befand sich allein in der Küche, Line scheuerte draußen den Hausflur.

Da kam Albert aus dem Wohnzimmer und blieb vor der offenen Küchentür stehen.

»So fleißig, Käthe?«

Sie sah erstaunt in sein vor Wohlwollen und Freundlichkeit strahlendes Gesicht. Der zärtliche Tonfall seiner Stimme fiel ihr auf.

»Suchst du etwas hier in der Küche?«

Er trat einen Schritt näher. »Nein – das heißt, ja. Dich suche ich, Käthchen.«

»Mich?«

»Ja, dich.«

»Was willst du von mir?« fragte sie gelassen.

Er trat noch näher an sie heran.

»Ich möchte dich etwas fragen, liebes Käthchen.«

Das ›liebe Käthchen‹ machte ein sehr unbehagliches Gesicht. Alberts Art mißfiel ihr, ohne daß sie wußte, warum.

»So frag!« sagte sie kurz.

»Warum hast du Krüger ausgeschlagen?«

»Das hab ich euch allen oft genug erklärt. War das alles?«

»Nein, Käthe, du sollst mir sagen, ob du einen anderen liebst.«

Käthe wurde dunkelrot.

›Aha!‹ dachte Albert siegessicher und trat nun dicht an ihre Seite.

Käthe zog die Stirn zusammen und sah ihn zornig an.

»Danach zu fragen, hast du kein Recht. Verstanden?« sagte sie energisch.

»Käthchen, verstell dich doch nicht!« flüsterte er zärtlich.

Seine Blicke und der Ton seiner Stimme machten sie unruhig. Was sollte dieses sonderbare Verhör bedeuten?

»Ich wüßte nicht, weshalb ich mich verstellen sollte.«

Er legte plötzlich die Hand auf ihren Arm und flüsterte:

»Käthe, du bist so schön geworden, so – ach, wenn ich das gewußt hätte, ich ...«

Sie ließ ihn nicht ausreden. Mit einem zornigen Ruck machte sie sich von ihm frei und sah ihm mit funkelnden Augen ins Gesicht.

»Was fällt dir ein, bist du von Sinnen?« rief sie entrüstet.

»Um Himmels willen, Käthe, schrei doch nicht so! Man wird dir doch sagen dürfen, daß du schön bist, daß man dich bewundert«, sagte er leise beschwichtigend.

»Das unterlaß lieber! Ich verzichte auf deine Bewunderung ebenso gern, wie ich bisher deine Nichtachtung ertragen habe.«

»Nichtachtung? Aber, Käthe, ich habe dich immer sehr gern gehabt.«

»Dann hast du dich sehr gut zu verstellen gewußt. Ich habe nichts davon gemerkt.«

»Und das hat dich gekränkt, nicht wahr? Du bist mir böse, daß ich nicht sah, wie schön du bist?«

Sie richtete sich hoch auf.

»Schweig, ich will dich nicht länger anhören, laß mich allein!«

»Aber, Käthe, dein Zorn verrät mir alles. Du bist mir böse, daß ich dich nicht zu meiner Frau machte. Nicht wahr, so ist es? Käthe, ich war ein Narr – ich wußte nicht, wie reizend du bist.«

Käthe war totenbleich geworden vor Scham über die ihr angetane Zumutung. Sie nahm stumm ihre Teekanne und wollte an ihm vorübergehen.

Da faßte er sie am Arm, ganz aufgeregt durch ihren Widerstand. »Käthchen!«

Sie riß sich los. »Rühr mich nicht an! Und schäme dich!« sagte sie mit verhaltener Stimme.

Ehe er antworten konnte, erschien Frau Johanna an der Tür. »Du hier in der Küche, Albert? Hilfst wohl Käthe Tee kochen?« rief sie pikiert. Sie maß Käthe dabei mit eifersüchtigen Blicken.

Diese ging ruhig an den beiden vorüber ins Zimmer zurück.

»Nun, willst du mir nicht sagen, was du hier zu suchen hast?«

Albert hatte sich gefaßt und kehrte nun die männliche Würde heraus.

»Frauen müssen nicht alles wissen. Aber ich will dir sagen, was ich hier wollte. Ich habe Käthe noch einmal wegen Krüger ins Gewissen geredet.«

»Das hat doch keinen Zweck mehr, er ist doch nun verlobt.«

»Aber solche Fälle können sich wiederholen, liebes Kind. Da muß man vorbeugen.«

Sie sah ihn mißtrauisch an. »Und dabei hast du dich, so scheint mir, sehr aufgeregt.«

»Na ja, man ärgert sich über so ein dummes Ding. Ist ja zu töricht, so ein Glück von sich zu stoßen.«

Johanna schwieg. Überzeugt war sie aber nicht. Ihr Mißtrauen hatte neue Nahrung erhalten. Sie beschloß, die Augen offen zu halten. Als sie später drinnen wieder neben Käthe saß, sagte sie zu dieser:

»Ihr wart so vertieft in eure Unterhaltung, du und Albert. Ich habe euch wohl gestört?«

»Nicht, daß ich wüßte«, erwiderte Käthe ruhig.

»Na, bei einem so interessanten Thema?«

Käthe sah sie prüfend an. Wußte Johanna, was in der Küche geschehen war?

»Mir war die Unterredung durchaus nicht interessant, glaube es mir.«

»Was habt ihr denn alles besprochen?«

Es sollte harmlos neugierig klingen.

»Frag doch deinen Mann selbst danach, er wird es besser wissen als ich«, antwortete das junge Mädchen, legte ihre Arbeit zusammen und bat, sich zurückziehen zu dürfen. Niemand erhob Einspruch.

In ihrem Zimmer angekommen, trat Käthe an das offene Fenster und sah zum sternenbedeckten Nachthimmel empor.

Die Szene mit Albert hatte sie mit Abscheu erfüllt. Zugleich festigte sich aber dadurch ihr Entschluß, das Haus so bald wie möglich zu verlassen.

Aus Johannas Verhalten merkte Käthe, daß diese eifersüchtig war. Einmal aus ihrer Unbefangenheit gerissen, kam ihr nun auch zum Bewußtsein, daß Albert schon länger eigentümlich gegen sie gewesen war. Es war wirklich höchste Zeit, daß sie ging.

Sie nahm sich fest vor, gleich morgen Frau Anna Berthold aufzusuchen. Vom Wirt des Bürgergartens würde sie schon ihre Adresse erfahren.

Frau Anna Berthold saß in dem kleinen Wohnzimmer, das mit dem daranstoßenden Schlafraum die gesamte

Wohnung bildete, die Bertholds zur Verfügung stand. Sie war damit beschäftigt, eine farbige Borte auf einen schwarzen Rock zu setzen. Dieses Kleidungsstück brauchte sie am Abend auf der Bühne; ihre rundlichen Finger führten die Nadel sehr geschickt und behende.

Vor ihr auf dem Tisch stand eine umfangreiche Kaffeekanne nebst Tasse und auf einem Teller mehrere Butterhörnchen.

Wenn Frau Anna eine Weile genäht hatte, stärkte sie sich jedesmal durch einen guten Schluck des geliebten Getränks und ließ ihm ein Stückchen des Gebäcks folgen. Dann ging es emsig weiter.

Auf dem Tisch lag und stand noch manches herum, was nicht unbedingt hingehörte. Eine leere Bierflasche, ein Aschenbecher, ein Paar Manschetten, ein Klemmer, ein Notizbuch, eine Zigarrentasche, einige Handschuhe und Frau Annas Kapotthütchen. Das ehrwürdige, sehr breite Sofa war ebenfalls mit Kleidungsstücken und Zeitungen bedeckt, und auf der Erde lagen zwei Pantoffeln und ein Männerstiefel friedlich nebeneinander.

Neben der Tür stand ein großer Reisekorb, dessen Deckel offen stand. Auch der große Kleiderschrank war geöffnet. Die Kleider quollen heraus.

Frau Anna schien sich jedoch in dieser etwas genialen Umgebung ganz behaglich zu fühlen. Ihr Gesicht trug einen zufriedenen Ausdruck, und ihre kleinen Augen lachten humorvoll in die Welt.

Ihre Toilette war sehr mangelhaft. Sie trug einen dunklen Rock und eine sehr farbenfreudige Morgenjacke, die ihre rundliche Fülle fast zu sprengen drohte.

Die alte Dame summte mit ihrer tiefen, fast baßartigen Stimme eine Operettenmelodie vor sich hin. Aus dem nebenan liegenden Schlafzimmer tönte Hieronymus Bertholds Stimme laut herüber:

»Nichts verächtlicher als ein brausender Jünglingskopf mit grauen Haaren! Ich hab es mir oft gesagt!« und so weiter.

Er ging seine Rolle für den Abend durch. Der Odoardo Galotti machte seinem gemütlichen Temperament einige Schwierigkeiten. Er mußte sich immer erst vorher in eine düstere Stimmung hineinzwängen.

Anna kannte ihren Hieronymus. Wenn er abends eine solche Rolle zu spielen hatte, dann pflegte sie ihn vorher durch irgendeine ärgerliche Szene zu reizen. Das sonst so friedfertige Paar zankte sich dann kurz vor der Vorstellung, und Hieronymus kam dadurch in die gewünschte weltschmerzliche Stimmung.

Die beiden Leutchen kamen sehr gut miteinander aus. Bei beiden war das unruhige Künstlerblut im Lauf der Jahre einem gewissen Phlegma gewichen. Im Anfang ihrer Ehe hatte es nicht an erregten Szenen gefehlt, da war es auch, wie bei vielen andern, nicht ohne Sturm abgegangen. Anna Berthold war sogar eines Tages ihrem Hieronymus durchgegangen. Aber sie hatten es nicht lange ohne einander ausgehalten. Hieronymus hatte seine Anna zurückgeholt, und seit der Zeit ging es besser und besser.

Während die alte Dame fleißig nähte, kam ihr Mann einige Male herüber. Er war in einem unbeschreiblich komischen Aufzug. Ein alter Sommerüberzieher, der jetzt als Schlafrock diente, umhüllte den oberen Teil des Körpers. Der Hals war frei, ohne beengenden Kragen. Die Füße steckten in zwei mächtigen, grünen Plüschpantoffeln, die der berüchtigte Zahn der Zeit schon weidlich benagt hatte, und die Beine wurden nur von Trikotunterhosen in zartrosiger Farbe eingehüllt. Der große, starke Mann bot einen drolligen Anblick. Anna fand indes an seinem Äußeren ebensowenig etwas auszusetzen wie er an dem ihren.

Hieronymus naschte von den Butterhörnchen, suchte vergeblich nach einer Flasche Bier, die er nicht fand, und schenkte sich resigniert eine Tasse Kaffee ein. Dann ging er wieder hinüber, um seine Rolle weiter durchzugehen.

Befriedigt aufseufzend hatte Frau Berthold eben ihr Werk vollendet, als es leise an die Tür klopfte.

In der Meinung, einer der Kollegen oder Kolleginnen begehre Einlaß, rief sie gemütlich:

»Nur immer hereinspaziert, ob Jude, Heide oder Christ – herein damit, was durstig ist.«

Zaghaft wurde die Tür geöffnet. Käthe Rodeck stand auf der Schwelle und sah mit ängstlichen Blikken in das Zimmer und auf Frau Berthold.

Die lachte vergnügt.

»Entschuldigen Sie meine formlose Einladung zum Eintreten. Ich glaubte, es seien Bekannte, die bei mir anklopften. Bitte, treten Sie näher; was steht zu Diensten?«

Käthe trat ein und zog die Tür hinter sich zu.

»Bitte sehr, ich habe mich zu entschuldigen, daß ich störe.«

»Keineswegs, Sie stören nicht.«

»Gestatten Sie, daß ich mich Ihnen vorstelle. Ich heiße Käthe Rodeck.«

»Danke, Fräulein Rodeck – wer ich bin, wissen Sie wohl schon!« sagte die alte Dame, mit lächelndem Wohlgefallen in das schöne, ernste Mädchengesicht blickend.

»Ja, Frau Berthold.«

In diesem Augenblick wurde die Tür zum Schlafzimmer geöffnet, und Hieronymus steckte den Kopf ins Zimmer. Entsetzt fuhr er beim Anblick der jungen Dame zurück. Seine Frau lachte laut auf.

»Das war mein Mann; er ist nicht salonfähig, deshalb hat er sich schleunigst zurückgezogen.«

»Ich störe also doch.«

»Keine Spur – bitte, nehmen Sie ruhig Platz! Und nun sagen Sie mir, was beliebt!«

Käthe bezwang die verlegene Scheu, die sie in der ungewohnten Umgebung empfand. Es war ihr doch etwas unbehaglich, Frau Berthold in so zwangloser Bekleidung und in der nicht sehr ordentlichen Umgebung anzutreffen. Sie mußte unwillkürlich daran denken, was wohl Tante Amalie zu diesem Künstlerheim sagen würde. Da aber die alte Dame ungeniert ihr gegenüber Platz nahm und augenscheinlich gar nicht erstaunt war über den unerwarteten Besuch, wurde sie ihrer Verlegenheit Herr.

Frau Annas lustige Augen sahen mit ein wenig gutmütigem Spott in Käthes Gesicht. Sie ahnte, was kommen würde. Käthe war nicht die erste, die in gleicher Angelegenheit zu ihr kam.

Da Käthe noch immer nach den passenden Worten suchte, sagte Frau Anna ruhig:

»Sie wollen gern Schauspielerin werden, liebes Fräulein?«

Käthe sah sie erstaunt an.

»Sie wissen ...«

»Ich denke es mir, weil ich mir sonst nicht erklären könnte, was eine so schöne junge Dame bei mir alter Frau wollte. Also hab ich recht vermutet, nicht wahr?«

»Ja, ich möchte Schauspielerin werden. Ich habe keinen Menschen, den ich um Rat fragen könnte, wie ich mein Ziel erreichen kann. Deshalb nahm ich mir die Freiheit, zu Ihnen zu kommen. Zu Ihnen habe ich das meiste Vertrauen!«

»Das ist sehr schmeichelhaft für mich, und ich verspreche Ihnen, dies Vertrauen zu rechtfertigen. Also, bitte, fragen Sie ungeniert!«

Käthe atmete tief auf.

»Wie kann ich am schnellsten eine fertige Schauspielerin werden?«

Frau Anna lachte leise.

»Kindchen, nur nicht so stürmisch! Haben Sie denn überhaupt Talent?«

»Talent? Ich weiß es nicht. Aber ich würde sehr fleißig sein und sehr aufmerksam. Und ich habe so inniges Verlangen, etwas Großes und Schönes leisten zu können.«

Frau Berthold wurde ernst. Käthes Unerfahrenheit rührte sie.

»Damit ist es nicht allein getan, mein liebes Fräulein. Wenn Sie nicht wirklich großes Talent haben und einem unabweisbaren Drang folgen, dann suchen Sie sich lieber auf andere Weise Ihren Unterhalt zu verdienen!«

Käthe sah betreten in das gutmütige Altfrauengesicht.

»Nicht um zu verdienen will ich diesen Beruf ergreifen. Ich habe Vermögen, und um Geld ist es mir nicht zu tun. Ich möchte nur einen edlen Lebenszweck haben, einen Beruf, der mich ausfüllt, eine Tätigkeit, die mir zusagt. Ich möchte heraus aus kleinbürgerlichen, engherzigen Kreisen, aus niederdrückendem Alltagsleben. Ich habe niemand, dem ich nötig bin, dem ich Freude bereiten kann. Mein Leben ist arm und öde, ich möchte es reich machen, mein Gemüt vertiefen, meinen Geist schärfen. Mit einem Wort: Ich will wissen, daß mein Leben nicht wertlos ist.«

Frau Annas sonst so lustige Augen blickten tiefernst in das schöne junge Gesicht, das der Eifer gerötet hatte.

»Und all das hoffen Sie auf der Bühne zu finden? Liebes Kind – nehmen Sie mir ein offenes Wort nicht übel: Sie sind recht unbesonnen und unerfahren. Wenn Sie vermögend sind, bleibt Ihnen wohl mancher Weg, der Sie Ihren Wünschen und Idealen näher führt als die Bühnenlaufbahn. Glauben Sie einer alten, erfahrenen Frau – Sie würden, selbst wenn Sie ein hübsches Talent haben, es später sehr bereuen, Schauspielerin geworden zu sein. Sie ahnen wohl kaum, wie dornenvoll der Weg ist, den Sie gehen wollen. Und Sie sehen mir gar nicht danach aus, als kämen Sie leicht über so etwas fort; dazu blicken Ihre Augen zu ernst und zu gedankenvoll. Beim Theater muß man seiner sehr sicher sein, muß auf der Oberfläche treiben können. Ich spreche natürlich nur vom Durchschnitt, nicht von den gottbegnadeten Auserwählten. Aber selbst die wenigen haben die Dornen gefühlt. Ich spreche so zu Ihnen, weil ich Ihr Vertrauen verdienen will. Wenn es also nicht unbedingt sein muß, dann verzichten Sie lieber auf diesen Wunsch. Es ist nicht alles Gold, was glänzt. Sie sind sicher in ordentlichen, klaren Verhältnissen aufgewachsen; da findet man sich schwer in den Existenzkampf, ohne sich selbst aufzugeben. Überlegen Sie es sich wenigstens noch einmal recht reiflich. Übrigens würden wohl Ihre Eltern schwerlich die Erlaubnis zu diesem Schritt geben.«

»Ich habe keine Eltern mehr, sonst würde ich sie nie verlassen. Meinen übrigen Angehörigen bin ich keine Rechenschaft schuldig.«

Frau Berthold sah sinnend vor sich hin, dann sagte sie jovial:

»Na, nun hab ich meine Pflicht erfüllt und Sie gewarnt. Wie Sie sich nun entscheiden, ist allein Ihre Angelegenheit. Nun will ich Ihnen auch Ihre Frage beantworten, wie Sie Schauspielerin werden können. Zuerst ist es nötig …«

In diesem Augenblick wurde an die Tür geklopft, und gleich darauf wurde diese geöffnet. Georg Wigand steckte den Kopf zur Tür herein.

»Tritt nur ein, Direktorius! Das Fräulein kann nur profitieren, wenn du bezeugst, was ich ihr sage.«

Wigand trat schnell ein und verneigte sich, nachdem er mit aufleuchtendem Blick in Käthes Gesicht gesehen hatte.

»Wenn Sie gestatten, gnädiges Fräulein«, sagte er mit seiner schönen, einschmeichelnden Stimme.

Käthe war glühendrot geworden und vermochte nur stumm den Kopf zu neigen. Ihr Herz klopfte in wilden Schlägen, sie hatte große Mühe, wenigstens äußerlich ihre Fassung zu bewahren.

Frau Anna erzählte Wigand in ihrer gutmütig spottenden Art, was Käthe zu ihr geführt. Weder sie noch das junge Mädchen ahnte, daß Wigand von seiner gegenüberliegenden Wohnung aus Käthe hatte ins Haus treten sehen und ihr so schnell als möglich gefolgt war.

Während die Alte erklärte, ließ er seine Augen eine kühne, aber bezaubernde Sprache reden. Und Käthe mußte ihn ansehen. Zitternde Seligkeit im Herzen, saß sie still auf ihrem Platz und sah in sein schönes Gesicht. Sie vergaß, warum sie hier war, wünschte nur mit heißer Inbrunst, daß die Zeit stillstehen möge.

»Nun sage dem Fräulein selbst, Direktor, daß es zu

ihrem eigenen Nachteil sein würde, wenn sie sich nicht von ihrem Plan abbringen ließe«, schloß Frau Berthold ihren Bericht.

Wigand sah mit einem tiefen Blick in Käthes Augen.

»Man müßt erst feststellen, ob das gnädige Fräulein Talent hat. Du weißt ja nicht, ob sie nicht zu Großem berufen ist.«

»Ach geh, mach das Kind nicht verdreht, mein Sohn! Du weißt doch so gut wie ich, wie das mit der ›Größe‹ ist. Du bist doch auch noch nicht auf der Höhe. Und du hast ein schönes Talent. Ist dein Los etwa glänzend, bist du zufrieden damit? Nein. Und du bist ein Mann, das ist noch ganz anders. Was so einem schönen, jungen Ding für Kämpfe beschieden sind, bis sie mal aus dem Gröbsten ist, das weißt du doch. Sei ehrlich, wie ich es bin! Das Fräulein ist voll Vertrauen zu mir gekommen. Ich mag ihr nichts vortäuschen. Aber, Kindchen, deshalb brauchen Sie nicht zu verzagen! Da Sie reich und unabhängig sind, findet sich wohl ein schöner und edler Lebenszweck für Sie, auch außerhalb der Bühne.«

Wigand ließ seine Blicke nicht von Käthes Gesicht. Trotz ihrer Befangenheit vermochten ihre Augen nicht zu verbergen, daß ihr Herz dem seinen in heiligem Feuer entgegenschlug. Und er war von ihrem lieblichen Anblick so entzückt, daß er in diesem Augenblick nicht einmal an Käthes Reichtum dachte. Ein wirklich warmes Gefühl wallte in ihm auf, als er sie so hilflos verzagt sah.

»Meine verehrte Kollegin hat recht, gnädiges Fräulein«, sagte er innig.

Sie legte die Hände ineinander.

»Es ist doch ein hoher, herrlicher Beruf, die Menschen zu erheben und zu erfreuen. Viele tausend Herzen schneller schlagen zu machen in edler Freude ist doch ein Gewinn, nach welchem zu streben es sich lohnt.«

Wigand strich mit der schönen, gepflegten Hand durch das Haar.

»Nicht alle sind so dankbar und verständnisvoll wie Sie, mein gnädiges Fräulein. Ich habe das Vergnügen gehabt, Sie oft im Theater zu sehen. Für Sie lohnt es sich freilich, sein Bestes zu geben.«

»Ach, du kennst das Fräulein bereits?«

»Nur von weitem. Das gnädige Fräulein gehört zu unseren Abonnenten.«

»Ja«, sagt Käthe, tief aufatmend, »und es war mir ein wahrer Genuß, die Meisterwerke der Dichtkunst durch Sie verkörpert zu sehen. Wie eine Offenbarung des Schönen und Großen ist es über mich gekommen. War mir auch früher schon eng und beklommen in meiner kleinlichen Umgebung, jetzt fühle ich – ich muß heraus, muß ins freie, weite Leben, muß nützen und Gutes schaffen. Hier gehe ich zugrunde in Kleinkram und Engherzigkeit.«

Frau Berthold warf Wigand einen Blick zu, als wollte sie sagen:

›Der ist nicht mehr zu raten.‹

Wigand nickte unmerklich. Dann sagte er zu Käthe:

»Vielleicht geben Sie uns eine Probe Ihrer Begabung. Bitte, deklamieren Sie uns irgendein Gedicht, das Sie auswendig wissen.«

Käthe sah ihn erschrocken an.

»Hier vor Ihnen – nein, das kann ich nicht.«

Wigand lachte herzlich, und seine Zähne blitzten.

»Aber, liebes, gnädiges Fräulein, das Publikum können Sie sich auch nicht aussuchen.«

›Das sind auch lauter Menschen, die mir gleichgültig sind‹, wollte sie sagen, aber sie hielt es zum Glück noch zurück.

»Daran muß man sich wohl erst gewöhnen, ich habe mir das noch gar nicht überlegt«, sagte sie leise. Sie sah dabei so wunderschön aus, daß Wigand sich mehr und mehr in sie verliebte.

»Aber vorlesen können Sie uns doch etwas. Hast du kein Buch zur Hand, Anna – ach, da liegt ja ein Band Goethe. Laß sehen, was es gibt? Hier, Tasso – das wird gehen. So – bitte, diese Stelle, gnädiges Fräulein.«

Er reichte ihr das Buch aufgeschlagen hin und bezeichnete, über sie gebeugt, die Stelle mit dem Finger. Er stand so dicht neben ihr, daß er merkte, wie sie vor Erregung zitterte.

›Armes, kleines, süßes Mädchen, dein Herzchen brennt lichterloh für mich. Ich brauche nur zu wollen, und du bist mein – und ich will, ich will.‹ So dachte er, während er zurücktrat.

Käthe tanzten die Buchstaben vor den Augen, sie sah alles wie durch einen roten Schleier. Sie versuchte zu lesen. Es ging nicht. Auch die Kehle war ihr wie zugeschnürt. Sie ließ das Buch mutlos sinken.

»Ich kann nicht«, sagte sie tonlos.

»Grämen Sie sich nicht darum, Kindchen! Vielleicht danken Sie später einmal dem Schicksal, daß es Ihnen in dieser Beziehung an dem nötigen Mut fehlte«, tröstete die alte Dame lächelnd.

Wigand war es darum zu tun, Käthe noch länger festzuhalten und die Zeit auszunützen. Wer wußte, ob ihm das Glück noch einmal so günstig war.

»Ich will Ihnen die Stelle zuerst einmal vorlesen, vielleicht geht es dann«, sagte er. Er stellte sich ungezwungen ihr gegenüber an den Tisch und las:

»Beschränkt der Rand des Bechers einen Wein,
Der schäumend wallt und brausend überschwillt?
Mit jedem Wort erhöhest du mein Glück,
Mit jedem Worte glänzt dein Auge heller.
Ich fühle mich im Innersten verändert,
Ich fühle mich von aller Not entladen,
Frei wie ein Gott und alles dank ich dir!
Unsägliche Gewalt, die mich beherrscht,
Entfließet deinen Lippen; ja, du machst
Mich ganz dir eigen. Nichts gehöret mehr
Von meinem ganzen Ich mir künftig an.
Es trübt mein Auge sich in Glück und Licht,
Es schwankt mein Sinn,
Mich hält der Fuß nicht mehr.
Unwiderstehlich ziehst du mich zu dir,
Und unaufhaltsam dringt mein Herz dir zu.
Du hast mich ganz auf ewig dir gewonnen,
So nimm denn auch mein ganzes Leben hin.«

Gegen das Ende hin hatte er das Buch sinken lassen und sprach die Worte aus dem Gedächtnis. Und wie er sie sprach! In Glut und Leidenschaft getaucht, lokkend, zwingend, besiegend. Seine Augen unterstützten seine Worte und sagten Käthe: ›Dies alles gilt dir, ich spreche zu dir, und ich empfinde für dich, was Tasso für Leonore empfand.‹ Und Käthe hörte, was er sprach, und sah, was seine Augen ihr verrieten. Und das kleine Zimmer wurde ihr zum weiten, sonnigen Zelt, ihr Herz jubelte und sang, und ihre Augen hingen selbstvergessen in den seinen. Sie rührte sich nicht, um den Zauber nicht zu brechen. Und als er zu Ende gelesen hatte, saß sie noch eine Weile reglos da.

»Wollen Sie es nun einmal versuchen«, sagte er weich und hielt ihr das Buch hin.

Sie raffte sich auf.

»Nein«, sagte sie bebend, »nein, ich würde das nie können – nie. Es war vermessen von mir, ich fühle es jetzt. Es ist wohl besser, ich verzichte auf meinen Wunsch.«

»Du, Wigand, das hast du wirklich großartig gelesen – immer gelingt dir das nicht so. War mir wirklich selbst ein Genuß. Aber jetzt entschuldigen Sie mich einen Augenblick, will meinem Alten nur mal seine Toilettenutensilien hinübertragen.«

Käthe erhob sich.

»Ich will mich vorher verabschieden.«

»Kindchen – so lange müssen Sie schon noch warten, bis mein Alter aus seiner Gefangenschaft erlöst ist. Der sieht auch gern ein schönes, junges Blut; er würde mir eine Szene machen, wenn ich Sie fortließe, ehe er Sie kennengelernt hat.«

Und schon war sie im Schlafzimmer verschwunden.

Käthe und Wigand waren allein. Das junge Mädchen stand in wortloser Befangenheit da. Wigand richtete sich entschlossen auf. Diese Stunde mußte ausgenutzt werden. Er trat rasch auf sie zu und führte ihre Hand mit zärtlicher Inbrunst an die Lippen.

»Mein gnädiges Fräulein, wie dankbar bin ich dem Zufall für dieses Glück! Wissen Sie, wie sehnsuchtsvoll ich Ihrer gedacht, seit ich Sie zuerst im Theater sah? Käthe – süße Käthe, verzeihen Sie – aber das Gefühl reißt mich fort. Ich liebe Sie, heiß, innig, unsagbar – Käthe, wollen Sie mein werden, mein auf ewig?«

Er sagte all das leise, mit sinnbetörender Zärtlichkeit. Käthe erzitterte vor Glück, ihre Augen strahlten ihn an wie glückverheißende Sterne. Nicht fähig, sich zu verstellen, sah sie innig zu ihm auf.

»Ich liebe Sie mehr als mein Leben! Aber ich bin zu gering für Sie«, sagte sie leise.

Er riß sie in seine Arme und küßte den roten, leuchtenden Mädchenmund.

»Süße Käthe, mein geliebtes Mädchen, sprich nicht so – du bist größer, besser als ich. Aber jetzt still, uns bleibt keine Zeit. Ich muß dich unbedingt nachher noch sprechen. Wenn du gehst, folge ich dir bald. Erwarte mich im Theatergarten, hinten zwischen den Taxushecken. Dort sind wir ungestört. Ja, willst du? Ich bitte dich darum.«

Wie hätte sie widerstehen können!

»Ja, ich komme«, sagte sie leise, aber fest und klar.

Er trat von ihr fort. Anna Berthold kam wieder herein.

»So, noch einen Augenblick, liebes Fräulein. Dann halte ich Sie nicht länger auf. Und Sie besuchen mich noch einmal, wenn Sie sich alles gut überlegt haben. Dann sprechen wir noch einmal vernünftig über das Thema. So, da ist mein Alter. Komm, Hieronymus!«

Sie stellte vor. Ihren scharfen Augen entging indessen nicht, daß Käthe und Wigand sehr befangen waren. Sie sah ihren jungen Kollegen scharf an.

›Will der in dem jungen Kopf da Unheil anrichten? Das närrische kleine Mädel ist in ihrem Freiheitsdrang wohl zu Torheiten fähig. Sollte mir doch leid tun. Die Hellmann kratzt ihr gleich die Augen aus, und überhaupt …‹

Es blieb ihr aber keine Zeit mehr zu eingehenden Beobachtungen. Käthe verabschiedete sich schnell und ging. Wigand blieb noch.

»Du, mein Jungchen«, sagte Frau Anna inquisitorisch, »du willst dem Mädchen doch nicht Flausen vormachen?«

Er lachte. »Nein, Annerl, gewiß nicht.«
»Um die wäre es schade.«
»Sehr schade.«
»Sie ist ein liebes, feines Ding, nur ein wenig zu ideal und romantisch veranlagt. Die muß sich erst noch klären. Also laß sie zufrieden.«
»Mit was?«
»Mit dem Courmachen.«
»Muß das sein?«
»Ach, laß die Witze, ich rede ernsthaft.«
»Ich auch. Ich will die junge Dame nämlich heiraten.«
Anna Berthold setzte sich, stützte die Wange auf ihre Hände und sah ihn von unten herauf spöttisch an.
»Glaub ich wohl, daß du das möchtest. Ein schönes und – reiches Mädchen, jung, unerfahren, weich wie Wachs, du bist wirklich nicht dumm! Na, man tau! Ich kann nichts dazu und nichts dagegen tun. Aber die Hellmann, he, was würde die dazu sagen?«
»Du weißt, daß die kein Recht an mich hat.«
»Aber sie nimmt sich eins.«
»Das ist ihre Sache, nicht die meine.«
»Schön; gesetzt, du kämst zum Ziel, was sollte daraus werden?«
»Eine glückliche Ehe. Meinst du nicht, daß ich mich auch nach einem glücklichen Heim sehne? Ich glaube, ich würde ein ebenso guter Ehemann wie Hieronymus.«
»Hm – für ein Weilchen, ja. Solange es den Reiz der Neuheit hat. Aber dann ist's aus, mein Söhnchen. Na, es ist ja gottlob noch nicht in dem Topf, wo es drin kochen soll. Was wolltest du eigentlich bei mir?«
Wigand sah sie drollig verliebt an.

»Ein Schäferstündchen mit dir halten, Annerl.«

»Geh, du infamer Spitzbub, dreh deine schönen Augen andern an. Hieronymus – wirf ihn raus, er macht mir schöne Augen!«

»Da hilft nur ein kalter Umschlag«, sagte ihr Gatte seelenruhig.

Wigand drehte Frau Anna lachend um sich selbst und küßte sie herzhaft auf den Mund.

»Hieronymus, er hat mich geküßt!« rief sie außer Atem, in einen Stuhl sinkend.

»Wenn es ihm man bekömmt – ich hätte mir eine Jüngere ausgesucht, zum Beispiel das hübsche Mädel, das eben hier war.«

»Du bist ein Ungeheuer.«

»Warum denn?«

»Weil du, alter Esel, nach schönen jungen Mädchen siehst.«

»Und du läßt dich von schönen jungen Männern küssen, ist das etwa in Ordnung?«

»Bevor ihr in eheliche Zwistigkeiten ausbrecht, will ich mich davonmachen. Adieu miteinander, rauft euch nicht! Hieronymus, wir schlagen uns heut abend nach der Vorstellung auf Messer und Gabel; wer das meiste ißt, muß am meisten zahlen. Addio ...« Damit war er hinaus und ließ die beiden allein.

Käthe hatte den Theatergarten erreicht, ohne zu wissen, wie. Nun ging sie wartend zwischen den Taxushecken auf und ab und suchte sich zu fassen, mit sich klarzukommen.

Als er durch das Gebüsch gedrungen war und nun dicht vor ihr stand, breitete er die Arme nach ihr aus.

»Käthe!«

Weinend und lachend lag sie in seinen Armen, ließ sich den roten Mund küssen und küßte wieder. Die Welt versank um sie her.

Endlich bog sie aufseufzend den Kopf zurück und sah ihn wie verträumt an.

»Ist es denn wahr?«

»Was denn, Liebling?«

»Daß du mich liebst.«

»Ja, ich liebe dich«, sagte er zärtlich, und in diesem Augenblick war er selbst überzeugt davon.

Sie schmiegte sich an ihn.

»Mein Georg!«

»Meine Käthe!«

»Woher weißt du, daß ich Käthe heiße?«

»Das hat mir deine treue Line verraten.«

»Ah – als du neulich mir ihr sprachst. Sie war sehr stolz darauf. Hat sie noch mehr ausgeplaudert?«

»Daß du lieb und gut bist und deine Verwandten sehr streng.«

Sie sah ihn ernst an.

»Streng und kalt – oh, so kalt! Und ich hab mich immer so sehr nach Liebe gesehnt, schon als kleines Kind. Aber man verstand mich nicht.«

Er zog sie von neuem an sich und küßte sie.

»Mein süßes liebes Herz, mein armes Käthchen.«

»Nein – jetzt bin ich reich – so reich – mir könnte bange werden vor der Größe meines Glücks!«

Sie sah ihm erschauernd in die dunklen, flammenden Augen. Er fand sie süß und reizend mit dem etwas zerzausten Haar, den brennenden Lippen und den glückstrahlenden Augen.

»Werden uns deine Verwandten keine Schwierigkeiten in den Weg legen? Wird man dir nicht wehren, die Frau eines Schauspielers zu werden?«

»Niemand kann das. Und wollten sie es tun – ich würde um mein Glück kämpfen bis zum letzten Atemzug.«

»Du süßes Geschöpf! Und willst du bald, sehr bald meine Frau werden? Sieh, Käthe, ich habe dir kein glänzendes Los zu bieten. Aber ich sehne mich nach einem behaglichen Heim, wenn es auch noch so bescheiden ist. Willst du mir das bereiten? Ach, Käthe, wenn du wüßtest, wie ich nach einer geordneten Häuslichkeit, nach klaren Verhältnissen verlange! Wenn man für sich allein ist, leidet es einen nicht zu Hause. Da läuft man fort und gibt mehr Geld aus, als man übrig hat. Aber nun soll das anders werden, nicht wahr? Und du bist zufrieden mit einem bescheidenen Dasein?«

Sie sah ihn lächelnd an.

»Oh, wie gut ist es nun, daß ich Vermögen habe, Lieber. Wie freue ich mich, daß du dein Leben nun sorgloser genießen kannst.«

»Mir soll es lieb sein, daß du nicht arm bist, aber nur deinetwegen« – er glaubte das jetzt selbst – »nur, damit du nichts entbehren mußt, was dir zur Gewohnheit wurde. Aber wird man dich auch frei über dein Vermögen verfügen lassen?«

»Man hat kein Recht, es mir vorzuenthalten. Und Onkel Karl tut das auch nicht. Er wird bös sein, sehr bös, daß ich dich heiraten will, und Tante auch. Sie halten nicht viel von eurem Stand. Aber sie werden mich doch ruhig und gleichgültig ziehen lassen und froh sein, der Verantwortung für mich enthoben zu sein. Wenn ich ihnen sage, daß ich mich mit dir verlobt habe, wird es nicht ohne Bitterkeiten abgehen. Darauf muß ich gefaßt sein. Ich möchte dich auch bitten, meinen Onkel vorläufig nicht aufzusuchen. Ich könnte nicht ertragen, daß er dir schlimme Worte sagte. Laß mich erst im klaren mit ihm sein!«

»Wie du willst, so soll es geschehen. Wird man aber nicht versuchen, dich gegen mich einzunehmen?«

Sie umfaßte ihn und sah ihn mit den schönen ernsten Augen an.

»Nichts könnte mich in meinem Entschluß, dir anzugehören, wankend machen.«

»So sehr liebst du mich?«

Ihre Augen schimmerten feucht.

»Georg – ich liebe dich, daß ich für dich sterben könnte, selbst jetzt, da das Leben so schön ist.«

»Seit wann liebst du mich?«

»Ich glaube, seit ich dich zuerst sah.«

»Als Romeo?«

»Ja.«

»Hast du bemerkt, wie ich nur für dich spielte?«

Sie nickte, in träumerisches Sinnen verloren, und lächelte glückselig.

»Und da wußtest du, daß ich dich liebe?«

»Nein, daran dachte ich nicht. Aber seitdem war ich mir klar, daß es Liebe war, was ich für dich empfand.«

Er zog sie an sich. Wieder tauschten sie Kuß um Kuß. Und Käthes frische, unberührte Schönheit berauschte ihn. Er empfand, daß sie gut und rein, daß ihr Sinn lauter und klar war wie ein Bergsee. Das Ungewöhnliche übte seinen Zauber auf ihn aus. Sein leichtentflammtes Herz gehörte jetzt ihr, ganz und gar.

Und er wollte sie glücklich machen, er nahm es sich ernstlich vor. Es war ja so leicht – und sehr angenehm.

Käthe dachte nun endlich daran, daß sie nach Hause gehen müsse. Sie verabredeten noch, daß sie sich übermorgen um dieselbe Zeit hier treffen wollten, denn es gab noch viel zu besprechen. Und wenn sie mit Onkel Karl im klaren war, wollte sie durch Line Bescheid schicken, wie man die Kunde von ihrer Verlobung aufgenommen hatte.

Noch ein Kuß, ein tiefer Blick. Dann rückte er ihr lächelnd den Hut zurecht und strich ihr das Haar glatt.

»Was du für schönes, weiches Haar hast. Das mußt du dir ganz anders frisieren, wenn du meine Frau bist. Es kommt viel zu wenig zur Geltung, wie du es jetzt trägst. So, nun bist du in Ordnung, nun geh, Liebling – übermorgen sehen wir uns hier wieder.«

Er küßte sie auf den Mund, auf die glaubenden strahlenden Augen, dann ging sie schnell davon.

Als sie das Gartentor passiert hatte, kam eben Adi Kertner über den Fahrweg. Er sah ihr mit einem ernsten, forschenden Blick nach. Dann ging er durch den Garten zur Theatergarderobe. Er hatte sein Zigarettenetui am Abend vergessen und wollte es holen.

Als er Wigand quer durch den Garten kommen sah, pfiff er leise zwischen den Zähnen.

»Also die auch? Sind doch alle gleich, die Frauen.«

Er lachte grimmig in sich hinein.

»Gratuliere – wieder ein Gänschen ins Garn gelaufen«, rief er Wigand entgegen, ihn mit sonderbaren Blicken messend.

»Was willst du damit sagen?«

Kertner zeigte mit dem Daumen über die Schulter.

»Die holde Schöne aus der ersten Parkettreihe traf wohl ganz zufällig hier mit dir zusammen? Wie man sich täuschen kann! Die hätte ich höher taxiert. Hm! Na – ich bin diskret, ich habe nichts gesehen.«

»Bitte sehr, du kannst alles gesehen haben. Käthe Rodeck ist meine Braut.«

Kertner zog die Brauen hoch und kniff dann die Augen zusammen. Durch die halbgeschlossenen Lider sah er Wigand eine Weile ins Gesicht.

»Donnerwetter – allerhand Hochachtung. So so,

also auf den Leim ist sie gegangen! Armes, törichtes Mädchen.«

»Laß doch deine dummen Scherze beiseite!« brauste Wigand auf.

»Ach so, du hältst das für Scherz? Auch gut. Aber nee, nee, mein Lieber, das Mädel tut mir wahrhaftig leid; die weiß ja nicht, was sie tut. Kann denn da niemand Einsprache erheben, ich meine von ihren Angehörigen?«

Wigand warf den Kopf zurück.

»Zum Glück nicht, obwohl du es zu wünschen scheinst. Gönnst mir mein Glück wohl nicht, weil du selbst dein Mädel nicht erringen kannst.«

Kertner schlug die Augen groß auf. Sie glänzten wie Stahl.

»So, jetzt hast du mich aufs Maul geschlagen – das war dein gutes Recht. Und Antwort soll dir auch werden. Nein – ich gönne es dir nicht, weil du es nicht zu würdigen verstehst. Kein Jahr ist sie deine Frau, dann bist du ihrer überdrüssig. Ich kenne dich doch! Was mich betrifft – das lassen wir lieber ruhen. So etwas verstehst du nicht.« Dann fuhr er in leichtem Ton fort: »Und nun keine Feindschaft mehr, Kollege, bist ein Glückspilz. Man wird doch nun mit Bestimmtheit wissen, wer in Zukunft todsicher pumpfähig ist.«

»Du bist ein Schandmaul! Wenn man nicht wüßte, daß du immer Glossen machst, und daß es zu deinem Wohlbefinden gehört, Sarkasmen loszulassen, man könnte ernstlich ärgerlich auf dich werden.«

»Tu das nicht! Ärger macht häßlich, man soll Falten davon bekommen. Na, adjüs, ich will in meine Garderobe. Du gehst doch nach Haus?«

»Ja. Adieu – und, bitte, vorläufig noch Diskretion!«

»Versteht sich am Rande.«

Sie trennten sich.

Kertner ging mit seinen kurzen, elastischen Schritten weiter in den Garten hinein, zu den Garderoben. Er machte ein finsteres Gesicht und hieb einige Male mit dem Stock durch die Luft, als wolle er etwas vertreiben.

»Armes, dummes Gör – na, die wird sich wundern, wenn ihr Idol der Glorie entkleidet ist«, dachte er mitleidig. Er kannte seinen Kollegen Wigand sehr genau.

6

Das Unerhörte war geschehen: Käthe war zehn Minuten zu spät zu Tisch gekommen. Onkel und Tante bildeten eine Illustration zur personifizierten Entrüstung. Sie saßen bereits bei der Suppe, als Käthe eintrat und, um Entschuldigung bittend, ihren Platz einnahm.

Man schalt sie nicht, kein Wort kam über die eingekniffenen Lippen der beiden alten Leute. Aber in ihrem Schweigen lag eine herbe Verurteilung dieser Unpünktlichkeit.

Line brachte für Käthe einen Teller Suppe herein. Sie war auch ganz benommen von diesem unerhörten Ereignis und konnte es nicht fassen, daß es so ruhig vorüberging.

Schweigend verlief die Mahlzeit. Line räumte das Eßgeschirr ab, und Käthe bereitete den Kaffee, den der Hausherr gleich nach Tisch zu sich nahm. Als sie ihn fertig hereinbrachte und vor den Onkel hinstellte, sagte sie so ruhig, als es ihr möglich war: »Onkel Karl,

Tante Amalie, ich habe etwas von Wichtigkeit mit euch zu sprechen. Wollt ihr die Güte haben, mich jetzt anzuhören?«

Karl Rodeck nahm bedächtig einen Schluck Kaffee zu sich.

»Wenn du dich kurz fassen willst, stehe ich zu Diensten«, sagte er im kühlsten Tone, ohne sie anzusehen.

»Das soll geschehen. – Ich mache euch die Mitteilung, daß ich mich heute verlobt habe. Deshalb mein unpünktliches Heimkommen.«

Die beiden alten Herrschaften fuhren kerzengerade empor und sahen sie starr an.

»Wa-as?«

»Mit wem?«

»Mit Herrn Georg Wigand.«

»Georg Wigand? Kenne ich nicht. Wie kommst du zu diesem Herrn Wigand und überhaupt zu dieser übereilten Verlobung?«

»Mein Verlobter ist Schauspieler.«

Die alten Leute sanken ebenso plötzlich auf ihre Stühle zurück.

»Schauspieler?«

»Schauspieler.«

Das Gesicht des alten Herrn rötete sich beängstigend. Er schnappte nach Luft und riß an seinem Kragen, als müsse er ersticken.

»Und du schämst dich nicht, mir das zu sagen? Einen Schauspieler, einen Possenreißer und Komödianten willst du heiraten. Das ist stark!«

Käthe war sehr blaß geworden. Trotzdem blieb sie äußerlich ruhig, denn sie war auf Schlimmeres gefaßt gewesen.

»Du hast kein Recht, so zu mir zu sprechen, Onkel. Mein Verlobter ist ein Ehrenmann. Und wir haben uns lieb und brauchen uns unserer Verbindung durchaus nicht zu schämen.«

»Ehrenmann, schöner Ehrenmann, der hinter unserm Rücken eine Liebschaft mit dir anbändelt!«

»Das hat er nicht getan. Offen und ehrlich hat er mich heute gefragt, ob ich seine Frau werden will. Ich habe ihm mein Jawort gegeben, und wenn du nichts dagegen hast, wird er heute noch kommen und bei dir in aller Form um mich anhalten.«

»Sehr viel habe ich dagegen. Ich widersetze mich dieser Verbindung, die Schmach über uns bringt! Was sollen die Leute dazu sagen?«

»Du hast keine Macht, dich dieser Verbindung entgegenzustellen. Und Schmach bringe ich nicht über euch, denn mein Verlöbnis ist ein ehrliches. Was die Leute dazu sagen, darf mir nicht als Richtschnur dienen.«

Karl Rodeck schlug auf den Tisch.

»So ist es recht, zeig dich nur im wahren Licht! Aufsässig bist du uns stets begegnet. Nun setze deinem Undank noch die Krone auf und mach uns zum Gespött der Leute! Aber das sage ich dir, in mein Haus kommt dieser Possenreißer nicht, so wahr ich hier sitze. Du hast zu wählen zwischen uns und diesem Herrn Wigand.«

Käthe lächelte bitter.

»Ihr macht mir die Wahl nicht schwer. Wenn ihr doch versuchen wolltet, mir gerecht zu werden. Aber nein – da verlange ich wohl zuviel! Ihr könnt mich ebensowenig verstehen wie ich euch.«

»Du bist und bleibst eine überspannte Närrin!« rief die Tante giftig und maß Käthe mit verächtlichen Blikken.

Das junge Mädchen preßte die Handflächen gegeneinander.

»Ich muß es aufgeben, dich anderer Meinung zu machen, Tante Amalie.«

»Wäre auch vergebliche Mühe.«

»Bitte, versucht wenigstens, ruhig mit mir über die Angelegenheit zu sprechen.«

»Da soll man ruhig bleiben! Die Empörung schüttelt mich«, sagte Karl Rodeck und fügte ruhiger, aber mit schneidender Kälte hinzu: »Das sag ich dir, beharrst du wirklich auf dieser Verlobung, so sind wir geschiedene Leute, ein- für allemal. Ich habe nicht Lust, mit einem Schauspieler in ein verwandtschaftliches Verhältnis zu treten.«

»Dann muß ich mich in diese Trennung fügen. Unter diesen Umständen kann ich auch meinem Verlobten nicht zumuten, daß er bei dir um mich anhält.«

»Darauf verzichte ich sehr gern«, höhnte der alte Herr.

»Verlangst du, daß ich dein Haus sogleich verlasse, oder gewährst du mir eine Freistatt bis zu meiner Verheiratung? Sie wird unter diesen Umständen so bald wie möglich stattfinden.«

»Du magst bleiben, solange du es für nötig findest, wenn du mir versprichst, daß der – Schauspieler nicht in mein Haus kommt.«

»Das soll nicht geschehen.«

»Gut. Aber das merke dir, die Hochzeit findet nicht bei mir statt. Und von dem Augenblick an, wo du mein Haus verläßt, um seine Frau zu werden, hört alle Gemeinschaft zwischen uns auf, dann sind wir geschieden.«

»So sei es! Ich werde euch nicht länger zur Last fallen, als es nötig ist.«

»Daran ist bloß die verwünschte Theaterlauferei schuld!« rief Frau Amalie bissig. »Es ist und bleibt eine

Schmach; ein anständiges Mädchen wirft sich nicht weg an so einen Tagedieb.«

Käthe richtete sich hoch auf. Auch in ihren Augen funkelte nun der Zorn.

»Bitte, Tante, schmähe mich, so viel du willst – ich wehre mich nicht. Aber meinen Verlobten lasse ich nicht in meiner Gegenwart beleidigen. Ihr könnt ja seine Größe gar nicht fassen, er steht hoch über euch allen. Und ich steige nicht zu ihm hinab, er hebt mich empor zu sich.«

Frau Amalie lachte höhnisch auf.

»Du bist eine alberne Person. Aber du wirst deinen Lohn noch erhalten, und dann geschieht dir recht.«

Sie ging hinaus und warf krachend die Tür hinter sich zu. Sie fühlte das dringende Bedürfnis, Frau Johanna und deren Mutter aufzusuchen, um das unerhörte Ereignis zu verkünden.

Auch Karl Rodeck erhob sich. »Du wirst dich geschäftlich mit mir auseinandersetzen wollen. Wo gedenkst du deinen Wohnort zu nehmen?«

»Mein Verlobter ist auf Jahre in Chemnitz engagiert.«

»Gut, so werde ich dein Vermögen einem dortigen Bankier überweisen, wenn es soweit ist. Brauchst du früher Geld für deine Ausstattung, so sage es!«

»Es ist gut, ich danke dir.«

»Laß die Worte! Es steht dir nicht an, das Wort Dankbarkeit in den Mund zu nehmen. Ich hätte nicht gedacht, daß ich das an dir erleben würde. Eine gesicherte Existenz an der Seite eines hochachtbaren Mannes schlägst du aus und hängst dich an so einen – einen Schauspieler.«

»Mein Glück ist bei ihm«, sagte sie unbeirrt.

»So denkst du jetzt in deiner Verblendung. Du hast

es dir selbst zuzuschreiben, wenn du unglücklich wirst. Solche Ehen gehen niemals gut aus, das wird auch bei dir so sein. Dann denk an mich und das, was ich dir gesagt habe. Uns kann kein Vorwurf treffen, du hast es nicht anders gewollt.«

Damit ließ er sie stehen und ging steif und gerade hinaus.

Käthe stand mitten im Zimmer und sah ihm nach. Kein gutes Wort hatte man ihr gegönnt, keinen Glückwunsch für sie gehabt. Wie eine Schmach, wie ein Verbrechen behandelte man ihre Verlobung. Mochte es sein! Sie hatte jetzt ein Plätzchen, wo sie hingehörte, wo sie die ganze Welt vergessen konnte! Mit heißer Sehnsucht gedachte sie des Geliebten. Der Gedanke an ihn trug sie über alle Bitterkeit hinweg.

Als sie die Haustür hinter Onkel Karl zufallen hörte, richtete sie sich aus ihrer versunkenen Haltung auf. Sie nahm das Kaffeegeschirr und trug es in die Küche. Line war beim Geschirrspülen. Sie wandte ihr besorgtes Gesicht nach Käthe um.

»O weh, Fräulein Käthe, diesmal ist die Herrschaft aber sehr böse. Wie konnten Sie man bloß so spät zum Essen kommen?«

Käthe mußte lächeln über die alte treue Seele.

»Das ist noch nicht alles, Line. Ich habe noch etwas Schlimmeres angestellt.«

»Verhüt's Gott – was denn?«

»Ich habe mich verlobt, Line, mit Herrn Wigand, der Ihnen das Theaterbillet geschenkt hat.«

»I du mein – nee, Fräulein Käthe, ist es wirklich wahr? Mit dem vornehmen Herrn?«

Nun mußte Käthe lachen.

»Das ist es gerade, Line. Er ist Onkel und Tante nicht vornehm genug.«

Line war starr.

»Das kommt, weil die Herrschaft nicht ins Theater geht. Wenn sie ihn gesehen hätten, als Prinz. Aber freilich, die kurzen Hosen. Na, Fräulein Käthe, aber meinen Glückwunsch will ich Ihnen nun doch sagen. Sie werden schon glücklich werden. Sie sind ja so gut – und der Herr Bräutigam auch.«

Sie drückte Käthes Hand zwischen ihren feuchten Seifenfingern, und das junge Mädchen freute sich so über diesen ersten Glückwunsch zu ihrer Verlobung, daß sie die Alte umfaßte und herzlich auf die Backe küßte.

»Danke, gute Line. Und heute abend, wenn Sie mit Ihrer Arbeit fertig sind, bringen Sie meinem Bräutigam einen Brief. Ja?«

»Gern, sehr gern, Fräulein Käthe. Dann will ich mich nur sputen. Ach so, was ich sagen wollte – darf ich denn darüber sprechen?«

»Ich habe nichts dagegen, Line.«

»Na, denn ist gut. – Na, Bürgermeisters Jette wird ja schön lauschen, wenn ich ihr das erzähle.«

Und Line vertiefte sich in den ihr bevorstehenden Genuß und rechnete sich aus, wem sie die Neuigkeit beibringen könnte.

Käthe ging in ihr Zimmer und schrieb an ihren Verlobten.

So schonend wie möglich teilte sie ihm mit, wie ihre Unterredung mit ihrem Vormund ausgefallen war, und bat ihn, Frau Anna Berthold ihre Verlobung mitzuteilen. Heimliche Zusammenkünfte zwischen ihnen dürften nicht mehr stattfinden. Sie würden in dem kleinen Städtchen sehr bald bekannt werden, und sie wolle jeden Anlaß zu Gerede vermeiden. Man würde sich ohnedies genug mit ihr beschäftigen, wenn ihre Verlobung bekannt würde. Sie werde sich am nächsten Tag um zwölf Uhr bei Frau Berthold einfinden, um ihn wiederzusehen. Zuletzt versicherte sie ihn noch einmal ihrer tiefen, innigen Liebe und dankte ihm in rührender Demut.

Diesen Brief trug Line gegen Abend in Wigands Wohnung. Er lasse herzlich danken, und er werde alles nach Käthes Wunsch einrichten, ließ er ihr als Antwort sagen.

Noch an demselben Abend, nach der Vorstellung, als alle Mitglieder der Truppe anwesend waren, verkündete Georg Wigand den Kollegen seine Verlobung.

Man war einigermaßen überrascht, und Helene Hellmann bekam einen Weinkrampf. Sie mußte von einer Kollegin nach Hause begleitet werden. Infolge dieses Zwischenfalls fielen die Glückwünsche zu Wigands Verlobung etwas befangen aus. Man kam heute nicht recht in Stimmung, obwohl Wigand Sekt spendierte und den Kollegen nach seiner Hochzeit eine glänzende Feier versprach. Zwar dankte man ihm laut und überschwenglich, aber dann wurde es wieder still. Alle wußten, daß Fräulein Hellmann sich auf Wigand Hoffnung gemacht hatte. Und wenn ihm auch niemand einen direkten Vorwurf machen konnte – unangenehm war es doch, und die Kollegin tat jedem leid.

Kertner saß mit ernstem, nachdenklichem Gesicht da. In den Augen und um den Mund zuckte und wetterleuchtete es zuweilen. Das war das einzige Anzeichen, daß er nicht mit der Lage der Dinge einverstanden war. Paul Hartenberg markierte kolossalen Weltschmerz, daß ihm nun seine Angebetete endgültig verloren war. Und Anna Berthold beglückwünschte Wigand ein bißchen ironisch. Sie gab aber sofort ihre Zustimmung, als er sie bat, seine Braut ein wenig unter ihre Fittiche zu nehmen.

»Du hast ein unverschämtes Glück, Direktor. Hoffentlich zeigst du dich dessen würdig und machst das Mädel glücklich«, sagte sie ernster, als es sonst ihre Art war.

Sehr behaglich war Wigand bei alledem nicht. Es war ihm schließlich doch selbst ein wenig schnell gegangen mit der Verlobung. Die Sache mit der Hellmann war ihm gar nicht so gleichgültig, wie er sich den Anschein gab. Sie war ihm hündisch treu ergeben gewesen und hatte keinem andern angehören mögen, obschon es ihr nicht an Verehrern fehlte. Vor allen Dingen war sie ihm beim Spiel eine wertvolle und verständige Partnerin gewesen, sie ging auf seine Eigenart ein und brachte ihm Stimmung. Solange er mit ihr spielte, gab es keine andere Frau für ihn. Und das hatte sie gewußt, darauf hatte sie gebaut.

Als Wigand das erste Glas Sekt auf das Wohl seiner Braut zu trinken bat, stand Kertner auf, ein mokantes Lächeln um die Lippen und mit vibrierenden Nasenflügeln.

»Also auf das Glück und Wohlergehen deiner Braut – sie hat es nötig, daß wir darauf trinken.«

Sprach's, trank sein Glas leer und warf es an die Wand. Dann setzte er sich ruhig wieder hin.

Man trennte sich sehr früh. Hartenberg hatte dem Sekt in seinem wonnigen Liebesschmerz so fleißig zugesprochen, daß ihn Adi Kertner nach Hause bringen mußte. Unterwegs machte er seinem ›zerrissenen, vereinsamten‹ Herzen Luft. Kertner hörte ihm ruhig zu. Als sie an Hartenbergs Wohnung angelangt waren, öffnete ihm Kertner die Tür und schob ihn hinein.

»Adi – siehst du, Adi, ich liebe dies herrliche Mädchen – du – ich liebe sie wirklich und – du, der Wigand ist doch ein Ekel. Ach, bin ich ein armer, unglücklicher Mensch, Adi!«

»Herzchen, du bist ein veritables Kalb, geh schlafen«, sagte Kertner trocken und schloß die Tür hinter ihm zu, nachdem er dem langen Menschen noch einen freundschaftlichen Schubs gegeben hatte.

Einige Wochen waren seit Käthes Verlobung vergangen. Im Haus ihres Onkels übersah man diese Verlobung vollständig. Auch von Bürgermeisters und Albert und Johanna war ihr kein Glückwunsch zuteil geworden. Tante Amalie ging tagsüber stumm und kalt an ihr vorbei. Bei den Mahlzeiten sprach niemand ein Wort mit ihr. An den gemeinsamen Samstagabenden zog sich Käthe zurück, sobald sie für Erfrischungen gesorgt hatte. Das Verhalten ihrer Verwandten tat ihr kaum noch weh.

Und diese glaubten ein Recht zu haben zu ihrer Handlungsweise. Ihrer Lieblosigkeit waren sie sich gar nicht bewußt. Käthe galt in ihren Augen als ein leichtfertiges, undankbares Geschöpf.

Wie rein und lauter dieses Mädchen liebte, wie sich ihre Seele mit heiliger Inbrunst dem Mann erschloß, der ihr Liebe entgegenbrachte, das konnten diese Menschen nicht erfassen.

Für Käthe war Wigand ein Held, ein Ideal, ein herrlicher, edler Geist – für ihre Verwandten galt er nicht mehr als ein Vagabund und Abenteurer.

Daß man sie durch das lieblose Verhalten geradezu aus dem Haus in seine Arme trieb, ahnten die kurzsichtigen Menschen nicht. Käthe hatte mit Wigand verabredet, daß die Hochzeit in kürzester Zeit stattfinden sollte. Das Gastspiel war bald zu Ende. Sobald Wigand wieder in Chemnitz wäre, sollte er das Aufgebot bestellen. Die Hochzeit selbst sollte dort in aller Stille gefeiert werden. Für die erste Zeit wollten die jungen Leute eine möblierte Wohnung nehmen, und Käthe sollte dann selbst ein neues Heim für beide einrichten.

Das junge Mädchen war schrankenlos glücklich bei diesen Zukunftsplänen und betete ihren Verlobten an. Zu neu und ungewohnt waren ihr seine zärtliche, ritterliche Art, seine heißen Liebesworte, die er ihr in den kurzen Augenblicken des Alleinseins zuflüsterte. Der Mann, der es gewohnt war, mit Frauenherzen zu spielen, hatte es leicht, ihr junges, unerfahrenes Herz zu betören.

Und er fing selbst immer mehr Feuer, je mehr er Käthe kennenlernte. Ihre Reinheit, gepaart mit schrankenloser Innigkeit, bezauberte ihn. Er war solchen Frauen noch nicht begegnet, sie war ein neues Genre für ihn. Er war wirklich ernstlich verliebt in seine schöne Braut und freute sich auf das schöne trauliche Heim, das sie ihm bereiten wollte. Sie malten sich aus, wie die Zimmer eingerichtet werden sollten. Wigands Geschmack mußte natürlich den Ausschlag geben, das verlangte Käthe fest und bestimmt.

»Sieh, Lieber, ich habe hier so wenig Schönes gesehen. Du wirst besser das Richtige treffen«, sagte sie lächelnd. Und er sah das gern ein. Noch wußte er nicht, wie hoch sich Käthes Vermögen belief. Er hätte es trotz seiner Verliebtheit gern gewußt. Danach fragen konnte er jedoch nicht, und Käthe dachte nicht daran, es ihm zu sagen. Es schien ihr nicht wichtig genug.

Einmal, als sie wieder ausgemalt hatten, wie er sich ihr künftiges Heim dachte, fragte er lachend:

»Sag, Käthe, wird das auch nicht zu teuer werden? Du weißt doch, daß ich arm bin wie eine Kirchenmaus. Ich muß dir die Anschaffung völlig überlassen.«

Sie lachte leise.

»Wieviel kann wohl eine solche Ausstattung kosten?« fragte sie.

Er rechnete eine Weile. »Wenn wir alles rechnen, Möbel, Wäsche, Hausgerät, Teppiche und Bilder, so mögen nahezu zehntausend Mark herauskommen.«

»Oh, wenn es nicht mehr ist, das ist ja gar nicht so teuer, wie ich dachte«, sagte sie sorglos.

»Mädelchen, du sprichst wie ein Krösus«, sagte er lächelnd.

»Bin ich auch, Georg. Und überhaupt, zu was wäre mein Geld wohl nütze, wenn ich dir nicht ein trautes Heim damit schaffen könnte?«

Wigand fühlte sich recht behaglich bei dem Gedanken an Käthes Reichtum. Er beichtete ihr lächelnd und doch wie ein armer Sünder seine Schulden – nahezu dreitausend Mark. Sie lachte dazu.

»Dann wollen wir sie gleich bezahlen, sobald ich deine Frau bin. Das soll dich nicht mehr quälen. In Zukunft wirst du es nicht nötig haben, Schulden zu machen; was mein ist, ist auch dein.«

Er drückte ihren Arm fest an sich.

»Liebling, ich freue mich für dich und mich, wenn wir nicht so zu knausern brauchen. Sieh, ich will ganz offen sein – wenn du ohne Vermögen wärst, könnten wir noch lange nicht heiraten. Meine Gage allein reicht nicht für uns beide.«

Sie seufzte glücklich auf.

»Gottlob, daß ich nicht arm bin, daß ich dir helfen kann, dir und mir«, sagte sie heiter.

Wigand sah sehr erfreut aus.

Herrgott, mußte das ein famoses Gefühl sein, so ohne Schulden und ohne Sorgen zu leben! Dann würde er sich erst richtig als Künstler entfalten können, wenn ihn die gemeine Not des Lebens nicht mehr zu Boden drückte. Er wollte es Käthe danken, wollte sie wirklich glücklich machen.

Helene Hellmann begegnete ihm scheinbar sehr ruhig. Sie ließ ihn nicht wieder merken, wie tief er sie verwundet hatte. Aber in ihren Augen zuckte es manchmal im heimlich glimmenden Brand, wenn sie ihn beobachtete.

Einmal sah sie ihn mit Käthe zusammen auf der Straße. Da ging sie blaß, aber ruhig an ihnen vorbei und erwidete seinen Gruß ganz formell.

»Das war Fräulein Hellmann, Georg, nicht wahr?«

»Ja.«

»Sie ist sehr schön und spielt wundervoll.«

»Schön? Nun, Liebling – dir kann sie in dieser Beziehung natürlich nicht das Wasser reichen. Puder und Schminke tun viel. Aber eine tüchtige Künstlerin ist sie sicher.«

»Ihr spielt gern zusammen, nicht wahr?«

»Ja, sie hat tiefes Verständnis und ein famoses Anpassungsvermögen. Sie ist mir als Kollegin fast unentbehrlich geworden.«

»Das glaub ich dir. Sie ist wohl auch gut und edel?«

Er lächelte und drückte ihren Arm.

»Du hältst alle Menschen für gut und edel.«

»Nein, nicht alle, Georg, aber Fräulein Hellmann …«

»Nun, laß die jetzt beiseite, Liebling! Sag mir lieber schnell noch etwas recht Liebes und Süßes – gleich müssen wir uns trennen.«

Sie lächelte zu ihm auf und sah ihn innig an.

Worte fand sie nicht.

»Meine süße Käthe – wärst du doch erst meine Frau! Fast noch zwei Monate vergehen bis dahin.«

Dann trennten sie sich mit einem Händedruck und einem tiefen Blick.

Noch ein letztes Mal vor seiner Abreise traf Wigand mit Käthe bei Bertholds zusammen. Sie war früher da als er. Frau Anna war schon beim Einpacken und ächzte und stöhnte zum Steinerweichen.

»O diese verflixte Packerei!« rief sie Käthe bei ihrem Eintritt entgegen. »Kindchen, das ist ein Kreuz, glauben Sie mir. Kaum ist man an einem Ort so leidlich warm geworden, da muß man seine Zelte wieder abbrechen. Und was für eine Unmenge Plunder muß man mitschleppen! Nimmt man nicht alles mit, dann fehlt einem sicher gerade das, was man fortgelassen hat.«

Käthe sah lächelnd auf das Tohuwabohu ringsum. Dann legte sie schnell Hut und Handschuhe auf den Tisch und begann ohne Umstände beim Einpacken zu helfen.

»So, liebe Frau Berthold, mit vereinten Kräften geht es schneller. Ruhen Sie sich doch lieber ein paar Minuten aus! Ich sehe, da steht frischer Kaffee auf dem Tisch.«

»Richtig – den hatte ich ganz vergessen im Eifer. Da muß ich doch gleich …«

Sie schenkte sich eine Tasse Kaffee ein und ließ sich aufseufzend in einen Stuhl fallen.

»Man merkt doch, daß man alt wird.«

»Das sieht man Ihnen nicht an, Frau Berthold. Wenn Sie auf der Bühne sind, sehen Sie ganz jung aus. Sie müssen einmal ein bildschönes Mädchen gewesen sein.«

Frau Anna schmunzelte geschmeichelt.

»Ja, ja, man hat es mir manch liebes Mal gesagt, Kindchen. Aber die Zeit ist lange vorbei. Wenn man nah an die Sechzig heran ist, da ist's zu Ende.«

Käthe sah überrascht empor und vergaß, das schwarze Samtmieder in den Korb zu legen.

»So alt sind Sie schon?«

»Ja, ja, Herzchen. Nächstes Jahr bin ich sechzig. Aber reden Sie nicht darüber! Beim Theater darf man beileibe nicht alt werden, deshalb muß man Jugend markieren. Ich gelte überall für fünfzig Jahre. Und mein Alter ist noch drei Jahre älter als ich. Der muß sich auch jünger machen. Sonst wird man als unbrauchbar zum alten Eisen geworfen. Na – und wenn wir beide nicht mehr Theater spielen dürfen, dann wollen wir lieber gar nicht mehr leben.«

»So sehr hängen Sie an Ihrem Beruf?«

»Ja, Kind, man verwächst schließlich damit. Aber da sehe ich Ihren Herzallerliebsten über die Straße kommen. Gleich wird er hier sein; dann geht es ans Abschiednehmen.«

»Nur für kurze Zeit, einen Monat später komme ich auch nach Chemnitz. Liebe, gute Frau Berthold, ich will Ihnen, ehe Georg kommt, noch schnell meinen herzlichen Dank für Ihre Güte sagen. Sie haben nicht wie eine Fremde an mir gehandelt. Ich kann Ihnen das nicht vergelten, wie ich möchte.«

»Schon gut, schon gut, Kindchen, ich hab's gern getan. Sie sind ein liebes, gutes Mädchen. Und wenn Sie nach Chemnitz kommen – die Anna Berthold ist immer bereit, Ihnen beizustehen. Es wird manches an Sie herankommen in den neuen Verhältnissen, wobei Sie sich nicht aus und ein finden. Dann kommen Sie nur zu mir. Wenn ich kann, dann helf ich Ihnen.«

Käthe nahm ihre Hand und drückte sie fest und

herzlich zwischen den ihren. Sie fühlte, die alte Dame meinte es gut mit ihr.

In diesem Augenblick trat Wigand ein.

»O weh – hier sieht es ja noch trostloser aus als bei mir! Gottlob, daß ich dich sehe, Schatz. Du bist doch wenigstens ein herzerfreuender Anblick.«

Er nahm Käthe in seine Arme und sah ihr zärtlich ins Gesicht.

»Anna, Anuschka – dreh dich mal um! Ich will meiner Braut einen Kuß geben«, sagte er lächelnd.

Anna Berthold rührte sich nicht.

»Fällt mir nicht ein. Für meine Dienste als Anstandswauwau will ich wenigstens was Hübsches sehen. Aber schnell, haltet euch dazu; ich höre Hieronymus auf der Treppe, dann habt ihr zwei Zuschauer.«

Als Hieronymus eintrat, war dem ersten Kuß bereits ein zweiter und dritter gefolgt. Nun machte sich Käthe errötend frei aus Georgs Armen und begrüßte den alten Herrn. Der tätschelte ihr lächelnd die Hand.

»Ist mir doch jedesmal, als wenn es heller und sonniger wäre in unserem sogenannten Salon, wenn Sie hier sind, Fräulein Käthchen.«

»Nun hör einer den alten Schwerenöter, macht jungen Mädchen die Cour! Na warte, Alter!«

»Sei du ganz still, mein Annchen, sonst ziehe ich vom Leder und erzähl Fräulein Käthe, daß du dich vor gar nicht langer Zeit von diesem jungen Mann hast küssen lassen, unter meinen Augen sogar.«

»Na, da ist es ja ein Glück, daß du zu schweigen verstehst. Kindchen, Sie haben doch nichts gehört?«

»Nichts, gar nichts«, versicherte Käthe lachend.

Die Verlobten sprachen nun noch einiges, während

die beiden alten Leute ihre Sachen vollends packten. Dann ging's ans Abschiednehmen. Frau Anna half mit ihren gutmütig spöttischen Reden über den Trennungsschmerz hinweg.

Georg begleitete Käthe auch heute nach Hause.

Sie waren gewohnt, daß ihnen fast alle Leute auf der Straße nachstarrten. ›Rodecks Käthe‹ war fast jedem bekannt, und ihre Verlobung mit einem Schauspieler hatte natürlich Aufsehen im Städtchen erregt. Die Vorstellungen, die schon flauer besucht wurden, weil das Kunstbedürfnis des Städtchens bereits befriedigt war, erhielten neue Anziehungskraft. Man wollte ›Rodecks Käthen ihren Bräutigam‹ sehen. Da Rodecks kalt alle Glückwünsche zurückwiesen, merkte man, daß diese Verlobung gegen ihren Willen zustande gekommen war. Und die meisten verurteilten Käthe. Es war doch unerhört, daß sich ein Mädchen aus angesehener Bürgerfamilie mit einem Schauspieler verheiraten wollte.

Am lautesten räsonierten Doktor Krüger und Seifensieders Thekla über diesen Fall. Ersterer sagte sehr würdevoll zu Albert:

»Es ist doch ein Glück, daß ich rechtzeitig erkannt habe, daß deine Base für die Frau eines Arztes nicht gepaßt hätte.«

Albert zuckte die Achseln dazu. Ihm war schon lange nicht mehr wohl beim Gedanken an Käthe. Seit seiner verunglückten Annäherung an jenem Skatabend war ihm doch klar geworden, daß seine Base ihr Herz nicht an ihn verloren hatte.

Die einzige im ganzen Städtchen, die Käthes Verlobung voll innerlicher Freude vernahm, war Johanna. Wurde sie doch auf diese Weise von ihrer heimlichen Eifersucht befreit. Aber sonst war niemand gut auf

Käthe zu sprechen. Man wich ihr aus, so gut man konnte. Die jungen Mädchen erhielten von ihren Müttern strengen Befehl, nicht mit ihr zu sprechen.

Eben kamen wieder zwei Tanzstundenfreundinnen Käthe und ihrem Verlobten entgegen. Sie sahen fast ungezogen zur Seite und grüßten Käthe nicht. Die lächelte nur spöttisch.

»Arme, dumme Dinger! Sie meinen, mich kränken zu können«, sagte sie zu Georg.

»Tut es dir gar nicht leid, daß du meinetwegen verfemt bist?«

Sie sah ihm innig in die Augen. »Laß die törichten Menschen, Lieber! Sie können mich nicht kränken. Du stehst so himmelhoch über ihnen.«

Er machte ein sonderbares Gesicht.

»Du überschätzt mich, Käthe. Ich bin doch auch nur ein Mensch mit Fehlern und Schwächen.«

Sie lächelte zärtlich zu ihm auf.

»Ja, du magst auch deine Fehler haben, und das ist gut. Mir würde sonst bang vor deiner Größe.«

»O du kleine Schwärmerin! Wenn du erst dahinter kommst, was für Untugenden ich habe, dann – pardauz – liegt dein Götze im Staub.«

Sie sah ihn ernsthaft an.

»Ich liebe dich, so wie du bist, und solange du mich in gleicher Weise liebst, ist alles gut. Ach, mein Georg, du weißt ja nicht, was ich dir alles zu danken habe! Behalt mich lieb – ich wüßte nicht, wie ich mich ohne deine Liebe jetzt noch im Leben zurechtfinden sollte. Und nun müssen wir uns trennen, Liebster. Leb wohl!«

»Leb wohl, Käthe, mein süßes Mädchen! Also morgen – nein, übermorgen in vier Wochen sehen wir uns wieder. Inzwischen schreiben wir uns fleißig, damit wir leichter über die Trennung fortkommen. Nicht wahr?«

Ihr schönes, ernstes Gesicht war trotz der Tränen wie von innerem Glück durchleuchtet. Das Herz wurde ihm warm.

»Liebling – nun muß ich gehen. Leb wohl, meine süße, holde Käthe. Verdammt, diese neugierigen Gesichter alle! Nicht einmal einen Kuß kann man seiner Liebsten geben. Aber das wird nachgeholt – und gründlich. Nun geh, mein Herz – wir wollen uns nicht lange quälen. Leb wohl.«

»Leb wohl, mein geliebter Georg – auf glückliches Wiedersehen.«

»Auf Wiedersehen!«

Sie trennten sich. Käthe eilte schnell die Fischgasse hinunter, und Wigand kehrte langsam zurück.

7

Es war zwei Tage später. Käthe saß im Wohnzimmer am Fenster, mit einer Handarbeit beschäftigt.

Es war still um sie her. Nur ab und zu scholl von der Küche herüber das Klappern des Geschirrs. Line spülte ab.

Frau Amalie Rodeck war zum Kaffee gebeten und deshalb nicht zu Hause. Früher wurde Käthe immer mit eingeladen zu den Kaffeegesellschaften, und sie hatte sich dann immer unbehaglich gefühlt. Jetzt war sie in Acht und Bann getan. Man lud sie nicht mehr mit ein.

Frau Amalie hatte ihr das mit großer Befriedigung mitgeteilt.

»Man kann es den Leuten nicht verdenken; wer sich selbst erniedrigt, muß sich gefallen lassen, daß andere es auch tun«, hatte sie hinzugefügt.

Käthe hatte ihre Tante nur mit großen, ernsten Augen angesehen, ohne zu antworten.

Nun saß sie allein zu Hause und spann sich in glückselige Zukunftsträume ein. Was gingen sie die kleinlichen Menschen an, die sich zu ihren Richtern aufwarfen, weil sie nicht verstehen konnten, was sie getan hatte. Sie wollte sich dadurch keine frohen Stunden trüben lassen.

Und die hatte sie jetzt viel. Die Sonne des Glücks war über ihr aufgegangen und hüllte sie in ihre Strahlen.

So saß sie und nähte lauter frohe Gedanken in ihre Arbeit hinein. Da wurde draußen die Glocke gezogen. Käthe sah in den Fensterspiegel, den sogenannten Spion, der ihr einen großen, schlanken Mann draußen vor der Tür zeigte. Sein Gesicht konnte sie nicht erkennen, er hatte den breitrandigen Strohhut tief in die Stirn gezogen.

Line öffnete draußen, und der Fremde verschwand im Hausflur. Gleich darauf trat Line ins Zimmer und sagte aufgeregt:

»Fräulein Käthe, es ist ein fremder Herr draußen. Er fragte erst nach der Herrschaft. Ich sagte ihm, daß Frau Rodeck nicht zu Haus ist und der Herr hinten im Kontor. Da wollte er erst gleich wieder gehen. Aber dann sagte er: ›Ist das Fräulein auch nicht zu Haus?‹ Und nun soll ich Ihnen sagen, er bäte um eine Unterredung. Soll ich ihn nun einlassen, Fräulein Käthe?«

Das junge Mädchen überlegte einen Augenblick, dann sagte sie:

»Lassen Sie ihn eintreten.«

Line ging hinaus, und gleich darauf trat der Fremde ein.

Er mochte Anfang der Dreißig sein. Sein gebräuntes, kühngeschnittenes Gesicht mit der hohen Stirn und den tiefliegenden grauen Augen zeigte eine tiefe Bewegung bei Käthes Anblick, und seine Blicke umfaßten ihre reizvolle Erscheinung mit prüfendem Abwägen. Seine Kleidung sah etwas abgetragen aber anständig aus. Die Wäsche war sauber, aber der Hut abgegriffen und alt. Er trug ihn in der Hand.

Schweigend standen sich die beiden Menschen im hellen Sonnenlicht gegenüber, und während die Augen des Mannes wärmer zu leuchten begannen, zeigte sich in denen des Mädchens nur ein unruhiges Forschen. Der Mann kam ihr bekannt vor; nur wußte sie nicht, wo sie ihn gesehen haben konnte.

Da lachte der Fremde plötzlich laut und herzlich. Gleich einem Blitz fuhr es bei diesem Lachen durch ihren Kopf in frohem Erinnern.

»Kleine Käthe, wie groß und schön bist du geworden!« sagte er warm und herzlich.

»Helmut – Helmut, ja – du bist es!« rief sie freudig überrascht, und ihr wurde warm und froh ums Herz bei seinem Anblick. Sie faßte seine beiden Hände und drückte sie, so fest sie konnte.

»Daß du wieder da bist, daß du lebst und gesund bist! Ach, Helmut – mir ist, als scheine plötzlich die Sonne wieder warm und hell durch dieses kalte Haus.«

Seine großen, grauen Augen sogen sich fest an ihren holden Zügen, die durch die Freude noch verklärt schienen. Ihm wurde warm und eng ums Herz. Es stieg ihm wie Tränen im Hals empor.

»Kleine Käthe – liebe kleine Käthe, durch dich

grüßt mich die alte Heimat. Nun mag kommen, was will, es wird mich nicht reuen, daß ich heimgekommen bin.«

Er ließ sein Auge im Zimmer umherschweifen. Ein Lächeln spielte um seinen ausdrucksvollen Mund.

»Alles noch wie vor zwölf Jahren, nichts hat sich hier verändert.«

Er fuhr mit der gebräunten Hand durch das dichte Haar, und ein leichter Seufzer kam über seine Lippen.

»Wie geht es meinen Eltern, Käthe? Daß sie gesund sind, weiß ich, ich habe von Zeit zu Zeit Erkundigungen eingezogen. Aber von ihrem inneren Ergehen kannst du mir besser berichten. Wie spricht man über mich? Zürnen mir die Eltern noch immer?«

Käthe sah ihm ernst ins Gesicht.

»Ob sie dir noch zürnen, weiß ich nicht. Man spricht nicht von dir. Nur vor kurzer Zeit erwähnte dich dein Vater einmal.«

Helmuts Augen leuchteten auf.

»Tat er das wirklich? Also man hat mich noch nicht zu den Toten geworfen? Was war es, das mein Vater von mir sprach?«

Käthe wurde verlegen.

»Nimm doch erst Platz! Darf ich dir eine Erfrischung bringen lassen? Hast du Hunger oder Durst?«

Er lächelte und sah sie forschend an.

»Ich habe ebensowenig Hunger und Durst wie du diplomatisches Talent. Ich würde auch keinen Bissen zu mir nehmen in diesem Haus, solange ich nicht weiß, wie meine Eltern mich aufnehmen. Deinem Verhalten nach verspreche ich mir nichts Gutes. So, Käthe, nun setz dich zu mir und laß uns miteinander reden. Mutter ist zum Kaffee geladen, da kommt sie vor sieben Uhr nicht zurück, und Vater wird mit dem gleichen Glockenschlag aus dem Kontor herüberkommen. Nicht wahr, auch das ist noch genau wie vor zwölf Jahren?«

Käthe setzte sich ihm gegenüber.

»Ja, genau so.«

Er faßte ihre Hand.

»Kleine Käthe – liebe kleine Käthe, nun mach nicht ein so banges Gesicht! Ich lese dir von den Augen ab, was du denkst.«

Sie versuchte zu lächeln.

»Das wirst du doch wohl nicht so leicht können.«

»Dann hör zu. Du denkst jetzt: ›Ach, der arme Kerl, wenn er wüßte, wie wenig gut man hier auf ihn zu sprechen ist! Wenn ich ihn doch nur schonend darauf vorbereiten könnte!‹ Ist es nicht so?«

Sie war dunkelrot geworden und sah zur Seite. Ein bitteres Lächeln spielte um seinen Mund.

»Vielleicht geht doch alles gut, Helmut, nein, ganz gewiß. Deine Eltern müssen sich doch freuen, daß sie dich lebend und gesund wiederhaben.«

Er zuckte mit den Achseln.

»Glaubst du vielleicht, daß man mir ein Kalb schlachtet?«

Sie richtete sich auf und sah ihm ehrlich und voll Herzensgüte ins Gesicht.

»Ich weiß es nicht, Helmut. Aber eins weiß ich: Ich hätte es auch so gemacht wie du. Ich habe es dir nachgefühlt, daß du gehen mußtest, wolltest du dich nicht selbst verlieren.«

Seine sprechenden Augen verrieten, wie wohl ihm ihre Worte taten.

»Ich danke dir für diese Worte, Käthe! Und das will ich dir sagen, ich würde heute genau wieder so handeln wie damals. Ach Gott, Mädchen – was liegt alles zwischen damals und jetzt! Hab mich doch manchmal nach dem kleinen Nest hier gesehnt. Auch an dich hab ich gedacht. Freilich nur manchmal. Warst ja ein kleines Mädchen, als ich ging. Wenn ich gewußt hätte, was für ein lieber, verständiger Mensch du inzwischen geworden bist, ich hätte die Sehnsucht nach Hause doch nicht so lange bezwingen können. Weißt du, was mir das ist, daß ich so bei dir sitzen, deine Hand halten und deine freundlichen Augen so voll schwesterlicher Sorge auf mir ruhen lassen kann? So ein liebes Schwesterchen, was ist das für ein Segen für einen einsamen Menschen, wie ich! Ganz rührend dumm und weich ist mir ums Herz, seit ich dich wiedergesehen.«

»Das freut mich von Herzen. Als ich vor Jahren in das Haus deiner Eltern kam, da warst du es, der die arme Waise liebevoll aufnahm. Ich hab dir das nie danken können bis heute. Aber an dich gedacht hab ich oft, an dein helles, frohes Lachen. Seit du fort bist, ist hier nie mehr solch ein Lachen laut geworden.«

»Und du selbst? Hast du das Lachen auch verlernt?«

»Verlernt? Ach, Helmut, ich glaube, ich hab das Lachen nie gekonnt. Solange ich hier bei deinen Eltern bin, ist mir nur immer dieser ungestüme Freiheitsdrang, die Sehnsucht nach ein bißchen Liebe und Güte im Herzen gewesen. Man weiß hier wohl kaum, was Liebe ist. Alle gehen kalt und fremd aneinander vorbei. Und Frohsinn gibt es ebensowenig.«

Er nickte.

»Ja, ja, Überfluß an Herzenswärme ist hier nie gewesen. Man hat für das fremde Kind sicher nicht mehr übrig gehabt als für das eigene. Und du bist ein Mädchen und konntest nicht davonlaufen wie ich.«

»Wenigstens nicht, solange ich nicht mündig war. Aber nun bleibe ich auch nicht mehr lange hier.«

Er sah überrascht auf.

»Wo willst du hin?«

Sie erzählte ihm von ihrer Verlobung und wie alles gekommen war, wie sie wegen ihrer Verlobung geradezu verfemt war von allen. Und wie sie durch ihren Verlobten erst den hohen Wert des Lebens, das tiefe Glück der Liebe erfahren. In schlichten Worten berichtete sie ihm alles. Und er hörte ernst und still zu. Er kannte Welt und Leben. Zwischen Käthes Bericht hörte er auch noch manches heraus, was ihm ihre Worte nicht verrieten.

Daß sie verlobt war, tat ihm weh. Warum, wußte er selbst nicht. Und ihre ideale Schilderung des Geliebten, die unmöglich der Wirklichkeit entsprechen konnte, verriet ihm, daß sie sich wohl selbst in einen Irrtum hineingeredet hatte.

Er übersah die Sachlage mit klaren Augen, und Käthes Glück schien ihm nicht so zweifellos wie ihr selbst. Aber er sprach dies nicht aus. Teilnehmend erkundigte er sich nach allem, was sie betraf.

Dabei verließ ihn keinen Augenblick das heimliche Wehgefühl.

›Wenn du früher zurückgekommen wärest, vielleicht hättest du diese liebliche Blume für dich pflükken können. Nun ist es zu spät‹, dachte er.

›Zu spät, zu spät‹ – er kam nicht los von diesen beiden Worten.

Dann wehrte er sich gegen diese Stimmung. War er deshalb nach zwölf Jahren in die Heimat zurückgekehrt, um sich da in das erste junge Mädchen zu verlieben, das ihm freundlich entgegenkam? Machte ihn die Heimatluft so schnell wieder zum weichmütigen, sentimentalen Träumer?

Das Mädchen war verlobt. Nun, zum Donnerwetter, dann mußte man sich dumme Gedanken aus dem Kopf schlagen. Es gab doch noch mehr hübsche Mädchen. Irgendwo würde sich wohl eine finden, die zu ihm paßte. Um sich zu verlieben, war er nicht hierhergekommen. Käthe hatte inzwischen ihren Bericht beendet.

»Nun hab ich dir alles über mich und mein Leben erzählt, Helmut. Jetzt sag du mir, wie es dir ergangen ist all die Zeit.«

Er warf den Kopf zurück, als wollte er lästige Gedanken abschütteln.

»Gut und schlecht, Käthe. Sieh mich mal an! Rate mal, was aus mir geworden ist!«

Sie prüfte ihn lächelnd, aber gewissenhaft. Dann sagte sie:

»Du siehst nicht aus, als kehrtest du reich mit Glücksgütern beladen heim. Aber dein Auge blickt hell und klar, wie das eines ehrlichen zielbewußten Menschen. Du kannst noch froh und herzlich lachen und bist, so scheint es mir, gesund an Leib und Seele. Das ist viel.«

»In deinen Augen vielleicht. Meinst du, daß meine Eltern auch damit zufrieden sind?«

»Ich weiß es nicht.«

»Nun – dir will ich keine Komödie vorspielen, Käthe. Dies abgetragene Gewand ist Mummerei. Ich hab meinem Vater gesagt: Ich kehre nur ins Vaterhaus zurück, wenn ich etwas im Leben erreicht habe. Und ich bin ein Dickkopf, Käthe, ich wäre nicht gekommen, wenn ich nichts erreicht hätte, womit ich meinen Eltern imponieren kann. Aber erst will ich doch probieren, ob ihr Herz nicht auch dem armen, verlorenen Sohn entgegenschlägt. Käthe, ich würde mich unbändig freuen, wenn es so wäre! Aber du siehst mich so erwartungsvoll an. So will ich dir eine kurze Schilderung von meinem Leben geben:

In der ersten Zeit, nachdem ich mich mit Vater überworfen hatte, ging es mir schlecht. Ich habe abwechselnd gehungert und gefroren – habe es wirklich darin bis zur Virtuosität gebracht. Ich glaube, als Hungerkünstler hätte ich mich damals sehen lassen können. Manchmal ging es mir so schlecht, daß ich drauf und dran war, hier zu Hause zu Kreuze zu kriechen. Wie es mir möglich gewesen ist, mich bis zu meinem Staatsexamen durchzuschlagen – das weiß ich heute selbst kaum noch. Genug, ich kam durch. Sogar den Doktor hab ich noch gemacht, allerdings mit Hilfe eines Mannes, der mir wohlwollte. Dieser Mann verpflichtete mich als Hauslehrer für die Kinder seines Bruders, der in Amerika lebte mit seiner Familie. Für zwei Jahre hatte ich einen Vertrag unterzeichnet. So kam ich nach Amerika. An einem stürmischen Wintertag landete ich in New York.

Zwei Tage später wollte ich weiterreisen in das Inneres des Landes. In einem neu aufblühenden Ort besaß mein neuer Brotherr große Fabriken. Die Weiterreise wurde jedoch vorläufig vereitelt durch einen Unglücksfall. Ich geriet im Schneetreiben so dicht vor einen elektrischen Straßenbahnwagen, daß ich umgerissen wurde und in die Fangvorrichtung vor dem Wagen stürzte. Dabei wurde mir der Unterschenkel zweimal gebrochen. Ehe ich wußte, was eigentlich mit mir geschehen war, lag ich in einem Hospital. Mein Bein schmerzte sehr. Ein deutscher Arzt und deutsche Pflegerinnen umgaben mich. Ich bat, daß man meinem Brotherrn Nachricht über meinen Unfall senden sollte.

Dieser hatte ohnedies eine Reise nach New York beabsichtigt gehabt, und er suchte mich im Hospital auf. Diesem energischen und tatkräftigen Mann verdanke ich's, daß mir von der Straßenbahngesellschaft eine Entschädigungssumme von achttausend Dollar gezahlt wurde. Es konnte durch Zeugen bewiesen werden, daß der Wagenführer am Straßenübergang kein Warnungszeichen hatte ertönen lassen. In dem dichten Schneetreiben hatte ich den Wagen nicht zeitig genug bemerken können.

Nun hatte ich mit einem Mal eine Summe, die mich unabhängig machte. Mein Brotherr erwies sich weiter als ein edler und großherziger Mann. Als ich geheilt war und ihn aufsuchte, um mich ihm als Hauslehrer für seine beiden Söhne zur Verfügung zu stellen, wurde ich gut und herzlich aufgenommen.

Die zwei Jahre in seinem Haus waren der Glanzpunkt in meinem Leben. Meine beiden Schüler wurden mir lieb, es waren kluge und liebenswürdige Jungen. Ihr Vater behandelte mich fast freundschaftlich, und ihre Mutter, eine etwas leidende, aber gütige und feinfühlige Frau, erschien mir das Ideal einer Gattin und Mutter. In dem traulichen und gemütswarmen Familienleben fühlte ich mich wohl und behaglich wie noch nie.

Nach Ablauf meines Vertrages – meine Schüler sollten nun auf deutschen Universitäten studieren – machte mir ihr Vater den Vorschlag, in dem aufblühenden Ort eine Zeitung zu gründen. Das Bedürfnis dazu sei vorhanden; er garantiere mir Erfolg, und was mir an Geld fehle, sei er bereit, vorzustrecken.

Ich griff mit beiden Händen zu. Für das Zeitungswesen hatte ich immer viel übrig gehabt und wäre gern Redakteur geworden. Kurzum, ich gründete eine Zeitung. Und damit ging es in schnellem Tempo aufwärts. Solch rapide Erfolge sind eben nur im Land der unbegrenzten Möglichkeiten zu erzielen. Mein Unternehmen wuchs mit der Einwohnerzahl des Ortes. Die Zeitung bekam einen Ruf, sie wurde auch außerhalb des Ortes gelesen. Als in der Nähe ein großes Eisenbahnunglück stattfand, worüber ich einen ausführlichen Bericht brachte, wurde meine Zeitung in weiteren Kreisen bekannt. Einzelheiten erspare mir jetzt. Genug, ich wurde nach deutschen Verhältnissen ein reicher Mann.

Aber die Sehnsucht nach meinem Vaterland ließ mir doch keine Ruhe. Als sich mir vor einem halben Jahr die Gelegenheit bot, meine Zeitung unter äußerst günstigen Bedingungen zu verkaufen, tat ich es ohne langes Besinnen und kehrte nach Deutschland zurück. Auch hier blieb mir das Glück treu. Eine Berliner Verlagsgesellschaft wurde eben gegründet. Ich beteiligte mich daran mit dem weitaus größten Teil meines Vermögens und wurde zum Chefredakteur gewählt. Damit habe ich ein für mich ideales Arbeitsfeld gefunden. In vierzehn Tagen beginne ich meine neue Tätigkeit. Hergott, wie ich mich darauf freue! Aber vorher will ich mich mit den Eltern aussöhnen. Ob es mir gelingt?

So, Käthe, nun hast du ein flüchtiges Bild von meinen Erlebnissen.«

Sie hatte mit warmem Interesse zugehört. Nun atmete sie tief auf.

»Gottlob, Helmut, daß alles gut geworden ist. Wie stolz kannst du sein, daß du so jung schon ein so hohes Ziel erreichtest.«

Er lächelte.

»Stolz – nein. Daß man Glück hatte, berechtigt

nicht zu Stolz. Nur auf die Zeit bin ich stolz, in der ich mich durchgehungert und durchgefroren habe. Und daß ich den Mut nicht verlor, solange es mir schlecht ging. Alles andere war Zufall.«

»So denkst du. Hättest du dir durch deinen Fleiß nicht Gönner erworben, so wäre es anders gekommen. Der Zufall allein tat es sicher nicht.«

»Darüber wollen wir uns nicht streiten, Käthe. Ich bin zufrieden, wie es ist. Und jetzt freue ich mich auf ein neues, fröhliches Schaffen. Von allen Genüssen, die uns die Erde bietet, ist freie, befriedigende Arbeit die schönste und höchste.«

Käthe sah sinnend in sein kühnes, sympathisches Gesicht. Ja, es mußte schön sein, seiner eignen Arbeit, seinem eignen Ringen so viel zu verdanken. Sie hatte ja auch immer die brennende Sehnsucht nach Betätigung mit sich herumgetragen – bis sie aufgegangen war in der Liebe zu Georg.

»Du wirst nun vierzehn Tage hier bleiben?« fragte sie.

»Das kommt auf die Eltern an. Ich muß erst sehen, wie sie mich aufnehmen. Und dann – wer weiß, ob ich es so lange hier aushalte, so zwischen guten Freunden und Bekannten aus alter Zeit. Wir werden uns im Lauf der Jahre noch mehr auseinandergelebt haben.«

Sie saßen sich eine Weile schweigend gegenüber. Käthe sah versonnen vor sich hin, und Helmut ließ seinen Blick ungestört auf ihrem schönen, ernsten Gesicht haften.

Wie ein Wunder erschien es ihm, daß dieses liebliche Mädchen mit dem idealen Sinn hier in der nüchternen, kalten Umgebung aufgewachsen war. Mutig und unbekümmert um die Meinung der Leute hatte sie sich dem Mann verlobt, dem man die Gleichberechtigung mit ihr absprach. Sie stellte ihn hoch über alle Menschen, weil sie ihn liebte, weil sie ihn mit den Vorzügen ausstattete, die sie in ihm erkannt zu haben glaubte. War's nicht vielmehr die Verkörperung geliebter und verehrter Dichtergestalten, die sie in ihm liebte? Sie schien noch so unerfahren, trotz ihres ernsten Sinnes. Wo sollte sie auch Erfahrungen gesammelt haben? Hier in dem eintönigen, stumpfsinnigen Leben gewiß nicht.

Wenn er doch früher heimgekommen wäre!

Noch vor wenigen Monaten wäre er vielleicht zur rechten Zeit gekommen, um sich das nach Liebe sich sehnende Herz dieses Mädchens zu erringen. Wie leicht mußte es jener Mann gehabt haben, sich darin festzusetzen! Nun war es spät für ihn, zu spät.

Wieder klangen ihm diese beiden Wörtchen in den Ohren.

»Also du bist hier durch deine Verlobung in Ungnade gefallen, Käthe?«

»Ja, ganz und gar«, sagte sie leise.

»Das Ungewöhnliche verurteilen sie, weil sie nicht imstande sind, es mit ihrem Spatzenhirn zu fassen. Arme Käthe, man wird dich arg gequält haben!«

Sie sah ihn lächelnd an.

»Ich bin leicht darüber hinweggekommen, weil ich hier niemand habe, den ich liebe. Nur von Menschen, die einem lieb und wert sind, tun Kränkungen weh. Hier ist ja niemand imstande, mich zu verstehen. Was es für mich heißt, einem Menschen alles zu sein, ihm mein volles Herz schenken zu dürfen, das kann hier niemand ermessen. Was gilt es mir, welchem Stand mein Verlobter angehört? Er liebt mich – ich liebe ihn, das ist genug. Und wenn ich nach kurzen Wochen hier fortgehe, so lasse ich niemand zurück als die alte Line, die zuweilen in Liebe an mich denken wird.«

»Die alte Line? Du erinnerst mich an die gute Seele. Sie gehört zu der seltenen Art der treuen Dienstboten, die jetzt im Aussterben begriffen sind. Auf Rosen ist sie bei meiner Mutter wohl nicht gebettet gewesen. Aber sie hält aus bis zum Ende. Na, die muß ich nachher extra begrüßen mit besonderer Herzlichkeit. Sie war immer gut mit dir, nicht wahr?«

»Ja, sie allein hat mir Liebe entgegengebracht. Sie ist auch die einzige, die mir einen Glückwunsch zu meiner Verlobung gespendet hat.«

Er faßte ihre Hand.

»Und daran schließt sich meiner, Käthe. Möge sich dir alles Glück erfüllen, was du dir erträumt hast! Und – wenn du je einen schrankenlos ergebenen Freund brauchst, ich stehe zu dir. Das vergiß nicht!«

Sie drückte seine Hand, und ein warmes Gefühl quoll in ihr empor.

»Lieber, lieber Helmut«, sagte Käthe innig, »ich danke dir von Herzen und werde nie vergessen, was du mir sagtest.« Dabei sah sie ihn an wie eine liebevolle Schwester ihren wiedergefundenen Bruder. Es wurde ihm eng ums Herz. Er sprang auf und ging im Zimmer umher. Da fiel sein Blick auf die Doppelphotographie von Albert und Johanna. Er nahm sie auf und sah sie prüfend an.

»Dies Gesicht sollte ich doch kennen. Dies dünne, glattgescheitelte Haar, dieser matte Blick …?«

»Es ist Albert mit seiner Frau.«

»Ah, richtig. Albert, Vetter Albert. Ehemals ein Musterknabe, der mir immer als leuchtendes Beispiel vorgehalten wurde. Hergott noch einmal, hab ich dies blasse, in Bescheidenheit vergehende Gesicht damals gehaßt! Also so sieht das Vorbild aus, nach dem ich geformt werden sollte. Brrr – da gefalle ich mir doch besser, wie ich jetzt bin.«

Er lachte laut und herzlich auf.

»Mir auch«, bestätigte Käthe lächelnd.

»Albert ist zum Nachfolger meines Vaters im Geschäft ausersehen, wie man mir berichtet hat. Und verheiratet ist er also auch? Wer ist denn seine Gattin? Dem Bild nach ist sie still, dick, dumm und selbstzufrieden.«

Käthe lachte leise.

»Du hast sie treffend charakterisiert. Dafür ist sie aber die Tochter des reichen Bürgermeisters.«

»So so, also Albertchen ist ein strebsamer Mensch geblieben. Na, da hat ja mein Vater in ihm einen würdigen Nachfolger erhalten. Ich glaube, ihm komme ich am ungelegensten. Er hätte es kaum bedauert, wenn ich da draußen irgendwo verdorben und gestorben wäre. Oder meinst du, daß ich ihm unrecht tue? Hast du eine bessere Meinung von ihm?«

»Nein«, sagte Käthe hart, und die Erinnerung an Alberts Verhalten stieg in ihr auf. »Er ist ein Heuchler, der hinter einem frommen und würdigen Benehmen böse Gedanken versteckt.«

Er sah sie prüfend an.

»Tat er dir etwas zuleide?« rief er voll leidenschaftlicher Heftigkeit.

Sie erschrak vor seinem Ton.

»Ich habe ihn gebührend zurechtgewiesen, laß es gut sein!«

Er stellte die Photographie heftig wieder auf ihren Platz.

»Duckmäuser sind mir immer die erbärmlichsten Menschen gewesen«, sagte er finster.

Dann nahm er aber ruhig seinen Platz wieder ein.

»Laß uns noch etwas plaudern. Wir müssen die Zeit gut ausnützen, um gute Freunde zu werden. Erzähle mir noch von dir, von deinem Leben hier im Haus!«

»Da gibt es nicht viel zu berichten«, sagte sie, fing aber an zu erzählen. Es tat ihr wohl, einmal rückhaltlos alles vom Herzen herunterzureden. Ihr Denken und Empfinden breitete sie vor ihm aus, ihre ganze Seele öffnete sie vor seinen Blicken. Rückhaltloser selbst als mit ihrem Verlobten besprach sie alles, was ihr inneres und äußeres Leben betraf.

Und vor seinen Augen entfaltete sich da ein Bild voll reiner Anmut, voll Liebesreichtum und sehnenden Verlangen nach einem großen, edlen Lebenszweck: Ein seltenes Geschöpf saß vor ihm. Groß angelegt, so daß sie selbst in dieser Umgebung nicht verkümmern konnte, hatte sie sich in aller Stille hier entfaltet. Wenn dies junge, unerfahrene Mädchen in die richtigen Hände kam, welch edles, schönes Geschöpf konnte daraus werden!

Fast zwei Stunden hatten sie sich unterhalten und waren nun wieder miteinander vertraut, als hätten sie sich nie getrennt.

Line hatte inzwischen draußen kopfschüttelnd ihre Arbeit beendet. Der Fremde blieb doch gar zu lange. Sie lauschte einigemal, ob er nicht wieder herauskam. Aber sie hörte nur, daß die beiden Menschen sich lebhaft unterhielten.

Als sie eben einen Kupferkessel fortstellen wollte, drang lautes, herzliches Lachen aus dem Wohnzimmer heraus. Line setzte erschrocken den Kessel hin und sank auf einen Stuhl. Das Lachen war ihr in die Beine gefahren.

»Ei du mein lieber Gott – was war denn das? Der lachte doch just wie unser junger Herr!«

Langsam dämmerte in ihr die Ahnung, wer dieser sonderbare Besuch sei. Als wohlerzogener Dienstbote wagte sie sich jedoch nicht hinein ins Zimmer, bevor sie nicht gerufen wurde. So machte sie sich wieder über ihre Arbeit, ganz dösig im Kopf und in einigermaßen gruseliger Erwartung der Dinge, die da kommen sollten.

Ab und zu blieb sie stehen und sagte leise zu sich selbst:

»Na, wenn das nur geht.«

Sie kannte ihre Herrschaft gut genug, um auf allerhand gefaßt zu sein. Das Arbeiten ging ihr langsamer von der Hand als sonst. Aber schließlich war sie doch fertig mit ihrer Küche. Sie ging in ihre Kammer, machte sich schmuck und band auch eine schöne weiße Schürze vor.

Gerade, als sie dann wieder in die Küche trat, öffnete Helmut die Tür des Wohnzimmers und trat heraus zu ihr. Käthe folgte ihm.

Prüfend flog das Auge der alten Magd an ihm empor, der ihr lächelnd ins Gesicht sah.

»Ja, es ist unser junger Herr – das walte Gott. Er segne Ihren Einzug, Herr Helmut«, sagte sie mit zitternder Stimme.

»Line, alte gute Line, Sie haben mich ja wiedererkannt?«

»Nicht gleich, junger Herr, meine Augen sind ein bißchen schwach. Aber am Lachen hab ich's gehört. Da wußt ich's gleich.«

»Siehst du, Helmut, dein Lachen hat es auch Line verraten.«

Helmut schüttelte Line nun kräftig die Hand.

»Freuen Sie sich denn, daß ich wiedergekommen bin, Line?«

»I du mein – na, wie soll ich mich da nicht freuen, wo ich schon dachte, Sie wären gar nicht mehr am Leben. Aber die Herrschaft! Wenn das nur gutgeht!«

»Viel Hoffnung haben Sie wohl nicht, daß es gutgeht, Line?«

»Ach, lieber Gott, wer weiß? Man hat ja nicht einmal Ihren Namen mehr nennen dürfen. Harte Leute sind es schon, Ihre Eltern, junger Herr. Sie haben sie auch sehr gekränkt durch Ihr Auskneifen – wollte sagen Fortlaufen.«

Er lachte.

»Bleiben wir beim Auskneifen, Line. Das ist erschöpfend und richtig bezeichnet. Gab wohl argen Spektakel, was?«

Line schüttelte bekümmert den Kopf. »Nein, ganz still ist es zugegangen. Nur den Waschkrug hat Frau Rodeck zerbrochen, den mit den blauen Blumen, als der Herr wieder nach Hause kam von seiner Reise.«

Helmut wurde ernst.

»So, den Waschkrug hat sie zerbrochen? Also ganz gleichgültig war es ihr nicht, daß ich nicht wiederkam?«

Er hatte es leise zu sich selbst gesagt. Nun trat er an den Küchenkalender heran, der über dem Tisch an der Wand hing.

»Heute haben wir den dritten September – laßt sehen –, Hammelbraten mit grünen Bohnen hat es heute mittag gegeben. Stimmt es?«

Käthe mußte laut lachen. Er sah sich überrascht um.

»Du kannst wahrhaftig lachen, Käthe. Wie hübsch das klingt.«

»Es war zu komisch, daß du dank Tante Amaliens Kalender nach zwölf Jahren gleich wieder weißt, was wir gegessen haben.«

Helmut war ans Fenster getreten und schaute durch einen Spalt zwischen den dichten Scheibengardinen auf das Hinterhaus.

Am Fenster des Kontors sah er seinen Vater stehen.

Ein tiefer Seufzer entfloh seinen Lippen.

»Mein Vater – auch er hat sich kaum verändert«, sagte er halblaut. Und sein Blick hing fest an dem harten, verkniffenen Gesicht des Vaters, bis dieser sich vom Fenster wandte.

Dann sah er nach der Uhr. Es fehlten nur wenige Minuten an sieben. Er ging mit Käthe ins Wohnzimmer zurück. Hinter der Gardine verborgen sah er seiner Mutter entgegen, die pünktlich eine Minute vor sieben Uhr die Fischgasse heraufkam. »Käthe«, sagte er heiser, »Heimatluft macht schwachmütig. Ich könnte heulen wie ein dummer Bub. Alles wacht wieder auf, was ich längst vergessen glaubte, was ich gelitten und was mich freute.«

Er blieb am Fenster stehen und wandte sein Gesicht der Tür zu, voll Erwartung.

8

Frau Amalie war im Hausflur mit ihrem Mann zusammengetroffen. Sie traten zugleich ein, als ihnen Line öffnete. Die alte Magd wagte kein Wort über Helmuts Auftauchen zu sagen. Stumm nahm sie ihrer Herrin Hut, Schirm und Mantel ab.

Dann, während das Ehepaar das Wohnzimmer betrat, betete sie leise vor sich hin.

Karl und Amalie Rodeck blickten verwundert auf den Fremden, dessen Gesicht sie, da es vom Fenster abgewandt war, nicht erkennen konnten. Die letzten Sonnenstrahlen schienen an ihm vorbei ins Zimmer.

Eben wollte der alte Herr den Mund zu einer Frage öffnen, da trat Helmut an die beiden heran.

»Guten Tag, Vater; grüß Gott, Mutter!« sagte er, von Bewegung überwältigt.

Frau Amalie sank mit einem Schreckensruf wie entgeistert auf einen Stuhl und sah starr in des Sohnes Gesicht. Der alte Herr aber richtete sich mit einem Ruck empor und maß Helmuts fadenscheiniges Gewand mit scharfen, musternden Augen. Kein Zug seines Gesichtes änderte sich, nur die schmalen Lippen kniffen sich noch fester aufeinander. Steife, eisige Abwehr zeigte sein Gesicht.

Wenn sein Sohn demütig, um Gnade flehend zurückgekehrt wäre, vielleicht hätte er den leisen Zuckungen seines Herzens Folge geleistet und ihn trotz allem willkommen geheißen. Aber vor ihm stand noch derselbe kühne und trotzige Geselle, der ihm vor zwölf Jahren den Gehorsam verweigert hatte. Mit stolz erhobenem Haupt stand er da und schaute den Eltern offen und gerade ins Gesicht. Und dabei sah er schäbig und ärmlich aus. Erreicht hatte er sein hochfliegendes Ziel nicht. Als armer Schlucker, als Schiffbrüchiger wohl, kehrte er heim, um wahrscheinlich seinen Eltern nun auf der Tasche zu liegen zum Gespött der lieben Nachbarn und Bekannten. Und bei alledem trug er auch den Kopf noch hocherhoben wie ein Sieger.

Diese Gedanken verhärteten Karl Rodecks Herz noch mehr. Eine scharfe Falte zog sich über seine Stirn, und seine Augen blickten finster in des Sohnes Gesicht.

»Du wagst es, hierher zurückzukehren?«

Helmut wurde einen Schein blasser. Er sah auf die Mutter. Auch die hatte die Schwächeanwandlung bereits überwunden. Ein Blick auf sein Äußeres, überzeugte auch sie, daß er arm und mittellos zurückkehrte. Man konnte also nicht mit ihm prunken vor den Leuten, sondern mußte sich seiner schämen, nach wie vor. Diese Erkenntnis löschte jede wärmere Regung bei ihr aus. Die Angst vor dem Gerede der Leute überwog jedes andere Gefühl. Helmut sah, daß auch bei der Mutter seine Sache schlecht stand. Ein bittres Lächeln spielte um seinen Mund. Alles Weiche und Warme war fortgewischt aus seinem Gesicht. Er sah auf die beiden alten Leute, als seien sie ihm fremd.

»Ich bin zurückgekommen, um Frieden mit euch zu machen«, sagte er ruhig.

Sein Vater lachte schneidend auf.

»Bist ja bis jetzt ohne diesen Frieden ausgekommen. Es wird auch so weitergehen.«

»Nein, Vater. Seit ich wieder in Deutschland bin, hat es mir keine Ruhe gelassen. Es trieb mich heim zu euch. Ich hoffte, die Zeit habe euch milder gestimmt.«

»Du wolltest ja erst ins Vaterhaus zurückkehren, wenn du ein großer Mann geworden wärest. Als ob das so leicht wäre! Draußen in der Welt können sie auch keine Tagediebe gebrauchen.«

»Nein, aber ernste, fleißige Arbeiter desto mehr.«

»Und du rechnest dich zu diesen, du, der sich davor fürchtete, im Kontor seines Vaters seine Pflicht zu erfüllen?«

»Gefürchtet habe ich mich deshalb vor diesem Leben im Kontor, weil ich fühlte, daß meine besten Kräfte brachgelegt würden, weil ich mehr sein wollte als eine Rechenmaschine. Aber das haben wir schon einmal durchgesprochen, es führt zu nichts, das wieder aufzufrischen. Wir verstehen uns doch nicht.«

»Weshalb kommst du dann zurück?«

»Ich sagte es euch schon; ich hoffte, ihr könntet mir verzeihen, daß ich gegen euren Willen meinen Weg suchte.«

»Also gestehst du wenigstens ein, daß du uns in schamloser Weise den Gehorsam verweigert hast?«

»Nicht schamlos, Vater. Was ich getan habe, mußte ich tun. Das Stärkste im Menschen ist der Selbsterhaltungstrieb. Und ich war es mir selbst schuldig, mich von deiner Willkür freizumachen.«

Die beiden Männer maßen sich mit den Augen wie zwei Gegner.

»Ein Vater hat das Recht, den Lebensweg seines Sohnes zu bestimmen. Ich habe mich meinem Vater auch gefügt und bin gut dabei gefahren. Du hast durch deine Tat Schmach und Schande über uns gebracht. Das vergiß nicht!«

Helmut wandte sich an seine Mutter. »Und du Mutter – findest du kein gutes Wort für deinen einzigen Sohn?«

Die Hände der alten Frau zuckten an ihrem Kleid unruhig hin und her. Sein warmer, bittender Ton flehte um Einlaß in ihr Herz. Aber ein Blick in ihres Mannes kaltes, strenges Gesicht hob diese Wirkung auf.

»Du hast auch nicht danach gefragt, was ich gelitten habe, als du dich von uns losgerissen hast«, sagte sie leise.

»Tat es dir denn wirklich weh, daß ich nicht wiederkam?«

»Du hast mir viel Ärgernis bereitet, als du noch ein Kind warst, durch deine Wildheiten und Unarten. Ich habe dich oft strafen müssen. Aber du warst doch mein Kind. Wie sollte mich da dein Undank nicht schmerzen? Und all die Schmach, die du über uns gebracht hast!«

»Ich tat doch nie etwas Unehrenhaftes, Mutter.«

»Nicht? Ist es vielleicht ehrenhaft, wenn du deinen Eltern davonläufst, um draußen dein eigenes Leben führen zu können?«

»Ich bin euch nicht davongelaufen. Inständig habe ich euch gebeten, mich studieren zu lassen. Ihr habt es mir verweigert. Nicht die Lust an Abenteuern, sondern der heiße Wunsch nach lebenfüllender Tätigkeit trieb mich hinaus.«

»Du hättest im Geschäft deines Vaters Arbeit in Menge gefunden. Der Beruf eines Kaufmanns ist ein schöner und ehrenwerter.«

»Für den, der ihn liebt, gewiß. Aber nicht für mich.«

»Weil es dich nach einem wilden, ungebundenen Leben gelüstete.«

»Ein Duckmäuser war ich nie, auch kein Musterknabe. Ich gebe es zu, ich habe euch viel zu schaffen gemacht, aber nur, weil ihr mich nicht verstandet. Ihr wolltet einen Sklaven aus mir machen, der euch blindlings gehorchte. Aber ich war ein freier Mensch, wollte es wenigstens werden. So weit darf die Macht der Eltern nicht gehen, daß sie das Beste in ihren Kindern unterdrücken, weil es ihnen unbequem ist. Und weil ihr mir meine Freiheit nicht gabt, nahm ich sie mir.«

»Dann begreife ich nicht, weshalb du nun nach zwölf Jahren zurückgekehrt bist«, sagte der alte Herr eisig. »Wir haben dich nicht gerufen, denn dein Auftauchen wird alles von neuem wieder aufwirbeln. Man wird von neuem mit Fingern auf uns zeigen. Kaum haben wir verwunden, was – ein Blick flog zu der stumm dasitzenden Käthe hinüber – »uns ein anderes undankbares Geschöpf angetan hat, sollen wir nun wieder zum Gespött der Leute werden.«

Helmut seufzte tief auf. Er legte einen Augenblick die Hand über die Augen. Dann richtete er sich auf.

»Dann ist es wohl am besten, ich befreie euch von meiner lästigen Gegenwart, ehe ich von jemand gesehen und erkannt werde. Aber ehe ich gehe, reicht mir wenigstens die Hand und sagt, daß ihr versuchen wollt, mir zu verzeihen.«

Er streckte mit bittender Gebärde die Hand aus. Aber es legte sich keine hinein. Die seiner Mutter zuckte wohl ein wenig, aber sie hob sich nicht. Da ließ er seine Hand wieder herabfallen.

Langsam faßte er nach seinem Hut, der auf einem Stuhle lag. Dann trat er zu Käthe und reichte ihr die Hand.

»Leb wohl, liebe Käthe! Du siehst, man hat mir kein Kalb geschlachtet. Der verlorene Sohn muß seine Straße weiterziehen. Wir hören noch voneinander, nicht wahr?«

»Ja, Helmut«, sagte sie fest und warm. »Ich habe kein Recht, dich hier zu halten, so gern ich's täte. Ich bin ja auch nur widerwillig hier geduldet. Viel Glück auf deinem Weg.«

»Ich danke dir.«

Sie drückten sich die Hand und sahen sich an. Des Mannes Blick umflorte sich, als er das Bild des schönen, schlanken Mädchens noch einmal in sich aufnahm. Da wandte er sich ab und schritt zur Tür.

Als er an den Eltern vorüberging, sah er sie groß und ernst an.

»Lebt wohl.«

Er wollte gehen. Da kam Leben in seines Vaters starres Gesicht.

»Ich will ein übriges tun und dir eine monatliche Unterstützung zukommen lassen, solange du sie nötig hast. Ich will nicht, daß du draußen herumvagabundierst.«

Helmut sah über die Schulter zurück in sein Gesicht.

»Ich brauche dein Geld nicht. Selbst wenn ich es nötig hätte, nähme ich keine auf diese Weise angebotene Unterstützung an. Aber ich habe es gottlob nicht nötig.«

»Soll das heißen, daß du dir Vermögen erworben hast? Du siehst wahrlich nicht danach aus. Oder hast du eine Stellung in Aussicht, die dich ernährt?«

Helmut wandte sich nun voll zu ihm um. Nachlässig seinen Hut hin und her bewegend, sagte er ruhig:

»Beides, Vater. Ich habe mich mit einer halben Million an einer Verlagsanstalt, Aktiengesellschaft, beteiligt. Zugleich bin ich zum Chefredakteur ernannt. Wenn ihr in Zukunft etwas von Dr. Helmut Rodeck hört – das bin ich. Vielleicht begegnet euch der Name öfter in den Zeitungen. Nun braucht ihr euch meiner wohl nicht mehr zu schämen.« Da fiel sein Blick nochmals auf seine Mutter. Der liefen die hellen Tränen über das Gesicht, und die Lippen zitterten. Und auch seinen Vater hatte die kalte Ruhe verlassen.

»Ist das wahr – hältst du uns nicht zum Narren?« stotterte er aufgeregt.

»Nein, es ist alles, wie ich sagte.«

»Aber warum hast du das nicht gleich gesagt, Helmut? Eine halbe Million sagst du, und Doktor bist du und Chefredakteur? Mein Gott, mein Gott, warum hast du das nicht gleich gesagt?«

»Ja, warum hast du uns das nicht gleich gesagt?«

Helmut seufzte tief auf. Mit einem unbeschreiblichen Blick auf seine Eltern, die fassungslos und zitternd vor ihm standen, wandte er sich ihnen zu.

Sie taten ihm jetzt leid in ihrer Kleinlichkeit. Er lernte sie plötzlich verstehen. Kein Mensch kann über sich selbst hinaus, er sah es ein und verzieh. Als er ihren kleinen Gesichtskreis überdachte, da kam ihm unwiderstehlich die Lust zum Lachen an über seine eigene Torheit. Wie hatte er nur denken können, daß ihn seine Eltern in seinem schäbigen Anzug willkommen heißen würden! Dazu waren sie viel zu unfrei. Sie waren Sklaven ihrer Umgebung. Nein, er konnte die beiden alten Leute nicht mehr ernstnehmen.

Herzlich lachend warf er seinen Hut wieder auf den Stuhl, umfaßte seine Mutter und küßte sie, noch immer lachend, auf den Mund. Dann umfaßte er auch den Vater, der noch immer nicht wußte, was er für ein Gesicht machen sollte.

»Nun darf ich also bleiben, Vater, Mutter? Ja? Nun könnt ihr ja mit Pauken und Trompeten ausrufen lassen, daß euer verlorener Sohn als reicher Mann zurückgekehrt ist!«

»Willst du deinen Spott mit uns treiben?« rief Karl Rodeck gekränkt.

»Nein, Vater. Nun laß den Fehdehandschuh ruhen. Friede auf Erden – und ich habe Hunger. Gebt mir was zu essen. Mutter, hast du eingekochte Johannisbeermarmelade? Davon mußt du mir geben. Und einen Eierkuchen dazu, wie nur du ihn zu bereiten verstehst. Johannisbeermarmelade und Eierkuchen, danach habe ich manchmal heiße Sehnsucht gehabt. Selbst da noch, als ich selbst schon wieder an den Fleischtöpfen Ägyptens saß.«

»Aber dann erzählst du uns, wie das alles kam!« rief Frau Amalie aufgeregt.

»Ja, Mutter, alles sollst du hören.«

Die alte Dame eilte hinaus, um dem Sohn das Essen zu bereiten. Karl Rodeck lief ein paarmal im Zimmer auf und ab. Er strich sich wieder und wieder nervös über die Haare. Dann sagte er hastig:

»Ich muß mich ein paar Minuten zurückziehen. Es ist zu viel über mich gekommen, ich muß mich fassen.« Damit ging er hinaus.

Helmut trat neben Käthe.

»Nun schlachtet man mir doch ein Kalb, Käthe.«

Sie sah ernst und mitleidig in sein blasses Gesicht.

»Armer Helmut.«

Er schüttelte lächelnd den Kopf.

»Es ist schon überwunden, Käthe. So viel muß ich doch da draußen gelernt haben, daß ich nichts Unmögliches verlange. So zwingt uns das Leben zu Kompromissen. ›Tout comprendre c'est tout pardonner.‹ Ich war ein Tor, mehr von diesen alten Leuten zu verlangen, als sie geben können. Man muß sich bescheiden. Wenn ich draußen kein Glück gehabt hätte, so wäre ich der verlorene Sohn geblieben trotz allen ehrlichen Strebens. Nur dem Glück hat man seine Erfolge zu verdanken.«

»Und auch dir selbst, Helmut. Schmälere dein Verdienst nicht, weil es von anderen gering geachtet wird. Und was du sagst, ist gut und richtig. Auch ich werde von jetzt ab milder über deine Eltern urteilen. Niemand kann über sich selbst hinaus. Das will ich mir merken. Du bist klug und gut. Ich freue mich, daß du noch bleibst.«

»Ja, wirklich?«

»Von Herzen.«

»Liebe, kleine Käthe.«

»Bin ich denn so klein?« fragte sie lächelnd.

»Es soll von diesem Wörtchen sich für mich das

Recht ableiten, dich wie ein großer Bruder zu schützen und zu lieben. Gib acht, Käthe, ich schaffe dir mit meinem Nimbus als amerikanischer Nabob einen guten Abgang. Die Krähwinkler sollen dir alles abbitten, was sie dir angetan. Das zu erreichen wird meine Hauptbeschäftigung sein, solange ich hier bin.«

»Laß es lieber sein! Du schaffst dir damit nur neuen Ärger.«

»Schadet nichts. Ich muß doch etwas zu tun haben, sonst halte ich's nicht zwei Tage hier aus. Und ich bin dir Dank schuldig für die Art, wie du mich aufgenommen. Du freutest dich mit so ehrlichen, blanken Augen über meine Heimkehr! Dir galt der Mensch – nicht, was er erreicht hat.«

»Wahrhaftig, so ist es«, sagte sie warm.

»Viel leichter ist es mir durch deine Gegenwart geworden, über die Enttäuschung fortzukommen. Ich habe gefühlt, wie deine Augen sorgend an mir hingen während der ganzen Szene.«

Nun trat, rot vor Eifer, seine Mutter wieder ein. Line folgte ebenso rot und strahlend mit dem Eßgeschirr. Sie warf einen freudigen Blick auf Helmut.

Schnell deckte Käthe den Tisch, während Line die Speisen auftrug. Dann kam auch Karl Rodeck wieder herunter. Er hatte seine steife Würde wiedergefunden und behandelte Helmut mit einer Art gnädiger Herablassung. Aber er ließ Wein aus dem Keller heraufholen.

Und Frau Amalie sah zu, wie es ihrem Sohne schmeckte. Zum erstenmal war der verkniffene Zug um ihre Lippen gemildert.

Und dann mußte Helmut erzählen. Als er von seinem Unfall mit der Straßenbahn berichtete, legte seine Mutter wie im Schreck ihre Hand auf seinen Arm.

Er drückte seine Lippen auf ihre Hand. »Hätte es dir weh getan, wenn du gewußt hättest, was mir widerfahren ist, Mutter?«

Sie machte ein vorwurfsvolles Gesicht.

»Das ist doch selbstverständlich«, sagte sie gekränkt.

Er lachte und streichelte ihr die faltige Hand.

»Dann ist es gut, daß du es nicht wußtest. Es ist ja auch alles wieder heil.«

Und er erzählte weiter.

Diesmal wurde es später als zehn, ehe Rodecks zu Bett gingen. Line hatte inzwischen, nachdem sie Helmuts einstiges Zimmer instand gesetzt hatte, einen kleinen Abstecher zum Kaufmann gemacht. Sie mußte doch die Wundermär erzählen, daß der »junge Herr Helmut als schrecklich reicher Mann und als richtiger Doktor – aber nicht so einer, der die Leute gesund macht – aus Amerika zurückgekommen« war. Und daran knüpfte sie die tiefsinnige Betrachtung: »Nun wird er sich wohl eine Frau suchen.«

Als am andern Morgen die frischen Weißbrötchen in die Wohnungen gebracht wurden, erhielten die Leute als Gratiszugabe die Geschichte von Helmut Rodecks Heimkehr aufgetischt.

Schon am nächsten Tag stellte sich eine Menge Besucher bei Rodecks ein. Zumal töchtergesegnete Mütter tauchten auf, um sich bei der ›lieben‹ Fau Rodeck zu erkundigen, ob es wahr sei, daß ihr Sohn zurückkehrte.

Und Frau Amalie berichtete wieder und wieder mit Genugtuung. Wer aber Helmut Rodeck zu Gesicht bekommen wollte, der mußte zugleich Käthe mit in den Kauf nehmen. Helmut ließ seine Base nicht von seiner Seite. Und es amüsierte den jungen Mann riesig, die süß-sauren Gesichter zu beobachten, mit denen sich die Besucher an Käthe wandten. Im Lauf des Gesprächs, wenn die Mütter ihn neckisch fragten, ob er nun auch ans Heiraten denken würde, sagte er dann jedesmal ganz ernsthaft:

»Gewiß, ich beschäftige mich sehr lebhaft mit dem Gedanken. Da ich mich aber gar nicht auf das schöne Geschlecht verstehe, werde ich Käthe bitten, mir eine Frau auszusuchen.«

Hei – wie das wirkte! Käthe war mit einem Mal die zärtlich geliebte Busenfreundin aller heiratsfähigen und noch nicht versorgten jungen Damen. Sie konnte sich vor Einladungen kaum retten. Natürlich lehnte sie alle ab.

»Helmut, du hast mir da etwas Schönes aufgepackt! Es könnte zum Weinen sein, wenn es nicht so lächerlich wäre. Sie alle machen sich nun Hoffnung auf dich«, sagte sie zu ihm.

»Das heißt: Auf mein Geld und meinen Doktortitel«, erwiderte er skeptisch.

Sie sah neckend zu ihm auf.

»Nun, der Mann, der dazugehört, ist doch auch etwas wert.«

»Als Ding an sich, meinst du? Da urteilst du als meine Base nicht unparteiisch genug.«

Mit seinem Vetter Albert stand Helmut auf keinem guten Fuß. Der kriechende und vorsichtig sondierende Zahlenmensch war ihm ein Greuel, zumal er sehr wohl aus Käthes Bemerkung entnommen hatte, daß er ein niedriger Charakter war. Auch seine Gattin erfreute sich Helmuts Sympathie nicht. Sie war ihm gräßlich, ebenso ihre Eltern. Diese vier Personen waren durch Helmuts Auftauchen sehr unliebsam überrascht worden. Erst als sich herausstellte, daß er durchaus nicht auf die Lederhandlung reflektierte, kam man ihm etwas liebenswürdiger entgegen. Johanna erbot sich sogar, ihm eine Frau zu verschaffen. Er dankte jedoch sehr energisch und sagte, daß er damit bereits Käthe betraut hätte. Johanna schmollte ein wenig; da es aber gar keinen Eindruck machte, gab sie es wieder auf.

Mit einem feinen, gutmütigen Spottlächeln um den Mund sah er, wie sich das Verhalten seiner Eltern von Tag zu Tag änderte. Zwar kamen sie ihm nicht zärtlicher entgegen. Das lag nicht in ihrem Charakter. Aber sie zeigten ihm fast eine Art Respekt und waren stolz auf ihn, als wäre er durch sie geworden, was er war.

Äußerst unangenehm war den alten Leuten, daß Helmut mit Käthe eine so innige Freundschaft schloß; sie wagten jedoch nicht, dagegen zu protestieren; aber innerlich grollten sie ihr um so mehr.

Weder Rodeck noch seine Frau gönnten Käthe die zarte, ritterliche Fürsorge, die Helmut für sie an den Tag legte. Und wenn bei Tisch die beiden jungen Menschen über Sachen sprachen, die den Alten unverständlich waren, dann rückte Frau Amalie unruhig auf ihrem Stuhl und suchte das Gespräch zu unterbrechen. Tönte aber gar ein herzliches Lachduett von beider Lippen, dann sahen sich die alten Leute ganz betreten an.

Helmut stellte überhaupt das ganze Haus auf den Kopf. Es war jetzt ein fröhlicher Lärm, ein Singen und Türenzuschlagen in dem stillen Haus – so war es noch nie gewesen.

Auch Line war ganz außer Rand und Band. Wenn Helmuts frische, kräftige Stimme frühmorgens von oben herunterrief: »Line, mein Rasierwasser!« Hei, dann lachte sie schon über das ganze Gesicht und trippelte eilig hinauf, um das Gewünschte zu bringen. Und Helmut empfing sie sicher mit einem Scherzwort. Da war sie dann für den ganzen Tag vergnügt.

Es war erstaunlich, welche Fülle von Einladungen in diesen Tagen an die Familie Rodeck ergingen.

Seinen Eltern zuliebe fügte sich Helmut darein, sich auf diese Weise anfeiern zu lassen. Natürlich wurde Käthe jetzt stets mitgebeten. Für die beiden jungen Leute wurden diese Veranstaltungen zur Komödie, die sie einesteils amüsierte, andernteils erbitterte. Helmut wurde es unter diesen Umständen bald zu eng im Vaterhaus und in der kleinen Stadt, und Käthe merkte, daß er fieberte, wieder hinauszukommen.

Als sie eines Nachmittags allein im Wohnzimmer waren und Helmut unruhig auf und ab ging, sagte sie lächelnd:

»Du kommst mir vor wie der gefangene Löwe im Käfig. Ich sah oft solche Tiere in Menagerien auf dem Jahrmarkt. Die liefen auch immer so ruhelos auf und ab, als spähten sie nach einer Möglichkeit, auszubrechen.«

Er trat an ihre Seite. Sie saß am Fenster, mit einer Näherei beschäftigt.

»Wie du mich verstehst, Käthe!«

Sie sah freundlich zu ihm auf.

»Das ist gar nicht schwer für mich. Ich glaube, wir haben sehr verwandte Empfindungen.«

Er kramte abwesend in ihrem Nähkörbchen.

»Daß ihr Frauen immer irgendeine Näherei in den Händen haben müßt. Man kann kein vernünftiges Wort mit euch reden.«

Sie lachte leise. Ein schelmischer Ausdruck, der ihrem sonst so ernsten Gesicht zum Entzücken stand, trat in ihre Augen.

»So rede unvernünftig mit mir«, sagte sie neckend.

Er wühlte noch immer gedankenlos in dem Körbchen herum. Da schob sich unter den Wollfäden ein Brief hervor. Er zuckte zurück, als habe er sich verbrannt.

»Heilige Kümmernis – ein Liebesbrief im Nähkorb! Poesie und Prosa so dicht nebeneinander«, rief er scherzend. Aber seine Augen sahen dabei mit einem eigenartig schmerzlichen Blick auf das Briefchen herab.

Käthe war errötet und neigte sich über ihre Arbeit. Sie sah unbeschreiblich lieb und anmutig aus. Er blickte sie an, und das Herz tat ihm weh.

»Diesmal stehen auch sehr prosaische Sachen in dem Brief. Von Wohnungsuchen und Möbelkäufen, von den Papieren, die zur Trauung nötig sind, und dergleichen«, sagte sie leichthin.

»Dies alles gehört aber zu Liebe und Heirat, folglich ist es poetisch.«

»Du scheinst sehr genau Bescheid zu wissen. Am Ende willst du wirklich heiraten? Soll ich dir im Ernst eine Frau aussuchen – oder hast du schon selbst gewählt?«

»Um Himmels willen – ich tauge nicht zur Ehe! Am Ende liefe ich meiner Frau auch davon wie meinen Eltern. Ich bin ein unbeständiger Geselle.«

»Nein, das bist du sicher nicht! Und wenn die Rechte kommt, dann wirst du dich gern halten lassen.«

»Meinst du?«

»Ganz gewiß.«

Er sah auf sie nieder. Sein Blick wurde unsicher und unklar. Er seufzte auf.

»Für mich kommt die Rechte nicht mehr, Käthe«, sagte er schwer.

Sie sah erschrocken in sein Gesicht.

»Helmut, du sagst das so traurig – hast du eine trübe Erfahrung gemacht?«

Er schüttelte die schwermütige Stimmung ab und versuchte zu scherzen.

»Sieh mich nur nicht so mitleidig an, kleine Käthe! Darüber komme ich auch noch fort.«

»Aber du liebst – und deine Liebe ist hoffnungslos, nicht wahr?«

»Solchem dringenden Forschen darf ich mich nicht entziehen. Nun ja, kleine Käthe, ich glaube, ich habe mein törichtes Herz recht fest an ein liebes Mädchen gehängt. Die war für mich die Rechte und ist doch die Falsche. Sie ist mir verloren – gehört einem andern an.«

Sie faßte seine Hand und sah ihn voll inniger Teilnahme an.

»Helmut – lieber Helmut!«

Es wallte ihm heiß zum Herzen. Am liebsten hätte er sie an sich gerissen und gerufen: ›Du bist es, Käthe, dich liebe ich, und daß du mir verloren bist, tut mir weh!‹

Er zog unvermittelt seine Hand aus der ihren und trat zurück ins Zimmer, um seine Wanderung wieder aufzunehmen. Sie sah ihm ganz erschrocken nach. Er fühlte es, obgleich er sie nicht ansah. Da zwang er sich zur Ruhe.

»Verzeih meine Rauhheit, Käthe! Es war nicht bös gemeint. Manche Wunde verträgt keine Berührung. Bist du mir böse?«

Sie schüttelte verneinend den Kopf und sah ihn ernsthaft an.

»Nein, Helmut, wie könnte ich dir böse sein? Ich muß dich um Verzeihung bitten, daß ich dich mit unbedachten Worten quälte. Ach – wenn ich dir doch helfen könnte; es tut mir so weh, daß du nicht glücklich bist!«

Er machte schon wieder ein heiteres Gesicht.

»Liebe Seele, sei ruhig! Das Leben hat auch so Schönes und Gutes genug für mich. Man muß nicht alles haben wollen. Mach nicht so ein trübes Gesicht, Käthe! Du siehst viel schöner aus, wenn du lachst.«

Seine heiteren Worte beruhigten sie. Ein Mann empfand wohl in solchen Dingen nicht so tief wie eine Frau. Aber sie zerbrach sich nach Frauenart doch den Kopf ein wenig, wie wohl die Frau beschaffen sein mußte, die Helmut liebte. Sie beschäftigte sich in der nächsten Zeit sehr viel mit diesem Gedanken. Jetzt stickte sie scheinbar ruhig weiter, aber hinter ihrer Stirn arbeitete es unausgesetzt.

Eine Weile blieb es still zwischen den beiden. Dann sagte Helmut plötzlich:

»Ich muß fort, heute noch – oder spätestens morgen. Die Heimatluft bekommt mir nicht. Man kommt nur auf dumme Gedanken.«

Sie ließ die Arbeit sinken.

»So bald schon? Du wolltest doch länger bleiben?«

»Ich kann nicht«, sagte er rauh.

Nach einer Weile fuhr er ruhig fort:

»Rede mir nicht dagegen, Käthe, halte du mich nicht! Ich werde schon Not haben, Vater und Mutter zu überzeugen, daß ich fort muß. Glaub mir, es ist besser für mich! Ich muß Arbeit haben, das Stillsitzen halte ich nicht aus.«

Sie legte ihre Arbeit zusammen und trat zu ihm. Ihre Hand auf seinen Arm legend, sah sie voll warmen Verständnisses in seine Augen.

»Ich werde dich nicht halten, Helmut, denn ich sehe, dich treibt es fort. Aber eine große Bitte habe ich an dich: Komm zu meiner Hochzeit nach Chemnitz! Sie findet am 8. Oktober statt. Keiner von meinen Angehörigen wird zugegen sein. So tu mir die Ehre an!«

Er biß die Zähne zusammen, um seine Fassung nicht zu verlieren. Dann sagte er mit sonderbar belegter Stimme:

»Du weißt, daß ich bereit bin, dir jedes Opfer zu bringen. Wenn du es unbedingt wünschest, werde ich kommen. Aber – ich bitte dich, verlang es nicht von mir –, denke, so eine Hochzeitsfeier wühle alte Schmerzen in mir auf!«

Sein Ton und sein Gesichtsausdruck bewegten sie.

»Nein, Helmut – dann nicht, das will ich nicht. Verzeih mein Ungeschick!«

Er erzwang ein Lächeln.

»Laß gut sein, Käthe! Vielleicht besuch ich dich später einmal – dich und deinen Gatten. Und inzwischen schreibst du mir fleißig, wie es dir geht, und ich berichte dir von meinem Leben. Wir wollen uns nicht wieder verlieren, nicht wahr? Wie an ein liebes Schwesterchen, an eine verständnisvolle Freundin will ich an dich denken und mich freuen, daß es einen Menschen auf der Welt gibt, der mich liebhat, der mich ganz versteht.«

»Ja, Helmut, ich habe dich sehr lieb«, sagte sie warm, schlang ihren Arm um seinen Hals und küßte ihn herzlich auf den Mund.

Wie ein Feuerstrom schoß es warm durch seinen Körper, und sein Herz klopfte stark mit schweren Schlägen. Aber kein Laut, kein Blick verriet ihr, wie es um ihn stand.

Käthe mußte dann hinausgehen, um im Haushalt tätig zu sein. Helmut sah der entschwindenden Gestalt nach.

»Daß es mich so gepackt hat«, sagte er leise vor sich hin. Er sank in einen Stuhl und brütete vor sich hin.

Ob Käthe wohl glücklich wurde mit dem Mann, dem sie ihr Herz geschenkt? Ob er ihrer wert war? Künstlerehen sind selten glücklich. Und überhaupt – wie würde dieses lautere Geschöpf, das in engen, strengen Verhältnissen aufgewachsen war, sich in der neuen Atmosphäre fühlen? Würde sie sich zurechtfinden in den veränderten Verhältnissen mit ihrem feinfühligen Empfinden? Wohl sehnte sie sich nach freieren Lebensanschauungen – aber hier kam sie unvermittelt von einem Extrem ins andere.

Heiße Zärtlichkeit wallte in ihm auf. Was hätte er darum gegeben, wenn er sie in seine Arme hätte nehmen dürfen, um sie vor allem Leid zu schützen!

Und dann redete er sich zum Trost ein, daß doch vielleicht alles gutgehen könnte. Vielleicht fände sie sich doch zurecht und meisterte die Verhältnisse. Es gab solch sieghafte Naturen, die über der Situation standen. Hatte sie sich doch auch hier tapfer gewehrt gegen geistige Abstumpfung und Engherzigkeit. Hatte sie doch mutig den Kampf um ihre Liebe aufgenommen und sich nicht unterkriegen lassen.

9

Am Abend desselben Tages, als Rodecks bei Tisch saßen, sagte Helmut zu seinen Eltern: »Ich muß euch doch früher verlassen, als ich dachte. Eine Nachricht, die ich erhielt, ruft mich schon morgen nach Berlin.«

Die alten Leute sahen erstaunt auf. Seine Mutter war ganz bestürzt. »Aber das geht doch nicht, Helmut! Du vergißt das Picknick.«

»Welches Picknick?«

»Mein Gott, daß du das vergessen hast! Man hat doch dir zu Ehren morgen ein Picknick geplant. Alles ist schon vorbereitet. Die Wagen, die uns nach dem Leislinger Forst bringen sollen, sind für morgen früh um neun Uhr bestellt. Und im Leislinger Gasthof soll nachher ein Tänzchen stattfinden für die jungen Leute. Nein, Helmut, das darfst du mir nicht antun; morgen mußt du noch bleiben.«

»Nun gut, Mutter – ich bleibe morgen noch und verherrliche euer Picknick. Sogar das Tanzbein will ich schwingen bis zur gänzlichen Auflösung. Aber übermorgen früh muß ich fort.«

»Es ist doch keine unangenehme Nachricht, die du erhalten hast?« fragte Karl Rodeck.

Helmut wurde ein wenig verlegen, weil er diese Nachricht nur fingiert hatte.

»Nein, nein – nichts von Bedeutung. Ich habe nur noch allerlei zu erledigen.«

»Dann will ich mich beeilen, daß ich die Socken für dich noch fertig bekomme. Es sind dann sechs Paar, die du mitnehmen kannst. Bis Weihnachten erhältst du noch ein Dutzend Paar.«

»Aber, Mutter, weshalb quälst du dich nur damit herum? Man kauft doch die Strümpfe sehr billig und schön.«

»Geh mir damit! Das ist Firlefanz, der nicht hält. Die reinen Spinnweben hast du in deinem Koffer. Da bekommst du im Leben keinen warmen Fuß.«

Er lachte und streichelte ihr die Hand. Warum sollte er ihr den Spaß verderben?

»Richtig, schön warm halten sie schon, deine Strümpfe. Wenn du dich also wirklich aufopfern willst, dann stricke mir noch welche.«

»Das tue ich ganz gewiß. Und noch eins, Helmut: Die feinen Faltenhemden, die du trägst, die mußt du mir zum Waschen herschicken. In Berlin bei den Waschfrauen oder gar in den Waschanstalten wird solche feine Wäsche ruiniert.«

»Ich will daran denken, Mutter. Also, Käthe – morgen gehen oder fahren wir zum Picknick in den Leislinger Forst. Und dann werden wir einen Walzer zusammen tanzen. Darauf freue ich mich. Und auf den Forst. Als Knabe bin ich da oft gewesen, hauptsächlich in der Beerenzeit. Die Haselnüsse müssen nun auch reif sein. Es gibt Unmengen da draußen. Herrgott – da wird es wimmeln vor lauter Erinnerungen! Die ersten Schneeglöckchen und die letzten Nüsse – was alles dazwischen liegt – lauter wilde und ungestüme Jugendlust! Schade, daß so viel Menschen dabei sind, die einem die Stimmung verderben.«

»Aber, Helmut, es sind doch lauter gute Freunde und Bekannte«, sagte seine Mutter vorwurfsvoll.

»Trotzdem, Mutter – manchmal ist man viel lieber allein. Aber sei nur nicht gekränkt! Sollst deine Freude an mir haben. Ich will morgen so liebenswürdig zu allen sein, daß man mich ungern scheiden läßt. Und nun, wenn ihr es erlaubt, gehe ich mit Käthe noch einmal auf den Klemmberg hinauf. Will noch mal auf mein Heimatstädtchen herabschauen. Wenn es so im Abendfrieden vor mir liegt, dann kann ich vergessen – nein, nichts Bitteres mehr! Also adieu, in einer Stunde sind wir zurück. Du kommst doch mit, Käthe?«

Diese erhob sich sofort. »Gern, Helmut.«

Sie verließen gleich darauf das Haus. Es lag schon Dämmerung über dem Lande.

Schweigend schritten die beiden jungen Menschen den schmalen Pfad empor zum Klemmberg. Dieser erhob sich dicht hinter dem Städtchen, etwa zu Kirchturmshöhe. Alles andere Land ringsum war Ebene. Deshalb hatte man einen weiten Blick von diesem Hügel, der sich Berg nannte. Zwischen ihm und der Stadt zog sich der Fluß dahin. Eine schmale Brücke verband die beiden Ufer.

Von oben übersah man das ganze Städtchen. Helmut blieb aufatmend stehen, als er oben war, und nahm den Hut ab, um sich die kühle Luft um die Stirn wehen zu lassen.

Käthe ließ sich auf der schlichten Holzbank nieder und sah wie Helmut schweigend auf das friedliche Bild hernieder.

In den Häusern wurden nach und nach die Fenster hell. Und der Mond stieg empor und leuchtete klarer und klarer vom Himmel hernieder. Leichte Nebel stiegen vom Fluß herauf.

Er trat zu Käthe heran und blieb dicht vor ihr stehen.

»Warum sprichst du nicht, Käthe?«

»Weil ich fühle, daß du lieber schweigen wolltest als reden.«

»Du bist sehr feinfühlig. Sieh hinab auf das friedliche Bild! Sieht das Städtchen in dieser magischen Beleuchtung nicht aus wie eine Heimstätte friedfertiger, abgeklärter Geister? Aber es ist nur ein Trugbild. Da unten hinter den blinkenden Fenstern zernörgeln sich kleinliche Menschen die heiligsten Güter, die ihnen die gütige Natur verliehen. Gott schuf den

Menschen ihm zum Bilde. Sie machen ein Zerrbild daraus.«

Käthe suchte im bleichen Mondlicht mit den Augen sein Gesicht. Es schien blaß und wie im Schmerz verzogen.

Sie stand auf und nahm seine Hand.

»Komm, Helmut – laß uns hinabgehen, du bist in einer Stimmung, in der dir dieser Anblick nicht gut tut.«

Hand in Hand schritten sie hinab. Und von der schlanken, kühlen Mädchenhand strömte ein beruhigender Zauber in sein unruhiges Herz.

Am andern Morgen um neun Uhr hielt ein Kremser vor Rodecks Haus.

Bürgermeisters, Albert, Johanna und noch vier andere Personen hatten bereits darin Platz genommen – zwei junge Mädchen, Johannas Freundinnen, eine kleine rundliche Frau, die Mutter der beiden, und der Herr Provisor aus der Apotheke. Dazu kamen nun die alten Rodecks, Käthe und Helmut. Es blieben noch zwei leere Plätze im Wagen. Die wurden von einer Tanzstundenfreundin Käthes und deren Mutter eingenommen, die in der Nachbarschaft wohnten. Der Vater der jungen Dame sollte noch auf dem Bock neben dem Kutscher untergebracht werden. Das litt aber Helmut nicht. Er sprang aus dem Wagen, half dem alten Herrn sehr energisch hinein und stieg selbst auf den Bock.

Das war nun gar nicht den Wünschen der jungen Damen entsprechend. Dazu hatte man sich doch nicht mit Mühe und Not die Plätze in diesem Wagen erobert.

Die Stimmung war sehr flau. Außerdem war es kühl und die Luft feucht vom verdunstenden Nebel.

Wohl versprach das Wetter schön zu werden. Aber die feuchte Luft löste die zierlich gebrannten Löckchen der jungen Damen auf, und sie wußten, das sah sehr unschön aus.

Mühselig schleppte sich die Unterhaltung hin, während Helmut droben auf dem Bock vor sich hinpfiff. Käthe erbarmte sich schließlich. Sie saß direkt hinter Helmut im Wagen, nur durch einen grauen Leinenvorhang von ihm getrennt. Sie schob den Vorhang zur Seite.

»Helmut – wir möchten trotzdem von deiner Gesellschaft profitieren. Wenn du dich umwendest, bist du mitten unter uns.«

Er bückte sich ein wenig, stützte sich auf den Sitz mit beiden Armen und sah lachend in den Wagen hinein.

»Zwar etwas unbequem, doch es geht. Grüß Gott, Herrschaften! Sehr erfreut, Sie so bald wiederzusehen.«

Und nun trieb er tausend Possen und Tollheiten. Die jungen Damen kreischten vor Vergnügen; das bürgermeisterliche Ehepaar wollte sich ausschütten vor Lachen, und selbst Karl Rodeck und seine Gattin verzogen die schmalen Lippen zu einem Lächeln.

Helmut sah von allen Gesichtern nur das von Käthe. Er sah sie zu gern lachen. Und ihre roten Lippen und die weißen Zähne schimmerten dicht vor seinem Gesicht. Die weiche, zarte Haut ihrer Wangen hatte eine rosige Färbung angenommen, und ihrem Haar entströmte ein eigenartiger Duft, der ihn immer mehr erregte.

Und er machte Witze und Schnurren, um das sehnende Verlangen nach ihr ein wenig zu betäuben.

Ein Glück, daß er morgen fortging. Länger konnte

er es nicht ertragen, äußerlich ruhig neben ihr herzugehen.

Die Liebe zu Käthe hatte ihn mit Allgewalt erfaßt. Noch nie hatte er so tief und stark den Zauber holder Weiblichkeit empfunden.

Vor dem Städtchen traf man mit drei andern Wagen zusammen, die ebenso dicht besetzt waren als dieser. Nun begrüßte man sich umständlich. Auch hierbei sorgte Helmut für eine fröhliche Stimmung. Nicht nur den jungen Mädchen, sondern auch den Müttern machte er auf Tod und Leben den Hof, und zwar in einer Weise, die niemand verletzen konnte.

Nach kurzem Aufenthalt ging es weiter bis tief in den Leislinger Forst hinein. An einer Quelle wurde der Lagerplatz aufgeschlagen. Geschäftiges Treiben begann.

Helmut hatte einen Korb Sekt gestiftet, als Revanche für die an ihn ergangenen Einladungen. Die Flaschen wurden in dem kühlen, klaren Quellwasser verstaut.

Es war inzwischen sonnig und warm geworden. Das Frühstück wurde mit großem Appetit eingenommen. Danach wurden allerlei Spiele arrangiert, wobei es Preise gab, hauptsächlich für die jungen Damen. Helmut hatte in dem einzigen Konfitürengeschäft des Städtchens am frühen Morgen zu diesem Zweck sämtliche Bonbonnieren gekauft, die vorrätig waren.

Die teilte er selbst aus an die Siegerinnen im Wettlaufen, Topfschlagen und ähnlichen Spielen.

Käthe stand wie eine junge Königin zwischen den herzlich unbedeutenden jungen Damen. Zuweilen tauschte sie einen lächelnden Blick mit Helmut, der sich noch einmal willig dem Zauber ihrer Persönlichkeit unterwarf. Morgen war es ja doch zu Ende.

Später schlug er vor, man müsse Haselnüsse suchen. Er wüßte noch genau all die Stellen, wo viele zu finden wären. Der Vorschlag wurde begeistert aufgenommen. Die Väter und Mütter blieben bei den Proviantkörben und Sektflaschen und ergingen sich in Lobeserhebungen über ›den reizenden Herrn Doktor‹. Frau Amalie strahlte, und Karl Rodeck machte ein Gesicht, als wollte er sagen:

›Kunststück – er ist doch mein Sohn!‹

Das junge Volk brach unter Helmuts Führung zur Nußernte auf. Auch Doktor Krüger und seine Braut waren dabei. Zwischen Helmut und ihm bestand eine sehr starke Antipathie. Krüger ärgerte sich im stillen, daß Helmut Käthe so nachdrücklich wieder in Geltung gesetzt, und Helmut grollte dem Arzt, weil er Käthe böse Stunden bereitet hatte. Die beiden Männer verkehrten trotzdem höflich miteinander.

Bald waren alle intensiv mit Auspflücken beschäftigt. Nur Helmut und Käthe waren übrig. Er zog ihren Arm durch den seinen.

»So, Käthe – für eine Stunde will ich mich nun von meinem Schwerenöterposten freimachen. Komm, wir schlagen uns tiefer in den Wald, wo uns niemand stört. Mich verlangt herzlich danach, allein zu sein.«

»Bin ich dabei nicht zu viel?«

Er sah sie an, wie sie, vom Sonnenlicht überstrahlt, in dem schlichten weißen Kleid vor ihm stand. Das Haar war ihr vom Laufen und Herumstreifen zerzaust. Das zarte, schöne Gesicht war gerötet, die blauen Augen strahlten und leuchteten, und der tiefrote Mund lächelte ihm zu. Er seufzte tief auf.

»Nein – du nicht, Käthe.«

Sie gingen nebeneinander auf dem schmalen Waldweg, ohne zu sprechen. Plötzlich blieb Käthe stehen.

»Bitte, warte einen Augenblick! Ich muß mein Haar in Ordnung bringen, es löst sich auf«, sagte sie lächelnd.

Unbefangen hing sie ihren leichten Strohhut an einen Ast und zog die Kämme aus ihrem Haar.

»Bitte, halte die einen Augenblick«, sagte sie und legte die Kämme in seine Hand. Die schweren dunklen Locken fielen auf das weiße Kleid herab. Sie strich mit einem kleinen Zierkamm das Haar zurück und steckte flink und gewandt die Locken wieder auf. Und er stand vor ihr und nahm das liebliche Bild in sich auf.

Wie sie, die Arme über den Kopf gehoben, den schlanken, edel gerundeten Körper reckte, so daß die herrlichen Linien voll zur Geltung kamen, bot sie einen entzückenden Anblick. Das Waldesgrün und die Sonnenstrahlen bildeten Hintergrund und wirksame Beleuchtung. Helmut vergaß dieses Bild nie, und so oft er später an Käthe dachte, sah er sie immer so vor sich.

Ahnungslos, was dabei in ihm vorging, beendete sie ihre Toilette, zog einen Taschenspiegel hervor und betrachtete sich.

»So – nun bin ich wieder manierlich, entschuldige die Unterbrechung.«

Dann gingen sie weiter.

Nach einer Weile fragte Käthe:

»Also es bleibt bei deinem Entschluß, morgen abzureisen?«

»Ja, morgen früh geht's nach Berlin zurück.«

»Wie wird es dir gefallen? Du bist doch auch der dortigen Verhältnisse entwöhnt.«

»Das tut nichts. Großstädte haben alle eine gewisse Ähnlichkeit miteinander. Und Berlin ist mir von früher bekannt und vertraut. Übrigens finde ich auch dort gleich sympathischen Anschluß. Ich erzählte dir doch von meinem Gönner, bei dessen Bruder ich Hauslehrer war. Dieser Herr ist der Hauptaktionär unseres Unternehmens. In seinem Haus finde ich freundliche Aufnahme.«

»Hat er Kinder?«

»Ja, eine Tochter, die aber bereits verheiratet ist.«

»Kennst du sie?«

»Sehr gut, ich habe ihr französische und italienische Stunden gegeben, ehe ich nach Amerika ging. Dadurch wurde ich mit meinem Gönner bekannt. Sie hat dann später geheiratet.«

Käthe schwieg und grübelte.

War es vielleicht diese Frau, die Helmut liebte und auf deren Besitz er verzichten mußte? Ob sie wohl sehr schön war? Ob er noch sehr darunter litt? Sie hängte sich zutraulich in seinen Arm, ohne zu reden. Wenn es so war, wie sie annahm, dann durfte sie nicht mehr mit ihm über sie sprechen, es würde ihm weh tun.

»Nun, Käthe – warum so still?«

Sie sah freundlich zu ihm auf.

»Wenn ich mit dir allein bin, fällt es mir gar nicht auf, daß wir schweigen.«

Er nickte. »Es ist auch kaum Schweigen zu nennen, wenn zwei Menschen, die sich kennen und verstehen, nichts miteinander reden. Zwischen verwandten Seelen ist Schweigen oft beredt genug. Ich wußte jetzt ganz genau, was du dachtest.«

Sie blickte errötend und fragend in sein Gesicht.

»Das ist ja eine ganz gefährliche Fähigkeit von dir, immer zu erraten, was ich denke. Aber bitte, laß uns von etwas anderem sprechen – ich möchte nicht noch einmal an deine alte Wunde rühren. Schau, ein Eichkätzchen! Wie flink es hinaufklettert!«

Er tat ihr lächelnd den Gefallen und unterhielt sich mit ihr über das behende braune Tierchen. Es war ja einerlei, ob sie dachte, sein Herz gehöre der Tochter seines Gönners. Um so unbefangener blieb sie ihm gegenüber, um so leichter wurde es ihm, sie über sein Empfinden zu täuschen.

Arm in Arm wandelten sie weiter.

Da teilten sich plötzlich die Zweige, und Albert Rodeck stand mit spöttischem Lächeln vor ihnen.

»Ah – ich sehe, ihr sucht keine Nüsse«, sagte er.

Helmut maß ihn von oben bis unten mit einem scharfen, verächtlichen Blick.

»Ebensowenig wie du.«

»Ich wollte lieber spazieren gehen, ebenso wie du. Leider hatte ich nicht eine so schöne Begleiterin auf meinem einsamen Spaziergang.«

»Du hättest deine Frau mitnehmen sollen«, erwiderte Helmut ironisch. »Wir kehren jetzt um – also viel Vergnügen, du gehst doch noch weiter?«

»Nein, wenn ihr gestattet, schließe ich mich euch an. Es ist ja auch der Leute wegen besser, wenn ihr nicht so allein zurückkommt. Eine Braut muß auch den Schein wahren«, sagte Albert boshaft.

»Und du wahre deine Zunge, mein Lieber«, rief Helmut. »Es gibt hier genug böse Klatschmäuler, brauchst diese löbliche Zunft nicht noch vergrößern. Du verstehst es freilich vorzüglich, den ›Schein‹ zu wahren – auf das Sein legst du wohl weniger Gewicht.«

Albert warf einen giftigen Blick auf Käthe. Sie hatte wohl geklatscht.

Das junge Mädchen sah ihn jedoch furchtlos an.

»Ich verstehe nicht, was du damit sagen wolltest«, sagte er verbissen.

»Um so besser für dich. Wenn du aber wünschest, daß ich deutlicher werde, so stehe ich nachher unter vier Augen zu Diensten. Und noch eins. Wenn es dir einfallen sollte, Käthe mit albernem Gerede wieder bei den Leuten in Mißkredit zu bringen – dann mach dich auf allerhand gefaßt.«

Albert erschrak.

»Aber, Helmut, wie sonderbar sprichst du zu mir!« sagte er mit süßlicher Freundlichkeit. »Käthes Ruf ist mir ebenso heilig wie dir, sie ist meine Verwandte so gut wie die deine. Und daß ich ihr sehr wohlgesinnt bin, weiß sie auch. Nicht, Käthe?«

Die sah ihm ruhig und ernst in das gerötete Gesicht.

»Lassen wir das Thema. Komm, Helmut, laß uns schneller gehen! Ich glaube, die Nußernte ist zu Ende.«

Sie schritt schnell voran. Die beiden Männer folgten. Sie waren seit dieser Stunde unversöhnliche Feinde.

Man hatte wirklich gute Nußernte gehalten, und alle schritten fröhlich zum Essen, das unter Scherzen und Lachen und reichlichem Zuspruch des von Helmut gestifteten Sektes eingenommen wurde.

Danach stellte sich ein allgemeines Ruhebedürfnis ein, dem man nachkam, bis man sich um sechs Uhr in den Gasthof begab, wo das junge Volk zu tanzen begann.

Auch Helmut tanzte unverdrossen mit allen jungen Mädchen der Reihe nach. Erst ganz zuletzt holte er sich Käthe zu einem Walzer. Sie hatte wenig getanzt und lächelnd zugeschaut, wie er sich aufgeopfert hatte.

»Armer Helmut, du hättest bei diesem letzten Tanz lieber ausruhen sollen.«

Er legte den Arm um sie und führte sie leicht und sicher davon.

»Ich habe mir das Beste bis zuletzt aufgehoben, Käthe. Darauf verzichte ich nicht – du tanzest wundervoll ...«

»Weil du gut führst. Man wird gar nicht müde dabei.«

Und ihm war es, als sei es ihm unmöglich, sie aus seinen Armen zu lassen. Als der Tanz zu Ende war, trat er jedoch äußerlich ruhig zurück und gab sie frei.

Kurze Zeit darauf wurde die Heimfahrt angetreten.

Diesmal saß Helmut während der ganzen Fahrt auf dem Bock, ohne ein Wort zu reden. Hinter ihm im Wagen wurde gesungen, erst im Chor. Dann hob sich nur eine Stimme hervor, die andern verstummten ganz. Es war Käthe, die mit ihrer klaren, schönen Altstimme ein altes Lied sang. Es klang so schön und herzbewegend, daß alle still zuhörten. Der einsame Mann draußen auf dem Kutschbock hörte mit dem Herzen zu.

Erst als sich Helmut von der Gesellschaft verabschiedete, erzählte er, daß er morgen schon abreise. Das gab ein Fragen und Bedauern! Er konnte nur loskommen mit der Versicherung, bald wiederzukommen. In den süßesten Tönen rief man ihm »Auf Wiedersehen!« zu.

Helmut war abgereist, und es war nun wieder still in dem grauen, nüchternen Haus. Kein Lachen mehr, kein Singen und Türenschlagen. Nur der scharfe Ledergeruch war geblieben.

Käthe empfand die Veränderung sehr, und mehr als

je sehnte sie sich danach, das Haus zu verlassen. Langsam rüstete sie zum Aufbruch. Sie teilte Onkel und Tante mit, daß sie am sechsten Oktober abzureisen wünschte. Kein Wort des Bedauerns wurde laut. Der Onkel sagte ihr, daß er ihr Vermögen einem Chemnitzer Bankier überwiesen habe, bis auf einige tausend Mark, die sie wohl zu ihrer Ausstattung benötige. Er übergab ihr das Geld und eine Abrechnung. Sie mußte die Quittung unterschreiben. Alles ging kühl und streng geschäftsmäßig vor sich.

Nur die alte Line, welche ihr bei ihren Reisevorbereitungen half, klagte und jammerte.

Als Käthe aber zuletzt Abschied nehmend, vor den alten Leuten stand, die ihr die Eltern hätten ersetzen sollen, ward ihr doch weich ums Herz. Mit bebender Stimme dankte sie ihnen für alles, was sie an ihr getan, und bat um Verzeihung, wenn sie ihnen Trübes hatte zufügen müssen. Aber man antwortete ihr nur mit kühlen Ermahnungen und gleichgültigen Abschiedsworten. Da verschloß sich ihr Herz.

Line begleitete sie zur Bahn.

Als der Zug abfuhr, winkte sie noch einmal zurück.

Der Bahnsteig war menschenleer. Nur die alte Magd hob sich scharf wie eine Silhouette davon ab.

Käthe sank in die Polster und weinte herzbrechend.

Nur eine alte Magd hatte ihr das Geleit gegeben, die einzige, die in Liebe ihrer gedenken würde. Endlich faßte sie sich.

›Vorwärtsschauen – nicht zurück.‹ Das war nun ihr Wahlspruch.

Georg Wigand und Frau Anna Berthold empfingen Käthe in Chemnitz auf dem Bahnhof. Als sie den geliebten Mann vor sich sah, war alles andere vergessen über der Seligkeit seines Anblicks. Strahlend vor Glück schritt sie zwischen ihm und Frau Berthold ihrer vorläufigen Behausung zu.

Georg konnte nur einige Stunden mit Käthe zusammenbleiben, er mußte ins Theater. Aber Frau Berthold war für den Abend frei und nahm Käthe mit in ihre Wohnung; da sah es doch wohnlicher aus und aufgeräumter als in ihrer Mietswohnung in Käthes Heimatstädtchen!

Der Tisch war gedeckt und Kaffeegeschirr nebst einem Teller voll kleiner Kuchen aufgestellt. Kaffee gab es bei Frau Anna zu allen Tageszeiten, und wenn sie jemand was Gutes antun wollte, dann mußte er Kaffee mit ihr trinken.

Und Käthe trank ohne Widerstreben, obwohl sie gar nicht gewöhnt war, um diese Zeit Kaffee zu sich zu nehmen. Die alte Dame erzählte inzwischen allerlei, was Käthe nach ihrer Ansicht interessieren konnte. Sie gab ihr Ratschläge, wo sie für ihre Ausstattung gut einkaufen konnte, und erklärte sich bereit, sie zu begleiten, wenn es notwendig sei.

So verstrich der Abend schnell genug. Nach zehn Uhr kam Georg mit Hieronymus Berthold aus dem Theater. Die vier Personen gingen dann in ein Restaurant, um zu Abend zu essen. Käthe war erstaunt, daß man es so spät tat.

»Du wirst dir eine ganz neue Lebensweise angewöhnen müssen, Käthe. Wir speisen immer erst nach der Vorstellung und gehen spät zu Bett. Wird dir das schwerfallen?«

Sie schüttelte lächelnd den Kopf.

Auf dem Weg zum Restaurant ging das junge Paar vor dem alten her. Georg flüsterte Käthe Liebesworte zu.

»Gottlob, daß dies Warten ein Ende nimmt! Liebste, ich will froh sein, wenn ich mit dir im eigenen Nest sitze! Wie ich mich darauf freue, liebes süßes Mädel! Hast du dich auch nach mir gesehnt?«

Sie drückte seinen Arm und sah strahlend vor Glück zu ihm auf. »Du weißt nicht, was du mir bist, sonst fragtest du nicht so.«

Im Restaurant wurden sie von Kertner und Hartenberg erwartet. Die beiden Herren sollten Trauzeugen sein; deshalb hatte Georg sie zum Kommen aufgefordert, um sie seiner Braut vorzustellen. Käthe begrüßte sie freundlich, und Georg freute sich, daß sie unbefangen und mit klugen, verständigen Worten sich an der Unterhaltung beteiligte. Er hatte gefürchtet, sie würde sich mit kleinstädtischer Befangenheit ausschweigen. Über Hartenbergs komisch überschwengliche Weise lachte sie herzlich, und Kertner machte einen sehr günstigen Eindruck auf sie. Seine zurückhaltende Art und seine kluge Unterhaltung gefiel ihr besonders. Sein im Grunde häßliches Gesicht zog sie an wie das eines Freundes, und der Blick seiner lebhaften schwarzen Augen sprach ihr von warmer Sympathie. Zuweilen nahm er etwas Rätselhaftes an, das sie nicht verstand. Fast sah es wie Mitleid aus.

Die Unterhaltung war leicht und fließend. Sie berührte alle Gebiete. Das war ein Genuß für das junge Mädchen. Sie wurde schnell warm in dem kleinen Kreis.

Hartenberg, der inzwischen bereits eine neue unglückliche Liebe im Herzen trug, riß diese sehr energisch heraus. Er schwärmte von neuem für Käthe und ließ seine vergnügten Augen nicht von ihrem Gesicht.

Als man sich an diesem Abend trennte, hatte Käthe

in Hartenberg einen neuen Anbeter, in Kertner einen ergebenen Freund gewonnen. Da er sie nun kannte, tat sie ihm doppelt leid, weil er genau wußte, daß sie auf die Dauer mit Wigand nicht glücklich werden konnte.

Auf ihrem gemeinsamen Heimweg klagte Hartenberg seinem Freund sein Leid. »O Ironie des Schicksals«, jammerte er, »was kann es Grausameres geben, als bei der Hochzeit der heimlich Angebeteten mit einem andern den Trauzeugen spielen zu müssen!«

»Du – tu mir den Gefallen und bete sie noch heimlicher an, damit ich nichts mehr davon höre«, antwortete Kertner und fügte ernst hinzu: »Ein liebes Ding ist sie schon, Jungchen, so etwas gibt es nicht oft. Meinetwegen verehre sie – aber mit Geschmack. Für deine läppische Anhimmelei ist sie zu gut. Frauen, wie sie eine ist, sind ein ganzes, volles Mannesleben wert. Eure verzettelten Gefühle sind zu wertlos. Behaltet sie für euch.«

10

Käthes Hochzeit war nur von denselben sechs Personen gefeiert worden; Wigand wollte seine Frau erst später mit seinen übrigen Kollegen bekannt machen; er hatte allen eine große Festlichkeit versprochen.

So lebte das junge Ehepaar in der ersten Zeit sehr zurückgezogen. Wie ein Traum voll Glück und Wonne vergingen Käthe die Tage. Sie fragte sich oft ängstlich, ob solch ein Glück von Dauer sein könne. Die jungen

Gatten waren immer beisammen, bis auf die Abende, an denen Georg zu spielen hatte. Und da saß Käthe im Theater, stolz und glücklich über alle Maßen, und ihr Herz jubelte ihm zu. Nach der Vorstellung sagte sie ihm dann, daß sie ihn bewundere, wie herrlich er gespielt habe. Dabei bauten sie fleißig an ihrem Nest; sie hatten eine sehr hübsche Wohnung gemietet und richteten sie gediegen und geschmackvoll nach Georgs Angaben ein.

Käthe mußte sich auf Georgs Wunsch einige elegante Kostüme arbeiten lassen. Ihr Haar ordnete sie nun nach seiner Angabe, und dadurch kam ihre Schönheit erst zur vollen Geltung. Sie erregte Aufsehen, wo er sich mit ihr sehen ließ, und das schmeichelte ihm. Er war so verliebt in Käthe, daß es ihm gar keinen großen Eindruck machte, als sich herausstellte, daß ihr Vermögen bei weitem nicht so groß war, wie er gedacht hatte.

Aber er war zu leichtsinnig, sich darum Sorge zu machen. Vorläufig wollte er sich den Genuß seines jungen Glückes, seiner schönen Frau und seines netten Heims nicht trüben lassen.

Und Käthe war viel zu unerfahren in Geldsachen. Sie gab wie er mit vollen Händen aus. Was galt ihr alles Geld! Für sie gab es nur ein Ding von Wichtigkeit, nur einen Lebensinhalt. Das war ihr abgöttisch geliebter Mann.

Georg freute sich sehr, seinen Kollegen endlich sein neues Heim zeigen zu können, und die Festlichkeit, die er veranstalten wollte, sollte glänzend werden in jeder Beziehung. Dabei durfte nicht geknausert werden. Nachher konnte man sparen. Dies eine Mal wollte er noch das Geld mit vollen Händen ausstreuen.

Käthe mußte ein schönes weißes Seidenkleid anziehen, das er eigens für diesen Abend bestimmt hatte. Die Speisen waren in einem der ersten Hotels bestellt, ebenso der Wein. Auch für die Bedienung wurde vom Hotel aus gesorgt. Die Tafel war mit frischen Blumen dekoriert.

Käthe war ebenso erwartungsvoll wie Georg. Mit freudigem Stolz überblickte sie, auf seinen Arm gelehnt, die geschmückte Tafel und ging noch einmal prüfend durch die Zimmer. Es war doch schön und behaglich in ihrem Heim.

Ein bißchen Lampenfieber hatte sie aber natürlich, sie kannte die meisten ihrer Gäste noch nicht. Einige hatten wohl ihre Karten abgegeben, aber die meisten hatten sich überhaupt den offiziellen Antrittsbesuch geschenkt.

Georg hatte ihr das erklärt.

»Ist man sich da nicht ein wenig fremd, Georg, wenn man sich so gar nicht kennt?«

Er zog sie lachend in seine Arme.

»Sei unbesorgt, Käthe, sie werden sich alle bei uns wie zu Hause fühlen. Von Steifheit und Fremdsein wirst du wenig merken.«

Aus Rücksicht für die der Kollegen, welche den Abend zu tun hatten, waren die Einladungen erst für zehn Uhr ergangen. Georg war nicht beschäftigt, konnte also bei Käthe bleiben. Gleich nach neuen Uhr kam schon das Ehepaar Berthold an.

»Ich will mich vorher ein Weilchen ungestört an eurem schönen Heim erfreuen, ehe die andern kommen. Nachher bleibt einem doch keine Zeit dazu«, sagte Frau Anna gemütlich. Sie hatte sich sehr festlich gekleidet, und auch Hieronymus steckte im Gesellschaftsanzug.

Als Frau Berthold sich überall umgesehen hatte, sagte sie zu Georg und Käthe: »Ich an eurer Stelle hätte den Klimbim im Restaurant veranstaltet.«

»Warum?«

»Erstens wäre dann eure Wohnung schön in Ordnung geblieben. Und wenn Gläser oder Geschirr zerbrochen werden, dann läßt sich das leichter ersetzen als eure hübschen Sächelchen.«

»So leicht wird ja nichts zerbrochen, und die Wohnung ist morgen schnell wieder in Ordnung gebracht«, sagte Käthe lachend.

»Kindchen, Sie haben eben keine Ahnung, wie es bei uns manchmal zugeht. Na, vielleicht bleiben sie heute mit der Kirche im Dorf. Es kommt ganz auf die Stimmung an.«

»Ich freue mich, wenn es recht lustig ist. Herr Kertner und Herr Hartenberg sind stets voll guter Einfälle.«

»Na, die beiden wissen schon, was sich gehört. Wenn ich nur der anderen auch so sicher wäre!«

»Ach, geh, Anuschka, krächze nicht Unheil wie ein Rabe. Käthe weiß, daß sie einen Schauspieler geheiratet hat und wird sich schon in unseren Ton hineinfinden. Nicht wahr, Liebling?«

Käthe nickte ihm strahlend zu. Für sie galt nur, was er sagte und wollte.

Frau Anna ließ sich in einem Sessel nieder.

»Na, denn man tau!« sagte sie stoisch und faltete die Hände über dem Magen.

Hieronymus setzte sich in ihre Nähe und freute sich an dem Anblick der schönen jungen Frau.

Kertner und Hartenberg kamen pünktlich, auf die Minute. Auch sie waren in Gesellschaftstoilette. Sie sahen überrascht auf Käthe.

›Was doch Frisur und Kleid bei einer Frau ausmachen‹, dachte Kertner. Und Hartenberg traten vor Bewunderung die Augen fast aus dem Kopf.

Georg sah ihnen an, daß sie von Käthe entzückt waren.

»Keine von den Kolleginnen kann sich mit dir an Schönheit messen«, hatte er Käthe gesagt, als sie ihn fragte, ob sie nicht von ihnen in den Schatten gestellt werden würde.

Und er hatte recht.

So sorgsam auch all die Damen heute Toilette gemacht hatten, so raffiniert sie ihre Reize ins hellste Licht zu rücken wußten – gegen Käthes ungekünstelte Schönheit verblaßten sie alle wie die Sterne vor der Sonne.

Zuerst war die junge Frau sehr freudig überrascht über die ungezwungene Art, mit der man sich bei ihr einführte. Herren und Damen begrüßten sie so vertraulich, als wären sie jahrelang mit ihr bekannt.

Etwas sonderbar berührte sie der Umstand, daß die Damen sich mit den Herren duzten, natürlich auch mit ihrem Mann. Und Fräulein Dannewitz, die Naive, küßte ohne Umstände erst Georg und dann Käthe, als sie kam.

»Sakra, a fesche Frau hast dir ausg'sucht, Schorschel! Bildsauber schaut's aus, Ujeh, Kinder, und nobel ist's bei euch – fein, fein. Und es duftet so nach allerhand guten Sachen – Appetit hab ich mitgebracht.«

Und als Käthe ein wenig verlegen schien, lachte sie gutmütig.

»Ich bin halt a verdrehte Wurzen, wer mir g'fallt, wird abbusselt.«

Damit wandte sie sich den andern zu. Hieronymus

bekam einen Nasenstüber von ihr, Kertner zog sie eine lange Nase, und Hartenberg bekam auch einen Kuß.

»Weil der Tapi halt immer unglücklich verliabt is – sonst kommt er sei Lebtag zu keinem g'scheiten Busserl«, rief sie lachend.

Und so ging es reihum. Als alle anwesend waren, ging man zu Tisch.

Die ungezwungene fröhliche Art, die im Anfang herrschte und durchaus in den Grenzen des guten Tones blieb, gefiel Käthe sehr, nachdem sie die erste Verlegenheit überwunden hatte. Sie freute sich, wie tapfer man den Speisen zusprach und einen herzerquickenden Appetit entwickelte.

Georg nickte ihr einigemal strahlend zu, als sie munter drauflos plauderte und lachte. Er saß ihr gegenüber neben Fräulein Hellmann. Sie trug eine etwas forcierte Lustigkeit zur Schau. Sie wollte sich nicht merken lassen, was sie bei diesem Besuch im Haus ihrer Rivalin empfand. Aber sie hatte die Enttäuschung nicht überwunden.

Je weiter der Abend vorschritt, desto freier wurde der Ton. Oft wurden Worte laut, die Käthe die Röte ins Gesicht trieben. Der Sekt löste vollends eine übermütige Stimmung aus. Immer ausgelassener wurde das Treiben.

Mama Berthold war nach der Tafel hinüber in den Salon gegangen und duselte in der Sofaecke. Hieronymus saß stillvergnügt hinter seinem Glas. Und Georg war der Lustigsten einer. Auch bei ihm machte sich die Wirkung des Sektes bemerkbar. Und er nötigte fortwährend zum Trinken und ging mit gutem Beispiel voran.

Käthe fühlte sich todunglücklich in dieser Umgebung. Ihr war es furchtbar, daß all die Damen lächelnd Frivolitäten anhörten oder sie gar wiedergaben. Am schlimmsten aber erschien es ihr, daß ihr Mann, ihr angebeteter Mann, ohne Rücksicht auf sie frivole Witze erzählte und unbändig darüber lachte. Überhaupt – der Georg, den sie heute vor sich sah, erschien ihr fremd. Sein schönes Gesicht war verändert durch übermäßigen Weingenuß; seine Augen flimmerten unstet und hatten einen Ausdruck, den sie nicht an ihm kannte. Eine unbestimmte, unerklärliche Angst hielt sie gepackt. Sie saß bleich und still auf ihrem Platz. Im allgemeinen Vergnügen fiel es niemand auf. Herren und Damen waren nicht mehr zurechnungsfähig.

Nur einer von der gesamten Gesellschaft blieb nüchtern und gelassen: Kertner. Auch er saß stiller als sonst zwischen den anderen und beobachtete Käthe verstohlen, aber scharf. Er sah, wie sie litt.

Ruhig stand er auf und trat hinter ihren Stuhl.

»Gnädige Frau, Sie sollten sich zurückziehen. Das ist nichts für Sie«, sagte er ernst.

Sie sah hilflos zu ihm auf.

»Ich darf doch meine Gäste nicht verlassen«, erwiderte sie leise.

»Doch, Sie dürfen es und sollen es. Sie sind sich das selbst schuldig. Es wird jetzt niemand mehr darauf achten, Sie können sich unbesorgt entfernen. Und wenn man doch nach Ihnen fragen sollte, werde ich Sie mit Kopfweh entschuldigen. Sie sind auch müde, ich sehe es Ihnen an.«

Sie erhob sich mit einem tiefen Atemzug.

»Ja, ich bin sehr müde. Meinen Sie wirklich, daß ich mich entfernen darf?«

»Ganz gewiß.«

Er führte sie bis zur Tür und ließ sie hinausgehen.

Da kam Hartenberg mit dem gefüllten Sektglas auf ihn zu.

»Adi, wo ist sie hin? Mein Stern ist entschwunden!« rief er, auch etwas angeheitert.

Kertner nahm ihm ruhig das Sektglas aus der Hand und stellte es weg.

»Vertrink dir nicht dein bißchen Verstand noch«, rief er ärgerlich. »Komm zur Besinnung und hilf mir, das Haus räumen. Damit kannst du dir ein Verdienst um die arme, junge Frau erwerben.«

Hartenberg starrte ihn erst verständnislos an. Dann dämmerte es so langsam bei ihm.

»Ach so, na ja, Adi, dann – siehst du, da hab ich doch nicht dran gedacht.«

Er gab sich einen Ruck und versuchte den leichten Rausch abzuschütteln. Kertner goß ihm ein Glas Wasser ein.

»Da, trink. Und dann schütze kolossale Müdigkeit vor und treibe zum Aufbruch. Ich will hinüber in den Salon und die Berthold wecken.«

Damit ließ er Hartenberg stehen und ging in den Salon hinüber. Frau Anna schnarchte recht behaglich in der Sofaecke; er weckte sie.

»Anna, hilf mir die Kollegen heimtreiben. Sie sind heute wieder einmal arg. Die junge Frau hat gleich eine starke Probe von unserer Genialität bekommen. Sie hat sich auf meine Veranlassung zurückgezogen.«

Anna ermunterte sich schnell.

»Ist wohl wieder einmal ausgelassen, die Bande?«

»Reichlich.«

»Und wo steckt denn die kleine Frau?«

»Weiß ich nicht. Das arme Ding hat mich gejammert.«

»Na, an den Ton muß sie sich noch gewöhnen.«

»Wird bei ihr schwer halten. Jedenfalls hat sie heute abend ihren Mann das erstemal ohne ideale Aufmachung sehen. Der Sekt hat die Politur fortgespült. Armes Hascherl! Bis die begreift, daß Georg nur ein Talmiideal ist, wird es Herzblut kosten.«

»Ach geh, ans Herzblut wird es nicht gleich gehen. Sie wird sich hineinfinden, daß er auch nur ein Mensch ist und kein Halbgott; daran geht niemand zugrunde.«

»Wenn es ein oberflächlicher Charakter ist, gewiß nicht. Aber die junge Frau sieht aus, als könnte sie die Erkenntnis vom Unwert ihres Mannes sehr zu Boden drücken. Ich habe es kommen sehen, daß diese Ehe keine glückliche wird.«

Frau Anna erhob sich gähnend.

»Vielleicht beißen sie sich doch zusammen – wenn die Hellmann keinen Keil dazwischenschiebt. Der traue ich freilich nicht über den Weg.«

Sie traten beide in das andere Zimmer.

»O weh, hier sieht es ja aus wie Sodom und Gomorra – ich hab's doch gleich gesagt. Schade um die schönen Teppiche. Und hier eine brennende Zigarette auf dem Tischtuch. Natürlich ein Loch gebrannt. Hieronymus – du auch? Na, nun aber schleunigst heim, mein Alter! Wirst morgen einen schönen Brummschädel haben. Herrschaften, wir wollen nach Hause gehen, der neue Tag bricht an. Los, los, immer vorwärts!«

Auch Kertner trieb energisch, und Hartenberg unterstützte ihn. Eine halbe Stunde später schritt Adi als letzter hinaus. Ehe er ging, sagte er leise zu Wigand:

»Trink eine Flasche Selter und steck den Kopf eine

Weile zum Fenster hinaus. Deine Frau braucht dich so nicht zu sehen.«

Wigand lachte hinter ihm her. Seinen wohlmeinenden Rat zu befolgen, fiel ihm nicht ein. Er suchte seine Frau und rief mit heiserer Stimme ihren Namen. Sie antwortete nicht. Er taumelte, vor sich hin scheltend, ins Schlafzimmer hinüber. Da stand sie am Fenster und sah auf die Straße hinab.

Draußen war Schnee gefallen. Es blitzte und flimmerte wie diskretes Brillantgefunkel im Laternenlicht.

Als ihr Mann eintrat, wandte sie sich nach ihm um. Ihre weitgeöffneten Augen sahen ihm voll Entsetzen entgegen.

War das ihr angebeteter Gatte, ihr Ideal, ihr Gott? Der da mit dem zerzausten Haar, den gläsernen Augen und dem blöden Gesicht?

»Haha, da bist du ja, Käthe, warst ausgekniffen, Rackerchen? Haha, fidele Gesellschaft, was? Famos, war's, ganz famos. Waren alle baff, einfach baff. Ja – hahaha, die kleine Hellmann ist wieder kirre, ganz kirre und verliebt. Scheußlich böse war sie mir deinetwegen – weil ich geheiratet habe. Natürlich, darauf hatte sie sich gespitzt. Zu ulkig, die Frauenzimmerchen, alle sind sie verliebt in mich, alle. Haha! Komm, Käthe, gib mir 'nen Kuß! Bist doch die hübscheste von allen, können alle nicht ran an dich. Aber ein Schelm bist du doch, du kleiner Racker! Hast mir verteufelt Sand in die Augen gestreut von – von wegen dem großen Reichtum. War 'ne Finte, hm? Sag's ehrlich, du wolltest mich kapern? Na, schad't nichts, hübsch bist du doch, und ein Weilchen wird der Mammon schon reichen. Man muß doch etwas davon haben. Verdammt – ich – ich glaube, ach was, komm, gib mir einen Kuß, meine weiße Taube.«

Käthe sah starr in sein gedunsenes Gesicht. Sie begriff jetzt nur halb, was er sagte, sah nur voll Entsetzen in seine entstellten Züge.

Er wollte sie in die Arme ziehen. Instinktiv stieß sie ihn zurück.

»Geh, laß mich!« schrie sie auf.

Er suchte sich Haltung zu geben.

»Was denn – wieso, was soll denn das? Kommst hierher und gibst mir einen Kuß, du Racker!«

»Nein«, rief sie wie außer sich, »in diesem Zustand darfst du mich nicht anrühren.«

Er lachte sinnlos vor sich hin.

»Zustand, haha – Zustand ist gut. Du glaubst wohl, ich bin betrunken? Gibt's ja gar nicht – ich – siehst du, ich vertrage mehr als die andern. Ich bin ganz nüchtern, ganz nüchtern, jawohl. Sei gescheit! Du sollst mir einen Kuß geben, hörst du!«

»Nein«, sagte sie hart und laut.

Das brachte ihn in Wut.

»Was, du willst nicht? Wer ist der Herr im Hause? Denkst du, weil du die paar tausend Mark mitgebracht hast, kannst du dich aufspielen? Gibt's nicht!«

Er kam von neuem auf sie zu, sie aber bückte sich und schlüpfte unter seinen ausgebreiteten Armen hindurch zur Tür hinaus. An allen Gliedern zitternd ging sie in den Salon und schloß sich ein.

Wie gebrochen sank sie in einen Sessel.

Ihr Mann schimpfte und wetterte draußen herum und rüttelte an der Tür. Dann hörte sie wieder sein schreckliches, blödes Lachen. Mit schweren, schleppenden Schritten ging er über den Korridor, schlug krachend ein paar Türen zu und kehrte dann wieder ins Schlafzimmer zurück. Als die Tür hinter ihm zugefallen war, hörte sie nichts mehr. Wahrscheinlich war er zu Bett gegangen.

Käthe hatte starr, mit angehaltenem Atem lauschend dagesessen. Als es draußen ruhig wurde, schlug sie aufstöhnend die Hände vor das blasse Gesicht.

Ihr Ideal lag im Staub, und unter seinen Trümmern begrub sie ihr schönes, stolzes Glück.

Stundenlang saß sie so, von Angst und Zweifeln gebannt. Und in diesen einsamen Stunden kämpfte sie den schwersten Kampf ihres Lebens; er vernichtete viel Holdes und Schönes und ließ nur Trümmer zurück, aus denen sie sich mühevoll ihr ferneres Leben zusammensetzen mußte. Als es hell wurde, erhob sie sich mit schweren, erstarrten Gliedern und ging leise hinüber ins Speisezimmer.

Ein schwerer, dicker Duft von Wein, Speisen und Zigarren schlug ihr entgegen. Einige Stühle lagen am Boden. Das Tischtuch war naß von vergossenem Wein und mit Zigarrenasche beschmutzt. Welke Blumen lagen auf dem Tisch und am Boden zerstreut. Ein Fetzen weißer Spitze hing an einer Stuhllehne, und neben dem Diwan auf dem Teppich lag ein mit grünen blitzenden Steinen besetzter Zierkamm. Käthe hatte ihn in Fräulein Hellmanns Haar gesehen.

Sie hob den Kamm mit spitzen Fingern auf und legte ihn auf ein Tischchen. Dann löschte sie das Licht und öffnete das Fenster. Ihr Heim kam ihr entweiht vor. Sie freute sich nicht mehr daran. Aber das alles war ja nichts gegen das lähmende Entsetzen, das sie befallen hatte bei der Szene mit ihrem Mann.

Wohl suchte sie ihn vor sich selbst zu entschuldigen. Er war betrunken gewesen – jeder Mann hatte wohl einmal einen Rausch. Sie war zu streng und zu engherzig erzogen worden; das hing ihr nun an, trotz allen Widerstandes dagegen. Und Georg wußte sicher nicht, was für schlimmes Zeug er geschwatzt hatte.

Aber dann sprach so vieles wieder gegen ihn.

»Im Wein ist Wahrheit. Er hat sich im Rausch gezeigt, wie er wirklich ist. Wie er dir bis jetzt erschien, so sahst du ihn nur mit deinem Herzen. Du hast ihn mit Eigenschaften ausgestattet, die er nicht besitzt. Zu hoch stelltest du ihn, zu groß dachtest du von ihm. Du machtest ihn voll idealer Schwärmerei zu einem Gott. Und er ist nur ein Mensch, vielleicht nicht einmal ein guter und edler Mensch!«

Mechanisch trat sie vor den Spiegel und sah in ihr blasses, müdes Gesicht. Ganz fremd kam sie sich vor in der dekolletierten Toilette und der neuen Frisur. Sie starrte sich an.

»Wer bist du denn? Wo gehörst du hin?« sagte sie laut zu sich selbst.

Ihr Gesicht schien so schmal und gespensterhaft in der fahlen Morgenbeleuchtung. Die kalte Luft kam von draußen herein.

Dann begann sie, in den Zimmern Ordnung zu schaffen. Und während der Arbeit wurde ihr etwas leichter zumute. Sie suchte sich selbst zu beruhigen.

»Bist eine Närrin, Käthe! Spinnst dich in lauter schwarze Gedanken ein. Weil dein Mann einen Rausch hatte, brauchst du doch nicht so unglücklich zu sein! Warst du denn nicht übermenschlich glücklich, war er nicht lieb und gut zu dir? Im Rausch weiß ein Mensch nicht, was er tut und spricht. Er hat dich gewiß nicht kränken wollen. Dein Widerstand hat ihn gereizt, deshalb sprach er im Ärger schlimme Worte, die er gar nicht empfand. Sei nicht unklug! Hättest lieber ausschlafen sollen, als dich hinzusetzen und Grillen zu fangen. Nun bist du müde und ernüchtert und siehst alles mit trüben Augen. Sei doch vernünftig, geh frisch an die Arbeit, schaff die Spuren weg von gestern abend! Wenn dein Heim gesäubert ist von allem, dann wird dir leichter sein. Wirst diese schlimme Nacht vergessen. Solche Feste dürfen sich nicht wiederholen. Man muß ja nicht großen Verkehr pflegen. Das wird Georg einsehen, ganz gewiß. Und nachher, wenn er aufsteht, wirst du vernünftig sein und kein böses Gesicht machen. Er wird sich sicher schämen. Du wirst dir nicht anmerken lassen, was in dir vorgegangen ist.«

So redete sie sich zu, während sie emsig aufräumte. Als ihre Aufwärterin kam – ein Dienstmädchen hatte sie nicht genommen –, ging es mit vereinten Kräften ans Werk.

Um zehn Uhr waren die Zimmer in Ordnung, gelüftet und durchwärmt. Der Frühstückstisch war sauber und appetitlich gedeckt und alle Spuren von gestern verwischt. Nur in der Küche gab es noch genug zu tun. Dort säuberte die Aufwärterin das Geschirr. Käthe wußte, daß ihr Mann um elf Uhr Probe hatte. Sie mußte ihn wecken, es war höchste Zeit.

Georg war mit schwerem Kopf aufgefahren, als ihn Käthe rief. Ehe er ganz munter war, hatte sie das Zimmer schon wieder verlassen.

Er richtete sich auf und sah sich um. Da fiel ihm auf, daß Käthes Bett unberührt war. Es wurde ihm sehr unbehaglich zumute, als er sich nicht erinnern konnte, wie er eigentlich ins Bett gekommen war.

Er stand auf und fuhr mit dem Kopf in die Waschschüssel. Das erfrischte ihn und machte ihn denkfähig. Nun wußte er, daß er einen gehörigen Rausch gehabt hatte. Verdammt, was war nur geschehen? Weshalb war Käthe nicht zu Bett gegangen, und warum war sie gleich wieder hinausgegangen, als sie ihn geweckt hatte? Scheußliche Situation! Sie würde natürlich schmollen. Da konnte er sich auf die erste Gardinenpredigt gefaßt machen.

Er hatte einen regelrechten physischen und moralischen Katzenjammer. Als er nach einer Viertelstunde angekleidet ins Speisezimmer trat, saß Käthe bereits am Frühstückstisch. Sie sah blaß aus, und ihre Augen waren nicht so klar und strahlend wie sonst. Er ging schnell auf sie zu.

»Käthe, hab ich mich gestern nacht schlecht aufgeführt? Verzeih mir! War es sehr schlimm? Ich weiß wahrhaftig nicht mehr genau, was ich gesagt und getan habe. Ich hätte mich nicht so gehenlassen sollen.«

Sie merkte, wie verlegen er war, und zwang sich zu einem freundlichen Lächeln.

»Laß uns nicht mehr davon sprechen, Georg«, sagte sie ruhig.

Er küßte sie erfreut auf den Mund und setzte sich dann ihr gegenüber.

»Du bist ein famoser Kerl, Käthe. Ich hatte mich schon auf eine endlose Gardinenpredigt gefaßt gemacht.«

Ruhig strich sie ihm die Brötchen und schenkte ihm Kaffee ein. Ihr Schweigen war ihm ungemütlich.

»War ich sehr unartig, Käthe?«

Sie sah ihn bittend an.

»Wir wollen doch nicht mehr davon reden.«

»Du darfst aber nicht böse sein.«

»Nein.«

»Das ist lieb von dir. Ich gehe jetzt zur Probe, dann hole ich dich zu einem Sparziergang ab. Der wird uns beiden guttun. Ist es dir recht?«

»Ja.«

»Ein bißchen einsilbig und verstimmt bist du aber doch, gar nicht so lieb und herzig wie sonst. Aber eigentlich kann ich es dir nicht verdenken. Ich habe verdient, daß du nicht zärtlich wie sonst zu mir bist.

Schmolle nicht zu lange, Liebchen! Und jetzt adieu, ich muß fort.«

Er küßte sie, und sie ließ es geschehen, ohne den Kuß zu erwidern. Sie konnte es nicht über sich gewinnen.

Er ging schnell hinaus. Sie würde schon wieder vernünftig werden, dachte er sorglos.

Käthe sah ihm starr nach. ›Es wird nie wieder werden, wie es zuvor war, denn ich habe den Glauben an ihn verloren‹, dachte sie trostlos. Etwas Schönes und Herrliches war ihr gestorben.

Als Georg wieder nach Hause kam, brachte er ihr einen herrlichen Strauß mit.

»Da, Liebste, die Blumen sollen für mich bitten und meine Unart wieder gutmachen.«

Käthe dankte ihm mit freundlichem Lächeln und gab sich Mühe, wie sonst zu ihm zu sein. Zum erstenmal schlich sich etwas Unwahres in ihr Sein. Und sie litt innerlich unter dieser Lüge, während sie sich zwang, ihn über ihr wahres Empfinden zu täuschen.

Georg war kein Seelenkenner. Er war zufrieden, daß sie wieder die alte schien. Daß sie eine andere geworden war, und er für sie ein anderer, das ahnte er nicht.

11

Einige Wochen waren seit jenem Abend vergangen. Käthe ging mit ihrem Mann zum Theater. Ehe sie sich trennten, sagte er: »Nach der Vorstellung soll eine gemütliche Zusammenkunft im Restaurant stattfinden. Mit Damen natürlich. Wir wollen einmal wieder vergnügt sein zusammen. Du kannst mich hier erwarten, wir gehen dann miteinander hin. Ist dir das recht so?«

Käthe sah unbehaglich berührt in sein Gesicht.

»Laß mich lieber nach Hause gehen, Georg«, sagte sie bittend.

Er sah sie scharf an. »Weshalb denn, warum willst du nicht mitkommen?«

»Ich fühle mich nicht wohl in diesem Kreis, ich passe nicht hinein.«

Er machte ein beleidigtes Gesicht. »Oho, bist du zu fein für uns? Dann hättest du keinen Schauspieler heiraten dürfen«, sagte er ärgerlich.

»So mußt du das nicht auffassen, Georg! Kertner, Bertholds und Hartenberg sind auch Schauspieler. Mit denen verkehre ich sehr gern. Aber die Damen und einige andere Herren – ich habe neulich bei uns Höllenqualen ausgestanden. Eine einfache Frau paßt da nicht hinein. Das mußt du doch selbst empfinden.«

»Ach geh, Zimperlichkeit und Prüderie kann ich nicht ausstehen. Bist doch verheiratet, da brauchst du dich nicht mehr so zu zieren.«

»Das tue ich gewiß nicht. Bitte, erlaub mir, daß ich fernbleibe! Ich fühle mich unglücklich zwischen den anderen Damen.«

»Das ist ja zu albern, Käthe. Aber ich habe keine Zeit mehr. Meinetwegen magst du heute nach Hause gehen, ich werde dich mit Unwohlsein entschuldigen.

Aber nur dies eine Mal. Du gehörst durch deine Heirat in meine Kreise und mußt dich als vernünftige Frau ihnen anpassen. Es steckt noch eine gute Dosis Krähwinkelei in dir. Das wirst du hoffentlich mit der Zeit ablegen.«

Verstimmt verabschiedeten sie sich, und Käthe begab sich in den Zuschauerraum.

Georg spielte trotz seines inneren Ärgers vorzüglich. Käthe vergaß wieder alles über seinem Spiel. Im dritten Akt hatte er mit der Hellmann eine große Liebesszene. Sie wurde von beiden mit großer Hingabe und Leidenschaft gespielt. Käthe seufzte tief auf, als der Vorhang fiel.

Sie hätte viel besser zu ihm gepaßt, dachte sie, und ein bitterer Schmerz durchzuckte ihre Seele. Es war aber nicht Eifersucht, die sie empfand, sondern nur eine tiefe Traurigkeit, daß ihre und ihres Mannes Ansichten und Wünsche so verschieden waren. Nach der Vorstellung ging sie schnell nach Hause. Auf dem Platz vor dem Theater traf sie mit Kertner zusammen. Er begrüßte sie ehrerbietig.

»Sie sind allein? Darf ich Ihnen meine Begleitung anbieten?«

»Ich danke Ihnen, Herr Kertner. Ich habe ja nicht weit.«

»Sie gehen nach Hause?«

»Ja, ich – ich habe Kopfweh.«

»Dann kommen Sie heute abend nicht zu unserem sogenannten gemütlichen Zusammensein?«

»Nein, es ist – ich bin nicht ganz wohl.«

Er sah sie mit einem sonderbaren Blick von der Seite an.

»Mir können Sie ganz ruhig sagen: Ich mag nicht kommen. Die Lüge ist Ihnen doch nicht geläufig.«

Sie reichte ihm schnell und impulsiv die Hand.

»Ich fühle, Sie sind mein Freund, Herr Kertner. Ja, es ist, wie Sie sagen. Ich fürchte mich vor diesem Zusammensein. Übrigens habe ich Ihnen noch nicht gedankt dafür, daß Sie mich neulich erlösten. Das soll hiermit von Herzen geschehen.«

»Keine Ursache. Wenn ich sehe, daß eine Fliege im

Wasser zappelt, dann setze ich sie fein säuberlich auf festen Boden. Und sie waren so eine arme Fliege, deshalb brachte ich Sie in Sicherheit.«

Sie waren inzwischen an Käthes Wohnung angelangt.

»Gute Nacht, Herr Kertner, und herzlichsten Dank!«

Er küßte ihr die Hand und verabschiedete sich.

»Darf ich mich morgen nach Ihrem Befinden erkundigen?«

»Ich sehe Sie immer gern.«

»Dann werde ich mir erlauben, Sie zu besuchen.«

Käthe stieg langsam die Treppe empor.

Warum verstand Kertner sofort, daß sie nicht in jenen Kreis gehörte? Konnte Georg nicht gleiches Verständnis für sie haben?

Darüber mußte sie noch lange grübeln.

Georg blieb die halbe Nacht aus. Als er heimkam, merkte sie an seinen unsicheren Schritten und leise geführten Selbstgesprächen, daß er stark getrunken hatte.

Sie schloß ängstlich die Augen und stellte sich schlafend. Das Herz klopfte ihr zum Zerspringen.

Er stieß im Dunkeln an einen Stuhl und schimpfte drauf los. Dann fiel er schwerfällig auf sein Bett, und bald darauf verkündigte leises Schnarchen, daß er schlief.

Käthe lag regungslos und blickte mit großen, starren Augen ins Dunkel. Schlafen konnte sie nicht mehr.

Kertner kam am andern Tag. Käthe empfing ihn freundlich und bedauerte, daß ihr Mann schon zur Probe fortgegangen sei.

Kertner wußte, daß Wigand keine Probe hatte, und das machte ihn stutzig. Doch ließ er es sich nicht merken.

»Ah so, daran hab ich nicht gedacht.«

Er setzte sich Käthe gegenüber und sah, daß ihre Augen gerötet waren wie von vergossenen Tränen.

Während sie über allerlei gleichgültige Sachen sprachen, rang Käthe mit einem Entschluß. Und sich plötzlich in einem Satz unterbrechend, sagte sie:

»Wir sprachen gestern abend darüber, daß ich nicht mitgehen wollte zu Ihrem geselligen Beisammensein. Sie waren dabei so verständnisvoll. Ich möchte eine Bitte aussprechen.«

Er sah sie aufmerksam an.

»Bitte, tun Sie es«, sagte er einfach.

»Sie sind Georgs Freund und, wie ich empfinde, auch der meine. Mein Mann ist böse, daß ich mich von dem Verkehr mit seinen Kolleginnen und einem Teil seiner Kollegen zurückziehen will. Er nennt mich prüde und hochmütig und kann mich nicht begreifen. Sie haben mich gleich verstanden. Würden Sie mir den großen Gefallen tun zu versuchen, Georg Ihre Überzeugung beizubringen? Für Sie wird er in diesem Falle zugänglich sein.«

Er sah eine Weile nachdenklich in ihr Gesicht, dann flog ein Lächeln über seine Züge. »Was ich tun kann, Georg zu beeinflussen, das soll geschehen.«

»Und Sie werden gewiß erreichen, was er mir verweigert, denn Sie sind klug und gut.«

»Und Sie sind eine große Idealistin, gnädige Frau«, sagte er lächelnd. »Sie überschätzen alle Menschen und möchten sie mit Eigenschaften ausstatten, die sie nicht besitzen. Ich zum Beispiel bin gar nicht gut, sondern sehr boshaft.«

Sie sah freundlich in sein Gesicht. »Ich habe trotzdem Vertrauen zu Ihnen und halte Sie für einen edlen Menschen.«

»Ihr Vertrauen ehrt mich, ich will es zu verdienen suchen. Aber Sie sollten vorsichtiger sein. Sie sind zu schnell bereit, Ihr Vertrauen zu verschenken.«

»Ist das ein Fehler?«

»Ja, ich halte es unbedingt dafür.«

»Es ist so schön, wenn man vertrauen kann«, sagte sie sehnsüchtig.

»Ja, schön ist manches, was uns doch Schaden bringt.«

Sie schwiegen eine Weile. Dann sagte Käthe lächelnd: »Es ist sonderbar, daß ich mit Ihnen immer so ernste Dinge bespreche. Wenn ich Sie dann auf der Bühne sehe und über Ihre drollige Komik lachen muß, dann meine ich immer, es sei ein anderer, der da oben steht.«

Er spielte mit einer Garnsträhne, die er aus Käthes Arbeitskorb nahm.

»Das ist auch ein anderer, glauben Sie mir. Der Hanswurst, der den Leuten Witzchen vormacht und ihre Lachlust reizt, der hat mit dem, der hier vor Ihnen sitzt, nichts gemein. Ich bin im Grunde ein ernster, schwermütiger Gesell, lasse es mir nur nicht gern anmerken. Man würde sonst schließlich auch das noch komisch finden.«

»Das klingt, als wären Sie nicht zufrieden mit Ihrem Beruf.«

»Mit meinem Beruf sicher, aber nicht damit, wie ich ihn ausfüllen muß. Ich hatte auch einmal Kopf und Herz voller Ideale. Mit glühender Begeisterung ging ich, den Wünschen meiner Eltern entgegen, zur Bühne. Natürlich wollte ich Helden spielen. Dabei wurde ich ausgelacht. Ich konnte spielen, was ich wollte, ich hatte Lacherfolge. Schon wenn ich auf die Bühne trat, lachten die Leute. Ich habe manchmal grimmige Tränen darüber vergossen. Aber ich wollte es zwingen. Ich glaubte schließlich, weil ich zu klein sei, fände man mich lächerlich. Ich ließ mir dicke Sohlen und hohe Absätze machen und reckte mich, so groß ich konnte. In den ernstesten Szenen wurde ich ausgelacht. Mein Direktor wollte mir den Laufpaß geben. Da wurde unser Komiker krank. Ich übernahm seine Rolle mit einer Art Galgenhumor. ›Diesmal werden sie nicht lachen‹, dachte ich. Aber es kam anders. Ich hatte einen großen und unbestrittenen Erfolg. Seit der Zeit bin ich Komiker geblieben.«

»Und Ihr Spiel macht Tausenden Freude. Ist das nicht auch schön, wenn Sie sorgenvolle Menschen aufheitern können? Ob sie zu Tränen rühren oder die Menschen lachen machen – beides hebt sie aus dem Alltag heraus. Ich weiß nicht, was schöner ist.«

Kertner sah ihr mit einem warmen Blick in die Augen. So sah er selten jemand an.

»Sie sind ein gutes, liebes Geschöpf. Ich danke Ihnen, Ihre Worte haben mir wohlgetan.«

»Gut und lieb? Jetzt sind Sie der Idealist«, sagte sie scherzend.

»Nein, ich habe von uns beiden die größere Erfahrung. Ich bin ein zu großer Menschenkenner und täusche mich selten. Die Ideale habe ich mir gründlich abgewöhnt. Beim Theater gibt es keine.«

Er stand auf.

»Georg scheint noch nicht so bald zu kommen. Ich will mich nicht länger verschwatzen.«

Als Kertner um die nächste Straßenecke bog, sah er Wigand auf sich zukommen. Er kam aber von der dem Theater entgegengesetzten Seite.

»Servus, Georg; ich war eben in deiner Wohnung, hörte jedoch, du hättest Probe«, sagte er mit ironischer Betonung der letzten Worte.

Wigand war entschieden verlegen.

»Hast du meine Frau gesprochen?«

»Ja, aber du kannst dich beruhigen, ich habe nicht verraten, daß du keine Probe hast.«

Wigand warf den Kopf zurück.

»Gewiß hatte ich welche – ich habe mit der Hellmann eine schwierige Szene in dem neuen Sudermann probiert.«

»So, so, mit Lenchen. Na, hoffentlich hast du dich dabei amüsiert!«

»Machst du schon wieder Glossen?«

»Keineswegs. Wieso?«

»Weil du mich mit der Hellmann aufziehen willst. Ich sehe nur die Kollegin in ihr, sonst nichts.«

Kertner wurde ernst.

»Es wäre auch himmelschreiend, wenn es anders wäre. Nein, ein schlechter Kerl bist du nicht. Habe mich übrigens riesig gefreut, daß du so taktvoll und feinfühlig warst, gestern abend deine Frau nicht mitzubringen. Es ist sehr vernünftig von dir, daß du sie fernhältst von unseren geselligen Abenden. In der Regel wird es doch zu bunt.«

»Aber erlaube mal ...«

»Ja, ja, ich weiß schon, was du sagen willst; du fürchtest, wir könnten es dir verargen oder es deiner Frau als Hochmut auslegen. Das mußt du nicht glauben. Die vernünftigen unter den Kollegen finden es riesig anständig von dir, daß du deine Frau zu hüten verstehst, und die andern zählen nicht.«

Wigand war aufs Trockene gesetzt. Er merkte nicht, wie ihn Kertner klug beeinflußt hatte. So, gleichsam aus sich selbst geboren, leuchtete ihm die Sache ein. Und außerdem konnte er Käthe gegenüber den Großmütigen spielen. Er war heute morgen sehr heftig zu ihr geworden wegen dieser Sache. Nun konnte er einlenken.

Als er sich von Kertner getrennt hatte, ging er schnell nach Hause. Käthe hatte bereits das Mittagessen fertig. Bei Tisch erzählte sie ihm, daß Kertner dagewesen sei.

»Ich weiß, ich habe noch unterwegs mit ihm gesprochen. Übrigens, Käthe, ich war heute morgen sehr heftig zu dir. Nimm es nicht krumm, ich hatte Kopfweh! Es war ein bißchen spät und wüst gestern abend. Ich habe es mir überlegt, es ist doch besser, wenn du dich von diesen Abenden zurückhältst. Ich empfand es selbst, war nur durch deinen Widerspruch gereizt.«

Käthe ahnte, daß sie diese veränderte Denkungsweise Kertner zu danken hatte, sie hütete sich jedoch, das merken zu lassen.

»Ich danke dir für dein Entgegenkommen, Georg«, sagte sie ruhig und freundlich; aber in den alten herzlichen Ton zu ihm konnte sie sich nicht zurückfinden. Zu viel hatte sie innerlich zu überwinden. Es war unverkennbar eine Entfremdung zwischen die beiden Gatten getreten.

12

Wochen und Monate vergingen. Käthe erlebte viele böse Stunden. Nicht nur, daß das Verhältnis zwischen ihr und ihrem Mann täglich kühler und fremder wurde. Es kamen auch andere Sorgen an sie heran, Sorgen, die sie nie kennengelernt hatte. Die beiden jungen Leute hatten wieder und wieder Geld abgehoben, und die Zinsen wurden immer geringer. Einmal brauchte Georg neue Garderobe für moderne Stücke, dann hatte er dies und jenes Anliegen und bat Käthe, Geld abzuheben. Erst tat sie es ohne Bedenken. Als sie aber merkte, daß der Ausfall der Zinsen sich im Haushalt sehr bemerkbar machte, wurde sie ängstlich. Sie erkannte, daß ihr vermeintlicher Reichtum zusammenschmolz, wie der Schnee vor der Sonne.

Nun wollte sie sparen. Auch wenn Georg immer wieder Geld verlangte, bat sie ihn, sparsamer zu sein. Da wurde er ungemütlich und schimpfte über ihre elende Knauserei. So tat sie ihm dann lieber den Willen und holte das Geld.

Der Sommer kam heran und mit ihm die Zeit, in der das Stadttheater von Chemnitz die Tore schloß. Die Schauspieler planten, wieder in einer benachbarten kleinen Stadt Gastspiele zu geben.

Georg Wigand hatte jedoch keine Lust dazu. Er wollte einmal ganz ausspannen. So viel mußte ihm doch seine Heirat eingebracht haben, daß er sich diesen Luxus leisten konnte.

Schon nannte er diese Heirat bei sich eine übereilte. Der kurze Rausch der Verliebtheit war bei ihm verflogen. Käthes ernstes Wesen langweilte ihn. Ihre Sehnsucht zu lernen, sich zu vertiefen, verstand er nicht. Er überließ es Kertner, tiefsinnige und schöngeistige Unterhaltungen mit ihr zu führen und saß meist gähnend dabei.

Kertner war Käthe ein rechter und wahrer Freund geworden. Im steten Verkehr mit ihm lernte sie das Leben mit klaren Augen ansehen. Er hatte eine feine und wirksame Art, ihr die Wirklichkeit zu zeigen, ohne sie zu erschrecken. Und für das, was er ihr an idealem Überschwang nehmen mußte, gab er ihr neue Werte. Er zeigte ihr des Lebens Schönheit und Tiefe in der Wirklichkeit. Sie war ihm unendlich dankbar und freute sich immer auf sein Kommen.

Hartenberg schwärmte sie nach wie vor in seiner drollig verschämten Art an, und sie konnte herzlich mit ihm lachen. Auch Bertholds blieben ihr im Verkehr treu. Frau Anna kam jede Woche einen Nachmittag zum Kaffee zu Käthe, und diese erwiderte ihren Besuch. Die alte, resolute und erfahrene Dame trug auch dazu bei, daß Käthe ihre Freuden und Schmerzen mehr auf realen Boden pflanzte. So fand sich die junge Frau mit ihrem Leben ab. Es brachte ihr doch des Guten und Schönen viel, und sie verlangte nie nach den alten Verhältnissen in des Onkels Haus zurück.

Die Quelle des höchsten Genusses war für Käthe der stete Briefwechsel mit Helmut. Er nahm teil an ihrem seelischen und geistigen Reifwerden. Er sandte ihr Bücher und Zeitungen, die ihr von Nutzen sein konnten, und förderte sie in jeder Weise. So wurde ihr Leben trotz aller Enttäuschung, die sie an ihrem Mann erlebte, reicher und tiefer.

Dadurch entfernte sie sich jedoch unmerklich innerlich mehr und mehr von ihrem Mann. Er war ein guter Schauspieler, stand aber sonst auf gespanntem Fuß mit allem Wissen. Seine Zeit war ausgefüllt mit allerlei Nichtigkeiten. Nur seinen Beruf nahm er ernst, aber mehr aus Eitelkeit als aus Bedürfnis. Mit Helene Hellmann war er sehr viel zusammen. Sie zog ihn mehr und mehr an durch ihr Eingehen auf seine Schwächen und Fehler. Je weiter er sich von Käthe entfernte, desto mehr schloß er sich der Hellmann an.

Noch war es von seiner Seite nichts als die Sucht, sich die Langeweile zu vertreiben, was ihn drängte, ihre Gesellschaft so oft zu suchen. Aber Helene Hellmann umspann ihn mehr und mehr mit raffinierten Koketterien.

Käthe ahnte nichts davon.

So kamen die Ferien heran. Georg wurde plötzlich wieder sehr liebenswürdig zu Käthe. Er stellte ihr vor, wie schön es wäre, wenn sie gemeinsam die Ferien in einem hübschen Seebad zubringen könnten.

»Du wirst entzückt sein, Käthe, wenn du die See kennenlernst. Und mir würde eine Erholung so gut tun. Meine Nerven sind in schauderhafter Verfassung. Ich möchte mich einmal gründlich erholen. Meinst du nicht, daß wir uns das leisten können?«

Käthe sah sehr sorgenvoll aus. »Es würde sehr teuer werden, Georg. Nicht nur, daß dein Verdienst in der Zeit ausfällt – wir müßten doppelte Wohnungsmiete zahlen und das Leben an der See soll sehr teuer sein.«

»Ach geh, laß uns mal ein bißchen leichtsinnig sein. Man hat ja so nichts vom Leben als Sorgen und Plagen.«

»Es tut mir sehr leid, daß ich es nicht ändern kann, Georg. Ich war so töricht zu glauben, mein Vermögen sei riesengroß. Ich hatte keine Ahnung, wie teuer das Leben ist.«

»Ja, ja, es hätte nicht geschadet, wenn es mehr gewesen wäre. Ich muß jetzt krummer liegen denn als Junggeselle, und dabei reicht die Decke nirgends. Es ist schon alles eins, ob wir noch ein paar tausend Mark abheben oder nicht. Wir wollen wenigstens die Ferien einmal gründlich genießen. Nur einmal die paar Monate wieder sorglos leben, nachher knausern wir wieder.«

Als Käthe noch nicht zustimmen wollte, wurde er verdrießlich und schalt über das elende Leben und daß ihm keine Freude gegönnt sei.

Käthe konnte es nicht mehr mitanhören und willigte ein.

Da wurde er gleich wieder liebenswürdig und vergnügt, nannte sie einen ›famosen Kerl‹ und machte Reisepläne mit ihr. Nach Zoppot wollten sie gehen, das stand schon vorher bei ihm fest. Er war vor Jahren einmal einige Tage dort gewesen, und da hatte es ihm sehr gut gefallen.

Käthe nahm schweren Herzens Abschied von den Kollegen, die sich wieder zu einem Gastspiel zusammengetan hatten und mit Ausnahme Fräulein Hellmanns. Diese wollte Verwandte besuchen, wie sie sagte.

Käthe ging nicht mit leichtem Sinn an die See. Die Zukunft stand drohend vor ihr. Was sollte werden, wenn ihr Vermögen mehr und mehr zusammenschmolz? Oft regte sich in ihr der Wunsch, selbst mitzuverdienen; sie wußte nur nicht, wie. Was hatte sie gelernt? Handarbeiten wurden kläglich bezahlt. Und sonst? Durch einen Brief Helmuts kam ihr plötzlich ein Gedanke. Sie hatte ihm ihre pekuniären Sorgen und Kümmernisse anvertraut. Er bot ihr an, Übersetzungen für seinen Verlag zu übernehmen und stellte ihr gutes Honorar in Aussicht. Sie habe ja perfekt Französisch gelernt, das könne sie jetzt verwerten.

Der Brief kam am Morgen ihrer Abreise an, und Käthe wurde dadurch viel leichter ums Herz. Sie beschloß jedoch, mit Georg nicht davon zu sprechen, um keine vorzeitigen Hoffnungen in ihm zu wecken. Er würde sich doch nur dadurch verleiten lassen, mehr Geld auszugeben.

Sie hatte Helmut mitgeteilt, daß sie über Berlin reisen würden, und ihn gebeten, einige Stunden mit ihnen zu verleben. Sie ahnte nicht, was sie von Helmut verlangte, wußte nicht, daß er sie liebte und sich fürchtete vor einem Wiedersehen mit ihr. Aber als er abschrieb, fühlte sie selbst eine Art Erleichterung. Sie scheute das forschende Auge des Freundes, wollte ihm gern den Zusammenbruch ihres Glücks verbergen. Daß er ihn längst gemerkt hatte, ahnte sie nicht.

Als sie mit ihrem Mann in Berlin auf dem Anhalter Bahnhof ankam, wußte sie nicht, daß Helmut Rodeck hinter einem Pfeiler verborgen stand und forschend die Ankommenden musterte.

Er sah sie an Wigands Seite die breite Steintreppe herabkommen, und sein Herzschlag stockte. Wie verändert sie aussah in dem eleganten, schicken Reisekostüm und dem kleidsamen englischen Hut, von dem ein Schleier herabfiel! Etwas bleicher als früher sah sie aus, aber die roten Lippen leuchteten noch verführerisch aus dem Gesicht, und die Augen sahen mit einem anderen Blick ins Leben. Schöner war sie geworden, etwas voller, reifer.

Er ließ seinen Blick nicht von ihr, bis sie, in eine Droschke steigend, verschwand. Dann ging er heim.

Käthe war zuerst erschrocken über die hohen Preise, die in Zoppot für Wohnung und Pension verlangt wurden, aber als sie den Schreck verwunden hatte und erst einige Tage hinter ihr lagen, konnte sie sich dem Reiz des Badelebens nicht verschließen. Die See mit ihrem ewigen Wechsel übte einen mächtigen Zauber auf sie aus. Stundenlang konnte sie am Strand liegen und dem Kommen und Gehen der Wellen zusehen. Mit großen verträumten Augen sah sie dann in die endlose Weite.

Auch das Baden machte ihr Vergnügen. Es war ihr ein Hochgenuß, ihre jungen, kräftigen Glieder im Kampf mit den Wellen zu regen.

Ihr Mann amüsierte sich auf seine Weise. In tadellos schickem, weißen Strandanzug flanierte er auf der Promenade und am Strand und machte seine schönsten Augen. Da gab es manches Frauenherz, das höher schlug bei seinem Anblick. Aber auch Käthe erregte Aufsehen. Und wenn das schöne junge Paar auf der Promenade erschien, folgte ihnen mancher bewundernde Blick.

Mehr als zwei Wochen waren so vergangen, als Käthe eines Morgens in ihrem Strandkorb saß und, wie so oft, dem Spiel der Wellen zusah. Zu ihren Füßen, auf den sonnigen Sand gestreckt, lag Georg und ließ den warmen Sand durch die Finger gleiten, scheinbar ganz in sein Spiel versunken. In seinen halbgeschlossenen Augen zuckte es jedoch manchmal auf, wenn sich irgendein Geräusch in der Nähe vernehmen ließ.

Der Strand war, wie immer um diese Zeit, sehr belebt. Die Badegäste saßen und lagen in Gruppen oder vereinzelt in der warmen Morgensonne. Vom Meer herüber wehte eine frische Brise. Die Wellen klatschten breit und flach auf den feuchten Sand und spülten ihn glatt. Segelboote kreuzten hin und her.

Da kam plötzlich eine schlanke, helle Erscheinung um Käthes Strandkorb herum. Sie blieb stehen. Ein Laut der Überraschung.

»Ist es möglich? Sehe ich recht? Sie hier, Frau Wigand?«

Käthe wandte überrascht ihr Gesicht, und dann zog die Röte des unliebsamen Erstaunens über ihre Züge. Vor ihr stand Helene Hellmann im feschesten, weißen

Strandanzug. Mit freudiger Miene und ausgestreckter Hand kam sie näher.

»Grüß Gott – nein, so ein Zufall! Das hätte ich mir nicht träumen lassen.«

Käthe legte mit einem schweren, drückenden Gefühl ihre Hand in die der Schauspielerin.

»Die Überraschung ist jedenfalls gegenseitig, Fräulein Hellmann. Ich glaubte gehört zu haben, daß Sie Ihre Verwandten besuchen.«

»Stimmt auffallend. Meine Verwandten wohnen in Danzig. Ich habe mir von ihnen vier Wochen Urlaub geben lassen, um hier zu baden. Meine Nerven brauchen eine Auffrischung. Nein, wie mich das freut, hier Bekannte zu finden! Und Ihr Gemahl, ist der auch hier?«

»Er liegt zu deinen Füßen. Bitte, tritt mich nicht tot«, rief Georg mit forcierter Lustigkeit und richtete sich auf. »Ich war vor Überraschung sprachlos, als ich meine holde Kollegin plötzlich auftauchen sah. Also grüß Gott, Lenerl, wie geht's?«

Sie schüttelten sich kameradschaftlich die Hände und plauderten sehr lebhaft miteinander. Beide konnten nicht genug Worte finden über das unerwartete Zusammentreffen.

So sehr Käthe sich dagegen wehrte – das Mißtrauen regte sich in ihr. War dieses plötzliche Auftauchen der Hellmann wirklich nicht mehr als ein Zufall?

Es war natürlich, daß Helene Hellmann sich Wigands anschloß. Sie und Georg hatten sich viel zu erzählen. Käthe war still in sich gekehrt. Als sie später mit ihrem Mann nach Hause ging, sagte er vorwurfsvoll:

»Ich bitte dich, nicht kleinlich zu sein, sondern deine Antipathie zu bezwingen! Die Hellmann ist ein sehr nettes Mädel und außerdem meine Kollegin, mit der ich gewissermaßen Hand in Hand arbeiten muß. Übrigens kennt sie deine Prüderie und wird dich nicht verletzen. Du hast also nichts zu fürchten.«

Sie sah ihm mit einem dringenden Blick in die Augen.

»Wirklich nicht, Georg? Habe ich von ihr wirklich nichts zu fürchten?«

Ihre Frage klang bedeutungsvoll. Er wich ihrem Blicke aus. »Ganz gewiß nicht«, sagte er leichthin.

Helene Hellmann wurde die ständige Begleiterin des jungen Paares. Einige Herren hatten sich mit Georg angebiedert und ließen sich seiner Frau und Fräulein Hellmann vorstellen. Es waren fade, geistlose junge Männer, die sich einbildeten, einen kleinen Flirt in Szene setzen zu können. Bei Käthe hatten sie damit kein Glück, sie ließ sie mit Grazie abfallen. Und Helene war viel zu sehr mit Georg beschäftigt und reagierte auch nur matt. Trotzdem waren sie oft genug mit den Damen und Georg zusammen, und gewöhnlich bemühten sie sich viel mehr um Käthe, weil sie entschieden die Schönere war.

So ergab es sich ganz von selbst, daß sich Georg mit der Hellmann oft isolierte.

Dies alles war Käthe unerträglich. Ihre Stimmung war sehr gedrückt. Zahllose trübe Gedanken vergällten ihr den Aufenthalt an der See. Ein unheimliches Gefühl hielt sie im Bann.

Georg schien nichts davon zu merken. Jedenfalls kümmerte er sich nicht darum. Er für seinen Teil amüsierte sich prächtig und lebte lustig in den Tag hinein.

Käthes Hoffnung, daß Helene Hellmann nach vier Wochen nach Danzig zurückkehren würde, erwies sich als trügerisch. Sie erklärte, es gefalle ihr so gut in

Zoppot, daß sie bis zum Schluß der Ferien bleiben wolle. Käthe wäre am liebsten nach Hause zurückgekehrt, doch davon wollte Georg nichts wissen. Er wurde sehr ungehalten, schalt sie eine launenhafte Person und lief davon. So schwieg sie lieber.

Das für den Seeaufenthalt bestimmte Geld reichte bei weitem nicht. Käthes einziger Trost war die Aussicht auf den Erwerb, den ihr Helmut in Aussicht gestellt hatte. Sie schrieb ihm deshalb von Zoppot aus, und Helmut berichtete ihr ausführlich und ebnete ihr den Weg. Sobald sie nach Chemnitz zurückgekehrt sein würde, wollte sie mit der ersten Arbeit beginnen.

Erst in den letzten Tagen des September kehrten sie heim.

»Hast du schon gehört? Die Hellmann ist während der ganzen Ferien mit Wigands in Zoppot gewesen«, sagte Anna Berthold zu ihrem Hieronymus. »Ich erfuhr es heute auf der Probe. Was sagst du dazu?«

Er zuckte die Achseln.

»Ja, was kann man dabei tun?«

»Mit den Fäusten möchte man dazwischenfahren«, rief Frau Anna temperamentvoll. »Ihr Männer seid ein schreckliches Volk.«

Hieronymus lachte gemütlich.

»Meines Wissens ist die Hellmann kein Mann.«

»Nein, aber ein Satan ist sie. Die läßt nicht locker, bis sie sich zwischen die beiden geschoben hat. Und das arme, dumme Hascherl, die Käthe, läßt sich das wie ein Lamm gefallen. Na, ich wollte schon reinen Tisch machen, aber gründlich.«

»Daran zweifelt kein Mensch, Alte. Mach nur nicht so ein wütendes Gesicht – ich kann es doch nicht ändern.«

»Nein, aber ich sehe mir das nicht lange mehr mit an. Bei nächstbester Gelegenheit werde ich der jungen Frau mal ein Licht aufstecken.«

»Verbrenne dir lieber die Finger nicht!«

»So, die Hände soll ich in den Schoß legen und zusehen, wie sie das arme dumme Ding nasführen? Nee, nee, mein Dicker, da kennst du mich schlecht.«

»Reg dich nicht auf, Mutter – ich habe ja nichts dagegen. Tu, was du willst.«

Anna Berthold spülte ihren Ärger mit einer Tasse Kaffee hinunter. Kurze Zeit darauf kam Kertner.

»Tag, Anna, Tag Hieronymus. Nun, habt ihr Ehekrach? Seht so verdrießlich aus, ihr beiden!«

»Ich gifte mich zuschanden über die Hellmann und Wigand.«

Kertner machte ein sehr ernstes Gesicht.

»Warst du schon bei Frau Käthe, Anna?«

»Nein, ich hatte noch keine Zeit. Aber morgen gehe ich zu ihr.«

»Dann tue mir den Gefallen und sprich nicht mit ihr über diese Sache.«

»Warum denn nicht?«

»Weil es trotz allem Schein noch nicht erwiesen ist, daß Wigand mit der Hellmann anders als kollegial verkehrt.«

»Herrgott, du bist doch sonst kein Wickelkind!«

»Aber ich möchte verhüten, daß die junge Frau beunruhigt wird. Vielleicht ist es nicht nötig. Ich werde mir Wigand mal vornehmen. Jedenfalls warte, bis du einen triftigen Grund zum Reden hast.«

»Na, wenn du denkst – meine Ansicht ist, daß man sie warnen muß.«

Kertner sagte ruhig: »Wenn man Nachtwandler anruft, stürzen sie herab. Vielleicht gelingt es uns, ihr die Ruhe zu erhalten.«

Frau Anna klopfte ihm auf die Schulter. »Du bist doch ein bannig gescheiter Kerl, und das Herz hast du auch auf dem rechten Fleck, obwohl du dich als boshafter Kerl aufspielst. Komm, trink eine Tasse Kaffee mit! Er ist zwar nicht so stark, wie du ihn liebst, aber dafür erhält er die Schönheit.«

»Für seine Schönheit muß man etwas tun. Also schenk ein! Ich mache die Augen zu, damit ich nichts schmecke.«

»Kalauer sind hier verboten«, sagte Hieronymus trocken und zündete sich eine Zigarre an.

Schon am Tag darauf hatte Kertner Gelegenheit, mit Wigand allein zu sprechen. Sie waren zu gleicher Zeit auf der Probe fertig und verließen zusammen das Theater.

»Wenn es dir recht ist, begleite ich dich zu deiner Frau. Ich möchte ihr guten Tag sagen.«

»Gewiß. Komm nur mit! Käthe wird sich freuen, dich wiederzusehen. Du bist ihr der liebste von allen Kollegen. Sonderbarerweise! Bist doch im Grunde der unliebenswürdigste. Meine Frau hat eben einen eigentümlichen Geschmack.«

»Ich bin sehr stolz darauf, daß sie mich gern mag.«

»Gibst dir allerdings auch Mühe, ihr gegenüber deine boshafte Zunge im Zaum zu halten.«

»Macht mir gar keine Mühe. Deiner Frau wehzutun, dazu müßte man schon ein ganz schlechter Kerl sein.«

»Na, na, heb sie nur nicht in den Himmel, sie hat auch ihre Schattenseiten. Wenn du ihr Mann wärest und ewig ihre Unliebsamkeiten ertragen müßtest, du würdest dich bedanken. Sie hat während der ganzen Ferien die denkbar schlechteste Laune gehabt.«

Kertner zog einige Male an seiner Zigarre, nahm sie aus dem Mund und betrachtete sie aufmerksam. »Hm. Vielleicht hat sie Ursache dazu gehabt.«

»Nicht im geringsten. Wir hatten gutes Wetter, famose Verpflegung und amüsante Gesellschaft.«

»Ich glaube, ihr habt in dieser Beziehung sehr verschiedenen Geschmack. Meinst du wirklich, daß die Hellmann eine passende Gesellschafterin für deine Frau war? Du hättest dich nicht mit ihr verabreden sollen. Deine Frau müßte ja sehr naiv sein, wenn sie an einen Zufall glauben sollte.«

Wigand wurde verlegen.

»Es war aber reiner Zufall«, sagte er mürrisch.

Kertner sah ihn mit halbgeschlossenen Lidern an.

»Wenn du mich anlügen willst, mußt du es schlauer anfangen. Ich weiß, daß du dich mit der Hellmann verabredest hast.«

»Erlaube mal ...«

»Daß du dich noch weiter hineinreden willst? Nein – es wäre zwecklos. Ich habe nämlich zufällig aus deinem eigenen Mund gehört, wie du der Hellmann zuriefst: ›Also auf Wiedersehen in Zoppot.‹«

Wigand bekam einen roten Kopf. »Wo und wann willst du das gehört haben?«

»Zwar tut es nichts zur Sache, doch will ich es dir verraten. In dem Haus, wo die Hellmann wohnt, befindet sich der Laden unseres Friseurs. Als du dich vor den Ferien an der Haustür von der Hellmann verabschiedetest, trat ich hinter dir aus diesem Laden und hörte deine Worte. Da hab ich mir meinen Vers gemacht, denn ich bin nicht beschränkt.«

Wigand biß sich wütend auf die Lippen, ohne zu antworten. Kertner warf den Rest seiner Zigarre fort.

»Ja, ja, mein Sohn, das war Pech. Man muß vorsichtiger sein in dieser Beziehung.«

»Ich kann dir vesichern, daß die ganze Sache äußerst harmlos ist. Ich verkehre rein freundschaftlich mit der Hellmann; sie ist mir unentbehrlich als Künstlerin und als Freundin. Mein Wort, ich habe durchaus keine Absichten, ihr irgendwie näherzutreten.«

»Aber sie hat diese Absicht ganz entschieden. Ihre Gefühle für dich sind durchaus nicht harmlos freundschaftlicher Natur. Na – und du bist doch auch nur auf der Bühne ein Held. Laß dir also raten und ziehe dich langsam, aber sicher von ihr zurück! Es kommt sonst zu einer Katastrophe, so sicher, wie zweimal zwei vier ist.«

»Unsinn! Warum mischst du dich eigentlich immer in meine Angelegenheiten? Ich weiß selbst, was ich zu tun habe und lasse mich nicht bevormunden. So weit geht die Freundschaft nicht.«

»Warum ich es tue? Nur weil mir deine Frau leid tut.«

»Ach was, es geschieht ihr nichts; sie soll nur vernünftig sein.«

Kertner hieb mit dem Stock durch die Luft.

»Schluß – ich sehe, meine wohlgemeinte Warnung war zwecklos. Laß uns von etwas anderem reden.«

Sie sprachen nichts mehr, bis sie vor Käthe standen. Sie begrüßte Kertner mit warmer Herzlichkeit, und es wurde verabredet, daß die gemütlichen Abende bei Wigands gleich morgen wieder beginnen sollten.

Wigand stimmte zu, höflich, aber kühl. Er hatte sich über Kertners Einmischung in seine Angelegenheiten geärgert, und seine Laune war sehr schlecht.

Als Kertner gegangen war, setzte er sich stumm seiner Frau gegenüber an den Tisch. Er stocherte mißmutig im Teller herum und schob ihn schließlich beiseite.

»Willst du nicht essen?« fragte sie verwundert.

»Nein, ich danke. Man merkt es unseren Mahlzeiten an, daß du sparen willst. Die Badereise soll wohl herausgeschlagen werden?«

Er fragte es höhnisch.

Sie faltete ruhig ihre Serviette zusammen und sah ihm ernst in das mürrische Gesicht mit den herabgezogenen Mundwinkeln. Es war gar nicht schön und bezaubernd in diesem Augenblick.

»Das würde mir schwerlich gelingen. Du weißt, daß wir doppelt soviel verbraucht haben, als wir vorher berechneten.«

»Ja, ja, ich weiß. Fang nur nicht wieder dies leidige Thema an!«

»Du sprachst zuerst darüber.«

»Und du mußt immer das letzte Wort haben. Es ist ein Elend, diese ewige Knauserei. Man weiß nicht, wie man sich einschränken soll, und dabei muß man den Kollegen gegenüber immer noch den Anschein erwecken, als sei man ein Krösus.«

»Warum mußt du das?«

Er lachte höhnisch.

»Denkst du, ich will mich auslachen lassen? Sie glauben alle an deinen großen Reichtum, wie ich es auch getan habe. Es wäre ihnen ein Gaudium, wenn sie wüßten, wie ich mich verrechnet habe.«

Käthe war sehr blaß geworden und sah ihn mit weitgeöffneten, starren Augen an. Was er damals im trunkenen Zustand verraten, das gab er jetzt mit nüchternen Worten zu.

»Du hast also damit gerechnet?«

»Von der Liebe wird man nicht satt, und was ich verdiente, das ging reichlich für mich auf. Eine arme Frau hätte ich nicht heiraten können, das ist doch klar. Und du hast das doch auch gewußt, sonst hättest du mir doch nicht immer von deinem großen Reichtum vorgeflunkert.«

Sie zog die Stirn im Schmerz zusammen.

»Flunkern wollte ich gewiß nicht«, sagte sie tonlos.

»Ja doch, es ist ja nun auch einerlei. Man muß eben weiter krumm liegen. Die künstlerische Schwungkraft geht einem natürlich dabei verloren. Wenn ich die Hellmann nicht zur Partnerin hätte – ich wäre bald ein Stümper.«

»Ich bin dir eine Fessel, nicht wahr?«

»Ach, laß mich mit solch tragischen Ausdrücken zufrieden! Wenn du nur wenigstens vernünftig sein wolltest und der Hellmann liebenswürdiger entgegenkämst. Sie könnte dann mit Kertner, Hartenberg und Bertholds öfter bei uns sein. Ich hätte doch dann einige Anregung.«

Käthe seufzte tief auf.

»Es ist sehr bitter für mich, daß ich dir so gar nichts sein kann.«

»Herrgott, wer behauptet denn so etwas? Das legst du dir ganz falsch aus. Aber mit dir ist ja nicht vernünftig zu reden. Du bist zur Künstlerfrau eben nicht geschaffen.«

Käthe stand auf und setzte die Teller zusammen.

»Du tust mir sehr unrecht, Georg. Ich fühle, wir sind uns fremd geworden. Du hast dich in mir getäuscht – und ich mich in dir. Wir müssen uns damit abfinden und versuchen, wie wir uns wieder entgegenkommen. Du sollst nicht umsonst an meine Vernunft appelliert haben. Wenn es dir nützlich ist, laß Fräulein Hellmann an unseren Abenden teilnehmen. Es wird mir nicht leicht werden, denn ich weiß – ich fühle es, sie ist mir feindlich gesinnt und – sie liebt dich.«

Er war durch ihre Worte sehr beschämt. Daß sie größer war im Denken und Fühlen als er, erkannte er. Es machte ihn aber nur noch ärgerlicher.

»Unsinn, phantasiere doch nicht! Zwischen Kollege und Kollegin gibt es ein anderes Band als die Liebe. Eifersüchteleien sind mir gräßlich.«

Sie strich mit der Hand über die Stirn.

»Ich bin nicht eifersüchtig«, sagte sie ruhig und bestimmt.

Eine Weile schwiegen beide, dann sagte Wigand wie beiläufig: »Du könntest mir noch fünfhundert Mark beschaffen. Ich habe allerlei nötig: Schminke, neue Wäsche und so weiter.

Käthe machte erschrockene Augen.

»So viel brauchst du dazu?«

»Sonst würde ich's nicht sagen. Von meinem Gehalt kann ich solche Anschaffungen nicht mehr machen; du weißt, daß es nicht mal für den Haushalt reicht.«

»Es ist gut, ich werde nachher zum Bankier gehen. Bis zum Abend hast du das Geld.«

Danach wurde er liebenswürdiger, erzählte einige drollige Erlebnisse von der Probe und berichtete, daß er in dem neu einstudierten ›Mona Vanna‹ als Prinzivali eine sehr zusagende Rolle habe.

»Sollst sehen, Käthe, es wird eine sehr gute Aufführung. Die Hellmann ist exzellent als Mona Vanna. Ich freue mich darauf. Übermorgen ist die erste Aufführung. Ich habe dir schon ein Billett besorgt.«

Sie ging auf seinen Ton ein. Aber das Herz war ihr schwer.

13

Mit Feuereifer war Käthe an ihre neue Arbeit gegangen. Einmal über den etwas schwierigen Anfang hinaus, machte es ihr sehr viel Freude, sich auf diese Weise zu betätigen. Es ging ihr schnell von der Hand. Ihre gründliche Kenntnis der französischen Sprache machte ihr die Arbeit leicht.

Schon nach fünf Wochen konnte sie Helmut eine fertige Übersetzung liefern, und hocherfreut war sie, als sie hörte, daß sie damit einige hundert Mark verdient hatte. Daß Helmut das Honorar extra hoch bemaß, um ihr auf diese Weise hilfreich beizustehen, ahnte sie nicht. Sie bat ihn, das Geld gleich zu einem Bankier zu schicken. Sie wollte Georg vorläufig nichts von ihrer einträglichen Arbeit berichten. Bei seinem Hang zum Geldausgeben konnte das mehr schaden als nützen.

Froh, ihren pekuniären Sorgen entronnen zu sein, schaffte sie weiter. Und die Arbeit brachte ihr noch größeren Gewinn als den pekuniären: Sie machte sie innerlich frei und gab ihr ein köstliches Gefühl der Sicherheit. Auch schützte ihre Tätigkeit sie vor nutzlosem Grübeln, und dazu hätte sie jetzt sehr viel Veranlassung gehabt.

Georg war fast nur noch an den Abenden daheim, an denen mit den anderen auch die Hellmann bei Wigands war. Sonst ging er stets, auch nach dem Theater, noch aus. Er kam selten ganz nüchtern heim. In Käthe stieg manchmal ein würgender Ekel auf, wenn sie ihren Mann in solchem Zustand nach Hause kommen sah. Er schlief dann, wenn er nicht Probe hatte, bis spät in den Tag hinein und war tagsüber verdrießlich und unfreundlich.

Mit der Hellmann verkehrte sie in höflich kühlem Ton. An den gemeinsamen Abenden suchte sie sich so viel wie möglich mit den anderen zu befassen. Kertner kam ihr dabei in feinfühlendster Weise entgegen und half ihr über manche peinliche Situation hinweg. Er sowohl wie die anderen waren wenig erbaut von der Beteiligung der Hellmann. Hätten sie es nicht Käthe zuliebe getan, wären sie lieber fortgeblieben.

Eines Abends fiel allen auf, daß die Hellmann einen sehr schönen Brillantring trug. Hartenberg machte zuerst darauf aufmerksam.

»Du hast einen prachtvollen Ring, Lenerl. Zeig her! Famos! Wer hat dir denn den verehrt?«

»Nicht neugierig sein, Paulchen. Gelt, schön ist er?«

Sie ließ ihn wohlgefällig im Schein des Lichtes blitzen.

»Mußt reiche Verehrer haben, die dir solche Präsente machen, denn von deinem Verdienst kannst du dir so etwas nicht leisten«, sagte Anna Berthold mit einem forschenden Blick auf die Schauspielerin.

Die lachte etwas forciert und funkelte mit ihren Augen wie eine Katze.

»Vielleicht, wer weiß? Aber seid still, Frau Käthe macht böse Augen, sie kann es nicht leiden, wenn man von Verehrern spricht.«

Kertner brachte gewandt ein anderes Thema auf und half Käthe über eine Antwort hinweg.

Eines Nachmittags kam Anna Berthold zu Käthe zum Kaffee. Sie besuchten sich noch immer regelmäßig. Bisher hatte die alte Dame Käthe gegenüber noch nichts über die Hellmann gesagt, aber heute wollte sie der jungen Frau ein Licht aufstecken; das hatte sie sich fest vorgenommen. Nachdem sie sich mit einigen

Tassen Kaffee zu ihrem Vorhaben gestärkt hatte, sagte sie: »Weshalb ist denn die Hellmann jetzt immer mit anwesend, wenn wir bei Ihnen sind? Ist sie Ihnen so sehr sympathisch, liebes Kind?«

Käthe sah eine Weile vor sich hin, ehe sie antwortete:

»Mein Mann wünschte es sehr.«

»Und Sie? Ist es auch Ihr Wunsch?«

»Eigentlich nicht, aber ich darf meiner Antipathie nicht Folge leisten. Meinem Mann ist Fräulein Hellmanns Gesellschaft unentbehrlich zur künstlerischen Anregung.«

»So, so, unter diesem Vorwand hat er sie bei Ihnen eingeschmuggelt?«

»Liebe Frau Berthold ...«

»Ach was, Kind, mir läuft die Galle über. Ich kann nicht länger mehr zusehen, wie Sie sich das Fell über die Ohren ziehen lassen. Wehren sollen Sie sich, lassen Sie sich doch nicht so beiseite schieben! Die Hellmann geht ja darauf aus, Sie überflüssig zu machen.«

»Wenn es so wäre, wie Sie sagen – was soll ich dagegen tun?«

»Verbitten Sie sich doch energisch, daß Ihr Mann außer im Theater mit ihr verkehrt!«

»Das kann ich nicht. Und wenn ich es täte, nützte es nichts.«

»Hergott noch mal, Sie sind wirklich ein Schäfchen! Da muß ich schon deutlicher werden, um Ihre Kampflust zu wecken. Die Hellmann ist in Ihren Mann verliebt bis über die Ohren.«

»Ich weiß es«, sagte Käthe leise.

Die alte Frau rückte energisch empor.

»So, Sie wissen es? Und doch schreiten Sie nicht ein?«

»Sie kann doch nichts dafür, daß sie meinen Mann liebt.«

Frau Anna schnappte nach Luft.

»Na, nun hört doch alles auf. Kann sie vielleicht auch nichts dafür, daß sie sich die größte Mühe gibt, Ihren Mann in ihre Netze zu ziehen?«

»Er wird wissen, was er sich und mir schuldig ist«, sagte Käthe, so ruhig sie konnte. Das Gespräch war ihr sehr peinlich.

»Ach was, darauf rechnen Sie nicht! Gehen Sie mir doch mit den Männern, sie sind alle wankelmütige Geschöpfe. Und die Hellmann ist ein Satan. Wenn Sie nicht energisch Front machen, erreicht sie ihr Ziel.«

»Das glaube ich nicht.«

Frau Anna schlug ärgerlich mit der kleinen runden Faust auf den Tisch.

»Dann muß ich schon deutlicher werden, sonst ist Ihnen nicht zu helfen. Wenn man den Männern so allen Willen läßt, kommen sie bloß auf dumme Gedanken. Kurz und gut, damit Sie es nur wissen – Ihr Mann hat der Hellmann den Brillantring geschenkt, mit dem sie sich neulich so brüstete. Er kostet fünfhundert Mark. Nun werden Sie wohl merken, daß etwas nicht in Ordnung ist. Jedenfalls würde ich an Ihrer Stelle etwas weniger freigiebig sein in pekuniärer Beziehung. Es gehört sich nicht, daß Ihr Mann so mit Ihrem Gelde um sich wirft.«

Käthe war einen Schein blasser geworden, schien aber sonst ruhig wie zuvor. Sie sah die alte Dame mit ihren schönen, ehrlichen Augen bittend an.

»Liebe Mama Berthold, bitte, sprechen Sie nicht mehr davon! Ich weiß, Sie meinen es gut und möchten mich vor Leid bewahren. Aber ich kann mich nicht so wehren, wie Sie es von mir verlangen. Ein Glück, das ich mir auf solche Weise erkämpfen müßte, ist keins für mich.«

»Da soll man ruhig zusehen, bis es zu spät ist?« grollte diese.

Käthe sah der alten Frau mit leidvollen Augen ins Gesicht.

»Wenn es so ist, wie Sie glauben, dann ist es schon zu spät.«

»Das ist ja Unsinn, Kindchen! Verzagt wollte ich Sie nicht machen, sondern Sie zu mutiger Gegenwehr aufstacheln. Sie sollen mal kräftig auftrumpfen gegen Ihren Mann. Können ruhig sagen, daß ich Sie aufgewiegelt habe, ich wühle nicht im Dunkeln. Müßte doch sonderbar zugehen, wenn Sie nicht über die Hellmann siegten. Sie sind am kleinen Finger schöner und besser als die ganze Hellmann. Wenn Sie ernstlich wollen, ist sie Ihnen bald ungefährlich.«

Käthe hätte sagen können, daß es sich nicht mit ihrer Würde vereinbare, gegen den Einfluß der Hellmann auf ihren Gatten zu Felde zu ziehen. Welchen Wert konnte eine Treue und Liebe für sie haben, um deren Besitz sie mit einer andern kämpfen mußte? War ihr Georg untreu, so liebte er sie nicht. Das war ihre Überzeugung. Aber sie sprach sich darüber nicht aus. Um das für sie äußerst peinliche Thema schnellstens zu beenden, sagte sie:

»Ich will meinem Mann sagen, was Sie mir über den Ring berichtet haben.«

»Tun sie das; es ist schon gut, wenn er weiß, daß Sie davon unterrichtet sind. Und noch eins, Kindchen: Es ist nicht nur Ihr Recht, sondern auch Ihre Pflicht, einzuschreiten. Vergessen Sie das nicht!«

Als die alte Dame gegangen war, blieb Käthe lange Zeit regungslos stehen. Ihre Pflicht? War es wirklich ihre Pflicht?

»Ja, es ist deine Pflicht«, sagte sie sich, »sonst ist es nicht nur deines Mannes Schuld, wenn ihr euch mehr und mehr auseinanderlebt. Du darfst ihn nicht aufgeben, weil er dir, wie er ist, nicht soviel wert ist, als wie du ihn dir dachtest. Du mußt ihn zu stützen suchen, wenn er schwach ist; sonst bist du so schuldig wie er.«

Und mit dieser Erkenntnis erwachte auch der feste Wille in ihr, zu retten, was noch zu retten war.

Als Wigand nach Hause kam, kurz nachdem Frau Berthold die junge Frau verlassen hatte, mußte er seine Sachen für den Abend zurecht machen. Käthe half ihm dabei. Sie war still und in sich gekehrt. Er sah sie einige Male von der Seite an.

»Bist ja so still? Hast du schon wieder schlechte Laune?«

»Nein, ich beschäftige mich nur in Gedanken damit, was mir Frau Berthold heute nachmittag erzählt hat.«

»Also du hattest Kaffeebesuch. Was hat sie dir so Wichtiges erzählt?«

Sie richtete sich auf und sah ihm voll ins Gesicht.

»Daß du Fräulein Hellmann einen Brillantring für fünfhundert Mark geschenkt hast.«

Im Bewußtsein seines Unrechts stand er da wie ein ertappter Sünder. Käthe war dieser Augenblick peinlich. Aber er faßte sich schnell. Um seine Verlegenheit zu verbergen, wurde er grob.

»Das alte Klatschmaul konnte etwas Besseres tun, als dir das zu hinterbringen.«

»Sie meinte es gut. Ich möchte dich bitten, zu bedenken, daß man darüber spricht, und daß wir nicht reich genug sind, solche Ausgaben zu machen.«

»Du hast gar keine Veranlassung, moralisch entrüstet zu sein. Ich werde doch wohl einer Kollegin, die mich durch ihre Künstlerschaft fördert und zur Begeisterung entflammt, als Ausdruck meiner Dankbarkeit ein Präsent machen dürfen! Wenn ich das nicht einmal haben kann, dann danke ich für die Pastete.«

»Mit dieser ›Pastete‹ meinst du wohl deine Verheiratung mit mir? Ich weiß, daß ich dich durch meine törichten Ansichten von Reichtum in dem Glauben bestärkt habe, daß mein Vermögen viel größer sei. Wie die Verhältnisse nun einmal liegen, darfst du dir solch luxuriöse Geschenke nicht gestatten. Außerdem mußt du Fräulein Hellmann gegenüber vorsichtig sein. Du bist ihr nicht gleichgültig, sie könnte sich irgendwelchen Hoffnungen hingeben. Das mußt du unbedingt vermeiden.«

»Du – ich will dir etwas sagen. Vor allen Dingen laß den geschraubten Ton –, den kann ich nicht vertragten. Auch keine Eifersüchteleien. Ich habe einfach kein Talent zum Schulbuben, der sich willig und ergeben abkanzeln läßt.«

»Das liegt mir fern. Ich wollte nur ruhig die Sache mit dir besprechen.«

»Schön, das ist geschehen, die Sache ist erledigt. Oder verlangst du vielleicht, daß ich mir den Ring zurückgeben lassen soll?«

»Nein, selbstverständlich nicht. Aber ich möchte dich bitten, Fräulein Hellmann nicht mehr zu uns einzuladen.«

»Warum nicht?«

»Weil sie heimlich von dir Geschenke annimmt. Das ist nicht ehrenhaft von ihr, wenn sie angeblich freundschaftlich bei mir verkehrt.«

»Das ist deine engherzige Ansicht. Aber es ist gut, ich will ihr lieber offen sagen, wie die Sache liegt. Jetzt laß mich zufrieden! Ich habe heute abend den Romeo zu spielen. Herrgott – da soll man nun in guter Stimmung sein!«

Käthe schwieg.

Zum Schluß des Theaters, als Wigand aus der Garderobe kam, sah er Käthe an der sogenannten Künstlerpforte stehen. Er war augenscheinlich nicht sehr angenehm überrascht.

»Du hier? Was ist denn los?«

»Nichts, ich wollte nur fragen, ob du noch ausgehst?«

»Ja, ich habe mich mit einigen Kollegen verabredet.«

»Dann erlaubst du wohl, daß ich dich begleite?«

Er sah sie erstaunt an.

»Auf einmal? Bist du eifersüchtig?«

»Nein, ich habe erkannt, daß ich nicht recht tat, dich immer allein gehen zu lassen. Deshalb werde ich dich jetzt öfter begleiten.«

Er lachte.

»Damit ich auf dem Pfad der Tugend nicht strauchle! Ja, du hättest einen ehr- und tugendsamen Spießbürger heiraten sollen. Da wärst du am Platze gewesen. Du hast dir nur eingebildet, daß du dich zu freieren Lebensanschauungen aufschwingen könntest. Na ja, die Krähwinkelei, die sie dir eingepaukt haben, steckt dir nun mal im Blut!«

»Vielleicht hast du recht«, sagte sie tonlos, »fast weiß ich selbst nicht mehr, wohin ich gehöre mit meinem Denken und Empfinden.«

»Nach Krähwinkel, verlaß dich drauf«, sagte er bitter.

Sie waren inzwischen an dem Restaurant angelangt, in dem die Schauspieler verkehrten. Kertner und Hartenberg, die Bertholds und Huber mit seiner Frau waren schon da. Sie waren alle etwas erstaunt, Käthe zu sehen, sagten jedoch nichts. Nur Frau Berthold sagte leise zu ihr:

»Recht so, Kindchen, lassen Sie ihn nicht immer allein herumlaufen.«

Wigand setzte sich mißmutig an seinen Platz und ließ sich etwas zu essen bringen. Er sprach sehr wenig.

Frau Anna funkelte ihn kriegsbereit an. Er hatte ihr hinter den Kulissen einige wütende Blicke zugeworfen und etwas von »bösen Klatschmäulern« gesagt.

Da hatte sie sich resolut vor ihn hingestellt.

»Wenn du mich damit meinst, mein Jungchen, dann tue dir ja keinen Zwang an. Und damit du es weißt – ich habe die Absicht, dir und der holden Lene auch in Zukunft ein bißchen unbehaglich zu werden. Deine Frau hat dich bei mir kennengelernt; ich fühle mich verpflichtet, ihr beizustehen, wie ich kann. Du bist so eine Frau gar nicht wert.«

Er hatte sie stehen lassen und war fortgegangen.

Aber auch die Hellmann hatte ihr Teil von der Alten bekommen, als sie spitze Bemerkungen über ›neidische Kolleginnen‹ fallen ließ.

»Weißt du, Hellmann«, sagte sie ruhig, »den Ring gönne ich dir. Er sieht an deinen weißen Händchen auch viel hübscher aus als an meinen dicken Fingern. Aber er ziert dich trotzdem nicht. Man sieht ihm an, daß er vom Geld der Frau bezahlt ist, der du ihren Mann abspenstig machen willst.«

Wie eine Furie war die Hellmann auf sie losgefahren. Die alte Frau hatte nur die Hände erhoben.

»Bleib mir vom Leibe – sonst rede ich deutsch mit dir«, hatte sie ruhig gesagt.

Unter solchen Umständen war es ziemlich still in der kleinen Runde, und man trennte sich sehr zeitig.

Wigand ging mit verbissenem Grimm neben Käthe nach Hause. Er war wütend auf seine Frau, auf die Berthold – auf die ganze Welt. Und er verfluchte seinen Leichtsinn, mit dem er in diese Ehe hineingetaumelt war. Käthe war ihm gar nichts mehr. Nur eine Last, eine Fessel.

14

Von ihren Pflegeeltern hatte Käthe durch Helmut zuweilen gehört, daß sie ihr altes Leben ruhig weiterführten; im letzten Brief hatte er ihr berichtet, daß seine Mutter nicht unbedenklich erkrankt sei. Diese Nachricht weckte in Käthe den Wunsch, ihr beizustehen. Sie fragte bei Onkel Karl an, ob sie kommen dürfe, sie zu pflegen; sie sei stündlich bereit dazu. Zwei Tage darauf erhielt sie die Todesanzeige ihrer Tante. Onkel Karl hatte daruntergeschrieben: ›Diese Anzeige beantwortet dir deinen Brief.‹ Sonst nichts.

Käthe war tief erschüttert. Der Tod löschte alles Bittere aus in solchen Fällen. Sie empfand nur, daß ihr die Tote nahegestanden hatte trotz verschiedener Lebensanschauungen, und sie fragte sich mit ernstem Forschen, ob sie selbst nicht auch Schuld trüge an der Entfremdung zwischen sich und den Verwandten. Mit ihren gereifteren Ansichten vom Leben urteilte sie härter über sich und milder über die anderen. Sie hatte zu viel von ihnen verlangt, mehr als sie hatte geben können, und war doch selbst nicht imstande gewesen, sich ihnen anzupassen. Hatten sie nicht die gleiche Berechtigung zu ihrem Sein und Wesen wie sie selbst? Kein Mensch kann über sich selbst hinaus. Sie war nicht einen Schritt breit von dem abgewichen, was ihr das Rechte erschien, ebensowenig wie Onkel und Tante. Die Jugend hat aber mehr Anpassungsvermögen als das Alter. Was also ihr unmöglich erschienen war, hätte sie auch nicht von den andern verlangen dürfen. Und gab ihnen die Erfahrung, die sie in ihrer Ehe gemacht hatte, nicht zum großen Teil recht? Hatten sie nicht ihre Pflicht erfüllt, als sie sich ihrer Verlobung mit Georg feindlich gegenüberstellten? Daß sie es in kalter, liebloser Art getan, lag in ihren Charakteren. Solche Gedanken kreuzten hinter Käthes Stirn, als sie stumm auf die Todesanzeige herabsah. Daß sie Tante Amalie die letzte Ehre erweisen mußte, stand bei ihr fest, und sie teilte ihrem Mann diese Absicht mit.

Er zuckte die Achseln. »Tu, was du willst. Vielleicht kannst du Versöhnung feiern mit dem Alten. Am Ende springt noch eine Erbschaft dabei heraus. Wir könnten das gebrauchen.«

Käthe zog die Stirn zusammen. »Darauf mache dir keine Hoffnung! Mein Vetter Helmut ist der einzige Erbberechtigte. Ich fahre nur zur Beerdigung, weil ich es für meine Pflicht halte.«

»Pflicht – Pflicht! Das ist dein drittes Wort jetzt. Mir wird ganz übel, wenn ich es höre.«

Sie schwieg und trat ans Fenster. Mit leeren Augen starrte sie auf die Straße hinab. Die Menschen hasteten vorüber, arme, reiche, junge und alte. Manche gingen leicht und frei mit hocherhobenem Haupte, manche mit düsteren Mienen und zu Boden gesenktem Blick. Ob sie alle Menschenleid zu ertragen hatten? Ob keiner darunter war, der davon verschont blieb?

»Wann willst du reisen?« fragte Wigand noch einer Weile.

»Morgen früh, neun Uhr dreißig. Ich bin dann kurz vor elf Uhr dort, und um ein Uhr findet die Beerdigung statt.«

»Und wann gedenkst du wiederzukommen?«

»Das kann ich nicht genau sagen. Sollte ich Onkel Karl irgendwie behilflich sein können, so bleibe ich dort. In diesem Fall entschuldigst du mich wohl ein paar Tage. Jedenfalls sende ich dir vorher Nachricht. Die Aufwärterin wird dir inzwischen den Haushalt besorgen. Wenn du es wünschst, kann sie dir auch mittags das Essen aus dem Restaurant holen.«

»Das ist nicht nötig. Ich werde so lange auswärts essen. Du mußt mir aber etwas Geld geben für alle Fälle.«

Käthe trat zu ihrem Schreibtisch und nahm eine kleine Kassette heraus. Sie schob ihrem Mann hundert Mark hin; das übrige verwahrte sie in ihrem Portemonnaie.

»Mehr hab ich nicht im Hause, es wird ja genug sein«, sagte sie.

Er steckte das Geld nachlässig zu sich. »Man muß dem lieben Gott für alles danken«, sagte er lachend. Dann ging er, eine Operettenmelodie pfeifend, hinaus.

Käthe traf ihre Vorbereitungen im Haushalt für eine etwaige längere Abwesenheit. Dann packte sie die kleine Handtasche, mit welcher sie damals das Haus ihres Onkels verlassen hatte. Ein schwarzes Kleid fand sich in ihrem Besitz. Ein kurze schwarze Tuchjacke vervollständigte ihr Trauerkostüm.

Am Abend kamen Kertner und Hartenberg auf ein Stündchen. Bertholds schickten eine Absage.

Hieronymus war erkältet und sollte nicht ausgehen. Käthe und Kertner philosophierten über Leben und Sterben, Paulchen Hartenberg sah sich zum Abschied an Käthes Schönheit satt, und Wigand gähnte die Begleitung dazu.

Am nächsten Morgen erhob sich Käthe leise, um Georg nicht zu stören. Erst als sie fertig zum Gehen war, trat sie an sein Bett, um sich von ihm zu verabschieden.

Gähnend und verschlafen streckte er ihr die Hand hin.

»Adieu, Käthe, viel Vergnügen«, sagte er gähnend. Und dann mit einem Blick auf ihre Kleidung: »Brr, siehst aus wie eine Nonne. Na, ich hätte dich wohl eigentlich zum Bahnhof begleiten sollen, was? Hättest mich früher wecken müssen.«

»Ich fahre gleich mit der Taxe. Bleib nur liegen und schlaf dich aus! Leb wohl.«

Flüchtig berührte sie mit den Lippen seine Stirn. Dann ging sie hinaus.

Nach fast zweijähriger Ehe trennten sie sich das erstemal auf längere Zeit, und beide fühlten nichts als Erleichterung bei dem Abschied.

Als Käthe den Zug verlassen hatte, ging sie langsamen Schrittes durch die Straßen, über die Flußbrücke der Fischgasse zu. Bekannte Gesichter tauchten vor ihr auf, wandten sich ihr neugierig zu und grüßten oder sahen beiseite. Aber verstohlen wandten sich dann alle nach der hohen, schlanken Frauengestalt um, die wie ein Fremdling durch die Straßen schritt.

»Das war doch Rodecks Käthe?«

So fragten sich die Leute.

»Ja, natürlich, sie wird zur Beerdigung gekommen sein. Was sie sich verändert hat! Sonderbar, wie sie sich frisiert. Man merkt, daß sie aus der Großstadt kommt und aus Künstlerkreisen.«

Käthe kümmerte sich nicht um das, was die Leute dachten. Ruhig, mit der ihr eigenen elastischen Grazie und Anmut legte sie ihren Weg zurück.

Am Haus des Onkels zog sie die Glocke; Line öffnete und war im ersten Augenblick völlig sprachlos.

»Fräulein Käthe!« rief sie dann staunend, und ein freundliches Lächeln erhellte ihr Gesicht. Sie hatte stark gerötete Augenlider. Die treue Seele betrauerte ihre Herrin aufrichtig.

Käthe streckte ihr die Hand entgegen.

»Guten Tag, liebe, gute Line!«

»Guten Tag, guten Tag, Fräulein Käthe – wollte sagen, Frau – Frau Käthe. Ach Gott, ach Gott, unsere arme, liebe Frau Rodeck.«

Und die Tränen stürzten ihr von neuem über das faltige Gesicht. Käthe streichelte ihr die runzlige Hand. Die Trauer der alten Magd rührte sie.

»Ist mein Onkel zu Haus, Line?«

»Ja, der Herr ist drin bei userer lieben Frau. Gehen Sie man hinein, jetzt sind Sie noch allein mit ihr. Nachher kommen die anderen alle.«

Sie öffnete der Frau die Tür zur sogenannten guten Stube; dort hatte man die Tote aufgebahrt. Leise trat die junge Frau ein.

Überwältigt von dem Anblick, beugte sich Käthe über die gefalteten weißen Hände und drückte ihre roten, warmen Lippen darauf. Eine stumme Abbitte lag in dieser Bewegung. Dann legte sie einen großen Strauß Veilchen auf die kalten Hände; sie hatte sie mitgebracht als letzten Gruß für die Tote.

Still wandte sie sich um. Drüben am Fenster saß Onkel Karl steif und gerade und sah mit kühlem Ausdruck nach ihr hinüber. Sie trat zu ihm und reichte ihm die Hand.

»Guten Tag, Onkel Karl!«

Er legte einen Augenblick seine Fingerspitzen in die ihren.

»Guten Tag.«

Eine eisige Beklemmung legte sich auf ihr Herz. Aber sie wehrte sich dagegen.

»Kann ich dir irgendwie behilflich sein? Bedarfst du meiner? Ich bin bereit zu helfen, wo ich kann.«

»Ich danke. Es ist alles besorgt und geordnet. Johanna und ihre Mutter standen mir ja zur Seite. Ich glaubte nicht, daß du kommen würdest.«

»Aber, Onkel, es ist doch selbstverständlich, daß ich Tante Amalie zu Grabe geleite.«

»Selbstverständlich wäre manches andere auch gewesen. Wir rechneten nicht auf Dankbarkeit von deiner Seite.«

Sie schwieg. Was hätte sie auch erwidern sollen?

Nach einer Weile sagte er unbewegt, wie zuvor: »Geh hinüber ins Wohnzimmer und nimm Platz, bis die andern kommen!«

Sie ging langsam nach der Tür. Ehe sie hinüberging, fragte sie leise: »Ist Helmut nicht gekommen?«

»Doch, er besorgt noch allerlei und wird bald zurück sein.«

Käthe setzte sich im Wohnzimmer auf ihren alten Fensterplatz und ließ ihre Augen im Zimmer umherschweifen. Wie seltsam sie sich berührt fühlte! So kalt und bang war ihr ums Herz, als sei sie selbst gestorben. So still war es ringsum, kein Laut drang zu ihr. Und ein herber Duft von welkenden Blumen durchzog das Haus und zeugte von Sterben und Vergehen.

Riesengroß stieg das Leid vor ihr auf, das sie in ihrem jungen Leben schon ertragen. Wie ein Traum schien es ihr, daß sie von hier fortgegangen war mit glückvollem Herzen, und daß sie nun wiedergekehrt war, innerlich einsamer und ärmer, als sie es je hier gewesen. Denn früher gab es die Hoffnung in ihr auf eine schönere, bessere Zukunft. Die hatte sie jetzt nicht mehr, damit war es vorbei.

So saß sie mit wehen, trüben Gedanken. Da klang die Glocke schrill durchs Haus. Gleich darauf wurde die Wohnzimmertür geöffnet und Helmuts hohe, kraftvolle Gestalt erschien. Als er Käthe erblickte, eilte er auf sie zu, faßte mit festem, fast schmerzendem Griff ihre beiden Hände. »Käthe – du!«

In den zwei Worten lag eine ganze Welt, und aus seinen grauen Augen umfloß sie eine Flut von Liebe. Von Käthes Herzen löste sich der starre Druck. Zwei dicke Tränen rannen aus ihren Augen über das Gesicht. Sie hielt sich instinktiv an seinen Händen fest. Beide dachten in diesem Augenblick nicht an die Tote. Nur das, was sie selbst erlebt und erlitten hatten, seit sie sich hier das letztemal gesehen, füllte ihre Gedanken.

»Wie geht es dir, Helmut? Du scheinst mir schmäler geworden im Gesicht«, sagte sie endlich, als sie sich gefaßt hatte. Und sie dachte daran, was er ihr gesagt von seiner Liebe zu einer Frau, die ihm verloren war. War diese schuld an dem feinen, herben Leidenszug um seinen Mund?

Er hatte seine Bewegung niedergekämpft; seine Augen aber hingen an ihr, als müßten sie sich für langes Darben entschädigen.

»Mir geht es gut. Nur sehr viel Arbeit habe ich. Unser Unternehmen wächst von Tag zu Tag, und viel muß durch meine Hände gehen.«

»Kannst du dich nicht entlasten?«

Er fuhr mit der schlanken Hand über die Stirn. »Das ist nicht so einfach, Käthe. Ich suche schon seit langer Zeit eine Art Sekretär für mich; der muß aber so viele Vorzüge besitzen, daß ich ihn kaum finden werde. Er muß klug sein, gewandt, fleißig und besonnen. Sympathisch soll er mir auch sein, weil ich ihn den ganzen Tag um mich haben müßte. Er müßte mich leicht verstehen und begreifen, damit ich nicht viel zu reden brauche, kurzum, ein Ausnahmemensch sein. Die gibt es aber sehr selten. Da muß ich es eben allein schaffen.«

Er hatte ihr das alles erzählt, um einen unbefangenen Ton anschlagen zu können. Nun entstand eine Pause. Sie saßen stumm gegenüber und sahen sich an.

»Es ist so schnell gekommen mit deiner Mutter«, sagte sie leise.

»Ja, ich hätte sie gern noch einmal gesprochen. Wenn ich sie so still auf ihrem letzten Lager liegen sehe, meine ich, ich hätte ihr viel abzubitten.«

»So ging es auch mir, Helmut. Das Leben lehrt uns die eigenen Fehler erkennen. Dagegen verblassen die der anderen.«

»Das klingt für eine so junge Frau, wie du es bist, so resigniert. In deinen Jahren fordert man noch, ohne viel an das Glück zu denken.«

»Das kommt wohl auf die Umstände an.«

Er faßte ihre Hand.

»Käthe, du hast das Glück nicht gefunden, das du suchen gingst?«

Ein atemloses Forschen durchdrang sein Wesen. Sie sah ihn mit ernsten, leidvollen Augen an.

»Nein«, sagte sie schwer, »ich griff zu hoch, verlangte zuviel. Da blieb meine Hand leer. Aber solch ein Glück, wie ich es mir erträumte, gibt es wohl nicht. Man muß sich bescheiden lernen. Und viel Schönes und Gutes ist mein geworden. Deine Freundschaft zuerst. Dann eine Arbeit, die mir Frucht bringt in doppelter Beziehung: Klingenden Lohn und innere Befriedigung. Das ist viel, und ich danke dir das, wie manches Gute im Leben. Auch Menschen habe ich draußen gefunden, die mir wert geworden sind. Ich schrieb dir von Bertholds und dann vor allem von Kertner. Er hat mich gefördert, ihm danke ich viel von meinem inneren Heranreifen. Trotz allem, ich lebe erst, seit ich von hier fort bin.«

»Und dein Mann? Von ihm sagst du nichts. Du schreibst mir auch wenig von ihm.«

Sie stützte den Kopf in die Hand und sah starr vor sich hin. Er blickte voll heißer Unruhe auf ihr süßes, trauriges Gesicht.

Dann richtete sie sich auf, als wollte sie Schweres abschütteln. »Was ich dir von ihm hätte schreiben können, wäre zu viel gewesen oder zu wenig. Er ist nicht allein schuld, daß wir uns auseinanderleben. Ich will ihn nicht anklagen. Ich habe ihn zu einem Gott machen wollen, und er ist nur ein Mensch. Was ich einst für ihn gefühlt habe, hindert mich nun, ihn zu lieben, wie er ist. Unsere Ehe ist ein Irrtum, an dem wir beide zu tragen haben. Ich habe ihn ebensowenig glücklich gemacht, wie er mich.«

»Du liebst ihn nicht mehr?« fragte er mit heiserer, zitternder Stimme.

»Ich liebte ihn nur, solange er dem Bild glich, das ich mir in törichter Mädchenschwärmerei von ihm geschaffen hatte.«

»Und warum gehst du nicht von ihm? Wer zwingt dich, diesen Irrtum aufrechtzuerhalten, nachdem du ihn erkannt hast?«

Er fragte es mit mühsam erzwungener Ruhe. Sie ahnte nicht, welcher Sturm in ihm tobte.

»Warum? Weil es meine Pflicht ist, bei ihm auszuharren. Doch genug von mir. Sorg dich nicht um mich! Ich sage wie du: Das Leben bietet auch ohnedies viel Gutes und Schönes. Ich höre die anderen kommen. Laß uns zu deiner Mutter gehen!«

Sie ging voran. Er folgte ihr und dachte: ›Welch eine klardenkende, starkgeistige Frau ist aus dem schwärmerisch veranlagten Mädchen geworden!‹ Und zu seiner heißen Liebe gesellte sich Bewunderung. Jetzt, da er sie wiedergesehen hatte, empfand er erst ganz, was sie ihm war, und von neuem überkam ihn der Schmerz um ihren Verlust. Es war ihm unsagbar schwer geworden, sich nicht zu verraten. Wenn Käthe nicht durch seine damaligen Worte über seine verlorene Liebe irregeleitet worden wäre, hätte sie sicher Argwohn geschöpft.

Nach der Beerdigungsfeier, an der alle Bekannten teilgenommen hatten, war Käthe wieder mit Helmut in das Haus ihres Onkels zurückgekehrt.

Der alte Herr saß steif und unbeweglich im Wohnzimmer, als sie nochmals zu ihm trat, ihn mit sanften Augen anblickte und sagte:

»Onkel Karl, wenn du es wünschst, bleibe ich einige Tage hier, bis du über das Schlimmste hinweg bist«, sagte sie mir warmer Dringlichkeit.

Er sah an ihr vorbei.

»Nein, ich danke dir – es ist nicht nötig.«

Da trat Helmut heran mit den Worten:

»Du solltest Käthes Anerbieten annehmen, Vater. Ich muß in zwei Stunden wieder nach Berlin zurück, dann bist du ganz allein.«

»Line ist ja da. Und Albert und Johanna kommen am Abend. Tagsüber bin ich im Kontor. Käthe soll ruhig wieder abreisen.«

Das klang alles so kühl und ruhig.

Die beiden jungen, warmblütigen Menschen sahen sich an, und einer faßte instinktiv des anderen Hand, als sollten die warmen Finger der starren Kälte wehren, die von dem alten Herrn ausging.

War er denn wirklich so kühl und gelassen, wie er sich den Anschein gab? Galt es ihm so wenig, daß seine Lebensgefährtin, die fünfunddreißig Jahre an seiner Seite gelebt hatte, von ihm gegangen war? Wer konnte ein Menschenherz ergründen, das sich mit einem starren Panzer umgeben hatte?

So beschloß Käthe, sofort wieder abzureisen. Ihr Zug ging eine Viertelstunde früher als der Helmuts. Sie gingen miteinander zum Bahnhof, nachdem sie sich von Karl Rodeck verabschiedet hatten.

Sie besprachen noch dieses und jenes in ruhig freundschaftlicher Weise. Dann sagte Helmut plötzlich, tief Atem holend:

»Es mag ein Unrecht sein, Käthe, aber ich bin froh, daß ich wieder fort kann. Wie ein Alp liegt mir die Luft des Vaterhauses auf der Brust. Es ist furchtbar, daß mein Vater selbst bei diesem Anlaß nicht zeigte, daß er ein warmschlagendes Herz besitzt.«

Käthe nickte.

»Ja – ich fühle wie du. Ihr seid einander sehr unähnlich, du und dein Vater. Es macht so traurig, wenn man sich müht, Einlaß in solch ein starres Herz zu gewinnen und nur verschlossene Türen findet.«

Langsam schritten sie dahin, jeder den eigenen Gedanken folgend und doch von der Überzeugung erfüllt: ›Wir beide sind von gleicher Art, wir gehören zusammen und verstehen uns auch ohne Worte.‹

Und dann kam der Abschied.

Käthe saß in ihrem Abteil, und ihr süßes, blasses Gesicht war dicht vor ihm. Die roten Lippen lockten und leuchteten, und die schönen Augen sahen ihn herzlich an.

»Leb wohl, Helmut. Wir schreiben uns doch auch in Zukunft fleißig? Und du sorgst mir für Arbeit?«

»Ja, Käthe – liebe kleine Käthe. Und vergiß nicht, wenn du einen Freund brauchst, ich stehe mit allem, was ich bin und habe, zur Verfügung.«

Sie drückte seine Hand. »Guter Helmut – mein lieber, treuer Freund, ich danke dir!«

Aber sie küßte ihn nicht zum Abschied. Der Zug fuhr davon. Aug in Aug blieben sie, bis sich die Entfernung zwischen ihre Blicke legte.

Helmut stand noch so, als der Zug längst verschwunden war. Dann raffte er sich auf und warf den Kopf zurück in seiner alten, energischen Weise.

»Nun frisch an die Arbeit! Fort mit allem, was weich und schlaff macht! Ein rechter Mann wird auch damit fertig.«

Aber Käthes süßes Gesicht ließ sich nicht verscheuchen, es stand vor seinem inneren Auge und wich dem festen Willen nicht.

15

Es war fast neun Uhr, als Käthe nach Hause kam. Zu ihrem Erstaunen sah sie von unten, daß die Zimmer erleuchtet waren. Wohl wußte sie, daß Georg nicht zu spielen hatte an diesem Abend. Aber sie hatte nicht geglaubt, ihn daheim zu finden.

Langsam schritt sie die Treppe hinauf; es eilte ihr nicht mit der Heimkehr.

Leise öffnete sie die Wohnungstür. Vielleicht war er, wie so manches Mal, auf dem Diwan eingeschlafen. Wenn er dann geweckt wurde, war er unmutig.

Leise legte sie den Hut ab und wollte ihn auf den Garderobenständer hängen. Da sanken ihr plötzlich die Hände schlaff herab, und ihre Augen starrten zu einem breitrandigen Damenhut empor.

Käthe kannte den Hut. Er gehörte Fräulein Hellmann.

Wie geistesabwesend öffnete sie leise die Tür zum Wohnzimmer. Es war leer. Aber aus dem daranstoßenden Salon, der nur durch eine schwere Tuchportiere abgeschlossen war, tönten zärtliche Laute, ein leises girrendes Frauenlachen.

Das weckte sie aus ihrer Betäubung. Schnellen Schrittes ging sie hinüber und hob den Vorhang zur Seite, und mit entsetzten Augen nahm sie das Bild in sich auf, das sich ihr bot.

In einen Sessel geschmiegt lag Fräulein Hellmann und sah mit zärtlichem Lächeln in Georgs Wigands gerötetes Gesicht. Sie trug ein weich fließendes, weißes Kleid, das die schönen Schultern freigab. In ihrer lässig herabhängenden linken Hand hielt sie eine brennende Zigarette. Die Rechte wühlte zärtlich in Wigands dunklem Haar. Und dieser beugte sich gerade zu ihr herab und küßte sie, als ihn ein dumpfer Laut erschrocken auffahren ließ. In ihr zärtliches Kosen vertieft, hatten sie das leise Geräusch, welches Käthes Ankunft verursachte, nicht gehört. Nun starrten beide erschrocken auf die unbewegliche, schwarzgekleidete Frauengestalt, die unter der Portiere stand.

Die Hellmann faßte sich zuerst. Sie sprang mit

einem erzwungenen Lachen auf und verbeugte sich vor Käthe.

»Sie stören uns gerade in einer Probe, Frau Wigand; wir mußten notwendig noch einige Szenen zu einem neuen Stück probieren«, sagte sie leichthin. Aber ihre Stimme war doch sehr unsicher.

In Käthes Gestalt kam Leben. Sie trat ins Zimmer herein und maß Fräulein Hellmann mit großen, ernsten Augen.

»Sie dürften sich in der Szenerie vergriffen haben. In meiner Wohnung ist nicht der rechte Platz für solche Proben.«

Und langsam zur Tür schreitend und den Ausgang öffnend, sagte sie kalt:

»Adieu, Fräulein Hellmann.«

Mit ruhiger Würde trat sie zurück, um die Schauspielerin vorbei zu lassen.

Die Hellmann warf trotzig den Kopf zurück und maß ihre Gegnerin mit schillerndem Blick.

»Ah, das ist stark – Sie weisen mir die Tür!«

»Es dürfte wohl Ihr eigener Wunsch sein, sich schnell zu entfernen.«

Das Gesicht der Hellmann wurde wütend. Sie funkelte Käthe bösartig an.

»Nur nicht so hoheitsvoll, Verehrteste! Sie glauben, mich beleidigen zu können, weil Ihrem prüden Sinn jedes Verständnis für freies Künstlertum mangelt. Nun, ich kann auch dienen, meine Gnädigste. Ist es etwa ehrenhaft, einen Mann durch Vorspiegelung falscher Tatsachen an sich zu locken? Georg liebt mich und hat mich schon lange geliebt; nur Ihr angeblicher Reichtum hat ihn verblendet und ihn gefangengenommen. Ist es weiter ehrenhaft, wenn Sie einen Mann festhalten, der von Ihnen fortstrebt, der an Ihrer Seite elend verkümmern würde, wenn ich mich nicht seiner erbarmt hätte? Ihnen fehlt jedes Verständnis für ihn. Seine Ehe mit Ihnen ist ihm eine erdrückende Fessel und eine Kette von Sorgen. Denn der vorgespiegelte Reichtum reicht bei weitem nicht aus, Ihre Ansprüche zu befriedigen, viel weniger, ihm eine freie Entfaltung zu gestatten. Nur mir und meiner vorurteilslosen und aufopfernden Liebe hat er es zu danken, daß er nicht an Ihrer Seite versimpelt. Sie ziehen ihn herab, ich hebe ihn zu mir empor auf die lichte Höhe der Kunst. So, meine Verehrte – das ist meine Antwort auf Ihre Beleidigung. Adieu, Georg, wir sehen uns morgen wieder.« Damit ging sie schnell hinaus. Gleich darauf schlug die Entreetür krachend ins Schloß.

Käthe stand totenbleich, mit zuckenden Lippen auf ihrem Platz und sah der Entschwundenen nach. Diese Beschimpfungen machten sie wehrlos. Und ihr Mann hatte dabeigestanden, ohne sie vor solch unerhörter Beleidigung zu schützen.

Langsam wandte sie ihm ihr blasses Gesicht zu. Er hatte die ganze Zeit mühsam nach Fassung gerungen. Die Beschämung, die er fühlte, machte ihn doppelt ungerecht gegen seine Frau. Als sie ihn nun mit einem unbeschreiblich bitteren Ausdruck ansah, fuhr er wütend auf sie los.

»Warum hast du nicht depeschiert, wie du angabst? Weshalb schleichst und spionierst du hier herum?«

Sie hob ruhig die schwelende Zigarette auf, welche der Schauspielerin entfallen war und nun die Teppichfäden zum Glimmen brachte. Sie trat die Funken aus und öffnete dann das Fenster, um das süßliche Parfüm der Hellmann zu vertreiben.

»Willst du nicht reden?« fragte er gereizt und faßte sie rauh beim Arm.

Sie machte sich mit einem Ruck frei.

»Hier nicht. Komm hinüber!« sagte sie fest und laut.

Sie ging voraus ins Speisezimmer. Da war der Tisch noch nicht abgeräumt. Man sah noch die Spuren eines opulenten Soupers. Einige leere Sektflaschen, eine halbgeleerte Fruchtschale und Speisenreste. Georg hatte die Aufwärterin entlassen, bevor die Hellmann kam; deshalb war der Tisch noch nicht abgedeckt.

Georg war ihr nachgekommen. Er hatte sich einigermaßen beruhigt und gefaßt.

»Warum hast du mir deine Rückkehr nicht angezeigt? Dann wäre uns die Szene erspart geblieben. Wir hätten unsere Probe ebensogut wo anders abhalten können.«

Sie sah ihn mit einem seltsamen Blick an.

»Bitte, laß die Winkelzüge; ganz so naiv, wie du glaubst, bin ich nicht mehr. Es ist besser, wir reden offen und ehrlich miteinander. Mit Lügen läßt sich nichts aus der Welt schaffen. Ich frage dich ernsthaft und dringend – bitte, sei wahr: Hat die Hellmann einen Schein des Rechtes, so mit mir zu sprechen? Ist es wahr, daß ich dir eine Last, eine Fessel bin?«

Ihre ernsten Worte verfehlten ihre Wirkung nicht.

»Wir passen nicht zueinander, das hast du wohl auch schon herausgefunden«, sagte er unsicher.

»Ja.«

»Dein Wesen lähmt mir jeden künstlerischen Schwung, du verargst mir jede Freiheit und wendest dich verächtlich von mir, wenn ich mal über die Stränge schlage. Du verstehst mich eben nicht. Es war unklug von mir, dich deinen Verhältnissen zu entreißen. Wir sind zu verschieden.«

Käthe preßte die Handflächen an die Schläfen. Da, wo sie eben herkam, in dem grauen öden Haus mit dem Ledergeruch, der mit dem welker Blumen gemischt war, dort hatte man ihr wieder deutlich zum Bewußtsein gebracht: Du gehörst nicht zu uns, bist nicht Art von unserer Art. Und ihr Mann sagte nun auch, sie passe nicht in seine Welt. Wo gehörte sie hin? Fand sich nirgends ein Plätzchen für sie, wo sie Wurzeln schlagen konnte? Sollte sie nirgends heimisch werden? Sie seufzte tief auf.

»Du hättest eher den Mut finden sollen, mir das zu sagen. Lästig will ich dir nicht sein. Nur die Pflicht hielt mich bei dir fest, denn auch ich habe längst empfunden, daß uns beide nur ein Irrtum zusammenführte. Ich gebe dich frei – noch heute abend verlasse ich dein Haus.«

Er trat zu ihr heran. Sie tat ihm nun doch leid. »Nicht so, Käthe – ich werde gehen, der Haushalt gehört dir! Und laß uns in Frieden scheiden, grolle mir nicht!«

»Nein, das tue ich nicht. Du kannst nicht dafür, daß du anders geartet bist als ich. Bleib du nur! Ich könnte doch nicht hier bleiben – hier, in den Räumen, die mir entweiht scheinen. Meine Wäsche und meine Kleider sind schnell gepackt – alles andere lasse ich dir zurück.«

»Du kannst doch heute abend nicht mehr fort. Das Packen deiner Sachen nimmt Stunden in Anspruch. Wo willst du denn hin in der Nacht?«

Sie überlegte einen Augenblick.

»Ich werde als letzten Dienst von dir erbitten, daß du mich in ein Hotel begleitest, sobald ich fertig bin mit Packen. Wenn du inzwischen ausgehen willst, tue es. In drei Stunden bin ich fertig. Jetzt ist es neun Uhr.«

Sie ging hinaus, um ungesäumt ans Werk zu gehen. Er lief im Zimmer auf und ab; ihm war nicht wohl zumute bei alledem. Und seiner Freiheit vermochte er sich auch nicht zu freuen. Er fühlte doch, daß er eine sehr klägliche Rolle gespielt hatte.

Zuweilen lauschte er hinaus. Er hörte Käthe hin und her gehen. Sie trug ihre Sachen zusammen. Dann ließ er sich in einen Sessel gleiten und stützte mißmutig den Kopf in die Hände. So saß er noch, als sie nach Stunden wieder eintrat.

»Ich bin fertig. Wir können gehen«, sagte sie ruhig. »Du schickst mir meinen Koffer nach, bitte, sobald du von mir meine Adresse erfährst.«

»Und all das andere – deine Möbel, dein Gerät, alles soll hier bleiben?«

»Ja. Vielleicht kommt es dir zustatten – wenn eine andere meine Stelle einnimmt.«

»Und was wird aus dir? Kehrst du wieder zu deinem Onkel zurück? Es wird das beste für dich sein.«

Sie lächelte bitter. »Das beste? Meinst du? Noch weiß ich selbst nicht, was ich tue. Aber dahin kehre ich bestimmt nicht zurück. Mache dir keine Sorge um mich! Ich finde schon meinen Weg. Der Rest meines Vermögens schützt mich vorläufig vor Not – und ich will arbeiten. Nur darin liegt jetzt meine Hoffnung und mein Ziel.«

Danach ging sie. Käthe nahm nur das Handköfferchen mit, das sie wieder zurückgebracht hatte. Er nahm es ihr ab. Sie ließ es geschehen.

Stumm schritten sie nebeneinander durch die stille Sommernacht. Käthe fröstelte in der Kühle. Im Hotel angekommen, wandte sie sich ihrem Mann zu und reichte ihm die Hand. Er fühlte sie eisig einen Augenblick in der seinen ruhen.

»Leb wohl«, sagte sie leise.

Er drückte ihre Hand.

»Leb wohl, Käthe – und wenn du kannst, vergib!«

»Ich trage ebensoviel Schuld wie du. Laß dich nicht niederdrücken durch den Gedanken an mich! Wenn ich einst hören werde, daß du die höchsten Stufen der Kunst erreicht hast, dann soll es mich freuen. Und grüße Kertner von mir! Ich hoffe, einmal von ihm zu hören; er war mir ein ehrlicher Freund. Auch Hartenberg und Bertholds bestelle einen letzten Gruß. Ich muß es mir versagen, ihnen Lebewohl zu sagen. Sobald ich weiß, wo ich bleibe, hörst du von mir.«

Sie nickte ihm noch einmal zu und stieg die teppichbelegte Treppe zu ihrem Zimmer empor. Er sah der schlanken Gestalt nach, wie festgebannt auf seinen Platz.

Oben wandte sie sich noch einmal um und winkte ihm zu, dann war sie verschwunden. Er ging hinaus, an den gaffenden Hoteldienern vorbei. In dem nächsten Restaurant setzte er sich hinter eine Flasche Wein, und mit unsicheren Schritten schwankte er im Morgengrauen nach Hause.

Um diese Zeit saß Käthe noch wach am Fenster ihres Hotelzimmers. Es war ihr unmöglich, zur Ruhe zu gehen; sie hatte innerlich zu viel zu verwinden. Liebte sie auch Georg nicht mehr, so hatte sie doch Jahre mit ihm zusammengelebt. Und einmal war sie glücklich mit ihm gewesen – eine kurze Zeit nur, aber in dieser kurzen Zeit hatte sie gemeint, in den offenen Himmel hineinzuschauen.

Nun war alles zu Ende. Wieder fing ein neues Leben für sie an. Wie würde es sich gestalten? Was sollte sie tun? Wer riet ihr ehrlich, wie sie weiterleben konnte?

Auf einmal stand es klar vor ihr: Helmut!

Zu ihm wollte sie gehen; er würde sie verstehen und ihr helfen.

Und dann erhob sie sich fröstelnd, um zu Bett zu gehen. Als sie die brennenden Augen schloß, dachte sie noch einmal an die Szene mit der Hellmann zurück.

›Nein – ich hätte danach nicht an seiner Seite weiterleben können‹, dachte sie erschauernd. ›Es ist besser so.‹

Nach einigen Stunden Ruhe ließ sich Käthe eine Taxe holen. Der Schnellzug nach Berlin ging in einer Stunde ab. Vorher mußte sie noch zu ihrem Bankier, um ihre Geldangelegenheiten zu ordnen und sich mit Geld zu versehen. Fast die Hälfte ihres Vermögens war verausgabt worden. Aber das machte ihr jetzt keine Sorge mehr; sie hoffte, durch Helmut lohnende Arbeit zu finden, um ihren Lebensunterhalt zu verdienen. Großmütig und großdenkend, wie sie war, legte sie noch fünf Hundertmarkscheine in ein Kuvert und steckte eine kurze Notiz dazu.

›Du wirst jetzt allerlei unvorhergesehene Ausgaben haben; nimm dies dazu! Ich will nicht der Anlaß sein, daß du Schulden machst.‹

Das schrieb sie ihrem Mann und gab Auftrag, ihm das Kuvert zuzustellen. Dann fuhr sie zum Bahnhof.

In Berlin angekommen, ging sie über den Potsdamer Platz in die Leipziger Straße. Ein buntes, bewegtes Bild bot sich ihren Augen. Wie frisches Leben pulsierte es durch ihre Adern beim Anblick der drängenden, treibenden Menge. Alle diese Menschen gingen einem bestimmten Ziel entgegen, jeder bildete mit seinen Einzelinteressen einen Teil des Ganzen.

Dies Leben und Treiben fesselte sie und ließ sie fast

ihren eigenen Schmerz vergessen; erst als sie am Ziel angekommen war, stand sie wieder in der Wirklichkeit.

Prüfend flog ihr Blick an dem großen Haus empor: Also hier war Helmuts Wirkungsstätte!

Durch die Torfahrt gingen fortwährend Leute aus und ein. Sie folgte ihnen und stand dann unschlüssig in dem großen asphaltierten Hofraum. Niemand beachtete sie, niemand hatte Zeit für sie. Ganz verzagt sah sie um sich. Da las sie neben einer Tür auf blankem Schild: ›Portier.‹ Sie trat ein. Ein großer, starker Mann in einer Art Livree saß in dem kleinen Raum am Tisch und schrieb etwas in eine Liste ein. Er hob den Kopf.

»Sie wünschen?«

»Ich muß Herrn Doktor Rodeck sprechen. Wollen Sie mir, bitte, sagen, wie ich zu ihm gelangen kann?«

»Sprechstunde der Redaktion ist von zwei bis drei. Da müssen Sie morgen wiederkommen.«

»Ich komme in privater Angelegenheit. Können Sie mich nicht anmelden lassen? Ich weiß bestimmt, daß ich empfangen werde.«

Der Portier sah sie prüfend an, dann wies er ihr den Weg.

Käthe stand gleich darauf vor der mit ›Chefredakteur‹ bezeichneten Tür.

Sie ging entschlossen darauf zu, klopfte an, und als keine Aufforderung von drinnen erfolgte, trat sie ein. Sie hatte ein großes, helles Zimmer vor sich mit hohen Bücherregalen und einem mächtigen Diplomatenschreibtisch.

Vor diesem Schreibtisch, den Rücken ihr zugekehrt, saß Helmut Rodeck. Er sah nicht gleich auf bei ihrem Eintritt, er schrieb erst einen Satz zu Ende. Dann wandte er sich langsam um, sprang aber sofort mit einem Satz empor.

»Käthe!«

Staunen, Schreck und heiße Freude lagen in diesem Ausruf.

»Ja, Helmut, ich bin es wirklich«, sagte sie leise.

Er zog sie bei den Händen mit sich weiter ins Zimmer herein und schob ihr einen bequemen Ledersessel hin. Sie ließ sich nieder und sah zu ihm auf. Er fühlte, etwas Ungewöhnliches war geschehen. Das gab ihm Kraft, sich zu beherrschen. Er zog sich einen Stuhl heran und ließ sich ihr gegenüber nieder. Dann faßte er wieder ihre Hände.

»Darf ich mich freuen, daß ich dich so bald wiedersehe – oder führt dich etwas Unerfreuliches zu mir?«

Sie holte tief Atem.

»Du sollst ohne Umschweife hören, was geschehen ist. Ich habe mich von meinem Mann getrennt und werde nie zu ihm zurückkehren.«

Er sprang auf und lief einige Male auf und ab. Der Sturm, den diese Worte in ihm entfesselten, ließ ihn nicht ruhig auf seinem Platz verharren. Wie eine tosende Welle schlug es über ihm zusammen. »Sie ist frei!« jauchzte es in seinem Innern, und die Hoffnung wuchs riesengroß in seiner Seele. Er sah zu ihr hinüber. Ihr erschreckter, ängstlicher Blick gab ihm die Fassung zurück. Er biß die Zähne zusammen, um die jubelnden Worte nicht hervorzulassen, und trat vor sie hin.

»Ich habe dich erschreckt, Käthe – kleine Käthe, sieh mich doch nicht so angstvoll an! Die Überraschung war zu groß. Sag, wie kam das so schnell? Gestern noch dachtest du an keine Trennung.«

Sie erzählte ihm alles. In dieser Stunde erhielt er

einen tiefen Einblick in ihre Ehe. Sie verschwieg ihm nichts, beschönigte nichts, berichtete nur klar und ohne Umschweife.

Er hörte ihr zu mit mühsam bewahrter Fassung. Am liebsten hätte er sie in seine Arme genommen und sie getröstet und gestreichelt wie ein krankes Kind. Aber er bezwang sich, hielt nur ihre Hand in der seinen und sah ihr teilnahmsvoll in die Augen.

Als sie geendet hatte, atmete er tief auf.

»Du wirst dich von ihm scheiden lassen?«

»Er wird wohl jenes Mädchen heiraten wollen – ich werde ihm bei einer Lösung unserer Ehe entgegenkommen in jeder Weise.«

»Und was soll nun mit dir geschehen?«

»Das sollst du mir raten, deshalb kam ich zu dir. Du hattest mir deine Hilfe angeboten. In Berlin möchte ich bleiben und arbeiten – fleißig und tüchtig schaffen. Wie ich es anfangen soll, ein nutzbringendes, befriedigendes Leben zu führen, das sollst du mich lehren. Willst du es tun?«

»Du weißt – ich stehe dir mit allem zur Verfügung. Deine letzte Übersetzung ist famos, ganz vorzüglich. Aber wird dir die Tätigkeit genügen für die Dauer, wird sie dir nicht zu eintönig werden?«

»Auf andere Art mich zu betätigen, fehlen mir die Fähigkeiten.«

»Nun, das wird sich ja alles finden. Herrgott, Käthe – mir ist es wie ein Traum, daß ich dich hier vor mir sehe! Und ich freue mich, freue mich unbeschreiblich, daß du nun hier bleiben willst. Sieh, so ein Egoist bin ich, mehr an meine Freude zu denken als an deinen Kummer. Und nun warte einen Augenblick – ich muß noch ein paar Worte schreiben. Dann mach ich mich frei für heute. Ich zeige dir Berlin, wir fahren spazieren, und dann essen wir zusammen. Erst nimmst du irgendwo eine Erfrischung – ich kann dir hier nichts anbieten. Und abends führe ich dich irgendwo hin – du sollst alles Quälende vergessen. Dafür laß mich sorgen! Ja – und mit einer Wohnung für dich – warte, da hab ich die Adresse einer mir bekannten Schriftstellerin, einer feinen, liebenswürdigen Dame. Die rühmte mir die Pension, in der sie wohnt. Dort findest du wohl Aufnahme. Dorthin bringe ich dich zuerst, damit du weißt, wo du hingehörst. Also, ich bitte um Entschuldigung, einen Augenblick.«

Er setzte sich an seinen Schreibtisch und schrieb weiter. Manchmal sah er auf, als wollte er sich versichern, daß sie wirklich da sei. Als er fertig war, telephonierte er mit verschiedenen Abteilungen des Unternehmens und gab seine Weisungen.

»So, Käthe – nun bin ich frei für heute, nun komm!«

Sie schritt an seiner Seite hinaus.

Draußen rief er ein vorbeifahrendes Taxi an, half Käthe hinein und nahm an ihrer Seite Platz. Zuerst fuhren sie zu der Pension. Dort fand Käthe freundliche Aufnahme. Sie wäre am liebsten nun ruhig in ihrem Zimmer geblieben; die nervöse Anspannung machte sich doch geltend. Aber sie wollte Helmut die Freude nicht verderben und ließ sich von ihm führen, wohin er wollte. Sie wurde auch durch alles, was sie sah, so angeregt, daß sie alle Müdigkeit vergaß. Erst als sie nach dem Essen nach Hause fuhren und sie sich von ihm verabschiedete, bat sie: »Morgen laß mich ruhig zu Hause, Helmut! Ich muß erst einmal ordentlich zu mir kommen und mir klar über mich selbst werden.«

»Wie du wünschst. Aber übermorgen darf ich wiederkommen? Käthe, du weißt ja gar nicht, wie mir zumute ist, daß ich einen Menschen hierhabe, der zu mir gehört, für den ich nötig bin, und den ich ein bißchen verwöhnen darf. Gute Nacht, liebe kleine Käthe. Schlafe gut!«

Sie reichte ihm lächelnd die Hand.

»Gute Nacht, lieber Helmut! Ich danke dir tausendmal für deine Freundschaft! Wenn ich dich jetzt nicht hätte ...«

Er ging durch die noch sehr belebten Straßen in ein Café. Nach Hause mochte er noch nicht mit seinem übervollen Herzen.

»Liebe kleine Käthe«, sagte er immer wieder zärtlich vor sich hin. Und ein großes Glücksgefühl hüllte ihn ein. Sie war ja frei – frei. Und sie zu lieben war kein Unrecht mehr.

Am andern Morgen schlief Käthe bis in den hellen Tag hinein. Als sie dann im Frühstückszimmer saß und ihren Kaffee trank, gesellte sich die Besitzerin der Pension zu ihr, plauderte ungezwungen von allem Möglichen und forschte Käthe ein bißchen aus. Woher, wohin, weshalb? Da fühlte sie zum erstenmal, wie beklemmend es ist, wenn man nicht in ganz klaren Verhältnissen lebt. Sie konnte doch nicht sagen: ›Ich habe meinen Mann verlassen.‹ Aber die Trauerkleidung, die sie noch um Tante Amalie trug, half ihr, die Neugierige mit einem Hinweis darauf stumm zu machen. Im ganzen fühlte sich Käthe hier leidlich behaglich. Dann zog sie sich auf ihr Zimmer zurück und schrieb einige Briefe. An Anna Berthold sandte sie herzliche Worte des Abschieds und legte für Kertner und Hartenberg zwei Visitenkarten mit bei, auf die sie einige Worte schrieb.

Als das besorgt war, setzte sie sich an das Fenster

und sah auf die Straße hinab. Das lebhafte Hin und Her interessierte sie. Es tat ihr leid, daß sie Helmut gebeten hatte, heute nicht zu kommen. Sie fühlte sich wieder ganz frisch und wäre gern mit ihm durch die Straßen gebummelt. Seine warme, herzliche Art, sein ritterliches Wesen, die zarte Fürsorge, die sich in allem, was er für sie tat, bemerkbar machte, hatten ihr so wohl getan. Sie sehnte sich nach seiner Gegenwart und bereute, daß sie sich für heute derselben beraubt hatte.

Am anderen Tag kam Helmut gegen vier Uhr. Er hatte erst frei sein wollen von Geschäften, ehe er zu ihr ging.

»Gottlob, daß du da bist, Helmut«, sagte sie warm, »ich wäre jetzt ganz allein und verlassen ohne dich.«

»Dafür kannst du aber auch unbeschränkt über meine ganze freie Zeit verfügen.«

»Da will ich dich doch lieber nicht ganz beim Wort nehmen. Du hast doch sicher gesellige Verpflichtungen in Menge.«

Er lachte. Es war sein altes frohes Lachen, das Käthe so vertraut in den Ohren klang.

»Damit ist es nicht so schlimm, Käthe. Ich verkehre eigentlich nur im Haus meines alten Gönners Sartorius und bei seiner verheirateten Tochter, wo ich manchmal einen Abend verbringe. Dort werde ich dich einführen. Wir können zusammen hingehen.«

Käthe sah beunruhigt aus.

»Wird das gehen, Helmut? Sieh mal, gestern, als ich so gar nicht wußte, welche Auskunft ich über mich geben sollte, da wurde mir recht unbehaglich zumute. Was soll man von einer Frau denken, die ihrem Mann davongelaufen ist?«

Er nahm ihre Hand.

»Liebe Seele, darüber mußt du ruhig denken lernen. Sowohl mein alter Freund Sartorius, als auch seine Tochter und sein Schwiegersohn sind großdenkende, vorurteilslose Menschen. Sie werden dich herzlich aufnehmen, dafür laß mich sorgen! Aber nun komme ich mit einem Plan, mit einem Anliegen zu dir. Ich werde dir gleich wieder beweisen, was für ein Egoist ich bin. Ich erzählte dir, daß ich eine Sekretärin suche und die passende Persönlichkeit nicht finden kann. Jetzt habe ich sie, hier vor mir sitzt sie. Sag, Käthe, würdest du wohl dieses Amt annehmen?«

Sie sah ihn staunend an.

»Ich?«

»Ja, du.«

»Ach – du scherzest. Wie sollte ich fähig sein, solch ein Amt zu verwalten?«

»Ja, viel Arbeit bekämst du wohl.«

»Das könnte mir nur lieb sein, Helmut. Diesem Umstand gelten meine Bedenken nicht.«

»Sondern?«

»Ich bin doch nicht die geeignete Persönlichkeit dazu. Solch ein Posten verlangt größere Fähigkeiten und größere Kenntnisse.«

»Laß sehen. Du schreibst eine famose, klare Handschrift, hast einen sehr gewandten und eigenartigen Stil, kannst stenographieren, bist perfekt im Französischen, was bei unserer Verbindung mit Frankreich erforderlich ist. Du verstehst mich ohne viele Worte, bist klug und taktvoll und – und ...« er lachte, – »und bist mir sehr sympathisch. Da ich meinen Sekretär den ganzen Tag um mich haben muß, ist das für mich sehr wichtig. Wie ist es, hast du Lust, das Amt anzunehmen?«

»Lust – o ja, die hätte ich, große Lust! Das wäre ja herrlich, aber ...«

»Aber du willst Bedingungen stellen.«

»Nein.«

»Doch, du willst sie stellen. Du beanspruchst ein Gehalt von zweihundert Mark pro Monat. Bei entsprechender Leistung muß es steigen. Du verlangst drei bis vier Wochen Ferien im Jahr, bist erbötig, früh um neun Uhr anzutreten und bis fünf Uhr abends in der Redaktion zu bleiben. Ist es nicht so?«

Sie lächelte.

»Guter Helmut – wie du für mich sorgst!«

»In diesem Falle hauptsächlich für mich. Also sag ja!«

»Mit Freuden, wenn du meinst, daß ich leisten kann, was du verlangst.«

»Ja, das meine ich. Aber halt – noch etwas. Helmut Rodeck ist zuweilen ein ungeduldiger, nervöser Geselle. Er wird vielleicht einmal lospoltern, wenn ihm etwas gegen den Strich geht. Da muß sein Sekretär recht vernünftig sein und darf nichts übelnehmen.«

Sie faßte lächelnd seine Hand.

»Wenn es weiter keine Schwierigkeiten gibt, die trage ich gern.«

»Schön, also sind wir einig. Und wann willst du antreten?«

»Sobald du willst.«

»Also nächsten Montag. Ein paar Tage goldener Freiheit will ich dir noch gönnen. Dann schmiede ich dich fest in ein Redaktionszimmer. Herrgott, Käthe, wird das ein fröhliches Schaffen werden! Ich freue mich, freue mich unbändig. Und du sollst erst aufleben hier, sollst erst das Leben kennenlernen. Ich führe dich überall hin, wo du lernen kannst, kleine wißbegierige Käthe. Und lachen sollst du wieder, du kannst so herzlich lachen. So – und nun komm, jetzt bummeln wir in Berlin herum. Wohin du willst. Mach dich fertig, ja?«

Sie folgte seinem drängendem Ungestüm, und eine Viertelstunde später schritten sie nebeneinander durchs Gewühl. Käthe wurde ein wenig ängstlich dabei. Die Männer, die ihnen begegneten, blickten ihr mit so unverhohlener Bewunderung ins Gesicht. Sie hielt sich dicht an seiner Seite. Da zog er lächelnd ihren Arm durch den seinen.

»Daran wirst du dich noch gewöhnen, Käthe. Man ist nicht ungestraft so schön wie du.«

Sie legte ihren Arm fest und zutraulich auf den seinen. Und Helmut schritt mit unbeschreiblichem Glücksgefühl an ihrer Seite dahin. Wie schön, daß er ihr Schutz und Schirm sein konnte!

16

Käthe hatte ihr neues Amt angetreten. Seit vierzehn Tagen verwaltete sie es schon, und zu ihrer großen Freude ging es wirklich sehr gut. Ein neues, unendlich wertvolles Leben begann für sie. Sie schaffte mit glühendem Eifer, und Helmut mußte ernstlich bremsen, daß sie sich nicht zu viel zumutete.

Für Helmut war es eine problematische Zeit. Im steten Zusammensein mit der heimlich geliebten Frau hatte er alle Kraft nötig, um sich nicht zu verraten. Er wußte, wenn Käthe eine Ahnung bekäme von dem, was in ihm vorging, würde er sie unfehlbar vertreiben. Aber seine ganze Art, sein ganzes Verhalten war ein heimliches Werben um ihre Liebe.

Er wußte, ihr Herz war frei, und diese Gewißheit erfüllte ihn mit froher Hoffnung für die Zukunft. Wenn sie erst überwunden hätte, wenn ihr Herz erst wieder fähig sein würde, einer neuen Liebe Einlaß zu gewähren, dann würde auch seine Zeit kommen. Seiner heißen, alles bezwingenden Liebe mußte es gelingen, ihr Herz zu erobern!

Vorläufig blieb Käthe ganz unbefangen. Sie war gleichmäßig lieb und freundlich zu Helmut und kam ihm mit vollem Vertrauen entgegen. Und dies Vertrauen zu rechtfertigen, war sein Bestreben.

Während der Redaktionsstunden verkehrten sie nur sachlich und geschäftlich miteinander, wenn auch zuweilen ein warmer, vertraulicher Ton mit unterlief. Sie saß in einem großen, hellen Zimmer dicht neben dem seinen, und so oft er wollte, konnte er hinübergehen und sein Auge an dem vom frohen Eifer glühenden Gesicht Käthes weiden. Und er wollte dies sehr oft. Verstohlen betrachtete er sie wieder und wieder, und immer zog sie ihn in den Bann ihrer reizvollen Persönlichkeit.

Und Käthe lernte Helmuts energische, zielbewußte Persönlichkeit erst hier in diesem Rahmen würdigen und verstehen. Mit imponierender Sicherheit stand er an der Spitze des großen Betriebes. Es war eine Lust, seinem Schalten und Walten zuzusehen.

»Mir wird ganz bang vor deiner Bedeutung«, sagte sie eines Tages zu ihm, »ich hatte keine Ahnung von der Größe deiner Aufgabe. Du bist ein kleiner Fürst in deinem Reich. Ich werde mich dir nur noch mit ehrfurchtsvollem Respekt zu nahen wagen.«

»Um Himmels willen nicht, Käthe! Mit Respekt kannst du mir im Mondschein begegnen. Aber recht lieb und gut kannst du zu mir sein, zur Belohnung für meine sogenannte Bedeutung. Respekt wird mir schon so von allen Seiten zuteil, dafür habe ich gar keine Verwendung. Aber lieb hat mich niemand so recht von Herzen. Da kannst du dir ein bißchen Mühe geben.«

»Das wird mir gar nicht schwerfallen«, sagte sie, lächelnd auf seinen Scherz eingehend.

Nach Redaktionsschluß gingen sie fast jeden Tag miteinander aus.

Helmut hatte Käthe bei Sartorius eingeführt. Der würdige alte Herr und seine gutmütige, lebhafte Gattin nahmen die junge Frau herzlich auf. Sie lernte dort auch Frau Ihssen kennen, die Tochter des Paares.

Käthe sah interessiert auf die hübsche blonde Frau mit den munteren braunen Augen. Also das war diejenige, der Helmuts Herz entgegengeschlagen hatte und die er wohl heute noch liebte?

Sie sah von ihr zu Helmut hinüber. Ob er wohl ihre Gedanken erriet?

Und Helmut erriet sie. Er wußte, daß Käthes Argwohn diesen Weg ging. Er hatte sie beobachtet und ihre Gedanken zu lesen versucht.

Frau Ihssen hatte Helmut und Käthe eingeladen, sie fleißig zu besuchen, und sie machten gern Gebrauch davon. Dort lernte Käthe wieder eine ganz andere Gesellschaftsklasse kennen, einen anderen Ton, eine andere Art Menschen. Und sie nahm mit offenem Blick alles in sich auf.

Wenn sie dann mit Helmut nach Hause ging oder fuhr, je nach dem Wetter oder dem Bedürfnis, dann war sie immer doppelt lieb und herzlich zu ihm, als wollte sie ihn über ein heimliches Leid hinwegtrösten. Und er hatte das bald heraus und nutzte es egoistisch aus. Je stiller und ernster er dann vor sich hinsah, um so zutraulicher und liebevoller schmiegte sie sich an seinen Arm und plauderte mit weicher, zärtlicher Heiterkeit, um ihn seinen augenscheinlich finsteren Gedanken zu entreißen.

Und er schämte sich seiner Hinterlist gar nicht. Für ihn war es unsagbar beglückend, wenn sie sich so um ihn bemühte.

So waren einige Wochen vergangen. Von Chemnitz hörte Käthe gar nichts.

Da ließ sich eines Tages Adi Kertner anmelden während der Sprechstunde.

Käthe sah erfreut auf.

»Du erlaubst doch, Helmut, daß ich ihn hier empfange?«

»Natürlich. Soll ich dich mit ihm allein lassen?«

»Nein, ich habe ja keine Geheimnisse.«

Kertner trat ein, elegant, mit peinlicher Akkuratesse gekleidet. So konnte nur Adi Kertner aussehen.

Käthe ging ihm entgegen und reichte ihm die Hand.

»Wie ich mich freue, Sie wiederzusehen!«

Er küßte ihr die Hand.

Käthe stellte die Herren vor.

»Ich suchte Sie in Ihrer Wohnung auf, gnädige Frau, und hörte dort, daß ich Sie hier finden würde.«

Sie lud ihn ein, Platz zu nehmen. »Ja, ich habe hier meinen Wirkungskreis.«

»Und wie es scheint, einen befriedigenden. Ich freue mich sehr, Sie anders zu finden, als ich fürchtete. Ich brauche Ihnen nicht zu versichern, daß wir alle, die wir die Ehre hatten, Ihnen nahezustehen, mit inniger Teilnahme Ihrer gedachten.«

»Ja, ich wußte es, daß ich Freunde hatte. Und das

Bewußtsein hat mir über vieles hinweggeholfen. Und mein Vetter, mein treuester Freund, hielt die beste Medizin für mich bereit: eine ernste Tätigkeit. Aber nun zu Ihnen. Ich weiß nicht – irgend etwas in ihrem Gesicht ist mir fremd. Sie sehen aus – wie nur gleich? Ich kann es nicht in Worte fassen.«

Seine Augen blickten matt, unklar. »Sie werden sofort alles verstehen und begreifen, wenn ich Ihnen erzähle, was mich nach Berlin führte. Ich habe Ihnen einmal von meiner Hanna erzählt, dem Mädchen, das ich liebte, und das ihre Eltern mir, dem Schauspieler, verweigerten. Sie ist gestern in meinen Armen gestorben.«

Sie faßte erschrocken nach seiner Hand. »Lieber, armer Freund, wie kam das so schnell?«

»Ihre Gesundheit war längst nicht mehr die beste. Der Kummer zerstört viel. Eine Erkältung warf sie nieder. Als sie wußte, daß es mit ihr zu Ende ging, da verlangte sie sehnsüchtig nach mir. Und angesichts des Todes gab ihr Vater nach. Er depeschierte mir, ich solle sofort kommen. Ich nahm mir einige Tage Urlaub und reiste ab, hierher, wo meine Hanna lebte. Ein ganzer Tag war uns noch geschenkt; ich blieb bei ihr, bis es zu Ende war. Morgen reise ich zurück und – und sorge, daß die Leute etwas zu lachen haben.«

Ein grenzenloser Schmerz, eine tiefe Bitterkeit klang aus seinen Worten. Käthe sah ihm tiefbewegt ins Gesicht und drückte ihm stumm die Hand. Er raffte sich auf und schüttelte die trostlose Stimmung ab.

»Aber ich kam nicht her, Ihren Kummer noch durch meinen zu verstärken; denn ich weiß, Sie fühlen mit mir.«

»Ja, das tue ich gewiß. Und vor mir sollen Sie sich

keinen Zwang auflegen. Ich weiß, wie trostlos Ihnen jetzt zumute sein muß. Aber nicht so bitter, lieber Freund! Und wie die Angelegenheit für Sie und Ihre Hanna stand – gönnen Sie ihr Ruhe und Frieden, da Sie ihr das Glück nicht schaffen konnten. Sie ist Ihnen jetzt näher als im Leben.«

»Das alles sage ich mir selbst und komme wohl auch allmählich darüber hinweg. Nur jetzt – Sie begreifen, wenn das einzige Herz, welches für einen geschlagen hat, seine Tätigkeit einstellt und man fühlt: Du bist nun ganz allein – ist es ein elendes Gefühl. Wenn man da doch seinen Kinderglauben an ein Wiedersehen nach dem Tod noch hätte!

Aber nun nichts mehr davon. Mich führt neben dem herzlichen Wunsch, Sie wiederzusehen und Ihnen Grüße von Hartenberg und Bertholds zu bringen, ein bestimmter Auftrag zu Ihnen. Wenn ich damit Bitteres und Trübes in Ihnen wecke, so lassen Sie mich's nicht entgelten. Ich habe den Auftrag übernommen, weil ich mir sagte, daß Ihnen niemand so ergeben ist wie ich.«

»Ich weiß es, lieber Herr Kertner, und errate, was Sie mir bringen. Es handelt sich wohl um – um meine Scheidung?«

»Ja, so ist es. Wigand hat mich gebeten, Sie aufzusuchen. Sie hätten sich in jeder Weise entgegenkommend und großzügig gezeigt, daß er es auch wage, Sie zu bitten, in eine Scheidung zu willigen und ihm in dieser Beziehung möglichst entgegenzukommen.«

Käthe fuhr sich mit der Hand über die Stirn.

»Sagen Sie ihm, daß ich ihm kein Hindernis in den Weg legen will.«

Kertner sah auf seine Hände herab, ein unbehaglicher Zug lag um seinen Mund.

»Mit der Einwilligung zur Scheidung ist es nicht allein getan. So einfach ist die Sache nicht; eine Ehe ist leichter geschlossen als getrennt. Wigand hat sich genau informiert. Die Scheidungsklage müßte von Ihnen ausgehen, und – Sie müßten ihn der Untreue anklagen. Er ist bereit, alle Schuld auf sich zu nehmen. Nur läßt er Sie bitten, die Hellmann zu schonen. Würde diese mit ihm angeklagt, wäre eine Verbindung zwischen ihm und ihr erschwert. Und er rechnet auf Ihre Großmut. Aber da sind noch so viele Einzelheiten zu berücksichtigen – es wäre mir peinlich, Ihnen alles das auseinandersetzen zu müssen. Wenn Sie vielleicht Herrn Doktor Rodeck Vollmacht in der Angelegenheit gäben – zwischen uns zwei Männern ließe sich das alles leichter besprechen.«

Käthe blickte mit bangen Augen in Helmuts Gesicht.

»Darf ich dich damit behelligen?« fragte sie leise.

»Du weißt, da du über mich verfügen kannst. Herr Kertner hat recht, wir wollen dich so wenig wie möglich mit dieser Angelegenheit beunruhigen.«

»Ich danke dir herzlich.«

Helmut wandte sich an Kertner.

»Darf ich Sie zu mir herüber bitten?«

Die beiden Herren hatten nun in Helmuts Zimmer eine lange Konferenz.

Schließlich fuhren sie beide, nachdem sie sich zu diesem Zweck von Käthe verabschiedet hatten, zu einem Rechtsanwalt, um sich dessen Rat und Beistand zu sichern. Es mußte da mancher Punkt berührt werden, der Käthes Zartgefühl empfindlich verletzt hätte. Aber schließlich wurde doch ein Ausweg gefunden. Wigand konnte mancherlei zur Last gelegt werden, was seiner Frau ein Recht zur Scheidungsklage gab. Und da er alles auf sich nehmen wollte, um freizukommen, würde die Scheidung nicht unmöglich sein. Wigand hatte Kertner für alle Fälle mit den nötigen Einzelheiten vertraut gemacht, da er sich bereits bei einem Rechtsanwalt Auskunft geholt hatte.

Helmut bat Kertner, nachdem er mit ihm den Rechtsanwalt verlassen hatte, den Abend mit ihm und Käthe zu verbringen. Seine Einladung war herzlich und eindringlich, so daß Kertner gern zusagte. Sie verabredeten ein Rendezvous und trennten sich dann mit einem festen Händedruck.

Der gemeinsam verlebte Abend bracht sie einander noch näher, und Käthe war die Vermittlerin zwischen den beiden Männern. Als Kertner von ihr und Rodeck schied, um mit dem Nachtzug heimzukehren, war zwischen ihnen der Grundstein zu einer Freundschaft gelegt, die ein ganzes Leben überdauern sollte.

Die Trennung der Ehe Käthes brachte noch manche Schwierigkeit, manche böse, quälende Stunde für die junge Frau. Helmut nahm ihr ab, soviel er konnte, aber alles konnte er ihr nicht ersparen. Endlich, nach langer, qualvoller Zeit, war die Scheidung rechtskräftig geworden, und Käthe war nun für immer von Wigand getrennt.

Dieser verheiratete sich bald mit Helene Hellmann, verbummelte aber trotz ›erhebenden Einflusses‹ seiner zweiten Frau immer mehr.

Frau Berthold berichtete Käthe in ihrer drastischen Weise, daß Wigand sich immer mehr zum ›Säufer‹ ausbilde, und daß seine ›Schönheit‹ sehr darunter zu leiden beginne. Die Hellmann ›fühle‹ sich trotzdem als ›Frau Hellmann-Wigand‹ und ›protze‹ riesig mit ihrer schönen, eleganten Wohnung.

Käthe berührte das alles nur wie ein Klang aus längst vergangener Zeit. Sie lebte ein reiches Leben. Und täglich verwuchs es mehr mit Helmut. Sie konnte sich gar nicht vorstellen, daß dies einmal anders werden könne. Mit unerschütterlichem Vertrauen und herzlicher Liebe hing sie an ihm. Sie merkte es selbst nicht, wie ihr Gefühl für ihn täglich wärmer und inniger wurde. Dies Gefühl hatte nichts gemein mit der schwärmerisch aufwallenden Liebe, die sie einst für Wigand gefühlt. Es war eine stetig anwachsende Zuneigung, aus Hochachtung und schrankenlosem Vertrauen geboren.

Helmut warb noch immer heimlich um ihre Liebe. Aber er wurde ungeduldiger von Tag zu Tag.

Und sie merkte sehr wohl, daß ihn etwas drückte. Aber sie suchte auf falschem Weg danach. Frau Ihssen schien ihr der Grund zu Helmuts Verstimmungen.

Und unmerklich regte sich in ihr der Wunsch, ihn von dieser alten Neigung zu heilen. Er war doch wirklich zu gut, sein Leben lang einer unerwiderten Liebe nachzutrauern.

Ein Mann wie Helmut konnte doch ohne Sorge überall anklopfen. Als sie aber soweit war in ihren Gedanken, erschrak sie.

Wie, wenn er wirklich eines Tages eine andere heimführte, was dann? Was wurde dann aus ihr? Sie fuhr ganz verstört von ihrer Arbeit auf und sah in sein Gesicht. Er hatte sie beobachtet, ihre Blicke trafen zusammen, und zum ersten Male zog dunkle Röte unter seinem Blick in ihr Gesicht.

»Wolltest du etwas von mir, Käthe?«

Sie sah von ihm fort.

»Nein, ich – ach, es war nur ein dummer Gedanke.«

»Ich möchte wohl wissen, wie deine dummen Gedanken aussehen«, sagte er versonnen.

Sie lachte ein bißchen verlegen. »Ich malte mir eben aus, wie das werden soll, wenn du einmal heiratest.«

»Und bei diesem Gedanken sahst du ganz bestürzt aus, Käthe«, sagte er mit eigentümlich verhaltener Stimme.

Sie sah nicht auf von ihrer Arbeit. »Man ist egoistisch, Helmut. Was soll aus mir werden, wenn du erst einmal eine Frau hast?«

»Du bist aber doch auch noch sehr jung, Käthe. Dein Leben ist doch auch noch nicht abgeschlossen. Wenn du nun wieder heiratest, was wird dann aus mir?«

Sie seufzte tief auf.

»Nein – ich heirate nie wieder. Ich bliebe am liebsten immer bei dir«, sagte sie leise.

Er stand auf und trat ans Fenster. Bald würde seine Zeit kommen, er fühlte es. Nur noch ein wenig Geduld!

17

Ungefähr zwei Wochen nach dieser Szene trat Helmut eines Morgens in Käthes Arbeitszimmer und trug seinen Paletot über dem Arm.

»Käthe, mir ist ein Malheur passiert. Bitte, nähe mir doch den Knopf an meinem Überrock fest.«

Sie machte sich sofort an die Arbeit.

Er sah ihr zu.

»Es ist ein Jammer um einen Junggesellen. Ich muß

doch wohl daran denken, mir eine Frau zu suchen«, sagte er scheinbar sehr ernsthaft.

Sie erschrak und stach sich mit der Nadel in den Finger. Das Herz tat ihr plötzlich so weh, und in ihre Augen stiegen Tränen. Sie nähte aber emsig weiter. Da fiel eine Träne herab; gerade auf den losen Knopf traf sie auf. Er sah es und nahm plötzlich mit festem Griff ihre Hand in die seine.

»Käthe!«

Sie erschrak noch mehr. Welch ein Ausdruck lag in seiner Stimme, so ganz anders als sonst sprach er ihren Namen aus!

»Was willst du?« sagte sie leise und konnte es nicht hindern, daß die Tränen sich mehrten.

»Käthe, sieh mich mal an!«

Sie zog ihr Taschentuch hervor und trocknete schnell die Tränen fort. »Die dummen Tränen – ich hab mich nämlich in den Finger gestochen«, versuchte sie die Situation zu retten.

Er sah auf den Finger hernieder. Ein winziges Bluttröpfchen hing daran. Er küßte es fort, ganz zart und leise.

»Der arme Finger. Tut es denn so weh?«

Da stürzten die Tränen schon wieder hervor.

»Aber, Käthe, wegen solch einer Kleinigkeit weint man doch nicht! Du, das kommt mir verdächtig vor. Sag mal ehrlich, soll ich mir eine Frau nehmen oder nicht?«

»Meinetwegen!« sagte sie trotzig.

Energisch trocknete sie sich ihre Tränen, nähte den Knopf fertig an und setzte sich still an ihren Schreibtisch.

Er ging langsam im Zimmer auf und ab, ohne den Blick von ihr zu lassen. Er sah, wie es in ihr gärte. Ihr süßes Gesicht hatte einen so eigenen, schmerzlichen Ausdruck.

Und Käthe horchte in sich hinein.

›Was ist das mit dir? Warum bist du so schmerzlich bewegt, wenn er heiraten will? Gönnst du ihm kein Glück? O ja – alles Glück der Welt! Aber nicht mit einer andern. Käthe – du wirst doch nicht? Ja, ja es ist doch so, du liebst ihn – nicht wie einen Bruder, einen Freund. Nein, ganz anders, viel heißer, viel inniger. Nun nimm dich zusammen! Nichts merken lassen! Er soll dich wohl auslachen – oder erschrecken? Aber warum ist er so sonderbar, so weich, so zärtlich, warum …‹

Weiter kam sie nicht in ihren Gedanken. Helmut war plötzlich hinter sie getreten und nahm ihr die Feder aus der Hand.

»Was malst du da für eine rätselhafte Inschrift?« fragte er mit unsicherer Stimme.

Sie sah erschrocken auf das Blatt Papier, das vor ihr lag. Es war mit undeutlichen Krakelfüßen bedeckt.

»Ach Gott!« seufzte sie erschrocken.

Er hielt sie in seinen Armen fest.

»Das mußt du mir übersetzen, liebe kleine Käthe!« flüsterte er zärtlich in ihr Ohr.

Sie saß still und zitternd da, wie ein gefangenes Vögelchen. Sie wagte nicht, sich zu rühren; aber ein unsagbar seliges Gefühl beschlich sie in seinen Armen.

»Nun, Käthe, wie heißt das, was da auf dem Papier steht?«

»Ich – ich weiß es nicht – weißt du, mein Finger.«

Da lachte er leise und glücklich, und dies Lachen machte ihr das Herz warm.

»Dann will ich es dir vorlesen. Gib acht, ob es

stimmt. Es heißt: Lieber Helmut, nimm dir doch keine Frau, das würde mir doch so furchtbar weh tun! Denn ich will es dir nur sagen, ich selbst habe dich lieb, so sehr lieb, daß ich am liebsten selbst deine Frau werden möchte.«

Er schwieg. Sie rührte sich nicht. Da drehte er langsam ihren Kopf herum und sah sie an. Die Blicke der beiden Menschen flossen in Weichheit und Selbstvergessenheit ineinander. Er zog sie zu sich empor.

»Süße Käthe, ich hab dich lieb, so grenzenlos lieb. Willst du meine Frau werden?«

Sie sah ihn an wie im Traum.

»Und die andere, der dein Herz gehört? Die du schon lange liebst – Frau Ihssen –, nicht wahr, sie ist es?«

»Nein, Käthe. Die andere bist du, du allein. Ich liebe dich, seit ich dich das erstemal wiedersah. Aber damals gehörte dein Herz einem anderen, und ich verbarg dir meine Liebe und führte dich auf falsche Fährte. Dein Friede sollte nicht gestört werden. Und als du zu mir kamst, hielt ich diesen Irrtum durch mein Betragen aufrecht, um dich in deiner Unbefangenheit zu bestärken. Aber schwer ist mir das geworden, Liebling – du mußt mich sehr liebhaben, um mich für alle Qualen zu entschädigen. Sag mir schnell, daß du mein sein willst, süße Frau!«

Sie hatte ihn immerfort angesehen.

»Aber wenn ich deine Frau werde – ob dann nicht wieder Enttäuschungen kommen? Laß es doch bleiben, wie es jetzt ist!«

Er zog sie fest an sich.

»Käthe, wie kannst du das für möglich halten? Du weißt nicht, was mich diese lange Zeit an Selbstbeherrschung gekostet hat! Ich will dich besitzen als meine geliebte Frau, hörst du, ich will; denn du liebst mich, und ich liebe dich. Vor Enttäuschungen fürchte ich mich nicht. Wir kennen uns zu gut und haben Zeit gehabt, uns zu prüfen. Vertraue mir, mein Liebling!«

Da umfaßte sie seinen Kopf mit beiden Händen und küßte ihn scheu und leise. Er drückte sie voll Jubel an sein Herz und küßte sie, daß ihr der Atem verging. Und sie ließ es geschehen und wunderte sich, daß sie so unsagbar glücklich war. Sie hatte geglaubt, es gäbe für ihr Herz keinen zweiten Frühling, keine zweite Liebe.

Helmut überzeugte sie gründlich vom Gegenteil. Die rechte, wahre Liebe lernte sie jetzt erst kennen. Und mit der ganzen Innigkeit ihres Herzens kam sie ihm entgegen. Käthe hatte ihre rechte Heimat gefunden.

In aller Stille wollten sie sich in kürzester Zeit vermählen. Helmut geizte mit jedem Tag.

Im Anfang, nach ihrer Verlobung, bestand Käthe darauf, ihm weiter Sekretärdienste zu leisten. Aber da wurde gar nichts aus der Arbeit. Er stand immer neben ihr, küßte sie und war so ausgelassen in seinem ungestümen Glücksgefühl, daß sie ihn nicht bändigen konnte. So taten sie eigentlich beide nichts Rechtes, und Helmuts Arbeitsmaterial häufte sich an.

Da kündigte sie ihm lachend den Dienst. Er bat und bettelte aber zum Steinerweichen, sie möge bleiben, bis sie seine Frau sei, sonst hielte er es einfach nicht aus. Nachher wolle er alles nachholen, was er versäumt habe. Da konnte sie nicht widerstehen.

Käthe wurde Helmuts glückliche Frau. Die beiden Menschen lebten in inniger Harmonie miteinander.

Helmut hatte seinem Vater seine Vermählung mit Käthe angezeigt.

Die Antwort, die darauf kam, lautete: ›Ich habe es längst aufgegeben, dich und Käthe begreifen zu wollen. Mir ist es unfaßlich, daß man eine Ehe löst und eine andere eingeht. Ihr seid beide sehr leichtsinnig und seid es immer gewesen. Trotzdem wünsche ich euch, daß ihr nichts zu bereuen haben werdet!‹

Käthe und Helmut lasen den Brief miteinander.

»Siehst du, leichtsinniger Helmut!« sagte Käthe.

»Du bist auch gemeint, leichtsinnige Käthe.«

Er küßte sie innig.

»Was wissen die Menschen von unserem Glück, mein Süßes? Wir sind von derselben Art und verstehen einander. Mir ist nicht bange vor der Zukunft.«

Sie hielten sich umschlungen und sahen sich voll Liebe und froher Zuversicht an.

Liebes- und Schicksalsroman

Als Band mit der Bestellnummer 11 733 erschien:

Nachdem seine Frau mit einem reichen Amerikaner nach New York durchgebrannt ist, beauftragt Alexander Latimer die junge Grace, der Mutter mit den Kindern zu folgen. Während die Titanic zu ihrer Jungfernfahrt ablegt, bricht ihr fast das Herz.
Wird sie Alexander je wiedersehen?

BASTEI LÜBBE